碧血劍

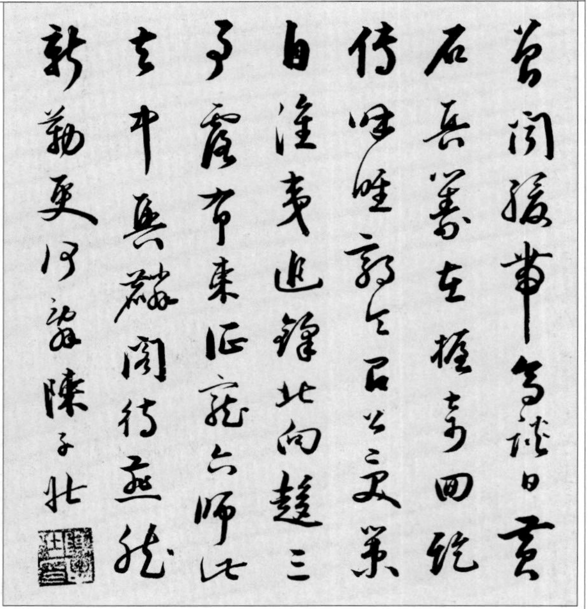

前頁圖／
弘仁「黃海松石圖」（部分）。
弘仁原姓江名韜，
明亡後為僧，名弘仁，字漸江。
此圖怪石古木，
風骨遒勁，氣韻清遠，
得秀逸冷峭之意。

右圖／
陳子壯於崇禎元年寫給
袁崇煥的送行詩。

左圖／
張居正像。

千仞朝威鳳，孤桐挺下
高山名英，隱然屬此
此自千秋

泰先生詞朔日七秀居
主千之翁郡湖泉趨四
高石相者臨似
人寓主

孫承宗作「高節書院圖」及題字。

萬曆年間所製五彩珐瑯花瓶：宮中所用。色彩華麗，製作精巧，明代工藝的顛峯之作。現屬葡京里斯本私人收藏。

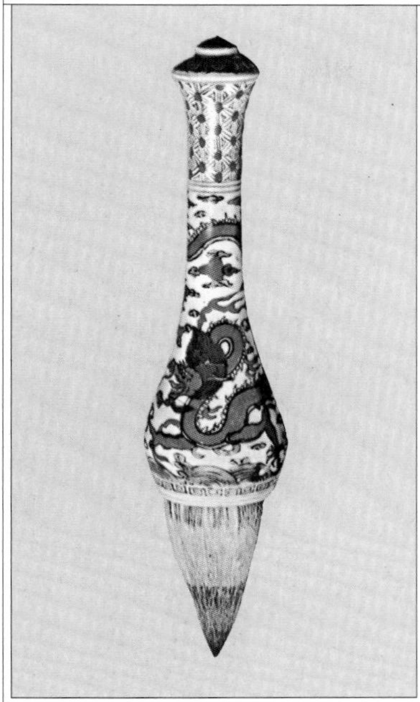

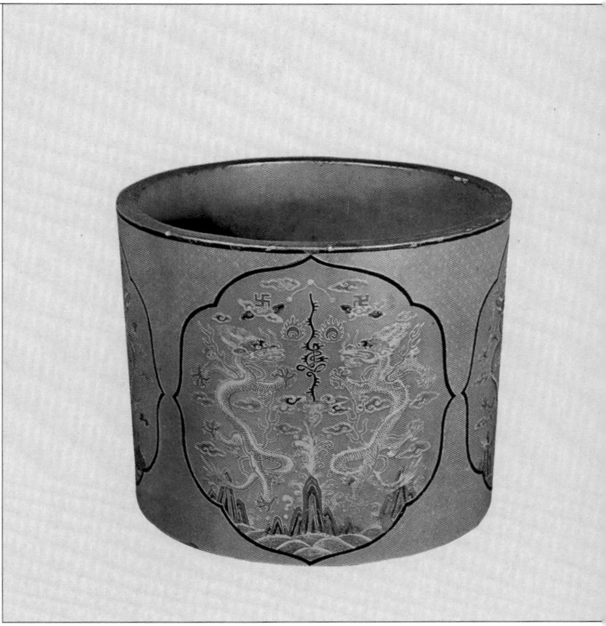

明神宗筆筒及御筆：
筆筒為漆器，
雙龍捧一「壽」字，
現藏愛丁堡皇家蘇格蘭博物院。
神宗貪蓋天下，懶極千古，
料想彩筆稀親御手，
筆筒罕睹天顏。

清「太祖率兵克遼陽」圖（局部）：
錄自《滿洲實錄》，該畫作於一七八一年。

明代皇宮中的漆箱：有五爪金龍及鳳凰圖案，現屬紐約私人收藏。長平公主寢宮中或者也有類似的箱子。

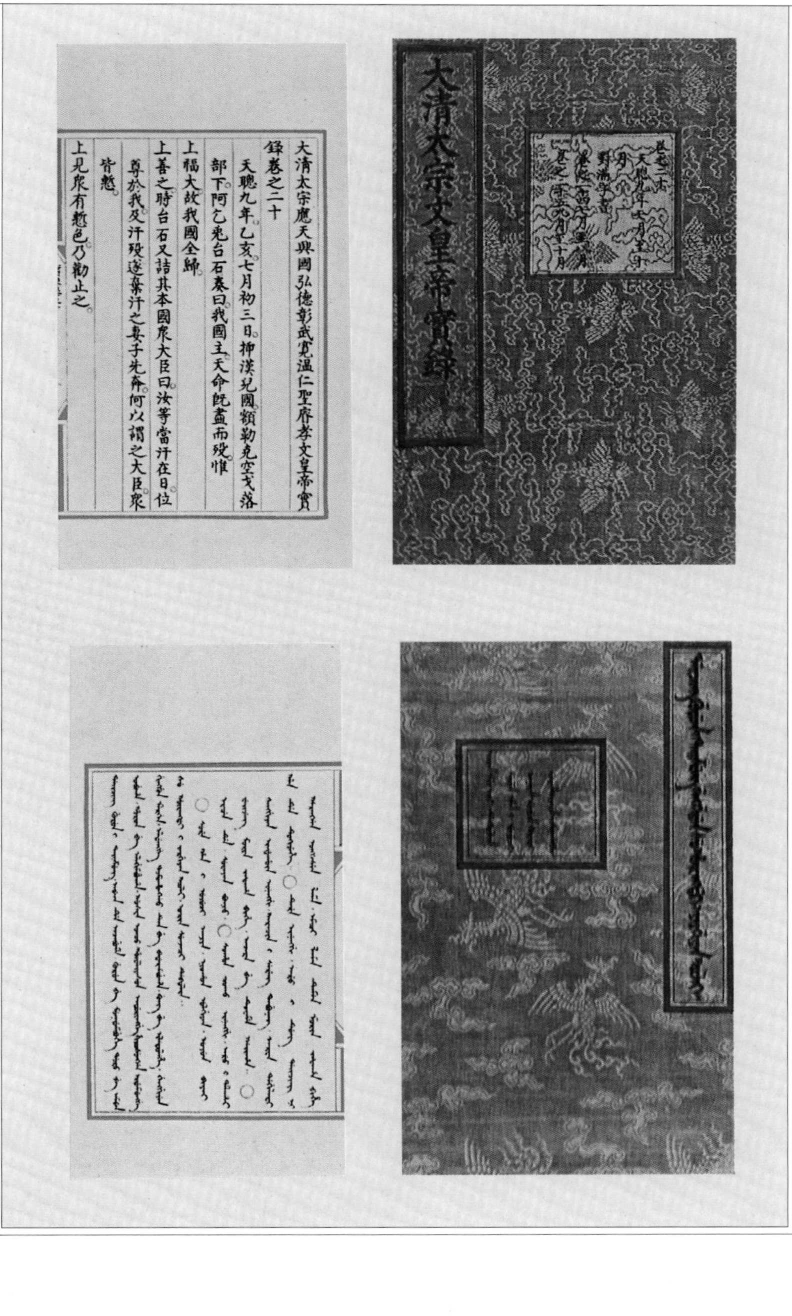

清太宗實錄：天聰九年即崇禎十年，插漢兒即察哈爾。實錄是皇帝言行的記錄。

上圖／明萬曆皇帝神宗：崇禎的祖父。

下圖／明天啟皇帝熹宗：崇禎的哥哥。

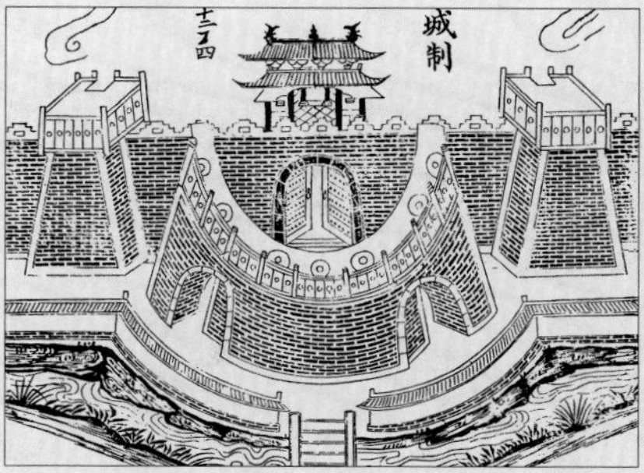

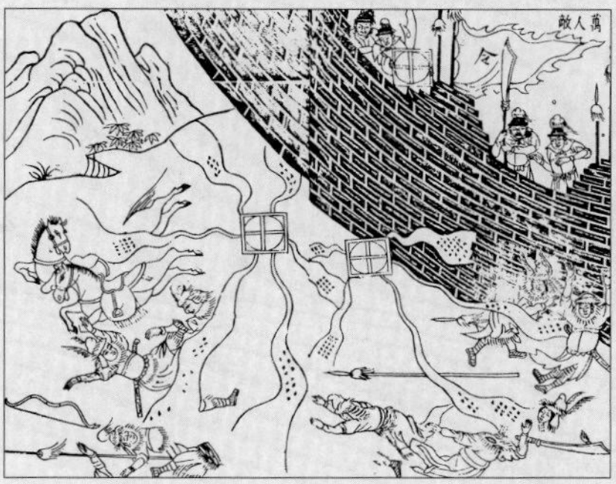

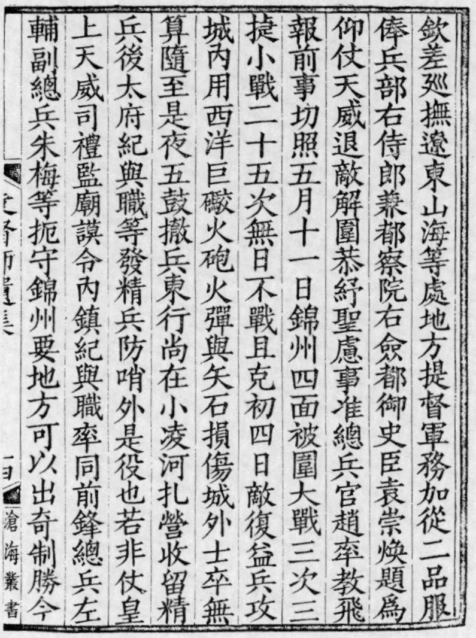
欽差巡撫遼東山海等處地方提督軍務加從二品服
俸兵部右侍郎兼都察院右僉都御史臣袁崇煥題為
仰仗天威退敵解圍恭紓聖慮事准總兵官趙率教飛
報前事切照五月十一日錦州四面被圍大戰三次三
捷小戰二十五次無日不戰且克初四日敵復益兵攻
城內用西洋巨礮火砲火彈與矢石損傷城外士卒無
算隨至是夜五鼓撤兵東行尚在小凌河扎營收留精
兵後太府紀與職等發精兵防哨外是役也若非仗皇
上天威司禮監廟謨令內鎮紀與職率同前鋒總兵左
輔副總兵朱梅等扼守錦州要地方可以出奇制勝今

袁督師遺集　一百　滄海叢書

上圖／「城制」：錄自明刊《武經總要》。該書是北宋仁宗下旨編纂的一部軍事科學著作，對後世兵學有重大影響，明代弘治、正德年間有重刊本。

本圖及「鉤撞車」圖據正德十年刻本複製。明代城制與圖中所繪無重大分別。

中圖／「萬人敵」：錄自《天工開物》。該書為明人宋應星作，崇禎十年刻，本圖據初刻本複製。書中稱「萬人敵」為守城利器，以中空泥團實以火藥，外圍木框，點燃藥線後擲於城下，泥團不住旋轉而噴火，殺傷力極大，其時創製未及十年，即指於第一次寧遠大戰時創製。圖中所繪當為所想像的寧遠之戰情景。

下圖／《袁督師遺集》之一頁。

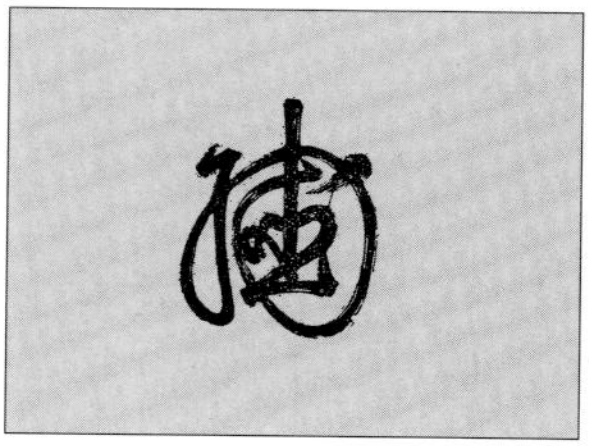

上圖／崇禎自殺處。

下右圖／崇禎的書法「九思」兩字。

下左圖／崇禎的簽字花押。

崇禎手刃長平公主處：
明朝為昭仁殿，
在乾清宮之東。
至清朝，乾隆於此處藏珍本書籍，
並題「天祿琳琅」匾額。
乾清宮丹陛之下有洞甚大，
稱老虎洞，
天啟皇帝於月明之夕常與
內侍在洞內捉迷藏。

右圖／
明泰昌皇帝光宗：
崇禎皇帝的父親。

左圖／
明孝純皇太后：
崇禎皇帝的母親，姓劉，海州人。
在宮時為淑女，生崇禎後不久即為
光宗所不喜，被譴而死。
崇禎即位後追尊為皇太后。
崇禎本人無畫像流傳，
他的相貌只能從
他祖父、父親、母親、哥哥
（不是同一個母親）的畫像中想像得之。

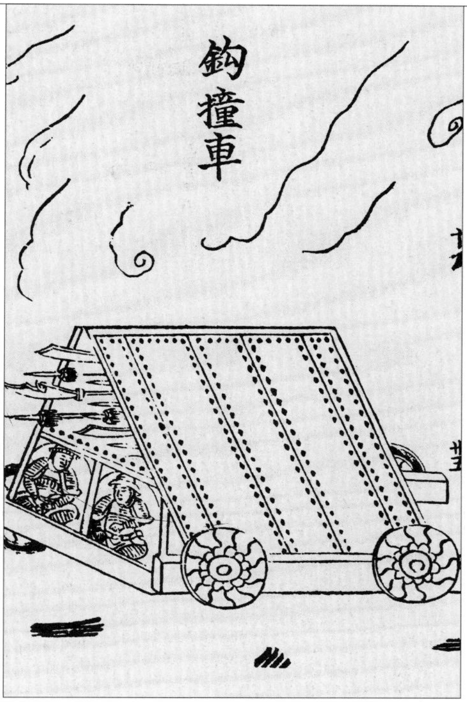

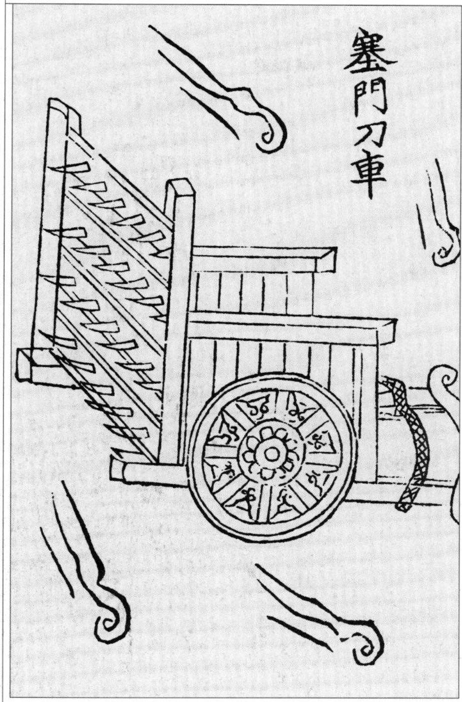

右圖／
「鉤撞車」：攻城利器。
清兵攻寧遠，以類似撞車在
城牆上挖出大量洞穴。
左圖／
「塞門刀車」：
城牆被攻破洞穴時守軍推出
塞住破洞，以阻敵軍。
均錄自明刊《武經總要》。

右圖／清太祖努爾哈赤像。

左圖／清太宗皇太極像。

碧血劍

（二）

金庸

#《碧血劍》目錄

第十三回 揮椎師博浪 毀砲挫哥舒 …… 467
第十四回 劍光崇政殿 燭影昭陽宮 …… 499
第十五回 嬌嬈施鐵手 曼衍舞金蛇 …… 527
第十六回 荒岡凝冷月 纖手拂曉風 …… 557
第十七回 青衿心上意 彩筆畫中人 …… 591
第十八回 朱顏羅寶劍 黑甲入名都 …… 631
第十九回 嗟乎興聖主 亦復苦生民 …… 665
第二十回 空負安邦志 遂吟去國行 …… 727
袁崇煥評傳 …… 797
後記 …… 951

從屋頂上望下來，
只見崇政殿正中坐著一人，
方面大耳，唇留微髭，
三名官員走上前去，跪倒在地，三跪九叩，
行的竟是朝拜皇帝的大禮。

第十三回 揮椎師博浪 毀砲挫哥舒

只聽得安大人賊忒嘻嘻的笑道：「我找得你好苦，捨得燒你嗎？咱們來敘敘舊情吧！」說著發足踢門，只兩腳，門閂喀喇一聲斷了。袁承志聽踢門之聲，知他武功頗爲不凡。黑暗中刀光閃動，安大娘揮刀直劈出來。安大人笑道：「好啊，謀殺親夫！」怕屋內另有別人，不敢竄進，站在門外空手和安大娘廝鬥。袁承志慢慢爬近，睜大眼睛觀戰。

那安大人武功了得，在黑暗中聽著刀風，閃躲進招，口中不斷風言風語的調笑。安大娘十分憤怒，邊打邊罵。鬥了一陣，安大人突然在她身上摸了一把。安大娘更怒，揮刀當頭疾砍，安大人正是要誘她這一招，偏身進步，扭住了她手腕，用力反擰，安大娘單刀落地。安大人捏住她雙手，右腿架在她雙腿膝上，安大娘登時動彈不得。

袁承志心想：「聽這姓安的口氣，一時不致傷害於她，我且多探聽一會，再出手相救。」乘那安大人哈哈狂笑、安大娘破口大罵之際，縮身從門角邊鑽了進去，輕輕摸到牆壁，施展「壁虎遊牆功」直上，蹲在樑上。

只聽安大人叫道：「胡老三，進去點火！」胡老三在門外亮了火摺子，拔刀護身，先把火摺往門裏一探，又俯身撿了塊石子投進屋裏，過了一會見無動靜，才入內在桌上找到燭台，點亮蠟燭。安大人將安大娘抱進屋去，使個眼色，胡老三從身邊拿出繩索，將安大娘手腳都縛住了。安大人笑道：「你說再也不要見我，這可不見了麼？瞧瞧我，白頭髮多了幾根吧？」安大娘閉目不答。

袁承志從樑上望下來，安大人的面貌看得更清楚了，見他雖然已過中年，但面目仍頗英秀，想來年輕時必是個俊美少年，與安大娘倒是對璧人。

安大人伸手摸摸安大娘的臉，笑道：「好啊，十多年不見，臉蛋兒倒還雪白粉嫩的。」側頭對胡老三道：「出去！」胡老三笑著答應，出去時帶上了門。

兩人相對默然。過了一會，安大人嘆氣道：「小慧呢？我這些年來天天想念她。」安大娘仍然不理。安大人道：「你我少年夫妻，大家火氣大，一時反目，分別了這許多年，現今總該和好如初了。」過了一會，又道：「你瞧我十多年來，並沒另娶，何曾有一時一刻忘記你？難道你連一點夫妻之情也沒有麼？」安大娘厲聲道：「我爹爹和哥哥是怎麼死的，你忘記了嗎？」安大人嘆道：「我岳父和大舅子是錦衣衛害死的，那不錯。可是也不能一竹篙打盡一船人，錦衣衛中有好人也有壞人。我爲皇上出力，這也是光宗耀祖的體面事……」話沒說完，安大娘已「呸，呸，呸」的不住往地下唾吐。

隔了一會，安大人換了話題：「我記掛小慧，叫人來接她。幹麼你東躲西逃，始終不讓她跟我見面？」安大娘道：「我跟她說，她的好爸爸早就死啦！她爸爸多有本事，多有志氣，就可惜壽命短些！」語氣中充滿了怨憤。安大人道：「你何苦騙她？又何苦咒我？」安大娘道：「她爸爸從前倒眞是個有志氣的好人，那知道……」說到這裏，聲音哽咽起來，接著又恨恨的道：「你害死了我的好丈夫，我恨不得殺了你。」安大人道：「咦，這倒奇了，我就是你丈夫，怎說我害死你丈夫？」安大娘道：「我丈夫本是個好男子，不知怎的忽然利祿薰心，妻子不要了，女兒也不要了。他只想做大官，發大財……我從前的好丈夫早死了，我再也見不到他啦！」袁承志聽了，心下惻然。

安大娘道：「我丈夫名叫安劍清，本是個江湖好漢，不是給你這錦衣衛長官安大人害死了麼？我丈夫有位恩師楚大刀楚老拳師，是我爹爹，是安大人害死的。楚老拳師的夫人、兒子，都給這安大人逼死了……」安劍清怒喝：「不許再說！」安大娘道：「你這狼心狗肺的，自己想想吧。」安劍清道：「官府要楚大刀去問話，又不一定難爲他。他幹麼拿刀子要殺我？他妻子兒子是自殺的，又怪得誰？」安大娘道：「是啊，楚大刀瞎了眼哪，誰教他收了這麼個好徒弟。這徒弟又凍又餓快死啦，楚大刀教他武藝，養大他……」她越說越怨毒。安劍清猛力一拍桌子，喝道：「今天你我夫妻相見，是何等美事，盡提那死人幹麼？」安大娘叫道：「你要殺便殺，我偏偏要提！」

袁承志從兩人話中琢磨出來：楚大刀一手養大了安劍清，教了他武功，還把女兒安大娘嫁了他，不料安劍清貪圖富貴，投入錦衣衛當差，安大娘的父母兄長均爲錦衣衛害死。安大娘氣忿不過，跟丈夫決裂分手。從前胡老三來搶小慧，安大娘東奔西避，都是爲了這心地歹毒的丈夫安劍清安大人了。袁承志心想：「想來當日害死他岳父恩師一家之時，情形一定很慘。這人死有餘辜。但不知安大娘對他是否尚有夫妻之情，倒不可魯莽了。」想再多聽一些說話，以便決定是否該出手誅殺，那知兩人都住了口。

過了一會，遠處忽隱隱有馬蹄聲。安劍清拔出佩刀，低聲喝道：「等人來時，你如叫喊示警，我可顧不得夫妻之情！」安大娘哼了一聲，恨恨的道：「又想害人了。」

安劍清知道妻子脾氣，揮刀割下一塊布帳，塞入她口裏。這時馬蹄聲愈近，安劍清將安大娘放在床上，垂下帳子，仗刀躲在門後。

袁承志知他是想偷施毒手，雖不知來者是誰，但總是安大娘一面的人，在樑上抹了些灰塵，加點唾沫，捏成個小小泥團子，對準燭火擲去，嗤的一聲，燭火登時熄了。安劍清喃喃咒罵。袁承志乘他去摸火摺，輕輕溜下地來，繞到屋外，見屋角邊一名錦衣衛執刀伏地，全神貫注的望著屋中動靜，便挨近他身邊，低聲道：「人來啦！」那錦衣衛也低聲道：「嗯，快伏下。」袁承志伸手點了他穴道，脫下他外衣，罩在自己身上，再在他裏衣上扯下一塊布，蒙在面上，撕開了兩個眼孔，然後抱了那人，爬向門邊。

黑暗中蹄聲更響，五騎馬奔到屋前。乘者跳下馬來，輕拍三掌。安劍清在屋裏也回拍了三掌，點亮燭火，縮在門後，只聽門聲一響，一個人探進頭來。

他舉刀猛力砍下，一個人頭骨碌碌的滾在一邊，頸口鮮血直噴。在燭光下向人頭瞥了一眼，不覺大驚，砍死的竟是自己一名夥伴。正要叫嚷，門外竄進一個蒙臉人來，伸指點了他穴道，反手出掌，打在他頸後「大椎穴」上，那是人身手足三陽、督脈之會，那裏還能動彈？袁承志順手接過他手中佩刀，輕輕放落，防門外餘人聽見，縱到床前扶起安大娘，扯斷綁在她手腳上的繩索，低聲叫道：「安嬸嬸，我救你來啦！」

安大娘見他穿著錦衣衛服色，臉上又蒙了布，不覺疑慮不定，剛問得一聲：「尊駕是誰？」外面奔進五個人來，當先一人與安大娘招呼一聲，見到屋中情狀，愕然怔住。

門外錦衣衛見進來人多，怕安劍清一人有失，早有兩人搶進門來，舉刀欲砍，袁承志出掌砍劈，兩名錦衣衛頸骨齊斷。門外敵人陸續進來，袁承志劈打抓拿，提起來一個個都擲了出去，有的剛奔進來就給踢出，片刻之間，打得十三名錦衣衛和內廷侍衛昏天黑地，飛也似的逃走了。袁承志撕下布條，塞入安劍清耳中，又從死人身上扯下兩件衣服，在他頭上包了幾層，教他聽不見半點聲息，瞧不見一點光亮，然後扯去蒙在自己臉上的破布，向五人中當先那人笑道：「大哥，你好。闖王好麼？」

那人一呆，隨即哈哈大笑，拉著他手連連搖晃。原來這人正是李闖王手下大將、袁承志跟他結為義兄弟的李岩，其餘四人是他衛士。

袁承志無意中連救兩位故人，十分歡喜，轉頭對安大娘道：「安嬸嬸，你還記得我麼？」這時離袁承志在安大娘家避難時已有多年，他從一個小小孩童長大成人，安大娘那裏還認得出？

袁承志從內衣袋裏摸出當日安大娘所贈的金絲小鐲，說道：「我天天帶在身邊。」安大娘猛然想起，拉他湊近燭光看時，果見他左眉上淡淡的有個刀疤，又驚又喜，道：「啊，孩子，你長得這麼高啦，又學了這一身俊功夫。」袁承志道：「我在浙江見到小慧妹妹，她也長高啦！」安大娘道：「不知不覺，孩子們都大了，過得眞快。」向躺在地下的丈夫瞧了一眼，嘆了口氣，喟然道：「想不到還是你這孩子來救我。」

李岩不知他們曾有一段故舊之情，聽安大娘滿口叫他「孩子，孩子」的，只道兩人是親戚，笑道：「今日之事好險。我奉闖王之命，到河北來約幾人相見。錦衣衛的消息也眞靈，竟會得到風聲，在這裏埋伏。」承志問道：「大哥，你朋友快來了嗎？」

李岩尚未回答，遠處已聞蹄聲，笑道：「這不是麼？」從人開門出去，不久迎了三人進來。這三人一個田見秀，一個劉芳亮，都是當年在聖峯嶂會上見過的。他二人已不識袁承志，袁承志卻還記得他們相貌。另一個姓侯，名叫侯飛文，卻曾在泰山大會中見過。三人與李岩招呼後，侯飛文向袁承志恭敬行禮，說道：「盟主，你好！」

李岩與安大娘都道：「你們本來相識？」侯飛文道：「袁盟主是七省總盟主，衆兄弟齊奉號令。」李岩喜道：「啊，我忙著在河南辦事，東路的訊息竟都隔絕了。原來出了這樣一件大事，可喜，可賀。」袁承志道：「這還是上個月的事，承好朋友們瞧得起，給了這樣一個稱呼，其實兄弟那裏擔當得起？」侯飛文道：「盟主武功好，見識高，那是不必說了，單是這份仁義，武林中哪一個不佩服？青州這一戰，咱們『金蛇王』營大大露臉，全仗袁盟主帶頭。」

李岩喜道：「那好極了。」當下傳達了闖王的號令。原來李自成在河南南陽、汝州大破兵部尙書孫傳庭所統官兵十餘萬，進迫潼關，命李岩秘密前來河北，聯絡羣豪響應。

侯飛文道：「盟主你說怎麼辦？」袁承志道：「闖王義舉，天下豪傑自然聞風齊起。小弟便發出訊去。咱們七省好漢，要轟轟烈烈的大幹一場！」六人說得慷慨激昂，眉飛色舞。袁承志說起在直魯邊境馬谷山一帶駐有三營隊伍，有六七千人馬，是自己部屬。李岩大喜，說道：「我也聽到了『金蛇營』的名聲，卻打聽不到『金蛇王』的姓名，原來便是你賢弟。我去稟明闖王，這三個營歸你指揮。咱們的兵力可更大了。」

李岩又道：「官軍腐敗已極，義兵一到，那是摧枯拉朽，勢如破竹，只是眼前卻有個難題。」袁承志道：「甚麼？」李岩道：「剛才接到急報，說有十尊西洋紅夷大砲，要運到潼關去給孫傳庭。孫老兒大敗之餘，士無鬥志，已不足爲患。只不過紅夷大砲威力非同小可，一砲轟將出來，立時殺傷數十人，倒是件隱憂。」

袁承志道：「這十尊大砲小弟在道上見過，確是神態可畏，想來威力非常，難道不是運去山海關打滿洲人的麼？」李岩道：「這些大砲萬里迢迢的運來，聽說本是要去山海關防禦滿洲兵的。但闖王節節得勝，朝廷便改變了主意，十尊大砲已折而向西，首途赴潼關去了。」袁承志皺眉道：「皇帝鎮壓百姓，重於抵禦外敵。大哥，你說怎麼辦？」李岩道：「大砲一到潼關，咱們攻關之時，勢必以血肉之軀抵擋火砲利器，雖然不一定落敗，但損折必多……」袁承志道：「因此咱們要在半路上截他下來。」

李岩拊掌大喜道：「要偏勞兄弟立此大功。」袁承志沉吟道：「洋兵火器挺厲害，兄弟已見識過，要奪大砲，須另出計謀，能否成事，實在難說。不過這事有關天下氣運，小弟必當盡力，若能仰仗闖王神威，一舉成功，那是萬民之福。」

眾人又談了一會軍旅之事，袁承志問起李岩的夫人。李岩道：「她在河南，平時也常常說起你。」安大娘插口道：「李將軍的夫人眞是女中英豪。喂，孩子，你有了意中人嗎？」袁承志想起青青，臉上一紅，微笑不答。安大娘嘆道：「似你這般人才，不知誰家姑娘有福氣，唉！」忽然想起小慧：「小慧跟他小時是患難舊侶。他如能做我女婿，小慧眞終身有託。但她偏跟那傻裏傻氣的崔希敏好，那也是各有各的緣法了。」

田、劉、侯三人聽他們談到私事，插不進口，就站起告辭。侯飛文道：「盟主，明兒一早，我帶領手下兄弟前來聽令。」袁承志道：「好！」侯飛文問了相會地點，三人辭出。

李岩與袁承志坐了下來，剪燭長談天下大勢，越說越情投意合。袁承志於國事興衰，世局變幻，所知甚淺，聽著李岩的談論，每一句話都令他有茅塞頓開之感。直到東方大白，金雞三唱，兩人興猶未已。回顧安大娘，只見她以手支頭，兀自瞧著躺在地下的丈夫默默出神。

李岩低聲叫道：「安大娘！」安大娘抬起了頭。李岩道：「這人怎麼處置？」安大娘心亂如麻，搖頭不答。李岩知她難以決斷，也就不再理會，對袁承志道：「兄弟，你我就此別過。」袁承志道：「我送大哥一程。」

兩人和安大娘別過，攜手出屋，並肩而行。李岩的衞士遠遠跟隨。兩人一路說話，走出了七八里路。李岩道：「兄弟，你回去吧。」袁承志和他意氣相投，戀戀不捨。李岩道：「兄弟，闖王大業告成之後，我和你隱居山林，飲酒爲樂，今後的日子長著呢。」袁承志喜道：「若能如此，實慰生平之願。」二人洒淚而別。

袁承志眼望義兄上馬絕塵而去，這才回歸客店。見侯飛文已帶了數十名精壯漢子在店中等候，把大廳和幾個院子都擠得滿滿的。青青、啞巴、洪勝海等人卻已不見。阿九和一衆從人見了這許多粗豪大漢，竟不動聲色，躭在房中不出。袁承志對侯飛文道：「侯大哥，你帶領幾位弟兄向西南查探，看那隊西洋兵帶的大砲是向北來呢，還是折向西方。查明之後，請速回報。」侯飛文應了，挑了三名同伴，出店上馬而去。

侯飛文剛走，沙天廣和程青竹兩人奔進店來，見了袁承志，喜道：「啊，袁相公回來了。」袁承志未及答話，又見青青、啞巴、洪勝海闖進廳來。青青一頭秀髮給風吹得散亂，臉頰暈紅，見了袁承志，登時喜上眉梢，道：「怎麼這時候才回來？」袁承志才知大家不放心，分頭出去接應自己，當下說了昨晚之事。

青青低下了頭，一語不發。承志見她神色不對，把她拉在一旁，輕聲道：「是我讓你擔心了。」青青一扭身子，別開了頭。承志知她生氣，搭訕道：「可惜你沒有見到我那位李大哥。青弟，他也算是你哥哥啊。」青青雖是女子，但承志叫順了口，一直仍叫她青弟。青青道：「哥哥沒良心，要哥哥來做甚麼？」承志道：「眞是對不起，下次一定不再讓你擔心啦。」青青道：「下次自有別人來給你擔心，要我擔心幹麼？」承志奇道：「咦，誰啊？」青青嘟起嘴道：「那個阿九啊，她不住問你那裏去了，關心得不得了。」一頓足，回自己房去了。

等到中午，不見她出來吃飯，袁承志叫店夥把飯菜送到她房裏去，等吃過飯後，再去賠罪就是，適才見她慌亂憂急之狀，此時回想，心下著實感動。那知店夥把飯菜捧了回來，說道：「姑娘不在屋裏！」袁承志一驚，忙撇下筷子，奔到青青房裏，只見人固不在，連兵刃衣囊也都帶走了。他心中著急，尋思：「這一負氣而去，卻到那裏去了？她常常惹事闖禍，好教人放心不下。只是現下大事在身，不能親自去尋。」於是派洪勝海出去探訪，吩咐見到了，好歹要勸姑娘回來。

等到傍晚，侯飛文騎著快馬回來，一進門就道：「洋兵隊伍果然折而向西，咱們快追。」袁承志當即站起，命啞巴在店中留守鐵箱，自己率領程、沙、胡、鐵四人以及侯飛文等河北羣豪，連夜向西南趕去，估量大砲沉重，難以快行，必可追上。

到第三日清晨，袁承志等穿過一個小鎮，只見十尊大砲排在一家酒樓之外，每尊砲旁有六名洋兵執槍守衛。衆人大喜，相視而笑。鐵羅漢叫道：「肚子餓啦，肚子餓啦！」袁承志道：「好，我們再去會會那兩個洋官。」

衆人直上酒樓，鐵羅漢走在頭裏，一上樓就驚叫一聲。只見幾名洋兵手持洋槍，對準了青青，手指扳住槍機。一旁坐著那兩個西洋軍官彼得、雷蒙和那西洋女子若克琳。

雷蒙見衆人上來，嘰咦咕嚕的叫了幾聲，又有幾名洋兵舉起了槍對著他們，大聲呼喝。袁承志急中生智，提起一張桌子，猛向衆洋兵擲去，跟著飛身而前，在青青肩頭按落，兩人蹲低身子，一陣煙霧過去，衆槍齊發，鉛子都打在桌面上。

袁承志怕火器厲害，叫道：「大家下樓。」拉著青青，與衆人都從窗口跳了下樓。

雷蒙大怒，掏出短槍向下轟擊。鐵羅漢「啊喲」一聲，屁股上給鉛子打中，摔倒在地。沙天廣連忙扶起。各人上馬向南奔馳。那時西洋火器使用不便，放了一槍，須得再裝火藥鉛子，衆洋兵一槍不中，再上火藥追擊時，衆人早去得遠了。

袁承志和青青同乘一騎，一面奔馳，一面問道：「幹麼跟洋兵吵了起來？」青青道：「誰知道啊？」袁承志見她神色忸怩，料知別有隱情，微微一笑，也就不問了。這三日來日夜記掛，此刻重逢，歡喜無限。

馳出二十餘里，到了一處市鎮，衆人下馬打尖。胡桂南用小刀把鐵羅漢肉裏的鉛子剜了出來。鐵羅漢痛得亂叫亂罵。

青青把袁承志拉到西首一張桌旁坐了，低聲道：「誰叫她打扮得妖裏妖氣的，手臂也露了出來，眞不怕醜！」袁承志摸不著頭腦，問道：「誰啊？」青青道：「那個西洋國女人。」袁承志道：「這又礙你事了？」青青笑道：「我看不慣，用兩枚銅錢把她的耳環打爛了。」袁承志不覺好笑，道：「唉，你眞胡鬧，後來怎樣？」青青笑道：「那個比劍輸了給我的洋官就叫洋兵用槍對著我。我不懂他話，料想又要和我比劍呢，心想比就比吧，難道還怕了你？正在這時候，你們就來啦！」袁承志道：「你又爲甚麼獨自走了？」

青青本來言笑晏晏，一聽這話，俏臉一沉，說道：「哼，你還要問我呢，自己做的事不知道？」袁承志道：「眞的不知道啊，到底甚麼事得罪你了？」青青道：「你半夜不回店，定是去會那個美女阿九去了。前晚一個晚上，你們在那裏幽會啊？」承志道：「幽你個頭！」青青揮掌打他，承志抓住她手，在她手背輕輕一吻。青青一笑，掙脫了手。承志笑道：「那晚倒是眞跟一個女人在一起。不過她大概跟阿九的婆婆年紀差不多。」青青忙問：「是誰？」承志道：「我跟安嬸嬸在一起，就是那個安小慧的媽媽，不過小慧不在。」青青笑道：「沒用的傢伙！美女不睬你，就去找個老太婆。」

承志知道如再述說安大娘之事，青青仍會不高興，於是換了話題，說道：「洋兵火器厲害，你看用甚麼法子，才能搶他們的大砲到手？」青青嗔道：「誰跟你說這個。」承志道：「好，我跟沙天廣他們商量去。」站起身要走，青青一把抓住他衣角，道：「不許你走，話沒說完呢。」

承志笑笑，又坐了下來。隔了一會，青青問道：「你那小慧妹妹呢？」承志道：

「那天分手後還沒見過，不知道她在那裏？」青青道：「你跟她媽說了一夜話，捨不得分開，定是不住口的講她了。」袁承志恍然大悟，原來她生氣爲的是這個，於是誠誠懇懇的道：「青弟，我對你的心，難道你還不明白嗎？」青青雙頰暈紅，轉過了頭。

袁承志又道：「我以後永遠不會離開你的，你放心好啦！」青青道：「那爲甚麼你見到那個阿九，兩個人都含情脈脈的，你瞧著她，她瞧著你，恨不得永不分離才好？你愛瞧她，因爲她美，我也愛瞧，倒不怪你。那她幹麼老是瞧你啊，你挺英俊麼？」承志道：「那有這事，你瞎冤枉人。」青青低聲道：「怎麼你……跟你那小慧妹妹……又這樣好？」承志道：「我幼小之時，她媽媽待我很好，就當我是她兒子一般，我自然感激。再說，你不見她跟我那個師姪很要好麼？」青青嘴一扁，道：「你說那姓崔的小子？他又傻又沒本事，生得又難看，她爲甚麼喜歡？」承志笑道：「青菜蘿蔔，各人所愛。我這姓袁的小子又傻又沒本事，生得又難看，你怎麼卻喜歡我呢？」青青嗤的一聲笑，啐道：「呸，不害臊，誰喜歡你呀？」

經過這一場小小風波，兩人言歸於好。

承志道：「吃飯去吧！」青青道：「我還問你一句話，你說阿九那小姑娘美不美？」承志道：「她美不美，跟我有甚相干？這人行蹤詭秘，咱們倒要小心著。」心想她率領大批內廷侍衛，不知是甚麼來頭，若非皇親貴戚，便是高官貴宦的眷屬，不禁暗自惆悵，心中隱隱難過。青青點點頭，兩人重又到衆人的桌邊入座，和沙天廣、程青竹等商議如何劫奪大砲。

胡桂南道：「今晚讓小弟去探探，乘機偷幾枝槍來。今天拿幾枝，明天拿幾枝，慢慢把洋槍偷完，就不怕他們了。」袁承志道：「此計大妙，我跟你同去瞧瞧。」沙天廣道：「盟主何必親自出馬？待小弟去好了。」

袁承志道：「我想瞧明白火器的用法，火槍偷到手，就可用洋槍來打洋兵。」眾人點頭稱是。青青笑道：「他還想偷瞧一下那個西洋美人兒。」眾人哈哈大笑。

當日下午，袁承志與胡桂南乘馬折回，遠遠跟著洋兵大隊，眼見他們在客店中投宿，候到三更時分，越牆進了客店。一下屋，就聽得兵刃撞擊之聲，鏘鏘不絕，從一間房中傳出來。兩人伏在窗外，從窗縫中向內張望，只見那兩個西洋軍官各挺長劍，正在激鬥。袁承志萬想不到這兩人竟會同室操戈，甚覺奇怪，當下靜伏觀戰。看了數十招，見雷蒙攻勢凌厲，劍法鋒銳，彼得卻冷靜異常，雖然一味招架退守，但只要一出手還擊，那便招招狠辣。袁承志知道時間一久，那年長軍官必定落敗。

果然鬥到分際，彼得回劍向左擊刺，乘對方劍身晃動，突然反劍直刺。雷蒙忙收劍回擋，劍身歪了。彼得自下向上急撩，雷蒙長劍登時脫手。彼得搶上踏住敵劍，手中劍尖指著對方胸膛，嘰嘰咕咕的說了幾句話。雷蒙氣得身子發顫，喃喃咒罵。彼得把地下長劍拾起，放在桌上，轉身開門出去。雷蒙提劍在室中橫砍直劈，不住罵人，忽然停手，臉有喜色，開門出去拿了一柄鐵鏟，在地下挖掘起來。

袁承志和胡桂南倒想看個究竟，看他要埋藏甚麼東西，只見他掘了好一陣，挖了個徑長兩尺的洞穴，挖出來的泥土都擲到了床下，挖了兩尺來深，就住手不挖，撕下塊被單罩在洞上，先在四周用泥土按實，然後在被單上鋪了薄薄一層泥土。他冷笑幾聲，開門出室。袁承志和胡桂南心中老大納悶，不知他在使甚麼西洋妖法。

過了一會，雷蒙又進室來，彼得跟在後面。只見雷蒙聲色俱厲的說話，彼得只是搖頭。突然間啪的一聲，雷蒙伸手打了他一記耳光。彼得大怒，拔劍出鞘，兩人又鬥了起來。雷蒙不住移動腳步，慢慢把彼得引向坑邊。

袁承志這才恍然，原來此人明打不贏，便暗設陷阱，他既如此處心積慮，那是非殺對方不可了。袁承志對這兩人本無好惡，但見雷蒙使奸，不覺激動了俠義之心。只見雷蒙數劍直刺，都爲彼得架住。彼得挺劍反攻，雷蒙退了兩步。彼得右腳搶進，已踏上陷阱，「啊」的一聲大叫，向前摔跌，雷蒙迴劍指住他背心。袁承志早已有備，急推窗格，飛身躍進，金蛇劍遞出，劍頭蛇舌鉤住雷蒙的劍身向後拉扯。彼得得脫大難，立即躍起，右腳卻已扭脫了臼。雷蒙功敗垂成，又驚又怒，挺劍向袁承志刺來。袁承志一聲冷笑，金蛇寶劍左右晃動，只聽錚錚錚之聲不絕，雷蒙的劍身給金蛇劍半寸半寸的削下，片刻之間，已削剩短短一截。雷蒙正自發呆，袁承志搶上去拿住他手腕，順手提起，頭下腳上，擲入了他自己所掘的陷坑之中，哈哈大笑，躍出窗去。

胡桂南從後跟來，笑道：「袁相公，你瞧。」雙手提起，拿著三把短槍。袁承志奇道：「那裏來的？」胡桂南向窗裏指指。原來袁承志出手救人之時，胡桂南跟著進來，忙亂中乘機將兩個西洋軍官三把短槍都偷了來。袁承志笑道：「眞不愧聖手神偷。」

兩人趕回和衆人相會。青青拿著一把短槍玩弄，無意中在槍扣上一扳，只聽得轟的一聲，煙霧瀰漫。沙天廣坐在她對面，幸而身手敏捷，急忙縮頭，一頂頭巾打了下來，炙得滿臉都是火藥灰。青青大驚，連聲道歉。沙天廣伸伸舌頭，道：「好厲害！」

眾人把另外兩把短槍拿來細看，見槍膛中裝著火藥鉛丸。程青竹道：「火藥本是中國物事。咱們用來打獵、放煙花、做鞭砲，西洋人學到之後卻拿來殺人。這隊洋兵有一百多人，一百多枝槍放將起來，可不是玩的。」各人均覺火器厲害，不能以武功與之對敵，一時默然無語，沉思對策。

胡桂南道：「袁相公，我有個上不得台盤的鬼計，不知行不行？」鐵羅漢笑道：「諒你也不會有甚麼正經主意。」袁承志道：「胡大哥且說來聽聽。」胡桂南笑著說了。青青首先拍手讚好，沙天廣等也都說妙計。袁承志仔細推想，頗覺此計可行，於是下令分頭布置。

那西洋女子若克琳的父親本是澳門葡萄牙國大官，於年前逝世。她這次要搭乘運送大砲的海船回歸本國，因此隨同送砲軍隊北上，再赴天津上船。彼得是她父親的部屬，與若克琳相愛已久。雷蒙來自葡國本土，見到美人，便想橫刀奪愛。他雖官階較高，自負風流，卻無從插手，老羞成怒之餘，便向情敵挑戰，比劍時操之過急，反致失手，而行使詭計，又給袁承志突來闖破。彼得以他是上司，不敢怎樣，只有加緊提防。

這日來到一處大村莊萬公村，在村中「萬氏宗祠」歇宿。睡到半夜，忽聽得人聲喧嘩，放哨的洋兵奔進來說村中失火。雷蒙與彼得急忙起來，見火頭已燒得甚近，忙命眾兵將火藥桶搬出祠堂，放於空地。忙亂中見衆鄉民提了水桶救火，數十名大漢闖進祠堂，到處潑水。雷蒙喝問原因。衆鄉民對傳譯錢通四道：「這是我們祖先的祠堂，先潑上水，免得火頭延燒過來。」雷蒙覺得有理，也就不加干涉。那知衆鄉民信手亂潑，一桶桶水儘往火藥上倒去。洋兵拿起槍桿趕打，趕開一個又來一個，不到一頓飯功夫，祠堂內外一片汪洋，火藥桶和大砲、槍枝，無一不是淋得濕透，火勢卻漸漸熄了。

亂到黎明，雷蒙和彼得見鄉民舉動有異，火藥全都淋濕，槍枝又少了許多，心想這地方有點邪門，還是及早離去爲妙，正要下令開拔，一名小軍官來報，拖砲拉車的牲口昨晚在混亂中盡數逃光了。雷蒙舉起馬鞭亂打，罵他不小心，命錢通四帶洋兵到村中徵集。不料村子雖大，卻一頭牲口也沒有，想是得到風聲，把牲口都藏了起來。

這一來就無法起行，雷蒙命彼得帶了錢通四，到前面市鎮去調集牲口。

雷蒙督率士兵，打開火藥桶，把火藥倒出來晒。晒到傍晚，火藥已乾，衆兵正要收入桶中，突然民房中拋出數十根火把，投入火藥堆中，登時烈燄沖天。衆洋兵嚇得魂飛天外，紛紛奔逃，亂成一團。雷蒙連聲下令，約束士兵，往民房放射排槍。煙霧瀰漫中只見數十名大漢竄入林中不見了。雷蒙檢點火藥，已燒去了十之八九，槍枝也失了大半，十分懊喪。等到第三日下午，彼得才徵了數十匹騾馬來拖拉大砲。

在路上行了四五日，這天來到一條山峽險道，眼見是極陡的下山路，雷蒙與彼得指揮士兵，每一尊大砲由十名士兵用巨索在後拖住，以防山路過陡，大砲墮跌。山路越走越險，衆人正自提心吊膽，全力拖住大砲，突然山凹裏颼颼之聲大作，數十枝羽箭射了出來。

十多名洋兵立時中箭，另有十多枝箭射在騾馬身上。牲口受痛，向下急奔，衆洋兵那裏拉扯得住？十尊大砲每一尊都重達千餘斤，下墮之勢非同小可。加之路上又突然出現陷坑，許多騾馬跌入坑裏。只聽得轟隆之聲大作，最後兩尊大砲忽然倒轉，一路觔斗翻了下去。數名洋兵給壓成了肉醬。前面的八尊大砲立時均受推動。

衆兵顧不得抵擋來襲敵人，忙向兩旁亂竄。有的無路可走，見大砲滾下來的聲勢險惡，踴身跳避，跌入了峽谷。十尊大砲翻翻滾滾，向下直衝，越來越快。騾馬在前疾馳，不久就給大砲趕上，壓得血肉橫飛。過了一陣，巨響震耳欲聾，十尊大砲都跌入深谷去了。

雷蒙和彼得驚魂甫定，回顧若克琳時，見她已嚇得暈了過去。兩人救起了她，指揮士兵伏下抵敵。敵人早在坡上挖了深坑，用山泥築成擋壁，火槍射去，傷不到一根毫毛，羽箭卻不住颼颼射來。戰了兩個多時辰，洋兵始終不能突圍。

雷蒙道：「咱們火藥不夠用了，只得硬衝。」彼得道：「叫錢通四去問問，這些土匪到底要甚麼。」雷蒙怒道：「跟土匪有甚麼說的？你不敢去，我來衝。」彼得道：「土匪弓箭厲害，何必逞無謂的勇敢？」雷蒙望了若克琳一眼，惡狠狠的吐了口唾沫，罵道：「懦夫，懦夫！」彼得氣得面色蒼白，低聲道：「等打退了土匪，叫你知道無禮的代價。」雷蒙一躍而起，叫道：「是好漢跟我來！」彼得叫道：「雷蒙上校，你想尋死麼？」衆洋兵知道出去就是送死，誰肯跟他亂衝？雷蒙仗劍大呼，奔不數步，一箭射來，穿胸而死。彼得與衆洋兵縮在山溝裏，仗著火器銳利，敵人不敢逼近，僵持了一日一夜，只盼官兵來救。但其時官場腐敗異常，若是調兵遣將，公文來往，又要請示，又要商議，不耗到十天半月，決不能調派一兵一卒。

守到第三日傍晚，衆兵餓得頭昏眼花，只得豎起了白旗。錢通四高聲大叫：「我們投降了，洋大人說投降了！」山坡上一人叫道：「把火槍都拋出來。」彼得道：「不能繳槍。」敵人並不理會，也不再攻，過了一會，忽然一陣肉香酒香，隨風飄了過來。衆洋兵已一日兩夜沒吃東西，這時那裏還抵受得住？紛紛拋出火槍，奔出溝來。彼得見大勢已去，只得下令棄械投降。衆兵把火槍堆在一起，大叫大嚷要吃東西。

只聽得兩邊山坡上號角聲響，土坑中站起數百名大漢，彎弓搭箭，對住了衆洋兵。幾個人緩步過來，走到臨近，彼得看得清楚，當先一人便是那晚救了自己性命的少年。他身旁那人正是曾給雷蒙擊落頭巾的少女。若克琳叫道：「啊，就是這批有魔法的人！」彼得拔出佩劍，走上幾步，雙手橫捧，交給袁承志，意示投降，心想此人於己有恩，輸在他手下也還値得。

袁承志先是一楞，隨即領悟這是服輸投降之意，於是搖了搖手，對錢通四道：「你對他說，他們洋兵帶大砲來，如是幫助中國守衛國土，抵抗外敵，那麼我們很是感謝，當他們是好朋友。」錢通四照他的話譯了。彼得連連點頭，伸出手來和袁承志握了握。

袁承志又道：「但你們到潼關去，是幫皇帝殺我們百姓，這個我們就不許了。」彼得道：「是去打中國百姓麼？我完全不知道。」袁承志見他臉色誠懇，相信不是假話，又道：「全中國的百姓很苦，沒飯吃，要餓死。只盼有人領他們打掉皇帝，脫離苦海。皇帝怕了，叫你們用大砲去轟死百姓。」彼得道：「我也是窮人出身，知道窮人的苦處。我這就回本國去了。」袁承志道：「那很好，你把兵都帶走吧。」

彼得下令集隊。袁承志命部下拿出酒肉，讓洋兵飽餐了一頓。彼得向袁承志舉手致敬，領隊上坡。袁承志叫道：「幹麼不把火槍帶走？」錢通四譯了。彼得奇道：「那是你的戰利品。你放我們走，不要我們用錢來贖身，我們已很感謝你的寬洪大量了。」

袁承志笑道：「你已失了大砲，再不把槍帶走，祇怕回去長官責罰更重。拿去吧。」彼得道：「你不怕我們開槍打你們麼？」袁承志哈哈笑道：「大丈夫一言既出，駟馬難追。我們中國人講究言而有信，既當你是朋友，那有疑心！」彼得連聲道謝，命士兵取了火槍，列隊而去。他一路上坡，越想越感佩，命衆兵坐下休息，和錢通四兩人又趕回來，從懷裏取出一個布包，對袁承志道：「閣下如此豪傑，我有一件東西相贈。」錢通四譯成了華語。

袁承志打開布包看時，見是一張摺疊著的厚紙，攤了開來，原來是幅地圖，圖中所繪的似是大海中的一座島嶼，圖上註了許多彎彎曲曲的文字。

彼得道：「這是南方海上的一座大島。島上氣候溫暖，物產豐富，眞如天堂一樣。我航海時到過那裏。」袁承志問道：「你給我這圖是甚麼意思？」彼得道：「你們在這裏很辛苦，不如帶了中國沒飯吃的受苦百姓，都到那島上去。」

袁承志暗暗好笑，心道：「你這外國人心地倒好，只不過不知我們中國有多大，億萬之衆，憑你再大的島也居住不下。」問道：「這島上沒人住麼？」彼得道：「有時有西班牙的海盜，有時沒有。你們這樣的英雄好漢，也不會怕那些該死的西班牙海盜。」袁承志見他一片誠意，就道了謝，收起地圖。彼得作別而去。

錢通四轉過身子，正要隨同上山，青青忽地伸手，扯住他的耳朵，喝道：「下次再見你作威作福，欺侮同胞，小心你的狗命！」錢通四耳上劇痛，連說：「小人不敢！」他口中少了許多牙齒，說話漏風，倒似說：「小人頗敢！」

袁承志指揮衆人，爬到深谷底下去察看大砲，見十尊巨砲互相碰撞，都已毀得不成模樣，無法再用，於是掘土蓋上。袁承志見大功告成，與侯飛文等羣豪歡聚半日，痛飲一場，這才分手。次日會齊了啞巴、洪勝海等人，帶了鐵箱，向京師進發。

這一役胡桂南厥功最偉，弄濕火藥、掘坑陷砲等巧計都是他想出來的。衆人一路上對他不斷稱揚，再也不敢輕視他是小偷出身。

袁部三營初出茅廬，便建奇勛，「金蛇營」的名聲大振。其後闖軍進攻潼關，明朝兵部尚書督師孫傳庭戰死，麾下大將高傑棄關逃赴西安，闖軍攻破潼關，得西安，再取北京，袁部毀砲挫敵之功甚巨。

此去一路之上，但見焦土殘垣，野犬食屍，盡是清兵燒殺劫掠的遺跡，羣雄看得盡皆心頭火起。沙天廣道：「可惜那日沒殺了韃子兵的元帥阿巴泰。盟主，咱們趕上去刺殺他如何？」青青首先便鼓掌叫好。袁承志沉吟不答。青青道：「去殺了韃子兵元帥有甚不好？也免得孫仲壽叔叔老是埋怨。」袁承志道：「要刺殺韃子的頭子，殺得越大越好，咱們索性便去刺殺滿清的皇帝皇太極。」眾人一怔，隨即齊聲歡呼。

袁承志詳細詢問洪勝海，滿清的京城如何防衛，如何方能混入皇宮。洪勝海道：「滿清的京城在瀋陽，現今叫作盛京，那盛京規模簡陋，可萬萬及不上北京了。小人先前在睿親王多爾袞手下當差，有塊腰牌，可以直進睿親王府，皇宮卻沒進去過。」袁承志道：「咱們這就去盛京，到了之後相機行事。」

一行人先到北京順天府，租到住所後將鐵箱埋入地下，由程青竹率領青竹幫的幾名得力頭目留守，承志等出京向北進發，出山海關後，不一日到了盛京。

眾人在一家小客店中歇了，商議混進宮中之策。洪勝海道：「相公，依小人之見，請你委屈一下，扮作小人的夥伴，先去見多爾袞。他是韃子皇帝的親弟弟，在各位王爺中最得寵信，權力最大。咱們或能憑著他帶進宮去。」袁承志道：「多爾袞派你送信給司禮太監曹化淳，你又怎地回報？」洪勝海道：「小人只說曹化淳還沒能見到，但在北京打探到了機密軍情，因此先行回報。」袁承志道：「甚麼機密軍情？」洪勝海道：「小人胡說八道一番，說是明朝皇帝已向西洋國借兵，借來幾百門大砲，數千洋槍隊，日內就來攻打滿洲。」袁承志喜道：「此計大妙，多爾袞聽了，定要去稟報韃子皇帝。」於是向青青要了那枝洋槍，對洪勝海道：「你說我是西洋兵的通譯錢通四，因此得悉內情。」

青青大笑，說道：「承志哥哥，你甚麼人不扮，卻去扮那個狗通譯錢通四，我打掉你滿嘴牙齒再說！」說著舉起右手，假意向袁承志嘴上打去。袁承志張口便咬，青青忙縮手不迭。袁承志嘰哩咕嚕的說了幾句冒充西洋話，衆人盡皆大笑。

當日午後，袁承志隨同洪勝海，去睿親王府求見王爺。多爾袞隨即傳見。袁承志見那多爾袞三十一二歲年紀，身形高瘦，一臉精悍之氣。洪勝海跟他說了一陣滿洲話，多爾袞果然神色大變，隨即以漢語詢問袁承志。袁承志取出洋槍，放在桌上，將先前與洪勝海商量好的言語說了。多爾袞沉吟良久，說道：「你們報訊有功，我有重賞。這就下去吧。明日再來伺候，聽取吩咐。」兩人無奈，只得磕頭退出。

袁承志無緣無故向韃子王爺磕了幾個頭，卻見不到皇太極，回到客店，老大發悶。尋思一會，要洪勝海帶到皇宮外去察看了一番，決意晚間逕行入宮行刺。

他想此舉不論成敗，次日城中必定大索，捉拿刺客，於是要各人先行出城，約定明日午間在城南二十里處一座破廟中相會。各人自知武功與他相差太遠，多一人非但幫不了忙，反而成為累贅，單是他一人，脫身便容易得多，俱各遵命，都力勸他務須小心。

青青出門時向袁承志凝望片刻，低聲道：「承志哥哥，韃子皇帝刺得到果然好，刺不到也就罷了，你自己可千萬要保重。你知道，在我心中，一百個韃子皇帝也及不上你一根頭髮，我若是從此再也見不到你……」說到這裏，眼圈兒登時紅了。

袁承志要讓她寬懷，伸手拔下頭上一根頭髮，笑道：「我送一百個韃子皇帝給你。」說時將頭髮遞將過去。青青噗哧一笑，眼淚卻掉了下來。

袁承志等到初更時分，攜了金蛇劍與金蛇錐，來到宮牆外。眼見宮外守衛嚴密，悄步繞到一株大樹後躲起，待衛士巡過，輕輕躍入宮牆。眼見殿閣處處，卻不知皇太極居於何處，一時大費躊躇，心想只有抓到一名衛士或太監來逼問。

他放輕腳步，走了小半個時辰，不見絲毫端倪，心道：「這件事艱難萬分，怎比得當日大功坊中夜探？務須沉住了氣，今晚不成，明晚再來，縱然須花一兩個月時光，那也不妨。」既這麼想，走得更加慢了，繞過一條迴廊，忽見花叢中燈光閃動，忙縮身在假山之後，過不多時，只見四名太監提了宮燈，引著三名官員過來。他眼見人多，倘若搶出擒人，勢必驚動，只要一聲張，皇帝有備，便行刺不成了，當下躡足在後跟隨，只見那七人走向一座大殿，進殿去了。殿外匾額寫著「崇政殿」三字，旁邊有行彎彎曲曲的滿文。

袁承志繞到殿後，伏身在地，見殿周四五十名衛士執刀守禦，心中一喜：「此處守衛森嚴，莫非韃子皇帝便在殿中？」在地下慢慢爬近，拾起一塊石子，投入花叢。四名衛士聞聲過去查看，其餘侍衛也均注視。袁承志展開輕功，已搶到牆邊，使出「壁虎遊牆功」沿牆而上，頃刻間到了殿頂，伏在屋脊側面，傾聽四下無聲，自己蹤跡未讓發見，輕輕推開殿頂的幾塊琉璃瓦，從縫隙中往下瞧去。見滿殿燈燭輝煌，那三名官員正跪在地下，行的是三跪九叩大禮，袁承志大喜：「果然是在參見皇帝。」

只聽得最前的一名花白鬍子的老官說道：「臣范文程見駕。」其次一名身材魁梧的官員道：「臣寧完我見駕。」最後一名官員臉容尖削，說道：「臣鮑承先見駕。」袁承志心道：「這三個官兒都是漢人，卻投降了韃子，都是漢奸，待會順手一個一劍。」又想：「他們跟韃子皇帝怎地又都說漢話？」

緩緩移身向南，從縫隙中向北瞧去，只見龍座上一人方面大耳，雙目炯炯有神，唇留微髭，約莫五十來歲年紀，料想便是父親當年的大敵皇太極。尋思：「從此發射金蛇錐，當可取他性命，只是隔得遠了，並無十足把握，倘若侍衛之中有高手在內，別要給擋格開去，還是跳下去一劍割了他首級的爲是。」

只聽皇太極道：「南朝軍情這幾天怎麼樣？今日接到阿巴泰稟報，說先前在山東青州、泰安之間中伏，打了個大敗仗，難道明軍居然還這麼能打？你們可知青州、泰安這一帶的統兵官是誰？」袁承志心想：「原來他們正在說我們打的這場勝仗，倒要聽聽他們說些甚麼？」

寧完我道：「啓稟皇上，臣已詳細查過。明軍帶兵的總兵官姓水，名叫水鑒，武藝了得。其實眞正打仗的是李自成手下的一批亡命之徒，叫作甚麼『金蛇營』，那水總兵倒給他收服投降了。」皇太極「哦」了一聲，道：「他降了反賊，那太可惜了。你們去仔細查明，能不能設法要他降我大清，瞧他是貪財呢，還是愛美色。此人能打敗阿巴泰，那是個人才，咱們決不能輕易放過了。」三名官員齊聲道：「皇上聖明英斷，那水鑒若肯降順，是他的福氣。」

皇太極嘆了口氣，說道：「咱們當年使反間計殺了袁崇煥，朕事後想來，常覺十分可惜……」袁承志聽他提到自己父親的名字，耳中嗡的一聲，全身發熱，心道：「他們使反間計，使反間計！我爹爹果然是他害的。這人是害死我爹爹的大仇人！」只聽皇太極續道：「倘若袁崇煥能爲朕用，南朝的江山這時候多半早已是大清的了。」袁承志暗暗呸的一聲，心中罵道：「狗韃子打的好如意算盤！我爹爹忠肝義膽，豈能降你？」

皇太極又道：「只是袁崇煥爲人愚忠，不識大勢，諒來也是不肯投降的。」又嘆了口氣，問道：「洪承疇近來怎樣？」袁承志知道父親當年曾任薊遼總督，後來洪承疇也做薊遼總督，崇禎皇帝委以兵馬大權，兵敗被擒，降了滿清。洪承疇失陷之初，崇禎還以爲他已殉國，曾親自隆重祭祀。後來得知降清，天下都笑崇禎無知人之明。

范文程道：「啓奏皇上，洪承疇已將南朝的實情甚麼都說了。他說崇禎剛愎自用，舉措失當，信用奸佞，殺害忠良，四方流寇大起。我大清大軍正可乘機進關，解民倒懸。」皇太極搖頭道：「崇禎的性子，他說得一點兒也不錯。但我兵進關卻還不是時候。這時候進關，並無必勝把握。總須讓明兵再跟流寇打下去，雙方精疲力盡，兩敗俱傷，大清便可收那漁翁之利，一舉而得天下。你們漢人叫做卞莊刺虎之計，是不是？」三臣齊道：「是，是，皇上聖明。」

袁承志暗暗心驚：「這韃子皇帝當眞厲害，崇禎和他相比可天差地遠了。我非殺他不可，此人不除，我大漢江山不穩。就算闖王得了天下，只怕……只怕……」隱隱覺得此人目光遠大，統觀全局，想得通透，穩紮穩打，半點也不急躁，闖王的才具與他相較，似乎也頗有不及，又想：「這皇帝的漢語可也說得流利得很。他還讀過中國書，居然知道卞莊刺虎的故事。」

只聽皇太極道：「那洪承疇還說些甚麼？」范文程道：「洪承疇向臣露了幾次口風，盼望皇上恩典，賞他個差使，他得以為皇上效犬馬之勞，仰報天恩。」皇太極哈哈大笑，道：「這差使嗎？慢慢再說。」鮑承先道：「皇上，臣愚魯之極，心中有一事不明白，盼望皇上指點。」皇太極點點頭。鮑承先道：「洪承疇先前不肯歸順，皇上大賜恩寵，親自解下身上的貂裘，披在他身上，又連日大張筵席請他，連我大清的開國功臣也從來沒這般殊榮。眾臣工都不明白。皇上開導說：咱們這些年來辛辛苦苦、連年征戰，為的是甚麼？眾臣工啓奏道：為的是打南朝江山。皇上諭道：是啊，可是咱們不明南朝內情，好比都是瞎子，洪承疇一歸順，咱們都睜開了眼啦，那還不歡喜麼？眾臣工都拜服皇上聖明。這些日子來，那洪承疇將南朝各地的城守職官、民情風俗，都說得詳詳細細，果然盡在皇上算中。但皇上卻不賞他官職封爵，眾臣工可又都不明白了。」

皇太極微微一笑，說道：「老鮑性子直爽，想問甚麼，倒也直言無忌。你們三個，雖然都是漢人，但早就跟先皇和朕辦事，忠心耿耿，洪承疇怎能跟你們相比？」范文程等三人忙爬下磕頭，咚咚有聲，顯得感激之極。袁承志暗罵：「無恥，無恥！」

皇太極道：「洪承疇這人，本事是有的，可是骨氣就說不上了。先前我已待他太好，若再賜他高官厚祿，這人還肯出力辦事嗎？哼，崇禎封他的官難道還不夠大，那時他做的是甚麼官？」范文程道：「啓奏皇上：那時他在南朝官封太子太保、兵部尚書、總督薊遼軍務，麾下統率八名總兵官，實是官大權大。」皇太極道：「照啊。我封他的官再大，也大不過崇禎封他的。要他盡心竭力辦事，便不能給他官做，把他吊在那兒，叫他搖搖晃晃的摸不著邊兒。」三臣齊聲道：「皇上聖明。」

袁承志越想越有道理，覺得他這駕馭人才的法門實是高明之極，此刻聽到這番話，宛似當年在華山絕頂初見《金蛇秘笈》，其中所述法門無不匪夷所思，雖然絕非正道，卻令人不由得不服。

他呆了一陣，卻聽得皇太極在和范文程等商議，日後取得明朝天下之後如何治理，此時如何先爲之備，倒似大明的江山已是他掌中之物一般。袁承志心下憤怒，輕輕又揭開兩張琉璃瓦，看準了殿中落腳之處，卻聽得皇太極道：「南朝所以流寇四起，說來說去，也只一個道理，就是老百姓沒飯吃。咱們得了南朝江山，第一件大事，就是要讓天下百姓人人有飯吃……」袁承志心下一凜：「這話對極！」

范文程等頌揚了幾句。皇太極道：「要老百姓有飯吃，你們說有甚麼法子？范先生，你先說說看。」他似對范文程頗爲客氣，稱他「先生」，不像對鮑承先那樣呼之爲「老鮑」。范文程道：「皇上未得江山，先就念念不忘於百姓，這番心意，必得上天眷顧。以臣愚見，要天下百姓都有飯吃，第一須得輕徭薄賦，決不可如崇禎那樣，不斷的加餉搜刮。」皇太極點頭道：「咱們進關之後，須得定下規矩，世世代代，不得加賦，只要庫中有餘，就得下旨減免錢糧。」范文程道：「皇上如此存心，實是萬民之福，臣得以投效明主，爲皇上粉身碎骨，也所……也所甘願。」說到後來，語音竟然嗚咽了。

袁承志心想：「這個大漢奸，似乎確有幾分愛民之心，卻不知是做戲呢，還是眞心。」皇太極道：「很好，很好。你們漢人罵你們是漢奸，日後你們好好爲朕辦事，也就是爲天下百姓辦事，總得狠狠的掙一口氣，讓千千萬萬百姓瞧瞧，到底是你們這些人爲漢人做了好事呢，還是崇禎手下那些只知升官發財、搜刮百姓的眞漢奸做了好事。老寧，你有甚麼條陳？」

寧完我道：「啓奏皇上：我大清的滿洲人少，漢人衆多。皇上得了天下後，以臣愚見，須得視天下滿人漢人俱是皇上子民，不可像元朝蒙古人那樣，把漢人南方人當作下等百姓。只消我大清對衆百姓一視同仁，漢人之中縱有倔強之徒，也成不了大事。」皇太極點頭道：「此言有理。元人弓馬天下無敵，可是他們在中國的江山卻坐不穩，就是爲了虐待漢人。這是前車甚麼的？」鮑承先道：「前車覆轍。」皇太極微笑道：「對了，老鮑，我讀漢人的書，始終不易有甚麼長進。」鮑承先道：「皇上日理萬機，這些漢人書裏的典故，也不必太放在心上。只要懂得書裏的大道理，如何治國平天下，那就夠了。」皇太極點頭道：「漢人的學問，不少是很好的。只不過作主子的，讀書當學書裏頭的道理策略，不必學漢人的秀才進士那樣，學甚麼吟詩作對……」

袁承志聽了這些話，只覺句句入耳動心，渾忘了此來是要刺死此人，內心隱隱似盼多聽一會，但聽他四人商議如何整飭軍紀，清兵入關之後，決不可殘殺百姓，務須嚴禁劫掠。只見兩名侍衛走上前來，換去御座前桌上的巨燭，燭光一明一暗之際，袁承志心想：「再不動手，更待何時？」左掌提起，猛力擊落，喀喇喇一聲響，殿頂已斷了兩根椽子，他隨著瓦片泥塵，躍下殿來，右足踏上龍案，金蛇劍疾向皇太極胸口刺去。

皇太極兩側搶上四名衛士，不及拔刀，已同時擋在皇太極身前。嗤嗤兩響，兩名衛士已身中金蛇劍而死。皇太極身手甚是敏捷，從龍椅中急躍而起，退開兩步。這時又有五六名衛士搶上攔截，寧完我與鮑承先撲向袁承志身後，各伸雙手去抱。袁承志左腳反踢，砰砰兩聲，將寧鮑兩人踢得直摜出去。便這麼一緩，皇太極又退開了兩步。

袁承志大急，心想今日莫要給這韃子皇帝逃了出去，再要行刺，可就更加不易了，連發兩枚金蛇錐，卻都給衛士衝上擋去，作了替死鬼。袁承志金蛇劍連刺，更不理會衆衛士來攻，疾向皇太極衝去。眼見距他已不過丈許，驀地裏帷幕後搶出八名武士，都是空手，同時撲到。袁承志右足彈出，砰的一響，踢飛一名，左足鴛鴦連環，跟著飛出，一名武士正在此時自左側撲到。袁承志左腳踢中了他胸口，他雙手卻已牢牢抓住了袁承志小腿。這武士口中鮮血狂噴，雙手卻死命抓住不放。這八名武士在滿洲語中稱爲「布庫」，擅於摔跤擒拿，平時宮中或貝勒王公盛宴，例有角鬥娛賓。皇太極接見臣下之後，臨睡之前常要先看一場角鬥。這八名布庫武士此刻正在殿旁伺候，聽得有刺客，紛紛搶上來護駕。

袁承志左足力甩，卻甩不脫這武士，金蛇劍揮出，削去了他半邊腦袋，但那武士雙手兀自緊緊抓住袁承志小腿。忽聽得身後有人喝道：「好大膽，竟敢犯駕？」說的是漢語。袁承志全不理會，左腳帶著那名死武士，跨步上前去追皇太極，只跨一步，頭頂風聲颯然，一件兵刃襲到，勁風掠頸，有如利刃。袁承志一驚，知道敵人武功高強之極，危急中滾倒在地，一個觔斗翻出，舞劍護頂，左手扯脫腳上的死武士，這才站起。

燭光照映下，只見眼前站著一個中年道人，眉清目秀，臉色白潤，右手執著一柄拂塵，冷笑道：「大膽刺客，還不拋下兵器受縛？」

袁承志眼光只向他一瞥，又轉去瞧皇太極，只見已有十餘名衛士擋在他身前。袁承志陡然躍起，急向皇太極撲去，身在半空，驀見那道士也躍起身子，拂塵迎面拂來。

袁承志金蛇劍連刺兩下，快速無倫。那道士側頭避了一劍，拂塵擋開一劍，跟著千百根拂塵絲急速揮來。袁承志伸左手去抓拂塵，右手劍刺他咽喉。唰的一聲響，塵尾打中了他左手，手背上登時鮮血淋漓，原來他拂塵之絲係以金絲銀絲所製，雖然柔軟，運上了內勁，卻是一件致命的厲害兵刃。就在這時，金蛇劍劍尖上的蛇舌也已鉤中那道人肩頭。兩人在空中交手三招，各受輕傷，落下地來時已交叉易位，心下都驚疑不定：「這人是誰？武功恁地了得，實是我生平所僅見。」

注：一、唐朝安祿山造反時，玄宗命大將哥舒翰守潼關，哥舒出戰敗死，潼關失守，長安不久便即陷落，本回回目借用此史事，唯比喻不甚貼切。

二、其時滿清國君皇太極未稱「皇帝」，只稱為「汗」，但漢人習慣上稱之為「皇帝」。

玉真子的衣服給胡桂南盜了去，
全身赤裸，下身摟了一張棉被，
左手牢牢拉住，惟恐掉將下來，
只以右手抵擋袁承志凌厲的攻擊，
頃刻間狼狽萬分，
卻始終不肯拋下棉被而雙手應戰。

第十四回

劍光崇政殿　燭影昭陽宮

袁承志回身又待去刺皇太極時，那道人的拂塵已向他腦後拂來，拂絲爲內勁所激，筆直戳至，猶似桿棒。袁承志無奈，只得回劍擋開。

兩人這一搭上手，登時以快打快，瞬息間拆了二十餘招。袁承志竭盡平生之力，竟絲毫佔不到上風，越鬥越心驚，突然間風聲過去，右頰又給拂塵掃了一下，料想臉頰上已多了數十條血痕，驀地裏青青的話在腦海中一閃：「承志哥哥，韃子皇帝刺得到果然好，刺不到也就罷了，你自己可千萬要保重。」眼見敵人如此厲害，只得先謀脫身，他一邊鬥，一邊移動腳步，漸漸移向殿口。那道人冷笑道：「在我玉眞子手下也想逃命麼？痴心妄想！」說著拂塵連進三招，盡是從意料不到的方位襲來。袁承志一時不知如何招架才是，腳下自然而然的使出木桑所授「神行百變」步法，東竄西斜，避了開去。不料這玉眞子如影隨形，竟於他的「神行百變」步法了然於胸，袁承志閃到東，他跟到東，竄到西，他追到西。袁承志雖讓開了那三招，卻擺脫不了他源源而來的攻擊。

這一來，兩人都感大奇。玉眞子叫道：「你叫甚麼名字？是木桑道人的弟子嗎？」袁承志道：「不是。」玉眞子問道：「你怎地會鐵劍門的步法？」袁承志反問：「你是漢人，怎地反幫韃子？」玉眞子怒道：「倔強小子，死到臨頭，還在胡說。」唰唰兩招。

袁承志眼見對方了得，稍有疏神，不免性命難保，當即凝神致志，使開本門華山派劍法接招。玉眞子看了數招，叫道：「啊，你是華山派穆老猴兒門下的小猴兒，是不是？」袁承志不肯隱瞞師門，喝道：「是便怎樣？」一招「蒼松迎客」，長劍斜出，內力從劍身上嗤嗤發出，姿式端凝，招迅勁足。玉眞子讚道：「好劍法，小猴兒不壞！」

袁承志罵道：「你這做漢奸的賊道！」玉眞子笑道：「老猴兒也不是我對手，你小猴兒更加不用想。」袁承志不再說話，全神貫注的出劍拆招。玉眞子微一疏神，左臂竟讓金蛇劍的尖鉤劃了淺淺一道口子。這一來，他再也不敢托大，舞動拂塵疾攻。

兩人翻翻滾滾的鬥了三百餘招，兀自難分高下，都暗暗駭異。袁承志不敢亂使金蛇劍法和木桑所授功夫，前者究未十分純熟，後者對方似所深知，招招使的盡是華山派本門劍法。金蛇劍本來鋒銳絕倫，無堅不摧，但玉眞子的拂塵塵絲柔軟，毫不受力，竟削它不斷。金蛇劍與拂塵招術變幻，勁風鼓盪，崇政殿四周巨燭忽明忽暗。

又拆數十招，驀聽得皇太極以滿洲語呼喝幾句，六名布庫武士分從三面撲上。袁承志料想今日已刺不到韃子皇帝，急揮長劍疾攻兩招，轉身向殿門奔出。玉眞子拂塵揮出，塵絲已捲住了金蛇劍的尖鉤。兩人同時拉扯，片刻間相持不下。便在這時，兩名武士已同時撲上來抓住了袁承志雙臂。

袁承志大喝一聲，鬆手撤劍，雙掌在兩名武士背上推拍，運起混元功內勁，兩名武士身不由主的向玉眞子撞去，玉眞子無奈，只得也鬆開拂塵柄，出掌推開兩名武士，嗆啷啷一響，拂塵與金蛇劍同時掉落。便在這時，兩名武士已抱住了袁承志雙腿。

玉眞子右掌向袁承志胸口拍到。袁承志雙足凝立，還掌拍出。兩名武士拚命拉扯，要將他扳倒，卻那裏扳得動？玉眞子掌來如風，瞬息之間連出一十二掌。袁承志一一解開，突然頸中一緊，一名武士撲到他背上，伸臂扼住了他咽喉。袁承志左肘向後撞出，正中他胸腹之間。那武士狂噴鮮血，都噴在袁承志後頸，熱血汩汩從他衣領中流向背心，扼住他咽喉的手臂漸鬆。袁承志正待運勁擺脫，一名武士撲上來扭住了他右臂。玉玉眞子乘機出指疾點，袁承志伸左手擋格。他雖只剩下左臂可用，仍擋住了玉眞子的七指連點。

玉眞子右指再點，左掌拍向袁承志面門。袁承志忙側頭相避，左臂卻又給一名武士抱住了。玉眞子噗噗噗連點三下，點了他胸口三處大穴，笑道：「放開吧，他動不了啦。」四名抱住袁承志雙手雙腿的武士卻說甚麼也不放手。

皇太極的侍衛隊長拿過鐵鍊，在袁承志身上和手足上繞了數轉，衆武士這才放手，將伸臂扼在袁承志頸中的武士扶下來時，只見他凸睛伸舌，早氣絕而死。

皇太極道：「玉眞總教頭和衆武士、衆侍衛護駕有功，重重有賞。老鮑、老寧，你們受傷了嗎？」鮑承先和寧完我已由衆侍衛扶起，哼哼唧唧的都說不出話來。

皇太極回入龍椅坐下，笑吟吟的道：「喂，你這年輕人武功強得很哪，你叫甚麼名字？」袁承志昂然道：「我行刺不成，快把我殺了，多問些甚麼？」皇太極道：「是誰指使你來刺我？」

袁承志心想：「我便照實而言，也好讓韃子知道袁督師有子。」大聲道：「我是前薊遼督師袁公的兒子，名叫袁承志。你韃子侵犯我大明江山，我千萬漢人，恨不得食你之肉。我今日來行刺，是爲我爹爹報仇，爲我成千成萬死在你手下的漢人報仇。」

皇太極一凜，問道：「你是袁崇煥的兒子？」袁承志道：「正是。我名叫袁承志，便是要繼承我爹爹遺志，抗禦你韃子入侵。」

衆侍衛連聲呼喝：「跪下！」袁承志全不理睬。皇太極揮手命衆侍衛不必再喝，溫言道：「袁崇煥原來有後，那好得很啊。你還有兄弟沒有？」袁承志一怔，心想：「他問這個幹麼？」說道：「沒有！」皇太極問道：「你受了傷沒有？」袁承志叫道：「快將我殺了，不用你假惺惺。」

皇太極嘆道：「你爹爹袁公，我是很佩服的。可惜崇禎皇帝不明是非，殺害了忠良。當年你爹爹跟我曾有和議，明清兩國罷兵休民，永爲世好。只可惜和議不成，崇禎反而說這是你爹爹的大罪，我聽到後很是痛心。崇禎殺你爹爹，你可知是那兩條罪名？」

袁承志默然。他早知崇禎殺他爹爹，有兩條罪名，一是與清酋議和，勾結外敵，二是擅殺皮島總兵毛文龍。孫仲壽、應松等說得明白，當日袁督師和皇太極議和，只是一時權宜之計，清兵勇悍善戰，弓馬之技天下無雙，明兵力所不敵，只有等練成了精兵之後，方有破敵機會，議和是爲了練兵與完繕城守。至於毛文龍貪贓跋扈，劫掠百姓，不奉朝命，不聽指揮，不殺他無以整肅軍紀。

皇太極道：「你爹爹是崇禎害死的，我卻是你爹爹的朋友。你怎地不分好歹，不去殺崇禎，卻來向我行刺？」袁承志道：「我爹爹是你敵人，怎會是你朋友？你使下反間計，騙信崇禎，害死我爹爹。崇禎要殺，你也要殺。」皇太極搖搖頭，道：「你年輕不懂事，甚麼也不明白。」轉頭向范文程道：「范先生，你開導開導他。」袁承志大聲道：「你想要我學洪承疇麼？哼，袁督師的兒子，會投降滿洲嗎？」

這時崇政殿外已聚集了不少文武官員，都是聽說有刺客犯駕，黃夜趕來護駕的。皇太極道：「祖大壽在這裏嗎？」階下一名武將道：「臣在！」走到殿上，跪下磕頭。

袁承志心中一凜，祖大壽是父親當年麾下的第一大將，父親給崇禎下旨擒拿時，他義憤不服，帶兵反出北京，後來父親在獄中修書相勸，他才再接崇禎令旨。他與清兵血戰前後數十場，但崇禎對他疑忌，每次都不予增援，致在大凌河為皇太極重重圍困，不得已而投降，此後降了又反，在錦州數場血戰，後援不繼，被擒又降。心想：「他對我爹爹雖然不錯，但投降韃子總是大大不該。」忍不住高聲斥道：「祖大壽，你這無恥漢奸！」

祖大壽站起身來，轉頭瞧著他。袁承志見他剃了額前頭髮，拖根辮子，頭髮已然花白，容色憔悴，全無統兵大將的半分英氣，喝道：「祖大壽，你還有臉見我嗎？你死了之後，有臉去見我爹爹嗎？」

祖大壽在階下時已聽到皇太極和袁承志對答的後半截話，突然眼淚從雙頰上流了下來，顫聲道：「袁公子，你……你長得這麼大了，你……你三歲的時候，我……我抱過你的。」袁承志怒道：「呸，給你這漢奸抱過，算我倒霉！」祖大壽全身顫抖，張開雙臂，踏上兩步，似乎又想去抱他，但終於停步，張嘴要待說話，聲音卻啞了，只「啊，啊，啊」幾聲。

皇太極道：「祖大壽，這姓袁的交你帶去，好好勸他歸順。當眞不降，咱們把他千刀萬剮。哼，這小子膽子倒大，居然來向朕行刺，嘿嘿，嘿嘿。」祖大壽跪下不住磕頭，說道：「皇上天恩，臣當盡力開導。」皇太極點頭道：「好，你帶他去吧！」

祖大壽走到袁承志身邊，伸手欲扶。袁承志退後兩步，手腳上鐵鍊噹啷啷直響，喝道：「別碰我！」祖大壽縮開手，躬身退出。兩名侍衞伸手托在袁承志腋下，跟在祖大壽身後。袁承志回頭向皇太極瞧去，只見他眼光也正向他瞧來，神色間甚是和藹。

袁承志茫然不解，心道：「不知這韃子皇帝肚子裏在打甚麼鬼主意。」

到得宮外，祖大壽命親隨將袁承志扶上自己坐騎，自己另行騎了匹馬，同到自己府中。祖大壽命親隨將袁承志扶入書房，說道：「你們出去！」四名親隨躬身出房。

祖大壽掩上了房門，一言不發，便去解袁承志身上的鐵鍊。袁承志自在宮內之時，便已緩緩運氣，胸口所封穴道已解了大半，見他竟來解自己身上鐵鍊，心想：「你只道我穴道被點，兀自動彈不得，哼哼，這可太也托大了！」

祖大壽緩緩將鐵鍊一圈圈的從袁承志身上繞脫，始終一言不發。袁承志暗暗運氣，覺胸口膻中穴氣息仍頗窒滯，心想：「那道人手勁當眞了得。我穿著木桑道長所賜的金絲背心，受了他這三指，兀自如此。若無這背心護體，那還了得？」又想：「祖大壽要勸我投降韃子，我且假裝聽他的，拖延時刻。一待胸間氣息順暢，便發掌擊斃了這漢奸，穿窗逃走。」祖大壽解完鐵鍊，低沉著嗓子道：「袁公子，你這就去吧。」

袁承志大吃一驚，幾乎不信自己耳朵，問道：「你……你說甚麼？」祖大壽道：「要刺殺大清皇帝，實在難得很。你還是去吧。」袁承志道：「你放我走？」祖大壽道：「是，你有沒受傷？」袁承志道：「沒有。」祖大壽道：「你騎我的馬，天一亮立即出城。」袁承志道：「你爲甚麼放我走？」祖大壽黯然道：「你是袁督師的親骨血，祖大壽身受督師厚恩，無以爲報。」袁承志道：「你放了我，明天韃子皇帝查問起來，你定有死罪。」祖大壽道：「那走著瞧吧。大清皇帝說過，不會殺我的。」袁承志道：「你私放刺客，罪名太大，皇帝說不定還會疑心你是行刺的主使。我不能自己貪生，卻害了你一命。」

祖大壽苦笑道：「我的性命，還值得甚麼？在大凌河城破之日，我早該死了。錦州城破之日，更該當死了。袁公子，你不用管我，自己去吧。」袁承志道：「那麼你跟我一起逃走。」祖大壽搖搖頭道：「我老母妻兒、兄弟子姪，一家八十餘口全在盛京，我是不能逃的。」袁承志心神激盪，突然胸口內息逆了，忍不住連聲咳嗽，尋思：「他投降韃子，就是漢奸，我原該一掌打死了他，想不到他竟會放我走。我一走，韃子皇帝非殺了他不可。是我殺他，還是韃子殺他，本來毫無分別。但是我難道眼睜睜的讓他代我而死？我若不走，自然是給韃子殺了，我以有爲之身，尙有多少大事未了，怎能輕易送命？我當然不想死，爲了一個漢奸而死，更加不値之至。可是……可是……」心下越難委決，越咳得厲害，面紅耳赤，險些氣也喘不過來。

祖大壽輕輕拍他背脊，說道：「袁公子，你剛才激鬥脫力，躺下來歇一會兒。」袁承志點點頭，盤膝而坐，心中再不思量，只凝神運氣。那玉眞子點穴功夫當眞厲害，初時還以爲給封閉了的穴道已然解開，但一運氣間，便覺胸口終究不暢，心知坐著不動，那也罷了，但若與人動手，或是施展輕功跳躍奔跑，勢必會閉氣暈厥。於是按照師父所授的調理內息法門，緩緩將一股眞氣在各處經脈中運行。

也不知過了多少時候，才覺眞氣暢行無阻，更無窒滯，慢慢睜開眼來，卻見陽光從窗中射進，竟已天明。他微吃一驚，見祖大壽坐在一旁，雙手擱膝，呆呆出神。袁承志站起，說道：「你陪了我半夜？」祖大壽臉上微現喜色，道：「公子好些了？」

袁承志道：「全好了！那玉眞子道人是甚麼來歷？武功這麼厲害。」祖大壽道：「他是新近從西藏來的，上個月宮中布庫大校技，這道人打敗二十三名一等布庫武士，後來四五名武士聯手跟他較量，也都讓他打敗了。皇帝十分歡喜，封了他一個甚麼『護國眞人』的頭銜，要他作布庫總教頭。公子，你喝了這碗雞湯，吃幾張餅，咱們這就走吧。」說著走到桌邊，雙手捧過一碗湯來。

袁承志心想：「我專心行功，有人送吃的東西進來也不知道。他本來就可殺我，也不用下毒。」接過湯碗，喝了幾口，微有苦澀之味。祖大壽道：「這是遼東老山人參燉的，最能補氣提神。」袁承志吃了兩張餅，說道：「你帶我去見韃子皇帝，我投降了。」祖大壽大吃一驚，雙目瞪視著他，隨即明白，他是不願自己爲他送命，先行假意投降，然後再謀脫身，沉吟片刻，道：「好！」帶著他出了府門，兩人上了馬。祖大壽也不帶隨從，當先縱馬而行，袁承志跟隨其後。

行了幾條街，袁承志見他催馬走向城門，見城門上寫著三個大字「德盛門」，旁邊有一行彎彎曲曲的滿洲文，知是盛京南門，昨天便是從這城門中進來的，心覺詫異，問道：「咱們怎地出城？」祖大壽道：「皇帝在城南哈爾撒山圍獵。」

兩人出城行了約莫十里。祖大壽勒馬停步，說道：「公子，咱們這就別過了。你多多保重，我日日夜夜求菩薩保佑你平安。」袁承志驚道：「怎麼？咱們不是去見韃子皇帝麼？」祖大壽搖頭苦笑，道：「袁督師忠義包天，他的公子怎能如我這般無恥，投降韃子？」解下腰間佩劍，連鞘向他擲去，袁承志只得接住。祖大壽突然圈轉馬頭，猛抽兩鞭，坐騎循著回城的來路疾馳而去。

袁承志叫道：「祖叔叔，祖叔叔！」一時拿不定主意，該當追他回來，還是和他一起回城，就這麼微一遲疑，祖大壽催馬去得遠了，只聽他遠遠叫道：「多謝你叫我兩聲叔叔！」

袁承志坐在馬上，茫然若失，過了良久，才縱馬南行。

又行了約莫十里，遠遠望見青青、洪勝海、沙天廣等人已等在約定的破廟之外。青青大聲歡呼，快步奔來，撲入他懷裏，叫道：「你回來啦！你回來啦！」袁承志見她臉上大有倦容，料想她焦慮掛懷，多半一夜未睡。

青青見他殊無興奮之色，猜到行刺沒成功，說道：「找不到韃子皇帝？」袁承志搖搖頭：「人是找到了，刺不到。」簡略說了經過。衆人聽得都張大了口，合不攏來。

青青拍拍胸口，吁了口長氣，說道：「謝天謝地！」

袁承志想到祖大壽要為自己送命，心下總是不安，說道：「今晚我還要入城，倘若祖叔叔給韃子皇帝抓了起來，我要救他。」青青道：「大夥兒一起去！我可再也不讓你獨個兒去冒險了。」

申牌時分，一行人又到了盛京城內，生怕昨天已露了行跡，另投一家客店借宿。

洪勝海去祖大壽府前察看，回報說，沒聽到祖大壽給韃子皇帝鎖拿的訊息，府門外全沒動靜。袁承志心想：「韃子皇帝多半還不知他已放走了我，只道他正在勸我投降。」吩咐洪勝海再去打探。鐵羅漢道：「我也去。」青青道：「你不要去，別又跟人打架，誤了大事。」鐵羅漢撅起了嘴，道：「我也不一定非打架不可。」胡桂南道：「我跟羅漢大哥同去，他要鬧事，我拉住他便了。」袁承志點頭道：「一切小心在意。」

傍晚時分，三人回到客店。鐵羅漢極是氣惱，說道：「若不是夏姑娘先說了我，否則我眞得扭下那幾個小子的腦袋。」衆人問起原因，洪勝海說了。

原來他們仍沒聽到有拿捕祖大壽的訊息，昨晚宮裏鬧刺客，卻也沒聽到街頭巷尾有人談論。三人於是去酒樓喝酒，見到八名布庫武士在大吃大喝，說得都是滿洲話。洪勝海悄悄跟兩人說了。鐵羅漢和胡桂南才知他們在吹噓總教頭如何英勇無敵，昨晚又得了一柄怪劍，劍頭有鉤，劍身彎曲，鋒銳無比，當眞吹毛斷髮，削鐵如泥。這不是袁承志的金蛇劍是甚麼？鐵羅漢站起身來，便要過去教訓他們，胡桂南急忙拉住。待八名武士食畢下樓，三人悄悄跟去，查明了他們住宿的所在。

袁承志失手被擒，兵刃給人奪去，實是生平從所未有的奇恥，心想那玉眞子的武功絕不在自己之下，這把劍非奪回不可，卻又如何從這絕頂高手之中奪回來？一時沉吟不語。

胡桂南笑道：「盟主，我今晚去『妙手』它回來。那玉眞子總要睡覺，憑他武功再高，睡著了總打我不過吧？」衆人都笑起來。袁承志道：「好，這就偏勞胡大哥了，可千萬輕忽不得。胡大哥只須盜劍，不必殺他。將他在睡夢中不明不白的殺了，非英雄好漢所爲。」胡桂南道：「是，日後盟主跟他一對一的較量，那時才教他死得心服。」袁承志微微一笑，說道：「就算單打獨鬥，我也未必能勝。」他要胡桂南不可行刺，卻是爲了此事太過凶險，玉眞子縱在睡夢之中，倘若白刃加身，也必能立時驚覺反擊，他武功太高，就算受了致命重傷，臨死之前一擊，也非要了胡桂南的命不可。

用過晚飯，胡桂南換上黑衣，興沖沖的便要出去。袁承志忌憚玉眞子厲害，終是放心不下，道：「胡大哥，我去給你把風。」兩人相偕出店。青青知道此行並不如行刺韃子皇帝那麼要干冒奇險，又素知胡桂南妙手空空，天下無雙，倒不太過擔心。

胡桂南在前領路，行了三里多路，來到布庫武士的宿地。居中是一座極大的牛皮大帳，四周都是一座座小屋。胡桂南低聲道：「那八名武士都住在北首的小屋中，只不知那牛鼻子是不是也住在這裏。」袁承志道：「咱們抓一名武士來問。只可惜咱們都不會說滿洲話。」胡桂南道：「待我打手勢要他帶路便是……」

話未說完，只見兩名武士哼著小曲，施施然而來。袁承志待兩人走到臨近，突然躍出，伸指在兩人背心穴道上各點一指，勁透要穴，兩人登時動彈不得。他出手時分了輕重，一名武士立即昏暈，另一名卻神智不失。他將暈倒的武士拖入矮樹叢中，胡桂南左手將尖刀抵在另一名武士喉頭，右手大打手勢，在自己頭頂作個道髻模樣，問他這道人住在何處。」

那武士道：「你作甚麼？我不明白。」不料他竟會說漢語。原來盛京本名瀋陽，向是大明所屬，爲滿洲人佔後，於天啓五年建爲京都，至此時還不足二十年。城中居民十九都是漢人。這些布庫武士多在酒樓賭館厮混，泰半會說漢語。

胡桂南大喜，問道：「你們的總教頭，那個道士，住在那裏？」那武士給尖刀抵住咽喉，正自驚懼，一聽之下，心想：「你要去找我們總教頭送死，那可眞妙極了。」嘴巴向著東邊遠處一座房子一努，說道：「我們總教頭護國眞人，便住在那座屋子裏。」那屋子離其餘小屋有四五十丈，構築也高大得多。袁承志料知不假，在他脅下再補上一指，教他暈厥後非過三四個時辰不醒。胡桂南將他拖入樹叢。

兩人悄悄走近那座大屋，見到處黑沉沉地，窗戶中並無燈燭亮光。胡桂南低聲道：「牛鼻子睡了，倒不用咱們等。」兩人繞到後門，胡桂南貼身牆上，悄沒聲息的爬上。跟著又沿牆爬下。袁承志見他爬牆的姿式甚是不雅，四肢伸開，縮頭聳肩，行動又慢，倒似是隻癩蝦蟆一般，但半點聲息也無，卻非自己所及，心想：「聖手神偷，果然了得。」他怕進屋時若稍有聲息，定讓玉眞子發覺，當下守在牆邊，凝神傾聽。

過了一會，聽得屋內樹上有隻夜梟叫了幾聲，跟著便又一片靜寂。突然之間，隱隱聽得有女子嬉笑之聲。接著有個男子哈哈大笑，說了幾句話，相隔遠了，卻聽不清楚，依稀便是玉眞子。袁承志心道：「他還沒睡，胡大哥可下不了手。」生怕胡桂南遇險，於是躍牆而入，只聽得男女嬉笑聲不絕，循聲走去，忽聽得玉眞子笑道：「你身上那一處地方最滑？」那女子笑道：「我不知道。」玉眞子笑道：「我來摸摸看。」

袁承志登時面紅耳赤，站定了腳步，心想：「這賊道在幹那勾當，幸虧青弟沒同來。」聽著那女子放肆的笑聲，心中禁不住一蕩，當即又悄悄出牆，坐在草叢之中。

又過了一會，一陣風吹來，微感寒意。此時甫當初秋，天時未寒，但北國入夜後已冷若冬季。突然之間，只聽得玉眞子厲聲大喝：「甚麼人？」袁承志一驚站起，暗叫：「糟糕，給他發覺了！」躍上牆頭，只見一個黑影飛步奔來，正是胡桂南，奔到臨近，卻見他手中累累贅贅的抱著不少物事，心念一閃：「胡大哥偷兒的脾氣難除，不知又偷了他甚麼東西，這麼一大堆的。」當下不及細想，躍下去將他一把抓起，飛身上牆，躍下地來，便聽得玉眞子喝道：「鼠輩，你活得不耐煩了。」身子已在牆頭。

胡桂南叫道：「得手了！快走！」袁承志大喜，回頭望去，不由得大奇，星光熹微下只見玉眞子全身赤裸，下體臃臃腫腫的圍著一張厚棉被，雙手抓著被子。袁承志忍不住失笑。胡桂南笑道：「牛鼻子正在幹那調調兒，我將他的衣服都偷來了。」說著雙手一舉，原來抱的是堆衣服，轉身道：「盟主，你的寶劍！」那把金蛇劍正插在他的後腰。

袁承志拔過劍來，順手插入腰帶，又奔出幾步。玉眞子已連人帶被，撲將下來，喝道：「小賊！」伸右掌向胡桂南劈去。袁承志出掌斜擊他肩頭，喝道：「你我再鬥一場。」玉眞子只感這掌來勢凌厲之極，急忙迴掌擋格。雙掌相交，兩人都倒退了三步。玉眞子大吃一驚，看清楚了對手，心下更驚，叫道：「啊！你這小子逃出來了。」他初時只道小偷盜劍，便赤身露體的追出，只道一招便殺了小偷，那料得竟有袁承志這大高手躲在牆外。

袁承志一退之後，又即上前。玉眞子左手拉住棉被，惟恐滑脫，只得以右掌迎敵。但這條大棉被何等累贅，只拆得兩招，腳下一絆，一個踉蹌，袁承志順勢出拳，重重擊在他肩頭。玉眞子又急又怒，他正在濃情暢懷之際，給胡桂南乘機偷去了寶劍衣服，本已大吃一驚，這時再遇勁敵，肩頭中了袁承志破玉拳中的一招，整條右臂都酸麻了。他自八歲之後，從未在人前赤裸過身子，這時狼狽萬狀，全想不到若是拋去棉被，赤身露體的跟袁承志動手又有何妨？時當夜晚，又無多人在旁，就算給人瞧見了，他本是個風流好色的男子，也沒甚麼大不了。但穿衣的習俗在心中已然根深柢固，手忙腳亂的只顧抵擋來招，左手始終緊緊抓著棉被不放，只以單手迎敵。再拆兩招，背心上又給袁承志發掌擊中。這一掌蓄著混元功內勁，玉眞子再也抵受不住，哇的一聲，吐出口鮮血。

袁承志住手不再追擊，笑道：「此時殺你，諒你死了也不心服，下次待你穿上了衣服再打過。」胡桂南急道：「盟主，饒他不得，只怕於祖大壽性命有礙。」袁承志心中一凜：「不錯，他去稟告韃子皇帝，又加重了祖叔叔的罪名，非殺他滅口不可。」縱身上前，雙拳往他太陽穴擊去。玉眞子見來招狠辣，自然而然的舉起雙手擋格，雖將對方來拳擋開，但棉被已溜到腳下，「啊」的一聲驚呼，胸口已結結實實的吃袁承志飛腳踢中。玉眞子大駭，再也顧不得身上一絲不掛，拔足便奔。袁承志和胡桂南隨後追去。

這道人武功也當眞了得，身上連中三招，受傷極重，居然還是奔行如飛，輕功之佳，當世罕有。袁承志急步追趕，眼見他竄入了中間牛皮大帳，當即追進，決意要殺他滅口。剛奔到帳口，只見帳內燭火照耀如同白晝，帳內站滿了人，當即止步，閃向一旁，只聽得帳內眾人齊聲驚呼。

這時胡桂南也已趕到，一扯袁承志手臂，繞到帳後。兩人伏低身子，掀開帳腳，向內瞧去。只見玉眞子仰面朝天，摔在地下，全身一絲不掛，瞧不出他一個大男人，全身肌膚雪白，胸口卻滿是鮮血，這模樣既可怪之極，又可笑無比。

帳中一陣驚呼之後，便即寂然無聲。只聽得一個威嚴的聲音大聲說起滿洲話來。袁承志吃了一驚，說話之人竟然便是滿清皇帝皇太極。

袁承志見帳內站滿的都是布庫武士，不下一二百人，心道：「啊，是了，這韃子皇帝愛看人比武，今晚又來瞧啦。算他眼福不淺，見到了武士總教頭這等怪模樣。」他昨晚領略過這些布庫武士的功夫，武功雖然平平，但纏上了死命不放，著實難鬥，帳中武士人數如此衆多，要行刺皇帝是萬萬不能，當下靜觀其變。

只見一名武士首領模樣之人上前躬身稟報，皇太極又說了幾句話，便站起身來，似乎掃興已極，不再瞧比武了。他走向帳口，數十名侍衛前後擁衛，出帳上馬。

袁承志心想：「這當眞是天賜良機，我在路上出其不意的下手，比去宮中行刺可方便得多了。」低聲對胡桂南道：「這是韃子皇帝，你先回去，我乘機在半路上動手。」

胡桂南又驚又喜，道：「盟主千萬小心！」

袁承志跟在皇太極一行人之後，見衆侍衛高舉火把，向西而行，心想：「待他走得遠些再幹，免得動起手來，帳中衆武士又趕來糾纏。」

跟不到一里，便見衆侍衛擁著皇太極走向一所大屋，進了屋子。袁承志好生奇怪：「他不回宮，到這屋裏又幹甚麼了？」當下繞到屋後，躍進牆去，見是好大一座花園，南首一間屋子窗中透出燈光，他伏身走近，從窗縫中向內張去，但見房中錦繡燦爛，大紅緞帳上金線繡著一對大鳳凰。迎面一張殷紅的帷子掀開，皇太極正走進房來。袁承志大喜，暗叫：「天助我也！」

只見一名滿洲女子起身相迎。這女子衣飾華貴，帽子後面也鑲了珍珠寶石。皇太極進房後，那女子回過身來，袁承志見她約莫二十八九歲年紀，容貌甚是端麗，全身珠光寶氣，心想：「這女子不是皇后，便是貴妃了。啊，是了，皇太極去瞧武士比武，這娘娘不愛看比武，便在這裏等著，這是皇帝的行宮。」

皇太極伸手摸摸她的臉蛋，說了幾句話。那女子一笑，答了幾句。皇太極坐到床上，正要躺下休息，突然坐起，臉上滿是懷疑之色，在房中東張西望，驀地見到床邊一對放得歪歪斜斜的男人鞋子，厲聲喝問。那女子花容慘白，掩面哭了起來。皇太極一把抓住她胸口，舉手欲打，那女子雙膝一曲，跪倒在地。皇太極放開了她，俯身到床底下去看。

袁承志大奇，心想：「瞧這模樣，定是皇后娘娘乘皇帝去瞧比武之時，跟情人在此幽會，想不到護國眞人突然演出這麼一齣好戲，皇帝提前回來，以致瞧出了破綻。難道皇后娘娘也偷人，未免太不成話了吧？她情人倘若尙在房中，這回可逃不走了。」

便在此時，皇太極身後的櫥門突然打開，櫥中躍出一人，刀光閃耀，一柄短刀向皇太極後心插去。那女子「啊」的一聲驚呼，燭光晃動了幾下，便即熄滅。過了好一會，燭火重又點燃，只見皇太極俯身倒在地下，更不動彈，背心上鮮血染紅了黃袍。

袁承志這一驚當眞非同小可，看那人時，正是昨天見過的睿親王多爾袞。那女子撲入他懷裏。多爾袞摟住了，低聲安慰。

袁承志眼見到這驚心動魄的情景，心中怦怦亂跳，尋思：「想不到這多爾袞膽大包天，竟敢跟嫂子私通，還弒了哥哥。事情馬上便要鬧大，快些脫身爲妙。」當即躍出牆外，回到客店。

青青見他神色驚疑不定，安慰他道：「想是韃子皇帝福命大，刺他不到，也就算了。」袁承志搖頭道：「韃子皇帝給人殺了，不過不是我殺的。」

衆人料想韃子皇帝遇弒，京城必定大亂，次日一早，便即離盛京南下。

不一日，進山海關到了京師順天府，才聽說滿清皇帝皇太極在八月庚午夜裏「無疾而終」，皇太極的兒子福臨接位爲帝。小皇帝年方六歲，由睿親王多爾袞輔政。

袁承志道：「這多爾袞也當眞厲害，他親手殺了皇帝，居然一點沒事，不知是怎生隱瞞的。」洪勝海道：「睿親王向來極得皇太極的寵信，手掌兵權，滿清的王公親貴個個都怕他。他說皇太極無疾而終，誰也不敢多口。」袁承志道：「怎麼他自己又不做皇帝？」洪勝海道：「這個就不知道了。或許他怕人不服，殺害皇太極的事反而暴露了出來。福臨那小孩子是莊妃生的，相公那晚所見的貴妃，定然就是莊妃了。」

袁承志此番遠赴遼東，爲的是行刺滿清巨酋皇太極，以報父仇，結果親眼見到皇太極斃命，雖非自己所殺，此人終究死了，可是內心卻殊無歡愉之意，又再思忖：「他爲甚麼將我交給祖叔叔？以他知人之明，自然料得到祖叔叔定會私自將我釋放。他是不是要收服祖叔叔之心，好爲他死心塌地的打仗辦事？還是故意示好，想引得我投降？」又想：「祖叔叔投降韃子，自然是漢奸了。只因他救了我性命，我便衝口而出的叫他叔叔，那豈不是只念小惠，不顧大義？到底該是不該？」想到皇太極臨死的情狀，當時似乎忍不住便想衝進房去救他性命，要是多爾袞下手稍緩，自己是否會出手相救，此時回思，兀自難說。再想到皇太極見識高超深遠，多爾袞手段狠辣，范文程等人眼光遠大，玉眞子武功之強，滿洲武士之勇，大明朝廷，多有不及。只覺世事多艱，來日大難，心中一片空盪盪地，竟無著落處。

袁承志取出銀兩，命洪勝海在禁城附近的正條子胡同買了一所大宅第，此次來京要結交王公巨卿、文武官員，以作闖軍內應，須得排場豪闊。

袁承志將鐵箱中的珍玩、金磚等物慢慢兌成銀兩，有時差洪勝海到天津、保定、張家口等處兌換，以免引人注目。換成銀兩後，逐步派人送去馬谷山「山宗營」。孫仲壽手中糧餉充裕，派人到關遼一帶招納「山宗」舊人，一提到「袁督師的公子帶領我們打仗」一句話，袁崇煥當年的舊部便即紛紛來歸。雖然這些人大半已垂垂老矣，但烈士暮年，壯心未已，衝鋒陷陣不免力所不逮，然個個久經戰陣，深諳用兵之道，整軍練兵，皆為良材。數月之間，已將「金蛇三營」練成一路精銳之師，雖還比不上當年袁崇煥手下的錦寧雄兵，但也不再是當日錦陽關伏擊之戰那樣的烏合之眾了。袁承志曾乘間輕騎前往馬谷山，與孫仲壽、水鑒、朱安國等人相見，更帶去一批糧餉。「金蛇三營」招兵買馬、打造軍械，成為一支勁旅。清軍若再來攻，當可與之決一死戰。袁承志心想：「那時才不枉了我名字中的『承志』兩字。」

這日，青青在大宅中指揮僮僕，粉刷佈置。袁承志獨自在城內大街閒逛。走到一處，見有數十名戶部庫丁手執兵刃，戒備森嚴。聽途人說，是南方解來漕銀入庫。他想這是崇禎皇帝的根本，得仔細看看，當下站得遠遠的，察看附近形勢，突見兩條黑影從庫房屋頂上躍起，身法迅速，一轉眼間，已在東方隱沒。袁承志大奇，心想光天化日之下，竟有大盜劫庫，倒也奇了。

次日清晨，眾人聚在花廳裏吃早飯。庭中積雪盈寸，原來昨夜下了半夜大雪。院子裏兩樹梅花含苞吐艷，清香浮動，在雪中開得越加精神。

一名家丁匆匆進來，對青青道：「小姐，外面有人送禮來。」另一名家丁捧進禮物，原來是一個宋瓷花瓶，一座沈石田繪的小屏風。袁承志道：「這兩件禮物倒也雅致，誰送的呀？」禮物中卻無名帖。青青封了一兩銀子，命家丁拿出去打賞，問清楚是誰家送的禮，過了一會，家丁回來稟道：「送禮的人已走了，追他不著。」

眾人都笑那送禮人冒失，白受了他的禮，卻不見他情。洪勝海道：「袁相公名滿天下，這次來京，江湖上多有傳聞，總是慕名的朋友向你表示敬意的。」眾人都道必是如此。中午時分，有人挑了整席精雅的酒肴來，乃是北京著名的全聚興菜館做的名菜。一問廚師，說是有人付了銀子讓送來的。眾人起了疑心，把酒肴讓貓狗試吃，並無異狀。下午又陸續有人送東西來，或是桌椅，或是花木，都是宅第中合用之物。青青只說得一句：「這裏須得掛一盞大燈才是。」過不了一個時辰，就有人送來一盞精致華貴的大宮燈。再過片刻，又有人送來綢緞絲絨、鞋帽衣巾，連青青用的胭脂花粉，也都特選上等的送來。鐵羅漢一把抓住那送衣服的人，喝道：「你怎知這裏有個頭陀？連我穿的袈裟也送來了？」那衣店夥計給他一抓，嚇了一跳，說道：「不知道啊！今兒一早，有人到小店裏來，多出銀子吩咐趕做的。」

這時人人奇怪不已，紛紛猜測。青青故意道：「這送禮的人要是真知我心思，給我弄一串珍珠來就好啦。」隔了片刻，只見一個僕人走出廳去。青青向洪勝海道：「快瞧他到那裏去？」不多時那僕人又回來侍候。洪勝海卻隔了一個時辰才回。他剛跨進門，珠寶店已送了兩串珠子來。

青青接了珠子，直向內室，袁承志和洪勝海都跟了進去。洪勝海道：「那僕人走到門外，對一個乞丐說了幾句話，就回進來。我就跟著那乞丐。見他走過了一條街，就有衙門的一個公差迎上來。兩人說了幾句話，那乞丐又回到我們門前。」青青道：「那你就釘著那鷹爪？」洪勝海道：「正是。那鷹爪卻不上衙門，走到一條胡同的一座大院子裏。我見四下無人，上屋去偷偷張望。原來裏面聚了十多名公差，中間一個老頭兒，瞎了隻眼睛，大家叫他單老師，似是他們的頭子。我怕他們發覺，就溜回來了。」

青青道：「好啊！官府耳目倒也眞靈，咱們一到北京，鷹爪就得了消息。哼，要動咱們的手，只怕也沒這麼容易呢！」袁承志道：「可是奇在幹麼要送東西來，不是明著讓咱們知道麼？京裏吃公事飯的，必定精明強幹，決不會做傻事。不知是甚麼意思？」命洪勝海把程青竹、沙天廣、胡桂南等人請來，商議一會，都猜想不透。

青青道：「公差的髒東西，咱們不要！」當晚她與啞巴、鐵羅漢、胡桂南、洪勝海等搬了送來各物，都去丟在公差聚會的那大院子裏。

次日青青把傳遞消息的僕人打發走了，卻也沒難爲他。那僕人恭恭敬敬的接了工錢，一再稱謝，磕了幾個頭去了，絲毫沒露出不愉的神色。袁承志等嚴密戒備，靜以待變，那天果然沒再有人送東西來。

當晚朔風呼號，又下了一晚大雪。次日一早，洪勝海滿臉驚詫之色，進來稟報：「屋子前面的積雪，不知是誰給打掃得乾乾淨淨，這眞奇了。」袁承志道：「這批鷹爪似乎暗中在拚命討好咱們。」青青笑道：「啊，我知道了。」衆人忙問：「怎麼？」青青道：「他們怕咱們在京裏做出大案來，對付不了，因此先來打個招呼，交個朋友。」沙天廣笑道：「說來倒有點像。可是我做了這麼多年強盜，從來沒聽見過這種事。」

程青竹忽道：「我想起啦，那獨眼捕快名叫獨眼神龍單鐵生。不過他退隱已久，這才一時想他不起。」

又過數日，衆人見再無異事，也漸漸不把這事放在心上。這天中午，衆人在大廳上飲酒閒談，家丁送上個大紅名帖，寫着「晚生單鐵生請安」的字樣，並有八色禮盤。袁承志道：「快請。」家丁道：「這位單爺也眞怪，他說給袁相公請安，便轉頭走了，讓他坐，卻不肯進來。」洪勝海奉了袁承志之命，拿了袁承志、程青竹、沙天廣三人的名帖回拜，並把禮物都退了回去。

接連三天，單鐵生總是一早就來投送名帖請安。程青竹道：「獨眼神龍在北方武林中也不是無名之輩，怎地鬼鬼祟祟的儘搞這一套，明兒待我找上門去問問。」胡桂南道：「這些招數可透著全無惡意，眞是邪門。」

鐵羅漢忽然大聲道：「我知道他幹甚麼。」衆人見他平時傻楞楞的，這時居然有獨得之見，都感詫異，齊問：「幹甚麼啊？」鐵羅漢道：「他見袁相公武功既高，名氣又大，因此想招他做女婿。」此言一出，衆人無不大笑。沙天廣正喝了一口茶，一下子忍不住，全噴在胡桂南身上。胡桂南一面揩身，一面笑道：「獨眼龍的女兒也是獨眼龍，袁相公怎麼會要？」鐵羅漢瞪眼道：「你怎知道？」胡桂南笑道：「烏龜生個王八蛋，獨眼龍生個獨眼種。」

衆人開了一陣玩笑。青青口裏不說甚麼，心中卻老大的不樂意，暗想那獨眼龍可惡，別眞的要招大哥做女婿。這天晚上，取來七張白紙，都畫了個獨眼龍老公差的圖形，寫上「獨眼神龍單鐵生盜」的字樣，夜裏飛身躍入七家豪門大戶，每家盜了些首飾銀兩，再給放上一張獨眼龍肖像。

次日清晨，洪勝海在她房門上敲了幾聲，說道：「小姐，獨眼龍來啦。袁相公陪他在廳上說話。」青青換上男裝，走到廳上，果見袁承志、程青竹、沙天廣陪著一個瘦削矮小的老頭在喝茶。袁承志給她引見了。青青見這單鐵生已有六十上下年紀，鬚眉皆白，一隻左眼炯炯發光，顯得十分精明幹練。只聽他道：「小老兒做這等事，當眞十分冒昧。不過實是有件大事，想懇請袁相公跟各位鼎力相助，小老兒和各位又不相識，只得出此下策。不想招惱了各位，小老兒謹此謝過。」說著爬下來磕頭。

袁承志連忙扶起，正要問他何事相求，青青忽道：「令愛好吧？怎不跟你同來？」單鐵生一楞，道：「小老兒光身一人，連老伴也沒有，別說子女啦！」青青又問：「那你有孫女兒沒有？有乾女兒沒有？」單鐵生道：「都沒有。」青青嫣然一笑，返身入房，捧了盜來的首飾銀兩，都還了給他，笑道：「在下跟你開個玩笑，請別見怪。不過若非如此，也請不到你大駕光臨。」單鐵生謝了，心想：「這玩笑險些害了我的老命。」又想：「這個女扮男裝的姑娘怎地老問我有沒乾女兒？總不是想拜我爲乾爹吧？」

衆人都覺奇怪，正要相詢，忽然外面匆匆進來一名捕快，向衆人行了禮，對單鐵生道：「單老師，又失了二千兩庫銀。」單鐵生倏然變色，站起身來作了個揖，道：「小老兒有件急事要查勘，待會再來跟各位請安。」收了青青交還的物事，隨著那捕快急急去了。

到得下午，鵝毛般的大雪漫天而下。青青約了袁承志，到城外西郊飲酒賞雪。兩人沒單獨共遊已久，這時偷得半日清閒，甚是暢快。這一帶四下裏都是蘆葦，蘆上蓋雪，望出去一片白茫茫地。青青帶著食盒，盛了酒菜。兩人在一座涼亭中喝酒閒談，觀賞雪景。當地平時就已荒涼，這日天寒大雪，遊人更稀。

袁承志問起交還了甚麼東西給單鐵生，青青笑著把昨晚的事說了。袁承志道：「唉，我剛讚你變得乖了，那知仍這般頑皮。」青青道：「你幾時讚過我呀？」袁承志道：「我心裏讚你，你自然不知道。」青青很是高興，笑道：「誰教他不肯露面，暗中搗鬼！」袁承志道：「不知他想求咱們甚麼事？」青青道：「這種人哪，哼，不管他求甚麼，都別答允。」兩人喝了一會酒，說到在衢州靜岩中夜喝酒賞花之事。青青想起故鄉和亡母，不覺泫然欲泣。袁承志忙說笑話岔開。

注：清太宗皇太極死因不明。《清史稿．太宗本紀》：「崇德八年八月庚午，上御崇政殿，是夕亥時無疾崩，年五十有二。」當天他還在處理政事，一無異狀，突然在半夜裏「無疾崩」，後人頗有疑為多爾袞所謀殺，但絕無佐證。順治六年，「皇父攝政王」多爾袞據說和皇太極的妃子莊妃、即順治皇帝的母親孝莊太后正式結婚。張煌言詩有云：「春官昨進新儀注，大禮恭逢太后婚。」此事普遍流傳，但無明文記載。近人孟森認為不確，胡適則對孟森之考證以為不夠令人信服。北方游牧漁獵民族之習俗和中原漢人大異，兄終弟及，原屬常事。清太后下嫁多爾袞事，近世治清史者大都不否定有此可能。

回目中「燭影」用宋太宗弒兄宋太祖「燭影搖紅」故事。「昭陽」用趙合德居昭陽殿故事。趙合德為皇后趙飛燕之妹，封昭儀，與人私通，後致漢成帝於死。清莊妃為太宗孝端皇后之姪女，民間傳說稱之為「大玉兒」、「小玉兒」者也。漢、宋、清三朝宮闈秘事，未盡可信，牽扯為一，或近於誣。小說家言，史家似不必深究。

一個美貌的赤足青年女子頭戴金環，笑吟吟、嬌滴滴的來到殿中，在居首的椅上坐下。

袁承志心中大奇：「難道這姑娘便是五毒教的教主何鐵手？」

第十五回 嬌嬈施鐵手 曼衍舞金蛇

兩人坐了兩個時辰，談得盡興，天色向晚，便收拾酒具食具預備回家。

青青道：「承志哥哥，多謝你今天全心全意的陪我。」承志笑道：「青青弟弟，多謝你今天全心全意的陪我。」青青道：「我那一天都是全心全意的陪你，你就不是。」承志奇道：「我怎麼不是？」青青道：「承志哥哥，我求你一件事，行不行？」承志道：「不必問，你說了就行。」青青道：「男子漢大丈夫，七省英豪的盟主，說過了的話可不許賴。」承志道：「我就算不是七省盟主，對你說過了的也必不會賴。」

青青眼光中露出柔和的懇求神色，低聲道：「承志哥哥，我求你別老是牽記著那個阿九。這些日子來，不論做甚麼事的時候，你總是在想念阿九。」承志道：「天大冤枉！我幾時想著她了？」青青道：「那個獨眼龍送帖子來時，你手拿帖子，滿臉溫柔的神色，你一定盼望這是阿九送來的信，盼望送禮給我們的是阿九那個可愛的小姑娘。單鐵生這獨眼老兒，你拿著他的名帖，怎麼會痴痴的發獃，嘴角含笑？你愛他一隻眼睛挺美麼？」承志心想：「你這姑娘當真厲害，連我心裏想甚麼也瞞不過你。」

說到曹操，曹操便到，只見大路上迅速異常的奔來兩人，背負包袱。後面三人追趕，當先一人手持鐵尺，身形矯捷，正是獨眼神龍單鐵生，他後面另有兩名公差，分持單刀和鐵鍊。承志和青青攜手站在路旁觀看。單鐵生叫道：「朋友，別走，留下贓物來！」突然間左首搶過五六人來，各持兵刃，擋在前逃兩人身後。單鐵生見對方人衆，便即停步，眼見那五六個接應者擁著前逃二人，遠遠的去了。

單鐵生已見到承志和青青，搶上前來，將鐵尺往腰間一插，向承志長揖到地，連稱：「小人該死，小人該死！」承志愕然不解，說道：「單頭兒請不必客氣，到底是怎麼回事？」單鐵生道：「請兩位到亭中寬坐，小人慢慢稟告。」三人在亭中坐定，單鐵生把這事的前因後果說了出來。

原來上個月戶部大庫接連三次失盜，給劫去數千兩庫銀。天子腳底下幹出這等大事來，立時九城震動。皇帝過不兩天就知道了，將戶部傅尚書和五城兵馬指揮使狠狠訓斥了一頓，諭示：一個月內若不破案，戶部和兵馬指揮司衙門大小官員一律革職嚴辦。

順天府的衆公差給上司追比得叫苦連天，連公差的家屬也都收了監。不料衙門中雖追查得緊，庫銀卻接連一次又一次失盜。衆公差無法可施，只得上門磕頭，苦苦哀求，將久已退休的老公差獨眼神龍單鐵生請了出來。單鐵生在大庫前後內外仔細查勘，知道盜銀子的必非尋常盜賊，而是武林好手，一打聽，知道新近來京的好手只袁承志等一批人。

青青聽到這裏，哼了一聲，道：「原來你是疑心我們作賊！」

單鐵生道：「小人該死，小人當時確這麼想，後來再詳加打聽，才知袁相公在應天府義救鐵背金鰲焦公禮，在山東結交沙寨主、程幫主，江湖羣雄推爲七省盟主，在山東打走韃子兵，眞是大大的英雄豪傑。」青青聽他這麼讚捧袁承志，不由得心下甚喜，臉色頓和。

單鐵生又道：「小人當時心想，以袁相公如此英雄，如此身分，怎能來盜取庫銀？就算是他手下人幹的，他老人家得知後也必嚴令禁止。後來再加以琢磨，是了，是袁相公要我們好看來著。這麼一位大英雄來到京師，我們竟沒來迎接拜見，實在難怪袁相公生氣。咳，誰教小人瞎了眼珠呢。」青青向他那隻白多黑少的獨眼望了一望，不由得噗哧一笑。單鐵生續道：「因此我們連忙補過，天天到府上來請安謝罪。」

青青笑道：「你不說，誰知道你的心眼兒啊！」單鐵生道：「可是這件事又怎麼能說？我們只盼袁相公息怒，賞還庫銀，救救京城裏數百名公差的全家老小，那知袁相公退回我們送去的東西，還查知了小人的名字和匪號，大撒名帖，把小人懲戒了一番。」青青只當沒聽見，絲毫不動聲色。

單鐵生又道：「這一來，大家就犯了愁。小人今日埋伏在庫裏，只等袁相公再派人來，就跟他拚命，那知來的卻是這兩個匪徒。我們追這兩人來到這裏，有人出來接應，擋住了我們。小人認得那帶路接應之人，是惠王府姓張的副總管。他極少出來辦事，小人卻在二十年前就在山西認得了他。小人知道惠王府招賢館近來請到了不少武林好手。但惠王爺是當今皇上的叔父，是先帝神宗天子的第六位皇子，光宗天子的親弟弟，天潢貴胄，素來名聲甚好，從不縱容下人為非作歹。他喜好武藝，招賢館招聘武林高手，多年來一向如此，只切磋武功，從不干預外事。他本來封在荊州，最近豫鄂一帶流寇作亂，他避難到了京城。卻不知如何跟大庫失銀的事牽連上了？袁相公，你老人家交遊廣闊，明見萬里，總得請你指點一條明路。」說著跪了下去，連連磕頭。

袁承志忙即扶起，尋思：「那些盜銀之人雖然似乎不是善類，但他們既跟官府作對，我又何必相助這等腌臢公差？何況搶了朝廷庫銀，那也是幫闖王的忙。」只微笑搖頭。單鐵生求他幫同拿訪。袁承志笑道：「拿賊是公差老哥們幹的事。兄弟雖然不成器，還不致做這種事。」單鐵生聽他語氣，不敢再說，只得相揖而別，和兩名公差怏怏的走了。

承志和青青歸途之中，見迎面走來一批錦衣衛衙門的官兵番子，押著一大羣犯人。羣犯有的是滿頭白髮的老人，有的卻是還在懷抱的嬰兒，都是老弱婦孺。衆官兵如狼似虎，吆喝斥罵。一名少婦求道：「總爺你行行好，大家都是吃公門飯的。我們又沒犯甚麼事，只不過京城出了飛賊，累得大家這樣慘。」一個番子在她臉蛋上摸了一把，笑道：「不是這飛賊，咱們會有緣分見面麼？」袁承志和青青瞧得甚是惱怒，知道犯人都是京城捕快的家屬。公差捕快平日殘害良民，作孽多端，受此追比，也冤不了他們，但無辜婦孺橫遭累害，心中卻感不忍。

又走一陣，忽見一羣捕快用鐵鍊拖了十多人在街上經過，口裏大叫：「捉到飛賊啦，捉到飛賊啦！」許多百姓在街旁瞧著，個個搖頭嘆息。袁承志和青青擠近去看時，所謂飛賊，原來都是些蓬頭垢面的窮人，想是捕快為了塞責，胡亂捉來頂替，不由得大怒。

回到寓所，洪勝海正在屋外探頭探腦，見了兩人，大喜道：「好啦，回來啦！」袁承志忙問：「怎麼？」洪勝海道：「程老夫子給人打傷了，專等相公回來施救。」

袁承志吃了一驚，心想程青竹武功了得，怎會給人打傷？忙隨洪勝海走到程青竹房中，只見他躺在床上，臉上灰撲撲的一層黑氣。沙天廣、胡桂南、鐵羅漢等都坐在床前，個個憂形於色。衆人見到袁承志，滿臉愁容之中，登時透出了喜色。

袁承志見程青竹雙目緊閉，呼吸細微，心下也自惶急，忙問：「程老夫子傷在那裏？」沙天廣把程青竹輕輕扶起，解開上衣。袁承志大吃一驚，只見他右邊整條肩膀已全成黑色，便似用濃墨塗過一般，黑氣向上延展，直到項頸，向下延到腰間。肩頭黑色最濃處有五個爪痕深入肉裏。

袁承志問道：「甚麼毒物傷的？」沙天廣道：「程老夫子勉強支撐著回來，已說不出話了。也不知是中了甚麼毒。」袁承志道：「幸好有朱睛冰蟾在此。」取出冰蟾，將蟾嘴對準傷口，伸手按於蟾背，潛運內力，吸取毒質，只見通體雪白的冰蟾漸漸由白而灰、由灰而黑。胡桂南道：「把冰蟾浸在燒酒裏，毒汁就可浸出。」青青忙去倒了一大碗燒酒，將冰蟾放入酒中，果然縷縷黑水從蟾口中吐出，待得一碗燒酒變得墨汁相似，冰蟾卻又純淨雪白。這般吸毒浸毒，直浸了四碗燒酒，程青竹身上黑氣方始淡退。

程青竹睡了一晚，袁承志次日去看望時，他已能坐起身來道謝。袁承志搖手命他不要說話，請了一位北京城裏的名醫，開幾帖解毒清血的藥吃了。調養到第三日上，程青竹已有力氣說話，才詳述中毒的經過。

他道：「那天傍晚，我從禁宮門前經過，聽得人聲喧嘩，似乎有人吵罵打架。走近去看，見地下潑了一大攤豆花，一個大漢抓住了個小個子，不住發拳毆打。問起旁人，才知那個小個子是賣豆花的，不小心撞了那大漢，弄髒了他衣服。我見那小個子可憐，上前相勸。那大漢不可理喻，定要小個子賠錢。一問也不過一兩銀子，我就伸手到口袋裏掏錢，心想代他出了這兩銀子算啦。唉，那知一時好事，竟中了奸人圈套。我右手剛伸入口袋，那兩人突然一人一邊，拉住了我手臂……」

青青聽到這裏，不禁「啊」的一聲。程青竹道：「我立知不妙，雙膀發勁，想甩脫二人再問情由，那知右肩斗然間奇痛入骨。這一下來得好不突兀，我事先毫沒防到，當下奮力反手扣住那大漢脈門，舉起他身子，往小個子的頭頂砸去，同時猛力往前直竄，回過身來，才看清在背後偷襲我的是個黑衣老乞婆。這乞婆的形相醜惡可怕之極，滿臉都是凹凹凸凸的傷疤，雙眼上翻，嚇嚇冷笑，舉起十隻尖利的爪子，又向我猛撲過來。」

程青竹說到這裏，心有餘悸，臉上不禁露出驚恐的神色。青青呀的一聲驚叫，連沙天廣、胡桂南等也都「噫」了一聲。

程青竹道：「那時我又驚又怒，躍開幾步，待要發掌反擊，不料右臂竟已動彈不得，全然不聽使喚。這老乞婆森然問道：『程青竹，你是「金蛇王」的手下麼？』我說：『是又怎樣？』她說：『那就要取你性命！』磔磔怪笑，直逼過來。我急中生智，左手提起一桶豆花，向她臉上潑了過去。她雙手在臉上亂抹，我乘機發了兩枝青竹鏢，打中了她胸口，總也教她受個好的。這時我再也支持不住，回頭往家裏狂奔，後來的事便不知道了。」

沙天廣道：「這老乞婆跟你有樑子麼？」程青竹道：「我從來沒見過她。」青青道：「難道她看錯了人？」程青竹道：「照說不會。她第一次傷我之後，我回過頭來，她已看清楚了我面貌，仍要再下毒手。」袁承志道：「她問到『金蛇王』，似乎是衝著我來的。」胡桂南道：「她手爪上不知道餵了甚麼毒，毒性這般厲害？」沙天廣道：「她手爪上定是戴了鋼套子，否則這般厲害的毒藥，自己又怎受得了？」

衆人議論紛紛，猜不透那乞婆的來路。程青竹更是氣憤，不住口的咒罵。

沙天廣道：「程兄你安心休養，我們去給你探訪，有了消息之後，包你出這口惡氣。」當下沙天廣、胡桂南、鐵羅漢、洪勝海等人在順天府城裏四下訪查。一連兩天，猶如石沉大海，那裏查得到半點端倪？

這天早晨，獨眼神龍單鐵生又來拜訪，由沙天廣接見。單鐵生憂容滿臉，說起戶部庫銀又失了三千兩。沙天廣心想這種事與己方無關，只唯唯否否的敷衍幾句。後來隨口說到程青竹受襲中毒之事，心想單鐵生是見多識廣的老江湖，或能有甚麼線索。

單鐵生凝思半晌，說道：「沙寨主，那老乞婆問到『金蛇王』三字，程幫主又中了劇毒，我倒想起了一批人，那是不久前惠王府招賢館中請來的。」沙天廣道：「是嗎？請問是些甚麼人？」

單鐵生道：「沙寨主想必知道雲貴五毒教？」沙天廣點頭道：「那倒聽見過，聽說他們使毒的本事出神入化，武林中的人聞之喪膽，我們是不敢輕易開罪的。聽聞五毒教只在雲貴一帶橫行無忌，從來不到中原。傷了程幫主的，是五毒教的人嗎？」單鐵生道：「那倒不敢確定。只曾聽說，五毒教的鎮教之寶，是一條小小金蛇，他們當這金蛇是神通法物。袁相公外號『金蛇王』，不知算不算犯了他們的忌呢？」

沙天廣進去向承志說了。青青道：「我爹爹的外號就叫『金蛇郎君』，又礙著他們甚麼事了？」承志道：「說不定那獨眼神龍對付不了惠王府，想拉我們趕淌這窩渾水。須得打探明白，別給人利用了。」沙天廣點頭稱是，出去向單鐵生說已向盟主稟告，再請問五毒教的詳情。單鐵生道：「他們的教主聽說是個年輕美女，叫做何鐵手，武功極高，擅於下毒是更加不必說了。」沙天廣嘖嘖稱奇，說道：「年輕美女做教主，這可奇了。鐵手無情，辣手得很啊！」伸了伸舌頭，說道：「咱們可不敢惹她了。」

單鐵生正想告辭，一名門子匆匆走進，將一張大紅拜帖呈給沙天廣。沙天廣接過一看，見拜帖上寫著：「惠王府招賢館總管晚生魏濤聲拜上七省總盟主袁大盟主 青竹幫程大幫主 山東沙大寨主各位英雄」。沙天廣心想不識此人，但對方禮數周到，不能不理，便說：「大開中門，迎接貴客！」一面命門子將拜帖送進去交給袁承志。

袁承志帶同青青、洪勝海、胡桂南、鐵羅漢等衆人來到大廳，青青身穿男裝。單鐵生跟在後面。沙天廣陪著客人進來，逐一引見。袁承志見來客五十來歲年紀，一臉英悍之氣，衣飾華貴，手指上戴著個老大碧綠翡翠班指，見到袁承志後執禮甚恭，恭恭敬敬的行下禮去，袁承志急忙還禮，請客人上座。

那魏濤聲禮數周到，對胡桂南、洪勝海等逐一招呼行禮，知道單鐵生是順天府衙門的捕頭，便洋洋的不大理睬，對袁承志道：「袁大盟主，我們惠王爺生性好武，最愛結交武林中頂兒尖兒的角色。聽說袁大盟主帶同各位英雄來到順天府，迫不及待的便想會見。惠王爺本要親自前來拜訪，只是事先未曾通傳，生怕有點冒昧，特命小人即刻前來奉請。王爺已安排下豐盛酒席，敬請袁大盟主帶同各位英雄，賞光駕臨，王爺好奉敬幾杯酒，以表仰慕之忱。雖然臨時促駕，有失恭敬。只怪我們耳目不靈，得訊遲了，今兒早晨才聽到各位蒞臨順天府的訊息。王爺說那是天大的喜事，他說早一刻見到各位英雄好一刻，他此刻在大門口走進走出，正伸長了耳朵，要聽各位駕臨的好消息。」他一口京片子，說得又誠懇又清脆，委實好聽，滿臉堆笑，教人覺得惠王爺當眞是誠心誠意的在企盼貴客臨門。

袁承志還未答話，門外車馬聲響，門子又帶進一名王府的長隨來，向魏濤聲道：「魏總管，王爺派我趕了六輛車來，迎接貴客前往王府赴宴。」隨即恭恭敬敬的爬下向袁承志磕頭。

袁承志見對方當眞誠意邀客，先前曾聽單鐵生說惠王爺愛好武藝，喜歡結交武林朋友，眼前北京不久便有大事，不妨多結識些有權有勢之士，轉頭問洪勝海道：「怎樣？」洪勝海不明內情，但想惠王爺是皇親國戚，結識了有益無損，便點了點頭。袁承志向魏濤聲道：「惠王爺如此美意，我們卻之不恭，便隨魏總管同去拜見便了。」

當下與青青、沙天廣、啞巴、胡桂南等一行人出門上車，連單鐵生也跟了去。只程青竹臂傷未愈，在屋裏休養。袁承志怕敵人乘虛前來尋仇，命洪勝海留守保護。

車行不久，便即出城。西行七八里地，來到一坐大府第前，袁承志見大門上金漆塑著「敕賜惠王府」五個大字，便知到了。只見大門大開，站著兩排黑衣灰衣的僕從，一直從大門排了進去，氣派甚大。馬車直駛進大門，僕從齊聲吆喝：「恭迎貴客光臨！」吆喝甫畢，鑼鼓響起，嘭嘭嘭三聲，放起號銃，跟著鑼鼓絲竹，吹奏起迎賓的牌子。

馬車走完石板路停住，僕從打起車帷。袁承志下得車來，見一位身穿繡金緋袍的王者站在滴水簷前迎賓，他快步搶上前來拱手爲禮。袁承志料知此人便是惠王，按禮該當跪下叩拜，但想自己不是官場中人，這人是皇帝的叔父，也可說是在殺父仇人這一邊，可不願向他下跪，只隨意做個姿式。惠王急忙伸手攔住，笑道：「可不敢當！袁大盟主請勿多禮。」兩人互相作了個揖。青青等人也隨意拱手爲禮。只單鐵生按照官場規矩，跪下磕頭，說道：「卑職順天府捕頭單鐵生參見王爺千歲！」

惠王肅請袁承志等一行走進大廳。廳上兩排椅子，都鋪著大紅繡金花的椅套，燦然生光。惠王請袁承志等一行在西首一排椅上坐定，獻上茶來，他自己坐在主位，拱手說道：「袁大盟主出任七省武林好漢的大盟主，可喜可賀。」袁承志道：「我們草莽兄弟之間的玩意兒，當不得眞的。可讓王爺見笑了！」各人寒暄了幾句，說的都是些不著邊際的客氣話。

各人喝得幾口茶，惠王向魏濤聲道：「魏總管，小王的心意，你來說罷！」

魏濤聲躬身行了一禮，隨即挺身站立，昂然說道：「袁大盟主，衆位英雄，王爺既然恭請各位來府，自然當各位是好朋友，只是得訊遲了，到今日才來恭請各位大駕，禮數有虧，還請各位見諒。」說著抱拳爲禮。袁承志和沙天廣等都拱手還禮，說道：「好說，好說，王爺太多禮了！」魏濤聲朗聲道：「惠王爺禮賢下士，生性愛交朋友，設立了一座招賢館，邀請四方賓客前來相會，以備請教。不瞞各位說，惠王爺純是一片好客之心，不料朝中忽有奸臣，向萬歲爺挑撥離間，說惠王爺的是非。王爺是皇上的親叔父，一向忠心耿耿，皇上對王爺也寵信有加，奸臣妄作小人，全無效果。王爺爲了免得小人傳播謠言，特地要向各位賓客請問一句：萬一奸人的謠言傳到各位耳中，各位作何打算？萬一有奸惡之徒要對王爺不利，不知各位意向如何？」

這番話說得甚是直率，袁承志覺得倒也難以回答，只得道：「王爺是皇上的親叔父，皇上就算聽到甚麼對王爺有礙的謠言，也必一笑置之，不予理會，說不定還會嚴辦妄造謠言的奸人。我們是外人，疏不間親，何況我們無官無職，一介白丁，也輪不到我們這些平民百姓來說甚麼話？」魏濤聲大聲道：「照啊，袁大盟主這幾句，說得再對也沒有了。在下就是有兩件事不放心，要跟袁大盟主請教。」

袁承志道：「好，請說。」魏濤聲道：「第一件，聽說程青竹程大幫主，也加盟於袁大盟主的盟中。程幫主以前是皇宮中的衛士，是皇上的親信。如果皇上有甚麼差使交代下來，袁大盟主會不會爲了程幫主而插上一手。像這位姓單的頭兒，這幾天就爲了皇上的事而忙得不可開交，他不斷在袁大盟主府上出出入入。袁大盟主只怕會情面難卻，我們委實很有點兒放心不下。」

袁承志恍然有悟，哈哈一笑，說道：「這一節嘛，魏爺大可放心。程幫主和單頭兒兩位如何，我不能代他們說話，我袁承志自己，以及我的結義兄弟夏兄弟，咱們明人不做暗事，既然身在草莽，就決不想招安，不會想效力朝廷，圖甚麼功名富貴，對不起好朋友，對不起自己爹爹和祖宗！」他心中其實是說：「我恨不得殺了皇帝，爲我爹爹報仇雪恨！」言念及此，伸掌在桌邊重重一拍，喀的一聲，登時拍下桌子的一角。

魏濤聲大喜，喝了聲采：「好！」袁承志道：「魏爺第二件事想問甚麼？」魏濤聲道：「第二件事嘛！」說著拍了拍手，大聲說道：「都取出來！」

幾名僕人齊聲應道：「是！」回進內堂，跟著十幾名僕人魚貫而入，手中都捧了一隻大木盤，盤中亮晃晃的都是黃金元寶、白銀元寶。魏濤聲指揮衆僕，將十幾隻大木盤都放在中間的一張大方桌上，說道：「啓稟王爺，這裏是黃金五千兩，白銀一萬兩。總共合算，是白銀六萬兩。小人仔細點過，成色純淨，兩數無錯。」惠王點了點頭。

袁承志萬料不到他突然捧出這許多金銀來，不知是何用意。他發掘過建文帝所遺的珍寶金銀，又劫過百餘萬兩漕銀，見了這大堆金銀，也不以爲異，只微微一笑。

魏濤聲道：「我們王爺得知袁大盟主不久之前率領『金蛇營』衆位英雄好漢，在山東青州大破阿巴泰的韃子兵，心中好生相敬。這裏些些銀兩，是我們王爺爲了敬重『金蛇營』、『金蛇王』，獻給衆位英雄的軍餉，多謝你們保境安民的大功。」袁承志心想：「人家說到保境安民，抗滿殺敵，義助軍餉，倒也不可推卻。」便抱拳道：「在下代衆兄弟多謝王爺了。至於『金蛇王』三字，江湖上隨口叫叫，當不得眞的。」

魏濤聲大拇指一翹，說道：「闖王麾下，橫天王王子順、改世王許可變、亂世王藺養成、爭世王劉希堯、左金王賀錦，那一位不是響噹噹的英雄好漢，再加上一位金蛇王袁相公袁盟主，有何不可？」袁承志心想：「他對闖王的軍情倒挺熟識。」見單鐵生不住向自己打眼色，便問：「王爺如此厚賜，不知有甚麼吩咐，要我們辦甚麼事？」青青心道：「承志哥哥再不是當日衢州道上那個不懂事的老實頭了。這兩句話，是非問不可的，否則便不光棍。」

魏濤聲道：「不敢！最近闖王軍勢大張，現下已佔了西安府，說不定那一天便開進順天府來。我們王爺雖是大明宗室，但對皇上許多措施很不以爲然，進諫了好多次，皇上總是忠言逆耳，聽而不聞。闖王倘若進京，我們王爺斗膽請『金蛇王』向闖王求個情，保全他的全家性命，至於家產嘛，王爺願意盡數進獻，作爲軍餉。」

袁承志聽了，心道：「原來惠王的想頭跟曹化淳一模一樣，只盼闖王進京之後，他仍能保得住身家性命。」便道：「惠王爺的一番心意，在下必定會稟告闖王，不過在下年輕，只怕在闖王跟前說話沒甚麼份量。」惠王與魏濤聲連連作揖，說道：「多謝！多謝！」魏濤聲道：「『金蛇營』雖成軍未久，但聽說功勞極大，說出話來，自也是份量甚重。」吩咐下人，將桌上金銀包入一隻隻布包袱中，放在袁承志腳邊。

袁承志心道：「這些買命錢，也未必是惠王自己掏腰包。多半便是盜來的庫銀，我一半去分給『金蛇三營』，一半上繳闖王。」

魏濤聲道：「今日難得大駕光臨，小人想給袁盟主引見雲南五仙教的一些朋友。小人奉王爺之命，千方百計，請得五仙教的衆位英雄來到招賢館。五仙教一向只在雲貴一帶行道，少來中原江南，袁大盟主倘未會過，在下給各位朋友引見一下如何？羣賢畢至，那眞可說是百年難逢的盛會。」袁承志點點頭。

惠王說道：「我們先行告退，待各位見過朋友之後，請到後廳一同赴宴，杯酒言歡，小王再向各位敬酒。」袁承志道：「不敢當！」惠王拱手為禮，退入後堂。

魏濤聲道：「袁大盟主跟五仙教的眾位英雄，都是我們招賢館的貴賓，王爺跟在下都竭誠相待，不敢分了彼此，雙方都是好朋友，在下只負責引見，各位響噹噹的英雄豪傑，當能一見如故。請袁大盟主移步。」自己拱拱手，當先引路，袁承志等跟隨其後。

轉彎抹角的走了好一陣，經過一條極長的甬道，來到一座殿堂。袁承志心想，在這些平房之中，居然有這麼一座大殿，既是王爺的府第，自亦不奇。大殿門向著圍牆，殿外有好大一塊空地。見殿上分設兩排大椅，椅上罩了朱紅色的錦披。魏濤聲請袁承志等在西首一排椅上坐下，袁承志坐了第一位。魏濤聲在兩排椅子之間後座的一張小椅上坐了。

只聽殿後鐘聲噹噹，走出一羣人來，高高矮矮，有男有女，分別在東首一排椅上坐下，但空出了第一張椅子不坐，共是一十六人。坐在第五張椅子中的，是個身穿斑爛錦衣的乞丐模樣之人，坐入第三張椅中的鉤鼻深目，滿臉傷疤，赫然是個相貌兇惡的老乞婆，袁承志暗忖：「莫非此人便是打傷了程幫主的？」

殿後哨子聲響，本來坐著的十六人一齊站起躬身。殿後緩步走出兩個少女，往第一張椅旁一站，嬌聲叫道：「教主升座！」

忽聽得一陣金鐵相撞的錚錚之聲，其音清越，如奏樂器，跟著風送異香，殿後走出一個身穿粉紅色紗衣的女郎。只見她鳳眼含春，長眉入鬢，嘴角含著笑意，約莫二十二三歲年紀，目光流轉，甚是美貌。她赤著雙足，每個足踝與手臂上各套著兩枚黃金圓環，行動時金環互擊，錚錚有聲。膚色白膩異常，遠遠望去，脂光如玉，頭上長髮垂肩，也以金環束住。她走到東邊居首椅中坐下，後面兩個少女，分持羽扇拂塵。

袁承志等疑雲重重：「五毒教威名在外，武林中人聞名喪膽，五毒教教主何鐵手據說是個年輕女子，難道便是這嬌滴滴的姑娘麼？」

那女子說道：「請教尊客貴姓？」語音嬌媚。魏濤聲便即站起，分別介紹，那女子果是五仙教何教主。袁承志心想：「單鐵生叫他們五毒教，魏總管卻叫作五仙教，想來五毒教之名不雅，是以改稱五仙。」坐在第三位的高個子叫潘秀達，坐在第五位的化子叫作「錦衣毒丐」齊雲璈，那老乞婆名叫何紅藥，相貌雖惡，名字倒甚文雅。坐在第四位的人鄉農模樣，名叫岑其斯。

魏濤聲給袁承志等一一引見了，說了各人名號，引見青青時，只說「這位夏相公，是袁盟主的師弟。」至於單鐵生是誰，他卻一句不提，便像廳上沒他這個人似的。何鐵手站起身來，蹲腿萬福爲禮。袁承志等作揖還禮。

雙方各自飲了幾口茶後，何鐵手朗聲道：「袁相公，聽說你有個外號叫『金蛇王』，率領『金蛇營』，在山東青州大破韃子兵，這事可是有的？」袁承志道：「甚麼王甚麼王的，是闖軍中帶隊頭腦們的慣常稱呼，大家散在各地，起兵造反，叫做甚麼王，那是自高自大，以壯聲勢，作爲號召，嚇嚇朝廷的意思。『金蛇王』之稱，在下很覺不妥，曾傳過號令，我們自己隊伍中不可這般叫法。我們這支隊伍，自己叫作『山宗營』。」何鐵手微笑道：「袁相公這麼辦，那眞好得很了。我們五仙教巴巴的從雲南趕來順天府，原是想懇請袁相公去了『金蛇王』這三字的稱呼。」青青問道：「那跟你們有甚麼相干？爲甚麼要來管我們的閒事？」

何鐵手微笑道：「那倒不是閒事。金蛇大聖是敝教五仙教所供奉的法物，全教上下對它甚是尊重。齊師兄，」齊雲璈站起身來，說道：「在！」何鐵手道：「你請出大聖來，讓衆位貴賓參見！」齊雲璈應道：「遵命！」何鐵手雖稱他爲「師兄」，但齊雲璈對教主甚是敬重。

齊雲璈右手揮了幾下，坐在最下首的兩名教徒走入內堂，搬了一隻圓桌面大的沙盤出來，放在廳心。盤爲木製，盤底鋪了細沙，另有一人提起一隻竹籠，打開籠蓋，將籠中物事倒入盤中，只見數十隻小蛤蟆此起彼落，跳躍不休。另有四人捧過四隻陶罐，揭開瓦蓋，將罐內物事倒入盤中，分別是青蛇、蜈蚣、蠍子、蜘蛛四般毒物。承志心想：「盤中共有五種毒物，『五毒教』之名想由此而來。」

齊雲璈拿起身旁一隻陶罐，伸手掏了一把黃色糊狀之物，敷在木盤高起的邊緣上，圍成圓圈，袁承志聞到氣息辛辣，料想是硫磺之類克制蛇蟲的藥物。齊雲璈轉過身去，捧過供在中間桌上的一隻黃色方匣，放在桌心，點燃三枝線香，插入香爐，然後跪下磕頭。何鐵手、潘秀達、何紅藥等一齊行禮。齊雲璈拜畢站起，打開匣蓋，取出一根黃金圓筒，走到沙盤邊上，左手提高金筒，右手抽起筒口的一片金片，驀地金光閃動，一條小金蛇躍入盤中。齊雲璈立即退開，香煙嫋嫋之中，各教衆躬身行禮，喃喃念咒。

那小金蛇昂起頭來，一張口，便將一隻小蛤蟆吞入了肚中。小金蛇靈動異常，見到小蛤蟆躍在空中，牠尾部撐著盤底彈起，橫飛過去，吞食蛤蟆，身法既巧妙，又好看。青青只瞧得拍手叫好，甚是高興。那金蛇吃得五六隻蛤蟆，便即飽了，張口對著一隻隻餘下的蛤蟆以及青蛇、蜈蚣等毒物噴氣。那些毒物給蛇氣一噴中，便即翻身摔倒，一個個肚皮向天顫動。各毒物害怕之極，四散奔逃，但小金蛇靈動無比，立即追上噴毒，片刻之間，盤中幾十隻毒物盡數暈倒翻轉，初時肚皮尚不住顫動，過了一會盡數不動，似已給蛇毒毒斃。袁承志暗暗心驚，心想這小金蛇毒性如此厲害，委實罕見。

那小金蛇在沙盤中迅速游動，突然彈起，凌空打兩個觔斗，似是一顯身手。這麼翻了幾個觔斗，游了幾圈之後，小金蛇盤成個蛇餅，昂起了頭，四下觀看，再不動彈。袁承志驀地想起：「金蛇郎君在秘笈中所傳擊破棋仙派五行陣之法，多半便是從小金蛇的行動中學來的，他在敵人圍中盤起不動，隱藏自身全部弱點，只待敵人出手，他再後發制人，實是高明之極。『金蛇郎君』這外號，料想必與這小金蛇有關。」

只見齊雲璈將那黃金筒用繩子吊在一根竹桿上，伸過竹桿，將金筒懸入沙盤放下，筒口打開，對著金蛇。他不敢走近沙盤，似乎怕金蛇躍起傷人。眾教徒又皆躬身唸誦，小金蛇身子伸展，突然間嗤的一聲，鑽入金筒，就此不出。齊雲璈收桿捧筒，輕輕插下筒口金片，封住筒口，雙手捧筒，放入金匣，蓋上匣蓋後又再磕頭。

何鐵手回坐椅中，對青青道：「夏相公，請問令尊尊姓大名？」青青道：「我姓夏，我爸爸自然也姓夏。」那老乞婆何紅藥本來一直目不轉睛的望著青青，突然從椅中跳了出來，伸出雙手，抓向她肩頭，喝道：「金蛇郎君夏雪宜是你甚麼人？」她相貌奇醜，聲音卻清脆動聽。青青吃了一驚，忙即從椅中躍出避開，喝道：「你幹甚麼？」

陡然間衣襟帶風，教主何鐵手下首兩人同時躍前，站在老乞婆兩側，同聲叫道：「那姓夏的小子在那裏？」袁承志見這兩人的身形微晃，便倏然上前半丈，武功甚高。這兩人一個又高又瘦，正是潘秀達，另一個中等身材，面容黝黑，似是個尋常鄉下人，乃是岑其斯。兩人都是五十歲左右年紀。

青青以前因身世不明，常引以爲恥，但自聽母親說了當年的經過之後，對父親佩服得了不得，當下昂然道：「金蛇郎君是我爹爹，你們問他幹麼？」

老乞婆仰頭長笑，聲音淒厲，令人不寒而慄，叫道：「他居然沒死，還留下了你這孽種！我是何紅藥，他在那裏？」青青下巴一揚道：「爲甚麼要對你說？」

老乞婆雙眉豎起，兩手猛向青青臉上抓來。這一下發難事起倉卒，青青不及躲避，眼見老乞婆套著明晃晃鋼套的尖尖十指，便要觸到青青雪白嬌嫩的臉頰，袁承志右手衣袖向前揮出，噗的一聲，擊中老乞婆雙臂中間，乘勢捲送。老乞婆身不由主，向後翻了個觔斗，騰的一聲，坐落在地。

這一來五毒教衆人相顧駭然，何紅藥是教中高手，比教主何鐵手還高著一輩，怎地這少年一出手，就輕輕易易的將她摔個觔斗？雖然魏濤聲引介他是七省武林盟主，但眼見他年紀輕輕，貌不驚人，居然武功如此奇高，各人盡皆訝異。何鐵手更是仰起了頭，呆呆出神。她自己的武功已臻一流高手之境，但萬萬想不到袁承志衣袖這麼一揮落、一捲送，竟可將何紅藥摔倒，震驚之下，不禁豔羨仰慕，竟然神不守舍，宛似陡然間見到了奇異之極的事物一般。

潘秀達和岑其斯是五毒教的左右護法，兩人相顧，點一點頭。潘秀達道：「我來領教。」雙掌擺動，緩步上前。

沙天廣道：「袁相公，我接他的。」袁承志道：「沙兄，用扇子。他手指上有毒尖環，這也是兵器！」沙天廣展開陰陽扇，便跟潘秀達鬥在一起。這邊啞巴與岑其斯默不作聲的拳打足踢，鬥得火熾。五毒教衆人蜂擁而上。胡桂南、鐵羅漢、青青各出兵刃接戰。五毒教教衆除了本來坐在椅中的十六人外，後殿又湧出二十餘人助戰。

何紅藥勢如瘋虎，直往青青身前奔來。袁承志知此人下手毒辣，不可讓她接近青青，等她奔近，忽地躍出，伸手抓住她後心，提起來擲了出去。

何鐵手粉臉一沉，伸出右手食指，放在手中噓溜溜的一吹。五毒教教衆立即同時退開。衆人撲上時勢道極猛，退下去也眞迅捷，突然之間，人人又都在教主身後整整齊齊的排成兩列。何鐵手臉露微笑，對袁承志道：「袁相公模樣斯文，卻原來身負絕技，讓我領教幾招。」袁承志道：「貴教各位朋友我們素不相識，不知甚麼地方開罪各位，還請明言。」

何鐵手臉上一紅，柔聲道：「我們大家都是惠王爺招賢館的賓客，原本是一路同道。你又說願意取消『金蛇王』的名號，我們已感激不盡。但這時忽然有金蛇郎君牽涉在內，請問金蛇郎君眼下是在那裏？」

青青一拉袁承志的手，低聲道：「別對她說。」袁承志道：「教主跟金蛇郎君相識麼？」何鐵手道：「他跟敝教很有淵源，家父就是因他而歸天的。敝教教眾萬餘人，沒一個不想找他。」袁承志和青青一驚，均想金蛇郎君行事不可以常理測度，到處樹敵，五毒教恨他入骨，也非奇事。袁承志道：「金蛇郎君離此萬里，只怕各位永遠找他不著了。」

何鐵手道：「那麼把他公子留下來，先祭了先父再說。」她說話時輕顰淺笑，神態靦腆，全似個羞人答答的少女，可是說出話來卻狠毒之極。

袁承志道：「常言道一人做事一人當。各位既跟金蛇郎君有樑子，還是去找他本人為是。」何鐵手道：「先父過世之時，小妹還只五歲。十八年來，那裏找得著這位前輩？如把他公子扣在這裏，他自然會尋找前來。咱們過去的帳，就可從頭算一算了。」

青青叫道：「哼，你也想？我爹爹倘若到來，管教把你們一個個都殺了。」

何鐵手微笑道：「不見得罷！」轉頭問何紅藥：「像他爹爹嗎？」何紅藥道：「相貌很像，驕傲的神氣也差不多。」何鐵手細聲細氣的道：「袁相公，各位請便。我們只留下夏公子。」

袁承志尋思：「他們只跟青弟一人過不去。此處情勢險惡，我先把她送出去再說。」向何鐵手一揖，說道：「再見了。」語聲方畢，左手已攔腰抱起青青，出廳穿過院子，奔到牆邊。牆垣甚高，他抱了青青後，更加不能一躍而上，托住她身子向上拋去，叫道：「青弟，留神！」五毒教眾人齊聲怒喊，暗器紛射。袁承志衣袖飛舞，叮叮噹噹一陣亂響，暗器都已打落。青青雙手已抓住牆頭，正要踴身外躍，何鐵手倏地離座，左掌猛地向袁承志面門擊到。

袁承志見她身形甫動，一股疾風便已撲至鼻端，快速之極，以如此嬌弱女兒而具如此身手，不禁驚佩，喝道：「好！」上身陡縮，見擊到面前的竟是黑沉沉的一隻鐵鉤，更加吃驚。何鐵手右手微揮，一隻金環離腕飛上牆頭，喝道：「下來！」青青頓覺左腿劇痛，雙手鬆脫，跌下牆來。何紅藥怪聲長笑，五枚鋼套忽離指尖，向她身上射去。

這頃刻之間，袁承志已和何鐵手拆了五招。兩人攻守都迅疾之至。他百忙中見青青勢危，一把銅錢擲出，錚錚錚響聲過去，何紅藥的五枚鋼套都給打落在地。

何鐵手嬌喝一聲：「好俊功夫！」左手連進兩鉤。袁承志看清楚她右手白膩如脂，五枚尖尖的指甲上還搽著粉紅的鳳仙花汁，揮掌劈來，掌風中帶著一陣濃香，但左手手掌卻已割去，腕上裝了一隻鐵鉤。這鐵鉤鑄作纖纖女手之形，五爪尖利，使動時鎖、打、刺、戳，虎虎生風，靈活絕不在肉掌之下。袁承志叫道：「沙兄，你們快奪路出去。」但沙天廣等人此時已為五毒教教眾纏住拚鬥，重圍之下，那裏搶得出去？

袁承志乍遇勁敵，精神陡長，伏虎掌法施展開來，威不可當。

何鐵手武功別具一格，雖也拳打足踢，掌劈鉤刺，但拳打多虛而掌擊俱實，有時一掌輕輕捺來，全無勁道。袁承志只道她手下留情，不使殺著，於是發掌之時也稍留餘地，酣鬥中時時迴顧青青，見她坐在地下，始終站不起身，心下掛慮，便即搶攻數招，將何鐵手逼退數步，待要過去扶青青站起。

猛聽得啪的一聲響，鐵羅漢和齊雲璈四掌相對，各自震開。鐵羅漢大叫一聲，上前再攻，拆不數招，手掌漸腫。他又氣又急，大聲嚷道：「這些傢伙掌上有毒，別著了道兒。」袁承志這才省悟，原來何鐵手掌法輕柔，其實是在誘自已上當對掌，用心陰毒，決非有意容讓，眼見情勢緊急，當即搶向青青身邊，伸手相扶。

何鐵手見他扶起青青，不容他再去救鐵羅漢，身法快捷，如一陣風般欺近身來。袁承志叫道：「何教主，在下跟你往日無怨，近日無仇，何以如此苦苦相逼？你不放我們走，莫怪無禮。」何鐵手一笑，臉上露出兩個酒渦，甚是嫵媚，說道：「我們只留夏公子一人，尊駕就請便吧。」

袁承志左足橫掃，右掌呼的一聲迎面劈去，何鐵手伸右手擋架，猛見袁承志這一掌來勢奇勁，倘若雙掌相交，即使對方中毒，自己的手掌也非折斷不可。瞬息間手掌變指，微向上抬，逕點袁承志右臂「曲池穴」。這一指變得快，點得準，的是高招。

袁承志叫道：「好指法！」左掌斜削敵頸。他知何鐵手雖然掌上有毒，卻害怕自己掌力沉猛，拳法一變，使出師門絕藝「破玉拳」來。這路拳法招招力大勢勁，劉培生號稱「五丁手」，尚且擋不住他五招。何鐵手武功雖高，究是女流，見他一拳拳打來，猶如鐵鎚擊岩、巨斧開山一般，那敢硬接？她本來臉露笑容，待見對方拳勢如此威狠，不禁凜然生懼，遊鬥閃避，心中欽佩之極。只盼乘機鑽研，學得他神妙武功的一招半式，或是看破半分關竅所在，卻因對方變招太快太奇，只一瞥之間，又已變了另一招。何鐵手心癢難搔，只想跪將下來，求道：「師父，請你教我這一招！」

袁承志乘她退開半步之際，左掌上抬護頂，右拳猛的「石破天驚」，向身旁錦衣毒丐齊雲璈身上打去。齊雲璈叫道：「來得好！」張手向他拳上拿去，只要手指稍沾他拳頭，劇毒便傳了過去。袁承志那容他手指碰到，身子微蹲，左手反拿住他衣袖，惱恨此人兇蠻狠辣，以毒掌傷人，右足往他腳後迴鉤，左足一腿已踹在他右足膝蓋下三寸處，喀喇聲響，齊雲璈膝蓋登時脫臼，委頓在地。

胡桂南本在與齊雲璈激鬥，登時緩出手來，奔去救援給三敵圍在核心的沙天廣。袁承志叫道：「退到牆邊，我來救人！」胡桂南依言反身，將青青和鐵羅漢兩個傷者扶到牆邊。袁承志遊目四顧，見沙天廣與啞巴均以一敵三，沙天廣尤其危急，當下左一腳右一腳，踢飛了兩名五毒教弟子，縱入人叢，喀喀喀三聲，圍著沙天廣的三人均已關節受損，或肩頭脫筍，或頭頸扭曲，或手腕拗折。他不欲多傷人眾，又不敢與對方毒掌接觸，每次均迅如閃電般搶近身去，隔衣拿住對方關節，一扭之下，敵人不是痛暈倒地，便動彈不得。他救了沙天廣後，再搶到啞巴身旁。

啞巴拳法頗得華山派精要，力敵三名高手，雖脫身不得，卻不致落敗。何鐵手一聲唿哨，五毒教人眾齊向兩人圍來。袁承志東一竄，西一晃，纏住啞巴的兩人一個下顎脫落，一個臂上脫臼，另一個一呆，給啞巴劈面一拳打中鼻樑，鮮血直流。啞巴打發了性，還要追打，袁承志拉住他手臂，拖到牆邊，叫道：「大家快走，我來應付。」胡桂南當即遊上高牆，將一行人眾接應上去。袁承志在牆下來回遊走，又打倒了十多名敵人，每人均是教中好手，但個個關節脫臼癱瘓。五毒教一敗塗地，更無餘力再鬥。

袁承志向何鐵手拱手道：「教主姑娘，再見了！」哈哈長笑，背脊貼在牆上，倏忽間遊到牆頂。何鐵手心中只盼他指點武功，情不自禁的縱聲大叫：「師父……」一句聲出口，急忙收口，旁人不知她是在叫誰。何鐵手心神盪漾，搖搖晃晃，幾欲暈倒。

何紅藥放聲大叫，五枚鋼套向袁承志上中下三路打去，心想他身在牆上，必然難於閃避。袁承志左袖揮出，五枚鋼套倒轉，反向五毒教教眾打來。何紅藥見了這一手反揮暗器的功夫，大叫：「你是金蛇郎君的弟子麼？」語音中竟似要哭出來一般。

袁承志一怔，心想：「她跟金蛇郎君必有極深淵源。」念頭轉得快，身法更快，未及張口回答，已奔到牆邊。

潘秀達躺在地下高聲發令，四名教眾舉起噴筒，四股毒汁猛向袁承志噴來。袁承志只感腥臭撲鼻，提氣倒退丈餘，毒汁發射不遠，濺在地下，猶如墨潑煙薰一般。

袁承志縱身高躍，手攀牆頭，在空中打了個圈子，翻過牆頭去了，姿勢美妙。何鐵手望見，不禁喝了一聲采。片刻間啞巴等衆人也都翻出牆外。袁承志見靜悄悄的無人追出，卻也不敢停留，把青青負在背上，和衆人疾奔進城。

魏濤聲見雙方一言不合，便即動手，出手凌厲異常，急忙大聲勸停，又請雙方先去用過酒飯，慢慢再說。但雙方出手兇狠，無人理會，他只好大聲叫道：「對不住得很，慢走，慢走！」魏濤聲雖聽袁承志說決不相助朝廷，但畢竟目前惠王的圖謀干係太大，萬一敗事，滿門抄斬也還不夠。他素知五毒教厲害，因此引見袁承志等與之相識，意在示威示警，好叫袁承志一夥息了與惠王爺作對的念頭，待見雙方爭鬥，料想五毒教武功既高，又會行使極可怖的劇毒，心中暗喜，只盼就此一舉將袁承志等全數殲滅。不料事與願違，竟讓他們脫身，幸好這些人中不少中毒，就算不死，十天半月內也好不了，不會來干撓惠王爺的大事。

袁承志將到住宅時，忽覺頭頸中癢癢的一陣吹著熱氣，回過頭來，青青噗哧一笑。袁承志知她並無大礙，心下寬慰，進宅後忙取出冰蟾，給鐵羅漢治傷。餘人雖未中毒，但激鬥之下，都吸入了毒氣，均感頭暈胸塞，也分別以冰蟾驅毒。青青足上給何鐵手打了一環，雪白的皮膚全成瘀黑，高高腫起。

程青竹在一旁靜聽他們談論剛才惡鬥的經過，皺眉不語，這時忽然插口道：「袁相公，仙都派的黃木道人，聽說就是死在五毒教手裏的？」袁承志道：「有人見到麼？」程青竹道：「要是有人見到，只怕這人也已難逃五毒教毒手。江湖上許多人都說，黃木道人死得很慘。仙都派後來大舉到雲南去尋仇，卻又一無結果，也眞希奇。」

沙天廣道：「程兄，那老乞婆果然狠毒，只可惜我們雖見到了，卻不能為你報仇。」程青竹道：「我跟五毒教從無瓜葛，不知他們何以找上了我，委實莫名其妙。」

袁承志道：「他們不喜歡我外號叫『金蛇王』，你既跟我在一起，他們就向你下手。」程青竹道：「多半是這樣。」承志問道：「程幫主……」向青青瞥了一眼，便不說下去了。青青道：「怕甚麼？我代你問好啦！程幫主，你受了重傷，你徒兒阿九知道麼？她來瞧過你沒有？」程青竹搖搖頭。青青又問：「要不要我派人去通知她？」程青竹又搖搖頭。青青轉過頭來，向承志雙手一攤，聳了聳肩。承志心中確正想到阿九，不知青青何以如此機伶，一猜便猜個正著。

忽然一名家丁進來稟報：「金龍幫的焦大姑娘要見袁相公。」青青秀眉一蹙，慍道：「她又來幹甚麼了？」袁承志道：「請進來吧！」家丁出去領著焦宛兒進來。

她走進廳，跪在袁承志面前拜倒，伏地大哭。袁承志見她一身縞素，心知不妙，忙伸手扶起，說道：「焦姑娘快請起，令尊他老人家好麼？」焦宛兒哭道：「爹爹……給……給閔子華那奸賊害死啦。」袁承志驚問：「他……他老人家怎會遭難？」

焦宛兒從身上拿出一個布包，放在桌上，打了開來，露出一柄精光耀眼的匕首，刃身上還殘留著烏黑的血跡。袁承志連著布包捧起匕首，見刀柄上用金絲鑲著「仙都門下子字輩弟子閔子華收執」幾字，顯是仙都派師尊賜給弟子的利器。

焦宛兒哭道：「咱們到了馬谷山，安頓好之後，爹爹在應天府有事要辦，稟明了孫仲壽叔叔，我跟著爹爹一起回家，在徐州府客店裏住宿。第二日爹爹睡到辰時過了，還不起來，我去叫他，那知……那知……他胸口插了這把刀……袁相公，請你作主！」說罷嚎啕大哭。

青青本來對她頗有疑忌之意，這時見她哭得嬌楚可憐，心感難過，把她拉在身邊，摸出手帕給她拭淚，對袁承志道：「大哥，那姓閔的已應承揭過這個樑子，怎麼又卑鄙行刺？咱們可不能善罷干休！」

袁承志胸中酸楚難言，想起焦公禮慷慨重義，不禁流下淚來，隔了一陣，問道：「焦姑娘，後來你見過那姓閔的麼？」焦宛兒哽咽道：「我見到爹爹不幸遭難，立即傳訊回馬谷山。孫仲壽叔叔派遣金龍幫舊部，趕到徐州來聽我號令，爲爹爹報仇。我們一路追趕那姓閔的，昨天晚上追到了順天府。」青青叫道：「好啊，他在這裏，咱們這就去找他。妹妹你放心，大夥兒一定幫你報仇。」程青竹、沙天廣等早已得知袁承志在應天府爲焦閔兩家解仇的經過，聽得閔子華如此不守江湖道義，都憤慨異常。沙天廣怒道：「閔子華是甚麼東西，沙某倒要鬥他一鬥。」

焦宛兒向衆人盈盈拜了下去，淒然道：「要請衆位伯伯叔叔主持公道。」

程青竹一拍桌子，喝道：「閔子華在那裏？仙都派雖然人多勢衆，老程可不怕他。咱們『金蛇三營』早便是一家人了！」

焦宛兒道：「爹爹逝世後，我跟幾位師哥給他老人家收殮，靈柩寄存在徐州廣武鏢局，隨即搜尋閔子華的下落。總是爹爹英靈佑護，沒幾天河南的朋友就傳來訊息，說有人見到那姓閔的奸賊從河南北上。金龍幫內外香堂衆香主一路路分批兜截，曾交過兩次手，都給他滑溜逃脫了。姪女不中用，還給那奸賊刺了一劍。」

袁承志見她左肩微高，知道衣裏包著綳帶，想來她爲父報仇，必定奮不顧身，可是說到武功，自是不及仙都好手閔子華了。

焦宛兒又道：「昨兒我們追到順天，已查明了那奸賊的落腳所在。」青青急道：「在那裏？咱們快去，莫給他溜了。」焦宛兒道：「他住在西城傅家胡同，我們幫裏已有一百多人守在附近。」袁承志微微點頭，心想：「她年紀雖小，辦事精明幹練。這次金龍幫傾巢而出，閔子華插翅難逃。」焦宛兒又道：「剛才我一位師兄在大街上遇著一位泰山大會中見過面的朋友，才知袁相公跟各位住在這裏。」

沙天廣大拇指一翹，說道：「焦姑娘，你做事周到，閔子華已在你們掌握之中，你還是來請盟主主持公道，好讓江湖上朋友們都說一句『閔子華該殺』，好！」

袁承志問道：「準擬幾時動手？」焦宛兒道：「今晚二更。」她把匕首包回布包。青青道：「妹子，待會你還是用這匕首刺死他？」焦宛兒點了點頭。

袁承志想起焦公禮一生仗義，到頭來卻死於非命，自己雖已盡力，終究還是不能救得他性命，爲德不卒，心下頗爲歉咎，金龍幫已入了「金蛇三營」，自己義不容辭，要挑起這副擔子。閔子華暗中傷人，理應遭報，但這事必須做得讓仙都派口服心服，方無後患。

各人用過晚飯，休息一陣，袁承志帶同程青竹、沙天廣、啞巴、胡桂南、洪勝海五人，隨著焦宛兒往傅家胡同而去。青青、鐵羅漢兩人受傷，不能同行，單鐵生自行回家養傷。青青連聲嘆氣，咒罵何鐵手這妖女害得她動彈不得。

這時曙光初現，何鐵手雙鉤使將開來，
一道黑氣，一片黃光，
在袁承志身旁縱橫盤旋。
這鐵鉤裝在手上，
運用之際的是靈動非凡，宛如活手一般。

第十六回

荒岡凝冷月　纖手拂曉風

眾人來到胡同外十餘丈處，焦公禮的幾名弟子已迎了上來，說閔子華和他師弟洞玄道人在屋裏說話。眾人見袁承志出手相助，精神大振。

焦宛兒問袁承志道：「袁相公，可以動手了麼？」袁承志道：「叫大夥守在外面，咱們幾個人先去一探。」焦宛兒道：「好！」低聲對眾幫友吩咐幾句，和袁承志等躍進牆去。焦宛兒輕功較差，落地時腳下微微一響，屋中燈火忽地熄滅。焦宛兒知仇人已經發覺，不能再探到甚麼，微發輕哨，四周屋頂到處都探出頭來。焦宛兒叫道：「姓閔的，出來瞧瞧，是誰來啦！」屋中人默不作聲。焦宛兒叫道：「點了火把進去！」

金龍幫四名幫友取出火摺，點燃帶來的火把，昂首而入，旁邊四名幫友執刀衛護。突然啪啪啪數聲，四根火把打滅了三根，兩條黑影從眾人頭頂飛躍而過。金龍幫幫眾一擁而上，四下圍住，乒乒乓乓的打了起來。火把增燃，將大院子照耀得如同白晝。

閔子華和洞玄道人知落重圍，背靠背的拚力死戰，頃刻間把金龍幫幫眾刺傷了六七人。傷者一退下，立即有人補上。

再鬥一陣，閔子華和洞玄又傷了三四人，但洞玄左臂也已受傷。他劍交右手，捨命力戰。兩儀劍法本是他使左手劍，閔子華使右手劍，左右呼應，迴環攻守。現下兩柄都是右手劍，威力立減。鬥不多時，洞玄與閔子華身上又各受了幾處傷。

袁承志在旁觀戰，心想：「一命還一命，殺閔子華一人已經夠了，不必讓洞玄也陪在這裏。」見兩人即將喪命，踴身跳入圈子，金光閃動，嗆啷啷一陣響，不但洞玄與閔子華手中長劍爲金蛇劍削斷，金龍幫諸人的兵刃也有七八柄斷頭折身。

眾人出其不意，都大吃一驚，向後躍開。

袁承志不意此劍竟有如斯威力，連自己也是一呆，心想這都是各人趁手的兵器，自己不過要雙方罷手停鬥，不料竟削壞了多件兵刃，好生不安。

這時閔子華和洞玄全身血跡斑斑，見袁承志到來，更知無倖。洞玄把斷劍往地下一擲，慘笑道：「我師兄弟不知何事得罪了閣下，如此苦苦相逼？」翻手從腰間摸出一柄匕首，猛往自己胸膛插落。袁承志左掌如風，在他胸前輕輕一推，右手已拿住他手腕，夾手奪過匕首，火光下看去，見匕首和閔子華刺死焦公禮那一柄全然相同，柄上刻著「仙都門下子字輩弟子洞玄收執」一行字。

洞玄鐵青了臉，喝道：「我學藝不精，不是你對手，死給你看便了。快把匕首還我！」袁承志怕他又要自殺，將匕首插入腰帶，正色道：「待得料理清楚，自然還你。」洞玄大怒，叫道：「你要殺就殺，不能如此欺人！」說著劈面一拳。袁承志側身避開，愕然道：「在下何敢相欺？」洞玄凜然道：「這匕首是本派師尊所賜，寧教性命不在，也不能落入旁人手中。」袁承志一楞，疑雲大起，心想這匕首既如此要緊，閔子華怎能於刺殺焦公禮後仍留在他身上，卻不取回？當下將匕首雙手奉還，說道：「在下有一事不明，要請教道長。」洞玄接過匕首，聽他說得客氣，便道：「請說。」

袁承志轉過身來，對焦宛兒道：「焦姑娘，那布包給我。」焦宛兒遞過布包，手握雙刀，緊緊監視閔子華。袁承志打開布包，露出匕首。閔子華和洞玄齊聲驚呼。金龍幫幫眾眼見兇器，想起老幫主慘死，目眥欲裂，各人逼近數步。

閔子華顫聲道：「這……這……這是我的匕首呀？你從那裏得來？」伸手來取。袁承志手一縮。焦宛兒單刀揮出，往閔子華手臂砍落。閔子華疾忙縮手，這刀便沒砍中。焦宛兒待要追擊，袁承志伸手攔住，說道：「先問清楚了。」焦宛兒停刀不砍，流下兩行淚來。

閔子華怒道：「當日我們在南京言明，雙方解仇釋怨。金龍幫幹麼不顧信義，接連幾次前來傷我？你叫焦公禮出來。咱們三對六面，說個明白。姓閔的到底那一點上道理虧了……」他話未說完，金龍幫幫衆早已紛紛怒喝：「我們幫主給你害死了，你這奸賊還來假撇清！」閔子華和洞玄都大吃一驚，齊聲道：「甚麼？焦公禮死了？」

袁承志見二人驚訝神色，不似作僞，心想：「或許內中另有別情。」問道：「你眞的不知？」閔子華道：「我把房子輸了給你，沒面目再在江湖上混，便上開封府去，要跟掌門大師兄水雲道長商量，那知師兄沒會到，途中卻不明不白的跟金龍幫打了兩場。焦公禮好端端的，又怎會死？」焦宛兒聽他這麼說，也瞧出情形有點不對，哽咽道：「我爹爹……是給……給人用這把匕首害死的……就算不是你，也總是你的朋友。」閔子華恍然大悟，道：「嗯，嗯，這就是了。」焦宛兒喝道：「甚麼這就是了？」閔子華急忙分辯，結結巴巴的卻說不明白。金龍幫衆人只道他心虛，聲勢洶洶的操刀又要上前。

洞玄道人接過閔子華手中半截斷劍，擲在地下，凜然道：「各位要讓焦幫主大仇不能得報，讓眞兇奸人在旁暗笑，我師兄弟饒上兩條命，又算甚麼？」挺起胸膛，束手就戮。衆人見他如此，面面相覷，一時拿不定主意。

袁承志道：「這樣說來，焦幫主不是閔兄殺的？」閔子華道：「姓閔的出於仙都門下，也還知道江湖上信義爲先。我既已輸給你，又知有奸人從中挑撥，怎會再到南京尋仇？」袁承志道：「焦幫主不是在南京被害的。」閔子華奇道：「在那裏？」袁承志道：「徐州。」洞玄道：「我師兄弟有十多年沒到徐州啦。除非我們會放飛劍，千里外殺人性命。」袁承志道：「此話當眞？」洞玄伸手一拍自己項頸，說道：「殺頭也不怕，何必說假話！」

焦宛兒道：「那麼這柄匕首從何而來？」洞玄道：「我這時說出眞相，只怕各位還不相信。現下我帶你去個地方，一看便知。」閔子華急道：「師弟，那不能去。」洞玄道：「口說無憑，須有實據。焦幫主爲奸人殺害，此事非同小可，務須查個水落石出。袁相公和焦姑娘兩位是何等樣人，決不能壞咱們的事。」閔子華點點頭。焦宛兒問：「去那裏？」洞玄道：「只能帶袁相公和你兩位同去。人多了不行。」

金龍幫中有人叫了起來：「他要使奸，莫給他們走了。」焦宛兒問袁承志道：「袁相公，你說怎樣？」袁承志心想：「看來這兩人確是別有隱情，還是一同前往查明眞相爲妥。要是他們想使詭計，諒來也逃不脫我手掌。」說道：「那麼咱們就同去瞧瞧。」

焦宛兒對金龍幫眾人道：「有袁相公在，料想他們也不敢怎樣。」自焦公禮逝世，焦宛兒已隱然爲一幫之主，她率領幫眾大舉尋仇，眾人對她言聽計從。袁承志是「金蛇營」首領，早已是幫衆的頭腦，他爲人仁義，武功高強，衆人欣然稱是，更無異言。

袁承志和焦宛兒隨著閔子華師兄弟一路向北。來到城牆邊，洞玄取出鉤索，甩上去鉤住城牆，讓焦宛兒先爬了上去，然後他師兄弟先後爬上城頭，讓袁承志在後監視出城。四人出城後，續向北行。這時方當子夜，月色如水，道路越走越崎嶇。再行四五里，上了個亂石山崗，袁承志和焦宛兒都感訝異，不知這兩人來此荒僻之處，有何用意。焦宛兒尋思：「莫非這兩人在此伏下大批幫手？但有袁相公在此，對方縱有千軍萬馬，他也必能帶我脫險。」

上崗又走了二三里，才到崗頂，只見怪石嵯峨，峻險突兀，月光下似魔似怪，陰森森的寒意逼人。洞玄和閔子華走向一塊大巖石之後，袁承志和焦宛兒跟著過去，只見巖邊赫然停著一具棺木。焦宛兒於黑夜荒山乍見此物，心中一股涼氣直冒上來。

洞玄撿起一塊石子，在棺材頭上輕擊三下，稍停一會，又擊兩下，然後再擊三下，雙手托住棺蓋往上一掀，喀喇一聲響，棺材中坐起一具殭屍。焦宛兒「啊」的一聲大叫，雙手抓住了袁承志左手，不由自主的靠在他身上。

只聽那殭屍道：「怎麼？帶了外人來？」洞玄道：「兩位是朋友。這位袁相公，是金蛇郎君夏大俠的弟子。這位焦姑娘，是金龍幫焦幫主的千金。」那殭屍向袁焦二人道：「兩位莫怪。貧道身上有傷，不能起身。」洞玄道：「這是敝派掌門師兄水雲道人。在這裏避仇養傷。」袁承志和焦宛兒才知原來不是殭屍，當即施禮。水雲道人拱手答禮。那水雲道人臉如白紙，沒半絲血色，額角正中從腦門直到鼻樑卻是一條殷紅色的粗大傷疤，疤痕猶新，想是受創不久，爲那慘白的臉色一加映托，更是可怖。

水雲道人說道：「我師父跟尊師夏老師交好。夏老師來仙都山時，貧道曾侍奉過他。他老人家可好？」袁承志心想這時不必再瞞，答道：「他老人家已去世多年了。」

水雲道人長嘆一聲，慘然不語，過了良久，才低聲道：「剛才聽洞玄師弟說道，閣下是金蛇弟子，貧道十分歡喜，心想只要金蛇前輩出手，我師父的大仇或能得報。唉！那知他老人家竟也已歸道山，只怕要讓奸人橫行一世了。」

焦宛兒心道：「我是爲報父仇而來此地，那知又引出一樁師仇來。」袁承志卻想：「程幫主適才說道，黃木道人爲五毒教所害，那可又拉在一起了。」

洞玄低聲把金龍幫尋仇的事說了，求大師兄向焦宛兒解釋。水雲道人「咦」了一聲，越聽越怒，突然手掌翻過，在身旁桅上猛擊一掌。

水雲道人道：「焦姑娘，我們仙都弟子，每人滿師下山之時，師父必定賜他一柄匕首。貧道忝居本派掌門，雖然本領不濟，忍辱在這裏養傷，但還不敢胡說打誑。焦姑娘，你道這柄匕首是做甚麼用的？」焦宛兒恨恨的道：「不知道！」

水雲道人抬頭望著月亮，喟然道：「敝派第十四代掌門祖師菊潭道長當年劍術精妙絕倫，只可惜性子剛傲，又頗有些不明是非，殺了不少無辜之人，結仇太多，終於各派劍客大會恆山，以車輪戰法鬥他一人。菊潭道長雖然劍下傷了對頭十八人，最後筋疲力盡，身受重傷，於是拔出匕首自殺而死。本派因此元氣大傷，又得罪了天下英雄，此後定下一條規矩，每名學藝完畢的弟子都授一柄匕首。洞玄師弟，你到那邊去。」洞玄不明他用意，但還是朝他手指所指，向西行去。水雲等他走出數百步，高聲叫道：「行了。」洞玄停步。水雲低聲問閔子華道：「閔師弟，這把匕首，叫作甚麼？」閔子華道：「這是仙都戒殺刀。」水雲又問：「師父授你戒殺刀時，有四句甚麼訓示？你低聲說來。」閔子華肅然道：「嚴戒擅殺，善視珍藏，義所不敵，舉以自戕。」

水雲點點頭，向東邊一指，道：「你到那邊去。」待閔子華走遠，把洞玄叫回來，問道：「洞玄師弟，這把匕首，叫作甚麼？」洞玄道：「仙都戒殺刀。」水雲又問：「師父授你此刀之時，有何訓示？」洞玄肅然道：「嚴戒擅殺，善視珍藏，義所不敵，舉以自戕。」

水雲把閔子華叫回，對袁承志和焦宛兒道：「現今兩位可以相信，敝派確是有此訓示。敝派弟子犯戒，妄殺無辜，也是有的，可是憑他如何不肖，無論如何不敢用這戒殺刀殺人。」

袁承志問道：「這匕首為甚麼叫『戒殺刀』？」水雲道：「敝派鑒於菊潭祖師的覆轍，從第十五代祖師起便定下一條門規，嚴禁妄殺無辜，本派每兩年一次在仙都山大會，有人犯戒，便得在師長兄弟之前，用這戒殺刀自行了斷。閔師弟要殺焦幫主，雖然當年閔子葉師兄行為不端，有取死之道，但為兄報仇，本來也不算是妄殺，可是後來既知受奸人挑撥，再去加害，那便犯了重大門規，諒他也是不敢。」他嘆了口氣，說道：「這戒殺刀是自殺用的，要是仙都弟子遇敵之時，武功不如，而對方又苦苦相逼，脫身不得，便須以此匕首自殺，免損仙都威名。閔師弟就算敢犯師門嚴規，天下武器正多，怎會用戒殺刀去殺人？而且刺殺之後，怎麼又不把刀帶走？」袁承志和焦宛兒聽著，都不住點頭。

水雲又道：「焦姑娘，我給你瞧封信。」說著從棺材角裏取出一個布包，打了開來，裏面是一堆文件雜物。他從中揀出一信，遞給焦宛兒。焦宛兒眼望袁承志。袁承志點點頭。焦宛兒接過信來，月光下見封皮上寫著「急送水雲大師兄親啓，閔緘」幾個字，知是閔子華寫給水雲的信，水雲道：「焦姑娘，請看信！」焦宛兒點點頭，抽出信箋，見紙箋上端印著「蚌埠通商大客棧用箋」的紅字，信上的字歪歪扭扭，文理也不甚通，寫道：

「水雲大師兄：你好。焦公禮之事，小弟已明白受人欺騙，胡塗之極，報仇甚麼的，就此拉倒不幹了。但昨晚夜裏，小弟的戒殺刀忽給萬惡狗賊偷去，眞慚愧之至。如果尋不回來，我再沒面目見大師兄了，千萬千萬。小弟閔子華拜上。八月十八日」

焦宛兒讀完此信，心想：「我與爹爹七月間在山東參與泰山大會，此後南下徐州，爹爹於十一月初二在徐州被害。這信寫於八月十八，該當不是假的。」當下更無懷疑，身子顫抖，盈盈向閔子華拜了下去，說道：「閔叔叔，姪女錯怪好人，冒犯你老人家啦。」一拜罷又向洞玄賠禮。兩人連忙還禮。

閔子華道：「不知是那個狗賊偷了這把刀去，害死了焦幫主。他留刀屍上，就是要你疑心我呀。」焦宛兒道：「姪女眞鹵莽，沒想到這一著，只道閔叔叔害了爹爹後，還要逞英雄好漢，留刀示威。」閔子華道：「我失了戒殺刀，急忙稟告掌門師兄，再和洞玄師弟到處找尋，沒一點眉目，後來接到大師兄飛帖，召我們到京師來，這才動身。路上你們沒頭沒腦的殺來，我也只好沒頭沒腦的跟你們亂打一陣。幸虧袁相公趕到，才弄明白這回事。」水雲道：「等我們的事了結之後，要是貧道僥倖留得性命，定要幫焦姑娘找到這偷刀殺人的奸賊。這件事仙都派終究也脫不了牽連。」焦宛兒又斂衽拜謝，將匕首還給閔子華。

袁承志心想，他們師兄弟只怕另有秘事商酌，外人不便參與，便拱手道：「兄弟就此別過。」兩人和水雲等作別，走出數十步，正要下崗，洞玄忽然大叫：「兩位請留步。」

袁承志和焦宛兒一齊停步。洞玄道人奔將過來，說道：「袁相公，焦姑娘，貧道有一件事想說，請兩位別怪。」袁承志道：「道長但說不妨。」洞玄道：「這裏的事，要請兩位千萬不可洩漏。本來不須貧道多嘴，實因與敝師兄性命攸關，不得不冒昧相求。」按照江湖道上規矩，別幫別派任何詭秘怪異之事，旁人瞧在眼裏，決不能傳言談論，否則兇殺災禍立至，此事人所共知，但洞玄竟如此不放心，不惜冒犯叮囑，自是大非尋常。袁承志心中一動，雖事不干己，但想大家武林一脈，有事該當相助，說道：「不知令師兄有甚危難之事，兄弟或可相助一臂。」

洞玄和袁承志交過手，知他武功卓絕，不但高出自己十倍，也遠在仙都第一高手水雲師兄之上，聽他這麼說，心頭一喜，忙道：「袁相公仗義相助，真是求之不得，待貧道稟過大師兄。」匆匆回去，低聲和水雲、閔子華商量。三人談了良久，似乎難以決定。袁承志心想：「既然他們大有爲難，不願外人插手，那就不必多事了。」高聲叫道：「兩位道長、閔兄，兄弟先走一步，後會有期！」一拱手就要下崗。

水雲道人叫道：「袁相公，請過來說幾句話。」袁承志轉身走近。水雲道：「袁相公肯拔刀相助，我們師兄弟委實感激不盡。不過這是本門私事，情勢凶險萬分，實在不敢要袁相公無故犯險。還請別怪貧道不識好歹。」說著拱手行禮。

袁承志知他是一片好意，心想這人倒也頗具英雄氣慨，說道：「道長說那裏話來，既是如此，就此告辭。道長如需相助，兄弟自當盡力，隨時送信到正條子胡同就是。」

水雲低頭不語，忽然長嘆一聲，說道：「袁相公如此義氣，我們的事雖然說來羞人，如再相瞞，可就不夠朋友了。兩位請坐。洞玄師弟，你對兩位說罷。」

洞玄等兩人在石上坐好，自己也坐下說道：「我們恩師黃木道人生性好動，素喜到處雲遊，除了兩年一次的仙都大會之外，平日少在山上。五年前的中秋，又是大會之期，恩師竟不回山主持，也不帶信回來，這是從來沒有的事，衆弟子又是奇怪，又是擔憂。恩師這次是到南方雲遊採藥，大夥兒忙分批到雲貴兩廣查訪，各路都沒消息。我和閔師哥在客店之中得到點蒼派追風劍萬里風的書信，說有急事邀我們前往。我們兩人趕到雲南大理萬大哥家中，見他身受重傷，躺在床上。一問之下，原來是爲了我們恩師才受的傷。」

袁承志想起程青竹曾說黃木道人是死於五毒教之手，暗暗點頭，聽洞玄又道：「追風劍萬大哥說道，那天他到大理城外訪友，見到我們恩師受人圍攻。點蒼派跟仙都派素有淵源，他當即仗劍相助。豈知對方個個都是高手，兩人寡不敵衆，萬大哥先遭毒手，昏倒在地，後來由人救回，恩師卻生死不明。萬大哥肩頭和脅下都爲鋼爪所傷，爪上餵了劇毒。看這情形，必是五毒教所爲。他後來千辛萬苦的求到靈藥，這才死裏逃生。於是我們仙都三十二弟子同下雲南尋師，要找五毒教報仇。可是四年來音訊全無，恩師自是凶多吉少。五毒教又隱秘異常，踏遍了雲南全省，始終沒半點線索，大家束手無策，才離雲南。不久前北方傳來消息，說五毒教教主何鐵手到了順天……」

袁承志「啊」了一聲。洞玄道：「袁相公識得她麼？」袁承志道：「我有幾位朋友昨天剛給她毒手所傷。」洞玄道：「令友不礙事麼？」袁承志道：「眼下已然無妨。」

洞玄道：「嗯，那眞是天幸。我們一得訊，大師兄便傳下急令，仙都弟子齊集京師。我們在來京途中遇到焦姑娘，那不必說了。大師兄比我們先到，他與何鐵手狹路相逢。那賤婢竟然出言譏刺，十分無禮。大師兄跟她動起手來，這賤婢手腳滑溜，大師兄一不留神，額上爲她左手鐵鉤所傷，下盤又中了她五枚暗器。她只道鐵鉤餵有劇毒，大師兄一定活不了，冷笑幾聲便走了。好在大師兄內功精湛，又知對頭周身帶毒，在動手之前已先服了不少解藥，身邊又帶了不少外用解毒膏丹，這才幸沒遭難。」

水雲嘆道：「貧道怕她知我不死，再來趕盡殺絕，不敢在寓所養傷，只得找了這樣古怪的地方靜養，再過三個月，毒氣可以慢慢拔盡。師父多半已喪在賤婢手下，這仇非報不可。只是對頭手段太辣，毒物厲害，是以貧道不敢拖累朋友。」

閔子華問道：「袁相公怎麼也跟五毒教結了樑子？」袁承志於是將如何在惠王府遇

到五毒教、程青竹如何為老丐婆抓傷的事簡略說了。水雲道：「袁相公既跟他們並無深仇，吃了點小虧，也就算了。你千金之體，犯不著跟這等毒如蛇蝎之人相拚。」

袁承志心想自己有父仇在身，又要輔佐闖王和義兄李岩圖謀大事，這些江湖上的小怨小仇，原不能過於當眞，否則糾纏起來永無了局，點頭道：「道長指教甚是。我有一隻朱睛冰蟾，可給道長吸毒。」當下用冰蟾替他吸了一次毒，亂石崗上無酒浸出蟾中毒液，於是把冰蟾借給洞玄，教了用法，要他替水雲吸盡毒氣後送回。水雲、閔子華、洞玄不住道謝。

袁承志和焦宛兒緩緩下崗，走到一半，宛兒忽往石上一坐，輕輕啜泣。承志輕拍她肩膀，低聲問道：「怎麼？焦姑娘，你不舒服麼？」宛兒搖搖頭，拭乾淚痕，若無其事的站了起來。承志心想：「這一來，她金龍幫和仙都派雖化敵為友，但她殺父大仇如何得報，卻更渺茫了。也難為這樣一個年輕姑娘，居然這般硬朗。」

兩人回進城裏，天將微明，袁承志把焦宛兒送回金龍幫寓所，自回正條子胡同。他在長街一排民房屋頂上展開輕身功夫，倏然之間，已過了幾條街，一時奔得興發，使出「神行百變」絕技，眞如飛燕掠波、流星橫空一般，耳旁風動，足底無聲，正奔得高興，忽聽身旁低喝一聲：「好功夫！」

袁承志陡然住足，白影微晃，一人從身旁掠過，嬌聲笑道：「追得上我嗎？」語聲方畢，已竄在七八丈外。袁承志見這人身法奇快，心中一驚：「這是個女子，輕身功夫竟如此了得？」他少年人既好奇，又好勝，提氣疾追。那人毫不回顧，如飛奔跑。時候一長，袁承志的內力、輕功終於高出一籌，腳下加勁，片刻間追過了頭，趕在那人面前數丈，回轉身來。

那人格格嬌笑，說道：「袁相公，今日我才當眞服你啦！」只見她長袖掩口，身如花枝顫裊，正是五毒教教主何鐵手。她全身白衣如雪，給足底黑瓦一襯，更是黑的愈黑，白的愈白。武林中人所穿夜行衣非黑即灰，俾得夜中不易爲人發覺，敵人發射暗器不能取得準頭，她竟然一身白衣，若非自恃武藝高強，決不能如此肆無忌憚。袁承志拱手說道：「何教主有何見教？」何鐵手笑道：「袁相公昨日枉駕，有不少礙手礙腳之人在場，大家分了心，不能好好見個高下。小妹今日專誠前來，討教幾招。袁相公半夜三更的送一位美貌姑娘回家，好風流多情啊！」邊說邊笑，語音嬌媚。

袁承志心想：「我送焦姑娘回家，原來給她瞧見了。此事不必多提！」便道：「教主這般身手，男子中也難得一見。兄弟十分佩服。卻不必再比了。」

何鐵手笑道：「昨日試拳，袁相公掌風凌厲之極。小妹力氣不夠，不敢接招。今日比比兵刃如何？」也不等袁承志回答，呼的一聲，已將腰間一條軟鞭抖了出來，微光中但見鞭上全是細刺倒鉤，只要給它掃中一下，皮肉定會給扯下一大塊來。何鐵手嬌滴滴的道：「袁相公，這叫做蝎尾鞭，刺上是有毒的，你要加意小心，好麼？」袁承志聽她說話，不覺打個寒戰。她語氣溫柔，關切體貼，含意卻極狠毒，兩者渾不相稱。

袁承志雅不欲跟她沒來由的比武，抱拳說道：「失陪了！」何鐵手不等他退開，手腕輕抖，蝎尾鞭勢挾勁風，逕撲前胸。袁承志上身後仰避開，不等蝎尾鞭次招再到，已竄出數丈。何鐵手知追他不上，朗聲叫道：「金蛇郎君的弟子如此膿包，敗壞了師尊一世威名！」袁承志一楞停步，心想：「我幾次相讓，他們五毒教驕縱慣了，還道我當眞怕她。」心念微動之際，白影閃處，蝎尾鞭又帶著一股腥風撲到。

袁承志眉頭一皺，暗想：「這等餵毒兵器縱然厲害，終究爲正人君子所不取。她好好一個女子，卻身在邪教，以致行事不端。」料想蝎尾鞭全鞭有毒，不能白手搶奪，索性雙手攏入袖中，身隨意轉，的溜溜的東閃西避，使的是木桑所授的輕身功夫。何鐵手鞭法雖快，那裏帶得到他一片衣角？袁承志捷若飛禽，何鐵手只瞧得心魂俱醉，大爲顚倒，想不到世上竟有如此高明武功。

轉瞬間拆了二十餘招，何鐵手嬌喝：「你一味閃避，算甚麼好漢？」袁承志笑道：「你想激我奪你鞭子？又有何難。」俯身而前，雙手在屋頂分別撿起一片瓦片，凝視鞭影，看得親切，叫道：「撤鞭！」兩塊瓦片一上一下，已將蝎尾鞭夾在中間，順手裏奪，右足晃動，瞬息間連踢三腳。何鐵手剛想運勁奪鞭，對方足尖已將及身，只得撤鞭倒退，不想踏了個空，跌下屋去。袁承志搶住鞭柄，笑問：「金蛇郎君的弟子怎麼樣？」

但聽得何鐵手柔媚的聲音叫道：「很好！」她身法好快，剛一著地，又即竄上屋頂，饒是袁承志身有絕頂輕功，也不禁佩服。

何鐵手右手叉在腰間，身子微晃，腰肢款擺，似乎軟綿綿地站立不定，笑道：「還要領教袁相公的暗器功夫，我們五仙教有一門含沙射影……」袁承志聽她嬌聲軟語的說著話，也不見她身轉手揚，突然間眼前金光閃動，大驚之下，知道不妙，百忙中「一飛沖天」，躍起尋丈，只聽得一陣細微的錚錚之聲，數十枚暗器都打在屋瓦之上。

原來這門暗器是無數極細的鍍金鋼針，機括裝在胸前，發射時不必先取準頭，只須身子對正敵人，隨手在衣內腰間一按，一股鋼針就由強力彈簧激射而出。眞是神不知，鬼不覺，何況鋼針既細，爲數又多，一枚沾身，便中劇毒。武林中任何暗器，不論是鋼鏢、袖箭、彈丸、鐵蓮子，發射時總得動臂揚手，對方如是高手，一見早有防備。但這毒針之來，事先絕無半點朕兆，教外人知者極少，等到見著，十之八九非死即傷，而傷者不久也必送命。這暗器他們稱之爲「含沙射影」，端的武林獨步，人間無雙。

袁承志身子未落，三枚銅錢已向她要穴打去，怒喝：「我跟你無怨無仇，爲甚麼下此毒手？」何鐵手側身避開兩枚銅錢，右手翻轉，接住了第三枚，輕叫一聲：「啊喲，好大的勁兒，人家的手也給你碰痛啦。」看準袁承志落下的方位，還擲過來。

聽聲辨形，這枚銅錢擲來的力道也頗不弱，袁承志剛想伸手去接，突然心裏一動：「這人手上有毒，別上她當。」長袖揮動，又把銅錢拂了回去。這一下勁力就沒手擲的大，何鐵手伸出兩指，輕輕拈住，放入衣囊，笑道：「多謝！可是只給我一文錢，不太小氣了些嗎？」手掌伸出來時迎風一抖，十多條非金非絲的繩索向他頭上罩來。

袁承志惱她適才偷放毒針手段陰毒之極，當下再不客氣，揚起蠍尾鞭，往她繩上纏去。何鐵手斗然收索，笑道：「蠍尾鞭是我的呀。你使我兵器，害不害臊呀？」說的是一口雲南土音，又糯又脆，加了不少嗲聲嗲氣，手上卻毫不延緩。

袁承志把蝎尾鞭遠遠向後擲出，叫道：「我再奪下你這幾根繩索兒，你們五毒教從此不能再來糾纏，行不行？」何鐵手嬌笑道：「這不叫繩索兒，這是軟紅蛛索。你愛奪，倒試試看。」說著蛛索橫掃，攔腰捲來。這蛛索細長多絲，四面八方同時打到。

袁承志側身閃避，想搶攻對手空隙，那知她十多根蛛索有的攻敵，有的防身，攻出去的剛收回守禦，原來縮回的又反擊而出，攻守連環，並無破綻。

拆了十餘招後，袁承志已看出蛛索的奧妙，心想：「這蛛索功夫是從蜘蛛網中變化出來的。」乘她一招使老，進攻的索子尚未收回、而守禦的索子已蓄勢發出之際，身形微斜，陡然欺近她背心，伸手向她脅下點去。這招快極險極，何鐵手萬難避開，忽然間身子側過。袁承志見這一下如點實了，手指非碰到她胸部不可，臉上發熱，凝指不發，心想：「你這招太也無賴！」

何鐵手左手鉤疾向右劃。袁承志急忙縮手，嗤的一聲，袖口已給鐵鉤子劃了一條縫。何鐵手道：「啊喲，把袁相公袖子割破啦。請您除下長衫，我去給你補好。」

袁承志見她狡計百出，心中愈怒，乘勢一拉，扯下了右臂破袖，使得呼呼風響，不數招，袖子已與蛛索纏住，用力揮出，破袖與蛛索雙雙脫手，都掉到地下去了。

袁承志道：「怎麼樣？」何鐵手格格笑道：「不怎麼樣。你的兵刃不也脫手了麼？還不是打了個平手？」反手在背上一抽，右手中多了一柄金光閃閃的鉤子。

袁承志見她周身法寶，層出不窮，也不禁頭痛，說道：「我說過奪下你蛛索之後，你們可不能再來糾纏。」何鐵手笑道：「你說你的，我幾時答允過啊？」袁承志心想果然不錯，她確沒答允過，但這般一件一件比下去，何時方了？哼了一聲，說道：「瞧你還有多少兵器？」心想把她每件兵器都奪下來，她總要知難而退了。

何鐵手道：「這叫做金蜈鉤。」左手前伸，露出手上鐵鉤，說道：「這是鐵蜈鉤，爲了練這勞什子，爹爹割斷了我一隻手。他說兵器拿在手裏，總不如乾脆裝在手上靈便。我學了十八年啦，還不大成。袁相公，這鉤上可有毒藥，你別用手來奪呀！」

只見她連笑帶說，慢慢走近，袁承志外表淡然自若，內心實深戒懼，只怕她又使甚麼奸謀，正自嚴加提防，忽聽遠處隱隱有唿哨之聲，猛然心動，暗叫：「不好！莫非此人絆住了我，卻命她黨羽去加害青青他們？」也不等她話說完，回身就走。

何鐵手哈哈大笑，叫道：「這時再去，已經遲了！」金鉤空晃，鐵鉤疾伸，猛向他後心遞到。袁承志側過身子，左腿橫掃。何鐵手縱身避過，雙鉤反擊。這時曙光初現，只見一道黑氣，一片黃光，在他身邊縱橫盤旋。這女子兵刃上功夫之凌厲，僅比在盛京所遇的玉眞子稍遜而已。承志掛念青青等人，不欲戀戰，數次欺近要奪她金鉤，總是給她迴鉤反擊，或以鐵鉤護住。這鐵鉤裝在手上，運用之際的是靈動非凡，宛似活手。

袁承志拆到三十餘招，兀是打她不退，探手腰間，金光閃動，拔出了金蛇寶劍。何鐵手笑容立斂，喝道：「這金蛇劍是我們五仙教的啊！你怎麼偷去了？」袁承志唰唰數劍，何鐵手武功雖高，怎抵擋得住？噹的一聲，金鉤給金蛇劍削去半截。袁承志喝道：「你再糾纏，把你的鐵手也削斷了。」她臉上微現懼色，果然不敢逼近，隨即微笑，屈膝行禮，正色道：「袁相公，昨天我見到你後，一晚睡不著，今晚更加睡不著了。我……

我……好想拜你爲師，叫你一聲師父，師……父……」

袁承志正色道：「那可不敢當！」收劍回腰，疾奔回家，剛到胡同口，見洪勝海躺在地下，頸中流血，忙搶上扶起，幸喜尚有氣息。洪勝海咽喉受傷，不能說話，伸手向著宅子連指。袁承志抱他入內，只見宅中桌翻椅折，門破窗爛，顯是經過一番劇戰。

袁承志越看越心驚，撕下衣袖替洪勝海紮住了咽喉傷口，奔進內堂，裏面也是處處破損，胡桂南與程青竹躺在地下呻吟。袁承志忙問：「怎麼？」胡桂南道：「青姑娘……給……五毒教擄去啦。」袁承志大驚，問道：「沙天廣他們呢？」胡桂南伸手指向屋頂。袁承志不及多問，急躍上屋，只見沙天廣和啞巴躺在瓦面，都受傷中毒。雖幸喜無人喪命，但滿屋同夥個個重傷，眞是一敗塗地，青青更不知去向。袁承志憤怒自責：「我恁般胡塗，讓這女子纏住了也沒警覺。」

宅中僮僕在惡鬥時盡皆逃散，這時天色大明，敵人已去，才慢慢分別回來。

袁承志把啞巴和沙天廣抱下地來，寫了張字條，命僕人急速送去金龍幫寓所，請焦宛兒取回朱睛冰蟾，前來救人。他爲沙天廣、胡桂南等包紮傷口，詢問敵人來襲情形。

鐵羅漢上次受傷臥床未起，幸得未遭毒手，說道：「三更時分，胡桂南首先發覺敵蹤，把啞巴老兄扯上屋去。兩人一上屋，立讓十多名敵人圍住了。我在窗口中看得清楚，就是全身沒力，動彈不得，只有乾著急的份兒。眼見啞巴老兄、沙老兄和程老夫子都傷了好幾名敵人，但對方實在人多。大家邊打邊退，在每一間屋裏都拚了好一陣，最後個個受傷，青姑娘也給他們擄了去。袁相公……我們實在對你不起……」

袁承志道：「敵人好狠毒，是我胡塗，怎怪得你們？眼下救人要緊。」

他到馬廄牽了匹馬，向城外馳去，將到惠王府時下了馬，將馬縛在樹上，走到府前，大叫：「何教主，請出來，我有話說。」邊門開處，一陣狺狺狂吠，撲出十多頭兇猛巨犬，後面跟著數十人。他想：「這次可不能再對他們客氣了！」左手連揮，十多枚金蛇錐激射而出，金光閃閃，每隻巨獒腦門中了一枚，隻隻倒斃在地。他繞著眾犬轉了個圈子，雙手將金蛇錐一一收入囊中。

五毒教人眾本待乘他與巨獒纏鬥，乘隙噴射毒汁，那知他殺獒眾犬竟如此神速，不由得都驚呆了，待他收回暗器，當先一人發一聲喊，轉身便走。餘人一擁進內，待要關門，那裏還來得及？袁承志已從各人頭頂躍過，搶在頭裏。

他深入敵人腹地之後，反而神定氣閒，叫道：「何教主再不出來，莫怪我無禮了。」只聽噓溜溜的一陣口哨，五毒教眾人排成兩列，中間屋裏出來十多人。當先一人是何紅藥，後面跟著左右護法潘秀達、岑其斯，以及錦衣毒丐齊雲璈等一批教中高手。

袁承志道：「在下跟各位素不相識，既無宿怨，也無新仇，各位卻來到舍下，將我朋友個個打得重傷，還將我兄弟擄來，那是甚麼緣由，要向何教主請教。」

何紅藥道：「你家裏旁人跟我們並沒冤仇，那也不錯，因此手下留情，沒當場要了他們性命。至於那姓夏的小子呢，哼，我們要慢慢的痛加折磨。」袁承志道：「她年紀輕輕，甚麼事情對你們不住了？」何紅藥冷笑道：「誰教他是金蛇郎君的兒子？哼，這也罷了，誰教他是那個賤貨生的？」袁承志一怔，心想她跟青青的母親又有甚麼仇嫌了？何紅藥見他沉吟不語，陰森森的道：「你來胡鬧些甚麼？」袁承志道：「你們如跟金蛇郎君有樑子，幹甚麼不自去找他報仇？」何紅藥道：「老子要殺，兒子也要殺！你既是他弟子，連你也要殺！」

袁承志不願再與她糾纏不清，高聲叫道：「何教主，你到底出不出來？放不放人？」屋中寂然無聲，袁承志掛念青青，斜身疾從何紅藥身旁穿過，向廳門衝去。兩名教徒來擋，袁承志雙掌起處，將兩人直摜出去。他衝入廳內，見空空蕩蕩的沒有人影，轉身直奔東廂房，踢開房門，見兩名教眾臥在床上，卻是日前給他扭傷了關節之人，見他入來，嚇得跳起身來。

袁承志東奔西竄，四下找尋，五毒教教眾亂成一團，處處兜截。五毒教教眾所住的招賢館賓館是在偏屋，與惠王府正屋有厚牆隔開。過不多時，袁承志已把招賢館偏屋的每間屋子都找遍了，不但沒見到青青，連何鐵手也不在屋裏。他焦躁異常，把缸甕箱籠亂翻亂踢，裏面飼養著的蛇蟲毒物都爬了出來。五毒教眾大驚，忙分人捕捉毒物。賓館還住有其他江湖人衆，眼見局面兇險，登時逃避一空。

潘秀達叫道：「是好漢到外面來決個勝負。」袁承志知他在教中頗有地位，決意擒住他逼問青青下落，叫道：「好，我領教閣下的毒掌功夫！」施展神行百變輕身功夫，雙足一頓，已躍到他面前。潘秀達見他說到便到，大吃一驚，呼呼兩掌劈到。袁承志道：「別人怕你毒掌，我偏不怕！」潘秀達叫道：「好，你就試試。」袁承志右掌挺出，往他掌上抵去。

潘秀達大喜，心想：「你竟來和我毒掌相碰，這可是自尋死路，怨我不得。」雙掌運力，猛向前推，眼見要和敵掌相碰，相距不到一寸，突見對方手掌急縮，腦後風聲微動，這時勁力在前，待要縮身回掌，頸中一緊，身子已給提起。五毒教眾齊聲吶喊，奔來相救。袁承志抓起潘秀達揮了個圈子。眾人怕傷了護法，不敢逼近。

袁承志喝道：「你們擄來的人在那裏？快說。」潘秀達閉目不理。袁承志潛運混元功，伸指在他脊骨旁穴道戳去。潘秀達登時背心劇痛，有如一根鋼條在身體內絞來攪去。袁承志鬆手把他摔落。潘秀達痛得死去活來，在地下滾來滾去，卻不吐聲息。

袁承志道：「好，你不說，旁人呢？」靈機一動：「我的混元功點穴法除了本門中人，天下無人能救。且都給他們點上了，諒來何鐵手便不敢加害青弟。」當下身形晃動，在眾人身旁穿來插去。教徒中武功高強之人還抵擋得了三招兩式，其餘都是還沒看清敵人身法，穴道已給閉住。片刻之間，院子中躺下了二三十人。本來穴道受閉，儘管點穴手法特異，旁人難解，幾個時辰後氣血流轉，穴道終於會慢慢自行通解。但他這次使上了混元功，眞力直透經脈，穴道數日不解，此後縱然解開，也要酸痛難當，十天半月不愈，甚或終身受損。那日他在衢州靜岩點倒溫氏四老，使的便是這門手法。

何紅藥見勢頭不對，大聲呼嘯，奪門而出。餘眾跟著擁出，不一刻，一座大屋中空蕩蕩的走得乾乾淨淨，只剩下地上動彈不得的幾十人，有的呻吟低呼，有的怒目而視。

袁承志大叫：「青弟，青弟，你在那裏？」除了陣陣回聲之外，毫無聲息。他仍不死心，又到偏屋的每個房間查看一遍，終於廢然退出，提起幾名教眾逼問，各人均閉目不答。他無法可施，只得回到正條子胡同。見宛兒已取得冰蟾，率領了金龍幫的幾名大弟子來到相助，將沙天廣等身上毒氣吸淨、傷口包好。承志見各人性命無礙，但青青落入敵手，不禁愁腸百結。宛兒軟語寬慰，派出幫友四處打聽消息。

過了大半個時辰，忽然蓬的一聲，屋頂上擲下一個大包裹。衆人吃了一驚。袁承志焦急異常，雙手力扯，拉斷包上繩索，還未打開，已聞到一陣血腥氣，心中怦怦亂跳，雙手出汗，揭開包袱，赫然是一堆給切成八塊的屍首，首級面色已成烏黑，但白鬚白髮宛然可辨，看清楚是獨眼神龍單鐵生。

他躍上屋頂，四下張望，只見西南角上遠處有條黑影飛跑疾奔，料知必是送屍首來之人，當下提氣急追，趕出里許，只見他奔入一座林子中去了。

袁承志直跟了進去。只見那人走到樹林深處，數十名五毒教教衆圍著一堆火，正在高聲談論。一人偶然回頭，突見袁承志掩來，驚叫道：「惡傢伙來啦！」四散奔逃。

袁承志先追逃得最遠最快的，舉手踢足，將各人穴道一一點了，回過身來，近者手點肘撞，遠者銅錢擲打，只聽得林中呼嘯奔逐，驚叫斥罵之聲大作。過了一盞茶時分，林中聲息俱寂，袁承志垂手走出，拍了拍身上灰塵。

這一役把岑其斯、齊雲璈等五毒教中高手一鼓作氣的盡數點倒，只何鐵手和何紅藥兩人不在其內。他心中稍定，尋思：「只要青弟此時還不遭毒手，他們便有天大仇恨，也不敢加害。」

回到住宅，焦心等候，傍晚時分，出去打探的人都回報說沒找到線索。天交二更，袁承志吩咐吳平與羅立如，將單鐵生的屍首送往順天府衙門去，公門中人見到他的模樣，自知是五毒教所下毒手。焦宛兒領著幾名幫友，留在宅裏看護傷者，防備敵人。

袁承志焦慮掛懷，那裏睡得著？盤膝坐在床上，籌思明日繼續找尋青青之策。約莫坐了一個更次，四下無聲，只聽得遠處深巷中有一兩聲犬吠，打更的竹柝由遠而近，又由近而遠。他思潮起伏，自恨這一次失算中計，遭到下山以來的首次大敗，靜寂中忽聽得圍牆頂上輕輕一響，心想：「如是吳羅二人回來，輕身功夫無此高明，必是來了敵人。」當下安坐床上，靜以待變。只聽窗外如一葉落地，接著一人格格嬌笑，柔聲道：「袁相公，客人來啦。」袁承志道：「有勞何教主枉駕，請進來吧！」取出火摺點亮蠟燭，開門迎客。

何鐵手飄然而入，見袁承志室中陳設簡陋，除了一床一桌之外，四壁蕭然，笑道：「袁相公好清高呀。」袁承志哼了一聲。

何鐵手道：「我這番來意，袁相公一定知道的了。」袁承志道：「要請何教主示下。」何鐵手道：「你有求於我，我也有求於你，咱們這回合仍沒輸贏。」袁承志道：「我想不必再較量了。何教主有智有勇，兄弟十分佩服。」何鐵手笑道：「這是第一個回合，除非你把我們五仙教一下子滅了，否則還有得讓你頭疼的呢。」

袁承志一凜，心想他們糾纏不休，確是不易抵擋，說道：「何教主既跟我那兄弟的尊人有仇，還是逕去找他本人爲是，何必跟年輕人爲難？常言道得好：冤家宜解不宜結……」何鐵手嫣然一笑，說道：「倘若那人眞是你的兄弟，事情倒不易辦了。這般花容月貌的大姑娘，連我見了也不禁動心，袁相公只怕不能任由她落入一批心狠手辣之輩的毒手罷？客人到來，你酒也不請人喝一杯麼？」

袁承志心想此人眞怪，於是命僮僕端整酒菜。宛兒不放心，換上了書僮的裝束，親端酒菜，送進房來。何鐵手笑道：「眞是強將手下無弱兵，袁相公的書僮，生得也這般俊。」

袁承志斟了兩杯酒。何鐵手舉杯飲乾，接著又連飲兩杯，笑道：「袁相公不肯賞臉喝我們的酒，小妹卻生來鹵莽大膽。」宛兒接口道：「我們的酒永遠不會有毒。」何鐵手笑道：「好，好，眞是一位伶牙利齒的小管家。乾杯！」

袁承志和她對飲了一杯，燭光下見她星眼流波，桃腮欲暈，含羞帶笑，神態嬌媚，暗忖：「所識女子之中，論相貌美麗，言動可愛，自以阿九爲第一，無人可及。小慧誠懇眞摯。宛兒豪邁可親。青弟雖愛使小性子，但對我全心全意，一片眞情，令人心感。那知還有何鐵手這般艷若桃李、毒如蛇蝎的人物，眞是天下之大，無奇不有。」何鐵手見他出神，也不言語，只淡淡而笑，過了一會，低聲道：「袁相公的武功，小妹拜服之極。似乎尊師金蛇郎君也不會這點穴手段。這門功夫，袁相公是另有師承的了。」袁承志道：「不錯，我是華山派門下弟子。」何鐵手道：「袁相公武功集諸家所長，難怪神乎其技。小妹今晚是求師來啦。」

袁承志奇道：「這話我可不明白了。」何鐵手笑道：「袁相公倘若不嫌小妹資質愚魯，就請收歸門下。」袁承志道：「何教主一教之長，武功出神入化，卻來開這玩笑。」何鐵手道：「你如不傳我解穴之法，難道我們教中幾十個人，就眼睜睜讓他們送命不成？」袁承志道：「只要你把我朋友送回，再應承以後永遠不來糾纏，我當然會給他們解救。」何鐵手道：「這麼說來，袁相公是不肯收我這個弟子了？」

袁承志道：「兄弟學藝未精，求師還來不及，那敢教人？咱們好言善罷，既往不咎，你道怎樣？」何鐵手笑道：「你把我的部屬治好，咱們就兩家言和，化敵為友。不過，你的夏姑娘是我姑姑請去的，雖跟我不相干，我卻混水摸魚，另有用意，那是要挾，要你收我為徒，我才肯放人。像你這等明師，千載難逢，我陰魂不散，非拜你為師不可。師父！你答應了吧！」說到後來，軟語相求，嬌柔婉轉，聽來簡直有些銷魂蝕骨，倒似是以女色相誘一般。宛兒聽到這裏，走出房外。

袁承志見她嬌媚百端，不敢稍假辭色，板起了臉，默不作聲。

何鐵手盈盈站起，笑道：「啊喲，咱們的袁大盟主生氣啦。」斂衽萬福，笑道：「好啦，好啦，我給你賠不是。」袁承志還了一揖。何鐵手道：「夏姑娘在我們這裏，我擔保決不敢有一分一毫無禮相待，我就當她是師娘一般恭恭敬敬，總要感動得你做成我師父，徒兒自然把我師娘好好送回給師父。此後也決不再騷擾你別的朋友。明兒便請你大駕光臨，救治我的朋友。」袁承志道：「救你部屬，一言為定。其餘卻免談了。」何鐵手微微躬身，轉身走出。她並不上屋，逕往大門走去。袁承志只得跟著送出，僮僕點燭開門。

焦宛兒跟在袁承志身後，暗想：「這女子行動詭秘，別在大門外伏有徒黨，誘袁相公出去襲擊，我先去瞧瞧。」於是慢慢落後，身上藏好蛾眉鋼刺，越牆而出，躲在牆角邊向外望去，只見大門口停了一乘暖轎，四名轎夫站在轎前，此外卻無別人。宛兒矮了身子，悄悄走到轎後，雙手把轎子輕輕一托，知道轎內無人，這才放心，正要走回，大門開處，僮僕手執燈籠，袁承志把何鐵手送了出來。

宛兒尋思：「袁相公對夏姑娘鍾情極深，她給敵人擄了去，袁相公躭心之極。我要查到夏姑娘的所在，好讓袁相公去救人。我要拚了命報答袁相公的大恩。」她存了報恩之心，也不怕艱險，縮身鑽入轎底，手腳攀住轎底木架。那暖轎四周厚呢轎障圍住，又在黑夜，無人發覺。只聽得何鐵手一陣輕笑，踏入轎中。四名轎夫抬起轎子，快步而去。

只覺四名轎夫健步如飛，原來抬轎的人也都身有武功，她不禁害怕起來。這時正當隆冬，寒風徹骨，暖轎底下都結了冰，爲她口中熱氣一呵，化成了冷水一滴滴的落下。宛兒只得任由冷水落在臉上，不敢拂拭，只怕身子一動，給何鐵手發覺。

走了約莫半個時辰，忽聽一聲呼叱，轎子停住。一個男人聲音喝道：「姓何的賤婢，快出來領死。」焦宛兒心中奇怪：「這聲音好熟，那是誰啊？嗯，那是閔子華！」

只聽得四周腳步聲響，許多人圍了上來。轎夫放下轎子，抽出兵刃。焦宛兒拉開轎障一角向外張望，見東邊站著四五人，都是身穿道袍、手執長劍的道士，心想：「西、北、南三邊必都有人，仙都派大舉報仇來了。」只覺轎身微微一晃，何鐵手已躍出轎外，嬌聲喝道：「水雲賊道死了沒有？你們膽子也眞大，想幹甚麼？」一名長鬚道人喝道：「我們師父黃木道長到底在那裏，快說出來，免你多受折磨。」

何鐵手格格嬌笑，柔聲道：「你們師父難道是三歲娃娃，迷路走失了，卻來問我要人？你們把師父交給我照管了？好吧，我幫你們找找吧，免得他可憐見兒的，流落在外，沒人照顧。也不知是給人拐去了呢，還是給人賣到了番邦。」宛兒心道：「原來這女人說話，總是這麼嬌聲媚氣的，我先前還道她故意向袁相公發嗲。」

那長鬚道人怒道：「五毒教逞兇橫行，今日教你知道惡有惡報！」何鐵手笑道：「仙都派平時不敢來找我，現今知道我們教裏多人受傷，就來鬧鬼。哈哈，呵呵，嘻嘻，嘿嘿！」她笑聲未畢，只聽一人「啊」的一聲慘叫，想是中了她毒手，一時只聽得呼叱怒罵、兵刃碰撞之聲大作。這次仙都派傾巢而出，來的都是高手，饒是何鐵手武功高強，卻始終闖不出去。鬥不到一盞茶時分，四名轎夫先後中劍。

宛兒在轎下不敢動彈，眼見仙都門人劍法迅捷狠辣，果有獨得之秘，心想當日袁相公一舉而破兩儀劍法，那是他們遇上了特強高手，才受剋制，尋常劍客卻決非仙都門人對手。她怕黑夜之中貿然露面，給仙都門徒誤會是五毒教衆，不免枉死於劍下，只得屏息不動。這時二十多柄長劍把何鐵手圍在垓心，青光霍霍，冷氣森森，只看得她驚心動魄。何鐵手在數十名好手圍攻下沉著應戰。一個少年道人躁進猛攻，給她鐵鉤橫劃，劃傷肩頭，登時痛暈在地，由同伴救了下去。再拆數十招，何鐵手力漸不支。閔子華長劍削來，疾攻項頸，她側頭避過，旁邊又有雙劍攻到。

只聽錚的一聲，一件細物滾到轎下。焦宛兒拾起一看，原來是半枚女人戴的耳環。她心中又喜又憂，喜的是何鐵手這一役難逃性命，可給袁相公除了個大對頭；憂的是她若喪命，青青不知落在何處，她手下教眾肯否交還，實在難說；突然心中轉過一個念頭：「夏姑娘倘然就此永不回來，袁相公卻又如何？」臉上一熱，一顆心怦然而動，覺得此事不宜多想，忙側頭去瞧轎外的惡鬥。

只見何鐵手頭髮散亂，已無還手之力。長鬚道人一聲號令，數十柄長劍忽地回收，組成一張爛銀也似的劍網，圍在她四周。長鬚道人喝道：「我師父他老人家在那裏？他是生是死，快說。」何鐵手把金鉤夾在脅下，慢慢伸手理好散髮，忽然一陣輕笑，鐵鉤迅如閃電，傷了一名道人。眾人大怒，長劍齊施，這一次下手再不容情，眼見何鐵手形勢危急萬分，突然遠處傳來噓溜溜一聲唿哨。何鐵手百忙中笑道：「我幫手來啊，你們還是快走的好，否則要吃虧的呀。」宛兒心想：「如不知他們是在拚死惡鬥，聽了她這幾句又溫柔又關切的叮囑，還以為她是在跟情郎談情說愛哩！」

那長鬚道人叫道：「料理了這賤婢再說！」各人攻得更緊。轉眼間何鐵手腿上連受兩處劍傷，但她還是滿臉笑容。一名年輕道人心中煩躁，不忍見這麼一個千嬌百媚、笑靨迎人的姑娘給亂劍分屍，喝道：「你別笑啦，成不成？」何鐵手笑道：「你這位道長說甚麼？」那道人一呆，正待回答，眼前忽然金光閃動。閔子華急呼：「留神！」但那裏還來得及，波的一聲，金鉤已刺中他背心。

酣鬥中遠處哨聲更急，仙都派分出八人迎上去阻攔。只聽金鐵交嗚，不久八人敗了下來，仙都門人又分人上去增援。這邊何鐵手登時一鬆，但仙都派餘人仍是力攻，她想衝過去與來援之人會合，卻也不能。

雙方勢均力敵，高呼鏖戰。又打了一盞茶時分，閔子華高叫：「好，好！太白三英，你們三個賣國賊也來啦。」一人粗聲粗氣的道：「怎麼樣！你知道爺爺厲害，快給我滾。」

焦宛兒尋思：「太白三英挑撥離間，想害我爹爹，明明已給袁相公他們擒住。爹爹後來將三人送上應天府衙門，怎地又出來了？是越獄？還是貪官賣放？」

這時何鐵手的幫手來者愈多，宛兒向外張望，見四個白髮老人尤其厲害。仙都派眼見抵擋不住，長鬚道人發出號令，衆人收劍後退。仙都門人對羣戰習練有素，誰當先，誰斷後，陣勢井然。何鐵手身上受傷，又見敵人雖敗不亂，倒也不敢追趕，嬌聲笑道：「暇著再來玩兒，小妹不送啦。」

仙都派衆人來得突然，去得也快，霎時之間，刀劍無聲，四下裏但聽得朔風虎虎。

宛兒從轎障孔中悄悄張望，見場上東一堆西一堆的站了幾十個人。一個老乞婆打扮的女人道：「他們消息也眞靈通，知道咱們今兒受傷的人多，就來掩襲。教主，你的傷不礙事吧？」何鐵手道：「還好。幸虧姑姑援兵來得快，否則要打跑這羣雜毛，倒還不大容易呢。」一個白髮老人問道：「仙都派跟華山派有勾結嗎？」一個嗓音嘶啞的人道：「金龍幫跟那個姓袁的小子攪在一起。咱兄弟已使了借刀殺人的離間之計，料想姓袁的必會去跟仙都派為難。」那白髮老人道：「好吧，讓他們自相殘殺最好。」

宛兒在轎下聽到「借刀殺人的離間之計」這幾個字，耳中嗡的一響，一身冷汗，心道：「說這話的，不知是太白三英中的史秉文還是史秉光？是了，害死我爹爹的，原來是這三個奸賊。」她想再聽下去，卻聽何鐵手道：「大夥兒進宮去吧，轎子可不能坐啦。」眾人一擁而去。

宛兒等他們走出數十步遠，悄悄從轎底鑽出。不覺一驚，原來當地竟是在禁城之前，眼見一夥人進宮去了。仙都派圍攻何鐵手，拚鬥時刻不短，居然並無宮門侍衛前來查問干預。她不敢多耽，忙回正條子胡同，將適才所見細細對袁承志說了。袁承志大拇指一豎，說道：「焦姑娘，好膽略，好見識！」

焦宛兒臉上微微一紅，隨即拜了下去。袁承志側身避過，慨然道：「令尊的血海深仇，自當著落在我身上。焦姑娘再行大禮，那可是瞧不起我了。」沉吟片刻，說道：「事不宜遲，我這就進宮去找他們。」焦宛兒道：「這些奸賊在皇宮中必有內應。皇宮禁衛森嚴，袁相公貿然進去，只怕不便。」

袁承志道：「不妨，我有一件好東西。本來早就要用，那知一到京師之後，諸般事務煩忙，竟沒空去。」說著取出一封書信，便是滿清睿親王多爾袞寫給宮裏司禮太監曹化淳的密函，本是要洪勝海送去的。袁承志知道這信必有後用，一直留在身邊。

焦宛兒喜道：「那好極了，我隨袁相公去，扮作你的書僮。」袁承志知她要手刃仇人，那是一片孝心，勸阻不得，點頭允了。

焦宛兒在轎下躲了半夜，弄得滿身泥污，忙入內洗臉換衣，裝扮已畢，又是個俊俏的小書僮。袁承志笑道：「可不能再叫你焦姑娘啦！」焦宛兒道：「你就叫我宛兒吧，別人還當是甚麼杯兒碗兒呢。」心中升起一個念頭：「要是我眞能變作一隻杯兒碗兒，一生一世伴在你身邊，陪伴你喝茶吃飯，那才叫好呢！」不由得紅暈上頰，瞧向袁承志的眼光之中，映出了一股脈脈柔情。

正要出門，吳平與羅立如匆匆進來，說順天府尹衙門戒備很嚴，等了兩個多時辰，直到捕快換班，才把單鐵生的屍首丟了下去。袁承志點頭道：「好！」焦宛兒說起要隨袁承志入宮尋奸，爲父報仇。羅立如忽道：「袁相公，師妹，我跟你們一起去，好麼？」

焦宛兒眼望袁承志，聽他示下。袁承志心想：「這次深入禁宮，本已危機四伏，加之尚有不少高手在內。要保護焦姑娘周全已甚不易，多一人更礙手腳。」正要出口推辭，忽見吳平伸手暗扯羅立如衣角，連使眼色，說道：「羅師弟，你傷臂之後身子還沒完全復原，還是讓袁相公帶師妹去吧。」袁承志心中一動：「他似乎有意要我跟焦姑娘單獨相處。昨晚我和她去見水雲道人，青年男女深夜結伴出外，只怕已引起旁人疑心。雖然大丈夫光明磊落，但還是避一下嫌疑的好。」於是對羅立如道：「羅大哥同去，我多一個幫手，那再好沒有。委屈你一下，請也換上僮僕打扮。」

羅立如大喜，入內更衣。吳平跟著進去，笑道：「羅師弟，你這次做了傻事啦！」羅立如愕然道：「甚麼？」吳平道：「袁相公對咱們金龍幫恩德如山，師妹對他顯然又傾心之至……」羅立如顫聲道：「你說讓師妹配……配給袁相公？」吳平道：「恩師在天有靈，必定也十分歡喜。你跟了去幹甚麼？」羅立如道：「大師哥說得對，那我不去啦！」吳平道：「現今不去，又太著痕跡。你相機行事，最好能撮成這段姻緣。」

羅立如點頭答應，心中一股說不出的滋味。他對這小師妹暗寄相思已有數年，只是她品貌既美，又不苟言笑，協助焦公禮處理幫中事務頗具威嚴，一番深情從不敢吐露半點；斷臂後更自慚形穢，連話也不敢和她多說一句，這時聽吳平一說，不禁悵惘，但隨即轉念：「袁相公如此英雄，和師妹正是一對。她終身有託，我自當代她歡喜。」言念及此，心情登時豁然，便即換上了僕從服色。

袁承志和公主四目交投，登時都驚得呆了。

原來那公主便是曾在

山東、河北道上相遇的少女阿九。

她過了片刻，才想到自己衣衫不整，

忙躍入床中，拉起被子遮住下身。

第十七回

青衿心上意　彩筆畫中人

袁承志從鐵箱中挑出不少特異貴重的珍寶，包了一大包，命羅立如負在背上。

三人一早來到宮門。袁承志將暗語一說，守門的禁軍侍衛早得到曹太監囑咐，當即分人引了進去。來到一座殿前，禁軍侍衛退出，另有小太監接引入內，一路連換了三名太監。袁承志默記道路，心想這曹太監也真工於心計，生怕密謀敗露，連帶路人也不斷掉換。最後沿著御花園右側小路，彎彎曲曲走了一陣，來到一座小屋子前。小太監請三人入內，端上清茶點心。約莫等了一個多時辰，曹太監始終不來，三人也不說話，坐著枯候。直到午間，才進來一名三十歲左右的太監，向袁承志問了幾句暗語。袁承志照著洪勝海所言答了，那太監點頭而出。

又過了好一會，那太監引了一名肥肥白白的中年太監入來。袁承志見他身穿錦繡，氣派極大，心想這多半是宮中除了皇帝之外、第一有權有勢的司禮太監曹化淳了，果然那先前進來的太監說道：「這位是曹公公。」袁承志和羅立如、焦宛兒三人跪下磕頭。

曹化淳笑道：「別多禮啦，請坐，睿王爺安好？」袁承志道：「王爺福體安好。王爺命小人問公公好。」曹化淳呵呵笑道：「我這幾根老骨頭，卻也多承王爺惦記。洪老哥遠道而來，不知王爺有甚麼囑咐。」袁承志道：「王爺要請問公公，大事籌劃得怎樣了？」

曹化淳嘆道：「我們皇上的性子，眞是固執得要命。我進言了好幾次，皇上總說借兵滅寇，後患太多，只求兩國議和罷兵，等大明滅了流寇，重重酬謝睿王爺。」

袁承志不知多爾袞與曹化淳有何密謀。洪勝海在多爾袞屬下地位甚低，不能預聞機密，只不過是傳遞消息的信使而已。洪勝海不知，袁承志自然也不知了。這時聽了曹化淳之言，不由得心裏怦怦亂跳，耳中只是響著「借兵滅寇」四字，心想：「皇帝不肯借兵，滿洲人卻心急要借，顯是不懷好意了。」他雖鎮靜，但這個大消息突如其來，不免臉有異狀。

曹化淳會錯了意，還道他因此事不成，心下不滿，忙道：「兄弟，你別急，一計不成，二計又生呀！」袁承志道：「是，是。曹公公足智多謀，我們王爺讚不絕口，常說有曹公公在宮中主持，何愁大事不成。」曹化淳笑而不言。

袁承志道：「王爺有幾件薄禮，命小人帶來，請公公笑納。」說著向羅立如一指。焦宛兒接下他揹著的包裹，放在桌上，解了開來。

包裹一解開，登時珠光寶氣，滿室生輝。曹化淳久在大內，珍異寶物不知見過多少，尋常珠寶還眞不在他眼裏，但這股寶氣迥然有異，走近看時，不覺驚得呆了。原來包袱中珍寶無數，單是一串一百顆大珠串成的朝珠，顆顆精圓，便已世所罕見。另有一對翡翠獅子，前腳盤弄著一個火紅的紅寶石圓球，這般晶瑩碧綠的成塊大的翡翠固然從未見過，而紅寶石之瑰麗燦爛，更是難得。曹化淳看一件，讚一件，轉身對袁承志道：「王爺怎麼賞了我這許多好東西？」

袁承志要探聽他的圖謀，接口道：「王爺也知皇上精明，借兵滅寇之事很不好辦，那務必仰仗公公的大力。」曹化淳給他這樣一捧，甚是得意，笑吟吟的一揮手，對羅立如和焦宛兒道：「你們到外面休息去吧。」袁承志向二人點點頭，便有小太監來陪了出去。曹化淳親自關上了門，握住袁承志的手，低聲道：「你可知王爺出兵，有甚麼條款？」

袁承志心想：「那晚李岩大哥說到處事應變之道，曾說要騙出旁人的機密，須得先說些機密給他聽。我信口胡謅些便了。」說道：「公公是自己人，跟您老人家當然要說，不過這事機密之至，除了王爺，連小人在內，也不過兩三人知道。」他向來坦率，殊乏機變，心念急轉，想不出甚麼有關滿清的邦國大事，只好隨口說些自己的事。

曹化淳眼睛一亮。袁承志挨近身去說道：「小人心想，王爺雖然瞧得起小人，但總是番邦外國，要是曹公公恩加栽培，使小人得以光宗耀祖……」曹化淳心中了然，知他要討官職，呵呵笑道：「洪老弟要功名富貴，那包在老夫身上。」袁承志心想：「要裝假就假到底。」忙跪下去磕頭道謝。曹化淳笑道：「事成之後，委你一個副將如何？包你派在油水豐足的地方。」袁承志滿臉喜色，忙又道謝，道：「公公大恩大德，小人甚麼事也不能再瞞公公。王爺的意思是……」左右一張，悄聲道：「公公可千萬不能洩露，否則小人性命難保。」曹化淳道：「你放心，我怎會說出去？」

袁承志心想：「我不妨漫天討價，答不答應在他。」低聲道：「大清兵進關之後，闖賊是一定可以蕩平的。王爺的意思，是要朝廷割讓北直隸和山東一帶的地方相謝。兩國以黃河爲界，永爲兄弟之邦。」

袁承志信口胡謅。曹化淳卻毫不懷疑，一則有多爾袞親函及所約定的暗號，二則有如此重禮，三來滿洲人居心叵測，他又豈有不知？他微微沉吟，點頭說道：「眼前天下大亂，數月之前，潼關已給闖賊攻破，又已得了襄陽、西安，大清再不出兵，眼見闖賊旦夕之間就兵臨城下。北京一破，甚麼都完蛋了，還有甚麼直隸、山東？」

袁承志聽說闖軍不久便可兵臨城下，不禁大喜，他怕流露歡悅之情，忙低頭眼望地下。曹化淳卻已見到，只道他因自己答允條款而喜，說道：「我今晚再向皇上進言，如他仍固執不化，咱們以國家社稷爲重，只好……」說到這裏，沉吟不語，皺起了眉頭。袁承志心中怦怦亂跳，盼他便即吐露陰謀，反激一句：「今上英明剛毅，公公可得一切小心。」曹化淳道：「哼，剛是剛了，毅就不見得。英明兩字，可差得太遠。大明江山亡在他手裏不打緊，難道咱們也陪著他一起送死？」

這幾句話可說得上「大逆不道」，倘若洩漏出去，已是滅族的罪名，他竟毫不顧忌的說了出來，可見對袁承志已全無忌憚之意。袁承志道：「不知公公有何良策，好教小人放心。」曹化淳道：「嗯，就算以黃河爲界，也勝過整座江山都斷送在流寇手裏。皇上不肯，難道……」說到這裏，突然住口，呵呵笑道：「洪老弟，三日之內，必有好音回報王爺。你在這裏等著吧。」雙掌一擊，進來幾名小太監，捧起袁承志所贈的珠寶，擁著曹化淳出去了。

過不多時，四名小太監領著袁承志、焦宛兒、羅立如三人到左近一間小房歇宿。晚間開上膳食，甚是豐盛，用過飯後，天色已黑，小太監道了安，退出房去。本來禁宮之中，決不能容不相干的外人歇宿，但此刻兵荒馬亂，宮禁廢弛，曹化淳在皇宮中隻手遮天，自也無人敢來多嘴。

袁承志低聲道：「那曹太監正在籌劃一個大奸謀，事情非同小可，我要出去打探一下。」宛兒道：「我跟你同去。」承志道：「不，你跟羅大哥留在這裏，說不定那曹太監不放心，又會差人來瞧。」羅立如道：「我一個人留著好了，袁相公多一個幫手好些。」

承志見宛兒一副躍躍欲試的神情，不便阻她意興，點了點頭，走到鄰室，雙手一伸，已點了兩名小太監的啞穴。另外兩名太監從床上跳起，睜大了眼睛，不明所以。宛兒拔出蛾眉鋼刺，指在兩人胸前，低聲喝道：「出一句聲，教你們見魏忠賢去！」說著鋼刺微微前伸，刺破兩人衣服，刺尖抵入了胸前肉裏。承志暗笑，心想這當口她還說笑話。魏忠賢是熹宗時的奸惡太監，敗壞天下，這時早已伏誅。

他把兩名太監的衣服剝了下來，自己換上了。宛兒吹滅蠟燭，摸索著也換上了太監服色。承志把一名太監也點上了啞穴，左手揑住另一人的脈門，拉出門來，喝道：「領我們去曹公公那裏。」那太監半身酥麻，不敢多說，便即領路，在宮中轉彎抹角的行了里許，來到一座大樓之前。那小太監道：「曹公公……住……住在這裏。」承志不等他說第二句話，手肘輕輕撞出，已閉住他胸口穴道，將他丟在花木深處。

兩人伏下身子，奔到樓邊。承志正要拉著宛兒躍上，忽聽身後腳步聲響，一人遠遠問道：「曹公公在樓上麼？」承志答道：「我也剛來，是在樓上吧。」回頭看時，見來者共有五人，前面一人提著一盞紅紗燈，燈光掩映下見都是太監。那提燈的太監笑罵：「小猴兒崽子，說話就是怕擔干係。」說著慢慢走近。承志和宛兒低下了頭，不讓他們看清楚面貌。

五名太監進門時，燈光射上門上明晃晃的朱漆，有如鏡子，照出了五人的相貌。承志吃了一驚，輕扯宛兒衣袖，等五人上了樓，低聲道：「是太白三英！」宛兒大驚，低聲道：「殺我爸爸的奸賊？他們做了太監？」

承志低聲道：「跟咱們一樣，喬裝改扮的，上去！」兩人緊跟在太白三英之後，一路上樓，守衛的太監只道他們是一路，也不查問。到得樓上，前面兩名太監領著太白三英走進一間房裏去了。承志與宛兒不便再跟，候在門外，隱隱約約只聽得那提燈的太監說道：「請在這裏……曹公公馬上……」其餘的話聽不清楚。兩名太監隨即退了出來，下樓去了。

承志一拉宛兒的手，走進房去，只見四壁圖書，原來是間書房。太白三英坐在一旁椅子上，見進來兩名太監，也不在意。承志和宛兒逕自向前。宛兒冷笑道：「史叔叔，黎叔叔，我爹爹請三位去吃飯。」太白三英斗然見到宛兒，一驚非同小可。

黎剛立即跳起，叫道：「你……你爹爹不是死了麼？」宛兒道：「不錯，他請三位叔叔去吃飯！」史秉文眉頭一皺，嚓的一聲，長刀出鞘。承志雙手疾伸，一手一個，抓住史氏兄弟的後領提起，同時左腳飛出，踢在黎剛後心胛骨下三寸「鳳尾穴」上。史秉光反手一拳，承志毫不理會，任他打在自己胸口，雙手合攏迴撞，史氏兄弟兩頭相碰，都撞暈了過去。宛兒還沒看清楚怎的，太白三英都已人事不知。她拔出蛾眉鋼刺，猛向史秉光胸口戳去。承志伸手拿住她的手腕，低聲道：「有人。」

只聽樓梯上腳步聲響，袁承志提起史氏兄弟，放在書架之後，再轉身提了黎剛，和宛兒都躲在書架背後，剛剛藏好，幾個人走進室來。

一人說道：「請各位在這裏等一下，曹公公馬上就來。」一個嬌媚的女子聲音道：「辛苦你啦！」承志和宛兒聽出是五毒教主何鐵手的聲音，雙手互相一捏。過了片刻，又進來幾人，由惠王的總管魏濤聲帶進來，都是惠王招賢館所招來的好手，聽著各人稱呼，有衢州靜岩棋仙派的溫氏四老，還有方岩的呂七先生等人，與何鐵手等互道寒暄。

承志尋思：「衢州棋仙派的溫氏四老也來了。原來宛兒昨晚瞧見的四個老頭子，便是他們，怪不得仙都派抵擋不住。他們來幹甚麼？」衆人客套未畢，曹化淳已走進室來。袁承志心想：「溫方施害死青弟的母親，給我以混元功踹中穴道，成了廢人，溫氏的五行陣雖然施展不出了，但加上五毒教的高手和其他人衆，我一人就抵敵不過。」

只聽曹化淳道：「太白三英呢？」一名太監答道：「史爺他們已來過啦，不知到那裏去了。」曹化淳派人出去找尋，幾批太監找了好久回來，都說不見三人影蹤。餘人悄悄議論，顯然都不耐煩了。曹化淳道：「咱們不等了，他們自己棄了立功良機，也怨不得旁人。」只聽衆人挪動椅子之聲，想是大家坐近了聽他說話。

只聽他悄聲說起西線軍情，李自成攻破潼關，兵部尙書孫傳庭殉難，李自成得了西安，自立爲帝，國號大順，年號永昌。衆人噫哦連聲，甚是震動。曹化淳道：「咱們如不快想法子，賊兵指日迫近京師。要是皇上再不借兵滅寇，剛愎自用，大明數百年的基業，便要斷送在他手裏。咱們以國家朝廷爲重，只得另立明君，護持社稷。」何鐵手道：「那就立惠王爺了。」曹化淳道：「不錯，今日要借重各位，爲新君效勞。一切大事，有兄弟承當。立了大功，卻是大家的。」見衆人並無異議，當下分派職司，各人踴躍奉命，神情興奮。

曹化淳道：「再過一個半時辰，溫家四位老先生帶領得力弟兄，在皇上寢宮外四周埋伏，阻攔旁人入內。何教主的手下伏在書房外面，由惠王爺入內進諫。」

呂七先生道：「五城兵馬使周大將軍統率京營兵馬，他是忠於今上的吧？要不要先除了去，以免不測？」曹化淳笑道：「周大將軍跟傅尚書那兩個傢伙，早給我略施小計除去了。何教主，你說給他聽吧。」何鐵手笑道：「曹公公要擁惠王登基，早知周大將軍跟傅尚書忠於皇上，一個手裏有兵，一個手裏有錢，是兩個大患，因此命小妹連日派人去戶部偷盜庫銀。皇帝愛斤斤計較，最受不了這些小事。今日下午已下旨把周傅二人革職拿問了。」衆人壓低了嗓子，一陣嘻笑，都稱讚曹化淳神機妙算。

袁承志這時方才明白，原來何鐵手的手下人偷盜庫銀，不是爲了錢財，實是個通敵禍國的大陰謀，可嘆崇禎自以爲精明，落入圈套之中兀自不覺。

曹化淳道：「各位且去休息一會，約莫一個半時辰之後，再來奉請。各位千萬要沈著冷靜，不可談論大事，洩漏風聲。」衆人輕聲答應。呂七先生與溫氏四老等告辭了出去。何鐵手留在最後，將到門口時，忽道：「太白三英爲甚麼不來？莫非是去向皇帝告密？」曹化淳道：「究竟何教主心思精細。這件事索性便瞞過他們。不過太白三英是滿洲九王的心腹，最近還立了大功，倒決不至於背叛九王。」何鐵手道：「甚麼大功？」曹化淳道：「他們盜了仙都派一個姓閔的匕首，去刺殺了金龍幫幫主，這麼一來，南方武林人物勢必自相殘殺，爭鬥不休。咱們將來避去金陵，就舒服得多啦。」

宛兒早有九成料定是太白三英害她父親，這時更無懷疑。承志怕她傷痛氣惱之際發出聲響，何鐵手耳目靈敏，一點兒細微動靜都瞞她不過，忙伸手輕輕按住宛兒的嘴。宛兒秀美溫柔，這時偎在他身邊，手指碰到她嘴邊柔嫩肌膚，承志方當年少，血氣方剛，心中微覺盪漾。

只聽何鐵手笑道：「公公身在宮廷之內，對江湖上事情卻這般清楚，也眞難得。」曹化淳乾笑兩聲，說道：「朝廷裏的事我見得多了，那一個不是貪圖功名利祿，反覆無常？那一個講甚麼信用道義？爲了升官發財，出賣朋友是家常便飯。還是江湖上朋友說一是一，說二是二，靠得住得多。兄弟這次圖謀大事，不敢跟朝廷大臣商議，不敢動用侍衛武將，卻禮聘各位拔刀相助，便是這道理……」兩人說著走出了書房。

承志知事在緊急，可是該當怎麼辦卻打不定主意，一時國難家仇，百感交集。

宛兒輕輕撥開他手掌，低聲問道：「這三個奸賊怎樣處置？小妹可要殺了。」承志道：「好，但別見血，以免給人發覺。」一捧起史秉光的腦袋，指著他兩邊「太陽穴」道：「你會使『鐘鼓齊鳴』這一招麼？」宛兒點點頭。承志道：「拇指節骨向外，這樣握拳，對啦，發招！」宛兒應聲出拳，噗的一聲，雙拳同時擊在史秉光兩邊「太陽穴」上。史秉光一聲沒哼，登時氣絕。她如法施爲，又將史秉文和黎剛兩人打死，這時大仇得報，想起父親，不禁伏在承志肩頭呑聲哭泣。承志左手輕抱她溫軟的身子，在她耳畔低聲道：「咱們快出去，瞧那何鐵手到那裏去。」宛兒給他擁在懷裏，不捨得就此分開，但隨即覺得不妥，收淚隨著承志出房。

只見曹化淳和何鐵手在前面岔道上已經分路，兩名太監手提紗燈，引著何鐵手一行向西走去。承志和宛兒遠遠跟著何鐵手，穿過幾處庭院，望著她走進一座屋子。

兩人跟著進去，一進門，便聽得東廂房中有人大叫：「何紅藥你這醜老太婆，你還不放我出去？」聲音清脆，卻不是青青是誰？

承志一聽之下，驚喜交集，再也顧不得別的，直闖進去，只見青青臥在床上，兩名小太監在旁煎藥添香。承志伸手點了兩名太監的穴道。青青方才認出，心中大喜，顫聲叫道：「大哥！」承志走到床邊，問道：「你的傷怎樣？」青青道：「還好！」見宛兒站在承志後面，問道：「你也來了？」宛兒道：「嗯，夏姑娘原來也在這裏，那眞好極了。袁相公急得甚麼似的。」

青青哼了一聲沒回答，說道：「那何紅藥就會過來啦，大哥，你給我好好打她一頓。」承志心想：「他們另有奸謀，我還是暫不露面爲妙。」急道：「青弟，眼下暫時不能跟她動手。你引她說話，問明白她劫你到宮裏來幹甚麼？」青青奇道：「甚麼宮裏？」

承志心想：「原來你還不知這是皇宮。」只聽房外腳步聲近，不及細說，提起兩名太監塞入衣櫥之中。拉著宛兒的手，正想覓藏身之處，門口人形一閃，一個白衫女子搶了進來，正是何鐵手。

她身法好快，對承志笑道：「好啊，師父，你也來了！」順手拉住宛兒的手臂，一摔便將她摔開幾步，搶到承志面前，和他相距不到一尺，幾乎鼻子要碰到鼻子。承志只聞到一股濃香，知她周身是毒，給她如此欺進，委實大大不妥，忙向床邊退了一步，何鐵手撲上身來，左手搭上他肩頭。承志右手反轉，抓住了她左手手腕，正要將她身子甩出，何鐵手叫道：「含沙射影！」承志手上便不敢使勁，眼見她右手伸在衣內小腹處，她只須一按衣內機括，幾十枚毒針便激射而出。何鐵手身子前衝，向承志身上撲去，承志左掌伸出，想去抓她衣內的右手手腕，要阻止她按動暗器機括，兩人幾乎肌膚相接，這幾十枚毒針激射出來，便有天大本事也閃避不了。何鐵手左手迴轉，攬住承志背心，全身倒在他的懷裏，膩聲叫道：「師……父，師……父……」承志忙道：「你……你別這樣！」青青瞧在眼裏，大怒喝道：「你兩個幹……幹甚麼？」

承志心知局勢危急，只盼儘快將何鐵手的右手拉了出來，但在青青眼中，卻只見到承志伸手到何鐵手的衣衫內不住掏摸，似乎猥褻不堪，又急又怒，又是傷心，大聲罵道：「無恥！下流！」

何鐵手膩聲道：「師父，你不答允，含沙射影，同歸於盡……」承志無奈，只得道：「好，我答允，我有話吩咐！」何鐵手叫道：「師父啊！」承志應道：「嗯。」何鐵手喜道：「大丈夫言而有信。」站直身子，退開了幾步。承志坐倒在床邊，適才生死懸於一線，不由得滿頭是汗，反手拉住青青的手，捏在掌中，對何鐵手正色道：「我有吩咐，你如聽話，便收你爲徒。」何鐵手心花怒放，笑嘻嘻的道：「請師父吩咐。」

承志道：「你快去查明曹公公改立皇帝的陰謀，你帶同手下，要阻止他謀朝篡位，借滿洲兵來打闖王，這是眼前的大事！」何鐵手點頭道：「徒兒遵命！」承志道：「第二件，你派人把夏姑娘送回我正條子胡同，你只要傷了她一根手指，我永遠不會教你一招功夫。」何鐵手伸伸舌頭，說道：「徒兒絕不會傷她。師父，這位夏姑娘以後要做我師娘嗎？」承志道：「差不多！你保著她平安回去就是了。」何鐵手道：「甚麼差不多，我瞧沒差甚麼啦。她醋勁兒好大啊！不過我們教裏那個何紅藥姑姑跟她有深仇大恨。夏姑娘是她抓來的，她怕你來搶回去，因此關在這裏，這可穩妥之極啦，不料還是給你找了來。是我姑姑抓來的人，我雖是教主，可也不能隨便放人。」

承志道：「到底有甚麼深仇大恨，為甚麼結怨，我一直不明白，這事須得查個清楚，我很多武功，是從金蛇郎君那裏學來的。」何鐵手道：「好！我幫師父問個明白就是了。師命有三，第一，阻止改立皇帝、借兵滅寇的陰謀；第二，送師娘回家；第三，問明你岳父大人金蛇郎君的事蹟和下落。徒兒一一遵辦。」青青聽她叫自己做「師娘」，叫自己爹爹是承志的「岳父大人」，心下甚喜，對何鐵手便無芥蒂，抓著承志的手掌輕輕捏了幾下，對於他先前伸手入何鐵手衣內之事便暫不追究了。

只聽得門外腳步聲響，有人問道：「教主，是你在這裏麼？」正是何紅藥的聲音。另一個沙嗄刺耳的蒼老聲音說道：「何教主，曹公公請您過去，該預備了。」承志認得是呂七先生的聲音。何鐵手應了一聲：「是了！」低聲對承志道：「師父，請你們兩位躲一躲。」承志見房中更無別的藏身之所，只怕呂七先生和何紅藥見到自己，聲張起來，曹化淳的奸謀有變，另起風波，只得拉了宛兒的手，鑽入了床底。

青青一怔之間，呂七先生和何紅藥已走進房來。呂七先生道：「何教主，咱們就在這裏等曹公公吧。」何鐵手笑道：「好啊！」左手鐵鉤反手一擊，正中呂七先生背心。鐵鉤上餵有劇毒，一擊之下深入肌膚，呂七先生猝不及防，仰天便倒。何鐵手右手搶前抓起他長衫下襬，按在他嘴上，防他呼叫出聲，驚動旁人。呂七先生抽搐了幾下，荷荷幾聲，便躺在地下不動了。何鐵手笑道：「老先生別忙，你在這裏等罷。」把他屍身踢入床後。

何紅藥大爲驚奇，問道：「教主，曹公公的事，咱們不一起幹了嗎？」何鐵手道：「咱們五仙教獨來獨往，怎能讓這太監頭兒呼來喝去？」何紅藥應道：「正是！」她見教主大事臨頭，忽然變卦，雖十分詫異，但她急於查明青青的身世，謀朝篡位雖是天大的大事，於她卻渾不在意，只當小事一樁。

青青見承志和宛兒兩人手拉手的躲入床底，神情頗爲親密，不由得大怒，罵道：「你們鬼鬼祟祟的，當我不知道麼？」何鐵手笑道：「鬼鬼祟祟甚麼啊？」

青青叫道：「你們欺侮我，欺侮我這沒爹沒娘的苦命人！沒良心的短命鬼！」

承志一怔：「她在罵誰呀？」宛兒女孩兒心思細密，早瞧出青青有疑己之意，這時聽她指桑罵槐，不由得氣苦，不覺身子發顫。承志隨即明白了她心意，苦於無從解釋，只得輕拍她肩膀，示意安慰。

何紅藥忽然陰森森地道：「女娃兒，你既落入我們手裏，那能再讓你好好回去？你爹爹在那裏，生你出來的那個賤貨在那裏？」

青青本就在大發脾氣，聽她侮辱自己的母親，那裏還忍耐得住，伸手拿起床頭小几上的一碗藥，劈臉向她擲去。何紅藥側身讓開，噹的一聲，藥碗撞在牆上，但臉上還是熱辣辣的濺上了不少藥汁。她怒聲喝道：「賤女娃，你不要命了！」

承志在床底下凝神察看，見何紅藥雙足一登，作勢要躍起撲向青青，也在床底蓄勢待發，只待何紅藥躍近施展毒手，立即先攻她下盤。忽地白影一晃，何鐵手的雙足已攔在何紅藥與臥床之間。

只聽何鐵手道：「姑姑，我答應了那姓袁的，要送這姑娘回去，不能失信於人。」何紅藥冷笑道：「爲甚麼？」何鐵手道：「咱們這許多人給點了穴，非那姓袁的施救不可。」何紅藥一沉吟，說道：「好，不弄死這女娃便是，但總得讓她先吃點苦頭。先毀了她容貌，挖了她一隻眼珠！喂，姓夏的女娃，你瞧我美不美？」青青「啊」的一聲，叫了出來，聲中滿含驚怖，想是何紅藥醜惡的臉上做出可怕神情，直逼到她面前。

何鐵手道：「姑姑，你又何必嚇他？」語音中頗有不悅之意。何紅藥哼了一聲道：「是了，你護著她，想討好那姓袁的，這主意大錯而特錯。」何鐵手怒道：「你說甚麼話？」何紅藥冷笑道：「你仔細瞧瞧，你美還是她美？」青青雖穿著男裝，但鳳目櫻口，雙頰白嫩，不掩其嫵媚美色。何鐵手道：「這姑娘挺美，姑姑，我也不輸給她吧？」何紅藥道：「你想嫁那姓袁的，討好這姑娘沒用，要毀了她容貌才有用。」何鐵手道：「胡說八道，誰說想嫁那姓袁的了。」何紅藥道：「年輕姑娘的心事，當我不知道麼？我自己也年輕過的。你瞧，你瞧，這是從前的我！」

只聽一陣悉率之聲，似是從衣袋裏取出了甚麼東西。何鐵手與青青都輕輕驚呼一聲：「啊！」又是詫異，又是讚嘆。何紅藥苦笑道：「你們很奇怪，是不是？哈哈，哈哈，從前我也美過來的呀！」用力一擲，一件東西丟在地下，原來是一幅畫在粗蠶絲絹上的肖像。

承志從床底下望出來，見那肖像是個二十歲左右少女，雙頰暈紅，穿著擺夷人花花綠綠的裝束，頭纏白布，相貌俊美，眉目與何紅藥依稀有三分相似，但說這便是這醜老婆子當年的傳神寫照，可就當眞難以相信了。

只聽何紅藥嗚咽道：「我爲甚麼弄得這樣醜八怪似的？爲甚麼？爲甚麼？……都是爲了你那喪盡了良心的爹爹哪。」青青道：「咦，我爹爹跟你有甚麼干係？他是好人，決不會做對不起人的事！」何紅藥怒道：「你這小女娃那時還沒出世，怎會知道？要是他有良心，沒對我不起，我怎會弄成這個樣子？怎會有你這小女娃生到世上來？」

青青道：「你越說越希奇古怪啦！你們五毒教在雲南，我爹爹媽媽是在浙江結的親，相差了十萬八千里，跟你又怎拉扯得上？」

何紅藥大怒，揮拳向她臉上打去。何鐵手伸手格開，勸道：「姑姑別發脾氣，有話慢慢說。」何紅藥喝道：「你爹爹就是給金蛇郎君活活氣死的，現在反而出力迴護這女娃子，羞也不羞？」何鐵手怒道：「誰迴護她了？你若傷了她，便是害了咱們教裏四十多人的性命。我見你是長輩，讓你三分。但如你犯了教規，我可也不能容情。」

何紅藥見她擺出教主身分，氣燄頓煞，頹然坐入椅中，兩手捧頭，過了良久，低聲問青青道：「你媽媽呢？你媽媽定是個千嬌百媚的美人兒、江南美女狐狸精，才將你爹迷住了，是不是？」她嘆了口氣，說道：「我做過許多許多夢，夢到你的媽媽，可是她相貌總是模模糊糊的，瞧不清楚……我眞想見見她……她像不像你？」

青青嘆道：「我媽死了。」何紅藥一驚，道：「死了？」青青道：「死了！怎麼樣？你好開心，是不是？」何紅藥聲音淒厲，尖聲道：「我逼問他你媽媽住在甚麼地方，不管怎樣，他總不肯說，原來已經死了。當眞是老天爺沒眼，我這仇是不能報的了。這次放你回去，你這女娃子總有再落到我手裏的時候……你媽媽是不是很像你呀？」青青惱她出言無禮，翻了個身，臉向裏床，不再理會。

何紅藥道：「教主，要讓那姓袁的先治好咱們的人，再放這賤人。」何鐵手道：「那還用說？」何紅藥站起身來向門外走去。袁承志見她雙足正要跨出門限，忽然遲疑了一下，回身說道：「我定要問出來，她爹爹在那裏。」何鐵手道：「當然，不過……不過咱們不能失信於人啊。」何紅藥道：「你爲甚麼儘護著她？哼，你定是想去勾引那姓袁的少年。我教你個乖，你要那姓袁的喜歡你，你就得讓我殺了這女娃子，蜈蚣要成蠱王，先得咬死青蛇，懂不懂，傻女孩兒！」氣沖沖的回轉，坐在椅上，室中登時寂靜無聲。袁承志和宛兒更是不敢喘一口大氣。

青青忽在床上猛搥一記，叫道：「你們還不出來麼，幹甚麼呀？」

宛兒大驚，便要竄出，承志忙拉住她手臂。青青聽何紅藥勸何鐵手殺了自己，好引承志來愛她，更是著惱，握拳在床板上蓬蓬亂敲，灰塵紛紛落下。承志險些打出噴嚏，努力調勻呼吸，這才忍住。

青青心想：「那何鐵手和老乞婆又打你不過，何必躲著？你二人在床底下到底在幹甚麼？」卻原來承志得悉弒帝另立的奸謀，雖何鐵手已承諾阻止奸謀，但邪教毒女，答應了的事未必可靠，更可能密謀生變，她應付不了，這事關涉到國家存亡，為求萬無一失，須得堅忍不出，要聽個明白。青青自不明其間原由，不由得恚怒難當。

何紅藥對何鐵手道：「你是教主，教裏大事自是由你執掌。教祖的金鉤既傳了給你，你便有生殺大權。可是我遇到的慘事，還不能教你驚心麼？」何鐵手道：「我是以教中大事為重，誰又對那姓袁的少年有意思了？」

何紅藥長嘆一聲，道：「你跟那姓袁少年動手之時，眉花眼笑，嬌聲嗲氣，那裏是生死拚鬥，倒似是打情罵俏、勾勾搭搭一般，可讓人瞧得直生氣。」何鐵手道：「姑姑，那金蛇郎君到底怎樣對你不住，你這生恨他？」何紅藥道：「金蛇郎君？他在那裏，我要見他。喂，小賤人，你說了出來，我立刻放你！」最後兩句話是對青青說的。青青面向裏床，不加理會。

何鐵手道：「你跟她說，金蛇郎君怎麼樣對你不住，夏姑娘明白是非，良心發現，就肯帶你去見她爹爹了。反正她媽媽也死了，你們老情人重會，豈不甚好。」青青轉過身來，叫道：「你瞎說！我爹爹英俊瀟灑，是大英雄大豪傑，怎會來喜歡你這醜老太婆！」

何紅藥幽幽的道：「我在從前可不是醜老太婆呢。你爹爹現下在那裏，我要去見他，倒不是想他再來愛我這醜老太婆，我要問他，他這麼害了我一生一世，心裏可過意得去嗎？夏姑娘，我跟你說，怎麼識得你爹爹，他怎麼樣待我，只要我有一字半句虛言假話，教我第二次再受萬蛇噬身之苦。盼你明白是非，對我這醜老太婆有三分惻隱之心。你現下命在我手，我原本不用來求你，不過我要你明白，我們五仙教雖然無惡不作，殺人不眨眼，講到男女情愛，對待情哥哥、情妹子，決不能有半點負恩忘義，否則的話，老天爺也不容我們五仙教興旺到今天。」

青青道：「我不愛聽！」伸手拉過被子蒙住了頭，不想聽何紅藥的話，可是終於禁不住好奇心起，拉開被子一角，聽她述說她父親當年的故事。

何紅藥全不明白何鐵手想拜袁承志為師以學上乘武功的熱切心情，以己度人，只道何鐵手看中了袁承志，這些事情她也不放在心上，二十年來遍尋夏郎不得，終於見到他的女兒，一線的機會，全繫於此，不由得心中熱切異常。反正曹太監要大家再等一個多時辰，不妨對姪女述說自己身世，讓青青聽了，只盼能打動她心，終於肯帶自己去見她父親，便對何鐵手緩緩的道：「那是二十多年前的事了，那時候我還沒你現今年紀大。你爹爹剛接任做教主，他派我做萬妙山莊莊主，經管蛇窟。這天閒著無事，我一個人到後山去捉鳥兒玩。」何鐵手插口道：「姑姑，你做了莊主，還捉鳥兒玩嗎？」

何紅藥哼了一聲，道：「我說過了，那時候我還年輕得很，差不多是個小孩子。我捉到兩隻翠鳥，心裏很高興。回來的時候，經過蛇窟旁邊，忽聽得樹叢裏颼颼聲響，知道有蛇逃走了，忙循聲追過去。果見一條五花正向外遊走。我很奇怪，咱們蛇窟裏的蛇養得很乖，從來不逃，這條五花到外面去幹甚麼？我也不去捉拿，一路跟著。只見那五花到了樹叢後面，逕向一個人遊過去，我抬頭一看，不覺心裏一凜。那便是前生的冤孽了，他是我命裏的魔頭。』」何鐵手問道：「便是那金蛇郎君麼？」

何紅藥道：「那時我也不知他是誰，只見他眉清目秀，是個很俊的漢人少年。手裏拿著一束點著火的引蛇香艾。原來五花是聞到香氣，給他引出來的。他見了我，向我笑了笑。」何鐵手笑道：「姑姑那時候長得好美，他一定著了迷。」何紅藥呸了一聲，道：「我和你說正經的，別鬧著玩！我當時見他是生人，怕他給蛇咬了，忙道：『喂，這蛇有毒。你別動，我來捉！』他又笑了笑，從背上拿下一隻木箱，放在地下，箱子角兒上有根細繩縛著隻活蛤蟆，一跳一跳的。那五花當然想去吃蛤蟆啦，慢慢的遊上了木箱，正想伸頭去咬，那少年一拉繩子，箱子蓋翻了下去。五花一滑，想穩住身子，那少年左手急探，兩根手指已鉗住了五花的頭頸。我見他手法雖跟咱們不同，但手指所鉗的部位不差分毫，五花服服貼貼的動彈不得，知道他是行家，就放了心。」

何鐵手笑道：「嘖嘖嘖，姑姑剛見了人家的面，就這麼關心。」

青青插口道：「喂，你別打岔成不成？聽她說呀。」何鐵手笑道：「你說不愛聽呀！」青青道：「我忽然愛聽了，可不可以？」何鐵手笑道：「好吧，我不打岔啦！」

何紅藥橫了她一眼，說道：「那時我又起了疑心，這人是誰呢？怎敢這般大膽，到這裏來捉我們的蛇？難道不知五仙教的威名嗎？又見他右手拿出一根短短的鐵棒，伸到五花口邊。五花便一口咬住。我走近細看，原來鐵棒中間是空的，五花口裏的毒液不住流出來，都給鐵管子盛住了。我這才知道，哼，原來他是偷蛇毒來著。怪不得這幾天來，蛇窟裏許多蛇兒不吃東西，又瘦又懶。我叫了起來：『喂，快放下！』同時取出蛇管一吹。他聽得聲音古怪，抬頭看時，五花頭頸一扭，在他手指上咬了一口。他忙把五花丟開，想打開木箱拿解藥。我說：『你好大膽子！』搶上前去。那知他武功好得出奇，只輕輕一帶，就把我摔了一交……」青青插嘴道：「當然啦，你怎能是他對手？」

何紅藥白眼一翻，道：「可是我們的五花毒性何等厲害，他來不及取解藥，便已蛇毒發作，暈了過去。我走近去看，忽然心裏不忍起來，心想這般年紀輕輕的便送了性命，太可惜了，何況又是這麼一身武功。」何鐵手道：「何況又這麼俊！於是你就將他救了回去，藏在莊子裏，拿藥給他解了毒，等他傷好，你就愛上他了？」

何紅藥嘆道：「不等他傷好，我已經把心許給他了。那時教裏的師兄弟們個個對我好，但不知怎的，我都沒把他們瞧在眼裏，對這人卻神魂顛倒，不由自主。過了三天，那人身上的毒退了，吃了我給他的飲食。我問他到這裏來幹甚麼。他說我救了他性命，不能瞞我。他說他姓夏，是江南的漢人，身上負了血海深仇，對頭功夫既強，又人多勢衆，報仇沒把握，聽說五仙教精研毒藥，天下首屈一指，因此趕到雲南來，想學五仙教的功夫……」她說到這裏，承志和青青方才明白，原來金蛇郎君和五毒教如此這般才打起交道來，而他所以要取蛇毒，自然旨在對付棋仙派溫家。

只聽何紅藥又道：「他說，他暗裏窺探了許久，學到了些煉製毒藥的門道，便來偷我們蛇窟裏毒蛇的毒液，要煉在暗器上去對付仇人。又過了兩天，他傷勢慢慢好了，謝了我要走。我心裏很捨不得，拿了兩大瓶毒蛇的毒液給他。他就給我畫了這幅肖像。我問他報仇的事還有甚麼爲難，要不要我幫他。他笑笑，說我功夫還差得遠，幫不上忙。我叫他報了仇之後再來看我，他點頭答應了。我問他甚麼時候來。他說那就難說了，他要報大仇，還少了件利刃，聽說峨嵋派有一柄鎮山之寶的寶劍，須得先到四川峨嵋山去盜劍。但不知是否眞有此劍，就算有，能否盜到，甚麼時候能成事，也說不上來。」

承志心想：「金蛇郎君做事當眞不顧一切，爲了報仇，甚麼事都幹。」

何紅藥嘆道：「那時候我迷迷糊糊的，只想要他多陪我些日子。我好似發了瘋，甚麼事都不怕，明知是最不該的事，卻忍不住要去做。我覺得爲了他而去冒險，越是危險，心裏越快活，就是爲他死了，也是情願的。唉，那時候我眞像給鬼迷住了一樣。我對他說，我知道有柄寶劍，鋒利無比，甚麼兵器碰到了立刻就斷。他歡喜得跳起來，忙問在甚麼地方。我說，那就是我們五仙教代代相傳的金蛇劍！」

承志聽到這裏，心頭一震，不由得伸手一摸貼身藏著的金蛇劍，想起何鐵手曾說這金蛇劍是她五仙教的，當時跟她劇鬥方酣，只道她隨口亂說，原來此劍確與五仙教頗有干係。

何紅藥續道：「我對他說，這劍是我們教裏的三寶之一，藏在雲南麗江府玉龍雪山的毒龍洞裏，那是我教的聖地，洞外把守得甚是嚴密。他求我領他去偷出來。他說只借用一下，報了大仇後一定歸還。他不斷的相求，我心腸軟了，於是去偷了哥哥的令牌，帶他到毒龍洞去。看守的人見到令牌，又見我帶著他，便放我們進去。」

何鐵手道：「姑姑，你難道敢穿了衣服進毒龍洞？」何紅藥道：「我自然不敢……」

青青插口問道：「為甚麼不敢穿了衣服進那個……那個毒龍洞？」

何紅藥哼了一聲不答。何鐵手道：「那毒龍洞裏養著成千成萬條鶴頂毒蛇，進洞之人只要身上有一處蛇藥不抹到，給鶴頂蛇咬上一口，如何得了？這些毒蛇異種異質，咬上了三步斃命，最是厲害不過。因此進洞之人必須脫去衣衫，全身抹上蛇藥。」青青道：「哦，你們五毒教的事當眞……當眞……」

何紅藥道：「當眞甚麼？若不是這樣，又怎進得毒龍洞？於是我脫去衣服，全身抹上蛇藥，叫他也搽蛇藥。他背上擦不到處，我幫他搽抹。唉，兩個少年男女，身上沒了衣衫，在山洞中你幫我搽藥，我幫你搽藥，最後還有甚麼好事做出來？何況我早已對他傾心，就這麼胡裏胡塗的把身子交了給他。」

青青聽得雙頰如火，忽地想起床底下的二人，當即手腳在床板上亂搥亂打。何鐵手忙道：「這是陳年舊事了，你別生氣。」青青怒道：「我恨他們好不怕醜。」

承志只感到宛兒軟軟的偎倚在自己胸前，覺著她身子漸漸熱了起來，心中忽想：「宛兒對我溫柔體貼，從來不像青弟那樣動不動就大發脾氣。」為甚麼這時忽然生此念頭，卻也說不上來。宛兒卻想：「我爹爹死了，沒人對我憐惜照顧，世上唯一的依靠，便是身邊這個胸膛。可是，可是……那不成的！」

何紅藥幽幽嘆道：「你說我不怕醜，那也不錯，我們夷家女子，本來沒你們漢人這許多臭規矩。唉，後來我就推開內洞石門，帶了他進去。這金蛇劍和其餘兩寶放在石龍的口裏，他飛身躍上石龍，就拿到了那把劍。那知他存心不良，把其餘兩寶都拿了下來。那便是二十四枚金蛇錐和那張藏寶地圖了。」她說到這裏，閉目沉思往事，停了片刻，輕輕嘆了口氣，說道：「我見他把三寶都拿了下來，就知事情不妙，定要他把金蛇錐和地圖放回龍口。」青青早知那便是建文皇帝的藏寶之圖，故意問道：「甚麼地圖？我爹爹一心只想報仇，要你們五毒教的舊地圖來有甚麼用？」

何紅藥道：「我也不知是甚麼地圖，這是本教從前傳下來的。哼，這人就不存好心。他也不答我話，只望著我笑。忽然過來抱住了我。後來，我也就不問他甚麼了。他說報仇之後，一定歸還三寶。他去了之後，我天天念著他，兩年來竟沒半點訊息。後來江湖上傳言，說江南出了個怪俠，使把怪劍，善用金錐傷人，得了個綽號叫作『金蛇郎君』。我知道定然是他，心裏掛念他不知報了大仇沒有。過不多久，教主起了疑心，查到三寶失落，我曾帶人入洞，要我自己了斷，終於落成了這個樣子。」

青青道：「為甚麼是這個樣子？」何紅藥含怒不答。

何鐵手低聲道：「那時我爹爹當教主，雖是自己親妹子犯了這事，可也無法迴護。姑姑依著教裏的規矩，服了解藥，身入蛇窟，受萬蛇咬齧之災。她臉上變成這個樣子，那是給蛇咬的。」青青不禁打了個寒戰，心中對這個老乞婆頓感歉仄。說道：「這……這可真對你不住了。我先前實在不知道……」何紅藥橫了她一眼，哼了一聲。

何鐵手又道：「她養好傷後，便出外求乞，依我們教規，犯了重罪之人，三十年之內必須乞討活命，不許偷盜一文一飯，也不許收受武林同道的周濟。」

青青低聲對何紅藥道：「要是我爹爹真的這般害了你，那確是他不好。」

何紅藥鼻中一哼，說道：「我給成千成萬條蛇咬成這個樣子，受罰討飯二十年，那都是我自己心甘情願的。那日我帶他去毒龍洞，這結果早就想到了，也不能說是他害我的。他對我不起，卻是他對我負心薄倖。那時我還眞一往情深，一路乞討，到江南去找他，到了浙江境內，就聽到他在衢州殺人報仇的事。我想跟他會面，但他神出鬼沒，始終沒能會著。等到在金華見到他時，他已給人抓住了。你知道抓他的人是誰？」

何鐵手道：「是衢州的仇家麼？」何紅藥道：「正是。就是剛才你見到的溫家那四個老頭子。」何鐵手和青青同時「啊」的一聲。何鐵手想不到溫氏四老竟與此事會有牽連，青青聽到外公們來到北京而感驚詫。

何紅藥道：「我幾次想下毒害死敵人。但這些人早就在防他下毒，茶水飲食，甚麼都要他先試過，這一來我就沒法下手。他們押著他一路往北，後來才知是要逼他交出那張地圖。有一次，我終於找到機會，跟他說了幾句話。他說身上的筋脈都給敵人挑斷了，已成廢人，對頭武功高強，憑我一人決計抵敵不了，眼下只有一線生機，他正騙他們上華山去。」何鐵手道：「他到華山去幹甚麼？」何紅藥道：「他說天下只一人能救他，那便是華山派掌門人神劍仙猿穆人清前輩。」

承志在床底聽著這驚心動魄的故事，心裏一股說不出的滋味，對金蛇郎君的所作所爲，不知是痛恨、是惋惜、還是憐憫？這時聽到師父的名字，更凝神傾聽。

青青聽何紅藥提到了承志的師父，也更留上了神，只聽她接著道：「我問他穆人清是甚麼人，他說那是武功奇高的一位大俠。他雖從未見過，但素知這人正直仗義，要是見到他如此受人折磨，定會出手相救。他說溫氏五老的五行陣法厲害，又有崆峒派道人相助，除了這姓穆的，別人也打他們不退。他叫我快去華山，向穆大俠哭訴相求。我答應了。但我上得華山，找到穆大俠的居所，他卻不在家，只留著一個啞巴。我跟他打了半天手勢，也不知穆大俠去了那裏，甚麼時候回來。」承志聽到這裏，心想：「要從啞巴那裏問我師父的訊息，可也眞難得很了。」

只聽何紅藥繼續說道：「我便在華山頂上閒逛空等，一天見到懸崖峭壁上有個大洞，黑黝黝的長得挺怪，我用樹皮搓了根長索，縛在懸崖頂的一棵大松樹上，吊下去瞧瞧。那洞裏面有條山崖的裂縫，像是條過道，走進裏面又有個山洞，像一間房那樣，晚上我就在那裏過夜。過得三天，溫家五個老傢伙抬著他上了山頂，還有兩個崆峒派的道士，你爹爹騙他們說，那張寶藏地圖藏在華山頂上，可偏不肯說到底是在那裏。溫家五人不住對他上刑罰，他東拉西扯，溫家五兄弟大發脾氣，可是財迷心竅，怕下手太重，弄死了他，又怕惹得他拚死不說，終究得不到寶藏。我乘他們吵吵鬧鬧，心神不定的當兒，下了幾劑補藥。崆峒派的兩個臭道士一補就虛火上升，補死了。溫家的老三、老四也補得手足痲痺，半天行走不得……」承志心想：「怎麼吃補藥一補就補死了，哼，她有這麼好心，給敵人進補？甚麼補藥，還不是毒藥！」

只聽得何紅藥好聲好氣的說道：「夏姑娘，你精神還好麼？我配兩劑十全大補湯給你補補身子，好不好啊？」青青道：「呸，你要下毒害我，快快動手好啦！不過我補死之後，你永遠見不到我爹爹啦。」她料知何紅藥心中所企盼的，只是想見她爹爹一面，倘若殺了自己，線索便斷，自己命懸其手，非吊住她胃口不可。

何紅藥續道：「我乘著他們心慌意亂，大起忙頭的當兒，想法兒把那負心鬼背了出來，躲在穆大俠的屋裏，穆大俠還沒回山，可是溫家五老賊卻也不敢進屋搜尋。他們你怪我，我怪你，五兄弟爭吵一番，便下山追趕去了。我搬著那負心鬼進了山洞，又從穆大俠家裏偷了一批乾糧食物，跟他在洞裏過了幾天。我心裏好快活，說要背他去雲南，跟著他過一世。他卻唉聲歎氣，愁眉苦臉，說手足筋絡給挑斷的大仇不報，就此不想做人了。我們沒了糧食，不能在山上多躭，料想溫家五賊必已遠離追人，我便負他下山，在華陰縣躭了下來，我晚間去有錢人家盜了些金銀，找了家小戶人家住了。

「他身上的傷好了些，我便捉蛇取毒，他跟我學使毒進補的功夫，說要補死溫氏五賊報仇。他用心的寫了兩本書，要我幫著將一本書浸透補藥，說要讓溫家五賊好好的補上一補。他使錢去跟一個銀匠師傅打交道，請他喝酒吃飯，結成了朋友，請那銀匠做了大小兩隻鐵盒子，其中裝了機括，可以開蓋射箭。他本來就會得這些門道，不過手上筋脈斷了之後，使不出力，那銀匠依照他的指點，將兩隻鐵盒和暗箭做得十分考究，手工比打造銀器還更精致。我問他這兩隻鐵盒有甚麼用，他說要在其中放了浸有補藥的武功秘笈和寶藏地圖，引得溫氏五賊來開鐵盒，就算毒箭射他們不死，那秘笈和地圖也補死了他們。他說溫家五賊貪財愛武，武功又高，除此之外，沒別的法子可以得報大仇。」

承志聽到這裏，這才明白，金蛇郎君所以安排這浸毒的武功秘笈以及毒箭鐵盒，實是深謀遠慮，用來報復溫氏五老的，想不到竟落入了自己手中，而自己逃過大難，相差也只一線，實是僥倖之極。

何紅藥又道：「他說，這兩隻鐵盒和兩本武功秘笈、地圖，一眞一假，一毒一無毒，對付了溫家大仇人之後，就不必去害無辜之人了。不知道現下這鐵盒、秘本，是不是還在他身邊。溫氏五賊現下還賸四賊，我遲早給他們吃點補藥，割了他們的首級和手腳，去給你爹爹瞧瞧，也好讓他高興。」青青道：「這可多謝你啦！」

何紅藥續道：「又過得幾個月，我在華陰市上見到溫家五賊尋了回來，說道金蛇郎君失了蹤跡，過幾天要再上華山去尋線索。我回去跟他一說，他說良機莫失，次日便帶了鐵盒和浸了補藥的書本，再上華山，說是要守株待兔，等候五賊上山。我們上山後便躭在那山洞裏，這次我帶了不少乾糧，足可挨得一個月。安頓好後，我心裏高興，輕輕哼著擺夷山歌，他大概多謝我這麼幫他，伸臂摟我過去。這些日子中，我知道自己臉蛋給蛇兒咬得難看之極，從來不敢親近他。這時在黑暗之中，他跟我親熱，我便也由得他，那知一挨近身，忽然聞到他胸口微有女人香氣，伸手到他衣內一摸，掏出一件軟軟的東西，打亮火摺一看，是一隻繡得很精致的香荷包，裏面放著一束女人頭髮，一枚小小金釵，我氣得全身顫抖，問他是誰給的。他不肯說。我說要是不說，我就不去引溫氏五賊。他閉嘴不理，神氣很是高傲。你瞧，你瞧，這女娃子的神氣，就跟他老子當年一模一樣。」

她說到這裏，聲音忽轉慘厲，一手指著青青，停了一陣，又道：「我氣苦之極。我爲他受了這般苦楚，他卻撇下了我，另外有了情人。我還想逼他，卻聽得山崖上有聲，悄悄出去探聽，聽到溫氏五賊上山來了，他們自己商量，說穆大俠也回了山，須得小心。溫家幾兄弟遍找不見，互相疑心，自夥兒吵了一陣，再到處在山上搜尋，這可就給穆大俠察覺了。他施展神功將他們都嚇下了華山，自己跟著也下山去了。

「這天晚上，我要那負心人說出他情人姓名。他知道一經吐露，我定會去害死他心上人。他武功已失，又不能趕去保護，因此始終閉口不答。我恨極了，一連三天，每天早晨、中午、晚上，都用刺荊狠狠鞭他一頓……」

青青叫了起來：「你這惡婆娘，這般折磨我爹爹！」何紅藥冷笑道：「這是他自作自受。我越打得厲害，他笑得越響。他說倒也不因為我的臉給蛇咬壞了，這才不愛我。他從來就沒眞心喜歡我過，毒龍洞中的事，在他不過逢場作戲，他生平不知有過多少個女人，可是眞正放在心坎兒裏的，只是他未婚妻一個。他說他未婚妻又美貌又溫柔，又天眞，比我可好上一百倍了。他說一句，我抽他一鞭；我抽一鞭，他就誇那個賤女人一句。打到後來，他全身沒一塊完整皮肉了，還是笑著誇個不停。」

何鐵手道：「姑姑，世上男人喜新棄舊，乃是尋常之事。眞正一生不二色，只守著一個女人的，那是千中挑、萬中覓的珍貴男兒。所以他們漢人說：『易求無價寶，難得有情郎』啊！」

青青忍不住接口道：「男歡女愛，似我爹爹這般逢場作戲，雖屬常事，卻是不該。我們漢人講究有情有愛，然而更加重要的是有恩有義，所謂『一夜夫妻百夜恩，百夜夫妻海樣深』，不論男女，忘恩負義，便是卑鄙，我們漢人也以為喜新棄舊是無恥惡行，並非你們擺夷人才是如此。」

承志本與宛兒偎倚在一起，聽到這裏，不禁稍縮，跟宛兒的身子離開了寸許，兩人肌膚不再相接。宛兒心中一凜：「我此番出來，本是要報答袁相公的大恩，捨命助他尋回夏姑娘，跟他一起躲在床底，乃是萬不得已。如果他忽然對我好了，不但我是忘恩負義，連累他也是忘恩負義，他是響噹噹的大丈夫，我千萬不可敗壞他品德。」不由得額頭微出冷汗，向旁邊縮開數寸，本來兩人呼吸相聞，面頰相觸，這一來便離得遠了。只聽得承志微微呼了口氣，宛兒心道：「袁相公，對不起！我心裏好愛你，但我跟你有緣無分，盼望我來生能嫁給你。」她卻不知，承志此時心中所想的，既不是她宛兒，也不是頭頂的青青，而是那個不知身在何處的阿九。

何紅藥道：「你倒通情達理，知道是你老子不對！」青青恨恨的道：「忘恩負義，負心薄倖，便是不該。」何紅藥道：「是啊！」她繼續講下去，說道：「到第三天上，我們兩人都餓得沒力氣了。我出去採果子吃，回來時他卻守在洞口，說道只要我踏進洞門一步，就是一劍。他雖失了武功，但有金蛇寶劍在手，我也不敢進去。我對他說，只要他說出那女子的姓名住所，我就饒了他對我的負心薄倖，他雖是個廢人，我還是會好好服侍他一生。他哈哈大笑，說他愛那女子勝過愛自己的性命。好吧，我們兩人就這麼耗著。我有東西吃，他卻挨餓硬挺。」

何鐵手黯然道：「姑姑，你就這樣弄死了他？」何紅藥道：「哼，才沒這麼容易讓他死呢。過了幾天，他餓得全身脫力，我走進洞去，再將他狠狠鞭打一頓。」

青青驚叫一聲，跳起來要打，卻讓何鐵手伸手輕輕按住肩頭，動彈不得。何鐵手勸道：「別生氣，聽姑姑說完吧。」

何紅藥道：「這華山絕頂險峻異常，他手足筋斷之後，必定不能下去，我就下山去打聽他情人的訊息。我要抓住這賤人，把她的臉弄得比我還要醜，然後帶去給他瞧瞧，看他還能不能再誇她讚她。我尋訪了半年多，沒得到一點訊息，擔心那姓穆的回山撞見了他，那可要糟。那天我見那姓穆的顯示神功，驅逐棋仙派的人，本領眞是深不可測，要是那負心賊求他相助，我再上華山，可就討不了便宜。待得我回到華山，那知他已不知去向。那山洞的洞口也給人封住了，密不通風，他不能還在裏面。我在山頂到處找遍了，沒一點蹤跡，不知是那姓穆的救了他呢，還是去了別的地方。十多年來，江湖上不再聽到他的信息。我走遍天南地北，也不知這沒良心的壞蛋是死是活。」

袁承志聽她滿腔怨毒的說到這裏，才恍然大悟：金蛇郎君所以自行封閉在山洞之中，定是知道冤家魔頭必會重來，他武功全失，無法抵敵，想到負人不義，又恥於向人求救，於是封了洞口，入洞待死，何紅藥卻以爲他已走了，出去時封了洞口。

忽聽得何紅藥厲聲對青青道：「哼，原來他還留下了你這孽種。你爹爹在那裏？他身上的傷好了沒有？他現今有沒老婆，誰在服侍他？」

青青道：「沒老婆，也沒人服侍他，他孤苦伶仃，獨自一個兒，可憐得很。」

何紅藥淒然道：「他在那裏？我去服侍他。」何鐵手道：「姑姑，咱們有大事在身，你卻總是爲了私怨，到處招惹。仙都派的事，不也是你搞的麼？」

何紅藥道：「哼，那黃木賊道跟人瞎吹，說認得金蛇郎君，我聽見了，當然要逼問他那人的下落。」何鐵手道：「你關了黃木這些年，給他上了這許多毒刑，他始終不說，多半是眞的不知。難道要關死他嗎？」承志和宛兒暗暗點頭，心想仙都派跟五毒教的樑子原來由此而結，那麼黃木道人並沒死，只不過給扣住了。

何紅藥叫道：「那姓袁的小子拿著咱們的金蛇劍，又用金蛇錐打咱們的狗子，那地圖想必也落入了他手裏。咱們定可著落在他和這姓夏的身上，取回三寶，我死了也可對得住五仙教的列祖列宗，你身爲教主，更爲本教立下大功。否則的話，教內人衆不少要反你，這幾日來紛紛議論，大家對你的行爲很是不服。眼前正是天大的良機。」何鐵手笑了笑，並不答話。何紅藥道：「你出來，我還有話跟你說。」何鐵手道：「在這裏說也一樣。」何紅藥道：「不，咱們出去。」

兩人出房，步聲漸遠，承志和宛兒忙從床底鑽出。

青青怒目望著宛兒，見她頭髮蓬鬆，臉上又沾了不少灰塵，哼了一聲道：「你們兩人躲著幹甚麼？」宛兒一呆，雙頰飛紅，說不出話來。

承志道：「快起身。咱們快走，在這裏危險得很。」青青道：「危險最好，我不走。」承志急道：「有甚麼事，回去慢慢再說不好麼？怎麼這個時候瞎搗亂。」青青怒道：「我偏要搗亂。」承志心想這人不可理喻，情勢已急，稍再躭擱，不是無法脫身，便是皇帝身邊發生大事，忙道：「青弟，你怎麼啦？」一面說，一面伸手去拉她。

青青一瞥眼間，見到宛兒忸怩靦腆的神色，想像適才她和承志在床底下躲了這麼久，不知是如何親熱，又想自己不在承志身邊之時，兩人又不知如何卿卿我我，越想越惱，左手握住他手，右手狠狠抓了一把。承志全沒提防，手背上登時給抓出四條血痕，忙掙脫了手，愕然道：「你胡鬧甚麼？」青青道：「我就是要胡鬧！」說著把棉被在頭上一兜。承志又氣又急，只是跺腳。宛兒急道：「袁相公，你守著夏姑娘，我出去一下就回來。」承志奇道：「這時候你又去那裏？」宛兒不答，推窗躍了出去。

承志坐在床邊，隔被輕推青青。青青翻了個身，臉孔朝裏。這一來，可眞把他鬧得無法可施，又不敢走開，只怕她在此遭到凶險。只得隔著棉被，輕輕拍她背脊。

忽然窗格一響，宛兒躍進房來，後面跟著羅立如，青青從被中探頭出來，臉色陰沉。宛兒向承志道：「袁相公，承蒙你鼎力相助，我大仇已報，明兒一早，我就回馬谷山去啦。我爹爹在日，對你十分欽佩。你又傳了羅師哥獨臂刀法，就如是他師父一般。我們倆有件事求你。」承志道：「那不忙，咱們先出宮去再說。」

焦宛兒道：「不。我要請你作主，將我許配給羅師哥。」她此言一出，承志和青青固然吃了一驚，羅立如更驚愕異常，結結巴巴的道：「師……師妹，你……你說甚麼？」宛兒道：「你不喜歡我麼？」羅立如滿臉脹得通紅，只是說：「我……我……」

青青心花怒放，疑忌盡消，笑道：「好呀，恭喜兩位啦。」承志知道宛兒是爲了表明與自己清白無他，才不惜提出要下嫁這個獨臂師哥，而且迫不及待，急於提出，那全是要去青青疑心、以報自己恩德之意，不禁好生感激。青青這時也已明白了她的用意，頗爲內愧，拉著宛兒的手道：「妹子，我對你無禮，你別見怪。」宛兒垂淚道：「我那裏會怪姊姊？」想起剛才所受的委屈，不自禁的向承志幽幽的瞧了一眼，跟著淒然下淚。青青也陪著她哭了起來。

忽然門外腳步聲又起，這次有七八個人。袁承志一打手勢，羅立如過去推開窗格。袁承志揮手要三人趕快出宮。羅立如當先躍出窗去，宛兒和青青也跟著躍出。

只聽得何鐵手喝道：「誰都不許進去！」蓬的一聲，何紅藥踢開房門，搶了進來。承志身形一晃，已竄出窗外。何紅藥見到承志的背影，叫道：「快來，快來！那女娃跑啦！」

何鐵手奔進房來，只見窗戶大開，床上已空，當即跟著出窗，只見一個人影竄入了前面樹叢，忙跟蹤過去。她想追上去護送青青出宮，以免遭到自己下屬的毒手，又或是爲宮中侍衛所傷，不免對承志不起，自己拜師之願也決難得償。何紅藥及其餘五毒教眾跟著追來。眾人追得雖緊，但均默不作聲，生怕禁宮之內，驚動了旁人。其時闖軍迫近，京城大亂，宮中侍衛與太監已逃走了不少，餘下宮監也均不事職責，皇帝六神無主，舉措乖張，宮禁已遠不如平時森嚴，眾人追奔來去，一時竟無人發覺。

袁承志見何鐵手等緊追不捨，心想青青等這時尚未遠去，於是不即不離的引著眾人追逐自己，在御花園中兜了幾個圈子，算來估計青青等三人已經出宮，眼見前面有座宮殿，當下直竄入內。一踏進門，便覺陣陣花香，順手推開了一扇門，躲在門後。

他定神瞧這屋子時，不由得耳根一熱。原來房裏錦幃繡被，珠簾軟帳，鵝黃色的地氈上織著大朵紅色玫瑰，窗邊桌上放著女子用的梳妝物品，到處擺設精巧，看來是皇帝一名嬪妃的寢宮，心想在這裏可不大妥當，正要退出，忽聽門外腳步細碎，傳來幾個少女的笑語之聲。尋思如這時闖出，正好遇上，聲張起來，宮中大亂，曹化淳的奸謀勢必延擱，不免另有花樣，當下閃身隱在一座畫著美人牡丹圖的屏風之後。

房門開處，聽聲音是四名宮女引著一個女子進來。一名宮女道：「殿下是安息呢，還是再看一會書？」承志心道：「原來是公主的寢宮。這就快點兒睡吧，別看甚麼勞什子的書啦！」

那公主嗯了一聲，坐在榻上，聲音中透著十分嬌慵。一名宮女道：「燒上些兒香吧？」公主又嗯了一聲。過不多時，青煙細細，甜香幽幽，承志只覺眼餳骨倦，頗有困意。那公主道：「把我的畫筆拿出來，你們都出去吧。」承志微覺詫異：「這聲音好熟？似乎是阿九。唉，我老是想著她幹甚麼？一天想她十七八遍也不止，眞正胡塗透頂。」暗暗著急，心想這公主畫起畫來，誰知要畫上多少時候。

衆宮女擺好丹青畫具，向公主道了晚安，行禮退出房去。

這時房中寂靜無聲，只香爐中偶有檀香輕輕的坼裂之音，承志更加不敢動彈。只聽那公主長嘆一聲，低聲吟道：

「青青子衿，悠悠我心。縱我不往，子寧不嗣音？

「青青子佩，悠悠我思。縱我不往，子寧不來？

「挑兮達兮，在城闕兮。一日不見，如三月兮。」

承志聽她聲音嬌柔宛轉，自是一個年紀極輕的少女，他雖不懂這首古詩的原意，但聽到「縱我不往，子寧不來？」「一日不見，如三月兮」那兩句，也知是相思之詞，同時越加覺得她語音熟悉，尋思半晌，不覺好笑：「我是江湖草莽，生平沒進過京師，又怎會見過金枝玉葉的公主？只因我心裏念著阿九，便以爲人人是阿九！」

不一會，那公主走近案邊，只聽紙聲悉率，調朱研青，作起畫來。

承志老大納悶，細看房中，房門斜對公主，已經掩上，窗前珠簾低垂，除了硬闖，決計走不出去。過了良久，只聽公主伸了個懶腰，低聲自言自語：「我天天這般神魂顛倒的想著你，你也有一時片刻的掛念著我麼？」說著站起身來，把畫放在椅上，把椅子搬到床前，輕聲道：「你在這裏陪著我！」寬衣解帶，上床安睡。

承志好奇心起，想瞧瞧公主的意中人是怎生模樣，探頭望去，不由得大吃一驚。原來畫中肖像竟然似足了他自己，再定神細看，只見畫中人身穿沔陽青長衫，繫一條小缸青腰帶，凝目微笑，濃眉大眼，下巴尖削，可不是自己是誰？只不過畫中人卻比自己俊美了幾分，自己原來的江湖草莽之氣，竟給改成了玉面朱唇的俊朗風采，但容貌畢竟無異，腰間所懸的彎身蛇劍，金光燦然，劍頭分叉，更是天下只此一劍，更無第二口。他萬料不到公主所畫之像便是自己，不由得驚詫百端，不禁輕輕「咦」了一聲。

那公主聽得身後有人，伸手拔下頭上玉簪，也不回身，順手往聲音來處擲出。承志見玉簪射向面門，當即伸手捏住。那公主轉過身來。兩人一朝相，都驚得呆了。

原來公主非別，竟然便是程青竹的小徒阿九。那日承志雖發覺她有皇宮侍衛隨從保護，料知必非常人，卻那想到竟是公主？

阿九乍見承志，霎時間臉上全無血色，身子顫動，伸手扶住椅背，似欲暈倒，隨即一陣紅雲，罩上雙頰，定了定神，道：「袁相公，你……你……你怎麼在這裏？」

袁承志行了一禮道：「小人罪該萬死，闖入公主殿下寢宮。」阿九臉上又是一紅，道：「請坐下說話。」忽地驚覺長衣已經脫下，忙躍入床中，拉過被子蓋了下身。

門外宮女輕輕彈門，說道：「殿下叫人嗎？」阿九忙道：「沒……沒有，我看書呢。你們都去睡吧，不用在這裏侍候！」宮女道：「是。公主請早安息吧。」

阿九向承志打個手勢，嫣然一笑，見他目不轉瞬的望著畫像，不禁大羞，忙伸手把椅子推在一旁。一時之間，兩人誰也說不出甚麼話來，四目交投，阿九低下頭去。承志心念如沸。自那日山東道上一見，此後無日不思，阿九秀麗無倫的倩影，時時刻刻在心頭出現，此刻只感狂喜，全身發熱，一句話也說不出來。

過了一會，承志低聲問道：「你知道五毒教麼？」阿九點頭道：「曹公公說，李闖派了許多刺客來京師擾亂，因此他請了一批武林好手，進宮護駕，五毒教也在其內。」承志道：「您師父程老夫子給他們打傷了，您可知道麼？」阿九面色一變，道：「他們爲甚麼傷我師父？他受的傷厲害麼？」承志道：「大致不礙事了。」站起身來，道：「夜深不便多談，我們住在正條子胡同，明兒您能不能來瞧瞧您師父？」

阿九道：「好的。」微一沉吟，臉上又是紅了，說道：「你冒險進宮來瞧我，我…

……我是很感激的……」神情靦腆，聲音越說越低：「你既見到我畫你的肖像，我的心事……你……你自然也明白了……」說到最後這句時，聲細如蚊，已幾不可聞。

承志心想：「糟糕，她畫我肖像，看來對我生了愛慕之意，這時更誤會我入宮來是瞧她，這可得分說明白。」只聽她又道：「自從那日在山東道上見面，你阻擋褚紅柳，令他不能傷我，我就常常念著你的恩德……你瞧這肖像畫得還像麼？」

承志走近床邊，柔聲道：「殿下，我進宮來是……」阿九攔住他的話頭，柔聲道：「你別叫我殿下，我也不叫你袁相公。你初次識得我時，我是阿九，那麼我永遠就是阿九。我聽青姊姊叫你大哥，心裏常想，那一天我也能叫你大哥，那才好呢。」承志道：「你如肯叫我大哥，我的心歡喜得要炸開了呢！」忽然之間，想起當日在秦淮河中與青青一起所聽兩個歌女所唱的〈掛枝兒〉：「我若疼你是眞心也，就不叫也是好！」不禁滿臉通紅。

阿九低下頭來，低聲叫道：「大哥！」伸出雙手，抓住了他兩手。承志答應一聲：「嗯，阿九！」阿九道：「我一生下來，欽天監正給我算命，說我要是在皇宮裏嬌生慣養，必定夭折，因此父皇才放我到外面亂闖。」

承志道：「怪不得你跟著程老夫子學武功，又隨著他在江湖上行走。」阿九道：「我在外面見識多了，知道老百姓實在苦得很。我雖常把宮裏的金銀拿出去施捨，又那裏救得了這許多。」承志聽她體念民間疾苦，說道：「那你該勸勸皇上，請他多行仁政。老百姓衣暖食足，天下自然太平了。」阿九嘆道：「父皇肯聽人家話，早就好啦。他就是給奸臣蒙蔽，還自以爲是。他老是說文武百官不肯出力，流寇殺得太少。我跟他說：流寇就是百姓，只要有飯吃，日子過得下去，流寇就變成了好百姓，否則好百姓也給逼成了流寇。我說：『父皇，你總不能把天下百姓盡數殺了！』他登時大發脾氣，說：『人人都反我，連我的親生女兒也反我！』唉！」承志道：「你見得事多，見識反比皇上明白……」尋思：「要不要把曹化淳的奸謀對她說？」

阿九忽問：「程老夫子說過我的事麼？」承志道：「沒有，他說曾立過重誓，不能洩漏你的身世。我當時只道牽連到江湖上的恩怨隱秘，說甚麼也想不到你竟是公主。」阿九道：「程師父本是父皇的侍衛。我小時候貪玩，曾跟他學武。他不知怎的犯了罪，父皇叫人綁了要殺，我半夜裏悄悄去放了他。後來我出宮打獵，又跟他相遇，那時他已做了青竹幫的幫主。」承志點點頭，心想：「那日程老夫子說他行刺皇帝遭擒，得人相救。原來是她救的。」阿九問道：「不知他怎麼又跟五毒教的人結仇？」

承志正想說：「五毒教想害你爹爹，必是探知了程老夫子跟你的淵源，怕他壞了大事，因此要先除了他。」猛抬頭見紅燭短了一大截，心想時機急迫，怎地跟她說了這許多話，忙站起身來，說道：「別的話，明天再說吧。」

阿九臉一紅，低下頭來緩緩點了一點。雙手仍抓住他手，不捨得放開。

正在這時，忽然有人急速拍門，幾個人同聲叫道：「殿下請開門。」

崇禎慘然道：「你為甚麼生在我家？」

提起金蛇劍，驀地向阿九頭頂斫落。

阿九驚叫一聲，急忙閃避。

袁承志大驚之下，搶過去相救，

但相距遠了，崇禎已一劍將阿九左臂斬落。

第十八回

朱顏羅寶劍　黑甲入名都

阿九吃了一驚，顫聲問道：「甚麼事？」一名宮女叫道：「殿下，你沒事麼？」阿九道：「我睡啦，有甚麼事？」那宮女道：「有人見到刺客偷進了咱們寢宮。」阿九道：「胡說八道，甚麼刺客？」另一個女子聲音說道：「殿下，讓奴婢們進來瞧瞧吧！」

承志在阿九耳邊低聲道：「何鐵手！」阿九高聲道：「若有刺客，我還能這麼安安穩穩的麼？快走，別在這裏胡鬧！」門外衆人聽公主發了脾氣，不敢再說。

承志輕輕走到窗邊，揭開窗帘一角，便想竄出房去，手一動，一陣火光耀眼，窗外竟守著十多名手執火把的太監。承志心想：「我要闖出，有誰能擋？但這一來可污了公主的名聲，萬萬使不得。」當即退回來輕聲對阿九說了。

阿九秀眉一蹙，低聲道：「不怕，在這裏待一會兒好啦。」承志只得又坐了下來。過不多時，又有人拍門。阿九厲聲道：「幹甚麼？」這次回答的竟是曹化淳的聲音，說道：「奴婢是曹化淳。皇上聽說有刺客進宮，很不放心，命奴婢來向殿下問安。」阿九道：「不敢勞動曹公公。你請回吧，我這裏沒事。」曹化淳道：「殿下是萬金之體，還是讓奴婢進來查察一下爲是。」阿九知道承志進來時定然給人瞧見了，是以他們堅要查看，恨極了曹化淳多管閒事，卻那想得到他今晚竟要舉事加害皇帝。曹化淳知道公主身有武功，又結識江湖人物，聽何鐵手報知有人逃入公主寢宮，生怕是公主約來的幫手，因此非查究明白不可。

曹化淳在宮中極有權勢，公主也違抗他不得，當下微一沉吟，含羞帶笑的向承志打個手勢，要他上床鑽入被中。承志無奈，只得除下鞋子，揣入懷中，上床臥倒，躺在阿九身旁，拉了繡被蓋在身上，只覺一陣甜香，直鑽入鼻端。

房外曹化淳又在不斷催促。阿九道：「好啦，你們來瞧吧！」

承志和阿九共枕而臥，衣服貼著衣服，赤足碰到她腳上肌膚，只覺一陣溫軟柔膩，心中一陣盪漾，但知曹化淳與何鐵手等已然進房，不敢動彈，只感到阿九身子微微發顫。

阿九裝著睡眼惺忪，打個哈欠，說道：「曹公公，多謝你費心。」

曹化淳在房中四下打量，不見有何異狀。

何鐵手假作不小心，手帕落地，俯身去拾，順眼往床底一張，先前承志與宛兒曾鑽入床底，只怕舊事重演。阿九笑道：「床底下也查過了，我沒藏著刺客吧？」何鐵手笑道：「殿下明鑒，曹公公是怕殿下受了驚嚇。」她轉頭見到袁承志的肖像，心中一怔，忙轉過頭來，兩道眼光凝視著阿九秀麗明艷的容顏，目光中盡是不懷好意的嘲弄嬉笑。阿九本就滿臉紅暈，給她瞧得不敢抬起頭來。

曹化淳道：「殿下這裏平安無事，皇上就放心了。我們到別的地方查查去。」對四名宮女道：「在這裏陪伴殿下，不許片刻離開。就是殿下有命，也不可偷懶出去，知道麼？」四名宮女俯身道：「聽公公吩咐。」曹化淳與何鐵手及其餘宮女行禮請安，辭出寢宮。

阿九道：「放下帳子，我要睡啦！」兩名宮女過來輕輕放下紗帳，在爐中加了些檀香，剔亮紅燭，互相偎依著坐在房角。

阿九又是喜悅，又是害羞，不意之間，竟與日夕相思的意中人同床合衾，不由得如痴如醉，眼見幾縷檀香的青煙在紗帳外裊裊飄過，她一顆心便也如青煙般在空中飄盪不定。她身子後縮，縮入了袁承志懷裏。袁承志伸過左臂，摟住她腰，尋思：「自己剛與宛兒在床底下偎倚，這時迫於無奈，又抱住了阿九公主。兩人同樣的溫柔可愛，但以容貌而論，阿九勝宛兒十倍，那日山東道上一見之後，常自思念，不意今日竟得投身入懷。」大喜之餘，暗自慶幸。阿九心中只是說：「這是眞的嗎？還是我又做夢了？」過了良久，只聽承志低聲道：「怎麼辦？我得想法子出去！」

阿九嗯了一聲，聞到他身上男子的氣息，不覺一股喜意，直甜入心中，輕輕往他身邊靠去，驀地左臂與左腿上碰到一件冰涼之物，吃了一驚，伸手摸去，竟是一柄脫鞘的寶劍橫放在兩人之間，忙低聲問道：「這是甚麼？」

承志道：「我說了你別見怪。」阿九道：「誰來怪你？」承志低聲道：「我無意中闖進你的寢宮，又給逼得同衾共枕，實是爲勢所迫，我可不是輕薄無禮之人。」阿九道：「誰怪你了呀！把劍拿開，別割著我。」承志道：「我雖以禮自持，可是跟你這樣的美貌姑娘同臥一床，只怕把持不住……」阿九低聲笑道：「因此你用劍隔在中間……傻……傻大哥！」

兩人生怕爲帳外宮女聽到，都把頭鑽在被中悄聲說話。承志情不自禁的側身，伸過右臂摟住她背心，阿九也伸出雙臂，抱住了他頭頸。承志幾根手指拈起金蛇劍，放到身後。兩人肌膚相貼，心魂俱醉。阿九低聲道：「大哥，我要你永遠這樣抱著我……」承志湊過臉去，吻她嘴唇。阿九湊嘴還吻，身子發熱，雙手抱得他更緊了。

承志一生之中，從未跟任何女子這般親熱過，跟青青時時同處一室，最多也不過手拉手而已。只覺阿九櫻唇柔嫩，吹氣如蘭，她幾絲柔髮掠在自己臉上，心中一蕩，暗暗自警：「千萬不可心生邪念，那可不得了。趕快得找些正經大事來說。」忙縮開嘴唇，低聲問道：「惠王爺是甚麼人？」阿九道：「他名叫常潤，還比我父皇長了一輩。是我的叔祖父。」承志道：「那就是了。他們要擁他登基，你知不知道？」

阿九驚道：「甚麼？誰？」袁承志道：「曹化淳跟滿洲的睿親王私通，想借清兵來打闖軍。」阿九怒道：「有這等事？滿洲人有甚麼好？還不是想奪咱們大明江山。」承志道：「是啊，皇上不答允，曹化淳他們就想擁惠王登位……」阿九道：「不錯，惠叔爺貪圖權位，定會答允借兵除賊。」承志道：「只怕他們今晚就要舉事。」阿九吃了一驚，說道：「今晚？那可危急得很了。咱們快去稟告父皇。」

承志閉目不語，心下躊躇。崇禎是他殺父仇人，十多年來，無一日不在想親手殺了，以報血海沉冤。這時皇宮忽起內變，自己不費舉手之勞，便可眼見仇人畢命，本是大快心懷之事；但如曹化淳等奸謀成功，借清兵入關，闖王義舉勢必大受挫折。要是清兵長驅直入，闖王抵擋不住，豈非神州沉淪，黃帝子孫都陷於胡虜之手？

阿九在他肩頭輕輕推了一把，說道：「你想甚麼呀？咱們可得搶在頭裏，撲滅奸人逆謀。」承志仍是沉吟未決。阿九悄聲道：「只要你不忘了我，我……我總是……跟你在一起……咱們將來……還有這樣的時候。」說著慢慢將頭靠過去，吻住他嘴唇。

承志凜然一震，心想：「原來她疑我貪戀溫柔，不肯起來。好吧，先去瞧瞧情勢再說。其實我是眞的捨不得起來……」悄聲道：「你說過的話可別忘了。你把宮女點了穴道，用被子蒙住她們眼，咱們好出去。」阿九道：「點在那裏呀？我不會。」

承志拉住她右手，引著她摸到自己胸前第十一根肋骨之端，拿著她的手時，只覺滑膩溫軟，猶如無骨，說道：「這是章門穴，你用指節在這部位敲擊一下，她們就不能動了。可別太使勁，免得傷了性命。」

阿九掛念父皇身處危境，疾忙揭帳下床。四名宮女站了起來，說道：「殿下要甚麼？」阿九走到錦帷之後，把宮女一個個分別叫過去，依承志所授之法，打中了各人穴道。最後一個敲擊部位不準，竟呀的一聲叫了出來。阿九一手蒙住她口，摸準了穴道再打下去，這才將她點暈。她從錦帷後面出來，承志已穿上鞋子下床。阿九穿好衣服，滿臉羞澀，向承志微微一笑，承志忍耐不住，雙手摟住了她，在她唇上輕輕一吻。阿九低聲叫道：「大哥！」承志低聲道：「阿九。」阿九滿臉通紅，低聲問：「你永遠不忘記我，是不是？」承志忽然想到青青，登覺爲難異常，但身當此時，只得緊緊摟住了她，說道：「當然，永遠不忘記你！」兩人揭開窗簾，見窗外無人，一齊躍出。

阿九道：「你跟我來！」拉著承志的右手，逕往乾清宮。將近宮門時，遙見前面影影綽綽，約有數百人聚集。阿九驚道：「逆賊已圍了父皇寢宮，快去！」兩人發足急奔。跑出十餘丈，一名太監迎了上來，見是長平公主，吃了一驚，但見她只帶著一名隨從，也不在意，躬身道：「殿下還不安息麼？」

承志和阿九見乾清宮前後站滿了太監侍衛，個個手執兵刃，知道事已危急。阿九喝道：「讓開！」伸手推開那名太監，直闖過去。守在宮門外的幾名侍衛待要阻攔，都給承志推開。衆監衛不敢動武，急忙報知曹化淳。

曹化淳策劃擁立惠王，自己卻不敢出面，只偷偷在外指揮，聽說長平公主進了乾清宮，心想諒她一個少女也礙不了大事，傳令衆侍衛加緊防守。

阿九帶著承志，逕奔崇禎平時批閱奏章的書房。來到房外，只見房門口圍著十多名太監侍衛，滿地鮮血，躺著七八具屍首，想是忠於皇帝的侍衛給叛黨格殺而死。衆人見到公主，一呆之下，阿九已拉著承志的手奔入書房。一名侍衛喝道：「停步！」舉刀向承志砍去。承志側身略避，揮掌拍在他胸口，那侍衛直跌出去，承志已帶上書房房門。

只見室中燭光明亮，十多人站著。阿九叫了一聲：「父皇！」向一個身穿黃袍、頭戴黑緞軟帽的人奔去。承志打量這人，見他約莫三十五六歲年紀，面目清秀，臉上神色驚怒交集，心道：「這便是我的殺父仇人崇禎皇帝了。」

阿九尚未奔近皇帝身邊，已有兩名錦衣衛士揮刀攔住。

崇禎忽見女兒到來，說道：「你來幹甚麼？快出去。」

一個高高瘦瘦、臉色蒼白的華服中年人說道：「賊兵已到寧武關，指日就到京師。你到這時候還是不肯借兵滅寇，是何居心？你定要將我大明天下雙手奉送給闖賊，是不是？」承志識得他是惠王，他的總管魏濤聲手執單刀，站在他身旁。承志不欲與他們相見，縮身在一名叛黨之後，轉過頭察看書房中情勢。

阿九怒道：「惠叔爺，你膽敢對皇上無禮！」

只聽那中年人笑道：「無禮？他要斷送太祖皇帝傳下來的江山，咱們姓朱的個個容他不得。」嚓的一聲，將佩劍抽出一半，怒目挺眉，厲聲喝道：「到底怎樣？一言而決！」

崇禎嘆了口氣道：「朕無德無能，致使天下大亂。賊兵來京固然社稷傾覆，借兵胡虜，也勢必危害國家。朕一死以謝國人，原不足惜，只是祖宗的江山基業，就此拱手讓人了……」

惠王拔劍出鞘，逼近一步，喝道：「那麼你立刻下詔，禪位讓賢罷！」崇禎身子發顫，喝道：「你要弒君篡位麼？」

惠王一使眼色，一名錦衣衛衛士拔出長刀，叫道：「昏君無道，人人得而誅之！」

承志聽了他口音，心中一凜，燭下看得明白，這人正是安大娘的丈夫安劍清。

阿九怒叱一聲，搶起椅子，擋在父皇身前，接連架過安劍清砍來的三刀。惠王帶來的眾侍衛紛紛擁上。承志見阿九支持不住，搶入人圈，左臂起處，將兩名侍衛震出丈餘，右手將金蛇劍遞給阿九，自己站在崇禎身旁保護。十多名錦衣衛搶上來要殺皇帝，都給他揮拳踢足，打得筋折骨斷。阿九寶劍在手，精神大振，數招間已削斷安劍清的長刀。

惠王眼見大事已成，不料長平公主忽然到來，還帶來一個如此武藝高強之人護駕，但見此人身穿太監服色，緊急中也認他不出，只放聲大叫：「外面的人，快來！」

何鐵手、何紅藥及溫氏四老應聲而入，突然見到袁承志，無不大驚失色。溫方達眼中如要噴火，高聲叫道：「先料理這小子！」四兄弟圍了上去。

阿九退到父親身邊，仗著寶劍犀利，敵刃當者立斷，惠王手下人衆一時倒也不敢攻近。但她見敵人愈來愈多，承志給對方五六名好手絆住，緩不出手來相助，情勢甚是危急，正心慌間，忽見一個面容醜惡、乞婆裝束的老婦目露兇光，舉起雙手，露出尖利的十爪，喝道：「把金蛇劍還來！」

承志這時已打定主意，事有輕重緩急，眼前無論如何要先救皇帝，使得勾引清兵入關的陰謀不能得逞，待闖王進京之後，再來手刃崇禎以報父仇，這是先國後家、先公後私的大義。但溫氏四老武功高強，雖未組成五行陣，也難輕易應付，百忙中見阿九頭髮散亂，寶劍狂舞，漸漸抵擋不住何紅藥的狠攻，突然竄到何鐵手跟前，說道：「去殺了曹化淳那些造反篡位之人！」

惠王命魏濤聲邀請五毒教入招賢館，先送了二十萬兩銀子，再答允任由五毒教盜取戶部大庫的庫銀，不限其數，又說要圖謀一件大事，事成之後，將雲南、貴州兩省定為五仙教布法行道的地盤，敕建教觀，任由五仙教打醮做法，收取民間布施。對五毒教而言，自是無窮無盡的生財大道，此後獨霸雲貴，當眞可以無法無天。何鐵手心想最多所謀不成，也沒甚麼損失，便即答允了。

她學得一身高明武功，生平未逢敵手，但跟袁承志一交手，忽然見到了武學中一片新天地，這少年相公不但出手厲害，而招數變化之繁，內勁之強，直是匪夷所思，連作夢也想像不到。她五歲那年，父親便即去世，因此教中的祖傳武功，並未得到眞正親傳，她的授業師父雖是教中高手，但位份不高，許多秘傳未窺堂奧。她從師父口中得知，本教不少高招是從小金蛇的身法而悟得。她平日常命齊雲璈放出小金蛇，鑽研其動靜身法，雖有不少領會，畢竟有限。這次跟袁承志數度交手，見到他所學的金蛇武功玄妙變幻，遠在小金蛇之上，本已欽服。再見到他的華山派武功與木桑所傳的鐵劍門功夫，更覺自己僻處雲貴，眞如井底之蛙，不知天地之大。猶如貪財之人眼見一個大寶藏便在身側，觸手可及，眼紅心熱，非伸手摸一摸不可。她說跟袁承志交手當晚，無法入睡，確非虛語。這幾天六神無主，念茲在茲，只是想如何拜袁承志爲師，企求之殷切，比之少女初想情郎的相思尤有過之。

這日胡纏瞎搞，得蒙袁承志答允收己爲徒，一直喜不自勝，心想既已拜得這位明師，甚麼五仙教教主之位，百萬兩、千萬兩的金銀，全是毫不足道，此後只要不違師命便是。「師命有三，目前他說的是第一師命。」迴身轉臂，左手鐵鉤猛向溫方悟劃去。

溫方悟怎料得到她會陡然倒戈，大驚之下，皮鞭倒捲，來擋她鐵鉤。但何鐵手出招何等狠辣，又是攻其無備，只一鉤，已在溫方悟左臂上劃了一道口子。鉤上餵有劇毒，片刻之間，溫方悟臉色慘白，左臂麻痹，身子搖搖欲墜，右手不住揉搓雙眼，大叫：「我瞧不見啦……我……我中了毒！」溫氏三老手足關心，不暇攻敵，疾忙搶上去扶持。

袁承志登時緩出手來，回身出掌，拍在惠王所帶來的總管魏濤聲背上，魏濤聲立即昏暈。承志一轉頭見阿九氣喘連連，拚命抵擋何紅藥和安劍清的夾攻，眼見難支，當下斜飛而前，抓住何紅藥的背心，將她直摜了出去。安劍清一呆，阿九金劍挺出，刺中他左腿，安劍清跌倒在地。

這時溫方悟毒發，已昏了過去。溫氏三老不由得心驚肉跳，一聲暗號，溫方義抱起五弟，溫方達、溫方山一個開路，一個斷後，衝出書房。何鐵手追了出去，從懷裏取出一包東西，叫道：「這是解藥，接著。」溫方山轉身接住。何鐵手一笑回入。

這一來攻守登時異勢。承志和阿九把二十來名錦衣衛打得七零八落，四散奔逃。殿門開處，曹化淳突然領了一批京營親兵衝了進來。承志見敵人勢衆，叫道：「阿九、何教主，咱們保護皇帝衝出去。」阿九與何鐵手答應了。三人往崇禎身周一站，正待向前奪路，曹化淳忽然叫道：「大膽奸賊，竟敢驚動御駕，快給我殺！」衆親兵即與錦衣衛交起手來。惠王驚得呆了，叫道：「曹公公……你……你不是和我……」一言未畢，曹化淳舉腳向他踢去，惠王驚愕之餘，立即奔逃出殿。此後逃到廣州，最後爲清兵擒獲處死。這一來不但衆錦衣衛大驚失色，袁承志、何鐵手、阿九三人更是奇怪，只有崇禎在心中暗讚曹化淳忠義。

原來曹化淳在外探聽消息，知道大勢已去，弒君奸謀不成，情急智生，便去率領京營的守備親兵，進乾清宮來救駕。錦衣衛見曹化淳變計，都拋下了兵器。曹化淳連叫：「拿下去，拿下去！」衆親兵將錦衣衛拿下。一出殿門，曹化淳叫道：「砍了！」霎時之間，參與逆謀的人都給殺得乾乾淨淨，魏濤聲也難逃一刀之厄，盡是曹化淳殺人滅口的毒計。

何鐵手見局勢已定，笑道：「師父，明日我在宣武門外大樹下等你！」說著攜了何紅藥的手，轉身而出。

崇禎叫道：「你……你……」他想酬庸護駕之功，何鐵手那裏理會，逕自出宮去了。

崇禎回過頭來，見女兒身上濺滿了鮮血，卻笑吟吟的望著承志，這時驚魂略定，坐回椅中，問阿九道：「他是誰？功勞不小，朕……朕必有重賞。」他料想袁承志必定會跪下磕頭，那知袁承志昂然不理。阿九扯扯他的衣裾，低聲道：「快謝恩！」

袁承志望著崇禎，想起父親捨命衛國，立下大功，卻給這皇帝凌遲處死，心中悲憤痛恨之極，細看這殺父仇人時，只見他兩邊臉頰都凹陷進去，鬢邊已有不少白髮，眼中滿是紅絲，神色甚是憔悴。此時奪位的奸謀已然平定，首惡已除，但崇禎臉上只顯得煩躁不安，殊無歡愉之色。承志心想：「他做皇帝便只受罪，一點也不快活！」

崇禎卻那知袁承志心中這許多念頭，溫言道：「你叫甚麼名字？在那裏當差？」他見承志穿著太監服色，還道他是一名小監。

袁承志定了定神，凜然道：「我姓袁，是故兵部尚書、薊遼督師袁崇煥之子！」崇禎一呆，似乎沒聽清楚他的話，問道：「甚麼？」袁承志道：「先父袁崇煥有大功於國，冤爲皇上處死。」崇禎默然半晌，嘆道：「現今我也頗爲後悔了。」隔了片刻道：「你要甚麼賞賜？」

阿九大喜，輕輕扯一扯承志的衣裾，示意要他乘機向皇上求爲駙馬。

袁承志憤然道：「我是爲了國家而救你，要甚麼賞賜？嗯，是了，皇上既已後悔，求皇上下詔，洗雪先父的大冤。」

崇禎性子剛愎，要他公然認錯，可比甚麼都難，聽了這話，沉吟不語。

這時曹化淳又進來恭請聖安，奏稱所有叛逆已全部處斬，已派人去捉拿逆首惠王的家屬。崇禎點點頭道：「好，究竟是你忠心。」曹化淳見了袁承志，心中大疑：「這人明明是滿清九王的使者，怎地反來壞我大事？」

袁承志待要揭穿曹化淳的逆謀，轉念又想，闖王義軍日內就到京師，任由這奸惡小人在宮中當權，對義軍正是大吉大利，當下也不理會皇帝，向阿九道：「這劍還給我吧。我要去了！」

阿九大急，顧不得父皇與曹化淳都在身邊，衝口而出道：「你幾時再來瞧我？」承志道：「殿下保重。」伸出手要去拿劍。阿九手一縮，道：「這劍暫且放在我這裏，下次見面再還你。」說著凝視著承志的臉，眼光中的含意甚是明顯：「你要早些來，我日日夜夜在盼望著。」

袁承志見崇禎與曹化淳都臉露詫異之色，不便多說，點了點頭，轉身出去。

阿九追到殿門之外，低聲道：「你放心，我永永遠遠，決不負你。」承志心想眼下不是解釋之時，也非細談之地，說道：「天下將有大變，身居深宮，不如遠涉江湖，你要記得我這句話。」他知闖王即將進京，兵荒馬亂之際，皇宮實是最危險的地方，是以要她出宮避禍。

那知阿九深情款款，會錯了他的意思，低下了頭，柔聲道：「不錯，我寧願隨你在江湖上四處為家，遠勝在宮裏享福。你下次來時，咱們……咱們仔細商量吧！」

袁承志輕嘆一聲，想起青青，中心栗六，渾沒了主意，揮手道別，越牆出外。阿九見他就此分手，沒半句溫柔的情話，甚為失望。袁承志來到宮外，只見到處火把照耀，號令傳呼，正在大捕逆黨從屬。

他掛念青青，奔回到正條子胡同，見青青、焦宛兒、羅立如三人已安然回來，這才放心。他一晚勞頓，回房倒頭便睡。這時在他心中，阿九與青青一個有情，一個有義，委實難分軒輊，既不知如何是好，只得閉眼入睡，將兩個美女置之腦後。

醒來時已是巳牌時分，出得廳來，見水雲、閔子華率領著十六名仙都弟子在廳上相候。原來他們得悉袁承志府上遭五毒教偷襲，忙趕來相助。袁承志道了勞，告知黃木道人多半尚在人間，有法子相救。仙都衆人大喜。

袁承志請他們守護傷者，逕出宣武門來，行不多時，遠遠望見何鐵手站在一株大樹下。

她笑盈盈的迎上來，說道：「師父，我昨晚玉成你的美事，我這個徒兒好不好？」承志道：「昨晚形勢極是危急，幸得你仗義相助，這才沒鬧成大亂子。」

何鐵手笑道：「師父眞艷福不淺，有這麼一位花容月貌的公主垂青相愛，將來封了駙馬爺，我做徒弟的封甚麼官？」承志正色道：「別開玩笑。」何鐵手笑道：「啊喲，還賴哩！她這樣含情脈脈的望著你，誰瞧不出來呢？再說，你要是不愛她，怎會把金蛇劍給她？又這麼拚命的去救她父皇？」承志道：「那是爲了國家大義。」

何鐵手抿嘴笑道：「是啊，跟人家同床合被，你憐我愛，那也是爲了國家大義。嘻嘻！」承志登時滿臉通紅，手足失措，道：「甚……甚麼？你怎麼……」何鐵手笑道：「公主被子裏明明藏著一人，我們這些江湖上混的人，難道會瞎了眼麼？嘻嘻，我正想抖了出來，幸好眼睛一晃，見到師父的肖像。這個交情，豈可不放？」承志心想原來是那幅肖像沒收好，以致給她瞧了出來；轉念之間，又暗叫慚愧，若不是那幅肖像，何鐵手揭開被來，那可更加糟糕了。

何鐵手見他臉上一直紅到了耳根子裏，知他面嫩，換過話題，問道：「夏姑娘已平安回去了吧？」袁承志點了點頭，道：「這就去給你朋友們解穴吧。」

何鐵手在前領路，繼續向西，一路上稱讚阿九美麗絕倫，生平從所未見，又說瞧不出一位金枝玉葉的妙齡公主，竟然一身武功，那定然是袁承志親手教的了，明師手下出高徒，當然如此，何況這位明師對高徒又是加意的另眼相看。現今公主是師姊，將來則是師娘。但不知和夏姑娘兩個，誰大誰小，一個先入山門，一個身份尊貴，可有點擺不平了，不過公主美貌得多，師父多半要偏心。承志任她嘻嘻哈哈的囉唆不休，聽她師父前、師父後的叫個不休，昨晚一言既出，也不能言而無信，如何推搪，實無善策，何況危急之際求人，事後反悔，亦不合道義。只有苦笑，置之不理。行了五里多路，來到一座古刹華嚴寺前。

寺外有五毒教的教衆守衛，見到袁承志時都怒目而視。袁承志也不理會，進寺後見大雄寶殿上鋪了草席，爲他打傷的教徒一排排的躺著。袁承志逐一給各人解開穴道，朗聲說道：「兄弟與各位本無冤仇，由於小小誤會，以致得罪。這裏向各位賠罪了。」說著團團作了一揖。衆人掉頭不理，既不還禮，亦不答話。

袁承志心想禮數已到，也不多說，轉身出來，一回頭，忽見一雙毒眼惡狠狠的凝視著何鐵手。這人隱身殿隅暗處，身形一時瞧不清楚，只見到雙眼碧油油的放光。袁承志一驚，心想這眼光中充滿了怨毒憤激，此人是誰？凝目再瞧，那人已閃身入內，身形一動，立即認出原來是老乞婆何紅藥。

何鐵手相送出寺。袁承志見她臉色有異，與適才言笑晏晏的神情大不相同，頗爲疑惑。兩人在寺門外行禮而別。

袁承志從來路回去，走出里許，越想疑心越甚，尋思莫非他們另有奸計？只怕各人穴道解開之後，死心不息，再來騷擾，不如先探到對方圖謀，以便先有防備。當下折向南行，遠遠走到華嚴寺之後，四望無人，從後牆躍了進去，忽聽得嘘溜溜哨聲大作。

他知道這是五毒教聚衆集會的訊號，於是在一株大樹後隱匿片刻，估量教衆都已會集，然後悄悄掩到大雄寶殿之後，只聽得殿裏傳出一陣激烈的爭辯之聲。

他貼耳在門縫上傾聽，何紅藥聲音尖銳，齊雲璈嗓門粗大，兩人你唱我和，數說何鐵手的罪愆。一個說她迷戀袁承志，忘了教中深仇，反拜仇人之徒爲師；另一個說她與敵聯手，壞了擁立新君、乘機光大本教的大事。

何鐵手微微冷笑，聽二人說了一會，說道：「你們要待怎樣？」衆人登時默不作聲。隔了好一會，何紅藥忽然冷冷的道：「另立教主！」

何鐵手凜然道：「咱們數百年來教規，只有老教主過世之後，才能另立新教主。那麼你是要我死了？」衆人沉默不語。何鐵手道：「誰想當新教主？」她連問三聲，教衆無人回答。何鐵手冷笑道：「那一個自量勝得了我的，出來搶教主罷！」

袁承志右目貼到門縫上往裏張望，見何鐵手一人坐在椅上，數十名教衆都站得遠遠地，顯是對她頗爲忌憚。袁承志心想：「五毒教這些人，我每個都交過手，沒一人及得上她一半本事。但單憑武力壓人，只怕這教主也做不長久。」眼見五毒教內鬨，並非圖謀向他與青青尋仇，也就不必理會，但既已收她爲徒，而她對自己又頗爲依戀，難以不理她死活，正躊躇間，忽見寒光一閃，何紅藥越衆而出，手中拿了一件奇怪兵刃。袁承志見這兵刃似是一柄極大的彎刀，非但前所未見，也從沒聽師父說過，不知如何用法，倒起了好奇之心，當下俯身又看。

只聽何紅藥冷然道：「我並不想做教主，也明知不是你對手。可是咱們五仙教當年三祖七子，費了四十年之功，才創立教門，那是何等辛苦？本教百餘年來橫行天南，這基業得來不易，決不能毀在你這賤婢手裏！」

何鐵手道：「侮慢教主，該當何罪？」何紅藥道：「我早已不當你是教主啦，來吧！」雙手前伸，呼的一聲，揮動兵刃，彎刀的頭上又鑽出一個小尖。

何鐵手微微冷笑，坐在椅中不動。何紅藥縱身上前，呑呑兩聲，彎刀已連削兩下。她忌憚何鐵手武功厲害，一擊不中，立即躍開。何鐵手端坐椅中，只在何紅藥攻上來時略加閃避，卻不還擊。袁承志正感奇怪，目光一斜，見數十名教衆各執兵刃，漸漸逼攏，才知何鐵手守緊門戶，防範衆人圍攻。他因門縫狹窄，只見得到殿中的一條地方，想來教衆已在四面八方圍住了她。

衆人僵持片刻，誰也不敢躁進。何紅藥叫道：「沒用的東西，怕甚麼？大夥兒上呀！」她彎刀一揮，衆人吶喊上前。何鐵手倏地躍起，只聽得乒乒乓乓一陣兵刃相交之聲，坐椅已給數件兵刃同時擊得粉碎。兩名教衆接連慘叫，中鉤受傷。大殿上塵土飛揚，何鐵手一個白影在人羣中縱横來去，登時鬥得猛惡已極。

袁承志察看殿中衆人相鬥情狀，教中好手除何紅藥之外都曾爲他點中穴道，委頓多時，這時穴道甫解，個個經脈未暢，行動窒滯。何鐵手若要脫身而出，該當並不爲難，然而她竟不衝出，似想以武力壓服教衆，懲治叛首。

再拆數十招，忽見人羣中一人行動詭異。這人雖也隨衆攻打，但腳步遲緩，手中捧著一個金色圓筒，慢慢向何鐵手逼近。袁承志仔細看時，此人正是錦衣毒丐齊雲璈。驀地裏只聽他大叫一聲，雙手送前，一縷黃光向何鐵手擲去。

何鐵手側身閃開，那知這件暗器古怪之極，竟能在空中轉彎追逐。其時數件兵刃又同時攻到，何鐵手大聲尖叫，已爲暗器所中。這時袁承志也已看得清楚，這件活暗器便是那條小金蛇。何鐵手身子晃動，疾忙伸手扯脫咬住肩頭的金蛇，摔在地下，狠狠兩鉤，殺了兩名教衆。何紅藥大叫：「這賤婢給金蛇咬中啦。大夥兒絆住她，毒性就要發作啦！」

何鐵手跌跌撞撞，衝向後殿。她雖中毒，威勢猶在，教衆一時都不敢冒險阻攔。何紅藥縱身上前，彎刀如風，逕往她腦後削去。何鐵手低頭避過，還了一鉤。潘秀達與岑其斯已攔住她去路。何鐵手右肘在腰旁輕按，「含沙射影」的毒針激射而出。潘秀達閃避不遑，未及叫喊，已然斃命。何鐵手肩上毒發，神智昏迷，鐵鉤亂舞，使出來已不成家數。

袁承志眼見她轉瞬之間，便要死於這批陰狠毒辣的教衆之手，心想昨晚在宮中答允了收她爲徒，雖說事急行權，畢竟大丈夫一言既出，駟馬難追，不能於危急中欺騙一個年輕女子，她眼下所以衆叛親離，實因拜己爲師而起，此時眼見她命在頃刻，豈可袖手不理？忽地躍出，大叫：「大家住手！」

教衆見他突然出現，無不大驚，一齊退開。

何鐵手這時已更加胡塗，揮鉤向袁承志迎面劃來。袁承志側身避過，左手伸出，反拿她手腕。那知她武功深湛，進退趨避之際已成自然，雖然眼前金星亂舞，但手腕一碰到袁承志的手指，左臂立沉，鐵鉤倒豎，向上疾刺，仍是既狠且準。袁承志一拿不中，叫道：「我來救你！」何鐵手恍若不聞，雙鉤如狂風驟雨般攻來。袁承志解拆數招，右腳在她小腿輕勾，何鐵手撲地倒下，突然睜眼，驚叫道：「師父，我死了麼？」袁承志道：「咱們出去！」拉住她手臂提了起來。

諸教衆本在旁觀兩人相鬥，見袁承志扶著她急奔而出，齊聲發喊，紛紛擁上。

袁承志轉身叫道：「誰敢上來！」教衆個個是驚弓之鳥，不知誰先發喊，忽地一窩蜂的轉身逃入殿內，砰的一聲，關上了殿門。

袁承志見他們對自己怕成這個樣子，不覺好笑，俯身看何鐵手時，見她左肩高腫，雪白的面頰上已罩上了一層黑氣，知她中毒已深，但想她日夕與毒物爲伍，抗力甚強，總還能支持一會，於是抱起她奔回寓所。

衆人見他忽然擒了何鐵手而來，都感驚奇。青青嗔道：「你抱著她幹麼？還不放手。」袁承志道：「快拿冰蟾來救她。」焦宛兒扶著何鐵手走進內室施救。水雲等卻甚是氣惱，亦覺不解。袁承志把前因後果說了，並道：「令師黃木道人的事，等她醒轉後，自當查問明白。」仙都弟子一齊拜謝。

過了一頓飯時分，焦宛兒出來說道：「她身上毒氣已吸出來了，不過仍昏迷不醒。」袁承志道：「你給她服些解毒藥，讓她睡一忽兒吧。」

焦宛兒應了，正要進去，羅立如從外面匆匆奔進，叫道：「袁相公，大喜大喜！」青青笑道：「你才大喜呀！」羅立如道：「闖王大軍打下了寧武關。」衆人齊聲歡呼。

袁承志問道：「訊息是否確實？」羅立如道：「幫裏的張兄弟本來奉命去追尋……尋這位閔二爺的，恰好遇上闖軍攻關，見到攻守雙方打得甚是慘烈，走不過去。後來他眼見明軍大敗，守城的總兵官周遇吉也給殺了。」袁承志道：「那好極啦，義軍不日就來京師，咱們給他來個裏應外合。」

此後數日之中，袁承志自朝至晚，甚是忙碌，以闖軍「金蛇營」營主身份，會見京中各路豪傑，分派部署，只待義軍兵臨城下，舉事響應。

這天出外議事回來，焦宛兒道：「袁相公，那何教主仍昏迷不醒。」袁承志吃了一驚，道：「已有許多天啦，怎麼還不好？」忙隨著焦宛兒入內探望，只見何鐵手面色憔悴，臉無血色，已然奄奄一息。

袁承志沉思片刻，忽地叫道：「啊喲！」焦宛兒道：「怎麼？」袁承志道：「常人中毒之後，毒氣退盡，自然慢慢康復。但她從小玩弄毒物，平時多半又服用甚麼古怪藥料，尋常毒物傷她不得，然一旦中毒，卻厲害不過。我連日忙碌，竟沒想到這層。」焦宛兒道：「那怎麼辦？」袁承志躊躇道：「除非把那冰蟾給她服了，或許還可有救……不過我們靠此至寶解毒，要是再受五毒教的傷害，只有束手待斃了。」焦宛兒也感好生爲難。

袁承志一拍大腿，說道：「我已答允收此人作徒弟，雖說當時是被迫答允，但總是答允過了，不能眼睜睜的見她送命，便給她服了再說。」焦宛兒覺得此事甚險，頗爲不安，但袁承志既如此吩咐，自當遵從，於是研碎冰蟾，用酒調了，給她服下去。過不到一頓飯時分，何鐵手臉色由青轉白，呼吸平復，坐起身來，叫了聲：「師父！」

袁承志知道她這條命是救回來了，退了出去。洪勝海進來稟報，說仙都派掌門人水雲道人來拜會。何鐵手道：「我去會他們！」由宛兒扶著走向大廳。

水雲道人向袁承志見了禮，向何鐵手打個問訊，說道：「何教主，我們師父的事，請您瞧在袁相公份上，明白賜告。」此言一出，隨他而來的仙都衆弟子都站起身來。

何鐵手冷笑道：「師父於我有恩，跟你們仙都派可沒干係。我身子還沒復原，你們是不是要乘人之危？我何鐵手也不在乎。」她如此橫蠻無禮，可大出衆人意料之外。

袁承志向水雲等一使眼色，說道：「何教主身子不適，咱們慢慢再談。」何鐵手哼了一聲，扶著焦宛兒進房去了。仙都諸弟子聲勢洶洶，七張八嘴的議論。袁承志道：「這事交在兄弟身上。黃木道長由我負責相救脫險便是。」仙都諸人這才平息。

這數日中，闖軍捷報猶如流水價報來：明軍總兵姜瓖投降，闖軍克大同；總兵王承胤、監軍太監杜勳投降，闖軍克宣府；總兵唐通、監軍太監杜之秩投降，闖軍克居庸。大同、宣府、居庸，都是京師外圍要塞，向來駐有重兵防守。每一名總兵均統帶精兵數萬。崇禎不信武將，每軍都派有親信太監監軍，權力在總兵之上，多所牽制。闖軍一到，監軍太監力主投降，總兵官往往跟從。重鎮要地，闖軍不費一兵一卒而下。

數日之間，明軍土崩瓦解，北京城中，亂成一團。

這一日訊息傳來，闖軍已克昌平，北京城外京營三大營一齊潰散，眼見闖軍已可唾手而取北京。

又過數日，洪勝海進內稟報，門外有個赤了上身的乞丐模樣之人，跪在地下不住叩頭，說要請何教主饒恕，瞧模樣是五毒教中的人。

承志陪同何鐵手出去，青青等也都跟了出去。只見隆冬嚴寒之際，那人赤裸上身，下身只穿了條爛褲，承志認得是錦衣毒丐齊雲璈，便是放出小金蛇咬傷何鐵手那人。

何鐵手冷冷的道：「你瞧瞧，我不是好好的嗎？」齊雲璈臉現喜色，不住叩頭。何鐵手道：「你來幹甚麼？你若不是走投無路，也不會來見我。」齊雲璈道：「小人罪該萬死，傷了教主貴體。多蒙三祖七子保佑，教主無恙，眞不勝之喜。」何鐵手喝道：「你只道用金蛇傷了我，按本教規矩，你便是教主了？」齊雲璈道：「小人敵不過那老乞婆，仔細思量，還是來歸順教主。小人該受千蛇噬身大刑，只求教主開恩寬赦。」說著雙手高舉，捧著一個金色圓筒，膝行數步上前。袁承志知道筒中裝的便是那條劇毒小金蛇，他將此利器呈給何鐵手，便是徹底投降歸順，再也不敢起異心了。

何鐵手嘻嘻一笑，道：「你既誠心悔過，便饒了你這遭，死罪可免，活罪難饒……」伸手正要去拿圓筒，身上劇毒初清，突然間雙足發軟，身子一下搖晃。

焦宛兒站在她身旁，正要相扶，突然路旁一聲厲叫，一人驀地竄將出來，縱到齊雲璈身後，一彎腰，又縱了開去。只聽齊雲璈狂喊一聲，俯伏在地，只見他背後插了一柄尺來長的利刀，深入背心，直沒至刀柄。這一下猶如晴空霹靂，正所謂迅雷不及掩耳。

衆人齊聲驚呼，看那突施毒手的人，正是老乞婆何紅藥。卻見她啊啊怪叫，左手揮舞，雙足亂跳，卻總是摔不開咬在她手背上的一條小金蛇。原來齊雲璈陡受襲擊，順手將小金蛇放了出來。齊雲璈抬頭叫道：「好，好！」身子一陣扭動，垂首而死。衆人瞧著何紅藥，見她臉上盡是怖懼之色，一張本就滿是傷疤的臉，更加似鬼似魔。她右手幾番伸出，想去拉扯金蛇，剛要碰到時又即縮回，似乎一碰金蛇便有大禍臨頭一般。但見她白眼一翻，忽地從懷裏摸出一柄利刀，刀光一閃，嚓的一聲，已把自己左手砍下，急速撕下衣襟包住傷口，狂奔而去。

眾人見到這驚心動魄的一幕，都呆住了說不出話來。

何鐵手彎下腰去，在齊雲璈身上摸出那個金色圓筒，罩在金蛇身上，左手鐵鉤在何紅藥的斷手上一劃，切下金蛇咬住的手背肉，連肉和蛇倒在筒裏，蓋上塞子。

眾人回進屋內。袁承志對何鐵手道：「你教裏跟你作對的人死的死，傷的傷，已沒人敢作反了，你回去好好收拾一下吧！」何鐵手搖頭道：「我不回去啦，以後我只跟著你。」

袁承志神色尷尬，道：「你怎麼跟著我？」何鐵手道：「你是我師父，我跟著師父，才好學你功夫啊！」忽地在承志面前跪下，連連磕頭。承志大驚，忙作揖還禮，說道：「快別這樣。」何鐵手道：「你已答允了收我做徒弟，現下我磕頭拜師。」

承志道：「我已答允教你武功，並不反悔，但不必有師徒的名份。要收你入門，還須得我師父允准。」何鐵手直挺挺的跪著，只不肯起身。袁承志伸手相扶。何鐵手手肘一縮，笑道：「我手上有毒！」烏光一閃，鐵鉤往他手掌上鉤去。

袁承志雙手並不退避，反而前伸，在間不容髮之際，已搶在頭裏，在她手肘上一托，何鐵手身不由自主的騰空而起。但她武功也真了得，在空中含胸縮腰，斗然間身子向後退開兩尺，落下地來，仍是跪著。旁觀眾人見兩人各自露了一手上乘武功，不自禁齊聲喝采。

袁承志道：「何教主休息一會兒吧，我要去更衣會客。」說著轉身便要入內。何鐵手大急，叫道：「你當眞不肯收我爲徒？」袁承志道：「兄弟不敢當。」何鐵手道：

「好！夏姑娘，我講個故事給你聽，有人半夜裏把圖畫放在床邊。」

青青愕然不解。袁承志卻已滿臉通紅，心想這何鐵手無法無天，甚麼話都敢說，自己雖與阿九並未做甚過份之事，但青年男女深夜同床，給她傳揚開來，不但青青生氣，也敗壞了自己和阿九的名聲，不由得心中大急，連連搓手。

何鐵手笑道：「師父，還是答允了的好。」袁承志無奈，支吾道：「唔，唔。」何鐵手大喜，說道：「好呀，你答允了。」雙膝一挺，身子輕輕落在他面前，盈盈拜倒，行起大禮來。袁承志為勢所迫，只得作個揖，還了半禮。衆人紛紛過來道賀。

青青滿腹疑竇，問何鐵手道：「你講甚麼故事？」何鐵手笑道：「我們教裏有門邪法，只要畫了一個人的肖像放在床邊，向著肖像磕頭，行起法來，那人就會心痛頭痛，一連三個月不會好。先前師父不肯收我，我就嚇他要行此法。」青青覺此話難信，卻也無可相駁。

袁承志聽何鐵手撒謊，這才放心，心想：「天下拜師也沒這般要脅的。如她心術不改，決不傳她武藝。」當下正色道：「其實我並無本領收徒傳藝，既然你一番誠意，咱們暫且掛了這個名，等我稟明師父，他老人家允准之後，我才能傳你華山派本門武功。」

青青道：「何教主……」何鐵手道：「你不能再叫我作教主啦。師父，請您給我改個名兒。」袁承志想了一下，說道：「我讀書不多，想不出甚麼好名字。你本來叫鐵手，女孩兒家，用這名字太兇狠了些，就叫『惕守』如何？惕是警惕著別做壞事，守是嚴守規矩、正正派派的意思。」何鐵手喜道：「好好，不過『惕守』兩字太規矩了。師父，我學了你武功之後，我好比多添了一隻手，我自己就叫『添手』。夏師叔，你就叫我添守吧。」青青笑道：「添一隻手，變成了三隻手，那是咱們的聖手神偷胡大哥。你年紀比我大，本領又比我高，怎麼叫我師叔？」何惕守在她耳邊悄聲道：「現下叫你師叔，過些日子叫你師娘呢！」

青青雙頰暈紅，芳心竊喜，正要啐她，忽見水雲與閔子華兩人來到廳上。袁承志道：「黃木道長的下落，你對兩位說了吧。」何惕守微微一笑，道：「他是在雲南麗……」一句話沒說完，猛聽得轟天價一聲巨響，只震得門窗齊動。衆人只覺腳下地面也都搖動，無不驚訝，但聽得響聲接連不斷，卻又不是焦雷霹靂。程青竹道：「那是砲聲。」

洪勝海從大門口直衝進來，叫道：「闖王大軍到啦！」只聽砲聲不絕，遙望城外火光燭天，殺聲大震，闖王義軍已攻到了北京城外。

袁承志對水雲道：「道長，她已拜我為師。尊師的事，咱們慢一步再說……」何惕守道：「黃木道長給我姑姑關在雲南麗江府玉龍雪山毒龍洞裏。你們拿這個去放他出來吧。」說著拿出一個烏黑的蛇形鐵哨來。水雲與閔子華聽說師父無恙，大喜過望，連忙謝過，接了哨子。何惕守道：「這是我的令符。你們馬上趕去，只要搶在頭裏，雲南路遠迢迢，訊息不靈，教衆還不知我已叛教，見了這個令符，自會放尊師出來。」水雲與閔子華匆匆去了。

兩人走了不久，北京城裏各路豪傑齊來聽袁承志號令。他既是七省英豪的盟主，又是闖軍「金蛇營」的首領金蛇王。袁承志事先早有布置，誰放火，誰接應，已分派得井井有條。闖軍如何攻城，明軍如何守禦，各處探子不住報來。過得一會，一名漢子送了一封信來，是李岩命人混進城來遞送的，原來他統軍已到城外。袁承志大喜，當即派人四出行事。

黃昏間，各人已將歌謠到處傳播，只聽西城衆閒人與小兒們唱了起來：「朝求升，暮求合，近來貧漢難存活，早早開門拜闖王，管教大小都歡悅！」又聽東城的閒漢們唱道：「吃他娘，著他娘，吃著不盡奉闖王，不當差，不納糧！」城中官兵早已大亂，各自打算如何逃命，又有誰去理會？聽著這些歌謠，更是人心惶惶。

次日是三月十八，袁承志與青青、何惕守、程青竹、沙天廣等化裝明兵，齊到城頭眺望，只見城外義軍都穿黑衣黑甲，十數萬人猶如烏雲蔽野，不見盡處。炮火羽箭，不住往城上射來。守軍陣勢早亂，那裏抵敵得住？

忽然間大風陡起，黃沙蔽天，日色昏暗，雷聲震動，大雨夾著冰雹傾盆而下。城上城下，衆兵將衣履盡濕。

青青等見到這般天地大變的情狀，不禁心中均感慄慄。

袁承志等回下城來，指揮人衆，在城中四下裏放火，截殺官兵。各處街巷中的流氓棍徒便乘機劫掠，哭聲叫聲，此起彼落。

羣雄正自大呼酣鬥，忽見一隊官兵擁著一個錦衣太監，呼喝而來。袁承志於火光中遠遠望見正是曹化淳，心頭一喜，叫道：「跟我來，拿下這奸賊。」鐵羅漢與何惕守當先開路，直衝過去，官兵那裏阻攔得住？曹化淳見勢頭不對，撥轉馬頭想逃。袁承志一躍而前，扯住他提下馬來，喝道：「到那裏去？」曹化淳道：「皇……皇上……命小人督……督戰彰義門。」袁承志道：「好，到彰義門去。」

羣雄擁著曹化淳直上城頭，遙遙望見城外一面大旗迎風飄揚，旗下一人頭戴氈笠，跨著烏駁馬往來馳騁指揮，威風凜凜，正是闖王李自成。

袁承志叫道：「快開城門，迎接闖王！」說著手上一用勁，曹化淳痛得險些暈了過去。他命懸人手，那敢違抗？何況眼見大勢已去，反想迎接新主，重圖富貴，當即傳下令來，彰義門大開。城外闖軍歡聲雷動，直衝進來。成千成萬身披黑甲的兵將湧入城門。袁承志站在城頭向下望去，見闖軍便如一條大黑龍蜿蜒而進北京，威不可當。

袁承志率領衆人，隨著敗兵退進了內城。內城守兵尚衆，加上從外城潰退進來的敗兵，重重疊疊，擠滿了城頭。這時天色已晚，外城闖軍鳴金休息。袁承志等在亂軍中也退回居所。城邊鉦鼓聲、吶喊聲亂成一片。統兵的將官有的逃跑，有的在城頭督戰，誰也顧不到他們這一夥人。消息報來，闖軍革裏眼、橫天王、改世王等已分別統兵入城。胡桂南等也打起「金蛇營」旗號，率領衆好漢乘勢立功。

羣雄退回正條子胡同，換下身上血衣，飽餐已畢，站在屋頂瞭望，只見城內處處火光。

袁承志喜道：「內城明日清晨必破。闖王治國，大公無私，從此天下百姓，可以過吃飽著暖的太平日子。今晚是我手刃仇人的時候了。」

衆人知他要去刺殺崇禎爲父報仇，都願隨同入宮。袁承志掛念阿九，要單獨前去相會，不願旁人伴同，說道：「各位辛苦了一日，今晚好好休息，明晨尙有許多大事要辦。兵荒馬亂之際，皇宮戒備必疏，刺殺昏君只一舉手之勞，還是兄弟一個去辦罷。」各人心想他身負絕世武功，現下皇帝的侍衛只怕都已逃光，要去刺殺這個孤家寡人，實不費吹灰之力，見他堅持，俱都遵從。

袁承志要青青點起香燭，寫了「先君故兵部尙書薊遼督師袁」的靈牌，安排了靈位，只待割了崇禎的頭來祭了父親，然後把首級拿到城頭，登高一呼，內城守軍自然潰敗。他帶了一個革囊，以備盛放崇禎的首級，腰間藏了一柄尺來長的尖刀，逕向皇宮奔去。

一路火光燭天，潰兵敗將，到處在乘亂搶掠。袁承志正行之間，只見七八名官兵拖了幾名大哭大叫的婦女走過，想起阿九孤身一個少女，不知如何自處，又想到她對自己情意誠摰深切，令人心感，雖然自己與青青早訂鴛盟，此生對阿九實難報答，但無論如何，總也是捨不得阿九，突然間心頭一陣狂喜：「一個是我深愛，一個是我所不能負心相棄之人，那麼兩個都不相負好了。唉！不成的，不成的！」內心湧起一陣惆悵，一陣酸楚。他直入宮門，守門的衛兵宮監早逃得不知去向。眼見宮中冷清清一片，不覺一驚：「崇禎要是藏匿起來，不知去向，那可功虧一簣了。」當下直奔乾清宮。

來到門外，只聽得一個女人聲音哭泣甚哀。袁承志閃在門邊，往裏張望，心頭大喜，原來崇禎正坐在椅上。一個穿皇后裝束的女人站著，一面哭，一面說道：「十六年來，陛下不肯聽臣妾一句話。今日到此田地，得與陛下同死社稷，亦無所憾。」崇禎俯首垂淚。皇后哭了一陣，掩面奔出。

袁承志正要搶進去動手，忽然殿旁人影閃動，一個少女提劍躍到崇禎面前，叫道：「父皇，時勢緊迫，趕快出宮吧。」正是長平公主阿九。她轉頭對一名太監道：「王公公，你好好服侍陛下。」那太監名叫王承恩，垂淚道：「是，公主殿下一起走吧。」阿九道：「不，我還要在宮裏躭一忽兒。」王承恩道：「內城轉眼就破，殿下留在宮裏很危險。」阿九道：「我要等一個人。」

崇禎變色道：「你要等袁崇煥的兒子？」阿九臉上一紅，低聲道：「是，兒臣今日和陛下告別了。」崇禎道：「你等他幹甚麼？」阿九道：「他應承過我，一定要來會我的。」崇禎道：「把劍給我。」接過阿九手中那柄金蛇寶劍，長嘆一聲，說道：「孩兒，你為甚麼生在我家裏……」忽地手起劍落，烏光一閃，寶劍向她頭頂直劈下去。

阿九驚叫一聲，身子一晃。崇禎不會武功，阿九若要閃避，這一劍本可輕易讓過，但時當生離死別，心情激動之際，萬萬料不到一向鍾愛自己的父皇竟會忽下毒手，驚詫之下，忘了閃讓，一劍斬中左臂。

袁承志大吃一驚，萬想不到崇禎竟會對親生女兒忽施殺手。他與兩人隔得尚遠，陡見形勢危急，忙飛身撲上相救，躍到半路，阿九已經跌倒。

崇禎提劍正待再砍，袁承志已然搶到，左手探出，在他右腕上力拍，崇禎那裏還握得住劍，金蛇劍直飛上去。袁承志左手翻轉，已抓住崇禎手腕，右手接住落下來的寶劍，回頭看阿九時，只見她昏倒在血泊之中，左臂已給砍落。

袁承志大怒，喝道：「你這狠心毒辣的昏君，竟甚麼人都殺，既害我父親，又殺你自己女兒。我今日取你性命！」

崇禎見到是他，嘆道：「你動手吧！」說罷閉目待死。兩名內監搶上來想救，袁承志一腳一個，踢得直飛出去。袁承志舉起劍來，正要往崇禎頭上砍落。阿九恰好睜開眼睛，當即奮力躍起，擋到崇禎身前，叫道：「別殺我父皇，求你……」臉上滿是哀懇的臉色，望著袁承志，一語未畢，又已暈去。

袁承志見她斷臂處血如泉湧，心中劇憐大痛，左手推開，崇禎仰天一交直跌出去。他俯身扶起阿九，點了她左肩和背心各處通血脈的穴道，血流稍緩，從懷裏掏出金創藥敷在傷口，撕下衣裾紮住。阿九慢慢醒轉，承志抱住她柔聲安慰。

王承恩等數名太監扶起崇禎，下殿趨出。袁承志喝道：「那裏走！」放下阿九，要待追趕。阿九右手摟住他脖子，哭叫：「大哥……別傷我父皇！」

袁承志轉念一想，城破在即，料來崇禎也逃不了性命，雖非親自手刃，父仇總是報了，也免得傷阿九之心，當下點頭道：「好！」阿九心中一寬，又暈了過去。

袁承志見各處大亂，心想她身受重傷，無人照料，勢必喪命，只有將她救回自己住處再說。抱起了她，出宮時已交三更，只見火光照得半天通紅，到處是哭聲喊聲。

到得正條子胡同，衆人正坐著等候。青青見他又抱了一個女子回來，先已不悅，走近一看，竟是阿九，板起臉問道：「皇帝的首級呢？」袁承志道：「我沒殺他。焦姑娘，請你費心照料她。」焦宛兒答應了，把阿九抱進內室。袁承志眼光順著阿九直送她進房，滿臉柔情，又深有憂色。

青青又問：「幹麼不殺？」袁承志略一遲疑，向內一指，道：「她求我不殺！」青青怒道：「她，她是誰？你幹麼這樣聽她話？」袁承志尚未回答，何惕守道：「唉，可惜，可惜！這位美公主怎會斷了條手臂？師父，她畫的那幅肖像呢？有沒帶出來？」袁承志連使眼色，何惕守還想說下去，見袁承志與青青兩人臉色都很嚴重，便即住口。

青青問道：「甚麼公主？甚麼肖像？」何惕守笑道：「這位公主會畫畫，我見過她畫的自己一幅小照，畫得眞好。」青青橫了她一眼道：「是麼？」轉身入內去了。何惕守對袁承志道：「師父，我幫你救公主師娘去。你放心好啦！」說著奔了進去。

注：曹化淳欲立惠王爲帝，並非史實，純係小說作者之杜撰穿插。其他與崇禎、李自成有關之敍述，則大致根據史書所載。長平公主與袁承志相戀之事，史書上無記。袁承志爲小說虛構人物。

惠王朱常潤係神宗庶出之第六子，乃光宗常洛、福王常洵之弟，乃天啓由檢、崇禎由校之叔，封於荊州，立國不久，天下大亂，豫鄂川不穩，惠王潛歸北京，崇禎末年逃赴廣州，於滿清平定廣東後遭擒獲處死。

李岩和袁承志並肩而行，
只聽得小胡同中響起歌聲，
一個盲眼賣唱人拉著胡琴，緩步而來，唱道：
「今日的一縷英魂，昨日的萬里長城……」

第十九回

嗟乎興聖主　亦復苦生民

袁承志半夜裏悄悄到阿九房外張望，見羅帳低垂，不明動靜，見何惕守和焦宛兒都坐在她床沿，不敢聲張，回房假寐片刻。天尚未明，又去看視，見何惕守和宛兒仍坐在床前。何惕守低聲道：「師父，她醒了一會，老是問你，這時又睡著了。她正在夢裏跟你相會呢！」袁承志向阿九瞧去，見她雙目輕閉，只見到長長的睫毛，臉色雪白，全無血色。他怕青青尋來吵鬧，不敢多耽，知何惕守能幹，必能妥為照料，便即回房。

天將明時，洪勝海匆匆走進房來，叫道：「相公，沙寨主拿住了太監王相堯，已率人打開了宣武門！」袁承志從床上彈起身來，問道：「義軍進城了麼？」洪勝海道：「劉宗敏將軍已帶隊進來了。」袁承志道：「好極了，咱們快去迎接。」

兩人走到廳上。程青竹、沙天廣與鐵羅漢出外未歸，袁承志帶領啞巴、胡桂南、洪勝海，四人往大明門來。

只見陰雲四合，白雪微飄，街上明軍的潰兵敗卒四散奔逃。有人大呼而過：「金蛇王攻破正陽門，橫天王帶隊進城。」又有人叫道：「齊化門開了，左金王的兵進來了。老回回攻破了東直門！」走了一陣，敗兵漸少。闖軍一隊隊沿大街開來，軍容嚴整。衆百姓在各自大門上貼了「永昌元年大順王萬萬歲」的黃紙，門口擺了香案，有的還在門口放了酒漿勞軍。袁承志對胡桂南道：「人心如此，闖王那得不成大事？」

又走一陣，前面號角齊鳴，數百人快步過來，當先正是沙天廣與鐵羅漢。兩人率領北京城內的豪傑截殺明兵，見了袁承志都大聲歡呼：「金蛇王，金蛇王，咱們破城啦！」鐵羅漢叫道：「闖王就要來啦！」一言方畢，前面數騎急奔而至。一名大漢舉著一面大旗，上面寫著「大順制將軍李」六個大字。李岩身穿青衫，縱馬馳來。袁承志大喜，叫道：「大哥！」躍到馬前。

李岩一怔，當即翻身下馬，喜道：「兄弟，你金蛇營破城之功，甚是不小！」袁承志道：「闖王大軍到處，明兵望風而降，小弟並無功勞。」兩人執手說了幾句話，以前在聖峯嶂見過的田見秀、劉芳亮等人一時俱到，此外又有闖軍將領谷大成、橫天王、革裏眼等人，衆人執手言歡。

突然號角聲響，衆軍大呼：「大王到啦，大王到啦！」

袁承志等閃在一旁，只見精騎百餘前導，李自成氈笠縹衣，乘烏駁馬疾馳而來。

李岩過去低語幾句。李自成笑道：「好極了！『金蛇王』袁兄弟過來。」李岩招招手，袁承志走到兩人馬前。李自成笑道：「袁兄弟，你立了大功！你沒馬麼？」說著躍下馬鞍，把坐騎的馬韁交給了他。袁承志連忙拜謝。

李自成走上城頭，眼望城外，但見成千成萬部將士卒正從各處城門入城，當此之時，不由得志得意滿。闖軍見到大王，四下裏歡聲雷動。

李自成從箭袋裏取出三枝箭來，扳下了箭簇，彎弓搭箭，將三箭射下城去，大聲說道：「衆將官兵士聽著，入城之後，有人妄自殺傷百姓、姦淫擄掠的，一概斬首，決不寬容！」城下十餘萬兵將齊聲大呼：「遵奉大王號令！大王萬歲、萬歲、萬萬歲！」

袁承志仰望李自成神威凜凜的模樣，心下欽佩之極，忍不住也高聲大叫：「大王萬歲、萬歲、萬萬歲！」

李自成下得城頭，換了一匹馬，在衆人擁衛下走向承天門。他轉頭對袁承志笑道：「你是承父之志，此後要助我抗禦滿洲韃子入侵。我是承天！」彎弓搭箭，颼的一聲，羽箭飛出，正中「天」字之下。他膂力強勁，這一箭直插入城牆，衆人又大聲歡呼。

來到德勝門時，太監王德化率領了三百餘名內監伏地迎接。李自成投鞭大笑，對袁承志道：「你去年在陝西見到我時，可想到會有今日？」袁承志道：「大王克成大業，天下百姓早都知道了。只是萬想不到會如此之快。」李自成拊掌大笑。

忽有一人疾奔而來，向李自成報道：「大王，有個太監說，見到崇禎逃到煤山那邊去了。」李自成轉頭對袁承志道：「金蛇王兄弟，你快帶人去拿來！」袁承志道：「是！」手一擺，率領了胡桂南等人馳向煤山。

那煤山只是個小丘，衆人上得山來，只見大樹下吊著兩人，隨風搖晃。一人披髮遮面，身穿白袷短藍衣，玄色鑲邊，白綿綢背心，白紬褲，左腳赤裸，右腳著了綾襪與紅色方頭鞋。袁承志披開他頭髮一看，竟然便是崇禎皇帝。他衣袋中藏著一張白紙，朱筆寫著幾行字道：

「朕登極十七年，致敵入內地四次，逆賊直逼京師，雖朕薄德匪躬，上干天咎，然皆諸臣之誤朕也。朕死，無面目見祖宗於地下，去朕冠冕，以髮覆面，任賊分裂朕屍，勿傷百姓一人。崇禎御筆。」紙上血跡斑斑。

袁承志拿了這張血詔，頗感悵惘，二十年來大仇今日得報，本是喜事，但見仇人如此悽慘下場，不禁憮然久之，心想：「你話倒說得漂亮，甚麼勿傷百姓一人。要是你早知愛惜百姓，不是逼得天下饑民無路可走，又怎會到今日這步田地。」

洪勝海道：「袁相公，那邊吊死的是個太監。」袁承志道：「這皇帝死時只有一個太監相陪，眞叫做衆叛親離了。把屍首抬了去，別讓人侵侮。」洪勝海應了。袁承志馳回稟報。

這時李自成已進皇宮。守門的闖軍認得袁承志，引他進宮。只見李自成坐在龍椅之上，身旁站著十幾名部將從官，一個衣冠不整的少年站在殿下。

李自成見袁承志進來，叫道：「好！皇帝呢，帶他上來吧。」袁承志道：「崇禎自縊死了。在煤山一棵大樹上吊死了。」李自成一呆，接過崇禎的遺詔觀看。

旁立的少年忽然伏地大哭，幾乎昏厥了過去。李自成道：「那是太子！」承志扶了他起來。李自成問道：「你家爲甚麼會失天下，你知道麼？」太子哭道：「只因誤用奸臣溫體仁、周延儒等人。」李自成笑道：「原來小小孩童，倒也明白。」正色道：「我跟你說，你父皇又胡塗又忍心，害得天下百姓好苦。你父皇今日吊死，固然很慘，但他在位十七年，天下百姓給逼得吊死的又不知有幾千幾萬人，那可更慘得多了。」太子俯首不語，過了一會道：「那你快殺我吧。」承志見他倔強，不禁爲他擔心。

李自成道：「你還是孩子，並沒犯罪，我那會亂殺人。」太子道：「那麼我求你幾件事。」李自成道：「你說來聽聽。」太子道：「求你不要驚動我祖宗陵墓，好好葬我父皇母后。」李自成道：「當然，那何必要你求我？」太子道：「還求你別殺百姓。」

李自成呵呵大笑，道：「孩子不懂事。我就是老百姓！是我們百姓攻破你的京城，你懂了麼？」

太子道：「那麼你是不殺百姓的了？」李自成倏地解開自己上身衣服，只見他胸前肩頭斑斑駁駁，都是鞭笞的傷痕，衆人不禁駭然。李自成道：「我本是好好的百姓，給貪官污吏這一頓打，才忍無可忍，起來造反。哼，你父子倆假仁假義，說甚麼愛惜百姓。我軍中上上下下，那一個不吃過你們的苦頭？」太子默然低頭。李自成穿回衣服，道：「你下去吧。念你是先皇的太子，我封你一個王，讓你知道我們老百姓不念舊惡。封你甚麼王？嗯，你父親把江山送在我手裏，就封你爲宋王吧。」

太監曹化淳站在一旁，說道：「快向陛下磕頭謝恩。」太子怒目而視，忽地回手一掌，啪的一聲，曹化淳面頰上登時起了五個手指印。

李自成哈哈大笑，道：「好，這等不忠不義的奸賊，打得好。來呀，帶下去砍了！」曹化淳嚇得臉如土色，咕咚一聲，跪在地下連磕響頭，額角上血都碰了出來。李自成一腳把他踢了個觔斗，喝道：「滾出去，以後你再敢見我的面，把你剮了！」

太子隨後昂首走出。李自成對袁承志道：「這小子倒倔強。我喜歡有骨氣的孩子。」袁承志應道：「是。」丞相牛金星道：「主上大事已定。明朝人心盡失，但死灰復燃，卻也不可不防。這孩子十分倔強，決不肯歸順聖朝，只怕有人會借用他的名頭作亂。不如除了，以免後患。」李自成躊躇道：「這也說得是。這件事你去辦了吧。」轉頭對身後的矮子軍師宋獻策道：「聽說皇帝還有個公主，卻不知在那裏。」

袁承志接口道：「皇帝把她砍去了一條臂膀，是我接了公主在家裏養傷。待她傷愈，再帶她來叩見大王。」李自成笑道：「好好！你功勞不小，我正想不出該賞你甚麼，這公主就賞了你吧。」袁承志窘道：「不，不，那……倒是那個太子，還求大王饒了他性命。」牛金星笑道：「袁兄弟，害甚麼臊？究竟是英雄出在少年。劉將軍他們功勞雖大，大王也衹賞他們幾名宮娥呢。你駙馬爺還沒做，倒愛惜起小舅子來啦。」

袁承志聽他話中有刺，頗為不快，心想：「太子這小小孩童，何必殺他？」

李自成道：「袁兄弟，我部下武官，分為九品。劉宗敏與田見秀都是一品權將軍，你義兄李岩是三品制將軍。我封你為三品果毅將軍吧。」袁承志躬身道：「多謝大王。袁承志誓死為大王效力，不願為官。」

牛金星微笑道：「袁兄弟是七省武林盟主，是不是嫌這三品將軍職位太低了呢？大王一統天下，率土之民，莫非王臣。甚麼七省盟主、八省盟主這些私相授受的名號，自今而後，都是要嚴加禁止的了。」李自成聽他言語太重，拍拍袁承志肩頭，微笑道：「你還年輕得很，功勞雖然很大，終究隨我時日還短，以後升遷，還怕沒時候嗎？」袁承志道：「屬下決非為了職位高低，實因草莽匹夫，做不來官。」李自成呵呵大笑，朗聲道：「我難道不是草莽匹夫？連皇帝都要做呢。」袁承志不便再說，辭了出去。

當下回正條子胡同來，一進胡同，就聽得兵刃相交、呼喝斥罵之聲，隨見數十名闖軍手執兵刃，急奔出來。承志心想：「這許多闖軍在這裏幹甚麼？」加快腳步，走到門口，只見何惕守正揮鉤亂殺，把十多名困在屋裏逃不出來的闖軍打得東奔西竄。承志叫道：「住手，住手！都是自己人！」何惕守叫了聲：「師父。」閃在一旁。

衆闖軍忽見有路可逃，蜂擁而出。一名軍官奔到袁承志跟前，一呆之下，說道：「你……你……你是『金蛇王』，不也是我們大王手下的嗎？」袁承志道：「正是。大家誤會，老兄莫怪。」那軍官憤憤的道：「誤會！哼，你瞧，你手下人殺了我們這許多弟兄。」說著一指地下的七八具屍首。

鐵羅漢奔了出來，罵道：「入你娘的！你們一進屋來，伸手就搶東西，又說不交金銀，就放火燒屋子。見到何姑娘美貌，登時動手動腳，說她是奸細，要帶了走。混帳王八蛋，你們跟明朝的官兵有甚麼分別了？」說著大拳揮出，砰的一聲，把那軍官打得直飛出去。

袁承志走進廳中。程青竹、胡桂南等人都氣憤憤的述說市上所見，說道闖軍入城之後，佔住民房，奸淫擄掠，無所不爲。承志心下吃驚，說道：「如此做法，民心大失。我親眼見到大王在城頭射了三箭，嚴禁殺人擄掠，定是大王尙不知情。我這就去稟報，請他下令禁止。」程青竹勸道：「盟主，闖王部下有許多本是盜賊出身，來到這帝王之都，花花世界，那有不放肆一番的？且過得幾天，再向大王進言吧。」承志道：「不成，過得幾天，北京城裏老百姓都給他們害苦了。救民如救火，怎能等得？」

正說話間，忽然外面喊聲大震。袁承志等吃了一驚，奔到門外，只見無數人馬擁在正條子胡同出口。先前給鐵羅漢打走的那軍官騎在馬上，手執大刀，叫道：「袁承志，權將軍叫你去說話。」袁承志問道：「當眞是權將軍吩咐嗎？」另一名軍官取出一枝令箭，道：「有權將軍的令箭在此。」

承志心想：「我若不去，傷了兄弟間的和氣。見到權將軍，正可勸他約束部屬。」便點頭道：「好！我同你去便是。」那軍官喝道：「綁了！」便有七八名士兵擁上前來，取出繩索要綁。袁承志微微一笑，也不抵拒，反手在背後，任由綁縛。鐵羅漢、沙天廣等齊聲呼喝：「誰敢動手！」衝上去便要打人。承志叫道：「大家不可動粗，我見了權將軍自有分辯。」

那軍官指著何惕守道：「這人是崇禎皇帝的公主，斷了一隻手的。權將軍指明要這人，把她帶了去。」眾軍士便向何惕守奔來。何惕守金鉤一劃，阻住眾軍士近前，笑問：「權將軍要我去幹甚麼？」那軍官道：「打破北京，權將軍功勞第一。崇禎的公主，自然歸權將軍所有。快乖乖的來吧，以後一生富貴，包你享用不盡。」何惕守笑道：「那倒妙得很。要是我不肯跟你去呢？」那軍官喝道：「那有這麼多囉唆的，帶了去！」何惕守叫道：「師父，那個權將軍要搶我去做小老婆呢。你說我去是不去？」

袁承志不知如何回答。但見幾名士卒擁上去向何惕守便拉。何惕守只格格嬌笑，並不動手，突然之間，拉她的士卒仰天便倒，稍一扭動，便均斃命。原來何惕守衣衫之上，盡是劇毒。那軍官大驚之下，叫道：「反了，反了。前明餘孽，抗拒義軍，殺啊！」刀槍紛舉，向鐵羅漢等人頭上砍落。羣雄到此地步，豈有束手待斃之理？搶過刀槍，反殺過去，一陣格鬥，闖軍官兵亂成一團，擁在胡同中進退不得。

袁承志叫道：「你們去回報權將軍，大家同到大王跟前，分辯是非。」運勁雙臂一振，綁在他手腕上的繩索登時斷了，縱身而起，雙手抓住兩名軍官，扯下馬來，叫道：「當官的留著，士兵都回營去。」衆兵見長官被擒，不敢再鬥，推推擁擁的走了。

袁承志長嘆一聲，搖了搖頭，命胡桂南和洪勝海押了兩名軍官，去見李自成。

進得宮來，只見大殿皇極殿上設了盛宴，李自成正在大宴諸將，絲竹盈耳，酒肉流水價送將上來。李自成已喝得微醺，見到袁承志，喜道：「好，袁承志，你也過來喝一杯！」袁承志躬身道：「是！」走近去接過李自成手中酒杯，一飲而盡。

坐在李自成左側的一名將軍霍地站起身來，喝道：「袁承志，你好大的膽子，仗了誰的勢力，敢殺我部屬？」袁承志見這人滿臉濃髯，神態粗豪，想來便是權將軍劉宗敏了，說道：「這位是權將軍麼？」那人道：「正是。大王不過封了你個小小果毅將軍，你就不把我權將軍瞧在眼裏了，竟敢殺我部下！」說著伸手抓住刀柄，將刀拔出一半，啪的一聲，又送刀入鞘。霎時之間，殿上數百人寂靜無聲。

袁承志道：「大王入城之時曾有號令，有誰殺傷百姓，奸淫擄掠，一概斬首。在下見到本軍兄弟正在虐殺百姓，這才出手阻止，實非有意得罪，還請權將軍見諒。」

劉宗敏冷笑道：「這天下是大王的天下，是我們老兄弟出死入生、從刀山槍林裏打出來的天下。我們會打江山，難道不會坐江山麼？你來討好百姓，收羅人心，到底是甚麼居心？」袁承志道：「大王剛才說過，他自己也就是百姓。」劉宗敏哈哈大笑，說道：「大王打江山的時候是百姓。今日得了天下，坐了龍廷，便是眞命天子了，難道還是老百姓嗎？你這小子胡說八道！」袁承志默然不語。

李自成笑道：「好啦，好啦！大家自己兄弟，別為這些小事傷了和氣。來來來，你們兩個乾一杯。宗敏，我知你只因袁承志得了公主，爲此喝醋。皇宮裏美女要多少有多少，待會你自己去挑選便是。」劉宗敏道：「大王，崇禎的公主卻只有一個。」李自成向袁承志笑道：「他定要你的公主，你就瞧在我面上，讓了給他罷。你們一殿爲臣，和氣要緊。」

袁承志不由得愕然，想起了阿九，登時茫然若失，手一鬆，酒杯掉落，跌成碎片。李自成怒道：「你就算不肯，也不用向我發脾氣。」袁承志忙躬身道：「屬下不敢。」

忽聽得絲竹聲響，幾名軍官擁著一個女子走上殿來。那女子向李自成盈盈拜倒，拜畢站起，燭光映到她臉上，衆人都不約而同的「哦」了一聲。

那女子目光流轉，從衆人臉上掠過，每個人和她眼波一觸，都如全身浸在暖洋洋的溫水中一般，說不出的舒服受用。只聽她鶯鶯嚦嚦的說道：「賤妾陳圓圓拜見大王，願大王萬歲、萬歲、萬萬歲。」

李自成哈哈大笑，說道：「好美貌的娘兒！」劉宗敏道：「大王，那崇禎的公主，小將也不要了。你把這娘兒給了我罷。」牛金星道：「劉將軍，這陳圓圓是鎭守山海關總兵官吳三桂的愛妾，號稱天下第一美人。大王特地召來的，怎能給你？」劉宗敏聽得李自成自己要，不敢再說，目不轉瞬的瞪視著陳圓圓，骨都一聲，吞了一大口饞涎。

皇極殿上一時寂靜無聲，忽然間噹啷一聲，有人手中酒杯落地，接著又是噹啷、噹啷兩響，又有人酒杯落地。適才袁承志的酒杯掉在地下，李自成甚是惱怒，此刻人人瞧著陳圓圓的麗容媚態，竟然誰也沒留神到別的。

忽然間坐在下首的一名小將口中發出嗬嗬低聲，爬在地下，爬過去抱陳圓圓的腿。陳圓圓一聲尖叫，避了開去。那邊一名將軍叫道：「好熱，好熱！」嗤的一聲，撕開了自己衣衫。又有一名將官叫道：「美人兒，你喝了我手裏這杯酒，我就死也甘心！」舉著酒杯，湊到陳圓圓唇邊。

一時人心浮動，滿殿身經百戰的悍將都為陳圓圓的美色所迷。

袁承志只看得暗暗搖頭，便欲出殿，忽聽得李岩大聲喝道：「大王駕前，眾兄弟不得無禮。」一名將軍哈哈大笑，說道：「我伸一個小指頭兒，摸一摸美人兒的雪白臉蛋，那也不打緊吧！」說著伸出手指，一步一步的向陳圓圓走去。李自成喝道：「把美人兒送到後宮去。宋獻策，你帶兵看守。」宋獻策答應了，領著陳圓圓入內。

數十名軍官一齊蜂擁過去，爭著要多看一眼，直到陳圓圓的後影也瞧不見了，才戀戀不捨的慢慢歸座。一人舉鼻狂嗅，說道：「美人兒的香氣，聞一聞也是前世修來的。」另一人說道：「這不是人，是狐狸精變的，大王不可收用。」另一人道：「就算是吃人妖魔，我只要抱她一抱，立刻給她吃了，那也快活得很。」

李自成一口一口喝酒，臉上神色顯是樂不可支，眼光從袁承志臉上瞧到李岩臉上，又轉眼瞧到劉宗敏，說道：「咱們雖然得了天下，卻不可虐待百姓，宗敏，你傳下令去，北京城內，不得劫掠財物，強佔婦女。」劉宗敏應道：「是！」又道：「大王，北京城裏有的是貪官污吏，富豪財主，沒一個好人，他們家裏財物婦女，都是從百姓家裏搶來的。弟兄們奪他們回來，也不算理虧吧！」李自成默然不語。

李岩走上幾步，說道：「大王，吳三桂擁兵山海關，有精兵四萬，又有遼民八萬，都是精悍善戰。大王已派人招降，他也已歸順，他的小妾，還是放還他府中，以安其心為是。」劉宗敏冷笑道：「吳三桂四萬兵馬，有個屁用？北京城裏崇禎十多萬官兵，遇上了咱們，還不是希哩花啦的一古腦兒都垮了。」李自成點頭道：「吳三桂小事一樁，不用放在心上。他如投降，那是識好歹的，否則的話，還不是手到擒來？吳三桂難道比孫傳庭、周遇吉還厲害麼？」

李岩道：「大王雖已得了北京，但江南未定……」李自成揮手道：「大家喝酒，大家喝酒！此刻不是說國家大事的時候。」李岩只得道：「是。」退了下去，坐在袁承志身邊，低聲道：「一切小心，須防權將軍對你不利。」袁承志點點頭。

李自成喝了幾杯酒，大聲道：「大夥兒散了罷，哈哈，哈哈！」飛腳踢翻桌子，轉身而入。眾將一鬨而散。許多人不住口稱讚陳圓圓美麗，宮門前後盡是污言穢語。

袁承志隨著李岩出殿，在宮門外遇到胡桂南和洪勝海，吩咐將兩名軍官放了。

四人剛轉過一條街，見數十名闖軍正在一所大宅中擄掠，拖了兩名年輕婦女出來。兩名女子只是哭叫，掙扎著不肯走。李岩大怒，喝令部屬上前拿問。眾闖軍見是制將軍到來，發一聲喊，拋下婦女財物便逃走了。

一路行去，只聽得到處都是軍士呼喝嘻笑、百姓哭喊哀呼之聲。大街小巷，闖軍士卒奔馳來去，有的背負財物，有的抱了婦女公然而行。李岩見禁不勝禁，拿不勝拿，只有浩歎。袁承志本來一心想望李自成得了天下之後，從此喜見昇平，百姓安居樂業，但眼見今日李自成和劉宗敏、牛金星等人的言行，又見到滿城士卒大肆擄掠的慘況，比之崇禎在位，只有更加淩厲殘酷。滿腔熱望，登時化爲烏有。

再走得幾步，只見地下躺著幾具屍首，兩具女屍全身赤裸。衆屍身上傷口中兀自流血未止。袁承志這時再也忍耐不住，握住李岩的手，說道：「大哥，你說闖王爲民伸冤，爲……爲百姓出氣，就是這樣麼？」說著突然坐倒在地，放聲大哭。

李岩也是悲憤不已，說道：「我這就去求見大王，請他立即下令禁止奸淫擄掠。」拉起袁承志，回到皇宮，向衞士說有急事求見闖王。

衞士稟報進去，過了一會，出來說道：「制將軍，大王已經睡了，誰也不敢驚動。請將軍明天來吧。」李岩道：「我跟隨大王多年，有事求見，大王深更半夜也必接見。你再去稟報。」那衞士又進去半晌，出來時滿臉驚惶，顫聲道：「大王大發脾氣，說小人再去囉唕，立刻砍了我腦袋。」李岩道：「好，我便在這裏等著，等大王醒了之後再見。」對承志道：「兄弟，你先回去休息吧。」承志道：「我在這裏陪伴大哥。」要胡桂南、洪勝海二人先回，以免青青等掛念。兩人坐在宮門前階上。

兩人等到天色大明，才見一名衞士從內宮出來，說道：「大王召見。」兩人跟著他來到一間房中，那衞士便出去了。直等了兩個多時辰，眼見將近午時，李自成始終不出來。兩人你瞧著我，我瞧著你，都覺甚焦急。又過得大半個時辰，一名衞士匆匆出來，對李岩與袁承志道：「制將軍、果毅將軍，皇上請兩位去金鑾殿會商大事。」

李岩與袁承志跟著他走過兩個庭園，通過一條長長的走廊，只見到處有手執刀槍的軍士守衛。衆軍士認得李岩，也不查問，有的還躬身行禮。兩人走進一座小殿之中，只聽得隔壁傳來李自成忿怒的聲音：

「把明朝做大官的人捉來拷打，要他們交出金銀，那當然是應該的。豪富人家欺壓窮人多狠，要逼他們把錢財吐出來，不過是報一報從前的怨仇，殺人抵命，欠債還錢，血債血償，有甚麼不該了？」說到後來，幾乎已是吼叫，還聽得啪啪之聲不斷，當是他以手掌擊桌。

李岩與袁承志走進殿去，只見好大一座大殿，殿大陰暗，四周巨燭點得明晃晃地。李自成坐在中間一張披了黃色椅套的大椅中，滿臉怒色，伸拳擊打面前桌子。

一個身材魁梧的大漢躬身說道：「啓稟大王，你說得很是，弟兄們打寧武關，死傷很大，大家前仆後繼，毫不退縮，終於打垮了周遇吉，寧武關只是個關口，沒甚麼油水的，弟兄們只盼打進北京城，能好好享一下福。我部下的好兄弟咬著牙齒，一個個的倒了下來，傷口中鮮血直噴，沒一人有半點退縮。屬下見到這許多好兄弟一個個的送命，心裏疼得好生難受，只有揮刀拚命。皇上大王，咱們過去攻下一座城池，總得休兵三天或是五天，讓衆兄弟找些樂子，尋那些狗官、財主報仇，那些狗官、財主們敲榨我們難道少了？搶了我們的老婆、女兒去，難道少了？大王，我們是報仇！大王，你先前下了軍令，不准弟兄們在北京城裏找樂子，說甚麼奸淫擄掠者殺。大王，屬下沒用得很，倘若真是這樣，屬下帶兵是帶不來了，沒一個弟兄肯服我，我要是也說奸淫擄掠者殺，我部下個個操我的娘，個個要破口大罵我高必正：『我操高必正的十八代祖宗！』」

李自成哈哈大笑，說道：「高表弟，你要跟我說的，就是這幾句話嗎？只怕我還沒下這道命令，你心裏早就在操我李自成的奶奶了！」高必正道：「屬下萬萬不敢！您是我長親，我怎敢無禮？大王的奶奶，就是我的奶奶！我聽皇上大王的話，火裏火裏去，水裏水裏去，有甚麼話，只會對皇上大王直說！」

一個文官模樣的人踏上一步，朗聲道：「高將軍，皇上既已坐了龍廷，咱們今後就只稱皇上，要不然是稱陛下，不用叫甚麼皇上大王！」李自成笑道：「喻上猷是做過官的人，懂得規矩，大家以後就這樣叫罷。」

殿上四五十人齊聲說道：「是，皇上！」李岩和袁承志也跟著叫了一聲。

李自成微笑道：「袁承志，這個喻上猷，在崇禎手下做御史的官，跟你爹爹曾一殿為臣，他識得天命，向我投誠。明朝的官兒中，他是個知道好歹的，我封了他做兵政府尚書，算是個大官了，咱們大順朝以後該封甚麼官，該辦甚麼事，他會好好說的。」袁承志應道：「是！皇上應天順人，普天下萬民擁戴。」

李自成大聲道：「剛才高必正制將軍說的話也有些道理，咱們倒不是怕弟兄們操咱們的娘，就怕他們灰了心，打仗不肯拚命。現今大半個江山還沒打下來，關外的滿洲兵，也還得好好對付。」

一個高高瘦瘦、穿著青色短衣褲的人踏上一步，嘶聲道：「大王，弟兄們打仗出不出力，那倒不打緊。咱們不是要弟兄們拚了自已性命來爲咱們打天下、坐龍廷。弟兄們大家實在苦不過，活不下去，不起來殺官造反，個個就沒了性命。咱們不是爲了貪圖金銀財寶、爲了要搶花姑娘，這才殺官造反，咱們是給貪官財主逼得活不下去了，這才拚命。各位兄弟，對不對啊！」

十幾名將領紛紛說道：「亂世王，你說得好，咱們都是豁出去了，不得不幹！」

李自成道：「很好，藺兄弟，你很會說話。依你說，該當怎樣？」那個高瘦漢子名叫藺養成，混號「亂世王」，是「左革五營」的主帥之一，投入李自成屬下未久，不算是李自成的老兄弟，但他領有數萬名部屬，勇悍善戰，李自成不得不對他另眼相看。藺養成道：「大王，屬下只會奉你號令，帶領了兄弟們打官軍，天下大事是不懂的。」

李自成道：「你們『左革五營』的五位主帥，個個有智有勇，見識不凡。好像老回回哪、左金王哪、革裏眼哪、爭世王哪、你藺兄弟哪，既會帶兵，又會安民。牛金星啊，那叫甚麼？這叫做出將入相，都是宰相之才，是不是？」那書生模樣的牛金星躬身道：「五位主帥的確都是出將入相之才，他們歸附皇上，既是皇上的福份，也是五王的福份，這叫做明主功臣，相得益彰啊。」

那喻上猷道：「啓奏皇上，五王的稱呼，是草莽英雄殺官造反時號召之用，今後似乎須得改一改。倘若要封王，請皇上另外封個有點氣派的王號，況且老回回馬將軍、革裏眼賀將軍兩位就沒王號。再說，橫天王王將軍、改世王許將軍兩位的王號，也得改一改。」牛金星附和道：「是啊！從前咱們要變天改世，所以叫做改世王、爭世王、橫天王。現下天下是皇上的天下，皇上的世界萬萬年，再叫甚麼『改世』、『爭世』、『亂世』，就不妥當了。再說，金蛇是條小金龍，『金蛇王』的稱號，也得改一改才是。」

李自成皺眉道：「這些名號，將來總是要改的，有功之人，封王、封公、封侯，封大將軍、副將軍，一個也不會落空。」衆將轟然稱謝。

制將軍高必正朗聲道：「啓奏皇上：昨夜晚營裏有兄弟大聲叫嚷：『皇帝就讓你做，大家都是拚了命來的，普天下的金錢財物、花花姑娘，難道你就要一人獨吞，總該讓兄弟們也分一些吧！』一個人叫，幾百人和，彈壓不下來，軍心不穩得很。」藺養成怒道：「甚麼軍心不穩？都是你這種人在縱容部下。他們搶了財物姑娘，還不是將最好的分給你？」

高必正呼的一聲，縱出身來，喝道：「藺將軍，你跟隨大王，還不過年把半年，就來對我們老兄弟呼呼喝喝，還不是想把大王的老兄弟們趕的趕，殺的殺，讓大王孤零零的眞正成爲孤家寡人，你們左革五營，十三家的老朋友，就想自己來坐天下、坐龍廷！」藺養成大怒，喝道：「放你的狗屁！」高必正猛力一拳，正中藺養成右眼，登時鮮血四濺。他待要再打，身後一名滿臉花白鬍子的大漢搶將上來，在高必正背心上重重一推，將他推開數尺。

十幾名將領大聲叫嚷：「老回回，老回回，你打我們老兄弟，想造反嗎？」衆人擁將上來，向老回回、藺養成二人打去。李自成只是大叫：「自己兄弟，不可動粗！」但他叫聲柔和無力，衆人竟不理會，反打得更加狠了。眼見老回回、藺養成二人勢弱，頃刻間落於下風。

袁承志聽了衆人爭執，藺養成說得比較有理，顧全大局，眼見衆將羣毆，藺養成與老回回勢孤，給二十多人圍住了，已給打得頭破血流，李自成卻不著力制止，左金王、革裏眼、爭世王劉希堯三人走過去想勸，卻給老兄弟們攔住了不得近前。

袁承志當即躍身上前，將出手毆打藺養成與老回回最兇的四五人後領抓住，提在一旁，順手點了輕微穴道，讓他們一時不能再上前打人。這般幾次提開，藺老二人身邊便無毆擊他們之人。兩人神情狼狽，滿臉是血。李自成只說：「自己兄弟，不可動粗！」袁承志大聲喝道：「皇上有旨，不可動手打人，大家該當遵旨！」

衆人慢慢安靜下來，仍不停口議論。權將軍劉宗敏叫道：「李岩、袁承志，你們毆打大王的老兄弟，打老本，吃老本，拉攏左革五營，拉攏曹操的舊屬，是存心造反嗎？」袁承志道：「我是遵奉皇上的旨意，制止衆兄弟動武，幾時打過人了？曹操、劉備、關公、諸葛亮，他們死了幾千年啦，還有甚麼舊屬？我去拉攏他幹麼？劉將軍，你說話有點胡裏胡塗！」劉宗敏怒道：「甚麼胡裏胡塗？老回回馬守應，難道你不是曹操羅汝才的好朋友？老回回，你自己倒說說看，你毆打大王的老兄弟，瞧不起咱們老兄弟，是不是想爲曹操報仇，要爲他翻案啊！」

老回回臉上鮮血一滴滴的往衣襟上流，他指著自己的臉，說道：「劉將軍，你瞧瞧，是我打了大王的老兄弟，還是大王的老兄弟打了我。咱們同在大王麾下殺官造反，該當齊心合力，同生共死，你怎麼又分甚麼老兄弟、新兄弟，豈不讓大家寒心？剛才若不是這袁兄弟拉開打我的人，我早給你們老兄弟打死了。」

他轉頭向著李自成道：「大王，你倒說說這個理看。我向來是曹操的老朋友，可是我做人有甚麼含糊了。曹操當年投降熊文燦，操他娘的不要臉，老子跟他絕交，碰上他的隊伍，老子就拚命的打，可有半點手軟？後來他轉而跟了張獻忠，老子才跟他重行套交情。前年他轉投大王，還不是我拉攏的？大王封他爲『代天輔民威德大將軍』，那好得很啊，他爲大王出了不少力氣，隊伍也大了，攻下不少城池。劉將軍你就喝醋，曹操的位子高過了你，你就說他的壞話，造他的謠，大王聽信了黃州那個姓陳王八蛋的謠言，中了反間計，說曹操要向朝廷投誠，要殺大王，那全是假的。大王先下手爲強殺了他，後來大王說後悔得很。這都是你們強要分老兄弟、新兄弟闖的禍，大家拿起了刀子跟官軍拚命，個個是好兄弟，有甚麼老的新的好分？你瞧著我們新兄弟不順眼，那麼你們老兄弟就把我們新兄弟殺個乾乾淨淨好了。我們只奉大王做皇帝，他說甚麼，我們就幹甚麼。劉將軍，你想殺盡我們新兄弟，只怕也沒這麼容易呢！」他邊說邊伸袖子拭血，眉毛、鬍子上全沾滿了鮮血，神情可怖。

李自成揮揮手道：「馬兄弟，舊事不必提了。曹操人也死了，他的部下都去投了張獻忠，還有甚麼說的？」他提到曹操，似乎有點心灰意懶，也似有些內疚於心。

李岩等知道李自成襲殺綽號曹操的羅汝才，是中了黃州姓陳書生的反間之計，不但自傷大將，而且兩軍自相殘殺，逼得羅汝才一支精銳之師投向張獻忠，自己元氣大傷，而且眾大將人人心寒，均覺羅汝才功高戰勇，部屬了得，只因大王疑心他想篡奪己位，便即加害。這一件大冤案，對李自成的大業打擊沉重。李岩當年曾竭力勸阻，李自成卻信了劉宗敏等人之言，釀成大錯。其後李自成也深爲懊悔，但他並不認錯，此刻老回回忍不住抖了出來，李岩等料想以李自成生性之忌刻，老回回今後不免要遭報復。

李自成向衆兄弟一個個瞧過去，尋思：「畢竟是宗敏他們老兄弟靠得住，他們決計不會反我。老回回、亂世王、爭世王、左金王、革裏眼這些人，他們自己義氣深重，跟我有甚麼義氣？一遇到好機會，只怕還會殺了我爲曹操報仇呢！」向姪兒李雙喜、老兄弟劉宗敏、表弟高必正等瞧了一眼，想到了四年前在魚腹山給官軍圍困的事：

……那時官軍四面八方圍住了，幾次突圍不得，我無可奈何，便想上吊，以免落入官軍手中。雙喜極力勸阻，說道拚死一戰，就算給官兵殺了，也要多拚幾個。我部下將官好多人出去投降了。我走進一座廟宇，身邊只宗敏跟隨著，我向居中而坐的關帝爺爺作了三個揖，對宗敏道：「宗敏，咱們深入絕地，已經走投無路了。」

我抽出身邊寶刀交給宗敏，說道：「我要請關老爺指點，我把杯珓擲下去，如果是陽珓，吉利的，咱們拚命再幹！要是陰珓，那是菩薩教我們不必多傷人命了。三次都是陰珓，你就一刀砍了我的頭，提了我首級出去投誠。叫衆兄弟都不必打了，保住自己性命和家人的性命要緊。大明天子氣運還在，咱們幹他不過。天意是這樣，沒甚麼好說的。」宗敏把刀接過去，往地下一抛，說道：「大哥！我決不能殺你頭，倘若菩薩教咱們不幹了，我換上你的衣服，冒充是你，你砍了我頭出去假投降好了。留得青山在，不怕沒柴燒。」我搖了搖頭，說道：「兄弟，不行，他們認得我的。你砍我的頭好了！」

我跪下來向關帝磕頭，說道：「關老爺，小人李自成受官府欺壓，給財主拷打，受逼不過，起來造反，只盼能讓天下苦人兄弟有口飯吃，活得下去。算命的、看相的都說我有天子之分，命中是要做皇帝的，也不知是眞是假。今日小人身在絕路，命在頃刻，請關老爺指點明路，到底小人今生今世是不是有做天子的命，倘若沒有，小人一個人死了也就是了，不必累得千萬兄弟們都送了性命！」

我拿起神案上的杯珓，站起身來，雙手過頂，祝告說：「關老爺保佑，請你指點明路。」恭恭敬敬的向上拋起，劈啪一聲，杯珓落下地來，我閉了眼睛不敢去看，如是兇兆，就由宗敏一刀將我腦袋砍了下來，一了百了，也不用擔驚受怕，受這沒了沒完的煎熬了。只聽得宗敏歡聲大叫：「陽珓，陽珓，大哥，大吉大利！」我睜開眼來，只見面前一對杯珓都是背脊向上，是大吉大利的陽珓。我還不信，又向關老爺祝告，再擲一次，仍是陽珓。我再向關老爺祝告，第三次把杯珓丟得好高，眼睜睜的盯著，見一對杯珓落了下來，在地下一陰一陽，忽然間那陰珓翻了個身，變了陽珓。

三卜三吉，我更無懷疑，兩個人精神大振，出去跟衆兄弟說了，大家都叫：「李大王命中要做天子，大夥兒幹下去，個個有好日子過！大王坐龍廷，大夥兒也決計差不了！」就這樣，好多兄弟燒了行李輜重，殺了自己妻子、兒子，免得礙手礙腳，輕騎急奔，從鄖陽、均縣殺入河南。官兵再也圍不住，正好碰到河南大旱，數萬災民都跟從了我，從南陽攻宜陽，殺了知縣唐啓泰，攻入永寧，殺了知縣武大烈，這樣一來，官兵再也阻我不住了。我們打一仗，勝一仗，一直攻進了北京城……

李自成回想到那日在關帝廟中投擲杯珓的情景，身子一顫，不由得出了一陣冷汗，心想：「那日伴著我的，如果不是老兄弟劉宗敏，而是老回回、左金王、革裏眼這些新兄弟，倘若我擲出來的不是大吉大利的陽珓，而是不吉不利的陰珓，他們必定會砍了我的頭出去投降，既保自己性命，又有功名富貴，爲甚麼不幹？」

劉宗敏道：「啓奏皇上，那一年在魚腹山中被圍，你三卜三吉，關老爺說得清楚不過，你命中要做天子。就算新兄弟們不來歸附，你還是要坐龍廷的。那日老兄弟們燒了行李財物，殺了大老婆、小老婆，就是決心跟隨你殺官兵、打天下。皇上啊，人心是肉做的，就算他們一個個都不罵我，不操我劉宗敏的老娘，天地良心，他們今日要搶回當年燒了的行李財物，搶回一個大老婆、小老婆，我劉宗敏也決計不忍心殺了他們！」說到這裏，忍不住放聲哭了出來。

李自成舉起左袖，自己拭了拭眼淚，心想：「這江山，總是依靠老兄弟們打的，要是讓老兄弟寒了心，大家不肯爲我出死力，明朝雖已推倒，還有滿清大軍呢，張獻忠的兵力就不比我差。老回回他們的『左革五營』看來也挺靠不住。牛金星先前還說，百姓說甚麼『十八子，主神器』，這『十八子』不是說我李自成，而是李岩，下面還有一句『山下石，坐龍椅』，連起來就是說：『十八子，主神器，山下石，坐龍椅。』操你奶奶的，還挺押韻呢。山下石，可不是個『岩』字嗎？那金蛇王袁承志，是李岩的義弟，手下的兵將驍勇善戰，可輕視不得呢！」情不自禁的橫眼向李岩瞧去，見他一臉平靜無事的模樣，伸出雙手，似乎向人懇求，說道：「各位兄弟，大家靜一靜，聽皇上的吩咐。皇上怎麼說，大家就怎麼幹。總而言之，咱們自己好兄弟，只能一致對外，可決不能自己人打自己人，自己人殺自己人。」

李自成登時怒氣勃發，心想：「你說決不能自己人殺自己人，明著是罵我殺曹操是殺錯了。他對我無禮，暗中計算想殺我，你又不是不知道，老子倘若不是先下手爲強，給曹操先下了手，你李岩難道會給我報仇麼？你滿肚皮鬼計，不錯，你會給我報仇的，你統率衆兄弟，去殺了曹操，那可不就是山下石，坐龍椅麼？哼，哼！」當即大聲叫道：「袁承志，你出去！你新來乍到，不能打老兄弟，聽到了嗎？」

袁承志想辯：「我沒打老兄弟。」但見李岩向自己使個眼色，下頦向外一擺，當即會意，大聲應道：「是！遵奉皇上聖旨，屬下告退！」轉身出殿，李岩也躬身道：「屬下告退！」

老回回、革裏眼、左金王、亂世王、爭世王等均想，倘若爭鬥再起，只有給老兄弟們魚肉的份兒，正要辭出，只見一個中等身材的大將走上兩步，躬身道：「請皇上下旨，到底咱們對弟兄們怎麼說才是？」李自成道：「谷兄弟，你說該當怎麼說？」那將軍叫做谷大成，說道：「屬下只懂得聽皇上吩咐拚了命打仗，皇上怎麼說，大夥兒就怎麼幹。」爭世王劉希堯心想：「這谷大成倒機伶得緊，我也湊上幾句。」說道：「谷大哥說得對，大夥兒不可爭吵，人人聽皇上的聖旨便是。」

眾人身後一個聲音輕聲道：「陳圓圓不能送還給吳三桂，咱們搶了的花姑娘，可也不能送還了。」劉宗敏大聲道：「有甚麼話，站到前面來說，膽小鬼，躲在後面做縮頭烏龜，偏要放屁！」後面那人自然不敢再開口，一時之間，大廳上寂靜無聲。

李自成心想：「我還要依靠老兄弟，可不能管得他們太緊了。張獻忠只要說一句：『大夥兒來跟我，金銀財寶花姑娘，誰搶到就是誰的，老子決計不管。』鬨的一下，只消半天功夫，我手下幾十萬人全都投了他去，我這個光桿兒還做甚麼狗屁皇帝。」明知縱容部下奸淫擄掠，大大不對，但騎上了虎背，實逼處此，要把如花如玉的陳圓圓從後宮中拉出來送還給吳三桂，可萬萬捨不得，何況送不到半路，多半就會給劉宗敏、谷大成、老回回他們搶了去，大家還不是一場空！不由得長嘆一聲，說道：「大夥兒這就散了罷，辛苦了這麼久，也該息息了，也該過幾天好日子了。能勸得弟兄們收一收手，那是最好！要是當眞不聽話，要找些兒樂子，大家是過命的好兄弟，親骨肉一樣的人，個個是我心頭的肉，還眞能把他們一個個都殺了剮了嗎？」說著搖了搖頭。

老回回朗聲道：「大王，兄弟們搶掠財物婦女的事，你既說這麼辦，大家就這麼辦！乘著衆位將軍、大臣都在這裏，曹操羅汝才大哥的冤枉，可得平反。」

李自成臉色一變，沉聲道：「怎麼平反？要殺了我爲他抵命麼？」左金王賀錦說道：「那當然不是。皇上所以要殺了羅大哥，是錯聽了那壞鬼書生陳黃中的讒言。他說羅大哥軍中的馬，屁股上都烙了個『左』字，是要投向左良玉。其實，皇上，羅大哥是中了這陳黃中的詭計，把馬軍五千匹馬，屁股上全都烙了字，馬軍分爲前後左中右五隊，也就分烙了前、後、左、中、右五個字，以免混亂。那陳黃中叫人牽了來給大王瞧的，全是左隊馬軍的馬，自然都烙了個『左』字，大王信了他，就派兵偷襲暗算羅大哥，把他殺了，羅大哥可死得不明不白啊。大王要是不信，咱們再去牽四千匹馬來，有的烙了『前』字，有的烙了『後』字，有的烙了『右』字，有的烙了『中』字。羅大哥忠心耿耿，他可真死得冤啊！」他轉頭叫道：「牽進來！」

只聽得馬蹄聲響，五名兵士牽了五匹馬進來，每匹馬的臀上，果然分別烙了「前、後、左、中、右」五個字，五字一般大小，筆劃相似，顯是同時烙的。那五名兵士手中還持著五塊烙鐵。衆將久在軍中，都知是在馬身上烙字之用，那五塊烙鐵中凹凸的字形，也確是「前後左中右」五字。

李自成臉色發紫，啞聲道：「快把那陳黃中這畜生拿來，把他千刀萬剮！」

一位英氣勃勃的將軍朗聲道：「啓奏大王，左金王查知了羅大哥的冤枉，軍中憤憤不平之人甚多，小將昨天無法啓稟皇上，怕弟兄們鬧事，已擅自將那陳黃中這畜生殺了，陳屍在午門之外，衆兄弟每人一刀，已將他斬成了肉醬。小將擅自行事，請皇上治罪。」這人是田見秀，也是職居權將軍，勢力與劉宗敏相埒。

李自成點頭道：「殺得好，殺得好，你有功無罪。牛金星，你去支一萬兩銀子，跟左金王一同去送給曹操的家屬。」革裏眼賀一龍叫道：「多謝大王！不過曹操還有甚麼家屬？他給大王一處死，劉將軍就把他妻子兒女，一個個殺得乾乾淨淨了！」

李自成哼了一聲，轉身走入後殿。殿上衆將一鬨而散，有的歡聲呼嘯，快步奔出，想來又是率領部屬去搶先擄掠了。

次日上午，袁承志正在宅中和衆人談論昨日在殿中所見，洪勝海匆匆進來稟報：「制將軍來拜訪袁相公。」袁承志急忙迎出，見李岩神色嚴重，怕有大事發生，忙迎入書房。

李岩道：「兄弟，大事不妙。大王命劉將軍他們殺了亂世王、革裏眼兩位兄弟，老回回見情勢不對，已帶了自己的隊伍，以及亂、革兩營人馬，一共三營，反出順天，投西南而去。」袁承志驚道：「大王爲甚麼要殺自己兄弟？亂世王和革裏眼要反大王嗎？」李岩搖頭道：「亂、革二人忠心耿耿，怎麼會反大王？定是昨日議論羅汝才羅大哥冤枉被害，說話中得罪了大王，加上牛金星、劉宗敏他們從中挑撥，大王忍不住氣，就此殺了二人。」兩人長聲嘆息。袁承志留李岩用了午飯，繼續商量時局。

說到申酉之交，天色向晚，李岩正要告辭，忽然宋獻策來訪。他說先曾到李岩府上，得知他在果毅將軍處，便尋著過來。

宋獻策說道：「今日上午，大王點兵追趕老回回不及，大發脾氣，召集諸將集議。」李岩道：「左革五營誓共生死，老回回既去，藺、革二人又死了，須得保護劉賀二人，又得防他們作亂。」宋獻策道：「大家商量的就是這件事。不過牛金星那廝卻不斷說你的壞話，也說我的壞話。」李岩怒道：「你我二人行得正，坐得正，有甚麼壞話好說？」

宋獻策道：「大王在河南之時，人心不附，那時我想了個計議出來，造了一句讖語，說是『十八子，主神器』，叫人到處傳播。十八子，拚起來是個『李』字，便是說大王應有天下。老百姓們聽到了，以爲大王天命攸歸，大家都來歸附，咱們的聲勢登時大了起來。李將軍可還記得麼？」李岩道：「怎不記得？我作兒歌，你作讖語，動搖明朝的人心，可也有些功勞啊。」宋獻策搖頭道：「牛金星對大王進讒，說那句『十八子，主神器』，不是指大王，而是指你李將軍！下面又加上一句話，說甚麼『山下石，坐龍椅』，押韻得很。」

李岩心頭大震，他知自古以來帝皇最忌之事，莫過於有人覬覦他的寶座。歷朝開國英主所以屠戮功臣，如漢高祖、明太祖等把手下大將殺得七零八落，便是怕他們謀朝篡位，李自成要是信了這句話，那可糟了，不由得顫聲道：「這……這……這……」

宋獻策道：「大王英明，未必就信了，制將軍也不用擔心。不過今日諸將大會，會中劉將軍、李將軍、高將軍他們，衆口一辭的都說制將軍自鳴清高，瞧不起友軍，說他們部屬借住民房，跟老百姓借幾兩銀子，跟大娘閨女們說幾句話，制將軍的部下就去呼喝干涉。牛金星卻道，制將軍這不是自鳴清高，而是收羅人心，胸懷大志。李雙喜將軍是大王的嫡親姪兒，高必正將軍是大王的表弟，咱們疏不間親，很難說得上話。」

李岩氣得說不出話來，臉色發白，騰的一聲，重重坐落椅中。

宋獻策道：「我爲制將軍分辯得幾句，大家就大罵我宋矮子三分不像人，七分倒像鬼，最會胡說八道。我氣不過，就出來了。」

李岩拱手道：「多承宋軍師見愛，兄弟感激不盡。」宋獻策歎道：「田將軍、劉芳亮將軍、谷大成將軍他們幾位，倒說了公道話。咱們雖然打下了北京，可是江南未平，吳三桂雖降，其心尚不可測，滿洲韃子虎視眈眈，更是一大隱憂。大王大業未成，卻先自誅殺異己，衆軍虐待百姓，鬧得人心不附。」三人相對歎息，宋獻策起身告辭，李袁二人送出大門。

袁承志聽了宋獻策一番話，見他雖然身高不滿三尺，形若獮猴，容貌醜陋，說話卻極有見識，說道：「大哥，這位宋軍師實是個人才。」李岩道：「他足智多謀，很了不起。只是大王愛聽牛金星的話，不肯重用宋軍師。其實大王許多攻城掠地的方略，都是出於宋軍師的主意。」李岩隨即告辭，袁承志道：「我送大哥幾步。」他怕李自成手下有人會暗害李岩，送一段路是保護之意。

兩人默默無言的攜手同行，走了數百步。

李岩道：「大王雖已有疑我之意，但為臣盡忠，為友盡義，我和大王共歷患難，創建大業，終不能眼見大王大業敗壞，閉口不言。你卻不用在朝中受氣了。」

袁承志道：「正是。兄弟是做不來官的。大哥當日曾說，大功告成之後，你我隱居山林，飲酒長談為樂。何不就此辭官告退，也免得成了旁人眼中之釘？」李岩道：「大王眼前尚有許多大事要辦，總須一統天下之後，我才能歸隱。大王昔年待我甚厚，他雖打下北京，但軍紀敗壞，屬下衆將四分五裂，自相殘殺，眼見他前途危難重重，艱險萬分，那正是我盡心竭力、以死相報之時。大王以國士待我，我當以國士相報。小人流言，我也不放在心上。」

兩人又攜手走了一陣，只見西北角上火光沖天而起，料是闖軍又在焚燒民居。李岩與袁承志這幾天來見得多了，相對搖頭歎息。暮靄蒼茫之中，忽聽得前面小巷中有人咿咿呀呀的拉著胡琴，一個蒼老嘶啞的聲音唱了起來，聽他唱道：

「無官方是一身輕，伴君伴虎自古云。歸家便是三生幸，鳥盡弓藏走狗烹……」

只見巷子中走出一個年老盲者，緩步而行，自拉自唱，接著唱道：

「子胥功高吳王忌，文種滅吳身首分。可惜了淮陰命，空留下武穆名。大功誰及徐將軍？神機妙算劉伯溫，算不到：大明天子坐龍廷，文武功臣命歸陰。因此上，急回頭死裏逃生；因此上，急回頭死裏逃生……」

李岩聽到這裏，大有感觸，尋思：「明朝開國功臣，李善長、劉基、傅友德、朱亮祖、馮勝、李文忠、藍玉等等大功臣盡爲太祖處死。這瞎子也知已經改朝換代，否則怎敢唱這曲子？」瞧這盲人衣衫襤褸，是個賣唱的，但當此人人難以自保之際，那一個有心緒來出錢聽曲？只聽他接著唱道：

「君王下旨拿功臣，劍擁兵圍，繩纏索綁，肉顫心驚。恨不能，得便處投河跳井；悔不及，起初時詐死埋名。今日的一縷英魂，昨日的萬里長城。……」

他一面唱，一面漫步走過李岩與袁承志身邊，轉入了另一條小巷之中，歌聲漸漸遠去，說不盡的悽惶蒼涼。「今日的一縷英魂，昨日的萬里長城……」曲調聲在空中盪漾，餘音裊裊不絕。

袁承志心情鬱鬱，回到住處，只見大廳中坐著一人。那人一見袁承志，便奔到廳口，叫道：「小師叔，你回來啦。」那人粗衣草履，背插長刀，正是崔秋山之姪崔希敏。袁承志喜道：「你也來了。有甚麼事？」崔希敏從身邊取出一封信來，雙手呈上。

袁承志見封皮上寫著「字諭諸弟子」字樣，認得是師父筆跡，先作了一揖，然後恭恭敬敬的接過來，抽出信紙，見信上寫道：

「吾華山派歷來門規，不得在朝居官任職。今闖王大業克就，吾派弟子功成身退，其於四月月圓之夕，齊集華山之巔。」下面簽著個「清」字。

袁承志道：「啊，會期就將臨近，咱們該得動身了。」崔希敏道：「正是，我叔叔他們也都要去呢。」

袁承志入內對眾人說了，卻不見青青，問焦宛兒道：「夏姑娘呢？」宛兒道：「好一會沒見她啦，我去瞧瞧！」袁承志道：「我去叫她。」走到青青房外，在門上用手指彈了幾下，說道：「青弟，是我。」房內並無聲息，候了片刻，又輕輕拍門，仍無回音。

袁承志把門一推，房門並未上閂，往裏張望，只見房內空無所有，進得房去，不禁一呆，原來她衣囊、長劍等物都已不見，連她母親的骨灰罐也帶走了，看來似已遠行。袁承志大急，在各處翻尋，在她枕下找到一張字條，上面寫道：

「既有金枝玉葉，當然拋了我平民百姓。」

袁承志望著字條呆呆的出了一會神，心中千頭萬緒，不知如何是好，自思：「我待她一片眞心誠意，她總是小心眼兒，處處疑我。男子漢大丈夫做事光明磊落，但求心之所安。我們每日在刀山槍林中出死入生，又怎能顧得到種種嫌疑？青弟，青弟，你實在太不知我的心了。」想到這裏，不禁一陣心酸，又想：「她上次負氣出走，險些兒失閃在洋兵手裏，這時候兵荒馬亂，卻又不知到了那裏？」想起那晚與阿九同衾相擁，也並非全不動心，此後也一直頗起見異思遷之念，不禁自愧，心想：「我的確是變了心。青弟如此責我，倒也非全然無因，未必眞是她錯怪了我！」

他獃獃坐在床上，茫然失措。焦宛兒輕輕走進房來，見他猶如失魂落魄一般，不覺吃驚。衆人得知訊息後，都湧進房來，七張八嘴，有的勸慰，有的各出主意。

焦宛兒年紀雖小，對事情卻最把持得定，當下說道：「袁相公，你急也無用。夏姑娘一身武藝，有誰敢欺侮她？這樣罷，你會期已近，還是和啞巴叔叔、何姊姊等一起上華山去。程伯伯和我留在這裏看護阿九妹子。沙叔叔、鐵老師、胡叔叔和我們金龍幫的，大夥兒出去找夏姑娘，再傳出江湖令牌，命七省豪傑幫同尋訪。找到之後，立即陪她上華山來相會。你放心，阿九妹子的安危，唯我是問。你待我這樣好，我盡心竭力，照顧阿九妹子，決不負你。」說著一拍胸口，大有豪氣。

袁承志連連點頭，道：「焦姑娘的主意很高，就這麼辦。程老夫子和焦姑娘最好陪同公主出京遠避，留在京中可不大穩便。權將軍爲人不端，定要侵害公主。惕守，你武功強，幫著照看保護。惕守還沒正式入我門中，待我稟明師父之後再說。這一次不必同上華山了。」何惕守眼睛一溜，正想求懇，忽想青青也曾有疑己之意，和袁承志同行只怕不甚妥當，當下微微一笑，也就不言語了，尋思：「你不讓我去華山，我偏偏自己來。」她做慣了邪教教主，近來雖大爲收歛，畢竟野性未除，也不理會袁承志的吩咐，只管籌劃如何自行上華山拜見祖師。又想：「師父一心只放在公主身上，我只有保護得公主平平安安，才討得師父的歡心。」

袁承志安排已畢，次日向闖王與義兄李岩辭別。李自成見了穆人清的諭字，知他奉有師命，眼見留他不住，便賞賜了許多大內珍寶。袁承志要待推辭，李岩連使眼色，袁承志只得謝過受了。

李岩送出宮門，嘆道：「兄弟，你功成身退，那是最好不過……」說著神色黯然。

袁承志道：「大哥你多多保重，千萬小心。田見秀、谷大成、劉芳亮他們幾位，顧全大局，明白事理，緩急之際，可跟他們商量。請你勸告大王，要約束衆兄弟不可欺侮百姓，也不要對付劉希堯、賀錦這些自家兄弟。大哥如有危難，小弟雖在萬里之外，一得訊息，也必星夜趕來。」兩人洒淚而別。

當日下午，袁承志與啞巴、崔希敏、洪勝海等取道向西，往華山進發。各人乘坐的都是駿馬，腳程甚快，不多時已到了宛平。

衆人進飯店打尖，用完飯正要上馬，洪勝海瞥眼間忽見牆角裏有一隻蝎子、一條蜈蚣，都用鐵釘釘在牆腳。他微覺奇怪，輕扯袁承志的衣服。袁承志凝眼看去，點了點頭，心想這必與五毒教有關，可惜何惕守沒同來，不知這兩個記號是甚麼意思。

洪勝海借故與店小二攀談了幾句，淡淡的道：「那牆腳下的兩件毒物，倒有些古怪。」店小二笑道：「要不是我收了銀子，眞要把這兩樣鬼東西丟了。煩死人！」他一面說，一面扳手指，笑道：「兩天不到，問起這勞什子的，連你達官爺不知是第十幾位了。」洪勝海忙問：「是誰釘的？」店小二道：「便是那個老乞婆啊！」洪勝海向袁承志望了一眼，問道：「是那些人問過呢？」說著拿了塊碎銀子塞在店小二手裏。

店小二口中推辭，伸手接了銀子，笑道：「不是叫化頭兒，就是光棍混混兒，那知道你達官爺也問這個……嘿嘿，可叫你老人家破費啦。」

袁承志插口道：「那老乞婆釘毒物之時，還有誰在一旁嗎？」店小二道：「那天的事也眞透著希奇，先是一個青年標致相公獨個兒來喝酒……」袁承志急問：「多大年紀？怎生打扮？」店小二道：「瞧模樣兒比你相公還小著幾歲，生得這麼俊，我還道是唱小旦的戲子兒呢，後來見他腰裏帶著把寶劍，那可就不知是甚麼路數了。他好似家裏死了人似的，愁眉苦臉，喝喝酒，眼圈兒就紅了，眞叫人瞧著心裏直疼……」衆人知道這必是青青無疑。崔希敏怒道：「你別口裏不乾不淨的。」店小二嚇了一跳，抹了抹桌子，道：「爺們要上道了麼？」袁承志問：「後來怎樣？」店小二望了崔希敏一眼，說道：「過了一會兒，忽然樓梯上腳步響，上來一位老爺子，別瞧他頭髮鬍子白得銀子一般，可眞透著精神，手裏提著根龍頭拐杖，騰的一聲，往地下一登，桌上的碗兒盞兒便都跳了起來。」洪勝海又塞了塊碎銀給他，要他詳細說來。

袁承志心中大急：「溫方山那老兒和她遇上了，青弟怎能逃出他毒手？」

店小二又道：「那老爺子坐了下來，要了酒菜。他剛坐定，又上來一位老爺子。那眞叫古怪，前前後後一共來了四個，都是白頭髮、白鬍子、紅臉孔，倒像是一個模子裏澆出來的一般，要找這四個一模一樣的老爺子，那可眞不容易得緊了。這四人有的拿著一對短戟，有的拿著一根皮鞭。他們誰也不望誰，各自開了一張桌子，四個老兒把那位年輕相公圍在中間。」袁承志聽到這裏，心想：「那晚溫方悟在宮中爲惕守所傷，中了她鐵鉤，但惕守又給了他解藥，想來解了毒，因此仍有四人。」只聽那店小二續道：「我越瞧越透著邪門，再過一會兒，那老乞婆就來啦。掌櫃的要趕她出去，那知噹的一聲，嘿，你道甚麼？」崔希敏忙問：「甚麼？」店小二道：「這叫做財神爺爺著爛衫，人不可以貌相。噹的一聲，她抛了一大錠銀子在櫃上，向著那四個老頭和那相公一指，叫道：『這幾位吃的，都算在我帳上！』你老，你可見過這般闊綽的叫化婆麼？」洪勝海逗他說話，接口道：「那倒沒見過。」

袁承志越聽越急，心想：「溫氏四老已經難敵，再遇上何紅藥，可如何得了？」

店小二越說興致越好，口沫橫飛的道：「那知他們理也不理，自顧自的飲酒。那老乞婆惱了，叫了一聲，一張手，一道白光，直往那拿拐杖的老兒射去。」崔希敏道：「你別瞎扯啦，難道她還眞會放飛劍不成？」店小二急道：「我幹麼瞎扯？雖然不是飛劍，可也是幾成兒不離。只見那老兒伸出筷子，叮叮噹噹一陣響，筷子上套了明晃晃的一串。我偷偷瞥過去一張，嘿，你道是甚麼？」崔希敏道：「甚麼？」店小二道：「原來是一串指甲套子，都教那老兒用筷子套住啦。我剛喝得一聲采，只聽得波的一聲，你道是甚麼？」崔希敏道：「甚麼？」店小二拉著他走到一張桌子旁，道：「你瞧。」

只見那桌面有個小孔，店小二拿起一根筷子插入小孔，剛剛合式，說道：「那老兒提起筷子，就插進了桌面。這手功夫可不含糊吧？我是不會，可不知你老人家會不會？」崔希敏道：「我不會。」店小二道：「原來你老人家也不會，那也不打緊。老乞婆知道敵他不過，一聲不吭，怪眼一翻，就奔了出去。後來那青年相公跟著四個老頭子一起走了。原來他們是一路，擺好了陣勢對付那叫化婆的。」

袁承志問道：「他們向那裏去的？」店小二道：「向西南，去良鄉。五個人走了不多會兒，叫化婆又回轉來，在牆邊釘了這兩件怪東西，給了我一塊銀子，叫我好好侍候這兩隻毒蟲，別讓人動了。這幾日四下大亂，我們掌櫃的說要收鋪幾日，別做生意。老闆娘一定不肯，這才開市，倒讓我賺了一筆外快……」他還在嘮嘮叨叨的說下去，袁承志已搶出門去，躍上馬背，叫道：「快追！」

青青自見袁承志把阿九抱回家裏，越想越不對，阿九容貌美麗，清秀可愛，已所不及，何況她是公主，自己卻是個來歷不明的私生女，爺爺與父親都是江湖上匪類邪人，跟她天差地遠，袁承志非移情別愛不可。若不是愛上了她，怎會緊緊的抱住了她，輕憐密愛，含情脈脈？回到了家裏，在衆人之前兀自捨不得放手，難道又是假的？後來又聽人說道，李自成將阿九賜了給袁承志，權將軍劉宗敏喝醋，兩個人險些兒便在金殿上爭風打架，說到動武打架，又有誰打得過他？自然是他爭贏了。崇禎是他的殺父大仇，他念念不忘的要報仇，可是阿九只說得一句要他別殺她爹爹，他立刻就乖乖的聽話。「我的言語，他幾時這麼聽從了？只有他來罵我，那才是常事。」思前想後，終於硬起心腸離京，心裏傷痛異常，決意把母親骨灰帶到華山之巔與父親骸骨合葬，然後在父母屍骨之旁圖個自盡，想到孑然一身，個郎薄倖，落得如此下場，不禁自傷自憐。

這日在宛平打尖，竟不意與溫氏四老及何紅藥相遇。溫方山露了一手內功，何紅藥自知不敵，逕自退開。青青已抱必死之心，倒也並不驚懼，怕的是四老當場把她處死，那麼母親的遺志就不能奉行了，轉念之間，計謀已生，走到溫方達跟前，施了一禮，叫聲：「大爺爺！」然後逐一向其餘三老見禮。溫氏四老見她坦然不懼，倒也頗出意外。

青青笑問：「四位爺爺去那裏？」溫方達道：「你去那裏？」青青道：「我跟那姓袁的朋友約好了，在這裏會面，那知等到他這時候還沒來。」

四老聽得袁承志要來，人人心頭大震，那敢再有片刻停留？溫方義喝道：「跟我們去。」青青假意道：「我要等人呢。」溫方義手一伸，已隔衣叩住她手腕，拉出店門，兩人共乘一騎。四老儘往荒僻無人之處馳去，眼見離城已遠，這才跳下馬來。

溫方義把青青一摔，推在地下，罵道：「無恥小賤人，今日教你撞在我們手裏。」

青青哭道：「四位爺爺，我做錯了甚麼？你們饒了我，我以後都聽你們話。」溫方義罵道：「你還想活命？」嚓的一聲，拔出一柄匕首。青青哭道：「二爺爺，你要殺我麼？」溫方悟道：「你這叫做該死！」青青道：「三爺爺，我媽是你親生女兒，我求你一件事。」溫方山鐵青著臉，說道：「要活命那是休想！」青青哭道：「我死之後，求你送個信給我那姓袁的朋友，叫他獨個兒去找寶貝吧，別等我了。」

四老聽到「找寶貝」三字，心中齊震，同聲問道：「甚麼？」青青哭道：「我反正是死，秘密是不能說的。我只求你們送這封信去。」說著從湖色衫子上撕下一塊絹片，又從懷裏針線包內取出一根針來，刺破手指，點了鮮血，在絹片上寫起來。四老不住問她找甚麼寶貝，她只是不理，寫好之後，交給溫方山道：「三爺爺，你也不用見他，託人捎去宛平城裏剛才咱們相會的那處酒樓，這就得啦！」她雖是做作，但想起袁承志無良，當眞流下淚來。

四老見了她傷心欲絕的神情，確非作僞，一齊圍觀，只見絹片上寫道：「今生不能再見，我父重寶，均贈予你，請自往挖取，不必等我。青妹泣白。」

溫方義喝道：「甚麼寶貝？難道你眞知道藏寶的所在？」青青哭道：「我甚麼都不知道，反正我說也是死，不說也是死。」溫方悟道：「呸，壓根兒就沒甚麼寶貝。你那死鬼父親騙了我們一場，現在你又想來搞鬼。」

青青垂頭不語，暗暗伸手入懷，解開了一對翡翠鴛鴦的絲絛。這本是鐵箱中之物，當整理珍寶金銀之時，她見這對翡翠鴛鴦玉質晶瑩，碧綠通透，雕刻精致靈動，就取來繫在身上，那是紀念她與袁承志共同得寶之意，十箱珍寶不計其數，也不少了這對小小鴛鴦。她突然站起，叫道：「這信送不送也由你們了，這就殺了我吧！」只聽叮叮兩聲清脆之音，一對鴛鴦落在地下。青青俯身要拾，溫方悟已搶先撿起。四老數十年爲盜，豈有不識寶貨之理？見翡翠鴛鴦如此珍異，眼都紅了。四人心中突突亂跳，齊聲喝道：「這是那裏來的？」

青青含淚不語。溫方山道：「你好好說出來，或者就饒了你一條小命。」

青青道：「就是那批珍寶裏的。我和袁大哥照著爹爹留下來的那張地圖，挖到了十隻鐵箱，裏面都是珍奇寶物。東西實在太多，帶不了，我只揀了這對鴛鴦來玩。我們說好，這次要去全都挖了出來，那知你們……」說著又哭了起來。

四老走到一旁，低聲商議。溫方達道：「看來寶藏之事倒也不假。」溫方義道：「逼她領路去取。」三老都點了點頭。溫方山道：「先騙她說饒命不殺，等找到寶貝，再來好好整治這小賤人。」溫方悟道：「我有個主意：咱們掘出了珍寶，就把這小賤人埋在寶窟之中，等那姓袁的小畜生來掘寶，一掘掘到這個死寶貝，豈不是好？」三老同聲大笑，都說：「五弟這主意最高。」

四人商議已畢，興高采烈的回來威逼青青。青青起先假意不肯，後來裝作實在受逼不過，只得說出藏寶之地是在華山之巔。她是要四老帶她去華山，找到父親埋骨的所在，乘他們在荒山中亂挖亂掘之時，自己便可把母親骨灰和父親的骸骨合葬一起，然後橫劍自刎。不料她這句謊話一說，四老卻更深信不疑。當年溫氏五老擒住金蛇郎君，他也是將他們帶上華山。寶藏沒找到，還死了崆峒派的兩個同伙，金蛇郎君又突然失蹤，在他們腦海之中，卻已深印了寶物必在華山的念頭。當日張春九和那汪禿頭所以上華山來搜索，便也因此。

當下四老帶了青青，連日馬不停蹄的趕路，就只怕袁承志追到。

這日來到山西界內，五人奔馳了一日，已頗爲疲累，在一家客店中歇了。溫方義人最粗壯，食量最大，連聲急叫：「炒菜、斟酒，煮麵條兒！」等店伴端了飯菜上來，他就和往常一般，搶先稀裏呼嚕的吃了起來。三老和青青正要跟著動筷，溫方義忽從麵湯中挑起一物，驚叫一聲，登時直僵僵的不動了。四人大驚，看他所挑起的，赫然是一隻極大的黑色蜘蛛。溫方達一摸兄弟的手，已無脈搏，臉色發黑，鼻孔裏也沒氣了。

溫方悟驚怒交集，抓起店小二往地下猛力摔落，喀喇兩聲，店小二腿骨立斷，暈死了過去。溫方山搶出去，一把抓住掌櫃的胸口，用筷子挾起蜘蛛，喝道：「好大的膽子，竟敢謀財害命，這是甚麼？」那掌櫃嚇得魂飛天外，連聲道：「小店……小店是七十多年的老店，廚房最乾淨不過，怎……怎麼有這……這東西……」溫方山左手在他面頰上一捏，那掌櫃下頦跌下，再也合不攏口。溫方山筷挾蜘蛛，塞入他口裏，片刻之間，那掌櫃便即斃命。這時店中已經大亂，溫方達右手拿住青青手腕，防她逃走，左手抱起兄弟屍身。方山、方悟兩人乒乒乓乓一陣亂打，不分青紅皀白，將住客和店伴打死了七八個，隨即在客店中放起火來。旁人見他們逞兇，四散逃命。

三老將溫方義的屍身帶到野外葬了，又悲痛，又忿怒，猜不透一隻蜘蛛怎會如此劇毒。青青見過五毒教的伎倆，尋思：「原來那老乞婆暗中躡上我們啦。」

次日四人在客店吃飯，逼著店伴先嚐幾口，等他無事，這才放膽吃喝。

行了數日，一晚客店中忽然人聲嘈雜，有人大呼偷馬。溫方悟起身查看，將到馬廄時，黑暗中忽然嗤的一聲，一股水箭迎面射來。他急縮身閃避，已然不及，登時噴得滿臉都是，只覺奇腥刺鼻，知道不妙。他眼睛已經睜不開來，聽聲辨形，長鞭揮出，把偷施暗襲之人打得背脊折斷。另一人喝道：「老兒還要逞兇！」舉斧劈來。溫方悟長鞭倒轉，將那人連人帶斧捲起，用力揮出，那人一頭撞到牆上，腦漿迸裂。

溫方達、溫方山以為區區幾個毛賊，兄弟必可料理得了，待得聽見溫方悟吼叫連連，忙搶出去看時，只見他雙手在自己臉上亂抓亂挖，才知不妙。溫方達將他抱住。溫方山縱身出外查看敵蹤，一無所見，回進店房時，見兄長抱住了五弟的身體大哭，原來溫方悟已然氣絕而亡，鬚眉臉頰，俱已中毒潰爛。

溫方達泣道：「三十年前，那金蛇惡賊從我們手裏逃了出去，那時他筋脈已斷，成為廢人，身邊毒藥也早給我們搜出，可是崆峒派的兩位道兄卻身中劇毒而亡，莫非當時就是五毒教救了他……」溫方山道：「不錯，原來五毒教暗中在跟咱們作對。這次大家同受曹化淳之聘，圖謀大事，眼見已然成功，那五毒教教主何鐵手突然反臉，以致功敗垂成。直到現在，我仍不知是甚麼緣故。」溫方達沉思片刻，忽地跳了起來，叫道：「金蛇惡賊所用毒藥如此厲害，看來他就是五毒教的？」溫方山恍然大悟，說道：「必是如此。」

兩人想到當年金蛇郎君來靜岩報仇的狠毒，不覺慄慄危懼，當下把溫方悟的屍身埋葬了，商量了半天，決心先上華山，掘到寶藏之後，再找五毒教報仇，只是害怕他們暗中加害，不但飲食特別小心，晚上連客店也不敢住了。

這日兩兄弟帶了青青，宿在一座古廟的破殿之中。溫方達年紀雖老，仍具神力，搬了兩隻大石臼，一隻撐住前門，一隻撐住後門，這才安心睡覺。睡到中夜，佛像之後忽然悉悉數聲，兩人登時醒覺，只當是老鼠，也不以為意。

溫方山矇矓間正要再睡，忽然鼻管中鑽入一縷異香，頓覺身心舒泰，快美異常，全身飄飄蕩蕩的似乎神遊太虛，置身極樂。他心神甫蕩，立即醒悟，大叫一聲，跳了起來。溫方達雖事起倉卒，但究是數十年的老江湖，見機極快，拉住青青的手，提著她躍上供桌。星光熹微下，只見溫方山手舞鋼杖，使得呼呼風響，驀地裏震天價一聲巨響，佛像為鋼杖打去了半截。佛像後面躍出兩名黃衣漢子，一人使刀向溫方山攻去，另一人手執噴筒，又要噴射毒霧。溫方達右手連揚，波波兩聲，兩枝袖箭登時把兩名漢子穿胸釘死。溫方山並不住手，仍在亂舞亂打。

溫方達叫道：「三弟，沒敵人啦！」溫方山竟充耳不聞，他神智已為毒霧所迷，鋼杖越使越急。溫方達瞧出不對，搶上去要奪他兵刃。溫方山把鋼杖舞成一團銀光，急切間那裏搶得入去？突然間溫方山大叫一聲，杖柄倒轉，杖頂龍頭撞在自己胸前，鮮血直噴，雙腳一挺，眼見不活了。

青青見三位爺爺數日之內都為五毒教害死，溫方山是她親外公，向來待她比別的四個爺爺親厚些，這時不禁洒了幾點眼淚。溫方達默不作聲，把溫方山的屍身抱出去葬了，在墳前拜了幾拜，對青青道：「走吧！」青青在外公墳前叩拜了，只得隨著大爺爺連夜趕路。

溫方達一路防備更加周密。入陝西境後，有一名紅衣少年挨近他身邊，給他手起掌落，震破了天靈蓋。青青見了他鐵青了臉，越來越乖戾，連話也不敢跟他多說一句。

這日快到華山腳下，兩人趕了半天路，頗為口渴，在一座涼亭中歇足飲水，讓馬匹涼一涼汗。一名鄉農走進亭來，打著陝西土腔問道：「這位是溫老爺子吧？」溫方達喝道：「你要幹甚麼？」那鄉農道：「剛才有人給了我兩吊錢，叫我送信來給你。」溫方達道：「那人呢？」鄉農道：「他已騎馬走了。」

溫方達怕有詭計，命青青取信拆開，見無異狀，才接信箋，見共有三頁，第一頁上寫道：「溫老大：你三個兄弟因何而死，欲知詳情，可看下頁。」溫方達罵道：「他奶奶的！」忙展第二頁觀看，幾頁信紙急切間揭不開來。他伸手入嘴，沾了些唾液，翻開第二頁來，見箋上寫道：「你死期也已到了，如果不信，再看第三頁。」溫方達愈怒，隨手又在嘴中一濕，揭開第三頁，只見箋上畫了一條大蜈蚣，一個骷髏頭，再無字跡。氣惱中將紙箋往地下擲落，忽覺右手食指與舌頭上似乎微微麻木，定神一想，不覺冷汗直冒。

原來三張紙箋上均浸了劇毒汁液，紙箋稍稍黏住，箋上寫了激人憤怒的言辭，使人狂怒之際不加提防，以手指沾濕唾液，劇毒就此入口。這是五毒教下毒的三十六大法之一。金蛇郎君當年從何紅藥處學得，用在假秘笈之上，張春九即因此而中毒斃命。

溫方達驚惶中抬起頭來，見那鄉農已奔出數十步。他惱怒已極，趕出亭來，只覺頭暈腦眩，情知不妙，待要鎮懾心神，更覺頭痛欲裂，當下奮起神威，飛戟直往那鄉農後心擲去。那人正是五毒教的教徒，只道已然得手，那知短戟擲來，如風似電，大聲狂叫，鐵戟穿胸而過，身子竟給釘在地下。溫方達慘笑數聲，往後便倒。

青青叫道：「大爺爺，你怎麼啦！」俯身去看。溫方達左手疾伸，忽地挺戟往她胸口刺到。青青萬想不到他臨死時還要下此毒手，只覺眼前銀光閃耀，戟尖已戳到胸口，退避已然不及，只有閉目待死。忽聽噹的一聲，腳背上一陣劇痛，睜眼看時，短戟已給人打落在地，戟柄撞中了自己腳背。

她轉身要看是誰出手相救，突覺背心已給人牢牢揪住，動彈不得。那人取出皮索，將她雙手反背縛住，這才轉到她面前，正是五毒教的老乞婆何紅藥。

青青一股涼氣從丹田中直冒上來，心想落入這惡人手裏，死得不知將如何慘酷，倒是給大爺爺一戟戳死痛快得多了。

何紅藥陰惻惻的笑道：「你要我一刀殺了你呢，還是喜歡給一千條無毒小蛇來咬你七七四十九天，把臉孔弄得跟我一般模樣？」青青閉目不答。何紅藥道：「你帶我去找你那負心的父親，就不讓你零碎受苦。」青青心想：「反正我是要去找爹爹的埋骨之地，就讓她帶我去好了。」說道：「我也正要去尋爹爹，你跟我一同去吧。」

何紅藥見她答應得爽快，不禁起了疑心，但想金蛇郎君已成廢人，武功全失，也不怕他怎的，冷笑道：「好，你帶路。」青青道：「放開我，讓我先葬了大爺爺。」

何紅藥道：「放開你？哼！」拾起溫方達的短戟，在路旁掘了個大坑，將溫方達和那名五毒教徒兩人的屍身都投入坑裏，蓋上泥土，掩埋時不住喃喃咒罵：「你父親雖是壞蛋，可是我不許別人折磨他。這四個老頭兒弄得他死不死、活不活的，我早就要找他們的晦氣了。直到今日，方洩了心頭之恨。怎麼你又叫他們做爺爺？」

青青心想：「我如說了，你又要罵我媽媽。」便道：「他們年紀老，我便叫爺爺！總不成他們來叫我奶奶！」

這天兩人走了四五十里，在半山腰裏歇了。何紅藥晚上用皮索把青青雙足牢牢縛住，防她逃走。次日一早，天剛微明，何紅藥解開青青腳上皮索，兩人又再上山。山路愈來愈陡，到後來須得手足並用，攀藤附葛，方能上去。何紅藥左手已失，無法拉扯青青，於是解去她手上皮索，讓她走在前頭，自己在後監視。青青從未來過華山，反須何紅藥指點路徑。

當晚兩人在一棵大樹下歇宿。青青身處荒山，命懸敵手，眼見明月在天，耳聽猿啼於谷，想起父母和袁承志，思潮起伏，又悲又怕，那裏還睡得著？

次晨又行，直至第三天傍晚，才上華山絕頂。青青聽袁承志詳細說過父親埋骨之所四周的景物，這時抬頭望見峭壁，見石壁旁孤松怪石，流泉飛瀑，正和袁承志所說的一模一樣，不禁一陣心酸，流下淚來。

何紅藥厲聲道：「他躲在那裏？」青青向峭壁一指道：「那石壁上有一個洞，爹爹就住在這裏面。」何紅藥側頭回想，記得當年金蛇郎君藏身之處確在此左近，咬牙切齒的說道：「好，咱們上去見他。」青青見她神色可怖，雖然自己死志已決，卻也不禁打了個寒噤。兩人繞道盤向峭壁頂上，走出數十步，忽聽得轉角處傳來笑語之聲。

何紅藥拉著青青往草叢裏縮身藏起，右手五根帶著鋼套的指甲抵住她咽喉，低聲喝道：「不許作聲！」從草叢中望出去，只見一個老道和一個中年人談笑而來。

青青認得是木桑道人和袁承志的大師兄銅筆鐵算盤黃眞，這兩人武功都遠勝何紅藥，但自己只要一動，五枚毒指甲不免立時嵌入喉頭，只聽黃眞笑道：「師父他老人家這幾天就快上山啦。小師弟日內總也便到。道長不愁沒下棋的對手。」木桑笑道：「要不是貪下棋，你們華山派聚會，我老道巴巴的趕來幹麼呀？湊熱鬧麼？」兩人不住說笑，逐漸遠去。

何紅藥深知華山派的厲害，聽說他們要在此聚會，心想險地不可多耽，當下伏低身子，慢慢爬到峭壁之側，從背囊裏取出繩索，一端縛住一棵老樹，另一端縛著自己和青青，緩緩縋下，那是她昔年曾做過多次之事。當年那負心郎手執金蛇劍，惡狠狠地守在峭壁山洞口的情景，驀地出現在腦海，景物如昨，不知這人此刻是否便在洞裏。青青見到峭壁上的洞穴痕跡，叫道：「是這裏了！」

何紅藥心中突突亂跳，數十年來，長日凝思，深宵夢回，無一刻不是想到與這負心郎重行會面的情景，或許，要狠狠折磨他一番，再將他打死，又或許，竟會硬不起心腸而饒了他，內心深處，實盼他能回心轉意，又和自己重圓舊夢，即使他要狠狠的鞭打自己一頓出氣，甚至殺了自己，那也由得他，這時相見在即，只覺身子發顫，手心裏都是冷汗。

當日啞巴取了金蛇劍後，出洞後仍用石塊封住洞口，怕人闖入。何紅藥見洞口只臏一個小孔，右手亂挖亂撬，把洞穴周圍的石塊青草撥開。何紅藥命青青先進洞去，掌心中扣了劇毒鋼套，謹防金蛇郎君突襲。

青青進洞之後，早已淚如雨下，越向內走，越加哭得抽抽噎噎。進不數步，洞內已是一團漆黑。何紅藥打亮火摺，點燃繩索，命青青拿在手裏照路。青青一呆，心想：「燒了繩索，怎生回上去？我反正是死在這裏陪爹爹媽媽的了，難道她也不回去？」

何紅藥愈向內走，愈覺山洞不是有人居住的模樣，疑心大盛，突然一把叉住青青的脖子，喝道：「你跟老娘搗鬼，要教你不得好死！」

驀地裏寒風颯然襲體，火光顫動，來到了空廓之處，有如一間石室。何紅藥心中大震，舉起火繩四下照看，見四壁刻著無數武功圖形，一行字寫道：「重寶秘術，付與有緣，入我門來，遇禍莫怨。」金蛇郎君和她雖然相處時日無多，但給她繪過肖像，題過字，他的筆跡早已深印心裏，然文字在壁，人卻已不見，不覺心痛如絞，高聲叫道：「雪宜，你出來！你想不想見我啊？」這聲叫喊，只震得泥塵四下撲疏疏的亂落。

她回頭厲聲問青青道：「他那裏去了？」青青哭著往地下一指，道：「他在這裏！」何紅藥眼前一黑，伸手抓住青青手腕，險些兒暈倒，嘶啞了嗓子問道：「甚麼？」

青青道：「爹爹葬在這裏。」何紅藥道：「哦……原來……他……他已經死了。」這時再也支持不住，騰的一聲，跌坐在金蛇郎君平昔打坐的那塊岩石上，右手撫住了頭，淚如雨下，悲苦之極，數十年蘊積的怨毒一時盡解，舊時的柔情密意斗然間又回到了心頭，低聲道：「你出去吧，我饒了你啦！」

青青見她如此悲苦，不覺憐惜之情油然而生，想起爹爹對她不起，袁承志也是這般負心，兩人實是同病相憐，忽然撲過去抱住了她，放聲痛哭。

何紅藥道：「快出去，繩子再燒一陣，你永遠回不上去了。」青青道：「你呢？」何紅藥道：「我在這裏陪你爹爹！」青青道：「我也不上去了。」何紅藥陷入沉思，對青青不再理會，忽然伸手在地下如痴如狂般挖掘。

青青驚道：「你幹甚麼？」何紅藥淒然道：「我想了他二十年，人見不到，見見他的骨頭也好。」青青見她神色大變，又驚又怕。洞內土石質地鬆軟，何紅藥右掌猶如一把鐵鍬，不住在泥石中掏挖，挖了好一陣，坑中露出一堆骨殖，正是袁承志當年所葬的金蛇郎君骸骨。青青撲在父親的遺骨上，縱聲痛哭。

何紅藥再挖一陣，倏地在土坑中捧起一個骷髏頭，抱在懷裏，又哭又親，叫道：「夏郎，夏郎，我來瞧你啦！」一會又低低的唱歌，唱的是擺夷小曲，青青一句不懂。

何紅藥鬧了一陣，把骷髏湊到嘴邊狂吻，突然驚呼，只覺面頰上給尖利之物刺了一下。她把骷髏往外一挪，在火光下細看時，見骷髏的牙齒中牢牢咬著一根小小金釵。金釵極短，初時竟沒瞧見。何紅藥伸指插到骷髏口中扳動，骷髏牙齒脫落，金釵跌落。她撿了起來，拭去塵土，臉色大變，厲聲問道：「你媽媽名叫『溫儀』？」青青點了點頭。

何紅藥悲怒交集，咬牙切齒的道：「好，好，你臨死還是記著那賤婢，把她的釵子咬在口裏！」望著金釵上刻著的「溫儀」兩字，眼中如要噴出火來，突然把釵子放入口裏，亂咬亂嚼，只刺得滿口都是鮮血。

青青見她如瘋似狂，神智已亂，心知兩人畢命之期便在眼前，從背囊中取出母親的骨灰罎，解開罎上縛著的牛皮，倒轉罎子，將骨灰緩緩傾入坑中。何紅藥一呆之下，喝問：「你幹甚麼？」青青不答，倒完骨灰後，把泥土扒著掩上，心中默默禱祝：「爹娘在天之靈有知，女兒已完成了你們合葬的心願。」

何紅藥奪過骨灰罎一瞧，恍然而悟，叫道：「這是你母親的骨灰？」青青緩緩點頭。何紅藥反掌擊出，青青身子後縮，沒能避開，這掌正打在她肩上，一個踉蹌，險些跌倒。何紅藥狂叫：「不許你們合葬，不許你們合葬！」用手亂扒，但骨灰已與泥土混和，再也分拆不開。她妒念如熾，把一根根骸骨從坑中撿出，叫道：「我要把你燒成飛灰，撒在華山腳下，教你四散飛揚，四散飛揚！永不能跟那賤婢相聚！」

青青大急，搶上爭奪，拆不數招，便給打倒在地。何紅藥脫下外衣鋪在地下，把骸骨堆在衣上，用火點燃衣服。她左肘抵住青青，不讓她動彈，右掌撥火使旺，片刻之間，骸骨已經燃著，石洞中濃煙瀰漫。

這石洞封閉已久，內洞充塞穢毒之氣，外洞中的穢氣當二人入洞時給山風吹散了大半，何紅藥和青青兩人初時入洞還不覺得，何紅藥一燒衣服，熱氣一吸，內洞的穢氣湧將出來，兩人登時頭昏目眩，胸口煩惡。青青向外奔出數丈，神智迷糊，便即摔倒。

袁承志在飯店中見到何紅藥釘在牆角的記號，知她召集教眾，大舉追擊，同時青青又落入溫氏四老手裏，不論那一邊得勝，青青都是無倖，焦急萬分，立即縱騎疾馳，沿路尋訪。不久查知溫氏四老中已有三人中毒而死，這一來更加掛慮，日裏食不甘味，晚間睡不安枕，幸喜這一批人的蹤跡是向華山而去，倒不致因追蹤而誤了會期。一行人途中又會合了崔秋山、安大娘、安小慧三人，他們雖不是華山派門人，但素來交好，親如家人，同到山上聚會，亦無妨礙。

趕到華山腳下時，洪勝海在涼亭邊見到一片泥土頗有異狀，用兵刃撬土，挖出來的赫然是溫方達和另一人的屍首。

袁承志道：「青弟必已落入五毒教手裏，咱們快上山。」安大娘安慰他道：「這時正是華山派的會期，穆老師父就算還沒到，只要黃師兄、歸師兄那一位到了，定會出手相救。」袁承志道：「五毒教膽敢闖上華山，必是有備而來，可別讓師姪們遭了毒手。」崔希敏道：「連祖師爺也到了，怕他們怎的？大家快上山啊！」

衆人把馬匹寄存在鄉人家裏，急趕上山。快到山頂時，忽聽得嗤嗤嗤一陣響，數粒暗器飛上天空，隔了片刻，才一齊落下。袁承志喜道：「木桑道長在上面，他在招呼咱們了。」當即從衣囊裏摸出三枚銅錢，向天力擲，只見三顆黃點消失在雲氣之中，悠然而逝，隔了好一陣方才落下。崔希敏讚道：「小師叔，這一下勁道好足！」

袁承志正要躍出去接還銅錢，突然山腰中擲出一個黑黝黝的算盤，飛將上去兜住了三枚銅錢，這才落下。一人從樹後竄出，接住算盤，嘁嚓嘁嚓的搖晃，大笑而來，正是銅筆鐵算盤黃眞，笑道：「師弟，你好闊氣，銅錢銀子也隨手亂擲，這可不是揮金如土嗎？我們生意人瞧著可著實肉痛。做生意的錢一入手，可不能還你了。」

崔希敏大叫：「師父，你老人家先到啦！」搶上去咚咚咚的磕了三個響頭。他也不理會是甚麼地方，心中高興，這幾個頭磕得加倍用力，站起來時，額角已給岩石撞腫了高高一塊。安小慧又憐惜，又氣惱，不住低聲埋怨。崔希敏只管傻笑。

袁承志等也都上去見了禮。接著木桑道人過來相會，各人上前拜見，互道別來情事。承志懸念青青，正想詢問大師哥有沒見到她蹤跡，忽然樹叢裏撲出兩頭巨猿，一齊摟住了袁承志。崔希敏大吃一驚，伸拳便打。承志笑道：「大威，小乖，你們好！」伸手輕輕格開崔希敏打來的一拳。兩頭巨猿突然吱吱亂叫，放開了承志，猛往山壁上竄去。崔希敏道：「是小師叔養的嗎？糟糕，猩猩生氣了！」眼見兩頭巨猿越爬越高。

袁承志心道：「大威、小乖定是藏著甚麼好東西，見我回來，要取出來給我。」望了一陣，忽見峭壁上冒出陣陣煙霧，那處所正是埋葬金蛇郎君的洞穴，不覺一驚，又見兩頭巨猿在高處指手劃腳，大打手勢，似在招呼自己過去。

安小慧也看了出來，說道：「承志大哥，兩頭猩猩在叫你呢！」袁承志道：「不錯！」向啞巴打了幾下手勢，啞巴點頭會意，奔向石屋取了火把長索，與衆人繞道上了峭壁之頂。袁承志道：「洞裏的路徑只有我熟，我一個人進去吧。」在衣上撕下兩片小布，塞住鼻孔，點燃火把，縋繩下去。兩頭巨猿在峭壁上亂叫亂跳，搔頭挖耳，似乎十分焦急。

袁承志剛到洞口，便見一陣煙霧冒出，當下屏除呼吸，直衝進去，奔至狹道，只見一人橫臥在地，湊近看時，竟是青青。這一下驚喜交集，忙摸她口鼻，呼吸已甚微弱。眼見內洞微有火光，尚有一人躺在那裏，正是何紅藥，還想入去相救，突然間胸口作惡，便欲昏倒，忙彎身抱起青青，奔出洞來，抓住繩子。啞巴和洪勝海一齊用力，吊起兩人。承志見四周已無毒煙，深深吸了兩口氣，突然忍耐不住，在半空中大吐起來。

眾人在峭壁上甚是擔憂，只怕他中了穢氣毒霧，一個失手，兩人都跌入深谷之中。啞巴和洪勝海戰戰兢兢的緩緩提拉，崔秋山、崔希敏叔姪在旁護持。

袁承志只因吸入洞中穢氣多了，腳一著地，頭腦暈眩，立足不穩，登時軟倒。木桑忙給兩人推宮過氣。過了一會，袁承志悠然醒來，調勻呼吸，只覺倦乏萬分。又過一陣，青青也醒來了，見了袁承志，哇的一聲，哭了出來。眾人見兩人醒轉，這才放心。青青神智漸復，斷斷續續的把洞中情由說了。

承志黯然點頭，道：「青弟的母親遺命要和丈夫合葬，現今兩人雖屍骨化灰，但終於合葬在一起了。」青青道：「那惡婆娘雖然兇惡，但她對我爹爹一往情深，我爹爹對她負心，甚是不該。」向承志道：「大哥，我們該當救她性命。」承志點頭道：「甚是！」崔希敏自告奮勇，入洞救人。承志囑咐洞內穢氣有毒，救了人立刻出來。

崔希敏進洞後不久即出回上，說道：「山風厲害，洞裏穢氣已大半吹散。那婆娘已經斷氣了。我怕洞裏不能久躭，只把她屍體胡亂埋在坑裏。」青青點頭道：「她跟我爹爹、媽媽同葬一穴，她如死後有知，心中也必歡喜。但盼他們三人不要吵架才好。」承志道：「你放心，你爹爹一定幫你媽媽。」青青怒道：「我媽比她美貌，所以我爹爹一定幫我媽媽。將來你也這樣，是不是？」承志奇道：「甚麼將來我也這樣？」青青反掌打去，承志和她乍見重逢，正自大喜，見她反掌打來，便不閃避，啪的一聲，重重打中臉頰。青青哭道：「將來你只幫阿九不幫我，我還是死了的好！」

安小慧要岔開話頭，撫摸著兩頭巨猿頭頂，說道：「幸好大威和小乖發現得早，要是遲得些時候，只怕青姊姊和承志大哥在洞裏中穢氣之毒更深。」衆人都說的確好險，幸虧畜生的知覺靈敏，遠遠的就察覺有異。衆人一路談論適才的險事，一路上山。安大娘和安小慧扶青青走進石屋，給她洗臉換衣，扶上床去休息。

青青內功不及承志，吸的穢氣又多，次日仍不痊可，有時神智胡塗起來，又哭又鬧，昏迷中只罵承志負心無義，喜新棄舊。

衆人見承志一副尷尬模樣，又是好笑，又是擔心，怕他為難，都悄悄退了出去。承志柔聲安慰，堅稱矢志靡他。青青臉上一陣紅一陣黑，不住嘔吐黑水。承志到了這個地步，也是束手無策，只有在臥榻旁垂淚的份兒。山洞或井底久不通風，穢氣不洩，貿然入內，往往中毒，以致喪命，行走江湖之人見過不少。如非當場殞命，獲救之後通常漸漸甦醒，但青青臉色有異，嘔吐黑水，似乎除密洞穢氣外，另中了何紅藥或金蛇郎君身上所染奇異毒藥。袁承志只盼何惕守便在近旁，她或能知救治之法，更攜得有解藥。

衆人在外紛紛議論，都說青青這樣一個好姑娘，雖然愛使小性子，心地卻好，倘若就此不治，可眞教人難過，承志更不免傷心一世。衆人唉聲歎氣，愀然不樂。

將到黃昏，兩頭巨猿先叫了起來，外面一陣人聲喧擾，原來是歸辛樹夫婦領著梅劍和、劉培生、孫仲君等六名弟子到了。歸二娘抱著兒子歸鍾，小孩兒笑得傻裏傻氣的，身子可大好了。歸二娘得知青青中毒，忙把兒子未服完的茯苓首烏丸拿出來給她服下一顆。青青安靜了一陣，沉沉睡去。

天黑後，黃眞的大弟子領著八名師弟、兩個兒子到了山上。他先向木桑道人行禮，然後叩見師父、二師叔、二師娘。他見袁承志年紀甚輕，自己大兒子還大過他，要跪下向他磕頭，實在有點不願，叫了一聲「師叔！」不禁有點遲疑。

袁承志見這師姪四十多歲年紀，虎背熊腰，筋骨似鐵，站著幾乎高過自己一個頭，先暗暗喝了聲采，心想大師哥英雄了得，確要這般威風的人物才能做他掌門弟子，崔希敏人既莽撞，武功又差，跟這個師姪可差得遠了，見他作勢要跪，忙伸手攔住，向黃眞其餘八名弟子擺了擺手，說道：「大家別多禮啦！」崔希敏在一旁介紹，說道：「我這位大師兄姓馮名難敵，江湖上人稱八面威風。」袁承志道：「馮兄定是得著大師哥眞傳了。」

黃眞眼見馮難敵不對小師叔下跪，心想他已是江湖上的成名人物，也就不加勉強。他向來滑稽玩世，於這些禮數也並不考究，當下笑道：「師父算盤精，教出來的徒兒也就愛佔便宜，向小師叔磕幾個頭，又未必有見面錢，可就大吃虧了。」

馮難敵給師父說得不好意思，便要向袁承志跪倒。袁承志急忙攔住。馮難敵當下命大兒子馮不破、二兒子馮不摧向木桑道人與歸、袁兩位師叔祖、以及梅劍和等師叔依次拜見了。袁承志沒見面錢給不破、不摧兄弟，微覺尷尬。

馮不破今年二十三歲，馮不摧二十一歲，兩人在甘涼一帶仗著父親的名頭，武林中個個讓他哥兒三分。他二人手下也確有點眞功夫，這時候見袁承志不過二十歲左右，居然長著自己兩輩，心中好不服氣，又見他紅腫了雙眼，出來見客時淚痕未乾，心想此人不知甚麼事吃了虧，這般哭哭啼啼的，膿包之極，英雄好漢打落了牙齒和血吞，那有受了人欺侮便哭的？對他更加不瞧在眼裏。他二人和歸辛樹門下的弟子個個交好，知道就中孫仲君最是心傲好勝，武功也強。當晚哥兒倆偷偷商議，要挑撥孫師姑去跟這小師叔祖比試一場，讓他出個醜，萬一給父親或師祖知道了，也怪不到兄弟倆頭上。

第二天兩兄弟一早起來，溜到外面去找孫仲君，迎面撞見八師叔石駿。他也是個年少好事之人，武功和馮氏兄弟在伯仲之間，喝道：「喂，你們哥兒倆探頭探腦的找甚麼？」馮不摧笑道：「我們在找孫師姑呢，聽說她在山東幹掉了不少渤海派的人，要請她說來聽聽。」石駿喜道：「好啊，剛才我見她在山那邊，正跟梅師哥練武呢。」

三人興沖沖的趕往山後。馮氏兄弟心中盤算，用甚麼話來挑動孫仲君去找那袁小師叔祖比武。馮不摧悄聲道：「要是孫師姑還在練劍，咱們就說是那姓袁的說的，這一路、那一路都使得不對。」馮不破笑著點頭。

剛轉到山後，忽聽得孫仲君正在厲聲叱罵，這一下大出三人意外，忙拔足趕去，只見孫仲君挺著單鉤，正在追逐一人。

注：李自成攻破北京事蹟，當時文士筆錄見聞而流傳後世者甚多。諸書作者以立場對立，對李自成無不極為仇視，文中自多誇張及誣衊，未可盡信。但闖軍初時紀律嚴明，進北京後便即腐敗，當屬事實。以下所錄為《明季北略》一書中若干記載：（文中所謂「賊」指闖軍而言，可見作者極有偏見。）

◉昧爽，陰雲四合，城外煙焰障天，微雨不絕，霧迷，俄微雪，城陷。或謂先有人伏內，通太監曹化淳弟曹二公內應開門。一云：太監王相堯率內兵千人出迎賊。賊將劉宗敏整軍入，軍中甚肅。……太監曹化淳同兵部尚書張縉彥開彰義門迎賊。……大抵京城之陷，多由奸人內應耳。……已而賊大呼開門者不殺，於是士民各執香立門，賊過，伏迎，門上俱粘「順民」，大書「永昌元年順天王萬萬歲」。

◉賊盡放馬兵入城，亂入人家。諸將軍望高門大第，即入據之。劉宗敏據田宏第，李牟據周奎第。

◉掌書宮人杜氏、陳氏、竇氏爲自成所取，而竇氏尤寵，號竇妃。又有張氏，亦嬖之。自成集宮女分賜隨來諸賊，每賊各三十人。牛金星、宋獻策等亦各數人。

◉四月初一日，宋獻策云：「天象慘列，日色無光，亟宜停刑。」初七日，自成過宗敏第，見庭院夾三百多人，哀號半絕。自成云：「天象示警，宋軍師言當省刑，宜酌放之。」此中縉紳十一，餘皆雜流武弁及效勞辦事人。釋千餘人，然死者過半矣。

◉賊初入城，不甚殺戮。數日後大肆殺戮……賊兵滿路，手攜麻索，見面稍魁肥，即疑有財，縶頸徵賄。有中途借貸而釋者，亦有押至其家，任其揀擇而後釋者。若縛至劉宗敏僞府便無生理。

◉賊初入城時，先假張殺戮之禁，如有淫掠民間者，立行凌遲。假將犯罪之寇殺死四人，分爲五段，據稱以淫殺之故也。民間誤信，遂安心開店市，嘻嘻自若……

：四五日後恣行殺掠。先令十家一保，如有一家逃亡，十家同斬。十家之內有富戶者，闖賊自行點取籍沒，其中下之家，聽各賊分掠。又民間馬騾銅器，俱責令輸營，於是滿城百姓，家家傾竭。

◉賊兵初入人家，曰借鍋爨。少焉，曰借床眠。頃之，曰借汝妻女姊妹作伴。藏匿者，押男子，徧搜，不得不止。愛則置摟馬上。有一賊挾三四人者，又有身摟一人而餘馬挾帶二三人者。不從則死，從而不當意者亦死。一人而不堪眾嬲者亦死。安福胡同一夜婦女死者三百七十餘人。降官妻妾，俱不能免。……賊將各踞巨室。籍沒子女爲樂，而士兵充塞巷陌，以搜馬搜銅爲名，沿門淫掠。稍違者，兵加其頸。門衛甚嚴，即欲脫免，不可得也。不顧青天白日，恣行淫戲。

◉賊無他伎倆，到處先用賊黨扮作往來客商，四處傳布，說賊「不殺人，不愛財。不奸淫，不搶掠，平買平賣，蠲免錢糧，且將官家銀錢分賑窮民，頗愛斯文秀才，迎者先賞銀幣，蒯即考校，一等作府，二等作縣。」……於是不通秀才皆望做官；無知窮民皆望得錢；拖欠錢糧者皆望蠲免。眞保間民謠有「開了大門迎闖王，闖王來時不納糧」等語，因此賊計得售。

◉賊兵入城者四十餘萬，各肆擄掠。自成或禁止，輒譁曰：「皇帝讓汝做，金銀婦女不讓我輩耶？」

按：《明季北略》一書作者計六奇，書成於清初，內容甚詳，於李自成在北京之行動，逐日記載，但作者主觀上極度反對農民義軍，所記未必客觀眞實。

中國歷代農民起義軍，未必皆紀律甚佳，當起事之初，聲言弔民伐罪，仲張正義，但一旦聲勢既成，迫於形勢，燒殺擄掠，往往在所不免。赤眉、黃巢、李自成、張獻忠、太平天國之失敗，皆與軍紀不良有關。《水滸傳》中梁山泊眾英雄劫法場或攻城掠地之時，如李逵「不問軍官百姓，殺得屍橫遍地，血流成渠」（第三十九回），如鎮三山大鬧青州道，青州城外「原來舊有數百人家，卻都被火燒做白地，一片片瓦礫場上，橫七豎八，殺死的男子婦人不計其數。」（第三十三回）當代研究歷史者片面肯定農民起義軍，認為李自成不好酒色，軍紀極佳，言李軍在北京殘害百姓者並非事實，有人擅自（按照著作權法：評註須得原作者同意授權。）評註《碧血劍》，大肆攻擊書中寫李自成紀律不佳為誣衊，此種看法恐無史實根據。郭沫若個人行為或有可議處，但其歷史研究、考古成就功力不淺，不能抹殺，其所作〈甲申三百年祭〉一文，在一九四九年前後影響甚大，該文並不否定李自成軍有姦淫擄掠之舉，不過及不上官兵厲害而已，文中說，「流寇都是鋌而走險的饑民，這些沒有受過訓練的烏合之眾，在初，當然抵不過官兵，就在姦淫擄掠焚燒殘殺一點上比起當時的官兵來更是大有愧色的。」其中引述史書，說劉宗敏「拶挾降官、搜刮贓款、嚴刑殺人……殺人無虛日，大抵兵丁搶掠民財者也……而且把吳三桂的父親吳襄綁了來，追求三桂的愛姬陳沅，不得，拷掠酷甚。」也說到「李岩上書諫李自成愛護百姓，應下令『一切軍兵不宜借住民房，恐失民望。』自成見疏，不甚喜，既批疏曰『知道了』並不行。」

中共中央領導人對這篇文章十分注意，在軍隊進入大城市之前，三令五申，不得騷擾民居。有記載說，當年毛澤東在率領高級文武官員進入北京之時，曾笑稱：「我們進北京去要應一場大考。」意謂當嚴守紀律，通過不受繁華腐敗生活之引誘的考驗，不可蹈李自成之覆轍。陳毅於部隊進入上海之前，嚴格下令不准進入民居，即使傷者病人，天下大雨，也不得進入民居、商鋪，其部屬果然遵行，共軍夜入上海，次晨中外人士見馬路上睡滿官兵。

清初民間流傳通俗白話小說《鐵冠圖》，敘崇禎宮中宮女費宮娥佯從李自成部將羅某，將其刺死事跡。我以爲小說中對李自成部隊的奸淫擄掠過份誇張，似不可取。

中共領導人對於李自成軍紀的評論：

◉毛澤東：1.毛澤東在延安高級幹部會議上講話，指出：「近日我們印了郭沫若論李自成的文章，也是叫同志們引爲鑒戒，不要重犯勝利時驕傲的錯誤。」（一九四四·四·一二·毛選第三卷〈學習與時局〉）（《郭沫若年譜》上冊：該文曾送經董必武審閱，於三月十九日至廿二日在重慶《新華日報》發表，其中指李自成失敗的三大原因：一、驕傲自滿，二、失卻原來的優良作風和紀律，三、屠戮功臣，使領導核心解體。）2.毛澤東寫信給郭沫若：「你的〈甲申三百年祭〉，我們把它當作整風文件看待。小勝即驕傲，大勝更驕傲，一次又一次吃虧，如何避免這種毛病，實在值得注意。倘能經過大手筆寫一篇太平軍經驗，會是很有益的，但不敢作正式提議，恐怕太累你。」「你的史論、史劇有大益於中國人民，只嫌其少，不嫌其多，精神決不會白費的，希

望繼續努力。」（一九四五・一一・二○・《毛澤東書信選集》，頁241-242）

◉陳毅：一九四七・一二・二，陳毅去阜平縣城南莊訪聶榮臻，兩人會談，陳毅說：「李自成攻克北京，驕傲自滿，飄飄然，昏昏然，最後失敗。」（《九大元帥珍聞軼事》，頁377-378）

◉徐向前：一九四八・二・二三，徐向前在晉察魯豫軍區前方指揮所山西翼城高幹會議上講話：「李自成進北京後，便昏昏然。他的許多文臣武將，只圖做官、享福、貪污、腐化、搞女人、搶東西，軍隊無紀律，把北京城搞得一團糟。結果前功盡棄，李自成最後也在九宮山被殺，眞是亡國、亡黨、亡頭。」（《在徐帥指揮下》，頁13）

◉薄一波、葉劍英：一九四九年元旦後，中共中央在西柏坡開政治局會議，會議期間，葉劍英、薄一波等根據毛澤東出的題目，討論進城後的問題，「……進城以後，要始終保持政治上的清醒，經得起勝利的考驗，千萬不能做李自成。李自成進了北京，他和部下就是吃了陶醉於勝利的大虧，很快就腐化起來，結果只做了四十天『大順皇帝』就失敗了。」（薄一波：《領袖、元帥、戰友》，頁164-165）

◉劉伯承：一九四八年四五月間，劉伯承看了華東野戰軍文工團演出的話劇「李闖王」，劇情說李自成的起義軍打到北京後，將領中有些人在勝利中只顧個人享樂，大肆搶掠財物，紀律敗壞，內部發生分裂，因而喪失了鬥志……最後終於失敗。劉伯承說這個戲演得好，對軍隊有教育意義。（《二十八年間——從師政委到總書

記》三編，頁206）

◉羅榮桓：一九四九・一・二九，東北野戰軍總部開會後，請軍以上幹部吃烤羊肉，有人要求喝酒，羅榮桓說可以，但不得喝醉，並給大家講了李闖王進北京的故事，他說：「闖王李自成進北京後，驕傲自滿，以爲大功告成……他的一些驕兵悍將，沉湎酒色，爭功諉過，弄得內訌迭起，結果……轟轟烈烈的農民革命運動失敗了……」（《羅榮桓在東北解放戰爭中》，頁235）

關於李自成殺害同伴及功臣：

《明史・卷三〇九》〈李自成傳〉：「……先是有馬守應，稱老狪狪（按：馬守應爲回族人，起義後稱老回回，當時朝廷歧視造反民軍，在「回」字旁加「犬」旁，侮辱他是畜牲）；賀一龍稱革裏眼；賀錦稱左金王；劉希堯稱爭世王；藺養成稱亂世王者，皆附於自成，時號『革左五營』。……自成善攻，汝才善戰，兩人相須，若左右手。自成下宛葉，克梁宋，兵強士附，有專制心，顧獨忌汝才，乃召汝才所善賀一龍，宴縛之，晨以二十騎斬汝才於帳中，悉兼其眾。……自成既殺汝才、一龍，又襲殺養成，奪守應兵，擊殺袁時中於杞縣。……李岩者，故勸自成以不殺收人心者也，及陷京師……又獨於士大夫無所拷掠，金星等大忌之。定州之敗，河南州縣多反正，自成召諸將議，岩請率兵往。金星陰告自成曰：『岩雄武有大略，非能久下人者。河南，岩故鄉，假以大兵，必不可制，十八子之讖，得非岩乎？』因譖其欲反，自成令金星與岩飲，殺之。賊眾俱解體。」

李岩攜著妻子和袁承志的手，
叫兩人分坐兩側，
說道：「老天爺畢竟待我不薄。」
在杯中斟滿了酒，一飲而盡，
右手拍擊木案，大聲唱起歌來。

第二十回

空負安邦志　遂吟去國行

她追趕的那人是個三十餘歲的男子，神色憤激，一面「賊婆娘，惡賤人」的破口亂罵，一面持刀狠鬥。這人武功不及孫仲君，打一陣，逃一陣，可是並不奔逃下山，只要稍見空隙，又回身拚命猛砍狠殺。馮不摧道：「咱們上去截住這小子，別讓他跑了！」石駿道：「孫師姊不愛別人幫手，這小子她對付得了。」

只聽那人狂叫：「你殺了我妻子和三個兒女，那也罷了，怎麼連我七十多歲的老娘也都害了？」孫仲君厲聲喝道：「你這種無恥狂徒，家裏人再多些，也一起殺了！」兩人愈鬥愈烈。

馮不破忽道：「孫師姑怎麼不用劍？這單鉤使來挺不順手。」石駿也見到她兵刃甚不合手，倒轉自己長劍，柄前刃內，叫道：「孫師姊，接劍！」長劍向孫仲君擲去。忽地一人從旁邊樹叢中躍出，伸手在半路上將劍接了過去。三人吃了一驚，見那人輕身功夫迅速美妙，站定身子後，看清楚原來是歸氏門下的沒影子梅劍和。石駿叫了聲：「梅師哥！」梅劍和點了點頭，將劍擲還給他，說道：「孫師妹另練兵刃，她不用劍！」石駿「哦」了一聲，他不知孫仲君因濫傷無辜，已爲穆師祖禁止使劍。

石駿再看相鬥的兩人時，那男子雖情急拚命，畢竟武功差遜，漸漸刀法散亂。鬥到酣處，孫仲君飛起左足，踢中他右手手腕，他手中單刀直飛起來。孫仲君鉤尖已抵在他胸前，待要向前刺出，梅劍和急叫：「住手！」孫仲君一怔，那人急向旁閃，向山下逃去。梅劍和笑道：「饒了他吧，好讓師祖誇獎你。」孫仲君微微一笑。

不料那人逃出數十步，指著孫仲君又是「賊婆娘，臭賤人」的毒罵。這一來，連梅劍和、石駿等人也都動了怒。孫仲君怒火大熾，叫道：「非殺了這畜生不可，寧可再給師祖削掉根指頭！」挺鉤又追。梅劍和怕她又再殺人受責，心想先抓住那傢伙飽打一頓，讓師妹出了這口惡氣，也就是了，當下斜刺裏兜截出去。他輕身功夫遠勝諸人，片刻間已抄在那人頭裏。

那人見勢頭不對，忽地折向左邊岔路。石駿與馮氏兄弟暗器紛紛出手。馮不破一枚飛蝗石向他後心擲去。那人聽風辨器，往右避讓，但嗤的一聲，後胯上終於中了石駿的袖箭，一個踉蹌，跌倒在地。

梅劍和搶上前去，伸手按落，突然身旁風聲微響，那人忽地騰身飛出。梅劍和一驚，忙縮身避開，這才看明白，原來那人是爲人用數十條繩索纏住，扯了過去。

這時孫仲君等人也已趕到，見出手的竟是個美貌女子。但見她一身雪白衣衫，長髮垂肩，赤著雙足，手腕上足踝上都戴了黃金鐲子，打扮非漢非夷，笑吟吟的站著，右手皎白如雪，握著一束非絲非革的數十條繩索。身後站著個妙齡少女，全身裹在一襲白狐裘之中，頭上也戴了白狐皮帽子。雖眉目如畫，清麗絕倫，但容色甚是憔悴。

這兩人正是何惕守和阿九。

袁承志等離京次日，胡桂南便即查訪到宛平路旁飯鋪中溫氏四老和何紅藥、青青等人之事，回來向大家說起。何惕守知道在牆角釘以毒物，是五毒教召集人衆應援的訊號，只怕青青遭了毒手，須得立即趕去相救，何況袁承志曾囑咐要攜同阿九離京避難，和阿九一商量，阿九暗想此去或能見到袁承志，當即點頭，願隨她前去救人。當晚兩人留了封信，悄然出京。阿九將金蛇劍帶在身邊。

何惕守想僱輛騾車給阿九乘坐，但兵荒馬亂之際，再也沒車夫做這生意。何惕守見到有人乘車出京，不管三七二十一，把乘客趕下車來，強迫車夫駕車西行。阿九雖然身受重傷，但何惕守是江湖大行家，講文，有金銀毒藥，講武，有拳腳刀劍，出得門來處處都佔便宜，一路上卻也未受風霜之苦。何惕守頗識醫藥，更當她是小妹子兼未來小師母般呵護服侍，阿九的臂傷在途中逐漸痊可。健騾輕車，到了華山腳下。何惕守將阿九負在背上，展開輕功，走得又快又穩。上得山來，正逢洪勝海給暗器打倒，將遭擒拿，何惕守便揮出軟紅蛛索相救。

梅劍和與孫仲君等不知洪勝海已跟隨袁承志，更不知何惕守是何等樣人，眼見她赤了雙腳，怪模怪樣，顯是妖邪一流，忽上華山來放肆搗亂，都甚惱怒。孫仲君喝問：「你們是甚麼路道？都是渤海派的麼？」何惕守笑道：「姊姊高姓大名？不知這位朋友甚麼地方得罪了姊姊，小妹給兩位說和成麼？」孫仲君聽她說話嬌聲嗲氣，裝模作樣，顯非端人，罵道：「你是甚麼邪教妖人？可知道這是甚麼地方？」何惕守笑笑不答。

洪勝海道：「何姑娘，這賊婆娘最是狠毒，叫做飛天魔女。我老婆和三個兒女，還有七十多歲的老娘，都給她下毒手殺死了！」說時咬牙切齒，眼中如要噴出火來。

梅劍和自那次在袁承志手下受了一次教訓之後，傲慢之性已大爲收斂，且知師祖今日必到，不願多惹事端，朗聲道：「你們快下山去吧，別在這裏囉唣。」馮不摧叫道：「我師叔的話你們聽見了麼？快走，快走！」搶到阿九身旁，作勢趕人。

阿九右手拄著青竹杖，向他森然斜睨。她出身帝皇之家，自幼兒頤指氣使慣了的，神色間自然而然有股尊貴氣度。馮不摧不禁一凜，隨即大怒，喝道：「你們來作死！」伸手便向阿九推去。阿九受程青竹的點撥教導，武功已頗有根柢，當即青竹杖左劃右勾。馮不摧全沒防備，那想到這個看來弱不禁風的小姑娘出手如此之快，腳踝給竹杖擊中，立足不穩，撲地倒了。他武功本也不弱於阿九，只是出其不意，才著了道兒，背脊剛一著地，立即挺身跳起，少年人最是要強好勝，這一下臉上如何掛得住？鐵鞭高舉，撲上去就要廝拚。

何惕守笑道：「各位是華山派的吧？咱們都是自己人呀！」馮不破喝道：「誰跟你這妖女是自己人了？」

梅劍和在江湖上閱歷久了，見多識廣，見何惕守剛才揮索相救洪勝海，手法高明，決非沒來歷之人，當下向馮氏兄弟使個眼色，問何惕守道：「尊師是那一位？」

何惕守笑道：「我師父姓袁，名叫袁承志，好像是華山派門下。也不知是眞的，還是冒充的。」梅劍和與孫仲君對望一眼，將信將疑。石駿笑道：「袁師叔自己還是個小孩子，本門功夫不知已學會了三套沒有，怎麼會收徒弟？」

何惕守道：「是麼？那可眞的有點兒希奇古怪了，也說不定我那小師父是個冒牌貨，嘻嘻！對啦！我瞧你這位小兄弟的武功，只怕就比我那小師父強些了。」

孫仲君在袁承志手裏吃過大虧，後來給師祖責罰，削去手指，推本溯源，可說都因他而起，一想到這個小師叔就恨得牙癢癢地，只是一來他本領高強，輩份又尊，二來他救過師父愛子的性命，師父師母提到他時總是感激萬分，自己只得心裏惱恨而已，這時聽何惕守自稱是袁承志的徒弟，不覺怒火直冒上來，叫道：「你如是華山派弟子，怎麼跟這等無恥狂徒在一起？」何惕守微笑道：「他是我師父的長隨，不見得有甚麼無恥啊。勝海，你怎麼對這位姑娘無恥了？當眞無恥得很麼？唉，我可不知道你這麼不怕難爲情。」說著抿嘴而笑。孫仲君更是大怒，一時氣得說不出話來。

他們幾人在山後爭鬥口角，聲音傳了出去，不久馮難敵、劉培生等諸弟子都陸續趕到。馮不摧向阿九怒目瞪視，但越看越覺她美麗異常，不禁低下了頭，怒氣變成了傾慕。

馮不破道：「爹，這個女人說她是姓袁的小……小師叔祖的弟子。」馮難敵哼了一聲，問道：「他們在吵甚麼？」馮不摧搶著把剛才的事說了。華山派第三代弟子之中，馮難敵年紀最大，入門最早，江湖上威名又盛，隱然是諸弟子的領袖，聽了兒子的話後，轉頭問孫仲君道：「孫師妹，這人怎麼得罪你了？」

孫仲君臉上微微一紅。梅劍和道：「這狂徒有個把兄，也不照照鏡子，卻老了臉皮來向孫師妹求親，給孫師妹罵回去了……」洪勝海插口道：「不答應就是了，怎麼把我義兄兩隻耳朵削了去……」馮難敵瞪眼喝道：「誰問你了？」

梅劍和指著洪勝海道：「那知這狂徒約了許多幫手，乘孫師妹落了單，竟把她綁架了去，幸好我師娘連夜趕到，才救了她出來。」馮難敵眸子一翻，精光四射，喝道：「好大的膽子，你還想糾纏不清？」

洪勝海凜然不懼，說道：「她殺了我義兄，還不夠麼？」

何惕守道：「擄人逼親，確是他們不好。不過這位孫姊姊既已將他義兄殺死，也已出了氣，何況又沒拜堂成親，沒短了甚麼啊。再說，人家瞧中你孫姊姊，苦苦相思，是說你美得像天仙一般，怎麼人家偏又瞧不中我呢？孫姊姊以怨報德，找上他家裏去，殺了他一家五口，這不是辣手了點兒嗎？殺人雖然好玩，總得揀有武功的人來殺。他的七十歲老母好像沒甚麼武功，也沒犯甚麼罪，最多不過是生了個兒子有點兒無恥。他的妻子和三個小兒女，更不知是犯了甚麼瀰天大罪？殺這些人，不知是不是華山派的規矩？華山派大戒第三條，是叫人濫殺無辜嗎？小女子倒不記得了。」

眾人一聽，均覺孫仲君濫傷無辜，犯了本派大戒，都不禁皺起了眉頭。馮難敵對洪勝海惡狠狠的道：「起因總是你自己不好！現今人已殺了，又待怎樣？」

何惕守道：「我本來也挺愛濫殺好人的，自從拜了袁承志這個小師父之後，他說了一大堆囉裏囉唆的華山派門規，說甚麼千萬不可濫殺無辜。可是我瞧孫姊姊胡亂殺人，不也半點沒事麼？我這可有點胡塗了。待我見過小孩子師父，再請他指點吧。」

劉培生道：「袁師叔他們正忙著，怕沒空。」梅劍和道：「師父呢？」劉培生道：「師父、師娘、師伯、師叔四位，還有木桑老道長，正在商量救治那個姑娘。」馮難敵道：「嗯，先把這人綑起來，待會兒再向師父、師叔請示。」馮不破、馮不摧齊聲答應，上前就要拿人。

何惕守見這一干人毫不將自己放在眼裏，她是獨霸一方、做慣了教主的，這如何忍得？笑吟吟道：「要縛人嗎？我這裏有繩子！」提起一束軟紅蛛索，伸出手去。馮不摧橫她一眼道：「誰要你的！」逕自走向洪勝海身邊。

兩兄弟剛要動手，忽聽身旁噗哧一笑，腳上同時一緊，身子突然臨空而起，猶如騰雲駕霧般直飛出去。兩人頭腦中一團混亂，身在半空，恍惚聽得何惕守嬌媚的聲音笑道：「啊喲，對不住啦！快使『鯉魚翻身』！」馮不破依言一招「鯉魚翻身」，雙腳落地，怔怔的站著。馮不摧年幼倔強，偏不依言，想使一招「飛瀑流泉」，斜刺裏躍出去站住，露個姿勢美妙的身段，那知下墮之勢快捷異常，腰間剛使出力道，已然騰的一聲，坐落在地，不由得又羞又疼，一張臉直紅到了脖子裏去。

馮難敵見愛子受欺，大怒喝道：「你自稱是本門弟子，我們先前還信了你三分。可是你這手下賤功夫，怎會是本門中的？你過來！」他不暇解開衣扣，左手在衣襟上一拉，噗噗噗數聲，一排衣扣登時扯斷，長衣甩落，露出青布緊身衣褲，神態威壯，猶如一座鐵塔。

何惕守笑道：「您這位師兄要跟小妹過幾招，是不是？那好呀，同門師兄妹比劃比劃，倒也不錯，且看我那小孩子師父教的玩藝兒成不成。咱們打甚麼賭啊？」

馮難敵雖見她剛才出手迅捷，但自恃深得師門絕藝真傳，威鎮西涼，那把這女郎放在心上，但見她一副嬌怯怯的模樣，怒氣漸息，善念頓生，朗聲道：「我們這些人還好說話，待會歸嫱娘出來，她嫉惡如仇，見了你這等妖人一定放不過。還是快快走吧！」

何惕守笑道：「你又不是我的小孩子師父，憑甚麼叫我走？」

馮不摧剛才胡裏胡塗連摔兩交，羞恨難當，和哥哥一使眼色，叫道：「咱們來眞的，別使詭計弄鬼！」兩兄弟各舉鐵鞭，又撲上來。何惕守笑道：「好，我就站著不動，也不還手，怎麼樣？」把軟紅蛛索往腰間一纏，雙手攏在袖裏。

馮氏兄弟雙鞭齊下，見她不閃不避，鐵鞭將及她頂門時，不約而同的倏地收回。兩人幼受庭訓，雖然年少鹵莽，卻從來不敢無故傷人。馮不摧道：「快取兵刃出來！」

何惕守道：「我比你哥兒倆好像長了一輩，跟你們怎能動兵刃？你們要仲量於我，這就上罷！只要我有一隻腳挪動半步，或者我的手伸出了袖子，都算我輸了，好不好呢？」馮不破道：「我兄弟失手傷你，那可怨怪不得！」何惕守笑道：「進招吧，小夥子囉裏囉唆的不爽快。」馮不破臉上一紅，一鞭「敬德卸甲」，斜砸下來，何惕守身子微側，鐵鞭砸空。馮不摧恨她摔了自己一交，更是使足全力，鐵鞭向她肩頭掃去，鞭梢剛到，對手早已避過。何惕守雙足牢釘在地，身子東側西避，在鐵鞭影裏猶如花枝亂顫。馮氏兄弟雙鞭使動漸急，何惕守嘻笑自若，雙鞭始終碰不到她衣襟一角。

華山派衆人面面相覷，不知這個女子是何路道，她自稱是本門弟子，但身法武功，那有半點華山派的影子，武功卻又如此精強。

三人再拆數十招，馮氏兄弟一聲唿哨，雙鞭著地掃去，均想你腳步如眞不移，那又如何抵擋？何惕守笑道：「小心啦！」身子俯前，左肘在馮不破身上一推，右肘在馮不摧背上一撞。兩兄弟只感全身一陣酸麻，雙鞭落地，踉踉蹌蹌的跌了開去。

馮難敵低聲道：「梅師弟，這女人古怪，我先上去試試！」梅劍和點點頭。馮難敵縱身躍出，叫道：「我來領教。」

何惕守見他腳步凝重，知他武功造詣甚深，臉上仍然笑瞇瞇的露出一個酒渦，心中卻嚴加戒備，笑道：「我接不住時，你可別笑話。」馮難敵道：「好說，賜招吧！」身子微弓，右拳左掌，合著一揖，拳風凌厲，正是「破玉拳」的起手式。何惕守斂衽萬福，側身還禮，輕輕把這一招擋了回去。

馮難敵見她還禮卸招，心中暗叫：「好本事！」正要跟著進招，忽聽得山腰裏傳來呼喝叫喊之聲，有人爭鬥追逐，便向何惕守望了一眼。何惕守笑道：「你疑心我帶了幫手麼？咱們先瞧清楚再比劃，你說好麼？」

馮難敵聽呼喝聲漸近，中間夾著一個女子的急怒叫罵，點頭道：「也好。」

衆人奔到崖邊，向下看時，只見一個身穿紅衣的女子正在向山上急奔，四條大漢手執兵刃在後追趕。那女子見山頂有人，精神一振，急速奔上，遠遠望見馮難敵魁偉的身軀，叫道：「八面威風，快救我！」馮難敵吃了一驚，道：「啊，是紅娘子！」奔上相迎。

紅娘子臉上全是鮮血。這時再也支持不住，暈倒在地。跟著四人趕上山來，也不理會衆人，惡狠狠的就要搶上擒拿。馮難敵左臂伸出，揮掌往爲首一人推去，喝道：「朋友，放明白些！這是甚麼地方？」那人伸掌相抵，雙掌相交，啪的一聲，各自震開數步，那人的武功倒也頗爲了得。兩人互相打量一眼，均有驚疑之意。那人喝道：「奉大順皇帝座下權將軍號令，捉拿叛逆李岩之妻，你何敢阻攔？」

何惕守知道李岩是師父的義兄，這紅衣女子既是李岩之妻，我如何不救，挺身而出，笑道：「李岩將軍英雄豪傑，天下誰不知聞？各位別難爲這位娘子吧！」

那人神色倨傲，自恃武藝高強，在劉宗敏手下頗有權勢，那去理會何惕守一個小小女子，不屑答話，左手一擺，命三名助手上來綑人。

何惕守笑道：「好，你們不要命啦！」右手在腰間機括上一按，「含沙射影」的毒針激射而出。那三人武功雖非尋常，卻怎能躲閃這門神不知鬼不覺的暗器，當先一人登時臉上給七八枚毒針打了進去，叫也不叫一聲，立時斃命。其餘三人臉色慘變，齊聲喝問：「你是誰？」何惕守左手鐵鉤本來縮在長袖之內，與馮氏兄弟動手時一直隱藏不露，這時長袖輕揮，露出鐵鉤，爲首那人嚇得臉白如紙，顫聲道：「你……你……是五……五……何……何……」何惕守微微一笑，右手金鉤又是一晃。三人魂不附體，轉身就逃。爲首那人過於害怕，在崖邊一個失足，骨碌碌的直滾下去。

馮難敵等都甚驚奇，心想這三條大漢怎會對她怕得這等厲害，她適才眨眼間便殺了那人，又不知使的是甚麼古怪法門，但總之是友非敵，當可斷定。

馮難敵扶起紅娘子，正要詢問，突見山崖邊轉出一個身材高瘦的道人，高聲喝道：「華山派的人，都在這裏麼？」這一喝聲音清朗，內力深厚，只震得山谷鳴響。

衆人見這道人身上道袍葛中夾絲，燦爛華貴，道冠上鑲著一塊晶瑩白玉，光華四射，背負長劍，左手中持著一柄拂塵，隨意揮灑，飄飄然有出塵之概，約莫四五十歲年紀，氣度俊雅，一身清氣，顯是位得道高人。

馮難敵上前抱拳行禮，說道：「請教道長法號，可是敝派祖師的朋友麼？」

那道人並不還禮，右手拂塵輕揮，向衆人打量了幾眼，問道：「是華山派的？」馮難敵道：「正是。道長有何見教？」那道人道：「嗯，穆人清來了麼？」馮難敵聽他隨口呼叫祖師名諱，似是極熟的朋友，更加不敢怠慢，說道：「祖師還未駕臨。」

那道人微微一笑，拂塵向孫仲君、何惕守、阿九三人一指，說道：「穆老猴兒倒收了不少美貌女徒，艷福不淺。喂，你們三人過來給我瞧瞧！」說著將拂塵插入了腰帶。衆人聽他出言不遜，都吃了一驚。

孫仲君怒道：「你是甚麼人？」那道人笑道：「好吧，你跟道爺回去，我慢慢說給你知道。」孫仲君見他神態輕薄，登時大怒，走上一步，喝道：「甚麼東西，敢在這裏撒野！」那道人笑嘻嘻的在她臉上摸了一把，拿回來在鼻端上嗅了一下，笑道：「好香！」他左手這麼一伸一縮，似乎並不如何迅速，孫仲君竟沒能避開。她心中怒極，順手挺鉤刺去。那道人左手輕擋，反過手抓住她手腕。

孫仲君脈門給他扣住，登覺全身酸軟，使不出半點力氣。那道人收臂將她摟在懷裏，又伸嘴過去在她臉頰上親了一下，讚道：「這女娃子不壞！」

馮難敵、梅劍和、劉培生等個個驚怒失色，同時衝上。

那道人拔起身子，斗然退開數步。衆人見他左手仍摟住孫仲君不放，但忽躍忽落，比尋常單獨一人還要靈便瀟灑，不由得盡皆駭然，但見孫仲君讓他抱住了動彈不得，掙扎不脫，明知不敵，也不能袖手不理，各人拔出兵刃，撲了上去。

那道人微微一笑，右手翻向肩頭，突然間青光耀眼，背上的長劍已拔在手裏。

梅劍和對孫仲君最為關心，首先仗劍疾攻。他見了那道人長劍一碧如水的模樣，知是柄鋒銳之極的利器，不敢正面相碰，唰唰唰連刺三劍，尋瑕抵隙而攻。去年他在南京和袁承志比劍，一連幾柄劍盡被震斷，才知本門武功精奧異常，自己只學得一點皮毛而已，不由得狂傲之氣頓減，再向師父討教劍法，半年中足不出戶，苦心研習，果然劍法大進，適才這三劍是他新學絕招，迅捷悍狠，已得華山派劍法的精要。

那道人讚道：「不壞！」語聲未畢，噹的一聲，已將梅劍和的長劍削為兩截。

梅劍和一驚，依照慣例，立即要將斷劍向敵人擲去，以防對方乘勢猛攻，然後避開，再圖禦敵，但他怕誤傷師妹，不敢擲劍，劍斷即退，饒是他輕身功夫了得，敵劍到處，嗤的一聲，頭頂束髮的布帶已給割斷。這數招只一剎那之間，梅劍和心驚膽戰之際，馮難敵、劉培生、石駿、馮不破、馮不摧，以及黃眞的四弟子、五弟子一齊攻上，刀槍劍戟，同時並舉，只劉培生是空手使拳。

那道人長劍使了開來，只聽得叮叮噹噹一陣亂響，有的兵刃截斷，有的連人帶刀給他踢飛，只賸下馮難敵與劉培生兩個武功最高的勉力支撐。梅劍和從地下撿起一柄劍搶上夾攻。那道人左手仍是摟著孫仲君，右手長劍敵住三人，笑嘻嘻地渾不在意，抽空還在孫仲君臉頰一吻，只把孫仲君氣得幾欲暈去。

拆了數招，那道人忽地將長劍拋向空中。劉培生一怔，不知他使甚奇特招數。梅劍和急叫：「小心！」只聽蓬的一聲，劉培生胸口已中了一拳，退出數步，坐倒在地。那道人笑道：「你自以爲拳法了得，我用兵器傷你，諒你不服！」接住空中落下來的寶劍，噹啷一響，又將梅劍和的劍削斷，彎過手臂右肘推出，撞在馮難敵的左肋之上。馮難敵只覺奇痛入骨，眼前金星亂冒，騰騰騰連退數步。

那道人將華山衆弟子打得一敗塗地，無人敢再上來，昂然四顧，哈哈大笑，說道：「老穆自誇拳劍天下無雙，教出來的弟子卻這般不成器！你們師祖問起，就說玉眞子來拜訪過了，見他徒弟教得不好，帶了三個女徒兒去代他教導。三年之後，我教厭了，自會送還！」順手向後一揮，眼珠也沒轉上一轉，便已將長劍插入了背上的劍鞘。他仍是摟著孫仲君，走向何惕守，笑道：「你也跟我去！」

何惕守自知抵敵不過，對洪勝海道：「快去請師父。」等洪勝海轉身走開，那道人也已走到跟前。何惕守笑道：「道長，你功夫眞俊。您道號是甚麼呀？」

那道人見她笑吟吟的毫不畏懼，倒大出意料之外，見她容貌嬌媚，雙足如雪，言笑之間尤其動人心魄，不由得骨頭也酥了，又走上一步，笑道：「我叫玉眞子，你這孩子叫甚麼名字？你說我功夫好，那麼跟我回去，我慢慢教你好不好？」何惕守笑道：「你不騙人？咱們說過了的話，可不許不算。」玉眞子笑道：「誰來騙你，走吧！」伸手便來拉她手。

何惕守退了一步，笑道：「慢著，等我師父來了，先問問他行不行。」玉眞子道：「哼，跟著你師父，就算學得本領跟他一樣，又有甚麼用？哈哈！」何惕守道：「我師父本領大得很呢，要是知道我跟你走了，他要不依的。」

馮難敵等見孫仲君給那道人摟在懷裏動彈不得，那妖女卻跟他眉花眼笑的打情罵俏，個個氣得怒火填膺。梅劍和叫道：「好賊道，跟你拚了。」提劍又上。

玉眞子頭也不回，對何惕守道：「我再露一手功夫給你瞧瞧。看是你師父高明呢，還是我厲害。」一面慢吞吞的說著，一面閃避梅劍和的來劍，說道：「像他這般的劍法，在你們華山派裏總也算是少有的高手了，然而碰到了我，哼哼！你數著，從一數到十，我一隻空手就把他劍奪下來。」梅劍和見他如此輕視自己，更是氣惱，一柄劍越加使得凌厲迅捷。

何惕守笑道：「從一數到十麼？好，一，二，三，四，五……」突然一口氣不停，快速異常的數下去。玉眞子笑道：「小妮子眞壞，瞧眞了！」梅劍和挺劍刺出，突見敵人身子略側，長臂直伸，雙指已指及自己兩眼，相距不過數寸，不由得大驚，左手疾忙上格。玉眞子手臂早已縮回，手肘順勢在他腕上一撞。梅劍和手指立麻，長劍脫手，已讓玉眞子快如閃電般奪了過去，那時何惕守還只數到「九」字。

玉眞子哈哈大笑，左手持劍，右手食中兩指挾住劍尖，向下一扳，喀的一聲，劍尖登時拗了下來。只聽得喀喀響聲不絕，一柄長劍已給拗成一寸寸的廢鐵。

玉眞子把臏下的數寸劍柄往地下擲落，縱聲長嘯，伸手來又拉何惕守的手腕。何惕守自知非這道人之敵，一直以緩兵之計跟他拖延，但袁承志始終沒到，這時無可再拖，左手輕抬，讓他握住。玉眞子滿擬抓到一隻溫香軟玉的纖纖柔荑，突覺握到的是件堅硬冰冷之物，吃了一驚，疾忙放手，總算放手得快，並未沾毒，眼前金光閃動，金鉤的鉤尖已劃向眉心。

何惕守這一下發難又快又準，玉真子縱然武功卓絕，也險些中鉤，危急中腦袋向後疾挺，鉤尖從鼻端擦過，一股腥氣直衝鼻孔，原來鉤上餵了劇毒。他做夢也想不到這個嬌滴滴的姑娘出手竟如此毒辣，而華山派門人兵器上又竟會餵毒，不禁嚇得出一身冷汗，一怔之際，對方鐵鉤又到，瞬息之間，鐵鉤連進四招。

玉真子手中沒兵器，左臂又抱著人，一時給她攻得手忙腳亂，使勁把孫仲君向旁推開，縱開三步，拔出長劍，哈哈笑道：「瞧你不出，居然還有兩下子。好好好，咱們再來。」何惕守適才出敵不意，攻其無備，才佔了上風，要講真打，自知不是他對手，但實逼處此，不得不挺身相鬥，笑道：「你可不能跟我當真的，咱們鬧著玩兒。」

玉真子已知這女子外貌嬌媚，言語可喜，出手卻毫不容情，自恃武功天下無敵，也不在意，說道：「你輸了可得跟我回去。」何惕守笑道：「你輸了呢？我可不要你跟著。」雙鉤霍霍，疾攻而上。玉真子不敢大意，見招拆招，當即鬥在一起。

梅劍和搶上去扶起孫仲君。眾人先前見何惕守打倒馮氏兄弟，還道兩個少年學藝未精，這時見她力敵惡道，身法輕靈，招法怪異，雙鉤化成了一道黃光，一條黑氣，奮力抵住玉真子的長劍，都不禁暗暗咋舌。各人本該上前相助，但見二人鬥得如此激烈，進退趨避，兵刃劈風，迅捷無倫，每一招皆高妙之極，連看也看不大懂，更不用說拆招對敵了，自忖武藝遠遠不及，都不敢插手。

兩人鬥到酣處，招術越來越快，突然間叮的一聲，金鉤給玉眞子寶劍削去了一截。何惕守袖子揮動，袖口中飛出一枚暗器，波的一響，在玉眞子面前散開，化成一團粉紅色的煙霧。這時晨曦初上，照射之下，更顯得美艷無比。

玉眞子斜刺裏躍開，厲聲喝道：「你是五毒邪教的麼？怎地混在這裏？」一陣風來，石駿和馮不摧兩人站在下風，頓覺頭腦暈眩，昏倒在地。

何惕守笑道：「我現今改邪歸正啦，入了華山派的門牆。你也改邪歸正，拜我爲師，好不好呢？我說小道士啊，你快磕頭罷！」玉眞子運掌成風，呼呼兩聲，掌風推開面前絳霧，跟著一掌排山倒海般打了過來。何惕守見他劍法精妙，豈知掌力同樣厲害，手腕疾翻，已將蝎尾鞭拿在手中，側身避開掌力，鞭梢往他手腕上捲去。

玉眞子心想，今日上得山來，原是要以孤身單劍挑了華山派，那知正主兒未見，便讓這女孩子接了這許多招去，這次再不容她拆上三招之外，看準鞭梢來勢，倏地伸出左手，食中兩指已將蝎尾鞭牢牢鉗住。他指上戴有鋼套，不怕鞭上毒刺。

何惕守一帶沒帶動，對方長劍已遞了過來，疾忙撤鞭，笑道：「我輸了，這就拜你爲師罷！」說著盈盈拜倒。玉眞子呵呵大笑，把蝎尾鞭擲落，突然眼前青光閃耀，心知不妙，袍袖急拂，倏地躍起，一陣細微的鋼針，嗤嗤嗤的都打進了草裏。

何惕守拜倒時潛發「含沙射影」暗器，變起俄頃，事先沒半點朕兆，本來非中不可，不料玉眞子在間不容髮之際竟能避開，只是道袍下擺中了數針，生死也只相差一線。他驚怒交集，身在半空，便即前撲，如蒼鷹般向何惕守撲擊下來。

阿九在旁觀戰，時時刻刻提心吊膽，爲何惕守擔心，苦於自己臂傷未愈，武功又太差，不能出手相助，眼見玉眞子來勢猛惡，當即揚手，兩枝青竹鏢向他激射過去。玉眞子先前一瞥之間，已見到阿九清麗絕俗，從所未見，這時見她出手，不忍辣手相傷，有意容讓，不激竹鏢反射原主，長袖拂動，反帶竹鏢射向何惕守。

何惕守揮鉤砸開竹標，轉瞬間又跟敵人交上了手，眼見敵人太強，己所不及，當下守緊門戶，身形滑溜，只求拖延時刻。玉眞子久鬥不下，心中焦躁，當即左手拔出拂塵助攻，這一來兵刃中有剛有柔，威勢大振。

衆人見形勢危急，不約而同的都搶上相助。只聽拂塵唰的一聲，劉培生肩頭劇痛入骨。原來他拂塵絲中夾有金線，再加上渾厚內力，要是換了武功稍差之人，這一下當場就得給他掃倒。梅劍和向孫仲君道：「快去請師父、師娘、師伯、師叔來。」他見玉眞子武功之高，生平罕見，只怕要數名高手合力，才制得他住。

孫仲君應聲轉身，忽然大喜叫道：「道長，快來，快來。」

衆人鬥得正緊，不暇回頭，只聽一個蒼老的聲音說道：「好呀，是你來啦！」

玉眞子唰唰數劍，將衆人逼開，冷然道：「師哥，您好呀。」

衆人這才回過身來，只見木桑道人手持棋盤，兩囊棋子，站在後面。

衆弟子知道木桑道人是師祖的好友，武功與師祖在伯仲之間，有他出手，多厲害的對頭也討不了好去，但聽玉眞子竟叫他做師哥，又都十分驚奇。

木桑鐵青了臉，森然問道：「你到這裏來幹甚麼？」玉眞子笑道：「我來找人，要跟華山派一個姓袁的少年算一筆帳，乘便還要收三個女徒弟。」

木桑皺了眉頭道：「十多年來，脾氣竟一點也沒改麼？快快下山去吧。」玉眞子哼了一聲道：「當年師父也不管我，倒要師哥費起心來啦！」木桑道：「你自己想想，這些年來做了多少傷天害理之事。我早就想到西藏來找你……」玉眞子笑道：「那好呀，咱哥兒倆很久沒見面了。」木桑道：「今日我最後勸你一次，你再怙惡不悛，可莫怪做師兄的無情。」

玉眞子冷笑道：「我一人一劍橫行天下，從來沒人對我有半句無禮之言。」木桑道：「華山派跟你河水不犯井水，你欺侮穆師兄門下弟子，穆師兄回來，教我如何交代？」玉眞子嘿嘿一陣冷笑，說道：「這些年來，誰不知我跟你早已情斷義絕。穆人清浪得虛名，我玉眞子既有膽子上得華山，就沒把這神劍鬼劍的老猴兒放在心上。誰說華山派跟我河水不犯井水了？我又沒得罪穆老猴兒，他幹麼派人到盛京去跟我搗蛋？」

木桑不知袁承志跟他在瀋陽曾交過一番手，當下也不多問，嘆了一口氣，提起棋盤，說道：「咱兩人終於又要動手，這一次你可別指望我再饒你了。上吧！」

玉眞子微微一笑，道：「你要跟我動手，哼，這是甚麼？」伸手入懷，摸出一柄小小鐵劍，高舉過頭。他手掌伸前，鐵劍橫放掌中，露出白木劍柄。木桑見了劍柄上所寫的兩行黑字，凝視半晌，登時變色，顫聲道：「好好，不枉你在西藏這些年，果然得到了。」玉眞子厲聲喝道：「木桑道人，見了師門鐵劍還不下跪？」

木桑放下棋盤棋子，恭恭敬敬的向玉眞子拜倒磕頭。

眾弟子本擬木桑到來之後收伏惡道，那知反而向他磕頭禮拜，個個驚訝失望。

玉眞子冷笑道：「你數次折辱於我。先前我還當你是師兄，每次讓你。如今卻又如何？」木桑俯首不答。玉眞子左掌提起，呼的一聲，帶著一股勁風直劈下來。木桑既不還手，亦不閃避，運氣於背，拚力抵拒，蓬的一聲，只打得衣衫破裂，片片飛舞。他身子晃動，仍然跪著。玉眞子鐵青了臉，又是一掌，打在木桑肩頭，這一掌卻無半點聲息，衣衫也未破裂，豈知這一掌內勁奇大，更不好受。木桑向前俯衝，一大口鮮血噴射在山石之上。玉眞子全然無動於中，提起手掌，逕向他頭頂拍落。

眾人暗叫不好，這一掌下去，木桑必然喪命，各人暗器紛紛出手，齊往玉眞子打去。玉眞子手掌猶如一把鐵扇，連連揮動，將暗器逐一撥落，隨即又提起掌來。

阿九和木桑站得最近，見他鬚髮如銀，卻如此受欺，激動了俠義心腸，和身縱上，以自己身子護住他頂門。

玉眞子一呆，說道：「天下竟有這般美麗的女孩子！我可從來沒見過。須得帶回山去。」凝掌不落，突然身後一聲咳嗽，轉出一個儒裝打扮的老人來。

何惕守見這人神不知鬼不覺的忽在阿九身旁出現，身法之快，從所罕見，只道敵人又來了高手，生怕阿九受害，躍起身子，右掌往那老人打去，喝道：「滾開！」

那老人左臂迴振，何惕守只覺一股巨大之極的力道湧到，再也立足不定，接連退出四步，這才凝力站定，驚懼交集之際，待要發射暗器，卻見華山派弟子個個拜倒行禮，齊叫：「師祖！」原來竟是神劍仙猿穆人清到了。何惕守又驚又羞，暗叫「糟糕」，這一下對師祖如此無禮，只怕再也入不了華山派之門，一時不知是否也該跪倒。

這時木桑已站起退開，左手扶在阿九肩頭，努力調勻呼吸，仍不住噴血。

穆人清向玉眞子道：「這位定是玉眞道長了，對自己師兄也能下如此毒手。好好好，我這幾根老骨頭來陪道長過招吧！」玉眞子笑道：「這些年人家常問我：『玉眞道長，穆人清自稱天下拳劍無雙，跟你比，到底誰高誰低？』我總是說：『不知道，幾時得跟穆人清比劃比劃。』自今而後，到底誰高明些，就分出來了。」

衆弟子見師祖親自要和惡道動手，個個又驚又喜，他們大都從未見過師祖的武功，心想這眞是生平難遇的良機。

劉培生卻想師祖年邁，武學修爲雖高，只怕精神氣力不如這正當盛年的惡道，忙奔回去請師父師娘。一進石屋，只見袁承志淚痕滿面，站在床前，師伯、師父、師娘，以及洪勝海、啞巴等都是臉色慘然，師娘更不斷的在流淚。劉培生吃了一驚，走近看時，見青青雙目深陷，臉色黝黑，出氣多進氣少，眼見是不成的了。外面鬧得天翻地覆，他們卻始終留在屋內，原來是青青病危，不能分出身來察看。青青上氣不接下氣的哭道：「你答應了我媽……要……要一生……一世照應我的……你騙了我……又……又……騙我媽……」袁承志拉著她手，說道：「我不騙你，我自然一生一世照應你！」

劉培生低聲道：「師父，那惡道厲害得緊，師祖親自下場了。」歸辛樹見劉培生神態嚴重，知道對手大是勁敵，心中懸念師父，當即奔出。黃眞對歸二娘和袁承志道：「咱們都去。」袁承志俯身抱起青青，和衆人一齊快步出來。

衆人來到後山，只見穆人清手持長劍，玉眞子右手寶劍，左手拂塵，遠遠的相向而立，正要交手。袁承志一見此人，正是去年秋天在盛京兩度交手的玉眞子，第一次因有衆布庫纏住自己手腳，給他點中了三指，第二次胡桂南盜了他衣褲，自己打了他一拳一掌，踢了他一腳，兩次較量均屬情景特異，不能說分了勝敗，當即大叫：「師父，弟子來對付他！」

穆人清和玉眞子都知對方是武林大高手，這一戰只要稍有疏虞，一世英名固然付於流水，連性命怕也難保，這時都全神貫注，對袁承志的喊聲竟如未聞。

袁承志把青青往何惕守手裏一放，剛說得一聲：「你瞧著他。」只見玉眞子拂塵擺動，倏地往穆人清左肩揮來。他知道這兩位大高手一交上了手，就絕難拆解得開，師父年邁，豈可讓他親自對敵？雙足力登，如巨鷲般向玉眞子撲去。黃眞和歸辛樹也是一般心思，三人不約而同，齊向玉眞子攻到。

玉眞子拂塵收轉，倒退兩步，風聲颯然，有人從頭頂躍過。他頭頸急縮，突感頂心生涼，頭頂道冠竟讓人抓了去。他心中一怒，長劍一招「龍卷暴伸」，疾向敵人左臂削去。這一招毒極險極，袁承志在空中閃避不及，手臂急縮，嗤的一聲，袖口已給劍鋒割下，衣袖是柔軟之物，在空中不易受力，但竟爲劍割斷，可見他這柄劍不但利到極處，而且內勁功力也著實驚人。袁承志落地挺立，師兄弟三人並列在師父身前。

衆人見兩人剛才交了這一招，當時迅速之極，兔起鶻落，一閃已過，待得回想，無不捏了把冷汗。玉眞子只要避得慢了一瞬，頭蓋已爲袁承志掌力震破，而袁承志的手臂如不是退縮如電，也已爲利刃切斷。

玉眞子仗著師傳絕藝，在西藏又得異遇，近年來武功大進，自信天下無人能敵，縱然師兄木桑道人，也已不及自己。雖然素知穆人清威名，但想他年邁力衰，只要守緊門戶，跟他久戰對耗，時刻一長，必可佔他上風，何況新獲寶劍無堅不摧，兵刃上大佔便宜，勝算已佔了八成。那知突然間竟遇高手偷襲，定神瞧時，見對手正是去年在盛京將自己打得重傷的袁承志，那日害得自己一絲不掛、仰天翻倒在皇太極與數百名布庫武士之前，出醜之甚，無逾於此，當晚皇太極「無疾而終」，九王爺竟說是自己怪模怪樣，驚得皇上崩駕，還要拿他治罪。當時重傷之下無力抵抗，只得逕自逃走，這時仇人相見，不由得怒氣不可抑制，大叫：「袁承志，我今日正來找你，快過來納命。」袁承志笑道：「你此刻倒已穿上了衣衫，咱們好好的來打一架。」玉眞子見他手中並無兵刃，將寶劍往地下一擲，說道：「今日仍要在拳腳上取你性命，叫你死而無怨。」

自袁承志出場，阿九一雙妙目就一直凝望著他，見他便要與玉眞子放對，她剛才見到玉眞子武功高明之極，知道這一戰存亡決於俄頃，說不定就此生死永別，斜身走上幾步，說道：「大哥，我好好的在這裏，手臂上的傷也好了。」她知袁承志對己鍾情甚深，怕他心中還記掛著自己，以致與大敵對決時未能專注。袁承志陡然間見到了她，轉頭向躺在何惕守懷裏的青青望了一眼，一聲長嘆，說道：「你一定要好好保重……」對何惕守道：「惕守，請你照顧她平安。」何惕守眼光中閃爍著狡獪的神色，問道：「師父，你要我照顧誰啊？」她心中想：「師父三心兩意，好像鍾情夏家青青，又對朱家阿九含情脈脈。他如叫我照顧阿九，那是說他自己會照顧青青。他如叫我照顧的是青青，那麼他自己會照顧阿九妹子了。」神色之間，頗有嫵媚俏態。

玉眞子瞧在眼裏，不禁叫道：「師父徒弟，打情罵俏，成甚麼樣子！」呼的一拳，向袁承志迎面擊來。袁承志伸左臂格開，心下暗驚，覺得自去年在盛京交手以來，這惡道的拳法內勁，均已大進，當下全心專注，運起師傳破玉拳還擊。

這時濃霧初散，紅日滿山。衆人團團圍了個大圈子。穆人清在一旁給木桑推拿治傷。黃眞和歸辛樹全神貫注，站在內圈掠陣。

玉眞子咬牙切齒的問道：「那個小偷兒呢？教他一塊出來領死。」袁承志笑道：「他偷人的衣衫去啦！」

十餘招一過，袁承志已知對方雖強，自己這些日子中武功也已不知不覺間有了長進，縱然難勝對方，但也不致輕易落敗，心中既寬，氣勢便旺，頃刻鬥了個旗鼓相當，又想：「就算我打他不過，二師哥接上，也能勢均力敵，我師父、木桑道長、惕守他們三個源源而上，若再不勝，我和二師哥再上，每人鬥一個時辰，車輪大戰下來，非累死這惡道不可。我方有勝無敗，打他個三日三夜，那又如何？」這些日子中他參與闖王兵陣，多研兵法，深究勝敗之機，已明大勝大負，並非決於朝夕。他想明了此節，拳腳招式登時收斂了不少，不求有功，但求無過，神氣內斂，門戶守得嚴密之極，玉眞子不斷變招猛攻，袁承志揮灑拆解，心有成算，臉上不自禁的露出微笑。

青青見到他笑，問何惕守道：「他……他爲甚麼笑？有甚麼好笑？」何惕守也不明白，只得道：「他知道你在他身邊，心裏就挺開心。」青青白了她一眼，道：「假的！」

玉眞子武功既強，識見也自高明，見袁承志出招奇穩，知他是求先立於不敗之地，以求敵之可勝，當下不願多耗氣力，也漸求「後發制人」之道。旁觀衆人中武功較淺的，見兩人雙目互視，身法呆滯，出招似乎鬆懈，豈知勝負決於瞬息，性命懸於一髮，比之先前狂呼酣戰，實又凶險得多。

孫仲君恨極玉眞子剛才戲侮自己，在衆目睽睽下連吻自己，只能任其爲所欲爲，自己全無抗禦之力，委實氣憤難當，見兩人凝神相鬥，挺起單鉤，要搶上去刺這惡道一鉤。梅劍和見她舉鉤上前，嚇了一跳，忙伸手拉住，低聲道：「你要命麼？幹甚麼？」孫仲君怒道：「別管我。我跟賊道拚了。」梅劍和道：「賊道已知小師叔的厲害，正用最上乘功夫護住了全身，你上去是白送性命。」孫仲君用力甩脫他手，叫道：「我不管，我去幫師叔。」她以前惱恨袁承志，從來不提「師叔」兩字，這時見他與惡道爲敵，竟然於頃刻間宿怨盡消。梅劍和道：「那你發一件暗器試試！」孫仲君取出鋼鏢，運勁往玉眞子背後擲去。玉眞子全神凝視袁承志的拳腳，鋼鏢飛來，猶如未覺。孫仲君正喜得手，突聽呼的一聲，梅劍和失聲大叫：「不好！」抱住她身子往下便倒。

孫仲君剛撲下地，只見剛才發出的鋼鏢鏢尖已射向自己胸前，不知那惡道如何會把鏢激打回來，其時已不及閃避抵擋，只有睜目待死，突然白影晃動，一隻纖纖素手忽地伸來，雙指夾住鏢後紅布，拉住了鋼鏢。梅劍和與孫仲君心中卜卜亂跳，跳起身來，才知救她性命的原來是何惕守，不禁感激慚愧，同時點頭示謝。

這時袁承志和玉眞子拳法忽變，兩人都是以快打快，全力搶攻。但見袁承志所使拳腳使將開來，八成是華山正宗拳法，偶爾夾著一兩下金蛇郎君的詭異招式，於堂堂之陣中奇兵突出，連穆人清竟然也覺眼界大開，只看得不住點頭。木桑臉露微笑，喃喃道：「好棋，好棋，妙著橫生！」黃眞、歸辛樹、歸二娘、馮難敵心下欽佩。其餘華山派弟子無不眼花繚亂，撟舌不下。

鬥到分際，兩人都使出「神行百變」功夫來。玉眞子曾在盛京見袁承志會這門輕功，料想必是木桑的傳人，他雖是華山門下，但自也算是鐵劍門門人，此番來到華山，原是想恃鐵劍而取他性命，以雪去年的奇恥大辱。兩人環繞轉折，鬥了數十合，玉眞子忽地跳開，取出小鐵劍一揚，喝道：「你既是鐵劍門弟子，見了鐵劍還不下跪？」

袁承志道：「我是華山派門下。」玉眞子喝道：「你如不是木桑的弟子，怎會懂得神行百變功夫？你是他弟子，自然是鐵劍門中人了。鐵劍在我手中，快跪下聽由處分。」袁承志笑道：「你快跪下，聽我處分！」玉眞子轉頭問木桑道：「他的神行百變輕功，難道不是你傳授的麼？」木桑搖了搖頭，說道：「不是我親授的。」玉眞子知道師兄從來不打誑語，心中大奇，微一沉吟，進身出招，與袁承志又鬥在一起。

袁承志攻守進拒，心中琢磨他剛才的幾句話，忽然想起：「木桑道長從前傳我技藝，只當是在圍棋上輸了而給的采頭，決不許我叫他師父。後來這神行百變輕功又命青弟轉授。原來其中另有深意，倒並非全是滑稽古怪。」

他想到青青，情切關心，不由得轉頭向她望去，只見她倚在一塊大石之旁，口中含了一塊朱紅色的藥餅，何惕守正在割破她手腕放血解毒。這一下當眞是喜從天降，心想：「她中了洞中穢氣，只怕尙混有五毒教的毒物，惕守自然知道解法，這一來可有救了。」

青青見到承志目光轉向自己，也轉頭相視。玉眞子見敵手心不專注，忽出一掌，自意想不到的方位打來，袁承志吃了一驚，忙揮掌格開。青青叫道：「大哥，小心！」承志應道：「嗯！」側身卸去對方掌力，只見阿九顫巍巍的踏上半步，似欲插手相助，忙道：「阿九，別下場。我輸不了！」玉眞子叫道：「大家瞧著，他當眞輸不了？」拳腳加緊。袁承志一路「破玉拳」早已使完，「混元掌」也已絕招盡出，兀自佔不到絲毫上風，腳下轉圈，使出變幻多端的「金蛇拳法」來。

玉眞子罵道：「旁門左道，沒見過這等混帳拳腳。」

這套「金蛇拳法」，是金蛇郎君在華山之巔苦思情人溫儀時所創，其中有些招式是擬想溫儀的心情，全然與克敵制勝的武學無關，不少招式旁敲側擊，不依常規，似乎全無用處，連穆人清、木桑等武學大宗師也從所未見，盡皆訝異。袁承志使這路拳腳，旨在消磨敵手力氣，再待己方師長勝他，原不盼便以此自行取勝，好在自己年輕，並非華山派高手，危急之際使些古怪功夫，也不損華山派威名。但這路拳腳他平素甚少習練，出手生疏，其中精要處更未掌握，待使到一招「意假情眞」，右手連轉幾圈，全是虛招，突然間猛拳直出，左右上下，全無成法，連自己也不知要擊向何處。

承志一瞥眼間見到青青，又見到阿九，心念忽動：「這兩個姑娘對我都是一片眞情，並非假意。到底我心中對誰更加好些？我識得青弟在先，曾說過要終生對她愛護，原不該移情別戀，可是一見阿九之後，我這顆心就轉到這小妹妹身上了。整日價總是想著她多，想著青弟少。我內心盼望的，其實是想跟阿九一生一世的在一起，永不離開。到底如何是好？」

日光斜照，從樹枝間映向阿九臉頰，承志凝望她的玉容麗色，一時竟然痴了，腳步漸漸向她靠近，猛地驚覺：「甚麼叫做『意假情眞』？我愛了這人，全是眞情，自然心意也是眞的。唉！當年金蛇郎君對待何紅藥，最初當是眞情眞意，後來跟青弟的媽媽相處久了，竟然情與意都變了。袁承志啊袁承志，你也是個無情無義的傢伙！」可是眼光要從阿九臉上轉向青青，竟自不能，氣血上湧，只想撲到阿九身上，緊緊抱住了她，就讓玉眞子將兩人一劍同時斬死，就此解此死結。

但高手比武，那容得心有旁騖？他心神不屬，左肩側動微慢，玉眞子好容易盼到這個空隙，右拳迭出，猶似雷轟電掣，砰的一響，正中袁承志左胸。袁承志不敢運氣硬擋，只怕傷勢更重，向後微仰，要卸去他的拳勢。不料玉眞子一拳擊出，更有後著，又是重重的掌力推將過來。袁承志立足不定，向後翻倒，摔在阿九的面前。玉眞子得理不讓人，快似電閃，從地下搶起先前擲下的利劍，向袁承志左肩斬落。

兩人先前激鬥中移步換位，袁承志情不自禁的靠近阿九，玉眞子跟著向西，歸辛樹和黃眞一直站在東首，眼見師弟遇險，均欲搶上救援，卻相距遠了，縱躍不及，歸辛樹神拳飛出，猛擊玉眞子背心。玉眞子左手護身，不理來拳，右手劍鋒搶先斬向袁承志。

袁承志跌落之處正在阿九身前，阿九豁出性命，撲在袁承志身上，要爲他代擋這劍。

玉眞子揮劍向袁承志斬落，阿九自然而然的右臂伸出一擋，噹的一聲，玉眞子利劍碰到一件兵刃，反彈上來。原來阿九左臂已失，將金蛇劍藏在右袖之中，劍柄向下，握在手中，只待袁承志要使，立即垂手落劍，讓他取用。此刻緊急之際，想也不想，便伸臂擋劍，玉眞子這一劍正好斬在金蛇劍上。阿九貂裘的衣袖雖破，金蛇劍卻擋住了利劍。金蛇劍鋒利不亞於玉眞子的寶劍，兩刃相斫，皆無損傷。

阿九驚惶之中，右臂下垂，鬆開手指，金蛇劍從衣袖中滑落。袁承志眼明手快，當即搶住劍柄，右膝跪地，一撐之下便即站起，心中又是感激，又是憐惜，左臂將阿九摟住，忙問：「沒受傷嗎？」阿九心情激盪，右臂翻上，摟住承志的頭頸，低聲道：「嚇死我啦！你沒傷到麼？」適才的變故猶似晴空霹靂，人人都是一顆心突突亂跳。

玉眞子喝道：「卿卿我我，夠了嗎？」袁承志金蛇劍突然轉個圈子，圓轉斬出，玉眞子舉劍欲擋，不料袁承志那一招「意假情眞」拳法尚未使完，心情激盪下隨手揮劍，使的仍是下半招「意假情眞」。金蛇郎君當年創這招時，正自苦念溫儀，這一招中蘊蓄了男女間相思纏綿之時兩情眞眞假假、變幻百端、患得患失、纏綿斷腸的諸般心意，其中忽眞忽假，似實似虛，到底拳勢擊向何處，連自己也是瞬息生變，心意不定，旁人又如何得知？袁承志拳法上正使到這一招，此時心煩意亂，六神無主，不假思索的順手揮劍，玉眞子自然更加難知這一招的眞假虛實，當然擋了個空，右肩一涼，一條手臂已遭斬落，跌在地下，五指兀自緊緊抓住利劍。

袁承志左拳隨出，附有混元功內勁的一招破玉拳「五丁開山」，結結實實的打在他胸口。玉眞子向後飛身跌出，大叫：「甚麼劍招？」狂噴鮮血，便即氣絕。

阿九心神激盪，又羞又喜，乘著袁承志左拳擊敵，摟著自己的左臂鬆開，忙飄身避到何惕守身後。

衆弟子見袁承志打敗勁敵，無不欽佩萬分。馮難敵上前拜倒，說道：「袁師叔，請恕弟子昨日無禮。」袁承志已累得全身大汗淋漓，急忙扶起，卻將汗水滴了馮難敵滿頭。孫仲君拾起幾塊大石，砸在玉眞子屍身之上，轉頭說道：「多謝袁師叔給我出氣。」

木桑連連嘆息，命啞巴將玉眞子收殮安葬，手撫鐵劍，說出一段往事。

原來玉眞子和他當年同門學藝，他們這一派稱爲鐵劍門，開山祖師所用的鐵劍代代相傳，白木柄上有祖師親筆所書遺訓，「見劍如見祖師親臨」。有一年他們師父在西藏逝世，鐵劍從此不知下落。

玉眞子初時勤於學武，爲人正派，不料師父一死，沒人管束，結交損友，竟如完全變了一個人。他自幼出家，不近女色，這時卻姦盜濫殺，無惡不作。他武藝又高，竟沒人奈何得了他。木桑和他鬧了一場，鬥了兩次，師兄師弟劃地絕交。

玉眞子鬥不過師兄，遠去西藏，一面勤練武功，一面尋訪鐵劍，後來不但找到鐵劍，還得到一柄削鐵如泥的寶劍。按照他們門中規矩，見鐵劍如見祖師，執掌鐵劍的就是本門掌門人，只要是本門中人，誰都得聽他號令處分。木桑在南京與袁承志相見之時，已得訊息，說玉眞子已在西藏找到了鐵劍，知道此事爲禍不小，決意趕去，設法暗中奪取。那知他西行不久，便在黃山遇上一個圍棋好手，一弈之下，木桑全軍盡沒。他越輸越不服，纏上了連弈數月，那高棋之人無可奈何，只得假意輸了兩局，木桑纔放他脫身。這麼一來，便將這件大事給躭擱了。

穆人清聽了這番話，不禁喟然而歎，轉頭問紅娘子道：「他們幹麼追你啊？」

紅娘子撲地跪倒，哭道：「請穆老爺子救我丈夫性命。」

袁承志聽了這話，大吃一驚，忙伸手扶起，說道：「嫂子請起。大哥怎麼了？」

紅娘子道：「闖王帶兵跟吳三桂吳賊在山海關外一片石大戰，未分勝敗，不料吳賊暗中勾結滿洲韃子，辮子兵突然從旁殺出，我軍出乎不意，就此潰敗，闖王此後接戰不利，帶隊退出北京，現今是在西安，又登基做了皇帝。不料丞相牛金星和權將軍劉宗敏對闖王挑撥是非，誣陷你大哥反叛闖王，闖王要逮拿你大哥治罪。我逃出來求救，劉宗敏一路派人追我……」

衆人聽說清兵進關，北京失陷，都如突然間晴天打了個霹靂。

袁承志大急，叫道：「咱們快去救，遲一步只怕來不及了！」但轉念一想，這次師父召集門人聚會華山，必有要事相商，這如何是好？望著師父，不由得心亂如麻。他年紀輕，閱歷少，原無多大應變之能，乍逢難事，一時間徬徨失措。

穆人清道：「各人已經到齊，咱們便儘快把事情辦了罷！」說著請出風師祖遺容，擺了香案，點上香燭。衆弟子一一跪下。何惕守縮在一角，偷眼望著袁承志。

穆人清微微一笑，向著她說道：「你堅要入我門中，其實以你武功，早已夠得縱橫江湖了。他們稟告我，虧得你跟玉眞子相鬥，纏住了他，若不是你，我這些徒孫個個非倒大霉不可。華山派中，你算是有功之人。你叫我滾蛋，哈哈，我偏偏不滾！我這一推手，你只跌出四步，便即站穩。我門中除了三個親傳弟子，還沒第四人有這功力呢。好好，你也跪下吧！」何惕守大喜，先拜師祖，再跟在袁承志之後，向風師祖遺容磕頭，心想：「這位祖師爺說話有趣，人倒很慈和。」

行禮已畢，穆人清站在正中，朗聲說道：「我年事已高，不能再理世事俗務。華山派門戶事宜，從今日起由大弟子黃眞執掌。」

黃眞一驚，忙道：「弟子武功不及二師弟、三師弟……」穆人清道：「掌管門戶，又不是要跟同門打架比武，但求督責諸弟子嚴守戒律，行俠仗義。你好好做吧！」黃眞不敢再辭，重行磕拜祖師和師父，受了掌門的符印。本門弟子參見掌門。

袁承志見大事已了，懸念義兄，便欲要下山，對青青道：「青弟，你在這裏休養，我救義兄後即來瞧你。」青青不答，只是瞧著阿九，心中氣憤，眼圈一紅，流下淚來，突然問袁承志道：「剛才你跌倒，為甚麼跌在她面前，卻不跌在我面前？要是你摔在我面前，我也會不顧自己性命，撲在你身上救你。」承志辯道：「我是給那惡道打倒的，又不是自己想摔一交！」青青頓足道：「你這麼含情脈脈的瞧著人家，心不在焉，自然給人打倒了。」哇的一聲，哭了出來，突然轉身，拔足飛奔，衝向崖邊。

承志叫道：「青弟，青弟，你幹甚麼？」青青叫道：「不許過來！」承志見她已衝到懸崖之上，不敢再近。青青大聲道：「以後你心中就只有她，我寧可死了！」縱身一躍，向崖下跳了下去。下面全是堅岩，這一躍下，非死不可，人人盡皆大驚。木桑輕功卓絕，展開千變萬劫神功，搶過去拉扯，只拉到了青青右手衣袖，嗤的一聲，撕下了半截長袖，雖將她拉近了幾尺，卻阻她不住，青青還是跳下了懸崖。

袁承志大叫一聲，衝向懸崖，見青青已摔在十餘丈下的樹叢之中，身懸樹上，不知死活，大急之下，忙緣著岩崖山石，向下連滑帶縱，跳向一株大樹的樹枝之上，伸手抱起，只見她雙腿軟折，似乎已經摔斷，好在尚有氣息。不久崔希敏、何惕守、馮不摧兄弟、洪勝海等人陸續攀下，見青青不死，都鬆了一口氣。黃眞指揮啞巴，從懸崖垂下長索，由承志抱著青青，吊了上崖，入屋接骨治傷。

阿九站在一旁，回思適才自己不顧死活，撲在承志身上救護，其後又情不自禁，在衆人之前摟住承志脖子，而承志又伸臂將自己摟在懷裏，雖只一霎之間，只因是在生死懸於一線之際，卻已如天長地久，比之在皇宮中同床共衾、肌膚相親，更加親密，想起來不由得一陣羞澀，一陣甜蜜。待聽得青青怪責承志不該跌在自己面前，又說「你這麼含情脈脈的瞧著人家，心不在焉」，覺得承志當時確是含情脈脈的瞧著自己，只怕當眞心不在焉，以致給人打倒，也是有的。又見青青憤而跳崖，承志奮不顧身的跳下相救，抱她入屋，全神貫注的救護，想起自己對承志這番相思，只怕難有美滿後果，思前想後，不由得柔腸百轉，只想不如自己也從懸崖跳了下去，一死了之。卻不知他會不會也這般奮不顧身的來相救自己？最好是死在他的懷裏，一了百了。

木桑雖不明其間種種過節，但兩女共戀一男之情，卻也昭然。見阿九淚眼盈盈，神情可憐，想起她剛才撲在自已身上救命之德，心想這種事情非空言安慰幾句可以化解，必須大費心機，方能開解她心中鬱積，不妨收她入門，教她武功，如能教得她與老道天下棋，那更加妙了。走近身去，說道：「姑娘，老道以師門多故，心有顧忌，因此一生未收門人。現下我門戶已清，姑娘適才救我性命，老道無以為報，如不嫌棄，傳你幾手功夫如何？」阿九正自徬徨失措，茫無所歸，當即盈盈拜倒。

穆人清、黃眞、歸辛樹等都向木桑和阿九道賀。木桑道：「阿九，咱們這就要去藏邊，靜下心來，好好的學學功夫，將來可不能比不上華山派穆師伯的徒子徒孫才行。」穆人清道：「這個自然！」

袁承志替青青接骨，敷了藥出來，得知阿九拜了木桑為師，也感欣喜，向兩人道了賀後，阿九拉拉他衣袖，走在一邊。

承志跟著過去，阿九淒然道：「承志哥哥，我要跟師父到藏邊去學功夫，千里迢迢，不大容易相見了。我等你……等你……三年。你三年不來，就不必來了。我就落髮做了尼姑……心裏永遠……永遠記著你……不，我等你十年……」承志道：「我一定會來見你，阿九妹子，不到一年，我就來啦！我見不到你，我會死的。」阿九輕輕搖頭，眼淚撲簌簌的落下。

傍晚時分，木桑和阿九用過點心，便即告辭下山。袁承志向木桑詳細問明他在藏邊的居處，只待青青傷愈，便去探訪。

何惕守待得眾人走開，對袁承志輕聲道：「師父，咱們已問明了阿九的住所，等夏姑娘傷好，你就可偷偷去瞧她，我給你瞞得緊緊的，擔保夏姑娘不會知道。就算你不敢走開，只要你肯好好教我功夫，我代你去偷偷找阿九，甚麼傳話遞言，傳書遞簡，決不能讓夏姑娘有半點疑心。你徒兒這手功夫，說得上天下無雙。」袁承志啐了一口，不去理她，決意自己去找阿九，不用這個徒兒代勞。

青青雙腿折斷，傷勢著實不輕，長期養傷之後，當能痊愈，但只怕一足不免微跛，難以盡復舊觀。袁承志在榻畔柔聲安撫，寬慰其心。青青又哭又鬧，只是追究袁承志在激鬥玉真子之時，全心放在阿九身上。

袁承志待她吵得倦了後閉目睡去，搶到崖邊，遠遠向羣山千峯望去，只見雲封霧湧，阿九與木桑道人早已不見影蹤，嘆息良久，腸痛心酸，支持不住，坐倒在地。忽聽得身旁一個柔媚的聲音說道：「師父，你只要不娶夏姑娘，她做不成我師娘，這一生就不能管你，她再跳崖投海，都不跟你相干。阿九姑娘永永遠遠在等你。待得夏姑娘傷好了，你儘管去找阿九好了。你找她不到，我幫你找。你又沒對不起夏姑娘，不用傷心難受……」

袁承志嘆道：「我如去找阿九，對不起我自己良心。我爹爹當年並沒反叛皇帝，明知寫信叫祖大壽帶兵回京，皇帝不怕清兵了，便非殺我爹爹不可，他還是要寫這封信。唉，做人要問心無愧，千刀萬剮，那又如何？青青曾說：『忘恩負義，負心薄倖，便是卑鄙無恥！』」說著流淚不止。

何惕守摸出一塊手帕，遞了給他，柔聲勸道：「師父，你再哭下去，可不像師父了。人生在世，小小一點兒卑鄙無恥，在所不免，一生一世傷心難受，人要死的。」承志道：「倘若不傷心難受，人就不死嗎？卑鄙無恥，半點兒也不可以！」

次日清晨，袁承志向師父和掌門大師兄稟告要去相救李岩。穆人清沉吟道：「李將軍為奸人中傷，致闖王有相疑之意，這事倘若處理不善，不但得罪了闖王，傷了咱們多年相交的義氣，而且引起闖軍內部不和，有誤大業。吳三桂引滿清兵入關，闖王正處逆境。你和李岩將軍雖然交情極好，諸事須當以大局為重。」黃眞道：「師弟萬事保重。咱們做生意……」說到這裏，突然住口，想起自己已做了掌門人，不能隨口再說笑話，一時頗覺不慣。

袁承志躬身應命，於是陪同紅娘子，率領啞巴、洪勝海等告辭。崔秋山、崔希敏叔姪，安大娘、安小慧母女也求偕行。

袁承志一行人離了華山，疾趨西安。青青腿傷未愈，本應留山養傷，但她怕承志偷偷去見阿九，定要同行，承志只得隨順其意。青青腿上有傷，洪勝海找了輛騾車給她乘坐，一行人便行得慢了。

這一日將到渭南，忽聽得吆喝喧嘩，千餘名闖軍趕了一大隊民伕，正向西行。民伕個個挑了重擔，走得氣喘吁吁。衆軍士手持皮鞭，不住喝罵催趕，便如趕牲口相似。一名年老民伕腳步蹣跚，撲地倒了，擔子散開，滾出許多金銀器皿、婦女飾物。一名小軍官大怒，狠狠一腳，踢得那民伕口噴鮮血。衆人看得氣憤，都道：「這麼欺侮老百姓，還算是義軍？」何惕守道：「這些金銀財寶，還不是從百姓家裏搶來的。」她說得聲音較響，幾名闖軍聽見了，惡狠狠的回頭喝罵。一名軍士叫道：「這些人是奸細，都拿下了。」十餘名軍士大聲歡呼，便來拉扯何惕守、安大娘、安小慧、紅娘子四個女子。

紅娘子正滿腔悲憤，拔刀便砍翻了兩名軍士。袁承志叫道：「大夥兒快走罷！」在馬上俯身提起衆軍士亂擲，帶領衆人走了。闖軍不肯捨了金銀來追，只不住在後高聲叫罵。

紅娘子氣忿忿的道：「咱們的軍隊一進了北京，軍紀大壞，只顧得擄劫財物，強搶民女。比之明朝，又好得了甚麼？」崔秋山搖頭道：「闖王怎不管管，也眞奇怪。」紅娘子冷笑道：「他自己便搶了吳三桂的愛妾陳圓圓，上樑不正下樑歪，又怎管得了部下？吳三桂本來已經投降，大事已定，聽得愛妾給闖王搶了去，這才一怒而勾引韃子兵入關。吳三桂帶兵打進來，闖王帶兵出去交鋒，兩軍在一片石大戰，一時勝敗不分。突然韃子辮子兵殺到，我軍的將軍小兵，大家記掛著搶來的財物婦女，不肯拼命，這一仗若是不輸，那眞是老天爺不生眼睛了。」

行不多時，只見路旁有個老婦人正放聲痛哭，身旁有四具屍首，一男一女，還有兩個小孩，身上傷口中兀自流血不止，顯是被殺不久。只聽那老婦哭叫：「李公子，你這大騙子，你說甚麼『早早開門拜闖王，管教大小都歡悅』，我們一家開門拜闖王，闖王手下的土匪賊強盜，卻來強姦我媳婦，殺了我兒子孫兒！我一家大小都在這裏，李公子，你來瞧瞧，是不是大小都歡悅啊！我拜了六十年菩薩。觀音菩薩，你保佑我老太婆好得很啊！觀音菩薩，你不肯保佑好人，你跟闖王的土匪賊強盜是一夥！」袁承志等不忍多聽，料想前面大路上慘事尚多，當下繞小道而行。

過了兩條小路，又通到大路上來，只見路畔三四座小屋正燒得濃煙上衝，烈火飛揚，屋前幾具屍首，男的身首分離，女的全身赤裸，顯是給人先姦後殺。洪勝海上前向跪在屍首旁的一名老者問道：「老公公，是誰在這裏幹了壞事，是官兵嗎？」那老者鬚髮皆白，顫巍巍的指向北方，拍手罵道：「是官兵！崇禎皇帝手下的官兵早打了敗仗逃走了，現今奸淫擄掠、殺人放火的是大順皇帝手下的官兵，不管是甚麼官兵，都是惡賊狗強盜，就會害苦我們老百姓。客官，你瞧瞧，我穿得這樣破爛，已兩天沒飯吃了，還不是窮到底了。老天爺儘欺侮我們窮人，這天怎麼還不塌啊？」

袁承志等不忍再聽再看，上了大路，在路邊一些斷爛樹幹上坐下休息，忽聽得屋後有十數名農民放聲大哭，跟著有兩個高亢的聲音唱道：

「老天爺，你年紀大，耳又聾來眼又花，你看不見人，聽不見話。殺人放火的享著榮華，吃素唸經的活活餓殺。老天爺，你不會做天，你塌了吧！老天爺，你不會做天，你塌了吧！」

唱到最後這兩句時，衆男女農民都和了起來，大聲叫道：「老天爺，你不會做天，你塌了吧！」聲音嘶啞，充滿了無奈絕望。袁承志只覺這些人就算立時死了，到了陰世也是苦楚萬分，盡是呼號呻吟的餓鬼。只聽得紅娘子也跟著叫嚷：「老天爺，你不會做天，你塌了吧！」

袁承志悲從中來，一生聽從師父、應松等長輩之教，要全心全意爲國爲民，獻身爲人，救民於水火之中，只想闖王得了天下，窮人不再受官府和財主欺壓，有一口安樂飯吃，那知渾不是這麼一回事，望出去只覺滿眼烏雲，如果此刻身在懸崖之上，便欲如青青一般，縱身一躍，就此全無知覺，突然間忍不住放聲大哭。

安小慧勸道：「承志哥哥，天下事都是這樣的，咱們走吧！」崔希敏扶起袁承志，又再上馬趕路。

趕了一會路，眼見離渭南已經不遠，忽聽得兵刃撞擊，有人交鋒。衆人拍馬上前，只見二十餘名闖軍圍住了三人砍殺。三人中只有一人會武，左支右絀，甚是狼狽。

衆闖軍大叫：「殺奸細啊，奸細身上金銀甚多，那一個先立功的，多分一份。」崔希敏怒道：「甚麼多分一份？這不是強盜惡賊麼？」疾衝而前，拔刀向闖軍砍去。啞巴、洪勝海、崔秋山三人跟著上前，將二十餘名闖軍都趕開了。

只見三人都已帶傷，那會武的投刀於地，躬身拜謝，突然向崔秋山凝視片刻，說道：「尊駕可是姓崔麼？」崔秋山道：「正是。尊兄高姓，不知如何識得在下？」那人道：「小人楊鵬舉，這位是張朝唐張公子。十多年前，我們三人曾在廣東聖峯嶂祭奠袁督師，曾見崔大俠大獻身手，擒獲奸細。雖然事隔多年，但崔大俠的拳法掌法，小人看了之後，牢牢不忘。」崔秋山喜道：「原來是『山宗』的朋友，你們快來見過袁公子吧。」

張朝唐和楊鵬舉上前拜見袁承志，說起自己並非袁督師的舊部，只是曾隨孫仲壽、應松等人上過聖峯嶂。袁承志道：「啊，是了。那日張公子爲先父寫過一篇祭文。『黃龍未搗，武穆蒙冤；漢祚待復，諸葛星殞』，這十六字讚語，先父九泉之下，也感光寵。」張朝唐想不到自己當日情急之下所寫的這十六個字，袁承志居然還記在心中，也自歡喜。

袁承志問起爲闖軍圍攻的情由。張朝唐道：「小人遠在海外浡泥國，一個多月前，聽得海客說起，闖王李自成義軍聲勢大振，所到之處，勢如破竹，指日攻克北京，中華從此太平。小人不勝雀躍，稟明家父，隨同這位楊兄，攜了一名從僕，啓程重來故國，要見見太平盛世的風光。唉，那知來到北直隸境內，卻聽說闖王得了北京之後，登位稱帝，又給滿清兵打了出來，逃到了西安，滿清兵一路追來。我們三人也只得西上避難。那想到今日在這裏遇見闖軍，竟說我們是奸細，要搜查行李。我們也任由搜查，這些軍士見到我們攜帶的路費，便即眼紅，不由分說，舉刀便砍。若不是衆位相救，我們三人早已成爲刀下之鬼了。唉，太平盛世，太平盛世！」說著苦笑搖頭。

袁承志心下不安，說道：「此去一路之上，只怕仍然不大太平。三位且隨我們同往西安，再定行止如何？」張朝唐和楊鵬舉齊聲稱謝。那僮兒張康此刻已然成人，負起了包裹，說道：「十多年前，我們第一次回到中國，官兵說我們是強盜，要謀財害命。這一次再來中國，義軍說我們是奸細，仍是要謀財害命。我說公子爺，下一次我們可別再來了罷。」張朝唐道：「中國還是好人多，咱們可又不是逢凶化吉了嗎？」

次日衆人縱馬疾馳，趕到西安城東的壩橋。只見一隊隊闖軍在高地上排好了陣勢，與對面大隊兵馬對峙，對面的旗號也是闖軍，雙方彎弓搭箭，戰事一觸即發。袁承志大驚，心想：「怎麼自己人打了起來？」

只聽得一名軍官大聲叫道：「萬歲爺有旨，只拿叛逆李岩一人，餘人無干，快快散去，倘若違抗聖旨，一概格殺不論。」

袁承志心中一喜：「大哥未遭毒手。咱們可沒來遲了。」忙揮手命衆人轉身，繞過兩軍，從側翼遠遠兜了兩個圈子，走向高地上李岩所屬的部隊。統帶前哨的軍官見到李夫人到來，忙引導衆人去中軍大帳。大帳是在一座小山峯之頂。

來到帳外，只聽得一陣陣絲竹聲傳了出來，衆人都感奇怪。紅娘子與袁承志並肩進帳，卻見帳中大張筵席，數百名軍官席地而坐，李岩獨自坐在居中一席，正自舉杯飲酒。

他忽見妻子和袁承志到來，又驚又喜，搶步上前，左手拉住妻子，右手攜了袁承志的手，笑道：「你們來得正好，老天畢竟待我不薄。」讓二人分坐左右，又命部屬另開一席，接待青青、崔秋山、安大娘、啞巴、崔希敏、安小慧等人就坐。

袁承志見李岩好整以暇，不由得大爲放心，數日來的擔憂，登時一掃而空，向紅娘子望了一眼，微微而笑，心道：「你可嚇得我好厲害！」

李岩站起身來，朗聲說道：「各位都是我的好兄弟，好朋友。這些年來咱們出死入生，甘苦與共，只盼從今而後，大業告成，天下太平。那知道萬歲爺聽信了奸人的讒言，說甚麼『十八子，主神器』那句話，是我李某人要做皇帝。剛才萬歲爺下了旨意，賜李某人的死，哈哈，這件事眞不知從何說起？」

衆將站起身來，紛紛道：「這是奸人假傳聖旨，萬歲爺素來信任將軍，將軍不必理會。咱們齊去西安城裏，面見萬歲爺分辯是非便了。」各人神色憤慨，有的說李將軍立下大功，對皇上忠心耿耿，那有造反之理；有的說本軍紀律嚴明，愛民如子，引起了友軍的嫉忌；更有的說萬歲爺倘若不聽分辯，大夥兒帶隊去自己幹自己的，反正現下闖軍胡作非爲，大失民心，跟著萬歲爺也沒甚麼好結果了。

李岩取出一張黃紙來，微笑道：「這是萬歲爺的親筆，寫著：『制將軍李岩造反，要自立爲帝，大逆不道。著即正法，速速不誤。』下面署著萬歲爺新改的名字『李自晟』，這不是旁人假傳聖旨，就算見了萬歲爺，也分辯不出的。」衆將奮臂大呼：「願隨將軍，決一死戰！」一名將官大聲道：「萬歲爺已派了左營、前營、後營，把咱們三面圍住了，那不是要殺李將軍一人，是要殺咱們全軍。」衆將叫道：「萬歲逼咱們造反，那就眞的反了罷！」

李岩叫道：「大家坐下，我自有主張，萬歲爺待我不薄，『造反』二字，萬萬不可提起。」當即傳下將令，分派部隊守住各處要點，命各路精銳居高臨下，射住陣腳，只守不攻。衆將素知他足智多謀，見他如此鎭定，料想必有奇策應變，於是逐一接令，自行出帳帶隊守禦。

李岩斟了一杯酒，笑道：「人生數十年，宛如春夢一場。」將酒一乾而盡，左手拍桌，忽然大聲唱起歌來：「早早開門拜闖王，管教大小都歡悅，管教大小都……」那正是他當年所作的歌謠，流傳天下，大助李自成取得民心歸順。袁承志提高聲音，接口唱道：「老天爺，你不會做天，你塌了吧！」李岩當即住口，順著他的調子唱了下去。袁承志心情憤激，運起混元功，將歌聲遠遠送了出去，峯上坡下，全軍皆聞。李岩制軍部眾正自悲憤，聽到歌聲，人人都唱了起來。

奉命前來收捕李岩的闖軍多知李岩蒙冤，又不該殘殺友軍，內心有愧，並無攻山之意。眾軍本來都是流民、饑民、驛卒，跟著李自成造反，起初只是為了活命，後來連得大勝，軍紀敗壞，隨著上官奸淫擄掠，原是出於人人求財得利、飽食以逞色欲的天性，長官非但不禁，而且帶頭作惡，眼見伙伴人人皆然，財物婦女便在眼前，常人又怎忍耐得住？這些兵將本來也不是壞人，只是事勢使然，千百年來便皆如此。有時胡作非為之後，自知不該，但下次遇上，又不禁抹殺良心再幹。「老天爺，你塌了吧！」這悲憤無告的謠曲，闖軍自己在遭受官兵欺壓之時曾經唱過，後來自己做官兵而去欺侮旁人之後，又聽眾苦人唱過，這時聽到遠遠傳來，不由得大聲應和，兩軍對峙，而齊聲呼唱，一時歌聲傳將出去，似乎一條長長的渭水也在嗚咽而和。

李岩和袁承志聽到峯下兩軍齊歌，都是感慨萬分。袁承志道：「大王本來十分英明，不好酒色，一心一意要救百姓於水火之中，為甚麼一進了京，登基做了皇帝，忽然就變了。我是真正不懂了。」

李岩道：「我不怪闖王疑我。闖王是好人，他信任我，重用我，就算到了今日，他心中對我還是好的。」袁承志道：「那麼他為甚麼要下聖旨殺你？」李岩道：「只有皇帝能下聖旨，他做了皇帝，那就身不由主了。」袁承志搖頭道：「我只聽說『人在江湖，身不由主』，做了皇帝，他要幹甚麼就是甚麼，怎麼會身不由主？」李岩道：「做了皇帝，要幹甚麼就是甚麼，誰也不能違抗。天下就只一個皇帝，他自己做了，怕別人來搶他的，只好把能搶他寶座的人都殺了。唐太宗李世民是個大大的好皇帝，他為了做皇帝，把親哥哥、親弟弟都殺了。」袁承志道：「是啊，他如不殺哥哥、弟弟，他的哥哥、弟弟就會殺了他，這叫做無可奈何。」李岩點頭道：「那就是身不由主了。」

他斟了兩杯酒，和袁承志對飲一杯，說道：「漢高祖殺了大功臣韓信、彭越，人人知道冤枉。他也明明知道韓信、彭越沒造反。別的朝代不說了，就說本朝吧，徐達大將軍、劉伯溫軍師、李文忠大將軍都是太祖皇帝下毒害死的。本朝開國，論到功勞，以宰相李善長為第一，還不是給殺了。此外功臣大將，給太祖皇帝處死的，諸如馮勝、傅友德、陸仲亨、周德興、耿炳文、費聚、趙庸、朱亮祖、胡美、黃彬、藍玉，個個是封王、封公、封侯的立有大大汗馬功勞之人。再如你爹爹呢，他功勞還不大嗎？下場又如何呢？」袁承志道：「皇帝中了皇太極的反間計，以為我爹爹通敵賣國。」李岩搖頭道：「不是的。崇禎好像是中了反間計，以為你爹爹通敵賣國。其實崇禎所以要殺你爹爹，是為了你爹爹殺了大將毛文龍。皇帝怕人奪他的權柄，你爹爹殺毛文龍，皇帝對你爹爹就猜忌了，怕他將來兵權在手，搶他的寶座。」

袁承志惕然心驚，登覺人心之可怕，簡直無法想像，問道：「闖王帶領天下餓飯的窮人流民起兵，本來要革除前朝弊政，那知自己做了皇帝，又來幹欺壓百姓的老一套，大哥，我們都錯了麼？」李岩搖頭道：「闖王也是身不由己，有苦難言。他打天下，是靠了權將軍劉宗敏、高必正等等大將軍打的，得了天下之後，劉宗敏他們要搶財寶婦女，闖王心中是想禁止的，但他們對闖王說：『皇帝就讓你來做，金子銀子和女人，總該分一些給我們吧！』只要一個將軍一鬆，其他全都鬆了，那也怪不得闖王。其實，自古以來，世上的事都是這樣的。說是為百姓出頭，自己得了天下，又轉頭來欺壓百姓了。楚霸王說秦始皇虐待百姓，起兵亡秦，但他攻破咸陽之後，大搶大掠，將全城燒得乾乾淨淨。漢光武、趙匡胤是好皇帝，他們殺的百姓、屠的城那還少了？」袁承志長嘆一聲，道：「那麼這是無可奈何的事了？」

李岩道：「孟子說要王天下，只有不殺人者能一之。我瞧那是空口說白話，是他老人家的空想罷了。」（作者按：在中國所有封建專制時期，轉姓換朝，都是「亡，百姓苦；興，百姓苦！」所謂「弔民伐罪」，最後都變成了「虐民霸財」。那是歷史條件使然，所有農民起義，結果都變得與舊王朝並無多大分別。現代有人將李自成寫得具有新時代的革命頭腦，認為大順皇朝軍紀嚴肅，秋毫無犯，有無產階級革命者之風，純為一廂情願的幻想，即使其後二百年的太平天國，已受西方開明思想的影響，也做不到此節。武俠小說雖虛構成文，歷史背景之大關節卻不能任意歪曲。馬克思生於一八一八年，死於一八八三年，李自成打進北京是一六四四年，比馬克思早了幾二百年。那時候李自成不可能有馬克思思想。如果李自成眞像中國某些「歷史家」或小說家所想像的那樣，具有馬克思思想，那麼後來馬克思反而是從李自成那裏學到馬克思思想了。）

袁承志黯然道：「大哥，要是你做了皇帝，你就要殺我？」李岩道：「決計不會！世上之人，名利權位、金銀美女，人人都想要，但孟子所謂人之異於禽獸者幾希，所不同的就是人懂得『情』與『義』。我跟你有情有義，做皇帝可享有普天下的財寶美女，我豈能為了做皇帝，捨了我們兄弟的情義。就算有一百個美如天仙的陳圓圓、陳方方，我豈能捨了對你大嫂的情義。」伸出右手，握住紅娘子的手腕，突然之間，俯伏在桌上，酒杯倒翻，酒水潑在他身上，李岩卻不動彈。

紅娘子和袁承志吃了一驚，忙去相扶，卻見李岩已然氣絕。原來他左手暗藏匕首，已一刀刺在自己心窩之中。

紅娘子笑道：「好，好！」拔出腰刀，自刎而死。

袁承志近在身旁，若要阻攔，原可救得，只是他悲痛交集，一時自己也想一死了之，竟無相救之意。霎時之間，耳邊似乎響起了當日在北京城中與李岩一同聽到的那老盲人的歌聲：「今日的一縷英魂，昨日的萬里長城……」

眾將見主帥夫婦齊死，營中登時大亂，須臾之間，數萬官兵散得乾乾淨淨。好在「制軍」平時軍紀嚴整，眾軍官領兵退散，部伍肅然，奉命來攻的闖軍顧念同袍義氣，也不追殺，抬了李岩夫婦的屍首回去覆命。

袁承志見義兄義嫂慘死，大哭之餘，率領衆人退入山中，商議行止。衆人都說，李自成如此忌刻涼薄，今後也不必跟隨他了，山東馬谷山中，尙有「金蛇營」的數千兄弟，須得好好料理，免得給李自成、劉宗敏、高必正等下手撲滅。袁承志心想不錯，請崔秋山急乘快馬，連夜去山東報訊，請孫仲壽妥爲防備，以防李自成派兵偷襲，就如羅汝才、亂世王、革裏眼、李岩等自家兄弟，遭了毒手。承志又派洪勝海回去北京，通知程青竹、沙天廣、鐵羅漢、胡桂南等留京夥伴，南下馬谷山歸隊。崔秋山、洪勝海分別奉命，疾馳而去。

張朝唐勸袁承志等到浡泥去散心，承志說尙有大事待理，不能離去。張朝唐等三人道謝了回國。次日，袁承志帶同青青、何惕守等人，東向山東。青青腿傷漸愈，已不必拄了枴杖行走。

袁承志身雖東行，一顆心卻日日向西，只盼到藏邊去會阿九。心想只要不跟青青成親結爲夫妻，去了藏邊不再回來便不算相負。與阿九分別多日，思念殊殷，每日裏只想到了藏邊見到她後，便跟木桑道長整整下一個月棋，他過足了棋癮，便會有幾天不來纏住自己，那時就偷偷帶了阿九，深入西藏荒無人跡的高山野嶺，從此不回中原，此後師門舊友，一個不見，每日裏只和阿九過神仙一般日子，直到老死。在西藏打獵也好，採藥也好，總餓不死人。自忖思念阿九，倒不是爲了她美貌，只是跟她相處之時，縱然只有一時片刻，心中總是自然而然說不出的歡喜，阿九微微一笑，輕輕一語，自己便回味無窮，高興上半天，倘能有十天半月的相聚，眞想不出日子會過得如何快活，更不用說終身相依，永不分離了。

一路上神遊太虛，儘自做白日好夢。這一日青青忽問：「喂！你笑咪咪的在想甚麼？這麼開心，在想阿九嗎？」承志一驚，答道：「不是！我在想那晚在盛京跟玉眞子打架，胡桂南偷了他衣褲，他赤身裸體的跟我過招，好不狼狽！」青青噗哧一笑，便不問了。

袁承志驀地裏心驚：「我極少說謊，卻何以要騙她？只因她如知道我在想念阿九，必定會傷心。我若去會阿九，永不回來，她豈不更加傷心？說不定又再跳崖自盡，那可如何是好？李岩大哥說，是人不是禽獸，就是人懂得『情』和『義』。他寧可自殺，不肯負了闖王，便是爲了情義。青弟對我有情有義，我如待她無情無義，我還算是人嗎？今後就算能跟阿九在一起，想到青弟之時，我還會眞的快活嗎？我能當眞忘了青弟，只瞧著阿九她一人嗎？」言念及此，不自禁的搖了搖頭。

青青笑問：「爲甚麼又搖頭了？」承志苦笑，說道：「不成，決計不成！」又想起李岩臨終時的說話：「就算有一百個美如天仙的陳圓圓、陳方方，我豈能捨了對你大嫂的情義。」當下心意已決，硬生生的忍住，不去思念阿九。但不禁又想：「阿九說，我如三年不去瞧她，她便落髮做尼姑。她又說等我十年，我十年不去，她還是做尼姑。她每天敲木魚念佛，心中卻苦苦的想著我，豈不是苦得很，我豈不是對她不起，豈不是對她無情無義？那我又成爲禽獸了？」

這天在河南道上，各人打尖過後，何惕守對承志道：「師父，混元功的起手功夫，請問怎麼練法？」承志道：「這是我華山派的基本功，要稟明你師祖，得他老人家允准之後，方可傳你。」何惕守道：「那日你跟那玉眞子拼鬥，你向左邊一溜，忽然轉到了右邊，機靈之極，那又怎樣？」承志道：「這是金蛇郎君的身法，倒可教你。」任由青青、崔希敏等先行，在樹林中一塊空地之上，傳她金蛇掌的身法、掌法。

何惕守學得高招，只喜得眉開眼笑，樂不可支，說道：「師父，多謝，多謝！眞不知怎生報答你才好。師父，你老人家這些日子來老悶悶不樂，爲了想念阿九嗎？」承志避開話題，說道：「你師父老人家心情不好，是爲李岩大哥去世而悲傷。」何惕守道：「那我就沒法子了。要是爲了阿九，徒兒倒有不少妙法。」承志道：「倒要請教。」

何惕守道：「師父，我們教裏有種藥物，叫做出竅丹，服了之後可以令人昏迷五日五夜。當時全身僵硬冰冷，心不跳，氣不呼，就如死了一模一樣。到四個時辰之後，才微微呼吸、微微心跳，過後復醒，卻全無妨礙。咱們在道上見到有甚麼希奇果子，你去大呼小叫的採來吃了，卻不讓夏師姑和別人吃，我隨即給你服那出竅丹，你到半夜裏就假死了。我把你釘入個鑿孔透氣的棺材，安葬入土，等夏師姑他們走了之後，我立刻把你掘出來，送入客店安息。過得幾天，你就鮮龍活跳的起身，咱們快馬加鞭，趕去藏邊，見到阿九小師娘，你拉了她白白嫩嫩的小手就走。夏師姑見你死了，只道是你命薄，痛哭一場，也就算了，決不會怪你薄倖無情，也不會一輩子恨你。你的師父、師哥、各路朋友，都只惋惜這樣一位大英雄平白無端吃了毒果死了，老天爺眞沒眼睛，不會背後罵你負人不義。要是你還不放心，咱們讓崔希敏也吃果子、服出竅丹，一起假死假活，夏師姑再也不會生疑。」

承志道：「不行，不行。你瞧，我李岩大哥死了，他夫人自盡殉夫，要是青青見我死了也就自殺，豈不是害了她性命？」何惕守道：「夏師姑沒跟你成親，不算是你夫人，她不會自殺的。」

承志道：「倘若我們此刻快馬加鞭，逕向西行，青青也未必能追得到我們。我不去藏邊，是爲了良心不安，不肯對她無情無義。否則憑她武功，隨時我要走，她也抓不牢我。」何惕守道：「是啊，你一施展『神行百變』輕功，天下沒一人抓得你住，只怕師祖他老人家和木桑道長也抓不住。只有阿九小師娘先抓住了你的心，這才抓得住你的人。」承志正色道：「你煩得很，別儘叫阿九小師娘了。她這時給你叫得眉毛動、眼睛跳了。」

何惕守道：「師父啊，這世上男子漢三妻四妾，事屬尋常，就算七妻八妾，那又如何？咱們這個沙天廣沙寨主，衆所周知，除了惡虎溝裏的兇惡雌老虎押寨夫人之外，還有五個小老婆，分置山東五府，青州一個，萊州一個，密州又一個，聽說沂水、膠州，也各有一個。他大老婆無可奈何，明知而不故問。師父，你是沙寨主的上司，他幹得，你爲啥幹不得？你先娶了夏師姑做我大師娘，再去娶阿九做我二師娘。我瞧那焦宛兒焦姑娘哪，對你也是含情脈脈、藕斷絲連的，她可沒把她那羅師哥有半點放在心上，徒兒旁觀者清，你就娶了她做我三師娘……」承志臉一沉，鼻中哼了一聲，斜眼而睇。

何惕守道：「師父你這可想錯了，你以爲我要勸你再娶我自己做我的四師娘嗎？錯了，錯了！如果世上沒阿九二師娘，我倒眞挺想嫁你的，那時候要是你傳我武功不盡心，我就扯住你耳朵，罰你跪下。世上既有了阿九這美麗可愛的小姑娘，我就一心一意只做你徒弟了。你全心全意的疼著她，向著她，寵著她，人家做你的小老婆還有甚麼好？」她說到這裏，神色堅決，搖了搖頭，咬緊牙齒，說道：「不做，不做，說甚麼也不做！」

承志笑道：「你不做甚麼？不做五毒教教主了是不是？你給我再找一個姑娘做五師娘，那你們五個人就結成了五毒教啦！」何惕守搖頭道：「六毒教也罷，七毒教也罷，總而言之，我不做你的小老婆。」承志微笑道：「多謝你。那爲甚麼要說得這麼斬釘截鐵？」何惕守道：「我說了出來，你會對我不好的。」承志道：「那你不說罷。」

何惕守道：「不說又不痛快。好，就跟你說。第一，阿九這小妹妹嬌嬌滴滴，美麗無比，教人一見就愛，我捨不得毒死她；第二，就算我當眞硬起心腸，一個不小心失手毒死了她，你一定悲傷無比，整天哭哭啼啼，愁眉苦臉，對她念念不忘，她本來只一百分可愛，你心裏把她放成了一千分、一萬分，月裏嫦娥，天仙化人，你怎麼還會把第三個女子放在心上。因此我決不做你小老婆！男人如不把我愛得要死要活，發瘋發癲，嫁了他有甚麼味道？不管做大老婆、小老婆都一樣。」

承志哈哈一笑，說道：「這話倒也是！以後你專心學功夫，我盡心教你就是了。」何惕守恭恭敬敬的道：「多謝師父。」承志道：「三師娘是不娶的，三師娘、四師娘都不娶！」何惕守道：「那你連大師娘也別娶，免得將來後悔莫及！悔之晚矣！」

此後一路之上，何惕守計謀橫生，儘是奸詐邪道，要幫袁承志設法去尋阿九，最後自告奮勇，要去藏邊代傳情愫，通個消息，袁承志皆不允准。

不一日到了馬谷山，來到「金蛇營」中，營中兄弟大宴相迎，歡樂三日。孫仲壽等在山東練兵養銳，得到崔秋山傳訊後，各處要緊所在更加守禦得鐵桶相似。李自成從西安傳來聖旨將令，要取消「金蛇營」、「金蛇王」的番號稱謂，孫仲壽一一奉命遵辦，差人送上奏章，慶賀李自成登基為帝。李自成甚喜，頒下令旨，升袁承志為制將軍，封孫仲壽為果毅將軍。孫仲壽不斷派遣使者與李自成聯絡，並打探軍情訊息。

李自成退出順天府北京的情況，紅娘子曾說了一些，但不明實況，有點兒語焉不詳。孫仲壽曾派人去北京詳加打探，這時向袁承志稟告，據探得軍情：滿清大軍由攝政王多爾袞統領，命英王阿濟格、豫王多鐸各將萬騎進軍，與吳三桂聯兵，在山海關外一片石大戰，李軍內部不和，實力大損，接戰不利而退，谷大成部殿後，谷將軍力戰陣亡。李自成退出北京，與劉宗敏、牛金星、宋獻策、李過、李牟、李岩、田見秀等退向西安。

孫仲壽將探子找來的一些滿清文告拿給袁承志看，一篇是多爾袞與滿清入關諸將的誓約，其中有一段說：「今入關西征，勿殺無辜，勿掠財物，勿焚廬舍，不如約者罪之。」另有一篇是多爾袞入宮後的嚴令：「諸將乘城，勿入民舍，百姓安堵，秋毫無犯。」又有「大清國攝政王令旨」：「前朝弊政，莫如加派，遼餉外又有剿餉、練餉，數倍正供，遠者二十年，近者十餘載，天下嗷嗷，朝不及夕，更有召買加料諸名目，巧取殃民。今與民約：額賦外一切加派，盡爲刪除，各官吏仍混徵暗派，察實治罪。」

孫仲壽嘆道：「老百姓最苦不堪言的，確是加派。完了錢糧之後，州縣一聲『加派』，名目繁多，都是數倍於正額錢糧，老百姓飯也吃不上，怎麼繳得起種種『加派』？逼得人全家老少上吊投河，就是這加派了。」袁承志問道：「清兵進京之後，可當眞不入民舍，秋毫無犯嗎？」孫仲壽嘆道：「清兵雖是蠻夷外族，進京之後倒確是不入民舍，不掠財物，不擄婦女。」

袁承志想起在盛京崇政殿屋頂上聽到皇太極與范文程、鮑承先、寧完我各人的對答，料想多爾袞是遵照先君的遺訓，收羅民心，以圖佔我大漢天下。

孫仲壽又稟報：闖王敗走山西後，滿清肅親王豪格奉命來侵山東，不久攻入濟南，東破青州，斬明守將趙應元，又平濟寧滿家洞。闖軍「金蛇營」僻在魯東，清軍倒未來攻。這時南京明朝的大臣立了福王由崧作監國，其後即位稱帝。由崧是崇禎皇帝的堂弟，他父親常洵是前光宗皇帝的兄弟。福王雖與帝系較近，但爲人昏淫，鳳陽總督馬士英力主立他，以便控制。南朝兵部尙書史可法以潞王較爲賢明，則主張立潞王。但馬士英掌握兵權，又與駐兵江北的四大總兵高傑、劉澤清、劉良佐、黃得功聯絡，派兵迎來了福王。史可法無可奈何，只得同意。四大總兵中高傑部隊駐在江北泗水，史可法要他去和「金蛇營」連絡，共抗清兵進犯。

高傑原是李自成麾下大將，在軍中與李自成的妻子邢氏私通。高傑怕風聲洩漏，李自成殺他，帶了邢氏逃走，還帶走了一批部隊，他去投降朝廷，做到了總兵，與闖軍爲敵。他知金蛇營是闖軍的精銳之師，駐地離他不遠，他心懷鬼胎，不敢去和金蛇營連絡，卻去和河南總兵許定國勾結。不料許定國暗中已經降清，假意設宴，殺了高傑。

袁承志問起南京朝中情形，孫仲壽道：「南京城裏，馬士英大權獨攬，重用魏忠賢的餘孽阮大鋮，事事非錢不行，腐敗不堪，所有官職都可出賣。南京人有順口溜道：『中書隨地有，總督滿街走。紀監多如羊，職方賤如狗。蔭起千年塵，拔貢一呈首，掃盡江南錢，塡塞馬家口。』把江南人的錢都搜括起來，塡到馬士英一家人的口袋裏。」袁承志對青青道：「那個馬士英，他的姪子就是你在南京殺的。」青青笑道：「原來小妹倒有三分先見之明，沒殺錯了良民。」

孫仲壽道：「江北各總兵跋扈，不奉朝廷命令。只史可法閣部在揚州，忠心耿耿，左支右絀，那也難得很了，史閣部曾派人送禮來，要我們歸順南明，共抗清兵。我回答說：『小將做不得主，待我們主帥袁將軍回營，小將稟明史閣部的好意，再行奉覆。但本營以抗清護民爲職志，必與閣部同一條心。』」

袁承志道：「抗禦清兵，本是先公遺志。史閣部是位好漢子，跟他聯手，倒也使得。但南京朝廷如此腌臢，投降朝廷，似乎不必了。孫叔叔、朱叔叔、羅叔叔、倪叔叔，你們各位以爲如何？」孫仲壽等都道：「主帥高見，我們也都這麼想。」

羅大千道：「最近南京又有監禁太子的事，令人好生氣憤。」袁承志詢問詳情。

羅大千道：「北京南來的一個官員，帶了個少年同來，說是崇禎皇帝的太子……」

袁承志心道：「這是阿九的弟弟，我倒見過。」羅大千道：「朝廷知道了，派人去查明，這些人有的在北京做過講官，教過太子的書，太子一見便認了他們出來，先叫他們名字。這些官員受過福王宏光皇帝和馬士英的指點，說倘若眞是太子，宏光皇帝就得讓位，自然都回報說不認得。朝廷不問情由，就將這少年下在獄中，到底是不是太子，原也難說。這件事傳了開來，在長江上游帶兵的將軍中有個左良玉，官封寧南伯，駐兵武昌。他跟馬士英不合，說監禁太子，乃大大不忠，於是發兵東下，要清君側，兵到九江，左良玉突然急病身亡，部兵由他兒子左夢庚統帶。南京調黃得功沿江堵截，左夢庚不會打仗，兵敗降清。」

朱安國道：「咱們該當回覆史閣部才是。」袁承志道：「便請朱叔叔辛苦一趟，送幾件禮物去揚州，說我們願以客軍身份，跟史閣部聯手抗清。清兵如犯淮泗，我軍便擾清兵後方牽制，共同打仗，但我們不奉朝廷號令。」朱安國奉命而去。

不久，洪勝海、程青竹、沙天廣、胡桂南、鐵羅漢等留京夥伴齊到山東，來歸「金蛇營」。袁承志與孫仲壽、羅大千、倪浩、沙天廣、程青竹等整頓部屬，準擬抗清援史，將三營兵馬，操練得進退如意。

四月間消息傳來，清兵都統準塔敗明兵於沛縣，攻陷徐州，此後又敗劉澤清於淮安，通州、如皋等城皆陷，劉澤清降清。多鐸大軍由歸德趨泗州，乘夜渡淮，將金蛇營和史可法部隔成兩截。金蛇營兵少，難以正面大攻清軍，派了一千兵到揚州助戰，另在清軍背後不住騷擾，以作牽制。不久便聽到揚州城破、史閣部殉難的噩耗。其後朱安國滿身血污的回報，說當日史閣部見到金蛇營派兵助戰，大爲讚嘆感謝，多多拜上袁將軍，並對袁督師當年冤死一事大表不平，有一短簡致袁承志，寫了十六個字：「共抗清虜，督師有子，並肩禦敵，洗冤報國。」

袁承志甚爲感慨，問起史閣部戰況，朱安國不禁流淚，說清兵於四月十五日攻揚州城，史閣部五次拒降，奮力應戰，朱安國也在他身邊助戰，到二十五日城陷，史閣部就義。金蛇營派去助戰的一千名兵將大部殉難。城破後清兵大肆燒殺，十日之間殺了八十餘萬人，後來稱爲「揚州十日」，慘酷無比。朱安國於城陷後帶了少數部兵逃出。

袁承志與孫仲壽等籌商今後大計。南明朝廷中君臣腐敗，互相爭奪權位，南京看來也是指日可破。闖王敗至陝西，軍紀未見大改，百姓不附，諸將解體，引兵至湖北時連戰敗績，據說在通城九宮山中爲村民所擊斃，唯事無佐證，不知眞假。劉宗敏等大將多數爲清軍擒斬。牛金星降清，連他兒子劉銓，都在清朝做了小官。

眾人都說眼下國步艱難，繼承袁督師遺志，惟有抗虜到底，雖清兵勢大，又復精強悍勇，看來取勝無望，但大丈夫捐軀報國，有死而已。當下沙天廣、程青竹分別去北直隸、山東布政使司自己原來所轄各盜寨，招攬舊屬兄弟；吳平、羅立如、焦宛兒等去南京應天府招攬金龍幫舊人及其他幫會同道；羅大千、倪浩等前往關遼一帶，招攬袁崇煥在寧錦山海關一帶所遺的舊部。再加上蓋孟嘗等七省會盟的盟友，人眾大集。「金蛇營」成立後，招攬的豪傑本已不少，但要抗清卻大大不夠，於是又豎起義旗，廣募兵將，馬谷山山前山後起造山寨，一時間好生興旺。

「金蛇營」的名稱既已取消，「山宗營」之名外人多不明其義，袁承志與各人會商，決定重振「大明崇字營」的新名，這名稱本來和「金蛇營」、「山宗營」三名並用，此後則專用此名，樹起旗幟，聯絡膠東各州縣百姓。前明官員中有的忠於前朝，問起「崇字」的由來，招兵者不說是來自袁崇煥的「崇」字，而是來自「崇禎」的「崇」字，便有不少前明的散官、敗兵潰卒投順。承志與孫仲壽將衆兄弟分成五營，稱爲「崇字一營」、「二營」等名號，日日操練兵馬，爲籌糧餉，佔據了附近鹽山、東陵、陽信、海豐等州縣。

這日袁承志帶同羅大千、崔希敏二人巡視轄地，來到富平鎮郊區，只見百餘名「崇字三營」的兵丁在搶掠百姓，還有人將十餘名年輕婦女綑縛了擄去。承志大怒，上前干預，一劍便將帶隊的把總殺了。副把總大叫：「冤枉，冤枉！」承志問起原由，原來這一營歸洪勝海統帶，軍中無糧，兵士已捱了幾天餓，把總稟明了洪勝海，帶隊出來徵糧。袁承志召集洪勝海以及崇字三營的其餘各隊把總，詢問詳情。

卻原來崇字各營人數大增，已擴至十營，這時已達三萬餘人，而錢財管理不善，袁承志先前所得寶藏、所劫糧餉已花用殆盡，各營數月來糧餉不繼，不但對兵卒欠餉，且日常伙食亦供應不足。各營兵將相互皆是素識，起初大家都憑著這「義氣」兩字，缺餉無糧，也都知道國勢艱危，咬著牙關忍了下來，但時日一久，有許多士兵忍耐不住了，先是向附近百姓家盜牛牽羊、偷雞摸狗，到後來更提刀搶劫。崇字營加盟的兄弟，一大夥本來便是盜夥，於這「奸淫擄掠」四字乃是家常營生，上官見大夥熬得辛苦，有時便也眼開眼閉，不加禁止。袁承志嚴查之下，察覺有幾名把總竟爾率領下屬，殺了百姓，將他們的妻子女兒都佔了過來，逕自入居其屋，不住營房。

袁承志心中氣苦，親自提劍把這幾名最殘虐不法的把總殺了，將崇字三營的統帶官洪勝海叫來，狠狠訓斥，提起血淋淋的金蛇劍，便要向他頸中砍落。

洪勝海雙膝跪地，叫道：「袁相公，是我錯了，請你殺了我之後，饒了其餘的兄弟。是小人帶不來隊，准許他們亂搞的。」承志見到他哀懇的眼色，想起他平時對己服侍辛勞，忠心耿耿，他是海盜出身，向來做慣了壞事，並不覺得搶掠百姓是如何不該，心想：「『崇字營』建立未久，缺糧欠餉，大家日子過得好慘。平時咱們只講究操練陣法，教導如何殺敵取勝，確是甚少講究軍紀，教導弟兄們須得『愛民如子』。我這一劍砍下去，雖不是『濫殺無辜』，只怕是『不教而誅』了！殺他是該的，但我自己，難道就沒罪嗎？就不該殺嗎？」

袁承志血劍懸在半空，心下沉吟，這一劍該不該劈下去？猛聽得號角嗚嗚聲響，前哨吹號示警，有敵軍來攻。袁承志收劍插腰，喝道：「有敵軍來攻，分布隊伍抗敵！」

洪勝海大聲應道：「是！」躍起身來，呼喝號令：「第一隊守住東北方海岬高地，第二隊守住第一隊左邊的小山頭。第三隊跟著我中間衝鋒，第四、第五隊在我左邊的高粱地裏埋伏，先不要動，也不可放箭，帶敵兵衝近，這才射箭。第六、第七、第八隊上馬，上前殺啊！」他號令一出，各隊把總率領兵卒衝鋒上前，有的依令奔上高地、山頭把守，有的鑽入高粱地青紗帳埋伏，餘人紛紛上馬直馳向前。

洪勝海向袁承志道：「主帥請在此督戰，小人領頭衝鋒！」承志道：「好！」躍上戰馬，羅大千與崔希敏也均上馬。

袁承志站立馬鞍，向前望去，見遠處東西兩方旗幟招展，崇字營各營都依平時操練排了開來。承志大聲叫道：「崇字三營的弟兄們狠狠砍殺韃子，我去瞧瞧別的弟兄！」眾兵將大聲回應：「主帥放心，大夥兒必定死戰！主帥保重！」

袁承志與羅大千、崔希敏縱馬向西北方馳去，上了一座小山峯，向前遙望，只見大隊清兵蜂擁衝來，數十名騎兵高舉白旗，揮舉疾衝，後隨數千名騎兵，手中長刀映日，甚是威武。羅大千皺眉道：「這是韃子正白旗精兵，是豫親王多鐸的部隊，多鐸是多爾袞的親弟弟，所帶的韃子兵最稱精銳。」承志曾親眼見到多爾袞刺殺皇太極，知道此人陰狠辣手，說道：「好，咱們跟他狠狠打一仗！」

片刻之間，崇字一營的馬隊上前交戰。清軍騎兵彎弓搭箭，羽箭來如飛蝗，崇字軍紛紛落馬，有的崇字營馬軍回箭射去，箭出無力，清兵舉輕盾一擋，箭枝便即滑落在地。承志見局面不利，拔出金蛇劍，大呼衝入敵陣。這是千軍萬馬的兩陣交鋒，袁承志武功雖強，出手雖快，也不過砍殺了十餘名清兵而已，又怎擋得住大隊敵軍？對陣數千乘騎兵呼嘯而至，有若怒濤，崇字軍雖奮勇抵禦，卻擋不住這排山倒海般的兵勢。

不到一個時辰，崇字一營的二千餘兵將或中箭落馬，或為刀砍槍刺，慘呼斃命，清兵後軍跟著又有數千名殺到，大隊清兵衝過承志身旁，殺向他身後的崇字二營。承志心下暗暗叫苦，急忙回馬，去和崇字二營的弟兄們並肩抗敵。他從清兵手中搶過一柄長槍，橫挑直刺，又殺了十餘名清兵。這些清兵前額剃了光頭，腦後拖了一條小小辮子，右肩袒露，肌凸膚粗，神情兇悍異常。承志一槍戳入一名清兵腹中，那清兵大聲咒罵，跳起來要撲向他拚命，承志橫過槍桿，將他打落。

戰不多時，崇字二營也見敗象。承志拍馬而前，見三名清將正圍攻一人，那人全身是血，正是朱安國。承志上前殺了兩名清將，餘下清將衝過朱安國身側，衝入敵陣而去。朱安國受傷，搖搖晃晃，說道：「承志，多謝你來救我，咱們打不過了……」承志上前抱他過來，坐在自己馬前，說道：「朱叔叔，咱們去止血治傷……」朱安國說：「不，韃子兵好厲害，咱們還得打，弟兄們危險！」

天色漸黑，清軍鳴金收兵，大隊騎兵退了下去。承志與羅大千、倪浩指揮崇字營殘兵，分別駐守山頭。清軍騎兵兇猛，平地上抵擋不住，只得倚山為勢，令敵軍衝殺不上。孫仲壽率人下去點驗傷殘。這一役崇字十營損失了幾達半數，每一營都死傷不少。沙天廣與程青竹、朱安國三人身受重傷，崔秋山、洪勝海、焦宛兒、青青、羅立如、崔希敏等各受輕傷。金龍幫大弟子吳平不幸中箭殞命。

袁承志與孫仲壽檢點殘兵，重傷行伍，分別派駐山頭，守住進入馬谷山本寨要地的險隘。個人先為傷者止血治傷，垂頭喪氣的吃了戰飯。

孫仲壽道：「韃子兵騎射功夫了得，咱們是鬥不過的，自從宋朝以來，便是如此。當年岳飛岳爺爺所以能打贏金兵，便是自己先練好了岳家軍的武功，朱仙鎮一戰，才能打得金兵落荒而逃。」羅大千道：「是啊！所以從前袁督師不斷要跟皇太極講和，要有時候來練袁家軍的武功，可是昏君反冤枉督師與敵人講和是『通敵』。咱們眼下倉促成軍，要練武功是來不及了。雖然已不是烏合之衆，但人數遠遠不及清兵。」

孫仲壽道：「袁督師當年寧錦大捷，主要還是仗著城堅砲利。至於平地騎射，步兵斫殺，咱們是敵不過辮子兵的。何況漢兵現今投降滿清的多，現下變成了敵衆我寡。承志，咱們大夥兒戰死沙場，盡忠報國，盡忠以報督師便了。」

袁承志一拍胸膛，說道：「那也只好這樣。」見洪勝海站在旁邊，他額頭給清兵砍了一刀，傷勢甚重，心中不忍，說道：「勝海，你今日殺敵受傷，將功折罪，你不守軍紀的大罪，我就免了。不過你若留在軍中，弟兄們還道我縱容自己人，處事不公，不免敗壞軍紀。你還是回你自己的渤海派去罷。」

洪勝海當即跪倒，說道：「袁相公，小人知錯了，多謝你開恩饒了我這遭，小人今後無論如何不敢再犯。小人不配再去帶兵，請你開恩留我在你身邊，仍像從前一樣，做個服侍你的長隨。」袁承志揮手道：「你還是去罷，不守軍紀的事，我自己也有不是，我不怪你了。你跟著我，也不過跟著我一起死。」

洪勝海忽然想起一事，向承志磕了個頭，說道：「小人遵奉將令，這就告別，相公和各位千萬保重。韃子勢大，當眞打不過，那也罷了。依小人之見，不如落草，佔山爲王，便似沙寨主從前一樣，總之不降韃子，不投朝廷，不跟闖王，不害良民！」

袁承志呵呵一笑，說道：「你最後這十六字說得好，你是大大的長進了。將來是不是佔山落草，我眞還不知道，不過你說『不降韃子，不投朝廷，不跟闖王，不害良民』這十六個字，我說甚麼是要做到的！好，大家打得倦了，明天只怕韃子兵還會來攻，這就早些休息吧。」洪勝海道：「是，相公，明天我再跟隨你打一仗，倘若留得性命，這才跟你辭別。」

次晨清軍又再來攻，崇字營守住險要高地，清軍騎兵無所用武，攻了一天，不能得逞，就此退兵了。

清軍退兵後，袁承志、孫仲壽等整頓部屬，分守要隘，承志以財源支絀，兵員不能擴充。其時南明揚州雖破，總兵黃得功手下尚統兵四萬人，在淮泗一帶駐紮，作爲牽制。清軍以崇字營兵少，不以爲意，暫不來攻。

後來清軍豫親王多鐸派了英親王阿濟格率領正白旗與鑲白旗兩旗的精兵來攻，袁承志奮起抗禦，寡不敵衆，大敗一仗，崇字營又再損折，只剩下一千多兵將。袁承志率領殘兵，上了一個山頭駐守。傍晚時分埋鍋造飯，晚飯後與孫仲壽、羅大千等派遣兵將，分守山頭各處要道。當晚各人正自露天安睡，忽聽得山下馬蹄聲響，同時隱隱有兵器撞擊之聲。袁承志從夢中驚醒，跳起身來，躍上一株大樹向山下瞭望，只見南邊三條長長的火把如火龍一般，蜿蜒而來，當是敵軍分三道來攻。日間與清兵白旗及鑲白旗軍對戰，兩路敵軍都來自西方，此刻南方又有敵軍，而且聲勢頗大，別要陷入了包圍，當即吹起哨子，縱聲高呼，分兵五百，守在南邊山口。

布防剛畢，南方敵軍已攻到山口，火光照耀下，見清兵隊伍中幾面藍色大旗揮動，乘馬的將領縱馬上山。羅大千道：「主帥，是藍旗韃子，都統準塔帶兵來攻！」袁承志肩頭掛了兩張硬弓，腰間箭袋中裝滿了羽箭，對準當先上山的一名清軍將領，彎弓搭箭，瞄準了他胸口，右手一鬆，箭去如流星，噗的一聲，正中那將軍胸前。他身披護胸鐵甲，箭不入身，但承志勁大箭狠，那將軍仍然胸口吃痛，身子一晃，摔跌下馬，兩軍大聲呼喊。清軍只道將軍中箭陣亡，攻勢稍緩。但那將軍隨即站起，手揮長刀，叫道：「弟兄們，我沒事，大夥衝上山去！」清軍兵將跟著蜂擁上山。

袁承志叫道：「你沒事嗎？」向下躍出，幾個起落，已到了那將軍身前，手揮金蛇劍，向那將軍斬落。那將軍舉刀擋格，喀的一聲，長刀給金蛇劍斬為兩截。那將軍一怔之際，袁承志利劍乘勢揮出，將他一顆腦袋砍了下來。清軍十餘人圍攻，刀槍並施。袁承志叫道：「好極！正好大殺一陣！」舞動金蛇劍，衝入敵陣。

只聽得山上號角吹響，卻是西方有警。袁承志要照顧全局，順手殺了三名清兵，急奔回山。只見孫仲壽與羅大千、羅立如、焦宛兒等正自大聲發令，指揮部屬守住山口。山下羽箭如飛蝗般射來。承志拾起地下一塊盾牌，急躍上前，擋在宛兒身前。禿的一聲，一枝長箭射上盾牌，彈了開去，若不是他這即時一擋，宛兒非死即傷。宛兒已嚇得臉無血色，叫道：「袁相公，多謝了！」承志將盾牌交了給她，說道：「小心擋箭！」向山下瞧去，但見白旗與鑲白旗招展，這兩旗清軍與藍旗分自西方南方，三旗夾攻。

袁承志站到一匹馬的背上，觀看敵我情勢，指揮守山。這時羅大千、倪浩、青青、何惕守等都已衝入敵陣，但見清兵從崇字營的空隙處緩緩逼上。崇字營兵少，激戰良久，損兵折將，人數更少。承志望見羅大千給十餘名清軍圍住了，肩頭背上都中了羽箭，更有清兵箭手向他放箭，眼見便將殞命，長聲呼叫：「羅叔叔，咱們爲國抗敵，同生共死。」衝入敵陣，從一名清兵手裏夾手搶過一塊盾牌，撲到羅大千身後，替他擋開了一枝勁箭。羅大千已殺得神智迷糊，叫道：「承志，咱們到陰世會你爹爹去，督師一定讚你，也會讚我！」

承志只應得一聲：「是！」背心和右腿突然劇痛，不提防中兩枝冷箭，眼見箭來如雨，忙舉盾牌護住羅大千，噗的一聲，又一枝長箭插入了他左邊肩頭。他奮力站起，舞動金蛇劍，砍死兩名挺槍刺來的清兵，再揮劍斬開射向他後心的一枝羽箭，見一名身披金甲的清將躍馬挺槍，來刺摔在地下的羅大千，承志雙足力登，縱身躍起，從半空中揮劍向那將軍斬落。那將軍甚是勇悍，鋼槍橫掃，與金蛇劍一格，槍劍齊震，雙雙脫手。承志仍然撲向那將軍，雙手扠在他頸中。兩人力扭，都摔下馬來，滾在馬下，衆清兵大聲驚呼。承志只覺左肩背心劇烈疼痛，接著便即暈去，人事不知了。

也不知過了多少時候，只聽得青青叫道：「大哥，大哥，你醒了，那眞好……」突然哭出聲來。承志尚未睜眼，迷迷糊糊的道：「青弟，別哭，咱們都死了嗎？」青青抽抽噎噎的道：「還沒死呢。你好些了嗎？謝天謝地！」承志挺身坐起，叫道：「殺韃子兵，快，快，衝呀！」他挺身躍起，但全身無力，跳起數尺，便又摔落，只撞得背心劇痛，忍耐不住，又暈了過去。

清軍白、藍、鑲白旗三旗精兵由英親王阿濟格親自指揮，乘夜來肅清崇字營殘兵，攻山一戰，仗著騎射凌厲，大獲全勝，崇字營兵將幾全遭殲滅，只青青、啞巴、焦宛兒、崔秋山、安大娘、安小慧、崔希敏等少數武功較高之人，幸得何惕守找到一個隱僻的山洞，躲了起來，而宛兒、崔希敏等人也已不少受傷。英親王阿濟格給袁承志扠住頭頸，扭下馬來，其時承志已身中數箭，勁力全失，阿濟格才倖保性命，但也已嚇得魂飛魄散，鬥志全失。副指揮準塔都統得知英王爺險些陣亡而自己無傷，忙搶過刀來，在自己臉上腿上砍了兩刀，顯得自己亦受重傷，既已大獲全勝，忙即收兵，不及清理戰場，便趕去侍候阿濟格。

崇字營這一役全軍覆沒，孫仲壽、羅大千、朱安國、倪浩等首腦盡數陣亡，而不見了主帥袁承志，大家更是焦急，見清軍退軍，青青等便忙往兩軍陣亡的屍首堆中去找尋。青青與何惕守終於在一堆清軍屍首之下，見到袁承志背中數箭，俯伏在地。青青一見，只道承志陣亡，悲痛之下，放聲大哭，拔劍便往自己頸中刎去。何惕守夾手奪過她長劍，叫道：「師父，你還沒死啊！」青青一聽，急忙奔過去將承志抱起，覺他身子尚有溫熱，叫道：「是啊，大哥還沒死！」何惕守道：「那你幹麼要自盡？」青青白了她一眼，道：「我死了，你好嫁給你師父啊。」何惕守道：「我師父說過的，除了你之外，他誰也不娶。」青青道：「假的！大哥，大哥，你快醒來。」何惕守道：「師父說，他只娶你一個，不娶阿九，不娶宛兒，更加不娶我這個周身是毒的姑娘。」青青心花怒放，說道：「好，那我就不死了，咱們快救醒他。」

兩人將承志抬入山洞，拔出羽箭，在他十幾個傷口上敷上金創藥，青青目不交睫的服侍，何惕守睡得遠些，卻也是提心吊膽，數日不得安睡。直到四天之後，承志才稍有知覺。青青與何惕守兩人盡心竭力的服侍他養傷，承志只須稍一轉側，觸動肩背上傷處，臉上現出痛楚神色，青青便柔聲安慰。何惕守默不作聲的守在一旁，臉上神色自也是關懷之極。

焦宛兒在山下遠處另行找到一個隱僻的山洞，移了袁承志過去養傷，以防清兵來清理戰場時發見。如此過了月餘，承志的創傷終於大好了，勉力可出洞行走。他內力根柢本極深厚，自已既可行功，傷勢好得更快。

這一日崔希敏與安小慧在海邊閒逛，撞到兩名渤海派的弟子，一談之下，知是他們首領洪勝海派人前來打探崇字營的訊息。雙方約定次日再在原地相會。安小慧回去稟告承志，承志命她去約洪勝海前來相會。次日洪勝海帶同十餘名部屬，前來參見，說起同袍傷亡衆多，各人均感傷痛。

洪勝海慰問承志創傷，甚是關懷。袁承志道：「勝海，敵衆我寡，我們打一仗敗一仗，這次更加全軍覆沒，只好照你當日所言，上山落草，聚了兵後，再來跟韃子拼命。唉！再拚命，也只不過再送命罷了！」洪勝海道：「相公，上山落草原是善策，但這一帶並無高山峻嶺，須得到魯東一帶佔山，遠水救不得近火，小人帶得有數十艘大沙船在海邊，咱們暫且落海避他一避。君子報仇，十年未晚。」

袁承志與何惕守等正感給逼得局處海隅，更無退避之處，聽得洪勝海帶同渤海派大批船隻，正可解燃眉之急，大喜之下，都拍手讚好，便率同衆兵將上船入海。

眾人上得海船，有酒有肉，飽餐了一頓，一時精神為之一振。洪勝海知曉南明局勢，說起淮泗四將的近況，高傑為河南總兵許定國所殺，劉良佐及劉澤清降清，黃得功陣前自殺，清軍由多鐸統領，攻入南京，明總兵田雄擁福王宏光皇帝降清；馬世英逃到杭州，其後逃到福建，為清兵所俘殺死。

袁承志環顧四方，心灰意懶，眼見各地擁兵將領紛紛降清，明軍敗兵大都編入了清兵漢軍旗，清兵更加勢大。自己決不降清，但兵財俱缺，無力單獨抗清，又不能去川陝依附張獻忠。他空有一身驚世駭俗的武功，卻無處分邦國大事的權謀韜略，最後勢必死難殉國，就和爹爹及史閣部那樣，當此國難綦深之際，也無別的命運。但看到青青、何惕守、焦宛兒、安小慧等玉貌紅顏，如花盛放，豈難道要這些巾幗女兒，也都為國捐軀？轉念又想：「男兒殉國，女兒也同時殉難，分甚麼彼此？」心中忽然轉過一個念頭：「幸好阿九遠在藏邊，她有時會想到我麼？」其實他自該料到，阿九朝思暮想，便在等待他袁承志到來，豈僅「有時想到」而已。

他徬徨無計，意興蕭索。想起張朝唐曾說起浡泥國民風淳樸，安靜太平，曾道：「中原大亂，公子心緒不佳，何不到浡泥國去散散心？」袁承志心想就算上山落草，此後數十年中，終究不能忘了阿九，年年月月的三心兩意，總有一天會管不住自己，突然間遠走藏邊去尋阿九，自己受傷時青青如此相待，如何可以負她；但若遠赴海外，從此不歸，既遠離了國難家仇，亦免得負人不義，終生良心不安，但事不兩全，不負青青，卻不免辜負阿九了。只不過寄人籬下，也無意趣，何況國破家亡之餘，避難海外，懦怯偷生，畏首畏尾，實非男子漢大丈夫的行徑，也對不起成千成萬與自己出生入死、間關百戰的戰友袍澤，但算來算去，要守著「不降韃子，不投朝廷，不跟闖王，不害良民」十六字，除了遠適異國，委實走投無路；忽然想起那西洋軍官所贈的一張海島圖，於是取了出來，詢問此是何地。洪勝海道：「那是在浡泥國左近大海中的一座島嶼，眼下為紅毛國海盜盤踞，騷擾海客。」

袁承志一聽之下，神遊海外，壯志頓興，拍案長嘯，說道：「咱們就去將紅毛海盜驅走，暫且到這海島上去做化外之民罷。」

於是命眾海船開向南岸大清河口，在鐵門關海外停泊等候，他創傷全愈，便回上華山，告別師父，稟明掌門大師兄要到海外暫居，待局勢有變，再來獻身報國。沙天廣、程青竹、崔秋山等豪傑不願去國遠離，便分別覓地佔山落草，各人宣誓遵守「不降韃子，不投朝廷，不跟闖王，不害良民」的十六字訣，與承志等灑淚而別。

袁承志遙望藏邊，心懸阿九，無可奈何下，只得率同青青、何惕守、啞巴、羅立如、焦宛兒、安小慧、安大娘、崔希敏等人，及孟伯飛父子、胡桂南、鐵羅漢等豪傑，以及少數願意隨他出海冒險的崇字營殘餘人眾，上船揚帆出海，得了洪勝海的渤海派眾海盜之助，遠征異域，終於在海外開闢了一個新天地。正是：

萬里霜煙迴綠鬢

十年兵甲誤蒼生

（歸辛樹、何惕守、阿九等少數人之事蹟，在《鹿鼎記》書中續有敘述。）

（全書完）

每一節文末的注釋只是表示：
文中的事實全部都有根據，
並不是虛構的小說。
對歷史研究沒有與趣的讀者們
大可略過注釋不讀。

袁崇煥評傳

在距離香港不到一百五十公里的地區之中，過去三百多年內出了兩位與中國歷史有重大關係的人物。最重要的當然是出生於廣東中山縣（原名香山）的孫中山先生。另一位是出生於廣東東莞縣的袁崇煥。❶

我在閱讀袁崇煥所寫的奏章、所作的詩句、以及與他有關的史料之時，時時覺得似乎是在讀古希臘劇作家攸里比第斯、沙福克里斯等人的悲劇。袁崇煥眞像是一位古希臘的悲劇英雄，他有巨大的勇氣，和敵人作戰的勇氣，道德上的勇氣。他沖天的幹勁，執拗的蠻勁，剛烈的狠勁，在當時猥瑣委靡的明末朝廷中，加倍的顯得突出。

袁崇煥，字元素，號自如。「煥」，是火光，是明亮顯赫、光采輝煌；「素」是直率的質樸，是自然的本性；「自如」，是不受羈絆，任意所之。他大火熊熊般的一生，我行我素的性格，揮洒自如的作風，的確是人如其名。這樣的性格，和他所生長的那不幸的時代構成了強烈的矛盾衝突。古希臘英雄拚命掙扎奮鬥，終於敵不過命運的力量而垮了下來。打擊袁崇煥的不是命運，而是時勢。雖然，時勢也就是命運的一個重要組成部分。像希臘史詩與悲劇中那些英雄們一樣，他轟轟烈烈的戰鬥了，但每一場戰鬥，都是在一步步走向不可避免的悲劇結局。

希臘史詩《伊里亞特》記述赫克托和亞契力斯繞城大戰這一段中，描寫衆天神拿了天平來秤這兩個英雄的命運，小時候我讀到赫克托這一端不及對方的份量，天神們決定他必須戰敗而死，感到非常難過，「那不公平！那不公平！」過了許多歲月，當我讀到滿清的皇太極怎樣設反間計、崇禎和他的大臣們怎樣商量要不要殺死袁崇煥，同樣有劇烈的悽愴之感。

歷史家評論袁崇煥，著眼點在於他的功業、他對當時及後世的影響、他在明清兩個朝代覆亡與興起之際所起的作用。近十多年來，我幾乎每天都寫一段小說，又寫一段報上的社評，因此對歷史、政治與小說是同樣的感到興趣，然而在研究袁崇煥的一生之時，他強烈的性格比之他的功業更加吸引我的注意。

整體說來，清朝比明朝好得多。從清太祖算起的清朝十二個君主，他們的總平均分數和明朝十六個皇帝相比，我覺得在數學上簡直不能比，因爲前者的是相當高的正數，後者是相當高的負數。對於滿族人入主中國一事，近代的評價與前人也頗有改變。所以袁崇煥的功業，不免隨著時代的進展而漸漸失卻光采。但他英雄氣概的風華卻永遠不會泯滅。正如當年春秋戰國時七國紛爭的是非成敗，在今天已沒有多大意義了，但孔子、介子推、藺相如、廉頗、屈原、信陵君、荊軻等等這些人物的生命，卻超越了歷史與政治。

《碧血劍》中的袁承志，在性格上只是個平凡人物。他沒有抗拒艱難時世的勇氣和大才，奮戰一場而受了挫折後逃避海外，就像我們大多數在海外的人一樣。

袁崇煥卻是眞正的英雄，大才豪氣，籠蓋當世，即使他的缺點，也是英雄式的驚世駭俗。他比小說中虛構的英雄人物，有更多的英雄氣概。

他的性格像是一柄鋒銳絕倫、精剛無儔的寶劍。當清和昇平的時日，懸在壁上，不免會中夜自嘯，躍出劍匣。在天昏地暗的亂世，則屠龍殺虎之後，終於寸寸斷折。

在明末那段不幸的日子中，任何人都是不幸的。每一個君主在臨死之時，都深深感到了失敗的屈辱：崇禎、清太祖努爾哈赤、清太宗皇太極（如果他不是被人謀殺的，那麼是惟一的例外）、蒙古人的首領林丹汗、朝鮮國王李佑，始終是死路一條的將軍和大臣（奮勇抗敵的將軍與降敵做漢奸的將軍，忠鯁正直的大臣與奸佞無恥的大臣，命運沒太大分別，但在一個比較溫和的時代，奸臣卻常常能得善終，例如秦檜），憤怒不平的知識份子，領不到糧餉的兵卒，生命朝不保夕的「流寇」，飢餓流離的百姓，以及有巨大才能與勇氣的英雄人物：楊漣、熊廷弼、孫承宗、李自成、史可法、袁崇煥。

在那個時代中，人人都遭到了在太平年月中所無法想像的苦難。在山東的大饑荒中，丈夫吃了妻子的屍體，母親吃了兒子的屍體。那是小人物的悲劇，他們心中的悲痛，一點也不會比英雄們輕。不過小人物只是默默的忍受，英雄們卻勇敢地奮戰了一場，在歷史上留下了痕跡。英雄的尊嚴與偉烈，經過了無數時日之後，仍在後人心中激起波瀾。

❶袁崇煥的籍貫，像中國許多名人一樣，後人有很多爭論，好像湖北襄陽與河南南陽要爭諸葛亮是他們那地方的人。據楊寶霖先生根據多種資料考證，以及閻崇年先生親身前往廣東、廣西兩地調查研究，比較可靠的結論是：袁崇煥原籍廣東東莞水南村，他也自稱是東莞人。他的祖父袁西堂是商人，於明嘉靖初年自東莞來到廣西梧州府藤縣四十三都白馬鄉，見當地山水清佳，便定居於該地，妻子何氏，生子袁子朋（或作子

鵬）。子朋生三子，長子崇煥、次崇燦（另說崇燦是長兄，崇煥爲次子）、三子崇煜，有六名孫子，都是「兆」字輩，十一世孫才是「承」字輩，有袁承芳、承楊、承樞、承柏、承洪、承濟等人。據閻崇年先生考據，袁崇煥生於萬曆十二年（一五八四）四月廿八日（陽曆六月六日）。他家所在地白馬鄉（原名蓮塘村）鄰近平南縣，所以廣西平南縣誌也有說他是平南人的。他是廣西藤縣人還是平南人仍有爭執，因文獻記載中兩種說法都有。他於萬曆四十七年（一六一九）考中進士，「萬曆己未科進士題名記：第三甲第四十名，袁崇煥，廣西藤縣。」考進士時報的籍貫是廣西藤縣。（以上資料見閻崇年、俞三東編《袁崇煥資料集錄》，廣西民族出版社）

一

這個不幸的時代，是數十年腐敗達於極點的政治措施所累積而成的。

我書架上有一部英國歷史家吉朋的《羅馬帝國衰亡史》，是三卷注釋本。❶書脊上繪著羅馬式建築的兩根大理石柱子，第一卷的柱子，柱頭上有些殘缺破損，第二卷的柱子殘損更多，第三卷的柱子完全塌了。這象徵一個帝國的衰敗和滅亡，如何一步步的發展。

明朝的衰亡也是這樣。

明朝的覆滅，開始於神宗。❷

神宗年號萬曆，是明朝諸帝中在位最久的，一共做了四十八年皇帝。只因爲他做皇帝的時候實在太久，所以對國家人民所造成的禍害也特別大。他死時五十八歲，本來並不算老，他的祖宗明太祖活到七十一歲，成祖六十五歲，世宗六十歲。可是神宗未老先衰，後來大概更抽上了鴉片。鴉片沒有縮短他的壽命，卻毒害了他的精神。他的貪婪大概是天生的本性，但匪夷所思的懶惰，一定是出於鴉片的影響。

然而萬曆初年，卻是中國歷史上最光彩輝煌的時期之一。近代中西學者研究瓷器及其他手工藝品，有這樣一個共通的意見：在中國國力最興盛的時期，所製作的瓷器最精采。萬曆年間的瓷器和琺瑯器燦爛華美，精巧雅致，洵爲罕見的傑作。因爲萬曆最初十年，張居正當國，他是中國歷史上難得一見的精明能幹的大政治家。

神宗接位時只有十歲，一切聽母親的話。兩宮太后很信任張居正，政治上權力極大的司禮太監馮保又給張居正籠絡得很好，這些有利的條件加在一起，張居正便能放手辦事。明朝自明太祖晚年起就不再有宰相，張居正是大學士，名義是首輔，實際權力等於是宰相。

從萬曆元年到十年，張居正的政績燦然可觀。他重用名將李成梁、戚繼光、王崇古，使得主要是蒙古人的北方異族每次入侵都大敗而歸，只得安份守己而和明朝進行和平貿易。南方少數民族的武裝暴動，也都一一給他派人平定。沿海長期侵騷的倭寇給戚繼光等名將打退，江南平靖富庶。國家富強，儲備的糧食可用十年，庫存的盈餘超過了全國一年的歲出。交通郵傳辦得井井有條。清丈全國田畝面積，使得稅收公平，不致像以前那樣由窮人負擔過份的錢糧而官僚豪強卻不交賦稅。他全力支持工部尚書潘季馴，將泛濫成災的黃河與淮河治好，將水退後的荒地分給災民開墾，免稅三年。官僚的升降制度執行得很嚴格，嚴厲懲辦貪污。

在那時候，中國是全世界最先進、最富強的大國。那時歐洲的文人學士在提到中國的時候，無不欣慕嚮往。他們佩服中國的文治教化、中國的考試與文官制度，佩服中國的道路四通八達，❸佩服中國的老百姓生活得比歐洲貧民好得多。萬曆十年是公元一五八二年。要在六年之後，英國才打敗西班牙的無敵艦隊；再過三十八年，英國的清教徒才乘「五月花號」到達美洲；再過六十一年，五歲的路易十四才登上法國的王座。那時莎士比亞只有十六歲，還在英國的樹林裏偷人家的鹿。八十三年後，倫敦由於太污穢、太不衛生，爆發了恐怖的大瘟疫。在萬曆初年，北京、南京、揚州、杭州、蘇州這些就像萬曆彩瓷那樣華美的大城市，在外國人心目中眞像是天堂一樣。

中國的經濟也在迅速發展，手工業和技術非常先進。在十五世紀時，中國是世界上最重要的產棉區之一。由於在正德年間開始採用了越南的優良稻種，農田加闢，米產大增，尤其是廣東一帶。因爲推廣種植水稻，水田中大量養魚，瘧蚊大減，❹嶺南向來稱爲瘴癘的瘧疾已不像過去那樣可怕，所以兩廣的經濟文化也開始迅速發展。

可是君主集權的絕對專制制度，再加上連續四個昏庸腐敗的皇帝，將這富於文化教養而勤勞聰明的一億人民、這舉世無雙的富強大國推入了痛苦的深淵。專制政治制度對國家、人民、社會的大害，在明朝末年表現得最明顯。

張居正於萬曆十年逝世，二十歲的青年皇帝自己來執政了。皇帝追奪張居正的官爵，將他家產充公，家屬充軍，將他長子逼得自殺。

神宗是相當聰明的，而且喜歡讀書。中國歷史上的昏君大都有些小聰明，隋煬帝、宋徽宗、李後主，都是文采斐然。明神宗的聰明之上，所附加的不是文采，而是不可思議的懶惰，不可思議的貪婪。皇帝懶惰本來並不是太嚴重的毛病，他只須任用一兩個能幹的大臣，甚麼事情都交給他們去辦就是了，多半政治只有更加上軌道些。中國歷史上不乏「主昏於上，政清於下」的先例。然而神宗懶惰之外還加上要抓權，幾十年中自己不辦事，也絕對不讓大臣辦事。這在世界歷史上固然空前，相信也必絕後。

做了皇帝，要甚麼有甚麼，神宗不喜愛女色，不任用外戚，不迷信宗教，不妄求長生；並不多所猜忌而殘忍好殺；也不窮兵黷武，好大喜功；他並不異想天開，荒唐胡鬧；並不大興土木，構築宮室，奢侈浪費；並不信用宦官，任由弄權。中國歷代許多昏君的重大缺點，他倒沒有。他所追求的只是對他最無用處的金錢。如果他不是皇帝，一定是個成功的商人，他性格中有一股不可抑制的貪性。他那些祖宗皇帝們有的陰狠毒辣，有的胡鬧荒唐，但沒一個是這樣難以形容的貪婪。因此近代有一位歷史學者推想，

他這性格是出於母系的遺傳。他母親是個小農的女兒。❺

皇帝貪錢，最方便有效的法子當然是加稅。神宗所加的稅不收入國庫，而是收入自己的私人庫房，稱爲「內庫」。他加緊徵收商稅，那是本來有的，除了書籍與農具免稅之外，一切商品交易都收稅百分之三。他另外又發明了一種「礦稅」。

大批沒有受過教育、因殘廢而心理上多多少少不正常的太監，作爲皇帝的私人徵稅代表，四面八方的出去收礦稅。只要「礦稅使」認爲甚麼地方可以開礦，就要地產的所有人交礦稅。這些太監無惡不作，隨帶大批流氓惡棍，到處敲詐勒索，亂指人家的祖宗墳墓、住宅、商店、作坊、田地，說地下有礦藏，要交礦稅。❻結果天下騷動，激起了數不盡的民變。這些御用徵稅的太監權力既大，自然就強橫不法，往往擅殺和拷打文武官吏。有一個太監高淮奉旨去遼東徵礦稅、商稅，搜括了士民的財物數十萬兩，逮捕了不肯繳稅的秀才數十人，打死指揮，誣陷總兵官犯法。神宗很懶，甚麼奏章都不理會，但只要是和礦稅有關的，御用稅監呈報上來，他立刻批准。

搜括的規模之大實是駭人聽聞。在萬曆初年張居正當國之時，全年歲入是白銀四百萬兩左右，❼皇宮的費用每年有定額一百二十萬兩，稱爲「金花銀」，已幾佔歲入的三分之一。可是單在萬曆二十七年的五天之內，就搜括了礦稅商稅二百萬兩。這還是繳入皇帝內庫的數目，太監和隨從吞沒的錢財，又比這數字大得多。據當時吏部尚書李戴的估計，繳入內庫的只十分之一，太監剋扣十分之二、隨從瓜分十分之三、流氓棍徒乘機向良民勒索的是十分之四。

可和神宗的貪婪並駕齊驅的是他的懶惰。

鴉片煙這種麻醉品，對中國最大的危害，自明神宗開始。鴉片之毒破壞人的神經中樞與意志力，它首先破壞的，正是中國的神經中樞——皇帝的神經中樞。

在神宗二十八歲那年，大學士王家屏就上奏章說：一年之間，臣只見到天顏兩次，偶然提出一些建議，也和別的官員的奏章一樣，皇上完全不理。

這種情形越來越惡化，到萬曆四十二年，首輔葉向高奏稱：六部尚書中，現在只賸下一部有尚書了，全國的巡撫、巡按御史、各府州縣的知事已缺了一半以上。他的奏章寫得十分激昂，說現在已經中外離心，京城裏怨聲載道，大禍已在眼前，皇上還自以爲不見臣子是神明妙用，恐怕自古以來的聖帝明王都沒有這樣妙法吧。❽神宗抽飽了鴉片，已經火氣全無。這樣的奏章，如果落在開國的太祖、成祖、末代的思宗手裏，葉向高非殺頭不可。但神宗只要有錢可括，給大臣譏諷幾句、甚至罵上一頓，都無所謂。

萬曆年間的衆大臣說得上是知無不言，言無不盡。有人上奏，說皇上這樣搞法，勢必民窮財盡，天下大亂；❾有人說陛下是放了籠中的虎豹豺狼去吞食百姓；❿有人說一旦百姓造反，陛下就算滿屋子都是金銀珠寶，又有誰來給你看守？⓫有的指責說，皇上欺騙百姓，不免類似桀紂昏君；⓬有的直指他任用肆無忌憚之人，去幹沒有天理王法之事；⓭有的責備他說話毫無信用。⓮臣子居然膽敢這樣公然上奏痛罵皇帝，不是一兩個不怕死的忠臣罵，而是大家都罵，那也是空前絕後、令人難以想像的事。然而言者諄諄，聽者藐藐，神宗對這些批評全不理睬。正史上的記載，往往說「疏入，上怒，留中不報」。留中，就是不批覆。或許他懶得連罰人也不想罰了，因爲罰人也總得下一道聖旨才行。但直到他死，拚命搜括的作風絲毫不改。同時爲了對滿清用兵，又一再增加田賦。皇帝搜括所得都存於私人庫房（內庫），政府的公家庫房（外庫）卻總是不夠錢，結果是內庫太實，外庫太虛。⓯

在這樣窮兇極惡的壓榨下，百姓的生活當然是痛苦達於極點。

神宗除了專心搜括之外，對其他政務始終是絕對的置之度外。萬曆四十三年十一月，御史翟鳳翀的奏章中說：皇上不見廷臣，已有二十五年了。

❶ Edward Gibbon: *The Decline and Fall of the Roman Empire*, The Heritage Press, New York.

❷ 這是後世論者的共同意見。《明史．神宗本紀》：「故論者謂：明之亡實亡於神宗。」趙翼《廿二史劄記．萬曆中礦稅之害》：「論者謂明之亡，不亡於崇禎而亡於萬曆云。」清高宗題明長陵神功聖德碑：「明之亡非亡於流寇，而亡於神宗之荒唐，及天啓時閹宦之專橫，大臣志在祿位金錢，百官專務鑽營阿諛。及思宗即位，逆閹雖誅，而天下之勢，已如河決不可復塞，魚爛不可復收矣。而又苛察太甚，人懷自免之心。小民疾苦而無告，故相聚爲盜，闖賊乘之，而明社遂屋。嗚呼！有天下者，可不知所戒懼哉？」

❸ 十六世紀後期來到中國遊歷的歐洲人，如G. Pereira, G. da Gruz, M. de Rada等人著書盛讚中國。他們拿中國的道路、城市、土地、衛生、貧民生活等和歐洲比較，認爲中國

好得多。見A. P. Newton, ed., *Travel and Travellers of the Middle Ages*; C. R. Boxer, *South China in the 16th Century* 等書。直到一七九八年，馬爾塞斯在《人口論・第一篇》中還說中國是全世界最富庶的國家。萬曆年間來到中國的天主教教士利馬竇等人更盛讚中國的文治制度，認爲舉世無出其右。參閱L. J. Gallagher, S. J. tr., *China in the Sixteenth Century*.

❹ Wolfram Eberhard: *A History of China*, p.249.

❺ 朱東潤《張居正大傳》：「從明太祖到神宗這一個血脈裏，充滿偏執和高傲……到了神宗，又在這高傲的血液裏，增加新的成分。他底母親是山西一個小農底女兒。小農有那一股貪利務得的氣息，在一升麥種下土以後，他長日巴巴地在那裏計算要長成一斛、一石、又硬、又好的小麥。成日的精神，集中在這一點上面。……明朝底皇帝，只有神宗嗜利，出於天性，也許只可這樣地解釋。」（三一七頁）但說小農嗜利，似乎不大妥當。小農種麥而盼望收成，既是自然而合理的期待，又是生活的唯一資料，不能說是嗜利。一般來說，富農大概比小農更嗜利，否則做不成富農。神宗之母李太后的父親武清伯李偉，本來做泥水匠。

❻ 礦稅的稅率是胡亂指定的，在L. Carrington Goodrich, *A Short History of the Chinese People* 中，說萬曆時的礦稅是礦產價值的百分之四十，即使礦場已經停閉，礦主每年仍須按舊稅率繳稅。p.199.

❼ 據張居正奏疏〈看詳戶部進呈揭帖疏〉：萬曆五年，歲入四百三十五萬九千四百餘

兩，歲出三百四十九萬四千二百餘兩。

❽葉向高奏：「中外離心，輦轂肘腋間怨聲憤盈，禍機不測，而陛下務與臣下隔絕。帷幄不得關其忠，六曹不得舉其職。舉天下無一可信之人，而自以爲神明之妙用。臣恐自古聖帝明王，無此法也。」

❾二十七年，吏部侍郎馮琦奏：「自礦稅使出，民苦更甚。加以水旱蝗災，流離載道，畿輔近地，盜賊公行，此非細故也。中使銜命，所隨奸徒千百……遂令狡猾之徒，操生死之柄……五日之內，搜括公私銀已二百萬。奸內生奸，例外創例，不至民困財殫，激成大亂不止。伏望急圖修弭，無令赤子結怨，青史貽譏。」

❿工科給事中王德完奏：「令出柙中之虎兕以吞饜羣黎，逸圈內之豺狼以搏噬百姓，怨憤無處得伸，鬱結無時可解。」

⓫鳳陽巡撫李三才奏：「陛下愛珠玉，民亦慕溫飽，陛下愛子孫，民亦戀妻孥。奈何崇聚財賄，而使小民無朝夕之安？」又言：「近日奏章，凡及礦稅，悉置不省。此宗社存亡所關，一旦眾叛土崩，小民皆爲敵國，陛下即黃金盈箱，明珠塡屋，誰爲守之？」

⓬給事中田大益奏：「內臣務爲劫奪以應上求，礦不必穴而稅不必商，民間邱隴阡陌皆礦也，官吏農工皆入稅之人也，公私騷然，脂膏殫竭，向所謂軍國正用，反致缺損。……四海之人方反唇切齒，而冀以智計甘言掩天下耳目，其可得乎？陛下矜奮自賢，沉迷不返，以豪璫奸弁爲腹心，以金錢珠玉爲命脈……即令逢干剖心，皋夔進諫，亦安能解其惑哉？」又言：「陛下驅率狼虎，飛而食人……夫天下至貴而金玉珠寶至賤

也。積金玉珠寶若泰山，不可市天下尺寸地，而失天下，又何用金玉珠寶哉？」

⓭吏部尚書李戴奏：「今三輔嗷嗷，民不聊生；草木既盡，剝及樹皮；夜竊成羣，兼以晝劫；道殣相望，村空無煙。……使百姓坐而待死，更何忍言？使百姓不肯坐而待死，又何忍言？……此時賦稅之役，比二十年前不啻倍矣……指其屋而挾之曰『彼有礦』，則家立破矣；『彼漏稅』，則槖立傾矣。以無可查稽之數，用無所顧畏之人，行無天理王法之事。」

⓮户部尚書趙世卿上疏言：「天子之令，信如四時。三載前嘗曰：『朕心仁愛，自有停止之時。』今年復一年，更待何日？天子有戲言，王命委草莽。」

⓯萬曆四十四年，給事中熊明遇疏：「内庫太實，外庫太虛。」

（以上❽至⓯各奏疏中的文字散見《明史》或《明通鑑》。）

二

就在這時候，滿清開始崛起。萬曆四十五年，努爾哈赤以七大恨告天，發兵攻明，次年攻佔遼東重鎮撫順。明兵大敗，總兵官張承蔭戰死，萬餘兵將全軍覆沒。

四十七年，遼東經略楊鎬率明軍十八萬，葉赫（滿清的世仇）兵二萬，朝鮮（中國的屬國）兵二萬，兵分四路，大舉攻清。清兵八旗兵約六萬人，集中兵力，專攻西路一軍。西路軍的總兵官杜松是明軍的勇將，平時最喜歡做的事，就是脫去衣衫，將滿身的累累刀槍瘢痕向人誇示。出兵之時，他脫去上身衣衫，在城中遊街，百姓鼓掌喝采。

西路這一仗，稱爲「薩爾滸之役」，明軍有火器鋼砲，軍火銳利得多。但杜松有勇無謀，他是統兵六萬的兵團司令，卻打了赤膊，露出全身傷疤，一馬當先的衝鋒。大概他是《三國演義》的讀者，很羡慕「虎痴」許褚的勇猛。在〈許褚裸衣鬥馬超〉這回書中，描寫許褚「卸了盔甲，渾身筋突，赤體提刀，翻身上馬，來與馬超決戰。」果然威風得緊。但不知他記不記得許褚這場狠鬥，結果是「操兵大亂，許褚背中兩箭」？有趣的是，小說的評注者評道：「誰叫汝赤膊？」

明清兩軍列陣交鋒之時，突然天昏地暗，數尺之外就甚麼也瞧不見了。杜松又犯了一個大錯誤，下令衆軍點起火把。這一來，明軍在光而清軍在暗，明軍照亮了自身，成爲清兵的箭靶子。努爾哈赤統兵六旗作主力猛攻，他兒子代善和皇太極各統一旗在右翼側攻。結果杜松的遭遇比許褚慘得多，身中十八箭而死，當眞是「誰叫汝赤膊？」總兵官陣亡，明軍大亂，六萬兵全軍覆沒。

努爾哈赤採取了「集中主力，各個擊破」的正確戰略，一個戰役、一個戰役的分開來打。明軍北路總兵官馬林、東路總兵官劉綎二人大敗陣亡，朝鮮都元帥率衆降清。

劉綎是當時明朝第一大驍將，打過緬甸、倭寇，曾率兵援助朝鮮對抗日本入侵，大小數百戰，威名震海內。他所用的鑌鐵刀重一百三十斤，馬上輪轉如飛，天下稱為「劉大刀」。他的大刀比關羽的八十二斤青龍偃月刀還重了三十九斤。據說他能單手舉起一張擺滿了酒菜碗筷的柏木八仙桌，在大廳中繞行三圈。連杜松、劉綎這樣的驍將都被清兵打死，明軍將士心理上受到的打擊自然沉重之極，提到滿清「辮子兵」時不免談虎色變。

這場大戰是明清兩朝興亡的大關鍵，而勝敗的關鍵在於：第一、明方的主帥楊鎬是文官，完全不懂軍事。第二、明朝政事腐敗已達極點，軍事的組織與制度也廢弛不堪，軍隊久無訓練，軍械破敗殘缺，完全沒有必要的軍事準備。❶

楊鎬全軍覆沒，朝廷派熊廷弼去守遼東。

萬曆四十六年七月，熊廷弼剛出山海關，鐵嶺已經失陷，瀋陽及附近諸城堡的軍民紛紛逃竄。熊廷弼兼程進入遼陽。經過神宗數十年來的百事不理，軍隊紀律蕩然，士無鬥志，騎兵故意將馬匹弄死，以避免出戰，只要聽到敵軍來攻，滿營兵卒就一鬨而散。熊廷弼面臨的局面實在困難已極。❷軍餉本已十分微薄，但皇帝還是拚命拖欠，不肯發餉。❸

神宗見邊關上追餉越迫越急，知道挨不下去了，可是始終不肯掏自己腰包，結果想出了一個對策：再加田賦百分之二。連同以前兩次，已共加百分之九，然而向百姓多徵的田賦，未必就拿來發軍餉，皇帝的基本興趣是將銀子藏之於內庫。

邊界上的警報不斷傳來，羣臣日日請求皇帝臨朝，會商戰守方略。皇帝總是派太監出來傳諭：「皇上有病。」吏部尚書趙煥實在忍不住了，上奏章說：「將來敵人鐵騎來到北京城外，陛下也能在深宮中推說有病、就此令敵人退兵嗎？」❹神宗看了這道諷刺辛辣、實已近乎謾罵的奏章，只是心中懷恨，卻說甚麼也不肯召開一次國防會議。

神宗搜括的銀錠堆積在內庫，年深月久，大起氧化作用，有的黑得像漆，有的脆腐如泥土，❺就是不肯拿出來用。但他終於死了，千千萬萬的銀兩，一兩也帶不去。❻

神宗，神宗，眞是「神」得很，神經得很！

❶崇禎時任大學士的徐光啓在《庖言》中說：滿洲人舊都北門，居住的大都是鐵匠，延袤數里。在當時那便是一個規模龐大的兵工廠組合了。因此滿洲兵的盔甲精良，頭盔、面具、護臂、護手，都是精鐵所製，馬匹的要害處也有精鐵護具。但明兵盔甲卻十分簡陋，除了胸背有甲之外，其餘部份全無保護。滿洲兵衝到近處，專射明兵的臉及脅，中箭必死。又據當時明人程令名說，努爾哈赤所居的都城「北門外則鐵匠居之，專治鎧甲；南門外則弓人、箭人居之，專造弧矢。」

❷熊廷弼於八月廿九日上書朝廷，陳述遼東明軍情況：「殘兵……身無片甲，手無寸械，隨營糜餉，裝死扮活，不肯出戰……點冊有名，及派工役而忽去其半；領餉有名，及聞警告而又去其半……將領皆屢次征戰存剩、及新敗久廢之人，一聞警報，無不心驚膽喪者……見在馬一萬餘匹，多半瘦損，率由軍士故意斷絕草料，設法致死，備充步兵，以免出戰，甚有無故用刀刺死者。……堅甲利刃，長槍火器，喪失俱盡。

今軍士所持弓皆斷背斷絃，所持箭皆無羽無鏃，刀皆缺鈍，槍皆頑禿。甚有全無一物而借他人以應點者。又皆空頭赤體，無一盔甲遮蔽。……聞風而逃，望陣而逃，懼戰而逃。頃聞北關信息，各營逃者日以千百計。如逃止一二營或數十百人，臣猶可以重法繩之。今五六萬人，人人要逃。雖有孫吳軍令，亦難禁止。」

❸萬曆四十八年三月，熊廷弼上奏：「四十七年十二（疑爲「一」字）月赴户部，領餉二十萬兩，十二月領餉十萬兩，四十八年正月領餉十五萬兩，俱無發給……豈軍到今日尚不餓、馬到今日尚不瘦不死、而邊事到今日尚不急耶？軍兵無糧，如何不賣襖褲雜物？如何不奪民間糧窖？如何不奪馬料養自己性命，馬匹如何不瘦不死？而户部猶漠然不一動念。」他說户部猶漠然不一動念，是客氣的說法，漠然不動一念的，當然是皇帝自己。

❹「他日薊門蹂躪，鐵騎臨郊，陛下能高拱深宮，稱疾卻之乎？」

❺户科給事中官應震言：「内庫十萬兩内五萬九千兩，或黑如漆，或脆如土，蓋爲不用朽蠹之象。」

❻中共發掘帝皇墳墓，偏偏揀中了神宗的「定陵」，改建爲博物館，稱爲「地下宮殿」。

三

神宗死後，兒子光宗常洛只做了一個月皇帝就因誤服藥物而死。光宗的兒子朱由校接位，歷史上稱為熹宗，年號天啓。

光宗做皇帝的時間極短，留下的麻煩卻極大，明末三大案梃擊、紅丸、移宮，都和他的皇位及生死有關。衆大臣分成兩派，紛爭不已。紛爭牽涉到其他一切事情上，只要是對方一派之人所做的事，不論是對是錯，總是拿來激烈攻擊一番。

熹宗接位時虛歲十六歲，其實不滿十五歲，還是個小孩子，他對乳母客氏很依戀。這個客氏很喜歡弄權，在宮裏和太監魏忠賢有點古怪的性關係。宮裏太監和宮女很多，爲了寂寞而互相安慰，大家私下戀愛，然而太監是閹割了性機能的陰陽人，所以這既不是異性戀愛，又不是同性戀，當時稱爲「對食」，意思說不能同床，只不過相對吃飯，互慰孤寂而已。魏忠賢做了客氏的對食，漸漸掌握了大權。

熹宗是個天生的木匠，最喜歡做的事，莫過於鋸木、鉋木、油漆而做木工，手藝高明得很。他做過一座宮殿的小模型，唯妙唯肖，精巧異常。魏忠賢總是乘他做木工做得全神貫注之時，拿重要奏章去請他批閱。熹宗怎肯放下心愛的木工不理？把手一揮，說道：「別來打擾，你瞧著辦去吧。」於是魏忠賢就去瞧著辦了，越來越無法無天。

朝裏自有一批諂諛無恥之徒去奉承他，到後來，魏忠賢成了實際上的皇帝。熹宗是「萬歲」，有些官員見了魏忠賢叫「九千歲」，表示他只比皇帝差了一點兒。到後來，個人崇拜更大張旗鼓，搞得如火如荼，全國各地爲魏忠賢建生祠。本來，人死了才入祠堂，可是他「九千歲」老人家活著的時候就起祠堂，祠中的神像用眞金裝身，派武官守祠，百官進祠要對他神像跪拜，那是貨眞價實的個人崇拜。

魏忠賢本來是個無賴流氓，年輕時和人賭錢，大輸特輸，欠了賭帳還不出，給人侮辱追討，實在吃不消了，憤而自己閹割，進宮做了太監。他不識字，但記心很好，是個完全沒有受過教育的賭棍。當世第一大國的軍政大權卻落在這樣的人手裏。

熊廷弼在遼東練兵守城，招撫難民，整肅軍紀，修治器械，把局面穩定下來。他所接手的那個爛攤子，給他整頓得有些像樣了。滿清見對方有了準備，就不敢貿然來攻。但朝裏敵對一派的大臣卻來跟他過不去，不斷上奏章攻擊，說他膽小，不敢出戰；說他無能，不能盡復失地。於是朝廷革了熊廷弼的職，聽候查辦，改用袁應泰做統帥。

袁應泰是第一流的水利工程人才，一生修堤治水，救濟災民，大有功勞。他性格寬仁，辦事勤勉，打仗卻完全不會。滿清努爾哈赤得知熊廷弼去職，大喜過望，便領兵來攻。袁應泰率軍應戰，七萬兵大潰。清兵佔領瀋陽，又擊破了明軍的兩路援軍，再攻遼陽。明兵又大敗，滿兵取得軍事要塞遼陽。

軍事局勢糟糕之極，朝廷束手無策，只好再去請熊廷弼出來，懲罰了一批上次攻擊他的官員，算是給他平氣。可是兵部尚書張鶴鳴和熊廷弼意見不合，只喜歡馬屁大王巡撫王化貞，囑咐王化貞不必服從熊廷弼指揮。

王化貞向朝廷吹牛，只須六萬兵就可將滿清一舉盪平。朝廷居然信了他的。熊廷弼極力認爲準備不足，不可進攻。兵部尚書卻一味袒護王化貞。於是王化貞領兵十四萬出戰，一交鋒全軍潰沒。清兵攻佔堅城廣寧。總算熊廷弼領了五千兵殿後，保護難民和敗兵數十萬退入山海關。朝廷不分青紅皂白，將王化貞和熊廷弼一起逮捕。張鶴鳴免職。

到這時爲止，明清交鋒，已打了三場大仗。每一仗明軍都是大敗。

明兵的戰鬥力固然不及清兵，但也不是不能打，不肯打。每一個大戰役，總兵官都陣亡，副將、參將也大都陣亡。明兵人數都超過清兵數倍，武器更先進得多，有火器。三個大戰役的失敗，主因都是在於軍隊沒有準備、缺乏訓練、軍紀不良，以及主帥戰略不當，指揮錯誤。軍務廢弛，士氣低落，當然也是由於統帥失責。

以中國之大，爲甚麼經常缺乏有才能的統帥？根本癥結是在明朝一個絕對荒謬的制度：由文官指揮戰役。

這個制度的根源，在於皇帝不信任武官。明朝皇帝不信任武將，怕他們手裏有了武力，就會搶奪皇帝的寶座，先是派文官去軍中監視，後來索性叫文官做總指揮，到後來連文官也不信任了，於是再加派太監作監軍。太監既是皇帝的心腹親信，另有一樣好處，太監沒有兒子，篡位的可能性就很小。做了皇帝而不能傳於子孫，做皇帝的興趣就大打折扣了。

明朝御史的權力很大，有權監察各行政部門。大學士代皇帝擬的聖旨、六部尚書所下的決定，御史都可放言批評，而且批評經常發生效力。皇帝派去監察武將的「總督」、「巡撫」，本來都是屬於「都察院」的監察官，並不是行政官。因爲監察官權大，後來就變成了總司令、總指揮。好比部隊的政委或政治主任兼任司令員。

但要做到御史，通常非中進士不可。要中進士，必須讀熟四書五經，書法漂亮，會做合乎應制規範的八股文。明朝讀書人如何廢寢忘食的學八股文、考進士，讀一下《儒林外史》就很清楚了。明朝派去帶兵、指揮大軍，和清軍猛將銳卒對抗的，卻都是這批熟讀詩云子曰、書法漂亮、八股文做得很好的進士。

明末抗清有三位名將，功勛卓著：熊廷弼是萬曆二十五年的解元（全省考舉人第一名），萬曆二十六年的進士。孫承宗是萬曆三十二年的進士第二名（榜眼）。袁崇煥是萬曆四十七年進士。他們三個是文官，幸虧碰巧有用兵的才能。本來明末皇帝的運氣不壞，做八股文考中進士的文人之中居然出現了三個第一流的軍事家。然而文官會帶兵，那就是危險人物。明朝皇帝罷斥了其中一個（孫承宗），殺死了另外兩個。

別的奉命統兵抗清的八股文專家們可就沒有軍事才能了。楊鎬，萬曆八年進士，指揮大軍，全軍覆沒。袁應泰，萬曆二十三年進士，指揮大軍，全軍覆沒。王化貞，萬曆四十一年進士，指揮大軍，全軍覆沒。

袁崇煥是在這樣的政治、經濟、軍事背景之下，去應付遼東艱巨的局面。當然，更艱巨的，是應付北京朝廷中的局面。

背後是昏憒胡塗的皇帝、屈殺忠良的權奸、嫉功妒能的言官；手下是一批飢餓羸弱的兵卒和馬匹，將官不全，兵器殘缺，領不到糧，領不到餉，所面對的敵人，卻是自成吉思汗以來、四百多年中全世界從未出現過的軍事大天才努爾哈赤。這個用兵如神的統帥，創制了嚴密的軍事制度和紀律，使他手下那批戰士，此後兩百年間在全世界所向無敵。鐵騎奔馳於北埵大漠、南疆高原，擴土萬里，的的確確是威行絕域，震懾四鄰。

努爾哈赤以祖宗遺下的十三副甲冑起家，帶領了數百名族人東征西討，建立了中國歷史上疆域最大的大帝國（元朝的蒙古帝國橫跨歐亞，不能說中華帝國的領土竟有這麼大。蒙古大帝國的中國部份，遠比清朝的疆域爲小）。清朝的疆域比漢朝、唐朝全盛時代都大得多，宋明兩朝更不能與之相比。今日中國領土中的西藏、新疆、黑龍江、台灣、青海、內蒙古等等大片土地，都是滿洲人得來的。當時外蒙古、朝鮮、越南、琉球、今日俄羅斯東部的大片土地都是中國的領土或屬地。清朝全盛時期的領土，比現在的中國大得多了。

滿洲戰士後來打敗了俄羅斯帝國的騎兵，打敗了尼泊爾的啹喀兵，打敗了蒙古兵，打敗了朝鮮兵，打敗了越南兵，間接打敗荷蘭兵（鄭成功先打敗荷蘭兵，攻佔台灣，滿洲兵再打敗鄭成功的孫子），在十七世紀、十八世紀的兩百年中，無敵於天下。

滿洲當時和明帝國交戰，已接連三次殺得明軍全軍覆沒，每一個戰役都是以少勝多。努爾哈赤興兵以來，迄此時爲止，百戰百勝，從未吃過一個敗仗。

滿洲兵所以軍力強盛，幾乎戰無不勝，一來因女眞人生於苦寒之地，環境惡劣，自幼即經受苛嚴之鍛鍊。成軍之後，紀律極嚴，戰陣中若首領被殺而部屬不死者，全隊齊斬，又若部屬戰死而隊首不死者，隊長處斬。軍令強迫全隊官兵共存亡，長官死則全隊俱死，部隊死則長官亦死，若不死於戰陣，事後追究亦必斬首。崇德三年八月，皇太極命多爾袞、岳託統兵伐明，宣示軍律曰：「爾等臨陣，若七旗敗走，一旗拒戰者，七旗所屬之人員，俱給拒戰之一旗；一旗敗走而七旗拒戰者，以敗走一旗人員，分給七旗。如一旗內拒戰者半，敗走者半，即以敗走者所屬人員給本旗拒戰者。」滿洲人採用八旗制的部族經濟制度時，以所俘虜的漢人爲奴隸，是主要的生產工具和財產，是原始共產主義社會的性質。戰爭制度頗爲野蠻，打仗時如一旗敗走而七旗拒戰，該旗的奴隸、財產等等，全歸拒戰不退的七旗平分，敗走的一旗就無以爲生。因此一到戰鬥之時，每個戰士以身家性命作拚鬥，寧死不肯敗走。

努爾哈赤幼時在明朝大將李成樑家中爲奴，識得漢語漢文，喜讀《三國演義》與《水滸傳》。他的智略一部份是天生，一部份當是從這兩部小說中得來的。

努爾哈赤自己固然智勇雙全，他還有一大批精明驍勇的子姪，❶剽悍兇猛的將領，部勒嚴整的戰士。

當時明朝有一句諺語說：「女眞不滿萬，滿萬不可敵。」因爲女眞人熟習弓馬，強悍善戰，漢人向來不是他們的敵手。這時女眞精兵八旗，每旗七千五百人，已有六萬之衆了。

袁崇煥所面對的是這樣了不起的大敵，而他卻是個書生。他會做詩，雖然詩才不敏捷，字寫得很好，文章有氣勢，❷既然中了進士，八股文當然也做得不錯，詩云子曰背得很熟。相信他不會射箭，寧遠第一次大戰時，他自稱只是在城頭大聲吶喊。❸

努爾哈赤與袁崇煥正面交鋒之時，滿清的兵勢正處於巔峯狀態，而明朝的政治與軍事也正處於腐敗絕頂的谷底。

以這樣一個文弱書生，在這樣不利的局面之下，而去和一個縱橫無敵的大英雄對抗，居然打三場大戰，勝了三場，袁崇煥的英雄氣概，在整個人類歷史中都是十分罕有的。

❶努爾哈赤有十六個兒子，個個是有名的勇將。兩個姪兒阿敏與濟爾哈朗也十分厲害。

❷康有爲《袁督師遺集·序》盛稱其文字雄奇：「夫袁督師之雄才大略，忠烈武棱，古今寡比。其遺文雖寥落，而奮揚蹈厲，鶴立虹布，猶想見魯陽揮戈、崆峒倚劍之神采焉。」

❸《明史》說熊廷弼左右手都會射箭，但沒有提到袁崇煥會武。

四

袁崇煥，原籍廣東東莞，是水南鄉人，祖父移居廣西梧州藤縣白馬鄉。生於萬曆十二年（公元一五八四年），他在藤縣考中秀才和舉人。

他為人慷慨，富於膽略，喜歡和人談論軍事，遇到年老退伍的軍官士卒，總是向他們請問邊疆上的軍事情況，在年輕時候就有志於去辦理邊疆事務。❶

他少年時便以「豪士」自許，❷喜歡旅行。他中了舉人後再考進士，大概三次落第，❸每次上北京應試，總是乘機遊歷，幾乎踏遍了半個中國。❹最喜歡和好朋友通宵不睡的談天說地，談話的內容往往涉及兵戈戰陣之事。❺

明朝制度，每三年考一次進士，會試在二月初九開始，十五結束。三月初一廷試。袁崇煥於萬曆四十七年在北京參加廷試而中進士，其時三十五歲。楊鎬於該年二月誓師遼陽，三月間四路喪師。新中進士和大戰潰敗這兩件事在同一個時候發生，袁崇煥這個向來關心邊防的新進士一喜一憂，心情一定很複雜。他那時在京城，當然聽到不少遼東戰事的消息。

他中進士後，被分派到福建邵武去做知縣。❻

天啓二年，他到北京來報告職務。他平日是很喜歡高談闊論的，大概在北京和友人談話時，發表了一些對遼東軍事的見解，很是中肯，引起了御史侯恂（才子侯方域的父親）的注意，便向朝廷保薦他有軍事才能，於是獲升爲兵部職方司主事（自正七品的知縣升爲正六品的主事）。不做地方官了，被派到中央政府的國防部去辦事。

明朝官制，兵部（國防部）尙書（部長）一人，左右侍郎（副部長）各一人，下面分設四個司：武選（武官人事）、職方（軍政、軍令）、車駕（警備、通訊、馬匹）、武庫（後勤、訓練）。職方司約略類似於現代的作戰司，職方司有郎中一人、員外郎一人、主事二人。主事大概相當於作戰司的文職中校處長。

袁崇煥任兵部主事不久，王化貞大軍在廣寧覆沒，滿朝驚惶失措。

清兵勢如破竹，銳不可當，自萬曆四十六年到那時，四年多的時間內，覆沒了明軍數十萬大軍，攻佔撫順、開原、鐵嶺、瀋陽、遼陽，直逼山海關。明軍打一仗，敗一仗，山海關是不是守得住，誰都不敢說。山海關一失，清兵就長驅而到北京了。

於是北京宣布戒嚴，進入緊急狀態。

可是關外的局勢到底怎樣，傳到北京的說法多得很，局勢越不利，謠言越多，這是人類社會的通例。謠言滿天飛，誰也無法辨別眞假。就在這京師中人心惶惶的時候，袁崇煥騎了一匹馬，孤身一人出關去考察。兵部中忽然不見了袁主事，大家十分驚訝，家人也不知他到了那裏。不久他回到北京，向上司詳細報告關上形勢，宣稱：「只要給我兵馬糧餉，我一人足可守得住山海關。」

這件事充分表現了他行事任性，很有膽識，敢作敢爲而腳踏實地，但狂氣也是十足。若在平時，他上司多半要斥責他擅離職守，罷他的官，但這時朝廷正在憂急彷徨之際，聽他說得頭頭是道，便升他爲兵備僉事，那是都察院的官，大概相當於現代文職的參謀部上校政治主任之類，派他去助守山海關。袁崇煥終於得到了他夢想已久的機會，雄心勃勃的到國防前線去效力。

他的豪語一定使朝中大官們印象十分深刻，所以得到朝廷的支持，從他家鄉招募了一批兵員去。❼當時守山海關的主要是新到的浙江兵。另有三千名廣東水兵，在袁崇煥之後到達。袁崇煥認爲廣東步兵勇捷善戰，推薦他叔父袁玉佩負責招募三千名，其中包括袁崇煥平生所結納的親信和死士韓潤昌、謝尚政、洪安瀾等人。他又認爲廣西狼兵雄於天下，衝鋒陷陣，恬不畏死，申請於田州、泗城州、龍英州各調二千名，由慷慨知名、且善武藝的林翔鳳帶領，林是他的至戚。朝廷一一批准。❽

他到山海關後，作爲遼東經略（東北軍區總司令）王在晉的下屬，初時在關內辦事。王在晉見他任事幹練，很是倚重，派他出關到前屯衛去收撫流離失所的難民。袁崇煥奉命之後，當夜出發，在荊棘虎豹之中夜行，四更天時到達。前屯城中將士無不佩服。袁崇煥本是書生，這一來，兵將都服了他了。

王在晉奏請正式任他爲寧前兵備僉事。袁崇煥本來是沒有專責的散官，現在有了駐地，相當於寧遠、前屯衛二城的城防司令部政治主任，身當山海關外抗禦清兵的第一道防線。寧遠在最前線，前屯衛稍後。不過他雖負責防守寧遠、前屯衛，第一線的寧遠卻沒有城牆，沒有防禦工事，根本無城可守。他只得駐守在前屯衛。

至於明軍一切守禦設施，都集中在山海關。山海關是「天下第一關」，防守京師的第一大要塞，然而它沒有外圍陣地。清兵倘若來攻，立刻就衝到關門之前。

稍有軍事常識的人都立刻會看出來，單是守禦山海關，未免太過危險，沒有絲毫退步的餘地。只要一仗打敗，這個大要塞就失守，敵軍便攻到北京。所以在戰略形勢上，必須將防線向北移，越是推向北方，山海關越安全，北京也越安全。

袁崇煥一再向上司提出這個關鍵問題。王在晉是萬曆二十年進士、江蘇太倉人的文弱書生（蘇州的白面書生），根本不懂軍事，眼光短淺，膽子又小，聽袁崇煥說要在關外守關，想想道理倒也是對的，便主張在山海關外八里的八里鋪築城守禦。他一定想，離山海關太遠，逃不回來，那怎麼得了？袁崇煥認爲只守八里的土地沒有用，外圍陣地太窄，起不了屏障山海關的作用，和王在晉爭論，王不採納他的意見。於是袁崇煥去向首輔葉向高申請，葉也不理。

袁崇煥的主張雖然正確，然而和頂頭上司爭論了一場之後，意見不蒙採納，竟逕自去向最高行政首長投訴。越級呈報是官場大忌，他做官的方式卻大大不對了。這又是他蠻勁的表現之一。

這時寧遠之北的十三山有敗卒難民十餘萬人，給清兵困住了不能出來。朝廷叫大學士孫承宗設法解救。袁崇煥申請由自己帶兵五千進駐寧遠作聲援。另派驍將到十三山去救回潰散了的部隊和難民。王在晉覺得這個軍事行動太冒險，不加採納。結果十餘萬敗卒難民都被清兵俘虜，只有六千人逃回。

滿清這時在經濟上實行奴隸制度，女眞人當兵打仗，以搶劫財物爲主要工作，認爲男子漢耕田種地是恥辱，所以俘虜了漢人和朝鮮人來耕種。漢人、朝鮮人的奴隸是可以買賣的，當時價格是每個精壯漢人約爲十八兩銀子，或換耕牛一頭。❾十三山的十多萬漢人被俘虜了去，都成爲奴隸，當然受苦不堪，同時更大大增加了滿清的經濟力量。

那時袁崇煥仍極力主張築城寧遠。朝廷中的大臣都反對，認爲寧遠太遠，守不住。大學士孫承宗是個有見識之人，親自出關巡視，了解具體情況，接受了袁崇煥的看法。

不久孫承宗代王在晉作遼東主帥。天啓二年九月，孫承宗派袁崇煥與副將滿桂帶兵駐守寧遠，這是袁崇煥領軍的開始。

滿桂是蒙古人，驍勇善戰。從那時起，他和袁崇煥的命運就永遠結合在一起，再也分不開了。一個蒙古武將，一個廣東統帥，都是十分剛硬、十分倔強的脾氣。兩人一起經歷了多次生死患難，也有過不知多少次激烈的爭吵。一直到死，兩人仍是在爭吵。但在兩人的內心，卻又一定互相欽佩。那既是英雄重英雄的心情，又知在抗拒清兵大敵之時，非仰仗對方的力量不可。高明的組織才能和正確的戰略決策是必要的，親臨前敵、殊死決戰的剛勇也是必要的。

寧遠在山海關外二百餘里，只守八里和守到二百多里以外，戰略形勢當然大有區別。

寧遠現在叫作興城，有鐵路經過，是錦州與山海關之間的中間站。地濱連山灣，與葫蘆島相距甚近。我眞盼望將來總有一日能到興城去住幾天，好好的看看這個地方。

天啓三年九月，袁崇煥到達寧遠。

本來，孫承宗已派游擊祖大壽在寧遠築城，但祖大壽料想明軍一定守不住，只築了十分之一，敷衍了事。

袁崇煥到後，當即大張旗鼓、雷厲風行的進行築城，立了規格：城牆高三丈二尺，城雉再高六尺，城牆牆址廣三丈，派祖大壽等督工。袁崇煥與將士同甘共苦，善待百姓，當他們是家人父兄一般，所以築城時人人盡力。次年完工，城高牆厚，成爲關外的重鎭。這座城牆是袁崇煥一生功業的基礎。這座城牆把滿淸重兵擋在山海關外達二十一年之久，如果不是吳三桂把淸兵引進關來，不知道還要阻擋多少年。

關外終於有了一個安全的地方。這些年來，遼東遼西的漢人流離失所，如給滿洲人擄去，便成了奴隸，於是關外的漢人紛紛踴到，遠近認爲樂土，人口大增。寧遠城一築成，明朝的國防前線向北推移了二百餘里。

袁崇煥同時開始整飭軍紀，他發現一名校官虛報兵額，吞沒糧餉，蠻子脾氣發作，當即將他斬了。但按照規定，他是無權擅自處斬軍官的。孫承宗大怒，罵他越權。袁崇煥叩頭謝罪。孫承宗也就算了。他後來擅殺毛文龍，在這時可說已伏下了因子。

孫承宗也是個積極進取型的人物，這時向朝廷請餉二十四萬兩，準備對清軍發動進攻。孫承宗是教天啓皇帝讀書的老師，天啓對老師很不錯，立刻就批准了。但兵部尙書與工部尙書互相商議說：「軍餉一足，此人就要輕舉妄動了。」所以決定不讓他「餉足」，採取公文旅行的拖延辦法，使孫承宗的戰略無法進行。孫承宗於是進行屯田政策，由軍士自耕自食，也得到很大的成效。

天啓四年，袁崇煥與大將馬世龍、王世欽等率領一萬二千名騎兵步兵東巡廣寧。廣寧即今北鎭縣，在錦州之北，與滿清重鎭瀋陽已慢慢接近了。袁崇煥還沒有和清兵交過手，這次已含有主動挑戰的意味。但清兵沒有應戰。袁崇煥一軍通過大凌河的出口十三山，從海道還寧遠。這時清兵已退出十三山。

袁崇煥這次陸海出巡，寫了一首詩，題目是「偕諸將遊海島」，不說「率諸將」而說「偕諸將」，不說「巡海島」而說「遊海島」，頗有儒將的雅量高致。詩中很清楚的抒寫了他的心情：是戰是守的方略苦受朝廷牽制，不能自由，見到大好河山，更加深了憂愁。對榮華富貴我早已看得極淡，滿腔忠憤，卻只怕別人要說是杞人憂天。外敵的侵犯最後總是能平定的，但朝廷中爭權奪利的鬥爭卻實是大患，不知幾時方能停止？看到天上浮雲，冷清清的月亮，又想到我父親逝世，傷心得腸也要斷了。❿

短短三四年之間，從京師戒嚴到東巡廣寧，軍事從守勢轉爲攻勢，這主要是孫承宗主持之功，而袁崇煥也貢獻了很多方略。

孫承宗很賞識他，盡力加以提拔。袁崇煥因功升爲兵備副使，再升右參政。孫承宗對他言聽計從，委任甚專。

天啓五年夏，一切準備就緒，孫承宗根據袁崇煥的策劃，派遣諸將分屯錦州、松山、杏山、右屯、大淩河、小淩河諸要塞，又向北推進了二百里，幾乎完全收復了遼河以西的舊地，這時寧遠又變成內地了。

清兵見敵人穩紮穩打，步步爲營的推進，四年之中也不敢來犯。然而進攻的準備工作卻做得十分積極，努爾哈赤將京城從太子河右岸的東京城移到了瀋陽，以便於南下攻明、西取蒙古，保持充分的出擊姿態。

孫承宗有才識，有擔當，有氣魄，袁崇煥對他既欽佩，又有知遇的感激，這樣的上司是極難遇到的。眼見他和孫承宗的共同計劃正在一步步的實現，按部就班的收復失地，這幾年袁崇煥一定過得十分快樂。他和手下將領滿桂、左輔、朱梅、祖大壽、何可綱、趙率教、孫祖壽等人的戰鬥友誼，也在這些日子中不斷加深。⓫

可是好景不常，時局漸漸變壞。天啓皇帝熹宗越來越喜歡做木工。魏忠賢的權力越來越大，儘量發揮他地痞流氓性格中的無賴、無知、無恥、以及無法無天。

天啓五年，魏忠賢大舉屠戮朝廷裏的正人君子，將彈劾他二十四條大罪的楊漣下獄。同時下獄的有左光斗、魏大中、袁化中等大臣，所誣陷的罪名是貪污。百姓大憤，數萬士民在北京街道上呼叫大哭。魏忠賢不敢正式審訊，命獄卒在監獄中打死了這些大臣。楊漣死得最慘，土囊壓身，鐵釘貫耳。

不久，魏忠賢又殺熊廷弼。

熊廷弼在遼東立有大功，蒙冤入獄，百姓都很同情他。民間流傳一部繡像演義小說《遼東傳》，描寫熊廷弼守遼東的英勇事蹟。魏忠賢的徒黨中有一個名叫馮銓的，他父親當年在遼東作布政的官，清兵未到，先就鼠竄南逃。《遼東傳》第四十八回有「馮布政父子奔逃」一節，描寫馮銓父子棄職而逃的狼狽醜態，可說是當時的「新聞體小說」。

馮銓對這事深爲懷恨，又要討好魏忠賢，於是買了一部《遼東傳》放在衣袖裏，見到熹宗後，把小說拿出來，誣告說：「這部演義小說是熊廷弼作的，他吹噓自己的功勞，想要免罪。」熹宗信以爲眞，登時大怒。大概他看到小說中的繡像將熊廷弼畫得威風凜凜，而文字中或許對皇帝還頗有諷刺，於是即刻下旨將熊廷弼斬首，還將他的首級送到各處邊界上去給守軍觀看，那就叫做「傳首九邊」，說他犯了不戰的大罪。然而眞正應當負責的王化貞反而不殺。

文字獄也開始發展。江蘇太倉的兩個文人作詩哀悼熊廷弼，都被加以「誹謗」罪名而處斬。⓬

魏忠賢喜歡文官武將送他賄賂，越多越好。孫承宗帶兵十多萬，糧餉很多，應當大量剋扣下來轉奉給他「九千歲」才是。孫承宗不肯這樣辦，魏忠賢自然不喜歡，於是派了個吹牛拍馬的小人高第去代孫承宗作遼東經略。高第一到任，立刻就說關外之地不可守，要撤去關外各城的守禦，將部隊全部撤入山海關。

這戰略之胡塗，眞是不可理喩。那時清兵又沒有來攻，完全沒有撤兵逃命的必要。大概他是怕一旦來攻，非敗不可，還是先行撤兵比較安全。

袁崇煥當然極力反對，對高第說：「兵法有進無退。諸城既已收復，怎可隨便撤退？錦州、右屯衛一動搖，寧前就震驚，山海關也失了保障。這些外衛城池只要派良將守禦，一定不會有危險的。」高第不聽，下令寧遠、前屯衛也撤兵。

袁崇煥倔強得很，抗命不聽，說道：「我做的是寧前道的官，守土有責，與城共存亡，決計不撤。」

高第是膽小的書生，袁崇煥雖是他部屬，但見他蠻勁發作，聲色俱厲的不服從命令，也就不敢對他怎樣，只是下令將錦州、右屯、大小淩河、松山、杏山的守兵都撤去了，放棄了糧食十餘萬石。撤退毫無秩序，軍民死亡載道，哭聲震野，百姓和將士都氣憤難當。

袁崇煥的父親早一年死了，按照規矩，兒子必須回家守喪。當時朝廷以軍事緊急，下旨不許他回家，命他在職守制，稱爲「奪情」。這時袁崇煥大怒，上奏章要回家守制。朝廷不准，爲了慰撫他，升他爲按察使。但這樣一來，數年辛辛苦苦的經營毀於一朝。雖然升官，也決不會開心。

可以想像得到，袁崇煥在這段時期中，「×他媽」的廣東三字經不知罵了幾千百句。他是廣東人，雖自幼居於廣西，平時大概說廣東話。他是進士，然而以他的性格而遇上這種事情，不罵三字經何以洩心中之憤？或許高第不敢見他的面，否則被他飽以老拳、毆打上司的事都可能發生。

高第，字登之，萬曆十七年進士。他考試果然「高第登之」，但做大軍統帥，卻是「要地棄之」。

軍事上這樣荒謬的決策，大概只有當代南越阮文紹主動放棄順化、峴港，棄軍四十萬，因而引致南越全面潰敗一事，可以與之「媲美」。

❶關於袁崇煥的事蹟，如未注明出處，主要係依據《明史．袁崇煥傳》所載。

❷袁崇煥考舉人時，有〈秋闈賞月〉詩，有句：「竹葉喜添豪士志，桂花香插少年頭。」

❸袁崇煥於萬曆三十四年（一六〇六）中舉，時年二十二歲。他中舉之前，居於廣西平南，最初在平南考秀才，平南人說他冒籍，於是他改到藤縣去考，他有詩題爲〈游雁洲〉，唐時新進士在長安慈恩寺雁塔題名，所以「雁塔題名」表示考中，平南縣衙前河中常有雁，當地人士以雁隻多少來預卜中舉人中秀才的人數，袁詩云：「煙水家何在？風雲影未開，登科聞有兆，愧我獨緣慳。」當是落第之後所作，詩附有注：「予居平南，初應童子試，被人訐，今改籍藤縣，故云。」中舉之後，到原籍東莞去掃墓，有詩〈登賢書後回東莞縣謁墓〉：「少小辭鄉園，飄零二十年。敢云名在榜，深愧祭無田，邱隴棠梨在，衣冠手澤傳。夕陽回首處，林樹鬱蒼煙。」這是他原籍東莞、籍隸藤縣，幼居平南的証據。

❹袁崇煥〈募修羅浮諸名勝疏〉：「余生平有山水之癖，即一邱一壑，俱低徊不忍去。

故十四公車，強半在外，足跡幾徧宇內。」〈下第〉詩有云：「遇主人寧易，逢時我獨難。八千憐客路，三十尚儒冠。」從東莞或藤縣到北京，約言之曰八千里。

❺他到浙江嵊縣遊覽時，與好友秦六郎中宵長談，有〈話別秦六郎〉詩：「海鱷波鯨夜不啾，故人談劍剡溪頭。言深夜半猶疑晝，酒冷涼生始覺秋。水國芙蓉低睡月，江湄楊柳軟維舟。自憐作賦非王粲，戞玉鳴金有少游。」

❻他被派到福建做知縣，首先要去謁見總督、巡撫等大官，官樣文章，耗時甚多，有詩〈至閩謁大府〉：「侵晨持手版，逐隊入軍門。銜鼓三聲急，官儀一面尊。人情今未熟，政事昔曾論。私謁吾何敢，歸來夜未昏。」又有詩〈初至邵武〉：「爲政原非易，親民愼厥初。山川今若此，風俗更如何。訟少容調鶴，身閒即讀書，催科與撫字，二者我安居。」當時做地方官的小官，目標是移風易俗、訟少刑輕，主要工作是徵收賦稅、安撫親民。袁崇煥覺得工作不難，希望清閒一點，可以多讀些書。

❼袁崇煥在〈天啓二年擢僉事監軍奏方略疏〉中提出招募兵員的要求，宣稱：「他日戰之不力，即斬臣於行軍之前，以爲輕事者戒。」最後說：「如聽臣之言，行臣之忠，臣必效力以舒人神之憤。不但鞏固山海，即已失之封疆，行將復之。謀定而戰，臣有微長也。」他上任後的第一道奏章，便提出了「謀定而戰」的四字要訣，同時也自豪而自信的說：「臣有微長也。」

❽招募和調集三千名廣東兵、六千名廣西兵，一共大約花二十萬兩銀子。據袁崇煥所申請的預算，廣東兵要安家、行糧、衣甲、器械等費，每人二十餘兩。廣西狼兵本來就

是兵，所以不發安家、兵甲費用，只需從廣西到關外的行糧每人六兩銀子。

❾詳見王鍾翰〈滿族在努爾哈齊時代的社會經濟形態〉、〈皇太極時代滿族向封建制的過渡〉。

❿原詩是：「戰守逶迤不自由，偏因勝地重深愁。榮華我已知莊夢，忠憤人將謂杞憂。邊釁久開終是定，室戈方操幾時休？片雲孤月應腸斷，椿樹凋零又一秋。」

⓫孫承宗是袁崇煥的上司，對他很是賞識，兩人書信往來，孫承宗待他猶似平等的朋友，孫承宗的詩文集《高陽集》中有不少與袁來往的書信，兩人討論到朝中奸佞，孫的信中說：「吾輩做天下事，只論人不論天，然天道安可誣也。此一流人，非天去之，又攬多時。吾輩安得不善承天意，亟爲勉圖。」孫認爲奸臣佞臣，將來天必去之，目前我們只好自行努力。又有信云：「此何地，敢愛其身？此何地，敢不愛其身？得手教乃快，此惓切也。當瘁呿時，願惟少加靜息。自愛，正以愛此耳。」勸他保重身體。袁崇煥於崇禎二年被捕，孫承宗有詩感嘆，有云：「一縷痴腸看賜劍，幾行血淚洒征衣。」又云：「東江千古英雄才，淚洒黃卷半不平。」兩人是英雄重英雄。

⓬袁崇煥作了兩首詩痛悼熊廷弼，大概沒有公開，所以幸未賈禍，討中公然說熊功高遭忌，不送賄賂致死。這兩首詩慷慨悲憤，日後用來弔他自己，也很恰當。〈哭熊經略二首〉，其一：「記得相逢一笑迎，親承指授夜談兵。才兼文武無餘子，功到雄奇即罪名。慷慨裂眥鬚欲動，模糊熱血面如生（熊被斬首後傳首九邊，袁崇煥見到熊的首級，面

目如生）。背人痛極爲私祭，洒淚深宵哭失聲。」其二：「太息弓藏狗又烹，狐悲兔死最關情。家貧罄盡身難贖，賂賄公行殺有名。脫幘憤深檀道濟，爰書冤及魏元成。圖遭慘毒緣何事，想爲登壇善將兵。」

五

滿清看出了明朝的虛實，知道高經略無用，袁崇煥無人支持，於天啓六年（一六二六）正月大舉渡遼河攻寧遠，兵十三萬（在這幾年中，清軍的實力已擴充了一倍），號稱二十萬。二十三日攻抵寧遠。

大敵終於攻來了。

朝廷荒唐，主帥荒謬，援軍是一定不會有的。那怎麼辦？棄城而退是服從主帥命令；守城罷，寧遠一城孤軍，怎能擋滿清的傾國之師？

在這緊急關頭，袁崇煥奮發了英雄之氣，決意抗敵。

他和大將滿桂，副將左輔、朱梅，參將祖大壽、何可綱等，集將士誓死守城。袁崇煥刺出自己鮮血，寫成文告，讓將士傳閱，更向士卒下拜，激以忠義。全軍上下在他的激勵下人人熱血沸騰，決心死戰。

他又下令前屯守將趙率教、山海關守將楊麒，凡是寧遠有兵將逃回來，一概抓住斬首。山海關有他的上司遼東經略高第鎮守，袁崇煥的職權本來只能管到寧遠和前屯，山海關總兵楊麒他是管不著的。但這時還管他甚麼上司不上司，職權不職權，「×他媽，頂硬上，幾大就幾大！」（淞滬之戰時，十九路軍廣東兵守上海，抗禦日軍侵略，當時「×他媽，頂硬上」的廣東三字經，在江南一帶贏得了人民的熱烈崇敬。因為大家都說：廣東兵一罵「×他媽！」就挺槍衝鋒，向日軍殺去了。）

他母親和妻子這時也在遼西，大概住在山海關或前屯衛後方。他將母親和妻子都搬到寧遠城中來住。全家和寧遠共存亡的決心，表現得再清楚也沒有了。❶

廿四日，清兵殺到城下。袁崇煥初次見到「辮子兵」的威猛。

清兵都有辮子，在那時，漢人只要聽到「辮子兵」三字，不由自主的就膽戰心驚，直到十餘年後仍是如此。李自成部下的闖軍都是身經百戰的悍將健卒，席捲而東，攻破北京，在山海關前的一片石和吳三桂部大戰時，絲毫不落下風。但清兵突然出現，闖軍中響起「辮子兵來了！辮子兵來了！」的驚呼，數萬精兵就此全軍大潰，一敗塗地。李自成逃出北京，向西急竄，「大順」朝終於覆滅。在那時候，「辮子兵」就是「無敵雄師」的代名詞。

袁崇煥並不比李自成更會打仗，他部下兵將也並不更為勇猛。但他更加鎮定堅決，他沒有個人的自私慾望，不像李自成那樣想做皇帝。他的部屬也不像闖軍那樣，搶飽了財物美女，不想打仗。眞所謂「無欲則剛」，所以他比李自成更剛強。

他是「×他媽，頂硬上」的英雄。

但他部下的兵將不是廣東人，主要是遼河兩岸的關外健兒，其他各省的都有。只因爲主帥有「頂硬上」的英銳之氣，部屬也都跟著他「頂硬上」了。

這時寧遠守兵約一萬，而清兵有十三萬。向來明清交戰，總是明兵多而清兵少，這次卻衆寡易勢，大軍都在經略高第手中。高第全軍據守山海關，果然並不派兵來救。

努爾哈赤先分遣部隊繞過寧遠，在城南五里處切斷了通向山海關的大路，然後放幾名俘虜來的漢人去寧遠向袁崇煥傳話：「我這次帶了二十萬大軍來攻，寧遠非破不可。守城官如投降，我一定大加優待，封爲大官。」袁崇煥回答說：「你突然領兵來攻，那是甚麼道理？錦州與寧遠兩城，你本來已經佔領，又再放棄。我修築好了來住，自然要死守，怎肯投降？你說有二十萬兵，未免誇大。你眞正的兵力大約是十三萬，我倒也不以爲來兵太少了。」❷

努爾哈赤於是大舉攻城。

當時朝鮮使者帶同翻譯官韓瑗去北京朝見皇帝，剛到達寧遠。袁崇煥很高興的招待使節及其隨從。朝鮮使節見守軍甚是鎭定，暗暗感到奇怪。袁崇煥和三數幕僚閒談，及報清兵攻到，袁崇煥乘轎至戰樓，又與韓瑗等談古論文，泰然自若，全無憂色。過了不久，忽聽得一聲大砲，聲動天地。韓瑗大驚，只嚇得低下了頭抬不起來。袁崇煥笑道：「賊兵來了！」打開城頭敵樓的窗子，向外望去，只見清兵蔽野而來。城中卻聲息全無。

成千成萬的辮子兵衝到了城邊，突然之間，城頭舉起千千萬萬火把，矢石如雨般投下城去。戰事越來越激烈，明軍忽然從城頭的每一個石堞間推出一個又長又大的木櫃，這些大木櫃一半在堞內，一半探出城外，大櫃中伏有甲士，俯身射箭投石，投完了便將大木櫃拉進來，再裝矢石出去投擲。跟著地雷爆發，土石飛揚，無數清兵和馬匹被震上半空。❸

攻城清兵的先鋒部隊是鐵甲軍，每人身上都披兩層鐵甲，稱為「鐵頭子」。清兵以堅車攻城，車頂以生牛皮蒙住，矢石不能傷。城內架起西洋大砲十一門，在城頭輪流轟擊，每一砲打出去，破壞殺傷及於數里。❹

清兵奮勇迫近，推了鐵裹車猛撞城牆，聲音轟隆轟隆，勢道驚人，撞擊了很久，城牆撞破的地方很多。清兵再用像雲梯那樣的裹鐵高車來撞擊城牆高處。隨後又把裹鐵車推到城牆邊，上面用木板遮住，以擋城頭投下的矢石，車裏藏了兵士，用鐵鍬挖掘城牆牆腳。清兵攻進了城牆下的死角，大砲已打他們不到。在這危急之時，守軍想到了計策，抬了屋子前的長條大階石從城上投下去。階石十分沉重，鐵車上的木板擋不住，壓死了不少清兵。

攻城歷時很久，城基給清兵挖成了一個個凹龕，清兵躲在城牆洞內向裏挖掘，城上再投大石下去，就打不到了。這時寧遠四周十餘里的城牆牆腳已被挖得千孔百瘡，眼看城破在即，滿城百姓驚惶得很，都抱怨說：「袁爺為了他自己一人，害死了我們滿城百姓。」後來北京百姓怨怪袁崇煥，大概也出於這種懦怯卑劣的心理。

大家正在徬徨無策之時，通判金啓倧（浙江人）臨時想出了幾件新式武器，將火藥撒在蘆花褥子和被單上，紛紛投到城下去。他將這件新式武器取名爲「萬人敵」。當時是正月，氣候酷寒，攻城清兵見到被褥，就都來搶奪，城上將火箭、硝磺等引火物投下去，「萬人敵」立即燃燒，燒死了無數清兵。另有一種「萬人敵」是將火藥放在空心的大泥團中，外面圍以木框，點燃了藥引投下城去，泥團不斷旋轉噴火，燒死敵兵。那位金通判後來在趕製「萬人敵」之時，火藥碰到火星，不幸被燒死了。❺

這時城牆被撞塌了一丈多，袁崇煥不能再泰然自若了，親自搬石來堵塞缺口，連受了兩次傷。部將勸他保重。他厲聲道：「寧遠雖只區區一城，但與中國的存亡有關。寧遠要是不守，數年之後，咱們的父母兄弟都成爲韃子的奴隸了。我若膽小怕死，就算僥倖保得一命，又有甚麼樂趣？」撕下戰袍來裹了左臂的傷口又戰。將士在他的榜樣之下，人人奮勇，終於堵上了缺口。❻

廿五日清兵又猛攻，袁崇煥督將士死戰。清太祖努爾哈赤也受了傷。血戰三日，清兵損失慘重，終於不得不下令退兵。

此役殺死了清軍中著錦衣的軍官十餘人，即滿洲人稱爲「牛彔額眞」的，每一「牛彔額眞」統兵三百人（約相當於營長）。清兵退去後，守軍將五十名敢死隊用長繩縋到城下，拾到了十餘萬枝箭。城牆上給清兵挖出的洞穴有七十餘個。這時點查火藥庫，火藥也用盡了，局面眞是危險得很。

敵軍解圍而去之後，百姓感到安全了，滿城大哭，紛紛去拜謝袁崇煥與滿桂的救命之恩。爲甚麼要「滿城大哭」？想來是既感激又慚愧，又是說不出的欣喜罷。

第二天早晨，清兵大隊人馬擁聚在城外大平原一邊。袁崇煥派遣一名使者，備了禮物去送給努爾哈赤，對他說：「老將橫行天下爲時已久，今日敗於小子之手，只怕是天意了。」努爾哈赤已受了傷，於是回送禮物及名馬，約期再戰。

所謂「約期再戰」，只是掩飾面子的話。努爾哈赤不敢再攻寧遠，轉而去攻覺華島洩憤。

袁崇煥招募來的兩廣子弟兵，在寧遠之戰中似乎並未發生如何重大的作用。據我猜想，極可能是袁崇煥派了廣東水師守覺華島。覺華島現在叫菊花島，在葫蘆島之南，在寧遠之東海外，離岸十八里。當時是關外屯聚糧草的重地，因爲關外軍糧靠海運接濟，在覺華島起卸最方便。寒冬之際，海面結了厚冰，變成了陸地，廣東兵所擅長的水戰完全用不上，只得把車輛排起來當防禦工事，在冰上和清兵打陸戰，結果全軍覆沒，島上十餘萬石糧食盡被焚毀。這幾千名廣東海軍，大概多數在這一役中犧牲了。❼

努爾哈赤對諸貝勒說：「我自二十五歲以來，戰無不勝，攻無不克。爲甚麼單是寧遠一城就打不下來？」十分惱怒。七月間到清河溫泉療養，派人去召大福晉（正妃）來，同回瀋陽，因心情鬱鬱而發背疽（癌），在離瀋陽四十里處的靉雞堡逝世，年六十八歲。

努爾哈赤一生只打了這一個大敗仗。清人從此對袁崇煥十分敬畏。❽

袁崇煥指揮這個戰役很有儒將風度，坐轎子在城頭敵樓中督戰，打了勝仗之後，派使者送禮物給努爾哈赤，頗有《三國演義》中諸葛亮與周瑜羽扇綸巾、談笑用兵的氣派；也似南朝梁朝大將韋叡臨陣時輕袍緩帶，乘輿坐椅，手持竹如意指揮軍隊。韋叡身子瘦弱，但戰無不勝，敵軍畏之如虎，稱爲「韋虎」。不過到了當眞危急之時，袁崇煥也不能再扮儒將了，只得以「蠻子」姿態來死拚。

❶見李光濤〈清入關前之眞象〉。但此節不見於其他記載，不知李先生有何根據。

❷《清太祖實錄》卷十。

❸據日人稻葉君山《清朝全史》中所引述朝鮮使者當時在寧遠城頭的目覩記。

❹據《髗天頌筆》。

❺據計六奇《明季北略》中引寧遠圍城時在鼓樓前開店的一名花椒商人所述。

❻據梁啓超《袁崇煥傳》。該傳中敘述清兵敗退後，「崇煥復開壘襲擊，追北三十餘里，清軍大亂，死者逾萬人。」與其他資料不符，今不取。

❼袁崇煥〈祭覺華島陣亡兵將文〉：「慨自戰守乖方，屢失疆土，天子赫然震怒，調南北水陸舟師，謂爾乘船如馬，遂調之來爲進取也。據爾等間關遠至，豈不欲滅此朝食，一航而金甌復歸，再航而黃龍掃哉？奈未盡其用而敵即來。沍寒之月，冰結舟膠，窘爾之所長，烏得不及於難？説者謂謀之不臧。不臧固不臧矣，然排山倒海之勢，以十八萬而臨數千之水卒，即臧可奈何？而爾等計無復之，憤然以死，略無芥蔕，視當年之棄曳倒奔者，加一等也。人之罪至死而免，人之品至死而定。今將略爾罪而嘉乃忠，請命於天子，諒爲之恤，所以不沒汝等者，良有在也。吁嗟，巨浪茫

茫，空山寂寂，皆汝等忠靈之所棲蕩也，望故鄉以何日？即轉劫而無期，苒苒遊魂，何不相結爲厲，殲此醜虜以洩憤？在生之志，藉死以伸，則雖死之日，猶生之年也，爾其勉之。不腆之奠，涕與俱之。尚饗。」

❽清人所修的《明史．袁崇煥傳》中說：「我大清舉兵所向，無不摧破。諸將罔敢議戰守。議戰守自崇煥始。」

六

當朝中得到清兵大舉來攻的訊息時，百官驚惶之極。兵部尚書王之光與廷臣商議，人人束手無策，以爲這一次寧遠一定要失了，不知山海關是否能保得住。山海關若失，清兵便到北京。後來得到捷報，朝野自然喜出望外，謝天謝地。

高第因不援寧遠而免職，以王之臣代。袁崇煥升爲右僉都御史。那是正四品的官。三月，復設遼東巡撫，由袁崇煥升任。魏忠賢見他地位重要了起來，開始對他提防，派了兩名親信太監劉應坤與紀用去寧遠監軍。皇帝派特務監視部隊長官，是歷代政治腐敗時常常出現的情形。特務干預軍事，後果一定極差，所以袁崇煥上疏反對，但抗議無效，特務太監非來不可。朝廷爲了安撫他，加他一個兵部右侍郎（正三品，相當於國防部第二副部長）的頭銜，並賞銀幣，子孫世襲錦衣千戶。

在這時候，袁崇煥與大將滿桂之間，發生了激烈衝突，衝突的原因在於另一個大將趙率教。

滿桂和趙率教都是第一流的將領，但性格很不同。❶滿桂是蒙古人，非常戇直，簡直有些傻裏傻氣。趙率教卻十分的機伶精乖，相信他一定很會討好上司，所以每一個遼東統帥自袁應泰、王在晉、孫承宗、高第，以至袁崇煥，個個都很喜歡他（在《碧血劍》小說裏，在袁承志周歲時送金項圈的就是他）。

滿桂和他本來是非常要好的朋友。當清兵大舉來攻寧遠時，趙率教在前屯衛鎮守，派了一名都司、四名守備帶兵來援。當時大敵壓境，趙率教自己不來和上司及好朋友共赴患難，所派的援兵又到得很遲，滿桂大大不高興，不許援兵進城，後來因袁崇煥的命令才放他們進來。等到寧遠解圍，趙率教想分功，滿桂不許，又罵他爲甚麼自己不來救援，太沒有義氣。兩人爲此大吵。大概滿桂的態度十分粗魯，蒙古三字經罵之不已，說不定還想出拳打人，袁崇煥便袒護趙率教。

衝突轉移到了袁、滿二人之間，或許滿桂對上司不夠尊敬，於是袁崇煥要求將滿桂調走。❷

朝廷羣臣都知道滿桂打仗的本事，但將帥不和總是不對，便依從了。可是經略王之臣極力認爲滿桂決不可去。朝廷召還滿桂的命令已頒下了，於是聽了王之臣的主張，再命滿桂鎭守山海關。袁崇煥堅決不接受。朝廷無法，只得將滿桂調回北京，保留左都督原官，派在國防機構辦事。

這件事情顯然是袁崇煥的蠻子脾氣發作，衝動起來，作出了違反理智的決定。由於王之臣袒護滿桂，袁崇煥又去和王之臣吵鬧。朝廷怕王之臣與袁崇煥不斷衝突，壞了大事，於是將指揮權劃分爲二：關內的部隊由遼東經略王之臣指揮，關外部隊則由遼東巡撫袁崇煥指揮。經略的官比巡撫大，但這時袁崇煥已不屬遼東經略管了。

袁崇煥畢竟是個光明磊落的大丈夫，冷靜下來之後，知道是自己的不對，於是上奏請再用滿桂。朝廷當然批准，派滿桂兼統關內外兵馬，賜尙方劍。王之臣和袁崇煥是文官，等於現在的政委；滿桂是武將，是部隊司令。武將受文官指揮。

幸虧袁崇煥不堅持錯誤，否則二次寧遠大戰，就不能得到滿桂這樣的大將來主持城防。滿桂回任後，大概袁崇煥和他修好，表示了歉意。

在這時候，袁崇煥上了一道奏章，提出守遼的基本戰略，這道奏章有很大的重要性。其中主張：一、用遼人守遼土；二、屯田，以遼土養軍隊；三、以守爲主，等待機會再出擊。他最擔心的事，是立了功勞之後，敵人必定要使反間計，散播謠言，而本國必定有人妒忌毀謗。❸

他深知明軍的戰鬥力不如清軍，野戰不利，只有用己之長，所以提出了戰術的基本原則：「兵不利野戰，只有憑堅城、用大砲一策。」

所統帶的部隊無力打野戰，作爲主帥，自然深感棘手。但訓練一支善打野戰的勁旅，非一朝一夕之功，那是無可奈何的；而對於勢所必至的朝臣忌功中傷，更是無可奈何，只有盼望皇帝和大臣們能加以照顧了。

袁崇煥也不是一味的蠻幹，有時也有他機伶的一面。他對魏忠賢派去監視他的兩名特務太監敷衍得很好。當年冬天，他帶同趙率教以及兩名特務太監劉應坤、紀用，興辦防禦工事及屯田，漸漸又再收復了高第所放棄的土地。

他在奏章中將這兩名太監的功勞吹噓了一番，所以魏忠賢和劉應坤、紀用三人都得到了封賞。劉、紀二人似乎也不是壞太監，並沒有對袁崇煥掣肘阻撓，後來寧錦大戰，劉應坤在寧遠城上督戰，紀用在錦州城上督戰，都勇敢得很。大概二人為袁崇煥的忠勇所感召，也變得忠勇起來。可見也不是所有的太監都是壞人，主要還在領導者如何領導。

❶《明史·滿桂傳》：「桂椎魯甚，然忠勇絕倫，不好聲色，與士卒同甘苦。」《明史·趙率教傳》：「率教為將廉勇，待士有恩，勤身奉公，勞而不懈，與滿桂並稱良將。二人既歿，益無能辨東事者。」

❷袁崇煥奏章中說滿桂「意氣驕矜，謾罵僚屬，恐壞封疆大計，乞移之別鎮，以關外事權歸率教。」

❸《明史·袁崇煥傳》引述他的奏章：「陛下以關內外分責二臣。用遼人守遼土，且守且戰，且築且屯。屯種所入，可漸減海運。大要堅壁清野以為體，乘間擊瑕以為用。

戰雖不足，守則有餘。守既有餘，戰無不足。顧勇猛圖敵，敵必讎，奮迅立功，眾必忌。任勞則必召怨，蒙罪始可有功。怨不深則勞不著，罪不大則功不成。謗書盈篋，毀言日至，自古已然，惟聖明與廷臣始終之。」

七

努爾哈赤死後，第八子皇太極接位。

皇太極的智謀武略，實是中國歷代帝皇中不可多見的人物，才幹見識不在劉邦、劉秀、李世民、趙匡胤、忽必烈、朱元璋之下。中國史家大概因他是滿清皇帝，由於種族偏見，向來沒有給他以應得的極高評價。其實以他的知人善任、豁達大度、明斷果決、多謀善戰，除劉秀、唐太宗、成吉思汗外，中國歷朝帝皇沒幾個能及得上。❶

努爾哈赤是罕有的軍事天才，這個老將終於死了，繼承人是一個同樣厲害的人物。皇太極的軍事天才雖不及父親，政治才能卻猶有過之。袁崇煥所受到的壓力一點也沒有減輕。

皇太極接位之時，滿洲正遭逢極大的困難。努爾哈赤新死，滿洲內部人心動盪。努爾哈赤遺命是四大貝勒同時執政，行的是集體領導制，皇太極的權位很不鞏固。在經濟上，因爲與明朝開戰，人參、貂皮等特產失去了傳統市場。滿洲當時在經濟上是奴隸制，擄掠了大批漢人來農耕，生產力相當低。但軍隊大加擴充，這時已達十五萬人，軍需補給發生很大問題，偏偏又遇上嚴重天災，遼東發生饑荒。❷如向中國侵略，卻又打不破袁崇煥這一關。

在這時候，皇太極定下了正確的戰略：侵略朝鮮。朝鮮物產豐富而兵力薄弱，正是理想的掠奪對象。在外交上，朝鮮採取的是「事大（對明）交鄰（對日本、滿洲）」政策。明清交戰時，朝鮮出兵助明，又供給明軍皮島總兵官毛文龍的糧食，成爲滿清後方的一個牽制。皇太極進攻朝鮮，可以解決經濟上、戰略上的雙重困難，同時在必定可以得到的軍事勝利之中樹立威望，鞏固權位。

中國方面的困難也相當不小。

訓練一支既能守、又能戰、再能進一步修復失地的精銳野戰軍，需要相當時間。

袁崇煥任寧前道僉事時，山海關外四城，縱深約二百里，廣約四十里，屯兵六萬餘人，糧餉全靠關內支給。後來在孫承宗、袁崇煥主持下，恢復錦州、中屯、大凌河諸城，國防前線向北推展，屯田數千頃，兵士足食。高第代孫承宗爲經略，盡棄錦州諸城，寧遠沒有了外衛，也沒有了糧源。靠朝廷接濟是很靠不住的，朝廷對於拖欠糧餉向來興趣濃厚。袁崇煥做遼東巡撫，首要目標是修復錦州、大凌河等城堡的守備，然後屯田耕種。但築城工程費時甚久，又不能受到敵人干擾，在和滿清處於戰爭狀態之時無法進行。

所以明清雙方，都期望有一段休戰時期，以便進行自己的計劃。明方是練兵、築城、屯田；清方是進攻朝鮮，鞏固統治。在這樣的局勢下，具備了議和的條件。

明方的議和是攻勢的，最後目標是消滅滿清，收復全部遼東失地。清方的議和主要是守勢，目的在鞏固已得的土地，要明方承認雙方的現有疆界，雙方和平共處，進行貿易，皇太極則可鞏固權位。努爾哈赤去世時，滿清大權交由四大貝勒共掌，四大貝勒的權力相同，那是二子代善、五子莽古爾泰、八子皇太極、姪兒兼養子阿敏，皇太極因得代善支持而繼位為滿清大汗。

因為明清雙方的國力實在太過懸殊。中國那時的人口，官方的紀錄是六千多萬，實際上遠不止此數，當時男丁要被政府徵去義務勞動，不參加的要繳錢代替，所以百姓儘可能的瞞報人口。外國學者們的估計相互差距很大，最高的估計認為那時中國人口是一億五千萬人。我相信當不會少於一億人。❸女眞人大概不到五十萬人。❹人口的對比是二百比一，甚至三百比一。滿清所佔的土地，只是今日吉林、遼寧、黑龍江的一部份，與中國相比也相差極遠。中國火器犀利，葡萄牙大砲尤其非清兵所能抵擋。

清方的長處，主要只是「明朝本身的腐敗」，以及清軍戰鬥力強勁和統帥部高明的軍事才能。只要袁崇煥鎮守寧遠，清方的長處就受到了限制。持久的纏鬥下去，滿清勢必難以支持。

袁崇煥寧遠大捷，在軍事上並無十分重要的意義，因爲並沒有摧毀清軍的主力，甚至沒有削弱清軍的戰鬥力。然而在政治上，對士氣與民心卻有非常巨大的振奮作用，這使中國軍民知道清軍也不是不會打敗仗的。經此一役之後，本來投降了滿清的許多漢人官吏和士卒又逃回來了。寧遠城頭的大砲，轟碎了「女眞滿萬不可敵」的神話。❺

清方從來沒有期望眞能征服中國。努爾哈赤和皇太極的祖宗，長期來做明朝所封的邊疆小官。努爾哈赤幼時住在明朝大將李成梁家裏，類似童僕奴隸。所以他們對於明朝有先天性的敬畏，自卑感很深。寧遠之戰，使他們下意識中隱伏著的自卑感又開始抬頭。

明朝是自己覆滅的，並非給滿清所打垮。

滿清與明軍交戰，始終強調「七大恨」，滿清認爲明朝有七件大事欺侮女眞人，逼得他們忍無可忍，才起兵反抗。❻滿清一直沒有自居能與明朝處於平等地位。「七大恨」的基本思想，是抱怨明朝作爲最高統治者，卻在努爾哈赤與敵對部族發生爭執時袒護對方，沒有公平處理，那是下級對上級的申訴。例如第五大恨的「老女事件」，葉赫部的一個王公本來答應把他十四歲的妹妹送給努爾哈赤爲妾，但廿二年後，這個三十六歲的「老女」改嫁給蒙古王子，努爾哈赤認定是出於明朝的授意，身爲上級而不秉公斷事。

差不多在每個戰役之後，清方總是建議談和。因爲他們對於目前的成就早就喜出望外，本來是做夢也想不到的，只求明方正式承認他們所佔的土地，讓他們能永久保有，就已心滿意足了。但明朝從來置之不理，認爲對方根本沒有談和的資格。明朝的態度是這樣：「你們是朝廷的部屬，只能服從命令，怎麼能要求談判和平？」這種死要面子的不現實態度，使得明朝始終沒有能爭取到一段喘息的時間來整頓軍備、鞏固防禦。

袁崇煥充分了解到爭取暫時和平的必要。努爾哈赤的逝世正是一個好機會。這時剛好有一個五台山的喇嘛李喇嘛來到寧遠。滿洲人信佛教，尊崇喇嘛，袁崇煥就請李喇嘛作居間的使者，派了兩名都司和隨從等三十三人，於天啓六年十月去瀋陽弔祭努爾哈赤之喪，作初步的和平試探。但他知道朝廷絕不喜歡提「議和」兩字，所以報告朝廷時，只說是派人去窺探虛實，以決定對之征討呢，還是招安。❼這種誇大的說法，目的自在滿足皇帝和大臣的虛榮心。

明清雙方統帥都熟知《三國演義》中的故事，袁崇煥這齣「柴桑口臥龍弔喪」，皇太極如何會不省得？他將計就計，於十一月派了兩名使者，與李喇嘛一起來到寧遠，致書袁崇煥，表示了和平的意向。其中說：「你停息干戈，派李喇嘛來弔喪，並賀新君登位。你既以禮來，我也當以禮往，所以派官來道謝。至於和議一事，我父親上次來寧遠時，曾有文書給明朝朝廷，請你轉呈，但迄今沒有答覆。你的君主如果答應前書，願意和平，應當以誠信爲先。」

書信中將金國（當時滿清的正式國號是「金」，後來才改爲「大清」。❽）與中國平頭並列。袁崇煥深刻了解朝廷自高自大，對於文書的體例十分看重，如將來信轉呈，必定要碰大釘子，同時見到信中語氣也不大客氣，便告知使者說，此信格式不合，礙難入奏，將原信交給使者退回。皇太極改寫了信封上的格式，袁崇煥認為仍然不對，又再退回。

皇太極第三次改寫，自處於較低地位，袁崇煥才收了信。但明朝仍是一貫的不答。

第二年正月（在金國是天聰元年），皇太極再遣前使，致書袁崇煥求和，信中說：「兩國所以構兵，在於以前明朝派到遼東的官員認為中國皇帝是在天上，自高自大，欺壓弱小部族，我們忍無可忍，才起兵反抗。」下面照例列舉七大恨，然後提議講和。講和要送禮，要求最初締結和約時中國送給金國金十萬兩、銀百萬兩、緞百萬疋、布千萬疋。締約後兩國每年交換禮物，金國送禮：東珠十顆、貂皮千張、人參千斤。中國送禮：金一萬兩、銀十萬兩、緞十萬疋、布三十萬疋。兩國締結和約後，就對天發誓，永遠信守。

所提的要求是經濟性的，可見當時滿清深感財政困難，對布疋的需要尤其殷切。

大概袁崇煥要奏報朝廷，等候批覆，所以隔了兩個月金國使者才回去，隨同明方使者，帶去袁崇煥及李喇嘛的書信各一；猜想朝廷對金方的要求全部拒絕，所以袁崇煥無法作出任何讓步，他的回信內容雄辯，文采煥發，說道：過去的糾紛，都是因雙方邊境小民口舌爭競而起，這些人都已受到了應得的懲罰，再要追究是非，也已無法到陰世地府去細查，只盼雙方都忘記了吧。你十年苦戰，既然為的只是這七件事，現在你的仇敵葉赫等等都早給你滅了。為了你們用兵，遼河兩岸死者豈止十人？仳離改嫁的那裏只有老女一人？遼瀋界內人民的性命都不能自保，還說甚麼財物？你的仇怨早都雪了，早已志得意滿。只不過這些極慘極痛之事，我們明朝難以忍受罷了。今後若要修好，那麼請問：你如何退出已佔去的城池地方？如何送還俘虜去的男女百姓？只有盼你仁明慈惠、敬天愛人而作出決定了。你所要求的財物，以中國物資的豐富，本來不會小氣，只是過去沒有成例，多取也不合天意，還是請你重行斟酌罷。和談正在進行，你爲甚麼又對朝鮮用兵？我們文武官屬不免懷疑你言不由衷了。希望你撤兵，以證明你的盛德。

李喇嘛的信中說：袁巡撫是活佛出世，對於是非道理，心下十分分明，這樣的好人是不容易遇到的，願汗與各王子一切都放開了吧，佛說：「苦海無邊，回頭是岸」。

皇太極回信給袁崇煥說：過去的怨仇，當然是算了，否則又何必議和修好？你們的土地人民歸我之後，都已安定，這是天意，如果重行歸還，那既違反天意，又對不起人民。金國所以要出兵朝鮮，完全是由於朝鮮不對，現在已講和了。說到「言不由衷」，爲甚麼你一面說要修好，一面卻又派哨卒來我方偵察，收納我方逃亡，部隊逼近我邊界，修築城堡？其實是你才「言不由衷」，我國將帥對你也大有懷疑。至於所要求的「初和之禮」，金銀等可以減半，緞布只要原來要求的半成。我方也以東珠、人參、狐皮、貂皮等物還贈，表示雙方完全公平。既和之後，雙方互贈仍如前議。如果同意，希望辦得越快越好。

關於來往書信的格式，皇太極提議：「天」字最高，明朝皇帝低「天」一字，金國汗低明朝皇帝一字，明朝諸臣低金國汗一字。

他答覆李喇嘛的信中，抱怨明朝皇帝對他的書信從來不加理睬；又說：你勸我「苦海無邊，回頭是岸」，這話很對，但爲甚麼只勸我而不去勸明朝皇帝？如果雙方都回頭修好，豈不甚善？

後來皇太極又致書袁崇煥，抗議他修築塔山、大凌河、錦州等城的防禦工事，認爲是缺乏和平誠意，並提議劃定疆界。

平心而論，明朝朝廷瞧不起金國，於對方來信一概不答，只由地方官和對方通信，金國也難免氣憤。金國的經濟要求，雖說是雙方互贈，實質上當然是金方大佔便宜。金方答應贈送的東珠、人參、貂皮等物，大概最多只能抵過綢緞布疋的價值，明方付出的每年一萬兩黃金、十萬兩銀子，等於是無償贈與。那時一兩黃金約等於十兩銀子（明初等於四兩，後來金貴銀賤），明朝每年以二十萬兩銀子買得一年和平，代價低廉之至。萬曆末年，熊廷弼守遼之時，單是他一軍每個月的餉銀就需十多萬兩銀子。萬曆晚年徵收礦稅，數天之內就搜刮二百餘萬兩，可見每年二十萬兩的「和平費」並不是很大的負擔。如果有了十年和平，大加整編軍隊，再出兵挑戰，主動與被動的形勢就轉過來了。

爲了避免戰爭，向敵人付出若干金銀財物，如果目的是爭取休整的機會，只要不是喪失主權和屈辱，並不一定是外交上的失敗。北宋眞宗時寇準主持澶淵之盟，對契丹增加「歲幣」（每年支付的和平費），達成相當長期的和平，避免了兩線作戰，得以集中力量去對付另一大敵西夏。當時以及後世史家並不認爲是錯誤決策，但寇準後來還是被政敵進讒，說他利用了皇帝。在西洋史上，第八世紀時，來自丹麥的維金人侵入英國，燒殺劫掠，十分殘暴，英國國王阿爾佛萊德組織抗戰，頗有成效，但維金人始終不退，佔領了英國整個北方，後來的英國國王無奈，與維金人達成協議，每年付以一大筆歲幣，稱爲「丹麥金」(Dane geld),國王向人民徵稅,用來付給敵人以購買和平,稅項就叫做「丹麥金」。英國人民雖感到屈辱,但免了戰爭和被劫掠之苦,還是樂於交稅,直到後來諾曼人入侵,將丹麥侵略者逐出英國爲止,交付「丹麥金」的時期幾長達二百年。不過兩國對峙,一方付出和平費後,必須好好利用這段買來的和平時期來準備日後的抗戰,但如苟安偷生,不自振作,好像南宋一樣,結果便是滅亡。

皇太極對於緞布的要求一下子就減少了百分之九十五,而且又建議以適當禮物還報,希望和議儘快辦理,可見對於締結和平的確具有極大誠意。他自知人口與兵力有限,經不起長期的消耗戰。❾此後每發生一次戰爭,便提一次和平要求。

明朝當時和滿清議和的障礙,主要是在明朝的文官。

明朝的大臣熟悉史事,一提到與金人議和,立刻想到的就是南宋和金國的和議,人人都怕做秦檜。大家抱著同樣的心理:「只要贊成和金人議和,那就是大漢奸秦檜。」這是當時讀書人的「條件反射」。袁崇煥從實際情況出發主張議和,朝臣都不附和。遼東經略王之臣更爲此一再彈劾袁崇煥,說這種主張就像宋人和金人議和那樣愚蠢自誤。

其實,明朝當時與宋朝的情況大不相同。

在南宋時,金兵已佔領了中國北方的全部,邊界要直到淮河,與揚州、南京已相距不遠。議和等於是放棄收復失地。但在明朝天啓年間,金人只佔領了遼東,遼西的南部在明人手中,暫時議和,影響不是極大。

南宋之時,岳飛、韓世忠、劉錡、張俊、吳璘、吳玠等大將,都是兵精能戰,金人後方不穩，黃河長江以北的義民紛紛反金，形勢上利於北伐，議和是失卻了恢復的良機。明末軍隊的戰鬥力遠不及金兵，惟一可以依賴的只西洋大砲。但當時的大砲十分笨重，不易搬動，只能用於守城，不能用於運動戰，而且並無可以爆炸的砲彈，威力比較有限。

對於明朝最重要的是，宋金議和，宋方絕對屈辱，每年片面進貢金帛，並非雙方互贈。宋朝皇帝對金稱臣。❿然而皇太極卻甘願低於明朝皇帝一級，只要求比明朝的諸臣高一級。皇太極一再表示，金國不敢與中國並列，只希望地位比察哈爾蒙古人高一點就滿足了。⓫他和袁崇煥書信來往，態度上是很明顯的謙恭。⓬可見宋金議和與明金議和兩事，根本不能相提並論。皇太極明白明人的想法，所以後來索性改了國號，不稱金國，而稱「大清」，以免引起漢人心理上敵對性的連鎖反應。⓭

袁崇煥和皇太極信使往來，但因朝中大臣視和議如洪水猛獸，談判全無結果。

當時主張和金人議和，非但冒舉國之大不韙，而且是冒歷史上之大不韙。中國過去受到外族的軍事壓力而議和，通常總是屈辱性的，漢人對這件事具有先天性的反感，非常方便的就將「議和」、「投降」、「漢奸」三件事聯繫在一起。後來袁崇煥被殺，「主張和議」是主要罪名之一。

當軍事上準備沒有充分之時，暫時與外敵議和以爭取時間，中國歷史上兩個最出名的英主都曾做過。漢高祖劉邦曾與匈奴議和，爭取時間來培養國力，到漢武帝時才大舉反擊。唐太宗李世民曾與突厥議和（那時是他父親李淵做皇帝，但和議實際上是李世民所決定），等到整頓好軍隊後才派李靖北伐，大破突厥。不過這不是中國歷史上傳統觀念的主流。主流思想是：「與侵略本國的外敵議和是投降，是漢奸。」

其實，同是議和，卻有性質上的不同，決不能一概而論。基本關鍵在於：議和是永久性的投降？還是暫時妥協、積極準備而終於大舉反攻、得到最後勝利？單是在現代史上，後者的例子就多得很。共產黨人尤其善於運用，如列寧在第一次大戰時與德國議和，抗戰勝利後中國共產黨和國民黨訂停戰協定，北越、南越越共與美國、西貢政府簽訂巴黎停戰協定等都是。議和停戰只是策略，決不等於投降。策略或對或錯，投降通常是錯。然而明末當國的君臣都是庸才，對於敵我雙方力量的對比、大局發展的前途都茫無所知，既無決戰的剛勇，也無等待的韌力。那時爲了對滿清及民軍用兵，賦稅大增，人民生活困苦之極，國庫入不敷出，左支右絀，百廢不舉，對軍隊欠糧欠餉，裁撤驛站（既破壞了必要的交通及通訊設備，大量失業的驛卒更成爲造反民軍的骨幹，李自成即爲被裁的驛卒），如能有十年八年的休戰言和，對朝廷和人民都是極大好事。袁崇煥精明正確的戰略見解，朝廷中君臣下意識的認爲是「漢奸思想」。

袁崇煥當然知道如此力排衆議，對自身非常不利，然而他已將自身安危全然置之度外，只是以大局爲重。⑭以他如此剛烈之人，對聲名自然非常愛惜，給人罵作「漢奸」，那是最痛苦的事。比較起來，死守寧遠、抗拒大敵，在他並不算是難事，最多打不過，一死殉國便是，那是心安理得的。但要負擔成爲「歷史罪人、民族罪人、名教罪人」的責任，可艱巨得多了。越是不自私的人，越是剛強的人，越是不重視性命而不肯忍受恥辱。越是儒家的書讀得多，心中歷史感極其深厚的人，越是寶貴自己的名節。文天祥〈正氣歌〉中所舉那些慷慨激烈的事蹟，如張巡睢陽死守，顏杲卿常山罵賊，袁崇煥做起來並不困難。對於性格柔和的人，當然是委曲求全易而慷慨就義難，在袁崇煥這樣的偉烈之士，卻是守寧遠易而主和議難。主張議和，他必須違反歷史傳統、違反舉國輿論、違反朝廷決策、更違反自己的性格。上下古今，一切都反，連自己都反。

他是個衝動的熱情的豪傑，是「寧爲直折劍、猶勝曲全鉤」的剛士，是行事不顧一切、「幾大就幾大」的蠻子，可是他終於決定：「忍辱負重」。

在他那個時代，絕無現代西方民主社會中尊重少數人意見的習慣與風度。連袁崇煥自己在內，都相信「國人皆曰可殺」多半便是「可殺」。那是一個非此即彼、決不容忍異見的時代，是正人君子紛紛犧牲生命而提出正義見解的時代。卑鄙的奸黨越是在朝中作威作福，士林中對風骨和節操越是看重。東漢和明末，是中國歷史上讀書人道德價值最受重視的兩個時期。歲寒堅節，冰雪清操，在當時的道德觀念中，與「忠」、「孝」具有相同的第一等地位。他很愛交朋友，知交中有不少是清流派的人。如果他終於因主和而爲天下士論所不齒，對他將是多麼嚴重的事。當魏忠賢灼手可熱之時，他手下一般趨炎附勢之徒將反對派都稱爲「東林黨」，名之曰「奸黨」。袁崇煥與清流派關係密切，但因手統雄兵，爲關外重鎮，所以沒有名列「東林黨人榜」，袁崇煥反以此爲愧，擔心不得流他對金人的和談並不是公開進行的，因此並沒有受到普遍的抨擊，但他當然預料到將來終於要公開，清議和知友的譴責不可避免的會落到他頭上。

在袁崇煥死後十三年的崇禎十五年，明朝局勢已糜爛不可收拾。洪承疇於所統大軍全軍覆沒後投降滿清。松山、錦州失守。崇禎便想和滿清議和，以便專心對付李自成、張獻忠等民軍。兵部尚書陳新甲更明白無力兩線作戰，暗中與皇帝籌劃對滿清講和。崇禎和陳新甲不斷商議，朝中其他大臣聽到了風聲，便紛紛上奏，反對和議。崇禎矢口不認，說根本沒有議和的事，你們反對甚麼？崇禎每次親筆寫手詔給陳新甲，總是鄭重警誡：這是天大機密，千萬不可洩漏而讓羣臣知道了。

該年八月，崇禎派親信又送一道親筆詔書去給陳新甲，催他儘快設法和滿清議和。陳新甲出外辦事去了，不在家，那人便將皇帝的密詔留在他書房中的几上而去。陳新甲的家僮誤以爲是普通的「塘報」（各省派員在京所抄錄的一般性上諭與奏章，稱爲「塘報」），拿出去交給各省駐京辦事處傳抄。這樣一來，皇帝暗中在主持和議的事就公開了出來，羣臣拿到了證據，登時譁然，立刻紛紛上奏章反對。

皇帝再也無法抵賴，惱怒之極，下詔要陳新甲解釋，責問他爲甚麼主張議和，罪大惡極之至。陳新甲的聲辯書中引述了不少皇帝手詔中的句子，證明這是出於皇上的聖意。崇禎更失面子，老羞成怒，下旨：陳新甲著即斬決。理由是流寇破城，害死皇帝的親藩（李自成破開封，烹殺福王），兵部尚書應負全責。

那時距明朝之亡已不過一年半，局面的惡劣可想而知，但羣臣還是堅決反對議和，連皇帝也不得不偷偷和國防部長暗中商量，表面上堅決不肯承認，最後消息洩漏，便殺了國防部長以卸自己責任。從這件事中，可以見到當時對「議和」是如何的忌諱，輿論壓力是如何沉重。連崇禎這樣狠辣的皇帝，也不敢對羣臣承認有議和之意。

袁崇煥卻膽敢進行議和。那正是出於曾子所說「只要深信自己的道理對，雖有千萬人反對，我還是幹了」那種浩然之氣。[16]

諸葛亮出師北伐，天下皆稱其忠。岳飛苦戰抗敵，天下皆知其勇。袁崇煥的功業或許比不上諸葛亮和岳飛，雖然，那也是很難眞正比較的，然而他身處嫌疑之地而行舉世嫌疑之事，這種精神上的痛苦負擔，諸葛亮和岳飛卻幸而不必經受。

袁崇煥有一句詩：「心苦後人知」。當眞是英雄寂寞，壯士悲歌。他明知不能得到當時的諒解，只盼望自己這番苦心孤詣能爲後人所知。當我寫到這一段文字時，想到他的耿耿之懷，悠悠之心，忍不住又感到了劇烈的心酸，感到了他英雄性格中巨大的悲壯美，深刻的悽愴意。

正確的戰略決策無法執行，朝政越來越腐敗，在魏忠賢籠罩一切的邪惡勢力下做官，天天都可以送掉了性命。關外酷寒的天氣，生長於亞熱帶的廣東人實在感到很難抵受。在這期間，袁崇煥從廣東招募來的人員中有人要回故鄉去了，臨別時問他：你留在這裏繼續擔當艱危呢，還是回鄉以求平安？他寫了一首詩回答：我和你曾同生共死，我的內心你還不明白嗎？又何必問安危去留？我在這裏奮不顧身，本來不是爲了富貴。故鄉的親友們如果問起，請你轉告：邊界還沒有平靖，我只有感到慚愧，當然要繼續幹下去。⓱

袁崇煥是三兄弟中的老大。二弟崇燦（一說是他哥哥）當他在關外時在故鄉逝世。三弟崇煜隨著他在軍中辦事，後來也告辭回鄉。袁崇煥從寧遠送他到山海關而分手，寫了兩首詩給他，說：邊疆需要人守禦，昇平還沒有得到，我早已決心報國，安危去留的問題不必提了。⓲

❶ 皇太極在西方人的書中寫作Abahai，法國學者格奧賽（René Grousset）在《中華帝國的興起與輝煌》一書中有〈一六四四年的大變〉一章，其中說：「皇太極是蠻人中的一個天才，他把本族人民的軍事才能，和對文明生活的天生理解相結合起來。」

❷ 清《太宗實錄》卷三：天聰元年，「時國中大饑，斗米價銀八兩，人有相食者。國中銀兩雖多，無外貿易，是以銀賤而諸物騰貴。良馬，銀三百兩。牛一，銀百兩。蟒緞一，銀百五十兩。布疋一，銀九兩。盜賊繁興，偷竊牛馬，或行劫殺。於是諸臣入奏曰：盜賊若不按律嚴懲，恐不能止息。上惻然，諭曰：今歲國中因年饑乏食，致民不得已而爲盜耳。緝獲者，鞭而釋之可也。遂下令，是歲讞獄，姑從寬典。仍大發帑金，散賑饑民。」皇太極寬待因饑餓而爲盜的百姓，與崇禎督促部將「限期破賊、殺賊立功」的政策恰正相反。

❸何柄棣：*The Ladder of Success in Imperial China, Aspects of Social Mobility, 1368-1911*一書中，認爲明初人口六千五百萬，到明末時已漲了一倍以上。

❹王鍾翰：〈滿族在努爾哈齊時代的社會經濟形態〉一文中，根據朝鮮〈興京二道河子舊老城〉的資料，認爲一六二一年時，努爾哈赤的兵數二十萬，再加上婦女老少，「全人數當在四、五十萬左右。」

❺《天聰實錄稿》元年三月初二日，「秀才岳起鸞曰：我國宜與明朝講和。若不講和，則我國人民死散殆盡。」《明清史料》甲編，天聰二年八月〈事局未定〉奏疏：「南朝雖師老財匱，然以天下之全力，畢注於一隅之間，蓋猶裕如也。」《東華錄》載天聰三年八月戊辰，「大臣同謀倡逃」。《明清史料》乙編載，崇禎二年二月廿一，袁崇煥塘報：「一日之內，降者竟前後接踵而至。」

❻「七大恨」：一、明朝殺害金人的二祖；二、袒護金人的仇敵哈達；三、越界出兵，助金人的世仇葉赫抗金；四、明人越界，金人根據誓約殺了，明朝勒索金方交出十人來殺死，以資報復；五、明朝造成老女改嫁；六、移置界碑，搶奪金國的人參、貂皮；七、聽信葉赫，寫信來辱罵侮慢。

❼「觀其向背離合之意，以定征討撫定之計。」見《兩朝從信錄》。

❽當時滿清的正式國號是「金」，史書上稱爲「後金」，以與宋朝時的「金」有所分別。到天聰十年（明崇禎九年）才改爲「大清」。所以本文中的滿清，其實都應稱「金」。「滿洲」的名稱，也要到改了「大清」的國號之後才出現，以前稱「建州」或「女

眞」、「女直」（「眞」字避契丹主宗眞諱，改稱「直」）。多數學者認爲，「滿洲」是文殊菩薩的「文殊、曼殊」音轉。爲便於讀者，本文不將「金、清」「建州、滿洲」「滿族」等稱呼根據歷史年代而作分別。

❾《太宗實錄稿》：天聰七年十月，皇太極責罵主張出兵南攻之人：「天予我有數之兵，若稍虧損，何以前圖？」

❿宋高宗紹興十一年十二月殺岳飛。十二年正月，宋金和議達成，高宗趙構向金國上表稱臣，表中說：「臣構言：既蒙恩造，許備藩方，世世子孫，謹守臣節。每年皇帝生日並正旦，遣使稱賀不絕。歲貢銀二十五萬兩，絹二十五萬疋。」

⓫《太宗實錄》卷十二，天聰六年六月，皇太極致書大同守將求和，信中說：「和事既成，自當遜爾大國，爾等亦視我居察哈爾之上可也。」

⓬皇太極來信的開頭是（根據原信）：「汗致書袁老先生大人」。（後來乾隆時修訂《太宗實錄》覺得語氣太卑，才改爲「皇帝致書袁巡撫」，但當時皇太極未稱帝，決不可能有「皇帝」的稱呼。）袁崇煥書信的開頭是：「遼東提督部院，致書於汗帳下：再辱書教，知汗漸欲恭順天朝，息兵戈以休養部落，即此一念好生，天自鑒之，將來所以佑汗而昌大之者，尚無量也。」

⓭後來皇太極在寫給祖大壽的信中（那時袁崇煥已死），曾說：「爾國君臣，惟以宋朝故事爲鑒，亦無一言復我。然爾明主非宋之苗裔，朕亦非金之子孫。彼一時，此一時，天時人心，各有不同。爾大國豈無智慧之時流，何不能因時制宜乎？」其實努爾哈

赤、皇太極等一直自認是金的子孫，他爲了求和，連祖宗也不認了。

⓮他後來在寫給崇禎的奏章中說：「諸有利於封疆者，皆不利於此身者也。」所以他的知己程本直說：「舉世皆巧人，而袁公一大痴漢也。唯其痴，故舉世最愛者錢，袁公不知愛也。唯其痴，故舉世最惜者死，袁公不知怕也。於是乎舉世所不敢任之勞怨，袁公直任之而弗辭也。於是乎舉世所不得不避之嫌疑，袁公直不避之而獨行也。」所謂「舉世所不得不避之嫌疑」，就是與金人議和。

⓯袁崇煥詩：〈東林黨人榜中無姓名，書此誌感〉：「忍將一網盡清流，不絕根株總不休，巧造禍胎偏點將，欲憑毒手取封侯（金庸按：魏忠賢奸黨造東林黨榜，並列出點將錄，列舉東林黨領袖與梁山泊一百零八將相配，企圖一網打盡，自己可藉此謀取富貴），曾知道學宜常講，早識機關動隱憂。愧我榜中無姓氏，流芳不得共千秋。」

⓰《孟子．公孫丑》：「昔者曾子謂子襄曰：『……自反而縮，雖千萬人，吾往矣。』」

⓱袁崇煥〈邊中送別〉：「五載離家別路悠，送君寒浸寶刀頭。欲知肺腑同生死，何用安危問去留？策杖只因圖雪恥，橫戈原不爲封侯。故園親侶如相問，愧我邊塵尚未收。」

⓲袁崇煥〈山海關送季弟南還〉：「公車猶記昔年情，萬里從我塞上征。牧圉此時猶捍禦，馳驅何日慰昇平？由來友愛鍾吾輩，肯把鬚眉負此生？去住安危俱莫問，燕然曾勒古人名。」「弟兄於汝倍關情，此日臨歧感慨生。磊落丈夫誰好劍？牢騷男子爾能兵。才堪逐電三驅捷，身上飛鵰一羽輕。行矣鄉邦重努力，莫耽疏懶墮時名。」其中

「磊落丈夫誰好劍？牢騷男子爾能兵」兩句，寫出了他兩兄弟豪邁的性格，就詩而論，也是豪邁的好詩。

八

在這段時期中，皇太極進攻朝鮮，打了幾個勝仗後，朝鮮投降，訂立了對滿清十分有利的和約，每年從朝鮮得到糧食、金錢和物品的供應。皇太極本來提出三個條件：割地、擒毛文龍、派兵一萬助攻中國。朝鮮對這三個條件無法接納，但在經濟上盡量滿足滿清的要求。同時在此後的明清戰爭中，朝鮮改守中立，使滿清去了後顧之憂。

在皇太極對朝鮮用兵之時，袁崇煥加緊修築錦州、中左、大凌河三城的防禦工事，派水師去支援皮島的毛文龍，另派趙率教、朱梅等九員將領率兵九千，進兵三岔河，牽制清軍，作朝鮮的聲援。但朝鮮不久就和滿清訂了城下之盟，趙率教等領兵而回，並未和清軍接觸。

皇太極無法和明朝達成和議，卻見袁崇煥修築城堡的工作進行得十分積極，時間越久，今後進攻會更加困難，於是決定「以戰求和」，對寧遠發動攻擊。

天啓七年（一六二七年）五月，皇太極親率兩黃旗、兩白旗精兵，進攻遼西諸城堡，攻陷明方大凌河、小凌河兩個要塞，隨即進攻寧遠的外圍要塞錦州。

五月十一，皇太極所率大軍攻抵錦州，四面合圍。這時守錦州的是趙率教，他和監軍太監紀用守城，派人去與皇太極議和，那自是緩兵之計，以待救兵。皇太極不中計，攻城愈急。

袁崇煥派遣祖大壽和尤世祿帶了四千精兵，繞到清軍後路去包抄，又派水師去攻東路作爲牽制。這時天熱，海上不結冰，水師用得著了。但駐在清軍後方皮島的明軍統帥毛文龍不肯出兵牽制。

趙率教是陝西人，這人的人品本來是相當不高的。努爾哈赤攻遼陽時，趙率教是主師袁應泰的中軍（參謀長）。袁應泰是不懂軍事的文官，趙率教卻沒有盡他做參謀長的責任，這個戰役指揮得一塌胡塗。清軍攻破遼陽，袁應泰殉難，趙率教卻偷偷逃走了，論法當斬，不知如何得以倖免，想來是賄賂了上官。後來王化貞大敗，關外各城都成爲無人管的地方，趙率教申請戴罪立功，帶領了家丁前去接收前屯衛，但到達時發覺已被蒙古人佔住，他便不敢再進。努爾哈赤攻寧遠，趙率教在前屯衛，距離很近，自已不親去赴援，後來寧遠大捷，他卻想分功，以致給滿桂痛罵，釀成了很大風波。

和滿桂衝突時，袁崇煥相當支持他。趙率教感恩圖報，又得袁崇煥時時勉以忠義，到錦州大戰時，他突然之間似乎變了一個人。他和前鋒總兵左輔、副總兵朱梅等率兵奮勇死戰，和皇太極部下的精兵大戰三場，勝了三場，小戰二十五場，也是每戰都勝。從五月十一打到六月初四，二十四天之中，無日不戰，戰況的激烈，不下於當年寧遠大戰。六月初四那天，皇太極增兵猛攻。錦州城中放西洋大砲，又放火砲、火彈和矢石，清兵受創極重。攻到天明時，皇太極見支持不住了，只得退兵，退到小凌河紮營，等候各路兵馬集中整編。

趙率教轉怯為勇，自見敵潛逃到拚死守城，自畏縮不前到激戰二十四日，到後來更在保衛北京之役中血戰陣亡，終於在歷史上與滿桂齊名，成為當時的兩大良將。他這個重大轉變，非常突出的證明了袁崇煥的領導才能。

皇太極整理好了部隊，轉而去攻寧遠。

清軍上次在寧遠吃過敗仗，兵將心中對袁崇煥都是很忌憚的。大貝勒代善見城中有備，就勒兵不攻。皇太極對諸將說：「先汗攻寧遠不克，這次我攻錦州又不克，若再攻不下寧遠，我可要聲名掃地了。」於是下令總攻，擊破城下明軍騎兵，直薄城壁。上次要清比之第一次寧遠之戰，袁崇煥部的戰鬥力已有增強，敢於到城外決戰了。上次要清軍退後，才派五十名敢死隊縋到城下拾箭枝，可見不敢開城門。

這次滿桂率領明軍在城南二里列陣，城牆下環列槍砲。皇太極佯敗，想引明軍來攻，然後伏兵齊起。但明軍沒上當，守壘不追。皇太極於是回軍再戰。

袁崇煥親上城頭督戰，大聲呼叫。滿桂戰於城外。祖大壽、尤世祿回師攻擊清兵後路。雙方死傷均重，滿桂身中數箭。明軍野戰終於打不過清軍，於是退入城中據守。這場大戰打得十分慘烈，城壕中塡滿了兩軍兵將的死屍。

守軍又以葡萄牙大砲轟擊，擊碎清方大營帳一座及皇太極的白龍旗，殺傷清兵不少。明方的報告說，皇太極長子召力免貝勒胸口中箭，另一子浪蕩寧古貝勒在陣上被明軍射殺，又殺固山（領七千五百人，相當於團長）四人、牛彔（領三百人，相當於營長）三十餘名。這報告失之誇大，事實上並無皇太極的兒子在此役中陣亡。但清方紀錄中也說：濟爾哈朗貝勒、薩哈廉貝勒、大將瓦克達、阿格等均受傷。

皇太極見部隊損失重大，只得退兵，再攻錦州南面，亦不能拔，將士又遭到不少傷亡，將領覺多拜山、巴希等陣亡。七月，清兵敗回瀋陽。

這一役明朝稱爲「寧錦大捷」，是明軍對清軍第二次血戰勝利。

袁崇煥在報功的奏章中，力稱功勞最大的是滿桂。❶他和滿桂向來頗有意見衝突，但在奏章中力稱寧遠大捷以滿桂之功居多，可見光明磊落，大公無私。

第一次寧遠大捷是天啓六年正月，第二次寧錦大捷是七年五月，相隔一年零四個月。在這短短的十六個月之間，袁崇煥加強了明軍的戰鬥力，搶築了錦州的防禦工事，固守在清軍的後路，使皇太極有後顧之憂，不敢久攻寧遠。同時清軍先攻錦州不克，再攻寧遠，氣勢已挫。可見袁崇煥這十六個月中的準備工作收到了很大成效。如果能多一些和平時期，局面當然更有改進。

這一仗大捷，葡萄牙的紅衣大砲是有功勞的。明朝這時本來已驅逐了葡萄牙人的天主教傳教士。傳教士波爾、米克耳兩人見到明清交兵，有機可乘，便發動澳門的葡人，向明朝提供軍費和砲手。明朝於是召還已驅逐了的教士。本來秘密傳教變成了公開，大批葡萄牙教士和砲手進入中國。❷後來中國在外國教士和技師指導之下自行鑄砲。所鑄成的大砲也封了官，稱爲「安國全軍平遼靖虜將軍」，還派官祭砲，請將軍發威破敵。滿人要直到數年之後，才因投降的明人之助而開始鑄造大砲。

袁崇煥在政治上屬於魏忠賢的敵對派系。他中進士的主考官韓爌、保薦他的御史侯恂等都是東林黨的巨頭。袁崇煥當然不肯剋扣軍餉去孝敬魏忠賢。但爲了大目標是守禦錦州、寧遠，他也相當的委曲求全。各省督撫都爲魏忠賢建生祠，袁崇煥如果不附和，立刻就會罷官，守禦國土的大志無法得伸，因此當時也只得在薊遼爲魏忠賢建生祠。這座生祠，聖旨題名曰「懋德」。

但魏忠賢仍是不滿意。所以雖有寧錦大捷，袁崇煥卻得不到甚麼重賞，只升官一級。奉承魏忠賢的官員卻有數百人因此大捷而升官，理由是在朝中策劃有功，連魏忠賢一個尚在襁褓中的嬰兒從孫，也因此而封了伯爵。魏忠賢是太監，沒有兒子，只好大封他姪兒，封他姪兒的兒子。

魏忠賢這時更叫一名御史彈劾袁崇煥主張和議，「設策太奇」，攻擊他沒有去救錦州。袁崇煥在這樣的壓力之下，只得自稱有病，請求辭職。魏忠賢立刻批准，派兵部尚書王之臣去接替。❸

皇太極聽到這個消息，當然是大喜若狂，而聽到加給袁崇煥的罪名與評語竟是「暮氣」兩字，恐怕大喜之餘，卻也不免愕然良久吧？袁崇煥這樣的人竟算「暮氣沉沉」，卻不知誰才是「朝氣蓬勃」？

袁崇煥離開寧遠時，心中感慨萬千，可想而知。那時他還只四十三歲，方當壯盛的英年，正是要大展抱負的時候。立了大功反而被迫退休，他的部屬將士既感詫異，更是忿忿不平。他寫了一首詩給一個部將，詩中說：我們慷慨同仇，間關百戰，功勞不小，皇上的恩遇也重。但我的苦心，卻只有後人知道了。建功立業固然很好，回家休養也算不錯。對於我的去留，大家不必感到不平罷。這首詩顯得很有氣度。❹

不過他對於天啓皇帝，還是十分感激的。他本來是一個七品知縣，自天啓二年到七年夏天，短短的五年半之間，幾乎年年升官，中間還跳級，直升到「巡撫遼東、兵部右侍郎、兼都察院右僉都御史」，實在算是飛黃騰達。他自覺升官太快，曾上疏辭謝。他說在同中進士的諸同年中，官職最高之人和他也差著好幾級，爲了要做部屬武將的榜樣，請皇帝收回升賞的成命。皇帝批覆說：你接連三次謙辭，品德很好，但你功勞大，升官是應該的。❺

他在回廣東故鄉途中，經過大庾嶺時寫了一首詩，感念天啓對他的知遇之恩。❻他心中明白，天啓是個昏君，可是對待自己實在很好。

袁崇煥留下來的詩篇，大多數是憂國憂民、悲憤沉鬱之作，也有一些感慨傷逝、懷念親友的，有幾首表示家貧俸薄，愧對母妻。思念他一生，眞是生於憂患，長於憂患，只有兩三首小詩，稍顯他幽默的一面。

博浪城

一椎如許大，誤中亦由天。

此事同兒戲，留侯尚少年。

他評張良偕力士在博浪沙以鐵椎行刺秦始皇，誤中副車，還算幸運，事先無周密計劃，本來成功機會不大，張良那時還是個少年，行動有些兒戲，那也難怪了。

上蔡縣

富貴為丞相，臨危不必言。

若能甘逐客，牽犬出東門。

李斯為秦丞相，給秦二世、趙高殺害，臨刑時對兒子嘆息說：「從前做平民時，同你牽了黃犬出東門遊玩，何等逍遙自在。現在已不可得了。」袁崇煥說：當年秦始皇要驅逐外國客卿，你上甚麼〈諫逐客書〉，勸阻了秦皇，留下來做承相，要是當日你心甘寧願的走路，今日豈不可以逍遙自在的帶了兒子、牽了黃犬出東門遊玩嗎？（這首詩已含有急流勇退之意，也表示：既要做大官，不免難逃給皇帝殺頭的命運。）

邵武署中閑坐

閑坐了無事，安排去作詩。

最嫌吟未穩，鸚鵡已先知。

袁崇煥雖是進士，大概詩才不敏捷，不能出口成詩，而須「安排去作詩」，作詩而要安排，有點自嘲。那時是他在福建邵武縣當知縣，沒有公事要辦，閑坐無聊，不如安排了去作幾首詩罷，於是磨墨鋪紙，提筆作詩。幾句詩吟來吟去，總覺得不滿意，最惱人的是，好句子想不出來，那幾句不住誦讀、不斷推敲的庸句，卻給架上鸚鵡聽得熟了，搶著唸了出來。鸚鵡要學會一句句子，須得聽人上百遍的重複，可見袁崇煥把他這些平庸句子已翻來覆去的唸了不少遍。其實這未必是事實，可能他爲了自嘲而誇張。其他的好詩沒作出來，我覺得這首自嘲詩才遲拙之詩倒是佳作。

他到了廣州，去光孝寺遊覽，踏足佛地，不禁想到生平殺人甚多，和環境大不調和，❼然而那也只是感到不調和而已。英雄豪傑，一往無悔，卻也無須對菩薩低頭，不必對殺了該殺之人有甚麼遺憾。

❶袁崇煥的奏章中說：「十年來，盡天下之兵，未嘗敢與奴合馬交鋒，即臣去年，亦自城上而下攻。自今始一刀一槍，下而拚命，不顧夷之兇狠剽悍。臣復憑堞大呼，分路進追。諸軍忿恨，誓一戰以挫此賊。此皆將軍滿桂之功居多。」

❷馬耳丁的《韃靼戰記》中大吹葡萄牙傳教的功勞，又說：「上帝對於信仰基督教的皇帝必予福佑，所以中國皇帝對韃靼人（指滿清）作戰大勝。」其實天啓皇帝信仰的是魯班先師，並沒有信仰基督教的上帝。

據馮承鈞譯、沙不列撰《明末奉使羅馬教廷耶穌會士卜彌格傳》：崇禎三年，澳門葡人隊長率士卒四百、大砲十尊入境效力。廣州巨商恐失壟斷中西貿易之利，厚賂朝臣，加以阻撓。後葡軍隊長公沙的西勞陣亡於登萊。《碧血劍》小說略取其意。

❸《明熹宗實錄》卷八六、天啓七年七月丙寅，河南道御史李應荐攻擊袁崇煥「假弔修

款，設策太奇」、「不急援錦州」爲過失，魏忠賢以皇帝的名義批示：「得旨：近日寧錦危急，賴廠臣（按：廠臣指特務機關東廠的領導，即魏忠賢自己，魏以寧錦大捷爲己功。）調度，以奏奇功，說得是。袁崇煥暮氣難鼓，物議滋至，已准其引疾求去……寧遠督師，朕業特簡樞臣，俾星馳赴料理。」

❹袁崇煥〈南還別陳翼所總戎〉：「慷慨同仇日，間關百戰時，功高明主眷，心苦後人知。麋鹿還山便，麒麟繪閣宜。去留都莫訝，秋草正離離。」其中「功高明主眷」這一句，不免含有苦澀的意味。天啓絕不是明主，天下皆知，自己功高如此，結果卻得了這樣的「眷」，這位「明主」，眞是「明」得很了。「翼所」是明抗遼名將陳策的字，但據楊寶霖先生考據，陳策於天啓元年在援瀋陽之戰中陣亡，所以此詩中的陳翼所當非陳策，而另有其人。

❺袁崇煥〈天啓六年六月初十日謝陞蔭疏〉中說：「且武人奔競，少豎立便欲厚遷，稍不合輒思激去，要挾朝廷，開釁同類，令邊疆始終不得一人之用，臣最疾之。臣今日不自處於恬，何以消諸將之競？況臣原無富貴之心，又皇上所鑒也。」對這個辭賞的奏章，朝廷的批答是：「奉聖旨：袁崇煥存城功高，加恩示酬，原不爲過；乃三疏控辭，愈徵克讓。還著遵旨祇承。該部知道。」

❻袁崇煥〈歸庾嶺〉：「功名勞十載，心跡漸依違。忍說還山是？難言出塞非。主恩天地重，臣遇古今稀。數卷封章外，渾然舊日歸。」

❼袁崇煥〈過訶林寺口占〉：「四十年來過半身，望中祇樹隔紅塵。如今著足空王地，

多了從前學殺人。」「空王」是指釋迦牟尼。

九

天啓皇帝熹宗捉了幾年迷藏（他初做皇帝時，愛和小太監捉迷藏），做了幾年木工（不是做皇帝），天啓七年八月，在二十三歲上死了。

天啓的兒子都已夭折，有些后妃懷了孕，也都被客氏和魏忠賢設法弄得流產，所以沒有兒子。由他親弟弟信王由檢接位，年號崇禎。

朱由檢當時虛歲是十八歲。他生於萬曆三十八年十二月，其實只十六歲另八個月。這個十七歲的少年皇帝不動聲色的對付魏忠賢，先將他的黨羽慢慢收拾，然後逼得他自殺。這場權力鬥爭處理得十分精采。

魏忠賢死後，附和他的無恥大臣被稱爲「逆黨」，或殺頭，或充軍，或免職，人心大快，在「寧錦大捷」中冒功的人也都被清除了。

被魏忠賢逆黨排擠罷官的大臣又再起用，他們都主張召回袁崇煥。天啓七年十一月，升袁崇煥爲右都御史、視兵部添注左侍郎事。崇禎元年四月，再升他爲兵部尙書、兼右副都御史、督師薊遼、兼督登萊天津軍務。兵部尚書是正二品的大官，所轄的軍區，名義上也擴大到北直隸（河北）北部和山東北部沿海，成爲抗清總司令。不過薊州、天津、登萊各地另有巡撫專責，所以袁崇煥所管的實際還是山海關及關外錦寧的防務。

明末軍制，在外帶兵的文臣，頭銜最高的是督師，通常以大學士兼任，宰相出外帶兵，才稱督師；其次是總督或經略，由兵部尚書或侍郎兼任；更其次是巡撫；巡撫之下才是武將中最高的總兵官。袁崇煥不是大學士，卻有了大學士方能得到的軍事最高官銜。以前遼東歷任軍事長官都只是經略或巡撫。那時距他做知縣之時還只六年。

袁崇煥在廣東家居這幾個月中，與一般文人詩酒唱和，其中最著名的朋友是陳子壯。

陳子壯是廣東南海人，和袁同科中進士，陳是探花。他在作浙江主考官時出題目諷刺魏忠賢，因而被罷官。袁陳兩人同鄉同年，又志同道合，交情自然非同尋常。陳子壯在崇禎時起復，做到禮部侍郎，後來在廣東九江起兵抗清，戰敗被俘，不降而死，也是廣東著名的民族英雄。當時與袁時常在一起聚會的，還有幾個會做詩的和尚。

袁崇煥應崇禎的徵召上北京時，他在廣東的朋友們替他餞行。畫家趙惇夫畫了一幅畫，圖中一帆遠行，岸上有婦女二人、小孩一人相送。陳子壯在圖上題了四個大字：「膚公雅奏」，「膚公」即「膚功」，祝賀他「克奏膚功」的意思。圖後有許多人的題詩，第一個題的就是陳子壯。這幅畫本來有上款，後來袁崇煥被處死，上款給收藏者挖去了，多次易手流轉，到光緒年間才由王鵬運考明眞相。一羣廣東文人後來將圖與詩影印成一本冊子，承一位朋友送了我一本。原圖目前是在香港。

「膚公雅奏圖」上的題詩，大都是稱譽袁崇煥的抗清功績，預料此去定可掃平胡塵、燕然勒石、麟閣題名等等。好幾人詩句中都提到袁崇煥的「談鋒」、「高談」、「笑談」。❶喜與朋友們高談闊論，一定是他個性中很顯著的特點。

在這幅畫上題詩的共有十九人，其中有和尚三人，另有幾個是袁的幕僚。值得注意的是，有八個人在十處地方提到了黃石公、赤松子、圯上的典故，這決不會是偶然現象。這典故是說張良立了大功之後，隨即退隱，才避免給猜忌殘忍的劉邦所殺。在這次餞別宴中，袁崇煥的朋友們一定強調必須「功成身退」，大家對於皇帝的狠毒手段都深具戒心，所以在詩中一再警戒。❷

七月，袁崇煥到達北京，崇禎❸召見於平台，那是在明宮左安門。❹

崇禎見到袁崇煥後，先大加慰勞，然後說道：「建部跳梁，已有十年了，國土淪陷，遼民塗炭。卿萬里赴召，忠勇可嘉，所有平遼方略，可具實奏來！」

袁崇煥奏道：「所有方略，都已寫在奏章裏。臣今受皇上特達之知，請給我放手去幹的權力，預計五年而建部可平，全遼可以恢復。」

崇禎道：「五年復遼，便是方略，朕不吝封侯之賞。卿其努力以解天下倒懸之苦！卿子孫亦受其福。」袁崇煥謝恩歸班。崇禎暫退少憩。

給事許譽卿就去問袁崇煥，用甚麼方略可以在五年之內平遼。袁崇煥道：「我這樣說，是想要寬慰皇上。」許譽卿已服侍崇禎將近一年，明白皇帝的個性，袁崇煥卻是第一次見到皇帝。許譽卿於是提醒他：「皇上是英明得很的，豈可隨便奏對？到五年期滿，那時你還沒有平遼，那怎麼得了？」袁崇煥一聽之下，爽然自失，知道剛才的話說得有些誇張了。

他答應崇禎五年之內可以平定滿清、恢復全遼，實在是一時衝動的口不擇言，事實上那幾乎是不可能的。袁崇煥和崇禎第一次見面，就犯了一個大錯誤。大概他見這位十七歲半的少年皇帝很著急，就隨口安慰。

過了一會，皇帝又出來。袁崇煥於是又奏道：「建州已處心積慮的準備了四十年，這局面原是很不易處理的。但皇上注意邊疆事務，日夜憂心，臣又怎敢說難？這五年之中，必須事事應手，首先是錢糧。」崇禎立即諭知代理戶部尚書的右侍郎王家楨，必須著力措辦，不可令得關遼軍中錢糧不足。

袁崇煥又請器械，說：「建州準備充分，器械犀利，馬匹壯健，久經訓練。今後解到邊疆去的弓甲等項，也須精利。」崇禎即諭代理工部尚書的左侍郎張維樞：「今後解去關遼的器械，必須鑄明監造司官和工匠的姓名，如有脆薄不堪使用的，就可追究查辦。」

袁崇煥又奏：「五年之中，變化很大。必須吏部與兵部與臣充分合作。應當選用的人員便即任命，不應當任用的，不可隨便派下來。」崇禎即召吏部尚書王永光、兵部尚書王在晉，將袁崇煥的要求諭知。

袁崇煥又奏：「以臣的力量，制全遼是有餘的，但要平息衆人的紛紛議論，那就不足了。臣一出京城，與皇上就隔得很遠，忌功妒能的人一定會有的。這些人即使敬懼皇上的法度，不敢亂用權力來搗亂臣的事務，但不免會大發議論，擾亂臣的方略。」崇禎站起身來，傾聽他的說話，聽了很久，說道：「你提出的方略井井有條，不必謙遜，朕自有主持。」

大學士劉鴻訓等都奏，請給袁崇煥大權，賜給他尚方寶劍，至於王之臣與滿桂的尚方劍則應撤回，以統一事權。崇禎認爲對極。應予照辦。談完大事後，賜袁崇煥酒饌。

袁崇煥辭出之後，上了一道奏章，提出了關遼軍務基本戰略的三個原則：❺

「以遼人守遼土，以遼土養遼人」——明代兵制，一方有事，從各方調兵前往。因此守遼的部隊來自四面八方，四川、湖廣、浙江均有。這些士卒首先對守禦關遼不大關心，戰鬥力既不強，又怕冷，在關外駐守一段短時期，便遣回家鄉，另調新兵前來。袁崇煥認爲必須用遼兵，他們爲了保護家鄉，抗敵勇敢，又習於寒冷氣候。訓練一支精兵，必須兵將相習，非長期薰陶不爲功，不能今天調來，明天又另調一批新兵來替換。他主張在關外築城屯田，逐步擴大防守地域，既省糧餉，又可不斷的收復失地。

「守爲正著，戰爲奇著，和爲旁著」——明兵打野戰的戰鬥力不及習於騎射的清兵，這是先天的限制，不易短期內扭轉過來，但大砲的威力卻非清兵所及。所以要捨己之短，用己所長，守堅城而用大砲，立於不敗之地。只有在需要奇兵突出、攻敵不意之時，才和清兵打野戰。為了爭取時間來訓練軍隊、加強城防，有時還須在適當時機中與敵方議和，這是輔助性的戰略。

「法在漸不在驟，在實不在虛」——執行上述方策之時，不可求急功近利，必須穩紮穩打，腳踏實地，慢慢的推進。絕對不可冒險輕進，以致給敵人以可乘之機。

這三個基本戰略，是他總結了明清之間數次大戰役而得出來的結論。明軍三次大敗，都敗於野戰，以致全軍覆沒；寧遠兩次大捷，都在於守堅城、用大砲。

這基本戰略持久的推行下去，就可逐步扭轉形勢，轉守為攻。但他擔心兩件事。一是皇帝和朝中大臣對他不信任，二是敵人挑撥離間，散布謠言。因此在上任之初，對此特別強調。他聲明在先，軍隊中希奇古怪之事多得很，不可能事事都查究明白。他又自知有一股蠻勁，幹事不依常規，要他一切都做得四平八穩，面面俱圓，那做不到。總而言之：「我不顧自己性命，給皇上辦成大事就是了，小事情請皇上不必理會罷。」

崇禎接到這道奏章，再加獎勉，賜他蟒袍、玉帶與銀幣。袁崇煥領了銀幣，但以未立功勛，不敢受蟒袍玉帶之賜，上疏辭謝了。

崇禎這次召見袁崇煥，對他言聽計從，信任之專，恩遇之隆，實是罕見。但不幸得很，袁崇煥這奏章中所說的話，一句句無不料中，終於被處極刑。這使我想起文徵明的一首詞來。他見到宋高宗親筆寫給岳飛的敕書，書中言辭親切無比，有感而作了一首〈滿江紅〉，其中有一句：「慨當初倚飛何重？後來何酷？」崇禎對待袁崇煥，實也令人慨當初倚之何重，後來何酷。

其間的分別是，岳飛當時對自己後來的命運完全料想不到，袁崇煥卻是早已料到了的。明知將來難免要受到皇帝猜疑，要中敵人的離間之計，卻還是要去擔任艱危，這番捨身赴難的心情，更令後人深深歎息。

❶陳子壯：「曾聞緩帶高談日，黃石兵籌在握奇。」梁國棟：「笑倚戎車克壯猷，關前氛祲仗誰收？忻看化日回春日，再上邢州護錦州。」傅于亮：「天山自昔憑三箭，遼左而今仗一夫。秉鉞紛紛論制勝，笑談尊俎似君無？」鄧楨：「冠加薦角峨應甚，賜有龍文許自專（指尚方劍）。借箸獨當天下計，折衝隨運掌中權。」鄺瑞露：「行矣莫忘黃石語，麒麟回首即江湖。」「供帳夜懸南海月，談鋒春落大江潮。」「衣布尚憐天下士，高歌誰是眼中人？」鄺瑞露即鄺湛若，廣東名士，南海人，後助守廣州，清兵破城時不屈而死。

❷近人葉恭綽題袁崇煥墓有句云：「游仙黃石空餘願」。自注：「袁再起督師，諸友餞別詩多以黃石、赤松爲言，疑有所諷，惜袁不悟。」其實不是袁崇煥不悟；張良是功成身退而從赤松子遊，袁崇煥根本沒有機會「功成」，自然談不上「身退」。不過以他的熱血熱腸，即使是功成了，多半還是不肯身退的，勢必是鞠躬盡瘁，死而後已。袁崇煥不是明哲保身的「智士」，而是奮不顧身的「烈士」。

❸對崇禎本應稱朱由檢、思宗、莊烈帝、懷宗、毅宗，或崇禎皇帝。本文以他年號稱呼，是習慣上的通俗方式，有如稱清聖祖爲康熙、清高宗爲乾隆。

❹崇禎召見袁崇煥的情形與對話，主要根據李遜之所著《三朝野記》與文秉所著《烈皇小識》兩書，其後周延儒對袁崇煥的中傷，也根據這兩書所載。李遜之的父親李應昇是反對魏忠賢而被害死的著名忠臣李忠毅公。文秉是文徵明的玄孫，他父親文震孟在崇禎時任大學士。文震孟最出名的事，是在天啓年間上奏，直指皇帝諸事不理，猶如「傀儡登場」，朝政全由魏忠賢擺布。魏忠賢於是叫了一班傀儡戲，到宮中演給熹宗看，熹宗看得大樂。魏忠賢便說：「文震孟說皇上是傀儡登場，那就是這樣子了。」熹宗當然大怒，將文震孟在朝廷上打了八十棍。李遜之和文秉二人是名父之子，重視名聲與節操，他們記載朝中大事，應該相當可靠。此外並參考《崇禎實錄》及《崇禎長編》之崇禎元年記事。

❺《明史·袁崇煥傳》中引述他的奏章：「恢復之計，不外臣昔年『以遼人守遼土，以遼土養遼人；守爲正著，戰爲奇著，和爲旁著』之說。法在漸不在驟，在實不在虛。此臣與諸邊臣所能爲。至用人之人，與爲人用之人，皆至尊司其鑰。何以任而勿貳，信而勿疑？蓋馭邊臣與廷臣異。軍中可驚可疑者殊多，但當論成敗之大局，不必摘一言一行之微瑕。事任既重，爲怨實多，諸有利於封疆者，皆不利於此身者也。況圖敵之急，敵亦從而間之，是以爲邊臣甚難。陛下愛臣知臣，臣何必過疑懼？但中有所危，不敢不告。」

十

袁崇煥還沒有到任，寧遠已發生了兵變。兵變是因欠餉四個月而起，起事的是四川兵與湖南、湖北的湖廣兵。兵卒把巡撫畢自肅、總兵官朱梅等縛在譙樓上。兵備副使把官衙庫房中所有的二萬兩銀子都拿出來發餉，相差還是很多，又向寧遠商民借了五萬兩，兵士才不吵了。畢自肅自覺治軍不嚴有罪，上吊自殺。兵士的糧餉本就很少，拖欠四個月，叫他們如何過日子？這本來是中央政府財政部的事。連寧遠這樣的國防第一要地，欠餉都達四個月之久，可見當時政治與財政的腐敗。畢自肅在二次寧遠大戰時是兵備副使，守城有功，因兵變而自殺，實在是死得很冤枉的。朱梅是軍中勇將，幾大戰役中血戰有名。

袁崇煥於八月初到達，懲罰了幾名軍官，其中之一是後來大大有名的左良玉，當時是都司；又殺了知道兵變預謀而不報的中軍，將兵變平定了。

但京裏的餉銀仍然不發來，錦州與薊鎭的兵士又譁變。如果這時清軍來攻，寧遠與錦州怎麼守得住？局勢實在危險之至。袁崇煥有甚麼法子？只有不斷的上奏章，向北京請餉。

崇禎的性格之中，也有他祖父神宗的遺傳。他一方面接受財政部長的提議，增加賦稅，另一方面對於伸手來要錢之人大大的不滿。

袁崇煥屢次上疏請餉。崇禎對諸臣說：「袁崇煥在朕前，以五年復遼、及清愼爲己任，這缺餉事，須講求長策。」又說：「關兵動輒鼓譟，各邊效尤，如何得了？」

禮部右侍郎周延儒奏道：「軍士要挾，不單單是爲了少餉，一定另有隱情。古人雖羅雀掘鼠，而軍心不變。現在各處兵卒爲甚麼動輒鼓譟，其中必有原故。」崇禎道：「正如此說。古人尚有羅雀掘鼠的。今雖缺餉，那裏又會到這地步呢？」

「羅雀掘鼠」這四字崇禎聽得十分入耳。周延儒由於這四個字，向著首輔的位子邁進了一步。周延儒是江蘇宜興人，相貌十分漂亮，二十歲連中會元狀元，《明史．周延儒傳》：「年甫二十餘，美麗自喜。」這個江南才子小白臉，眞是小說與戲劇中的標準小生，可惜人品太差，在《明史》中被列入「奸臣傳」。本來這人也不算眞的十分奸惡，他後來做首輔，也做了些好事的，只不過他事事迎合崇禎的心意。周延儒之奸，主要是崇禎性格的反映。但「逢君之惡」當然也就是奸。這個人和袁崇煥恰是兩個極端。袁崇煥考進士考了許多次落第，到三十五歲才中了三甲第四十名進士，相貌相當不漂亮，❶性格則是十分的鯁直剛強。

「羅雀掘鼠」是唐張巡的典故。張巡在睢陽被安祿山圍困，苦守日久，軍中無食，只得張網捉雀、掘穴捕鼠來充飢，但仍死守不屈。羅雀掘鼠是不得已時的苦法子，受到敵人包圍，只得苦挨，但怎能期望兵士在平時也都有這種精神？

周延儒乘機中傷，崇禎在這時已開始對袁崇煥信心動搖。他提到袁崇煥以「清愼爲己任」，似乎對他的「清」也有了懷疑。崇禎心中似乎這樣想：「他自稱是清官，爲甚麼卻不斷的向我要錢？」

袁崇煥又到錦州去安撫兵變，連疏請餉。十月初二，崇禎在文華殿集羣臣商議，說道：「崇煥先前說道『安撫錦州，兵變可彌』，現在卻說『軍欲鼓譟，求發內帑』，爲甚麼與前疏這樣矛盾？卿等奏來。」

「內帑」是皇帝私家庫房的錢。因爲戶部答覆袁崇煥說，國庫裏實在沒有錢，所以袁崇煥請皇帝掏私人腰包來發欠餉。再加上說兵士鼓譟而提出要求，似乎隱含威脅，崇禎自然更加生氣。

那知百官衆口一辭，都請皇上發內帑。新任的戶部尙書極言戶部無錢，只有陸續籌措發給。崇禎說：「將兵者果能待部屬如家人父子，兵卒自不敢叛，不忍叛；不敢叛者畏其威，不忍叛者懷其德，如何有鼓譟之事？」

「羅雀掘鼠」和「家人父子」這兩句話，充分表現了崇禎完全不顧旁人死活的自私性格。兵士連續四個月領不到糧餉，吵了起來。崇禎不怪自己不發餉，卻怪帶兵的將帥對待士兵的態度不如家人父子。他似乎認爲，主帥若能待士兵如家人父子，沒有糧餉，士兵餓死也是不會吵的。俗語都說：「皇帝不差餓兵。」崇禎卻認爲餓兵可以自己捉麻雀、捉老鼠吃。

周延儒揣摩到了崇禎心意，又乘機中傷，說道：「臣不敢阻止皇上發內帑。現在安危在呼吸之間，急則治標，只好發給他。然而決非長策，還請皇上與廷臣定一經久的方策。」崇禎大爲贊成：「此說良是。若是動不動就來請發內帑，各處邊防軍都學樣，這內帑豈有不乾涸的？」崇禎越說越怒，又憂形於色，所有大臣個個嚇得戰戰兢兢，誰也不敢說話。❷

軍餉應當由戶部（財政部）支付，那是公帑，崇禎年間，除了每年應收的錢糧賦稅之外，還加派「遼餉」（指定用於對付滿清的軍費）、「練餉」（指定用於練兵），兩項軍費的加派在崇禎末年每年超過二千餘萬兩。在崇禎初年，當會少一些，但也不至於對錦州、寧遠的國防部隊欠餉達四個月之久。錦寧前線是當時最重要吃緊的國防要地，別的地方可以欠餉，錦寧前線萬萬不能欠。公家庫房沒有錢，皇帝的私房錢（內帑）卻多得很，緊急關頭，向皇帝暫借私房錢，也是合情合理之事。但崇禎立刻不捨得而勃然大怒。據《明季北略·卷五》載，當李自成在山海關外打了敗仗而匆匆逃離北京之時，發現皇家內庫「舊有鎮庫金積年不用者三千七百萬錠，錠皆五百兩，鐫有永樂字。」這樣大筆銀兩，借出來發清欠餉，何樂而不爲？士氣大振之餘，還可進而克復遼東，同時賑濟災民，減弱「流寇」的力量。把幾千萬、幾萬萬銀兩積在內庫之中，不知又有甚麼好處？寧遠兵變索餉，後來以七萬兩銀子解決，可見發清欠餉，並不需要一筆很大的款項。三千七百萬錠銀子，每錠五百兩恐怕太多了些，就算每錠只有十兩，一共也有接近四億兩的巨款。

袁崇煥請發內帑，其實正是他不愛惜自己、不怕開罪皇帝、而待士兵如家人父子。

本來，他只須申請發餉，至於錢從何處來，根本不是他的責任。國庫無錢，自有別的大臣會提出請發內帑，崇禎憎恨的對象就會是那個請發內帑之人。以袁崇煥的才智，決不會不明白其中的關鍵，但他愛惜兵士，得罪皇帝也不管了。他會考慮：說不定朝中大臣人人不敢得罪皇帝，餉銀就始終發不下來，那麼就由我開口好了。

當袁崇煥罷官家居之時，皇太極見勁敵既去，立刻肆無忌憚，不再稱汗而改稱皇帝。

袁崇煥回任之後，寧遠、錦州、薊州都因欠餉而發生兵變，當時自然不能與清兵開仗，於是與皇太極又開始了和談，用以拖延時間。皇太極對和談向來極有興趣，立即作出積極的反應。袁崇煥提出的先決條件，是要他先除去帝號，恢復稱「汗」。皇太極居然答允，但要求明朝皇帝賜一顆印給他，表示正式承認他「汗」的地位。這是自居爲明朝藩屬，原是對明朝極有利的。但明朝朝廷不估計形勢，不研究雙方力量的對比，堅持非消滅滿清不可，當即拒絕了這個要求。❸

皇太極一直千方百計的在求和，不但自己不停的寫信給明朝邊界上的官員，又託朝鮮居間斡旋，要蒙古王公上書明朝提出勸告。每一個戰役的基本目標，都是「以戰求和」。❹他清楚的認識到，滿清決不是中國的敵手，中國政治只要稍上軌道，滿清就非亡國滅種不可。滿族的經濟力量很薄弱，不產棉花，不會紡織，衣料不能自給，主要的收入是靠搶劫。❺皇太極寫給崇禎的信，其實謙卑到了極點。❻

然而崇禎的狂妄自大比他哥哥天啓更厲害得多，對滿清始終堅持「不承認政策」，不承認它有獨立自主的資格，決不與它打任何交道。❼天啓是昏庸胡塗，崇禎卻是昏庸傲狠。

爲了與滿清作戰，萬曆末年已加重了對民間的搜括，天啓時再加，到崇禎手裏更大加而特加，到末年時加派遼餉九百萬兩，練餉七百三十餘萬兩，一年之中單是軍費就達到二千萬兩（萬曆初年全國歲出不過四百萬兩左右），國家財政和全國經濟在這壓力下都已瀕於崩潰。明末民變四起，主要原因便在百姓負擔不起這沉重的軍費開支。❽

敵人提出和平建議，是不是可以接受，不能一概而論。我以爲應當根據這樣的原則來加以考慮：

敵人的和議是不是一種陰謀手段，目的在整個滅亡我們？還是敵人因經濟、政治、軍事、或社會的原因而確有和平誠意？

必須假定締結和約只是暫時休戰，雙方隨時可以破壞和平而重啓戰端。目前一直打下去對我方比較有利？還是休戰一段時期再打比較有利？

締結和約或進行和平談判，會削弱本國的士氣民心、造成社會混亂、損害作戰努力、破壞與軍事同盟者的聯盟關係、影響政府聲譽？還是並無重大不良後果？

和約條款是片面對敵人有利？還是雙方平等，或利害參半，甚至對我方有利？

如果是前者，當然應當斷然拒絕；若是後者，就可考慮接受，必要時甚至還須努力爭取。在當時的局勢下，成立和議顯然於明朝有重大利益。不論從政略、戰略、財政、經濟、人民生活那一方面來考慮，都應與滿清議和。

拒絕和滿清議和，是崇禎一生最大的愚蠢。他初即位時清除魏忠賢逆黨，處理得十分精明，於是臣下大捧他爲「英主」。他從此就飄飄然了，眞的以「英主」自居，認爲「英主」決不能和叛逆的「建州衞」妥協。在明朝君臣的觀念中，「建州衞」始終是中國皇帝屬下一個小官的領地，皇帝決不能跟小官談和。至於使得全國億萬人民活不下去，那是另一回事，皇帝的尊嚴不能有絲毫損害。

他可以和察哈爾蒙古人談和，付給金銀以換取和平。因爲明朝的江山是從蒙古人手裏奪來的，明朝承認蒙古是地位平等的敵國。

堅持政治原則，本來不錯。然而政治原則是要以正確的策略來貫徹的。完全忽視具體的現實情況，把國家與人民的生死存亡置之不顧，和「英明」兩字可相差十萬八千里了，更準確的形容詞是「昏憒」。

袁崇煥和皇太極一番交涉，使得皇太極自動除去了帝號，本來是外交上的重大勝利。但崇禎卻認爲是和「叛徒」私自議和，有辱國體，心中極不滿意，當時對袁崇煥倚賴很重，隱忍不發，後來卻終於成爲殺他的主要罪狀。

❶《明史·錢龍錫傳》：「龍錫奏辯，言：『崇煥陛見時，臣見其貌寢，退謂同官：此人恐不勝任。』」錢龍錫是宰相，他這話也是胡說八道，怎能見人家相貌難看，便說他不能擔當大事？

❷《烈皇小識》：「時天威震迅，憂形於色。大小臣工皆戰懼不能仰對，而延儒由此荷聖眷矣。」

❸關於這場交涉，因皇太極稱帝之後再自動除去，又向明朝要求發印而不得，在滿清方面是受到重大屈辱，所以清方官文書中都無記載，或有記載而後來都刪去了。但清內閣檔案中還留存皇太極天聰四年向中國人民頒示的一道木刊諭文，其中公開承認這件事：「逮至朕躬，實欲罷兵戈，享太平，故屢屢差人講說。無奈天啓、崇禎二帝渺我益甚，逼令退地，且教削去帝（號），及禁用國寶。朕以爲天與土地，何敢輕與？其帝號國寶，一一遵依，易汗請印，委曲至此，仍復不允。」

❹《明清史料》丙篇，皇太極諭諸將士：「爾諸將士臨陣，各自奮勇前往，何必爭取衣物？縱得些破壞衣物，尚不能資一年之用。爾將士如果奮勇直前，敵人力不能支，非與我國講和，必是敗於我們。那時穿吃自然長遠，早早解盔卸甲，共享太平，豈不美哉？」

❺《天聰實錄稿》，七年九月十四日，清太宗致朝鮮國王信：「貴國斷市，不過以我國無衣，因欲困我。我與貴國未市之前，豈曾赤身裸體耶？即飛禽走獸，亦自各有羽毛：……滿洲、蒙古固以搶掠爲生，貴國固以自守爲素。」

❻《天聰實錄稿》，六年六月，清太宗致崇禎皇帝信：「滿洲國汗謹奏大明國皇帝：小國起兵，原非自不知足，希圖大位，而起此念也。只因邊官作踐太甚，小國惱恨，又不得上達……今欲將惱恨備悉上聞，又恐以爲小國不解舊怨，因而生疑，所以不敢詳陳

也。小國下情，皇上若欲垂聽，差一好人來，俾小國盡爲申奏。若謂業已講和，何必又提惱恨，惟任皇帝之命而已。夫小國之人，和好告成時，得些財物，打獵放鷹，便是快樂處。謹奏。」最後這兩句話甚是質樸動人。

❼崇禎五年，宣府巡撫沈棨和清軍立約互不侵犯，崇禎便把兵部尚書熊明遇革職查辦，沈棨下獄。此後他更下旨給守邊的官員，任何人不得與滿清有片紙隻字的交通。

❽《明史·食貨志》：「自古有一年而括二千萬以輸京師，又括京師二千萬以輸邊乎？」

十一

崇禎對袁崇煥的猜忌，從「請發內帑事件」開始。帶兵的統帥追討欠餉，本是理所當然的事情，但債戶對於債主追討欠款，不論債主的理由如何充足，債戶自然而然的會對他十分惱恨，如果債主威名震於天下而又握有武力，十幾歲的少年債戶除了痛恨之外還會恐懼。崇禎又不敢懲罰袁崇煥與皇太極談和。這「不敢」兩字之中，自然隱伏了「將來和你算帳」的心理因素。

該年閏四月，加袁崇煥太子太保的頭銜，那是從一品，比兵部尚書又高了一級。到了下個月，便發生了殺毛文龍事件，這又增加了崇禎內心對他的不滿和恐懼。

毛文龍是浙江杭州人。袁崇煥殺毛文龍是在崇禎二年（公元一六二九），那是己巳年。再早一百八十年（一四四九），同樣是己巳年，我另一位同鄉杭州人于謙爲明朝立了安邦定國的大功。那一年發生土木堡之變，皇帝爲蒙古人擄去，于謙擊退外敵，安定了國家。于謙和袁崇煥都是兵部尚書，于做總督，袁做督師，地位相等。❶兩人後來都爲皇帝處死，都是明朝出名的大忠臣。

杭州人在江南雖然有「杭鐵頭」之稱，然而那是與性格柔和的蘇州人「蘇空頭」相對而言，很少去當兵打仗的。明末浙江兵赫赫有名，但戚繼光率領來平定倭寇、守禦北邊，後來在戚死後又去抗日援朝的浙江兵，都是浙東義烏一帶的人。宋朝名將宗澤也是義烏人。杭州是在浙西，一般人比較文弱。

毛文龍所以投軍，主要由於他有個舅舅在兵部做官。毛文龍喜歡下圍棋，常通宵下棋，愛說：「殺得北斗歸南。」捧他場的人，說他的棋友中有一個道人，從圍棋中傳授了他兵法。如果眞有這樣的事，毛文龍的棋力一定相當低，因爲他的兵法實在並不高明。又有一個傳說：他上京去投靠舅舅的前夕，睡在于廟（于謙的廟，在杭州與岳廟並稱）裏祈夢，夢到于謙寫了十六個字給他：「欲效淮陰，老了一半。好個田橫，無人作伴。」這十六個字後來果然「應驗」了：韓信二十七歲爲大將，毛文龍爲大將時五十二歲；田橫在島上自殺時，有五百士自刎而殉，毛文龍在島上被殺，死的只他一人。這當然是好事之徒事後捏造出來的。于謙見識何等超卓，又怎會將他這個無聊同鄉去和韓信、田橫相比？

毛文龍到北京後，得他舅舅推薦，到遼東去投效總兵李成梁，後來在袁應泰、王化貞兩人手下，升到了大約相當於團長的職位。他的功績主要是造火藥超額完成任務和練兵，可見此人是能幹的後勤人員和訓練主任，傳統上，杭州人並不善於打仗，辦事能力是很強的。遼東失陷後，他帶了一批部隊，在沿海各島和遼東、朝鮮邊區混來混去，打打游擊。他的根據地是在朝鮮，招納遼東潰散下來的中國敗兵和難民，勢力漸漸擴充，終於找到了一個機會，帶領了九十八人，渡鴨綠江襲擊鎮江城，❷俘虜了清軍守將。這是明軍打敗清兵的罕有事件，王化貞大爲高興，極力推薦，升他的官，駐在鎮江城。不久清兵大軍反攻，鎮江城就失去了。毛文龍將根據地遷到朝鮮的皮島，自己仍在遼東朝鮮邊區打游擊。

皮島在鴨綠江口之東，與朝鮮本土只一水之隔，水面距離只不過相當於過一條長江而已，北岸便是朝鮮的宣川、鐵山。❸當時朝鮮的義州、安州、鐵山一帶，因爲鄰近中國，從遼東逃出來的漢人難民和敗兵紛紛湧到，喧賓奪主，漢人佔了居民十分之七，朝鮮人只十分之三。皮島橫約八十里，逃到島上的漢人爲數不少。毛文龍作爲根據地後，再招納漢人，聲勢漸盛。明朝特別爲他設立一個軍區，叫作東江鎮，升毛文龍爲總兵。

那時袁崇煥剛出山海關，還未建功。明朝唯一能與清兵打一下的，只有毛文龍一軍，所以他名氣相當大。當時董其昌曾上奏說：國家只要有兩個毛文龍，努爾哈赤可擒，遼地可復。他這道奏章，當然只有書法上的價值，但由此也可見到一般朝臣對毛文龍的觀感。毛文龍不斷升官，升到左都督，掛將軍印，賜尚方劍。天啓皇帝提到他時稱爲「毛帥」，不叫名字。

天啓四年五月，毛文龍遣將沿鴨綠江、越長白山，攻入滿清東部，爲守將擊敗，全軍覆沒；五年六月及六年五月，曾兩次派兵襲擊滿清城寨，兩次都喪師敗歸。毛文龍打仗是不行的，可是連年襲擊滿清腹地，不失爲有牽制作用。那時候明軍一見清兵就望風而遁，毛文龍膽敢主動出擊，應當說勇氣可嘉。

天啓七年正月，清兵征朝鮮，因爲毛文龍不斷在後方騷擾，於是分兵去攻他所駐守的鐵山。毛文龍大敗，逃上了皮島。

他在中朝邊區打游擊時，雖然屢戰屢敗，卻也能屢敗屢戰。上了皮島之後，有了大海的阻隔，而清軍沒有水師，毛的安全感大增，加之又上了年紀，很快就腐化起來。[4]他開始發揮後勤才能，在皮島大做生意，徵收商船通行稅，那便是海上賣路錢，派人去遼東和朝鮮挖人參。一方面向朝廷要糧要餉，又向朝鮮要糧食，理由是幫朝鮮抵抗清兵，要收保護費。朝鮮也只得時時運糧給他。他升官發財之後，對打仗更加沒有興趣了。當時皮島駐軍有二萬八千，戰馬三千餘匹，皮島之東的身彌島駐兵千餘，作爲皮島的外圍，寧錦大戰之時，毛文龍手擁重兵在旁，竟不發一兵一卒去支援，也不攻擊清兵後方作牽制。袁崇煥當然極不滿意，但因管他不著，無可奈何。

天啓年間，毛文龍不斷以大量賄賂送給魏忠賢和其他太監、大臣。對朝中當權派的公共關係做得極好。天啓五年，御史麥之令彈劾毛文龍，認爲他無用，遼東軍務不能依靠他。魏忠賢極力袒毛，說麥之令是熊廷弼的同黨，將他殺了。這樣一來，所有反對魏忠賢的東林黨清流派都恨上了毛文龍。

崇禎接位後，毛文龍作風不改。朝廷覺得皮島耗費糧餉太多（因毛文龍要的是十萬名官兵的糧餉），要派人去核數查帳。毛文龍多方推托，總之是不歡迎御用會計師駕臨。袁崇煥的新任命，理論上是有權管到皮島東江鎮的。朝中於是有人建議皮島的糧餉經由寧遠轉運，意思是交由袁崇煥控制。甚至有人主張撤退皮島守軍，全部調去寧遠。這些主張，都遭到毛文龍的抗拒，而兵部又對毛相當支持。

袁崇煥寫信給首輔錢龍錫商量，要殺毛文龍。錢回信勸他一切慎重。袁在北京時，也曾和錢龍錫商議過殺毛的事，當時袁對錢龍錫說，要恢復遼東，必須從整肅東江鎮的軍紀開始。

袁崇煥決心要解決這件事。崇禎二年五月廿二日，袁崇煥離寧遠，去和毛文龍會談，約定了在旅順附近的一個小島上相會，這小島叫做島山。❺從寧遠經渤海到旅順，和從皮島經黃海到旅順，海程大致相等，所以旅順是一個中間地點，也可說是中立地帶。那時毛文龍對袁崇煥已心存疑忌，如邀他到寧遠相會，他是不肯來的。袁崇煥如去皮島，卻又是身入險地。

袁崇煥除座船外，帶船三十八艘，出發前先試放西洋大砲，射程遠的五六里，近的三四里。廿六日到雙島，登州的軍官帶了兵船四十八艘來會。廿七日到島山停泊，旅順的軍官前來參見。袁崇煥帶衆將上山，到龍王廟去拜龍王，對衆將訓話：「本朝開國，中山王徐達、開平王常遇春諸將起初在鄱陽湖、采石磯大戰，後來一直打到漠北，水戰固然勝，馬步戰也勝，纔能驅逐胡元，統一中國。現在你們的水師只能以紅船在水上自守，滿清韃子不下海，難道能趕他們入海打水戰麼？所以水師必須也能陸戰。」他的抱負是要將水師訓練成爲海軍陸戰隊。

六月初一，毛文龍率領部屬到達島山，與袁互相交拜。毛文龍呈上禮帖三封和三桌筵席。在船中吃過，袁崇煥和他談話，說道：「遼東海外，只有我和貴鎮二人，務必同心共濟，方能成功。我歷險來此，旨在商議進取。軍國大事，在此一舉。我有一個良方，只不知生病的人肯不肯服這一帖藥。」當晚兩人直談到二更。初二袁崇煥上島，犒賞毛的部屬，和毛又密談到三更。初三日又再談，袁崇煥要求皮島設文官監軍，糧餉由寧遠轉發，改編部隊，連談三日三夜，毛文龍始終不同意，到這時談判終於破裂。袁崇煥給他最後一個機會，勸他辭職回鄉，享受西湖風物。毛文龍說：「辭職回鄉這件事，我一直是在盼望的。只不過我對遼東事務很熟悉，解決了滿洲之後，可順勢襲取朝鮮了。」袁崇煥聽他大言不慚，更是不滿。❻酒散後，袁傳副將汪翥上船密議，五更方畢。通宵部署，要殺毛文龍了。

初四日，袁崇煥犒賞毛部兵將共三千五百七十五名，軍官每名銀子三五兩不等，兵每名數錢，又將帶來的餉銀十萬兩交卸。同時和毛劃分職權，此後旅順以東由毛指揮，旅順以西由袁指揮。毛文龍收到大筆銀子，對指揮權的區劃又十分滿意，減少了提防警惕。

初五日，袁崇煥邀毛文龍一起檢閱將士比賽射箭。相見後，袁崇煥說：「我明天要回寧遠了。貴鎮身當國家海外重寄，請受我一拜。」說著下拜，毛文龍跪下還禮。大家上山後，袁的親信參將謝尚政指揮各營士兵布成一個大圍。毛文龍和隨從官員百餘名在圍內，將毛部兵丁都隔在圍外。

袁崇煥問起毛文龍手下將官的姓名，居然大多數姓毛。袁崇煥覺得奇怪。毛文龍說：「他們都是我的義孫。」❼

袁崇煥笑了起來，跟著對毛部衆將說道：「你們在海外辛苦，兵士每個月只有五斗米的糧，甚至家中幾口人都分食此糧，想起來令人痛心。請大家受我一拜，感謝你們爲國家盡力，以後大家不必擔心沒有糧餉。」當即下拜。衆將磕頭答禮，甚是感動。

袁崇煥隨即提出幾件事來責問毛文龍，毛文龍抗辯。袁崇煥不客氣了，斥責道：「本部院披肝瀝膽，與你說了三日，只道你回頭是岸，也還不遲。那曉得你狼子野心，總是一片欺誑到底。你目中沒有本部院，那也罷了。方今聖天子英武天縱，國法豈容得你？」命人除下他衣冠，綁了起來。毛文龍的態度仍十分倔強，自稱無罪有功。

袁崇煥厲聲道：「你道本部院是個書生，瞧我不起。本部院卻是能管將官之人。你說沒有罪麼？你犯了十二大罪，我數給你聽：

「一、明朝的制度，大將在外，必由文臣監督，你專制一方，軍馬錢糧不肯受核。二、殺戮降人難民，謊報冒功，說殺的是清兵。三、宣稱如果南下，取登州和南京猶如反掌。公然說要造反。四、每歲餉銀數十萬，但發給兵士的糧餉每月只有三斗半，侵盜軍糧。五、在皮島開馬市，擅自與外國貿易。六、部將數千名都冒稱姓毛，擅自封官。七、敗退時剽掠商船。八、你自己強搶良家婦女，部下效尤。九、驅策難民到遼東去偷挖人參，不肯去的就不發糧食，讓他們大批在島上餓死。十、將大量金銀送去京師賄賂，拜魏忠賢為義父，在島上替魏忠賢塑像。十一、鐵山一仗，大敗喪師，卻報稱有功。十二、設立軍區已達八年，不能恢復寸土，觀望養敵。」

這十二條罪狀數了出來，毛文龍魂不附體，只有叩頭求饒。

袁崇煥問毛的部將：「毛文龍該斬麼？」諸將都嚇得不敢作聲。有人說毛文龍這些年來雖無功勞，但也辛苦出力。袁崇煥叱道：「毛文龍本來只不過是個尋常百姓，現今官居極品，滿門封蔭，已足夠酬答他的辛勞了，為甚麼他還這樣悖逆？」

於是向著北京叩頭，宣稱：「臣今天誅毛文龍以整肅軍紀，諸將中若有行為如毛文龍的，也一概處決。臣如不能成功，請皇上也像誅毛文龍一樣的處決臣！」請出尚方劍來，命旗牌官將毛文龍在帳前斬決，向毛文龍部屬諭示：「只誅毛文龍一人，其餘各人一概無罪。」毛文龍麾下將士無一敢動。袁崇煥命人收殮毛文龍，次日開弔拜奠，說：「昨日斬你，是為了朝廷大法。今日祭你，是為了僚友私情。」

隨即將毛部分為四隊，派毛文龍的兒子毛承祿、副將陳繼盛（陳的女兒是毛文龍之妾）等四人分領，犒賞軍士，盡除皮島毛文龍的虐政。回寧遠後上奏稟報，最後說：毛文龍是大將，不是臣有權可以擅自誅殺的。臣犯了死罪，謹候皇上懲處。❽

崇禎得訊，大吃一驚，非常不以爲然。但想毛文龍已經死了，目前又正倚賴袁崇煥盡力，只得下旨嘉獎他一番，又下旨公布毛文龍的罪狀，逮捕毛文龍的駐京辦事處主任，以安袁崇煥之心。❾

袁崇煥擔心毛文龍的部下生變，奏請增加餉銀。但查核部隊實數，兵員比毛文龍虛報時少得多了。崇禎見兵員少了，餉銀反增，頗爲懷疑，但都一一批准。以崇禎這樣剛強的性格，這時迫於形勢而不敢得罪袁崇煥，實已深深伏下了殺機。

毛文龍在皮島，儼然是獨立爲王的模樣，不接受朝廷派文官監察核數、濫殺難民冒功、侵呑軍糧、軍紀不肅，的確有罪。但袁崇煥以尙方劍斬他的方式，卻也未免太戲劇化了些。明朝賜尙方劍給主帥，用意是給主帥以絕對權威，部將如不聽指揮，立即可以誅殺。然而毛文龍的罪行都非緊急，也不是反叛作亂。何況毛文龍也是受賜尙方劍的。

毛文龍在皮島，畢竟曾屢次出兵，騷擾滿清後方，是當時海上惟一的一支機動游擊隊，滿清對他也一直頗爲重視忌憚。

這十二條罪狀中，有幾條平心而論並不能成立。毛文龍說取登州、南京如反掌，只不過一時誇口，並非眞的要造反，不過皇權專制時代，說這種話確是大逆不道；向外國買馬，當是軍中需要；擅自封官是得到朝廷授權的，部將喜歡姓毛，旨在拍主帥的馬屁，也沒有甚麼大不了；不能恢復寸土，只能說他無能，卻非有罪，要打敗清兵，恢復失地，談何容易？在島上爲魏忠賢塑像，更難以加他罪名。天啓年間，魏忠賢權勢熏天，各省督撫都爲魏忠賢建生祠、塑像而向他跪拜。當時袁崇煥在寧遠也建了魏忠賢的生祠。時勢所然，人人難免。

毛文龍眞正的重大過失，是不受節制，在他所控制的軍區中獨立行事，不聽上級指揮。在大戰之時，大將獨立自主，不奉命令，當然是違反軍紀的重大事件。

毛文龍死後，部將心中不服，頗有逐漸叛去的，其中重要的叛將有孔有德（後降清封定南王，鎮廣西）、耿仲明（降清封靖南王，鎮福建）、尚可喜（降清封平南王，鎮廣東）。這三人投降滿清，爲清朝出了很大力氣，甚至把西洋火器帶了過去。清初四大降王，除吳三桂外，其餘孔、耿、尚三人都是毛文龍的舊部。不過這也不能說是袁崇煥的過失。⑩

對於「殺毛事件」，當時輿論大都同情毛。一般朝臣認爲，毛文龍即使有罪，他是一個大軍區司令，也只能由皇帝下旨誅殺。皇帝的統治手段，主要只是賞與罰。袁崇煥擅殺大將，是嚴重的侵犯了君權。

當時小說盛行，有人做了小說來稱譽毛文龍。一部是四十回的《遼海丹忠錄》，是杭州人陸雲龍所作，大捧同鄉毛帥。另一部是作者不署名的《鐵冠圖》（不是講李自成事跡的那一部），以毛文龍爲主角。

當時大名士陳眉公對「殺毛事件」抨擊甚烈。另一個大名士錢謙益是毛文龍的朋友，對朝野輿論當然也有影響。《明季北略》甚至說：袁崇煥揑造十二條罪名來害死了毛文龍，與秦檜以十二道金牌來害死了岳飛完全一樣。卻又是過份的批評了。

推測袁崇煥所以用這樣的斷然手段殺毛，首先是出於他剛強果決的性格。其次，文人帶兵，一定熟讀孫子兵法，對於孫武殺吳王愛姬二人、因而使得宮中美女盡皆凜遵軍法的故事，對於「將在軍，君命有所不受」的軍法觀念，一定印象十分深刻。那時候寧遠、錦州、薊州各處軍事要地都曾發生兵變，如不整飭軍紀，根本不能打仗。袁崇煥明知這樣做不對，還是忍不住要殺毛，推想起來，也有自恃崇禎奈何他不得的成份。最後，毛文龍接近魏忠賢，袁崇煥接近東林清流，其中也難免有一些黨派成見。

袁崇煥殺毛文龍一事，論者多認爲大招崇禎之忌，是袁崇煥被殺的主要原因之一。到底袁殺毛一事，眞是合理而必要，還是犯了錯誤？這在袁崇煥的一生，是一個重要問題。

第一：袁崇煥有沒有殺毛之權？袁崇煥於崇禎元年受任爲兵部尚書、兼右副都御史、督師薊遼、兼督登萊天津軍務。明朝兵部尚書相當於現代的國防部長兼總參謀長，有軍令權，可指揮陸軍、海軍，御史略等於現代的政治委員，是皇帝的代表，在部隊中監督統帥。「督師」是帶兵的最高級文官，袁當時官職相當於國務院副總理、國防部長兼野戰軍總司令兼政委，又兼陸海軍前敵總司令。毛文龍的皮島軍區歸他管轄。臨敵之時，麾下大將如果不聽指揮，主帥將之斬首，中國歷史上事所常有。例如諸葛亮斬馬謖，臨終時遺命斬魏延。尙方劍是「皇帝誅殺臣下之權力的象徵」。袁崇煥受賜尙方劍，即是崇禎賜給他專殺之權，他用尙方劍殺毛文龍，是代表皇帝殺的。[11]

第二：毛文龍是否眞的有罪？毛文龍先前抗清有功，在皮島起了一些牽制作用，但他立功升官之後，自大起來，皮島軍區只二萬多名官兵，他卻要領十萬名官兵的糧餉，不接受中央審核，並自行設立市場做生意，派官兵去鄰國朝鮮挖人參，取貂皮。還收取海上過境稅，強迫朝鮮繳納糧米（侵犯中央的外交權）。後勤部建議皮島的糧餉由寧遠（袁的總司令部）轉發，以資核實，毛堅不接受。寧遠大戰時，局勢緊急，毛文龍部隊在清軍後方，卻不出兵應援或配合牽制。中央要求皮島餉銀由寧遠轉發，毛文龍不肯，雙方交涉得緊了，毛文龍威脅說：「我帶兵南下，攻打登州、萊州，取南京猶如反掌。」登州、萊州是袁崇煥直轄的軍區，南京是明朝的南都，明太祖的龍興之地。中央無奈，只好暫不堅持。袁崇煥受任之前，曾與首輔大學士（約相當於宰相）錢龍錫商量，要殺毛文龍以確立軍紀。錢龍錫不表反對，但勸他愼重。

第三：毛雖有罪，是否應殺？當時軍紀廢弛，兵士爲了索取欠餉，常常譁變，殺害上官。軍紀不肅，無法打仗。袁崇煥曾向崇禎誇口，要五年復遼。如無一支紀律如鐵的精兵，怎能抗清復遼？要樹立軍紀，必須先整肅不守紀律、不服從命令的大將。毛文龍的軍階是總兵（還帶都督銜，約略相當於軍長、軍區司令），和祖大壽、滿桂等相同，統兵號稱十萬（實際約二萬八千名）。當時袁崇煥所指揮的部隊，全部約六萬名，如將毛部近三萬兵收過來統一指揮，對軍務有極大好處。袁與毛在島山見面，長談三日三夜，毛始終不聽指揮。袁勸他退休回去西湖享福。毛文龍誇稱熟悉朝鮮情形，滅清之後可順手取得朝鮮。在此情形下，不殺毛文龍無法抗清。打個比方，如果當年林彪統帶第四野戰軍，在東北要獨立自主，不服從中央命令，宣稱打垮國民黨部隊後要乘機攻取南北朝鮮（事實上林彪沒有這樣做，也未宣稱）。中共中央不殺林彪，這場仗就打不下去了。

第四：當時有人說，袁崇煥不應該當場殺了毛文龍，應將他逮捕，送到北京去請崇禎處理，或者先請皇帝批准而再殺他。當時大學者黃梨洲評論說：「文龍官至都督，掛平遼將軍印，索餉歲百二十萬緡（兩），不應則跋扈，恐嚇曰：『臣當解劍歸朝鮮矣。』則其內懷異志非一日也。」梨洲又云：「參貂之賂貴近者，使者相望於道……崇煥朝請，文龍夕知。」朝廷中的大官收受毛文龍賄賂甚多，袁崇煥一提出申請，毛文龍即刻知道，有了防備，極可能激得他起兵造反。如將他逮捕送去北京，他部下官兵很多是他義子義孫，有可能動武搶奪，引起內戰。就像《三國演義》中寫魏大將鄧艾在蜀被朝廷下令擒入囚車，鄧的部屬武力搶奪囚車。

第五：也有人說，袁崇煥去寧遠當統帥之前，決心整肅軍紀，要殺毛文龍，和首輔錢龍錫商議。其實他直接請示皇帝更好，因爲崇禎先得到殺毛的訊息之後，袁再殺毛，崇禎就不會驚愕恐懼，害怕袁崇煥權太大。然而崇禎更信任宦官廠衛，而這些宦官廠衛都收受毛文龍的賄賂，袁崇煥對皇帝一說，毛文龍很快就知道了。

春秋時，《孫子兵法》的作者孫武向吳王表演治軍之法，要殺吳王的兩名愛姬，因二姬不奉軍令，嬉笑不絕。吳王大驚，派人去向孫子說：「寡人已知將軍用兵矣。寡人非此二姬，食不甘味，宜勿斬之。」孫子曰：「臣既已受命爲將。將法在軍，君雖有令，臣不受之。」還是斬了兩個愛姬，部隊肅然，奉命惟謹。吳王不悅，說：「我知道你善用兵了，將軍請下去休息罷，我不想再看了。」吳王雖然心痛愛姬之死，還是接受伍子胥的勸告，重用孫子帶兵，破楚、滅越、威齊，吳國霸於天下。

崇禎的度量，比之吳王闔閭是差得多了。見識也差得多了。崇禎因袁崇煥殺毛文龍而殺袁，等於三國時蜀漢的劉禪因諸葛亮斬了馬謖，把諸葛亮殺了。

❶督師本來比總督略高，但在于謙的時候還沒有設督師，當時總督是地位最高的帶兵文官。見吳晗：〈明代的軍兵〉。

❷即今遼寧省丹東市之北的九連城，與朝鮮的義州隔鴨綠江相對。

❸皮島在朝鮮寫作椵島。這個「椵」字，漢文音「駕」，但朝鮮人讀作pi音，所以中國人就簡稱爲皮島。有一本相當流行的講清史的通俗著作說皮島即海洋島，地理弄錯了。海洋島在皮島和大連之間，離皮島約一百海里。皮島是朝鮮地方，海洋島是中國地方。皮島在黄海中，身彌島之西，大和島之北。面積不大。

❹據朝鮮派去皮島的使者記載：毛文龍每天吃五餐，其中三餐有菜肴五六十品，寵妾八九人，珠翠滿身，侍女甚多。

❺一般書籍（包括《明史》）上記載，都說袁毛的會晤地是在雙島。《荊駝逸史》中輯有〈袁督師計斬毛文龍始末記〉一文，採用的是日記體，從五月廿二日袁崇煥出發到六月十一日回寧遠，逐日記錄海程、所經島嶼、風勢、船隻、兵員、官員姓名等等，十分詳盡，作者顯然是袁崇煥隨行的幕僚或部屬。他寫作態度異常忠實，對於袁毛密談三日三夜，因他沒有參與或聽到密談，所以只記兩人「二更後方散」、「密語三更方

散」，記錄兩人密談後的神色，卻不記密語內容，全無憑空推測的言辭，合於現代要求最嚴格的報導體。該書記載袁毛相會的地點是在島山，離旅順陸路十八里，水路四十里，距雙島有半日水程，中間隔了松木島、豬島、蛇島、蝦蟆島等許多島嶼。我比較各種資料，覺得島山的說法似較可信。

❻〈始末記〉記載當時情形說：「酒敘至終，（袁）方有傲狀，毛帥有不悅意態。」

❼後來大大有名的孔有德、耿精忠、尚可喜都是毛文龍的義孫，那時叫做毛有德、毛精忠、毛可喜。

❽袁崇煥奏本：「……臣於是悉其狼子野心終不可制，欲擒之還朝，待皇上處分。然一擒則其下必哄然，事將不測。惟有迅雷不及掩耳之法，誅之頃刻，則眾無得爲。文龍死，諸冀惡者念便斷矣……但文龍大帥，非臣所得擅誅。便宜專殺，臣不覺身蹈之。然苟利封疆，臣死不避，實萬不得已也。謹據實奏聞，席藁待誅，惟皇上斧鉞之，天下是非之，臣臨奏，不勝戰懼惶悚之至。」

❾崇禎二年六月十八日，奉聖旨：「毛文龍懸踞海上，糜餉冒功，朝命頻違，節制不受。近復提兵進登，索餉要挾，跋扈叵測。且通夷有跡，犄角無資，掣肘兼礙。卿能周慮猝圖，聲罪正法，事關封疆安全，閫外原不中制，不必引罪。一切處置事宜，遵照敕諭行，仍聽相機行事。」（《明清史料》第八編）

❿梁啓超在《袁崇煥傳》中說：「吾以爲此亦存乎其人耳。毛文龍不死，安知其不執梃爲諸降王長？」意思說，毛文龍如果不死，說不定他反而是投降清朝的第一大降王

呢。然而這也是揣測之辭了。

⓫陳玉樹《後樂堂集》〈袁崇煥殺毛文龍論〉：「崇煥以兵部尚書督師薊遼，兼登、萊、天津軍務，賜尚方劍，便宜從事。明制：督師賜尚方者，得斬總兵以下。是崇煥本有專殺之權者也。」

十二

這時候朝廷又欠餉不發了。袁崇煥再上奏章，深深憂慮又會發生兵變，更憂慮兵卒譁變後不再接受安撫，從此變為「大盜」。他說一定要發生一次兵變，才發一次欠餉，而發了欠餉之後，又一定將負責官員捉去殺了一批，這樣下去，永遠是「欠餉——兵變——發餉——殺官——欠餉」的惡性循環。❶這道奏章，當然只有再度加深崇禎對他的憎恨。

崇禎二年春，袁崇煥上奏，說山海關一帶防務鞏固，已不足慮，但薊門單弱，須防敵人從西路進攻。這時薊遼總督是劉策，儒弱而不懂軍事。袁崇煥看到了防務弱點的所在，第一道奏章上去，朝廷沒有多加理會，他再上第二道、第三道。崇禎下旨交由部科商議辦理，但始終遷延不行。拖到十月，清兵果然大舉從西路入犯，正在袁崇煥料中。首當其衝的，正是剛剛發生過索餉兵變的遵化。

明朝初年爲了防備蒙古人，對北方邊防是全力注意的，好好修築了長城，設立遼東、薊州、宣府、大同、太原（統偏頭、寧武、雁門三關）、陝西、延綏、寧夏、甘肅九大邊防軍區，那便是所謂「九邊」。東起鴨綠江，西至酒泉，綿延數千里中，一堡一寨都分兵駐守。但後來注意力集中於遼東，其他八鎮的防務就廢弛了。

明太祖本來建都南京，成祖因爲在北京起家，將都城遷了過去。在中國整個地形上，北京偏於東北，和財賦來源的東南相距甚遠。最不利的是，北京離開國防第一線的長城只一百多里，敵軍一攻破長城，快馬奔馳半天，就兵臨北京城下。金元兩朝以北京爲首都，因爲它們是來自北方的遊牧民族，不敢深入中原，一旦有變，可以立刻轉身逃回本土。明朝的情況卻根本不同。成祖對蒙古採取攻勢，建都北京便於進攻，後來兵力衰弱，北京地勢上的弱點立刻暴露無遺。❷本來，兩個互相敵對的社會是不可能長期對峙的，僵持一段時期之後，終究是非進則退。❸明朝既堅決不肯和滿清議和，形勢上又無力進攻，再將京城暴露在敵人大兵團朝發夕至的極近距離之內，根本戰略完全錯誤。以漢人爲主的中華民族所以偉大，主要是在文治教化和農工商經濟，征戰本非所長，❹如果基本戰略一錯，局勢就難以收拾了。

滿清這次進軍皇太極親自帶兵，集兵十餘萬，知道袁崇煥守在東路，攻打不進，於是由蒙古兵作先導，繞道西路進攻。出發前對王公大臣說：「明朝倘若肯和，我們採參開礦，與他們交易，換來布疋，大家共享太平，豈不極好？但我幾次三番的求和，明朝總是不允，這次非狠狠打一仗不可。」十月初五，抵達喀喇沁的青城。這條路很遠，行軍不便，諸將見到了前途的艱難，不少人便主張退兵，其中以代善及莽古爾泰兩大貝勒主張最力，認爲：深入敵境，勞師襲遠，如果糧匱馬疲，又怎麼回得去？縱使攻進了長城，明人勢必聚集各路兵馬圍攻，我們便寡不敵衆，要是後路遭到堵截，恐無歸路。金人的根本是在遼寧、吉林一帶。從山海關進攻北京，那是安全的進軍路線，如果打不勝，退回去就是了。現在遠遠的繞道蒙古，當時運輸工具簡陋，糧草很容易接濟不上。那時代善四十九歲，是皇太極的二哥，莽古爾泰四十三歲，是皇太極的五哥，兩人都在四大貝勒之列，權勢頗大，比較老成持重。

少壯派大將岳託與濟爾哈朗等人則支持皇太極（當時三十八歲，排行第八）的進軍主張。岳託是代善的兒子，當時年齡不詳，相信最多三十歲，濟爾哈朗是皇太極的堂弟，三十四歲，都是勇氣十足。那日開軍事會議密商，直開到深夜，在皇太極的堅持下決定繼續進攻。但皇太極也知道此行極險，第二日早晨重申軍令，不准吃明人的熟食，以防中毒，不准酗酒，採取柴草時必須衆人同行，不可落單，充分顯露了戰戰兢兢的心情。皇太極愛讀《三國演義》，這次出師，很有鄧艾伐蜀、深入險地的意味。❺

自青城行了四天，到老河，兵分三路，皇太極命岳託、濟爾哈朗率右翼四旗和右翼諸部蒙古兵攻大安口；七哥阿巴泰、十二弟阿濟格率左翼四旗及左翼諸部蒙古兵攻龍井關；他自己親率中軍攻洪山口。三路先後攻克，進入長城，進迫遵化。

袁崇煥於十月廿八日得訊，立即兵分兩路，北路派鎮守山海關的趙率教帶騎兵四千西上堵截。他自己率同祖大壽、何可綱等大將從南路西去保衛北京。沿途所經撫寧、永平、遷安、豐潤、玉田諸地，都留兵佈防，準備截斷清兵的歸路。

崇禎正在惶急萬狀之際，聽得袁崇煥來援，自然是喜從天降，大大嘉獎，發內帑勞軍（這次是心甘情願了），發表袁崇煥作各路援軍總司令。❻

袁崇煥部十一月初趕到薊州，十一、十二、十三，三天中與清兵在馬昇橋等要隘接仗，每一仗都勝。清軍半夜裏退兵。

但北路援軍卻遭到了重大挫敗。趙率教急馳西援，到達三屯營時，總兵朱國彥竟緊閉城門，不讓他部隊進城。趙率教無奈，只得領兵向西迎敵，在遵化城外大戰，疲兵被清軍阿濟格所部的左路軍包圍殲滅，趙率教中箭陣亡。遵化陷落，巡撫王元雅自殺。

清軍越三河，略順義，至通州，渡河，進軍牧馬廠，兵勢如風，攻向北京。大同總兵滿桂、宣府總兵侯世祿中途堵截，都被擊潰。滿、侯兩部兵馬退保北京。

袁崇煥得到趙率教陣亡、遵化陷落的消息，既傷心愛將之死，又知局面嚴重，於是兩日兩夜急行軍三百餘里，比清軍早到了三天，駐軍於北京廣渠門外。

袁崇煥一到，崇禎立即召見，大加慰勞，要他奏明對付清兵的方略，賜御饌和貂裘。同時召見的還有滿桂。他解去衣服，將全身累累傷疤給皇帝看，崇禎大爲讚嘆。袁崇煥以士馬疲勞，要求入城休息。但崇禎心中頗有疑忌，不許他部隊入城。袁崇煥要求屯兵外城，崇禎也不准，一定要他們在城外野戰。對強大而唯一的援軍不加支持，反而處處疑忌爲難，不給部隊以休息機會，崇禎採取的是自殺政策。

清兵東攻，一路上勢如破竹，在高密店偵知袁軍已到，大驚失色，萬萬想不到袁崇煥會來得這樣快。

二十日，兩軍在廣渠門外大戰。袁崇煥這時候不能再輕袍緩帶、談笑用兵了，他穿了甲冑，親自上陣督戰。從上午八時打到下午四時，惡鬥八小時，勝負不決。

滿桂率兵五千守德勝門。當時北京軍民在城頭觀戰，但見清兵衝突而西，從城上望下來，如黑雲萬朵，挾迅風而馳，須臾已過。一場激戰，滿桂受傷，血染征袍，五千兵只賸下了三千人。清兵威猛如此，北京人自然看得心驚膽裂。北京城頭守軍放大砲支援滿桂，但砲術奇差，砲彈打入滿桂軍中，殺傷了不少士卒。

主戰場是在廣渠門。清兵是八旗兵中的精銳，領軍的是莽古爾泰、多爾袞、阿巴泰、多鐸、豪格，清軍最厲害的大將都在這一翼，除鑲藍旗、鑲白旗、正白旗三旗精兵外，還有二千蒙古兵。袁崇煥、祖大壽率部和清兵打到傍晚（幸好城頭守軍沒有放砲支援袁軍），清兵終於不支敗退，退了十餘里。袁軍直追殺到運河邊上。這場血戰，清軍勁旅阿巴泰、阿濟格、思格爾三部都被擊潰。袁崇煥也中箭受傷。❼

這一役之後，清兵衆貝勒開會檢討。皇太極的七哥阿巴泰按軍律要削爵。皇太極說：「阿巴泰在戰陣和他兩個兒子相失，爲了救兒子，才沒有按照預定的計劃作戰，然而並不是膽怯。我怎麼可以定我親哥哥的罪？」便寬宥了他。❽可見這一仗清軍敗得很狼狽。

皇太極與諸貝勒都說：「十五年來，從未遇到過袁崇煥這樣的勁敵。」於是不敢再逼近北京，駐兵在海子、采囿之間。

袁崇煥來援北京時，因十萬火急，只帶了馬軍五千作先頭部隊，其後又到了騎兵四千，廣渠門這場大戰，是以九千兵當十餘萬大軍，其實是勝得十分僥倖的。當時一來袁軍一鼓作氣，奮勇抗敵，二來清軍突然遇到袁軍，心中先已怯了，鬥志不堅。

袁崇煥知道這一仗僥倖獲勝，在軍事上並不可取，尤其在京城外打仗，更不能貪圖僥倖。他對部屬說：「按照兵法，僥倖得勝，比打敗仗還要不好。」因為碰運氣而打勝，也可因運氣不好而敗，一敗就不可收拾。但如謀定而後戰，事先籌劃好第二個步驟，即使敗了一仗，也無大患。可是崇禎見清兵沒有遠退，不斷的催促袁崇煥出戰。袁崇煥說，估計關寧步兵全軍於十二月初三、初四可到。一等大軍到達，就可和清兵決戰。

這時清軍中的大將見到袁崇煥兵少，主張立刻攻城。皇太極終是忌憚袁崇煥，不肯攻城，推託說是怕損失良將。

其實即使在袁崇煥步軍大隊開到之後，還是不應和清兵決戰。明軍的戰鬥力遠不如清兵，雙方人數如約略相等，明軍勝少敗多。在京城外決戰，在明方是太過冒險，萬一（其實不是萬一，而是極有可能）袁軍潰敗，甚至全軍覆沒，北京立刻失陷，崇禎就得提前十五年上吊了。決不能拿京師和皇帝來孤注一擲，作為賭注。但多過得一天，明軍從四面八方趕來的勤王之師便多到一批。任何平庸的將才也看得到：應當大軍在城外堅守不戰，派遊軍去截斷清兵的糧道，焚燒清兵糧草，再派兵去佔領長城各處要隘，使清兵完全沒有退路，然後與清兵持久對抗。簡單說來，就是「堅壁清野」。

在任何地方打仗，都須設法立於不敗之地。在京城抗敵，更是絕對要立於不敗之地。除非先將皇帝與統帥部先行撤出京城。時間一久，清軍身在險地，軍心必然動搖，困在北京郊外，進是進不得，退又退不了，變成了甕中之鼈。這時袁崇煥兵權統一，只待援軍雲集，就可對清軍四面重重圍困。兩軍交戰，勝敗之分全在乎一股氣勢。明軍戰鬥力雖然不行，但眼見必勝，兵將都想立功，自然不會一觸即潰。三個月、四個月的打下來，清軍非覆沒不可。在這其間，明軍應當再派兵進攻遼陽、瀋陽。清兵傾巢而出，本部全然空虛。明軍要攻佔遼瀋決非難事。取得遼瀋後，將一些清軍的家屬送去清軍營中，清兵那裏還有鬥志？

事實上當然不能這樣順利。皇太極和眾貝勒善於用兵，立刻就會全軍急退，衝出長城，如果退得早，退得快，明軍尚未合圍，相信袁崇煥攔他們不住。但西路沿途追擊，東路另出大軍去攻遼瀋而作牽制，清兵大軍雖能退回本部，卻非輸得一敗塗地不可。

皇太極這次偷襲實在十分冒險。孫子兵法的重要原則是：設法引敵人進入於我有利的陣地，讓敵人辛辛苦苦的遠道來攻，我以逸待勞；敵人初來時兵勢鋒銳，應當持重不戰，待得敵人困頓怠懈而想退兵之時，便乘機進擊。❾這些求之不得的各種良機，突然之間全部出現了。袁崇煥熟讀孫子兵法，以他的大才，當然能善於利用，就算不能一舉而滅了滿清，至少也可以令清兵十餘年不敢再來進犯。

二次世界大戰時德軍猛攻斯大林格勒。蘇軍一面扼守堅城，一面另遣大軍抄德軍後路，終於聚殲德軍三十三萬人。經此役後，德軍就此一蹶不振。蘇軍元帥朱可夫的戰略，基本原則也不過是「守堅城，抄後路，聚殲之」九字而已。

然而崇禎是個十分急躁、毫無韌力的青年，那時還沒滿十九歲，一見袁崇煥按兵不動，登時便不耐煩起來，不住的催他出戰。袁崇煥一再說，要等步兵全軍到達才可進攻，現在只有九千騎兵，和敵兵十餘萬決戰，全無勝算。料想崇禎就懷疑起來了：「你不肯出戰，到底是甚麼居心？想篡位麼？想脅迫我答應議和麼？你從前不斷和皇太極書信往來，到底有甚麼密謀？你爲甚麼一早就料到金兵要從西路來攻北京？」他的性格本來就十分多疑，敵軍兵臨城下，又驚又怕之際，想像力定然十分豐富。

這時又有尤世威一路援兵到達，另有侯世祿部一軍，兩路部隊人數不多，戰鬥力也不強，如派去和清兵交鋒，一戰即潰，反而沮亂全軍軍心，影響京師城防。袁崇煥派尤世威部去守昌平，那是明成祖以來歷代皇帝的陵寢所在，如果給清兵攻佔，掘了皇帝祖宗的墳墓，此事非同小可。他派侯世祿部去守三河，以作薊州的後應，目的是牽制清軍，乘機可截斷清兵歸路。北京的衛戍部隊本來有所謂「京營」，在明太祖時是全國諸軍之冠，精銳之極，可是這時久未訓練，早已無用，❿所以袁崇煥派滿桂和自己所帶的九千騎兵守北京。

崇禎見他並不將所有援兵都調來守北京，更加憂慮重重。總之，他見清兵來攻，已嚇得魂飛魄散，只盼望所有援兵的一兵一卒，都在北京城外保衛他皇上萬歲一個人。他完全不明白打仗的道理。一支部隊如果派出去攻擊敵軍後路，所發生的作用，通常比守在北京城外要大得多。

清兵於十二月廿七日退到南海子，潰敗之後，心中不忿，便在北京郊外大舉燒殺出氣。北京城裏居民的心理和皇帝是一樣的，顧到的只是自己身家性命，大家聽信了謠言，說袁崇煥不肯出戰，別有用心。許多人說清兵是他引來的，目的在「脅和」，使皇帝不得不接受他一向所主張的和議。於是有人在城頭向城下的袁部騎兵抛擲石頭，罵他們是「漢奸兵」。石頭砸死了幾名兵士。

這種盲目的羣衆心理，實在是很可怕的，近代的羣衆心理學書籍中常有提到。第一次寧遠大戰，清兵猛攻，眼見城破在即，百姓就大罵袁崇煥害人，清兵退後，便即大哭拜謝。據動物學家的調查報告，合羣的動物（如老鼠）在遇到危難時，往往會撕殺同類，或許是出於同一心理。

就在這時候，清兵捉到了兩名明宮派在城外負責養馬的太監，一個叫楊春，一個叫王成德。皇太極心生一計，派了副將高鴻中、參將鮑承先、寧完我、巴克什、達海等人監守。俘虜了兩名小太監，何必要派五名將領來監守？其中當然有計。高、鮑、寧三人是投降滿清的漢人。到得晚上，鮑承先與寧完我二人依照皇太極所授的密計，大聲「耳語」，互相說道：「這次撤兵，並不是我們打了敗仗，那是皇上的妙計。你不見到麼？皇上單獨騎了馬逼近敵人，敵人軍中有兩名軍官過來，參見皇上，商量了好久，那兩名軍官就回去了。皇上和袁督師已有密約，大事不久就可成功。」

這兩名太監睡在旁邊，將兩人的話都聽得清清楚楚。十一月三十日，皇太極命守者假意疏忽，讓楊春逃回北京。楊春將聽到的話一五一十的稟報了崇禎。⓫

第二天，十二月初一，崇禎召袁崇煥和祖大壽進宮，見面後不問軍情，卻責問袁崇煥為何擅殺毛文龍，問不了幾句，就喝令將袁崇煥逮捕，囚入御牢。其實在六月十六日的聖旨中，崇禎早已說毛文龍罪大，殺他「殺得好！」「不必引罪。」此時卻忽然「秋後算帳」，眞是莫名其妙。

祖大壽眼見之下，嚇得手足無措，出北京城後等了三天，見袁崇煥始終沒有獲釋。崇禎派太監向城外袁部宣讀聖旨，說袁崇煥謀叛，只罪一人，與衆將士無涉。衆兵將在城下大哭。祖大壽與何可綱驚怒交集，立即帶了部隊回錦州去了。⓬正在兼程南下赴援的袁部主力部隊，在途中得悉主帥無罪被捕，北京城中皇帝和百姓都說他們是「漢奸兵」，當然也就掉頭而回。

中國歷史上甚麼千奇百怪的事都有，但敵軍兵臨城下而將城防總司令下獄，卻是第一次發生。

崇禎見祖大壽帶領精兵走了，不理北京的防務，這一下可急起來了，忙派了內閣全體大學士與九卿到獄中，要袁崇煥寫信招祖大壽回來。袁崇煥心中不服，不肯寫，說道：「皇上如有詔書，要我寫信，我當然奉旨。再說，我本來是督師，祖大壽聽我命令。現今我是監獄裏的犯人，就算寫了信，祖大壽也不會重視。」但崇禎不肯低頭，不肯正式下旨命他寫信，只是不斷派太監出來催促。後來兵部職方司郎中余大成勸袁崇煥說：「你的忠心和大功，天下皆知。君要臣死，不得不死，終須以國家爲重。」袁崇煥想到了「以國家爲重」五字，於是克制了自己的倔強脾氣，寫了一封極誠懇的信，要祖大壽回兵防守北京。

這時候祖大壽已衝出山海關北去，崇禎派人飛騎追去送信。追到軍前，祖大壽軍中喝令放箭，這時袁部將士怒不可遏，已把崇禎當敵人了。送信的人大叫：「我奉袁督師之命，送信來給祖總兵，不是朝廷的追兵。」祖大壽騎在馬上，等他過來。使者遞過信去。祖大壽讀了信後，下馬捧信大哭，一軍都大哭。祖大壽對母親很孝順，他母親又很勇敢，兒子行軍打仗，八十多歲的老太太常常跟著部隊。這時她勸兒子說：「本來以爲督師已經死了，咱們才反出關來，謝天謝地，原來督師並沒有死。你打幾個勝仗，再去求皇上赦免督師，皇上就會答允。現今這樣反了出去，只有加重督師的罪名。」

祖大壽覺得母親的話很對，當即回師入關，和清兵接戰，收復了永平、遵化一帶。也即是切斷了清兵的兩條重要退路。⑬

祖大壽的母親，這位八十多歲老太太很勇敢，有傳統的忠心，說得好，她是忠勇兼全，但失於「以君子之心度小人之腹」，說得不好，是老胡塗了，以婦人之見，誤了大事，只求兒子不失忠孝之名，卻未考慮到袁崇煥的安危和國家大事。在當時處境下，崇禎唯一害怕的是清兵攻入北京，唯一可以依賴的只有關遼部隊。祖大壽接到信後，對母親的話必須當作耳邊風，回奏皇帝：

「啓奏皇上：臣所統帶兵將得知督師袁崇煥入獄未釋，聽臣宣讀督師信函後，均言以督師此時處境，只須一獄吏以拷打、火烙等酷刑，即可迫使督師書寫此信，衆人不信此爲督師眞意，決不奉命。若督師親臨軍中指揮，則不僅臣所率數萬兵馬立即回師，而督師屬下未曾南下之數萬大軍，亦即星夜趕來京師，共報皇恩，出死力保社稷於萬全，爲皇上粉身碎骨。否則衆軍心寒，旦夕間一鬨而散，關遼錦寧京津宣遵，防守俱潰，臣祖大壽縱自刎軍前，以死報君，亦無濟於事矣，至袁崇煥罪行輕重，儘可於退敵之後再行查究，請聖意卓裁」云云。

以此要挾，或有可能迫使崇禎及衆大臣釋放袁崇煥，由他率兵抗敵。崇禎及朝中衆大臣是卑鄙而膽怯之小人，便須以對付小人之道對付之。等到敵兵既去，威脅解除，只有眞正君子才會感恩而釋放袁崇煥。但須知崇禎決非君子！

乘對方心有所懼、有求於我之時提出條件，對方迫於形勢才有可能接受。好比綁架了對方親人，對方怕撕票，就有可能付贖金；好比騎劫飛機，當局怕殺害人質、炸毀飛機，才有可能接受劫機者的要求。祖老太太的主張，等於是綁架者先放歸綁架之人，再請求對方看在我們善待你親人的份上，如數支付贖金；又如劫機者先盡釋機上人質，再離開飛機，然後要求當局看在劫機者並未殺害人質、並未炸毀飛機的份上，答允各種條件。祖老太太固然蠢，祖大壽也同樣蠢，無怪他後來不降又降，舉棋不定，優柔寡斷。

如果這時崇禎立刻悔悟，放袁崇煥出來重行帶兵，仍然大有擊破清兵的機會。但崇禎只是一味急躁求戰，下旨分設文武兩經略。這又是事權不統一的大錯誤，大概他以為文武分權，總不能兩個經略一起造反。文經略是兵部尚書梁廷棟，武經略是滿桂。

清兵於十二月初一攻克良鄉，得到袁崇煥下獄的消息，皇太極大喜，立即自良鄉回軍，至蘆溝橋，擊破明副總兵申甫的車營，迫近北京永定門。

申甫的所謂「車營」，是崇禎在惶急中所做的許多可笑事情之一。申甫本來是個和尚，異想天開的「發明」了許多新式武器，包括獨輪火車、獸車、木製西式槍砲等等，自吹效力宏大。崇禎信以為眞，立即升他為副總兵，發錢給他在北京城裏招募了數千名市井流氓，成立新式武器的戰車部隊。大學士成基命去檢閱新軍，認為決不可用，崇禎不聽。皇太極回師攻來時，這個戰車部隊出城交鋒，一觸即潰，木製大砲自行爆炸，和尚發明家陣亡。

滿桂身經百戰，深知應當持重，不可冒險求戰，但皇帝催得急迫之至，若不出戰，勢必與袁崇煥一樣，無可奈何之下，只得與總兵孫祖壽、麻登雲、黑雲龍等集騎兵、步兵四萬列陣。皇太極令部屬冒穿明兵服裝，拿了明軍旗幟，黎明時分突然攻近。明軍不分友敵，登時大亂，滿桂、孫祖壽都戰死，黑雲龍、麻登雲被擒。京師大震。

這時祖大壽、何可綱等得到袁崇煥獄中手書，又還兵來救。皇太極對袁部終是忌憚，感到後路所受到的威脅嚴重，於是並不進攻北京，寫了兩封議和的信，放在安定門和德勝門城門口，取道冷口而還遼東。

皇太極匆忙退兵時，給明朝另一名將孫承宗抄後路，克復了清軍退路上的永平、遷安、灤州、遵化四城，馬世龍、祖大壽等率兵攻來，清四大貝勒之一的阿敏兵敗。皇太極既驚且怒，乘機追究阿敏的敗陣，革了他的貝勒頭銜，監禁至死，除了一個重要政敵。皇太極覺得崇禎既殺袁崇煥，又有了議和的機會，於是致書崇禎：

「邇者師旅頻興，互相誅戮，生民罹禍實甚。上天好生之德，我兩國當共體之。即我兩國之主，以戰爭之故，不遑暇逸，亦非所以自安也。言念及此，欲盟諸天地，共結和好，永息干戈，使二國子孫臣庶，奕世獲享太平。不然，戰爭何時止息？兩國何由得臻治安耶？故遣使致書議和，惟熟計而明示之。」

又致錦州的守軍統帥：

「……今我兩國之事，惟和與戰，別無他計。和則爾國速受其福，戰則爾國被禍，何時可已？爾錦州官員，其傳語衆官，共相商榷，啓迪爾主，急定和議可也。」

清軍攻至北京城下，無功而返，皇太極知道這次全軍而退，實在僥倖，久戰不利，又謀議和，崇禎仍是一貫的傲慢自大，置之不理。

當清兵圍城時，崇禎的張皇失措，不單表現在將袁崇煥下獄一事上，此外倒霉的大臣還有不少。他認爲兵部尙書王洽處置不善，下獄。王洽相貌堂堂，魁梧威猛，當時是很出名的。崇禎用他做兵部尙書，就是看中了他的相貌，說他像個「門神」，以爲門神負責守門，一定安全。當時北京人私下說，貼在大門上的門神一年一換，這個王門神的兵部尙書一定做不長久。果然不到過年，門神就除下來了。圍城時一切混亂，監獄中的囚犯乘機大舉越獄，於是刑部尙書和侍郎下獄。崇禎又「發覺」北京的城牆不大堅固，似乎擋不住清兵猛攻，其實，那時城牆就算堅固之極，他也會覺得還不夠堅固，於是將工部尚書和工部幾名郎中一起在朝廷上各打八十棍再下獄。三個郎中兩個年老、一個體弱，都在殿上當場活活打死了。至於那個薊遼總督劉策，他負責的長城防線爲清兵攻破，崇禎將他處死，更不在話下。

當時各地來北京勤王的部隊著實不少，本來由袁崇煥統一指揮，大可發揮威力。袁崇煥一下獄，各路兵馬軍心大亂，再加上欠餉和指揮混亂，山西和陝西的兩路援軍都潰散回鄉，成爲「流寇」的骨幹。「流寇」本來都是饑民，只會搶糧，沒受過打仗的訓練，這些潰軍官兵一加入，有了軍事上的領導，情形完全不同了。「流寇」眞正成爲明朝的威脅，就從那時開始。

❶《明清史料》甲編，崇禎二年五月，袁崇煥奏：「今各邊兵餉，歷過未給二百餘萬。凡請餉之疏，俱未蒙溫諭，而索餉兵譁，則重處任事之臣。一番兵譁，一番發給，一番逮治。譁則得餉，不譁則不得餉。去年之寧遠，今年之遵化，謂譁不由餉乎？近各鎭多以譁矣。譁不勝譁，誅不勝誅，外防虜訌，內防兵潰。如秦之大盜，譁兵爲倡，可鑒也。」

❷黃宗羲《明夷待訪錄·建都》：「北都之亡忽焉，其故何也？曰：亡之道不一，而建都失算，所以不可救也……有明都燕不過二百年，而英宗狩於土木，武宗困於陽和，景泰初京城受圍，嘉靖二十八年受圍，四十三年邊人闌入。崇禎間京城歲歲戒嚴，上

下精神斃於寇至，日以失天下爲事，而禮樂政教猶足觀乎？」

C. P. Fitzgerald: *China, A Short Cultural History*（中國文化簡史）：「首都的地位，是明朝主要的弱點之一，是它覆亡的主要原因。」該書對明朝建都北京的不利有詳細分析，見pp. 463-464。

❸ Arnold Toynbee: *A Study of History*（歷史研究）的引論中說：「一個比較文明的社會與一個比較落後的社會之間的疆界，如果不再推移，疆界不會就此平衡穩定，時間過去，發展會傾向於對比較落後的社會有利。」

❹ Bertrand Russell: *The Problem of China*（中國問題）：「中華帝國所以能夠一直持續到今日，並非由於任何軍事技術；相反的，以它的疆域和資源來說，在大多數時間中，它在戰爭中的表現都是衰弱無能的。」

❺ 皇太極在回軍的諭示中說，此行是「渡陳倉、陰平之道，(定)破釜沉舟之計。」

❻《崇禎長編》，十一月十五日兵部有疏云：「畿東州縣，風鶴相驚，人無固志。自督師提兵入援，分派駐防，遂屹然無恙。」得旨：「諭兵部：袁崇煥入關赴援，駐師豐潤，與薊軍東西犄角，朕甚嘉慰。即傳諭崇煥，多方籌劃，計出萬全，速建奇功，以膺懋賞。」又諭：「各路援兵，全聽督師袁崇煥調度。」崇禎這道上諭中，「計出萬全」與「速建奇功」兩件事根本是大大矛盾的。

❼ 朝鮮對明清戰事密切注意，所以朝鮮方面的記載也很有參考價值。據朝鮮《仁祖實錄》卷廿二：「(袁)軍門領諸將及一萬四千兵……由間路馳進北京，與賊對陣於皇城齊化

門。賊直到沙窩門。袁軍門、祖總兵等，自午至酉，鏖戰十數合，至於中箭，幸而得捷，賊退兵三十里。賊之得不攻陷京城者，蓋因兩將力戰之功也。」

❽《清史稿・阿巴泰傳》。

❾《孫子》：「故善戰者，致人而不致於人。」「以近待遠，以佚待勞。」「故善用兵者，避其銳氣，擊其惰歸。」

❿《崇禎長編》二年十一月十七日，兵科給事中陶崇道疏言：「昨工部尚書張鳳翔親至城頭，與臣同閱火器，見城樓所積者，有其具而不知其名，有其名而不知其用，詢之將領，皆各茫然，問之士卒，百無一識。有其器而不能用，與無器同；無其器以乘城，與無城同。臣等能不爲之心寒乎？」明軍守城，主要是靠火器，守城將士連火器都不會使用，由放大砲反而殺傷滿桂部隊可知。如果沒有袁崇煥來援，北京非給清兵攻陷不可。

⓫據王先謙《東華錄》天聰三年所載。又據《崇禎長編》二年十二月甲子：「大清兵駐南海子，提督大壩馬房太監楊春、王成德爲大清兵所獲，口稱：『我是萬歲爺養馬的官兒。』大清兵將春等帶至德勝門鮑姓等人看守。」關於設反間計一事，據《東華錄》載，此計出於皇太極，副將高鴻中、參將鮑承先、寧完我承皇太極的密計，與所俘太監假意密語，故意讓楊太監聽到。但據黃宗羲爲錢龍錫所寫的墓碑銘〈大學士機山錢公神道碑銘〉中，說此反間計是范文程所獻策，而爲皇太極所採。又，張宸《范文程傳》中有一句說：「章京范文程亦進密策，令縱反間去崇煥。」（《東莞縣志・袁崇煥傳》

引用）據楊賓霖先生的考證：黃梨洲的學生萬斯同曾贊助王鴻緒修《明史》，所以萬斯同有機會見到清政府的機密檔案；《東莞縣志》的主修人陳伯陶在光緒年間曾爲史館總纂，所以能見到張宸所作的《范文程傳》。我在《碧血劍》中寫皇太極接見范文程、鮑承先、寧完我，隱含此事。

⑫崇禎二年十二月甲戌，祖大壽疏言：「比因袁崇煥被拿，宣讀聖諭，三軍放聲大哭，臣用好言慰止，且令奮勇圖功以贖督師之罪，此捧旨內臣及城上人所共聞共見者，奈訛言日熾，兵心已傷。初三日，夜哨見海子外營火，發兵夜擊，本欲拚命一戰，期建奇功，以釋內外之疑，不料兵忽東奔……」祖大壽此疏當然有卸免自己責任的用意，但當時士卒憤慨萬分，自動東奔的情形也有極大可能。

⑬袁崇煥獄中寫信、祖大壽接信後回師等情狀見余大成《剖肝錄》。永平即今盧龍縣，當時爲府治。

十三

袁崇煥蒙冤下獄，朝中羣臣大都知他冤枉。內閣大學士周延儒和成基命、吏部尙書王來光都上疏解救。總兵祖大壽上書，願削職為民，為皇帝死戰盡力，以官階贈蔭請贖袁崇煥之「罪」。袁崇煥的部屬何之壁率同全家四十餘口，到宮外申請，願意全家入獄，代替袁崇煥出來。崇禎一概不准。

崇禎一定很清楚的知道，單憑楊太監從清軍那裏聽來的幾句話，就此判定袁崇煥有罪，那是不能令人信服的，何況這「羣英會蔣幹中計」的故事，人人皆知。皇帝而成了大白臉曹操，太也可羞。這時發生了一件奇怪的事：

御史曹永祚忽然捉到了奸細劉文瑞等七人，自稱奉袁崇煥之命通敵，送信去給清軍。這七名奸細交給錦衣衛押管。崇禎命諸大臣會審，不料到第二天辰刻，諸大臣會齊審訊，錦衣衛報稱：七名奸細都逃走了。衆大臣相顧愕然，心中自然雪亮，皇上決心要殺袁崇煥。錦衣衛是皇帝的御用警察，放走這七名「奸細」，自然是出於皇帝的密旨。猜想起來，那御史曹永祚本來想附和皇帝，安排了七名假奸細來誣陷袁崇煥，但不知如何，部署無法周密，預料衆大臣會審一定會露出馬腳。崇禎就吩咐錦衣衛將七名奸細放了，更可能是悄悄殺了滅口。

對於這件事，負責監察查核軍務的御史兵科給事中錢家修向皇帝指出了嚴重責疑。崇禎難以辯駁，只得敷衍他說，待將袁崇煥審問明白後，便即派去邊疆辦事立功，還準備升他的官。崇禎這個答覆，其實已等於承認袁崇煥無罪。❶

兵部職方司主管軍令、軍政，對軍務內情知道得最清楚。職方司郎中（司長）余大成極力為袁崇煥辯白，與兵部尚書梁廷棟幾乎日日為此事爭執。當時朝廷加在袁崇煥頭上的罪名有兩條，一是「叛逆」，二是「擅主和議」。所謂叛逆，惟一的證據是擅殺毛文龍，去敵所忌。袁崇煥擅殺毛文龍，手續上未必完全正確，可是毛死之後，崇禎明令公布毛文龍的罪狀，又公開嘉獎袁崇煥殺得對，殺得好，就算當眞殺錯，責任也是在皇帝了，已不能作爲袁崇煥的罪名。❷

嘉靖年間，曾有過一個類似的有名例子：在徐階的主持下，終於扳倒了大奸臣嚴嵩、嚴世蕃父子。他父子入獄後，嚴世蕃十分工於心計，在獄中設法放出空氣，說別的事情我都不怕，但如說我害死沈煉、楊繼盛，我父子就難逃一死。三法司聽到了，果然中計，便以此定爲他的主要罪名。徐階看了審案的定稿之後，說道：「這道奏章一上去，嚴公子就無罪釋放了。」三法司忙問原因。徐階解釋理由：殺沈楊二人，是嘉靖皇帝下的特旨，你們說沈楊二人殺錯了，那就是指責皇上的不是。皇上怎肯認錯？結果當然釋放嚴世蕃，以證明皇帝永遠正確。三法司這才恍然大悟，於是胡亂加了一個「私通倭寇」的罪名，就此殺了嚴世蕃。

但崇禎對於這樣性質相同的簡單推論，竟完全不顧。

至於「擅主和議」，也不過是進行和平試探而已，並非「擅締和約」。袁崇煥提出締和建議而給朝廷否決，崇禎如果認爲他「擅主和議」是過失，當時就應加以懲處，但反而加他太子太保的官銜，自二品官升爲從一品，又賜給他蟒袍、玉帶和銀幣。又升又賞，「擅主和議」這件事當然就不算罪行了。

這時關外的將吏士民不斷到總督孫承宗的衙門去號哭，爲袁崇煥呼冤，願以身代。

孫承宗深信袁崇煥是無罪的，極力安撫祖大壽，勸他立功，同時上書崇禎，盼望以祖大壽之功來贖袁崇煥之「過」。崇禎不予理睬。

有一個沒有任何功名職位的布衣程本直，在這時候顯示了罕有的俠義精神。這樣的事，縱然在輕生重義的戰國時代，也足以轟傳天下。

程本直與袁崇煥素無淵源，曾三次求見都見不著，到後來終於見到了，他對袁欽佩已極，便投在袁部下辦事，拜袁爲老師。袁被捕後，程本直上書皇帝，列舉種種事實，爲袁崇煥辯白，請求釋放，讓他帶兵衛國。這道白冤疏寫得怨氣沖天，最後申請爲袁崇煥而死。❸崇禎大怒，將他下獄，後來終於將他殺了，完成他的志願。

大學士韓爌是袁崇煥考中進士的主考官，是袁名義上的老師，因此而被迫辭職。御史羅萬爵申辯袁崇煥並非叛逆，因而削職下獄。御史毛羽健曾和袁崇煥詳細討論過五年平遼的可能性，因此而罷官充軍。

當時朝臣之中，大約七成同情袁崇煥，其餘三成則附和皇帝的意思，其中主張殺袁崇煥最力的是首輔溫體仁和兵部尚書梁廷棟。

溫體仁是浙江烏程（湖州）人，在《明史》中列於「奸臣傳」。他和毛文龍是大同鄉，一心要爲毛報仇。梁廷棟和袁崇煥是同年，同是萬曆四十七年的進士，又曾在遼東共事。當時袁崇煥是他上司，得罪過他。他心中記恨，既想報仇，又妒忌同年袁崇煥升官太快，又要討好皇帝。

崇禎身邊掌權的太監，大都在北京城郊有莊園店鋪私產，清兵攻到，焚燒劫掠，衆太監損失很大，大家都說袁崇煥引敵兵進來。毛文龍在皮島當東江鎮總兵之時，每年餉金數十萬，其中一大部份根本不運出北京，便在京城中分給了皇帝身邊的用事太監和當朝有權官員。毛文龍一死，衆太監與權臣這些大收入都斷絕了。

此外還有幾名御史高捷、袁弘勳、史𡎴等人，也主張殺袁崇煥，他們卻另有私心。當袁崇煥下獄之時，首輔是錢龍錫，他雖曾批評袁崇煥相貌不佳，但一向對袁很支持。高捷等人在天啓朝附和魏忠賢。懲辦魏忠賢一夥奸黨的案子叫做「逆案」，高捷、史𡎴等案中有名，只不過罪名不重，還是有官做。錢龍錫是辦理「逆案」的主要人物之一。高捷一夥想把袁崇煥這案子搞成一個「新逆案」，把錢龍錫攀進在內。因爲袁崇煥曾與錢龍錫商量過殺毛文龍的事，錢並不反對，只勸他愼重處理。「新逆案」一成，把許多大官誣攀在內，老逆案的臭氣就可沖淡了。結果新逆案沒有搞成，但錢龍錫也丟官下獄，定了死罪，後來減爲充軍。

滿桂部隊最初敗退到北京時，軍紀不佳，在城外擾民（因爲城頭開砲，不知是故意還是技術不佳，打死了不少滿桂的官兵），北京百姓不分靑紅皀白，把罪名都加在袁崇煥頭上。

個人的私怨、妒忌、黨派衝突、謠言，織成了一張誣陷的羅網，最令人感到痛心的，是袁崇煥親信謝尙政的叛賣。謝尙政是廣東東莞人，武舉，袁崇煥第一次到山海關、第一次上奏章就保薦他，說是自己平生所結的「死士」，可見是袁崇煥年輕時就結交的好朋友。他在袁的提拔下升到參將。袁殺毛文龍，就是這個謝參將帶兵把毛部士卒隔在圍外。兵部尚書梁廷棟總覺要殺袁沒甚麼充分理由，便授意謝尙政誣告，答允他構成袁的罪名之後可以升他爲福建總兵。謝尙政利欲熏心，居然就出頭誣告這個平生待他恩義最深的主帥。

以袁崇煥知人之明，畢竟還是看錯了謝尙政。要了解一個人，那是多麼的困難！袁崇煥對崇禎的胡塗與奸臣的誣陷，或許並不痛恨，因爲崇禎與衆奸臣本來就是那樣的人，但對於謝尙政的忘恩負義，一定是耿耿於懷吧？或許，他也曾想到了，就算是岳飛，也曾給部下大將王貴所誣告，因而構成了風波亭之獄。只是王貴誣告，是由於秦檜、張俊的威迫，謝尙政卻是受了利誘，比較起來，謝尙政又卑鄙些。可是謝尙政枉作小人，他的總兵夢並沒有做成，不久梁廷棟以貪污罪垮台，查出謝尙政是賄賂者之一，送了紋銀二千兩，謝也因此革職。

袁崇煥的罪名終於確定了，是說不清楚的所謂「謀叛」。崇禎始終沒有叫楊太監出來作證。擅殺毛文龍和擅主和議兩件事理由太不充分，崇禎無論如何難以自圓其說，終於也不提了。本來定的處刑是「夷三族」，要將袁崇煥全家、母親的全家、妻子的全家都滿門抄斬。余大成去威嚇主理這個案子的兵部尙書梁廷棟：「袁崇煥並非眞的有罪，只不過清兵圍城，皇上震怒。我在兵部做郎中，已換了六位尙書，親眼見到沒一個尙書有好下場。你做兵部尙書，怎能保得定今後清兵不再來犯？今日誅滅袁崇煥三族，造成了先例，清兵下次再來，梁尙書，你顧一下自己的三族罷。」

梁廷棟給這番話嚇怕了，於是和溫體仁商議設法減輕處刑，改爲袁崇煥凌遲，七十幾歲的母親、弟弟、妻子，幾歲的小女兒充軍三千里。母家、妻家的人就不牽累了。正史上說袁崇煥無子孫，袁氏家譜記載說袁有三個兒子。「膚公雅奏圖」繪袁乘船北上，有婦女二人、兒童一人相送，或爲其妻妾及子。有說袁妻在袁死後投江自殺，袁鈺有弔袁督師詩十六首，其中云：「弱弟問天天已醉，寡妻赴水水無聲。」❹

「凌遲」規定要割三千刀，要到第三千刀上纔能將人殺死，否則劊子手有罪，那就是所謂「千刀萬剮」。所以罵人「殺千刀」是最惡毒的咒罵。

崇禎三年八月十六日，中秋剛過，袁崇煥被綁上刑場，劊子手還沒有動手，北京的衆百姓就撲上去搶著咬他的肉，直咬到了內臟。劊子手依照規定，一刀刀的將他身上肌肉割下來。衆百姓圍在旁邊，紛紛叫罵，出錢買他的肉，一錢銀子只能買到一片，買到後咬一口，罵一聲：「漢奸！」❺

因爲北京城的百姓認定，去年清兵圍城是他故意引來的。很難說這樣的謠言從何而來，是痛恨袁崇煥的大臣與太監們散播出去的？還是一般羣衆天生的喜歡聽信謠言？又或許，受到了重大驚恐和損失的北京百姓需要一個發洩的對象？

從長遠來說，人民的眼睛確是雪亮的，然而當他們受到欺蒙之時，盲目而衝動的羣衆，可以和暴君一樣的胡塗，一樣的殘酷。但隔得遠了一些，自己的生命財產並不受到直接的影響時，人們就可以冷靜地思考了，所以除了北京城裏一批受了欺騙的百姓，天下都知道袁崇煥是冤枉的，連朝鮮的君臣百姓也知道他的冤枉，爲他的被害感到不平。❻

袁崇煥死後，骸骨棄在地下，無人敢去收葬。他有一個姓佘的僕人，廣東順德馬江人，半夜裏去偷了骸骨，收葬在廣渠門內的廣東義園。隔一道城牆，廣渠門外的一片廣場之上、城壕之中，便是九個半月之前袁崇煥率領將士大呼酣戰的地方。他拚了性命擊退來犯的十倍敵軍，保衛了皇帝和北京城中百姓的性命。皇帝和北京城的百姓則將他割成了碎塊。

那姓佘的義僕終身守墓不去，死後就葬在袁墓之旁。令人驚佩的是，佘君的子孫世世代代都在袁崇煥墓旁看守。直到民國五年，看守袁墓的仍是佘君的子孫，他們說是為了遵守祖宗的遺訓。❼直到公元二〇〇一年，北京袁崇煥墓的看守者仍是佘君的子孫，不過已不是男丁，而是女性。

北京袁崇煥墓一直由佘姓後人看守，至今已歷十七代，共三百七十二年，經歷了明、清、北洋軍閥、民國、日本軍佔領、民國、新中國幾個不同政權，但佘家始終忠心耿耿，子子孫孫，守墓不去。袁墓現在是在崇文門區東花市斜街北京市第五十九中學之內。現在為了迎接二〇〇八年奧運會，崇文區政府要刷新市容，決定「復建袁墓，拆遷袁祠」，通知居住在袁祠中守墓的佘家後人搬遷。佘家守墓人目前是六十三歲的佘幼芝女士以及他丈夫焦立江先生、兒子焦平。佘幼芝夫婦當去年香港「致群劇社」演出話劇「袁崇煥之死」時曾來香港，曾約我會晤。我很願相見，對他們長期堅持的忠義表示敬意，但我那時在杭州浙江大學教書，沒有見到，很感遺憾。「袁崇煥之死」的編劇是白耀燦先生，劇本編得很好，導演與各位演員都很盡職，聽說演出成功，座無虛席，觀眾感動而歡迎。今年三月重演，可惜我仍因不在香港，未得欣賞。

在現在委靡不振的時代中，居然還能見到十七代守墓三百七十二年的忠義人物，委實使人人心振奮，對佘家不由得大起敬仰之心。最近北京中央電視台舉行「感動中國」二〇〇二年度人物評選，我特別推選佘幼芝夫婦，表揚中國社會中重視是非與正義的人格力量，並在全國性的廣播中作了宣揚。據說看了這話劇的觀眾中，有人說這種行動是「愚忠」。香港竟然有這樣心態之人，不能欣賞崇高的品格，反說是「愚忠」云云，這種人的心理狀態處於甚麼水準，也就可想而知。這種人一定說我這篇文字無聊，那很好，如果他們讚賞，我反而覺得難堪了。大概這種人會認爲謝尙政「識事務」，是「明智」。這種人決不欣賞武俠小說，因爲他們的性格「拒絕俠義」，只接納「對我有甚麼好處？」文革培養了大量這種人才，而這種人才之衆多也使文革成爲可能。這種人未必是文革培養出來的，那麼是殖民地教育造成的。

程本直、佘僕的行爲表現了人性中高貴的一面。謝尙政的行爲表現了人性中卑劣的一面。袁崇煥的死法，卻又顯示了羣衆在受到宣傳的愚弄、失卻了理性之後，會變得如何狂暴可怖。袁崇煥是一團火一樣的人，在他周圍，燃燒的是高貴的火燄、邪惡的火燄、狂暴的火燄。這些火燄就像他本人靈魂中的火燄那樣，都是猛烈地閃亮的。

袁崇煥死後，舊部祖大壽、何可綱率軍駐守錦州、寧遠、大凌河要塞，清軍始終不能越雷池一步。崇禎四年八月，皇太極以傾國之師，在大凌河將祖大壽緊緊包圍，十月間祖大壽不支投降。副將何可綱不降，被殺。祖大壽騙皇太極說可爲滿清去取錦州，但一到錦州，立即就守城，此後皇太極派大將幾次進攻都打不下來。皇太極兩次御駕親征，攻錦州、攻寧遠，都無功而退。直到崇禎十四年三月，清兵大軍再圍錦州，整整圍攻一年，到第二年三月，先擊潰了洪承疇十四萬大軍，祖大壽糧盡援絕，又再投降。祖大壽到順治十三年才死，始終不曾爲滿清打過一仗，大概是學了《三國演義》中「身在曹營心在漢」的宗旨，滿清也沒有封他甚麼官。比之滿桂、趙率教、何可綱、孫祖壽等人陣亡捐軀，祖大壽有所不如，但比之其餘的降清大將卻又遠勝了。

吳三桂是祖大壽的外甥。吳的父親吳襄曾做寧遠總兵，和祖大壽是關遼軍中同袍，都是袁崇煥的部屬。當明清之際，漢人的統兵大將十之七八是關遼一系的部隊。吳三桂、孔有德、耿仲明、尙可喜、左良玉、曹文詔、曹變蛟、黃得功、劉澤清等都是。這些人有的投降滿清，有的爲明朝戰死，都是極有將才之人，麾下都是悍卒健士。袁崇煥若是不死而統率這一批精兵猛將，軍事局面當然完全不同了。吳三桂如是袁崇煥的部將，最多不過是「抱頭痛哭爲紅顏」而已，根本沒有機會讓他「衝冠一怒」、爲了陳圓圓而引清兵入關。

袁崇煥無罪被殺，對於明朝整個軍隊士氣打擊非常沉重。從那時開始，明朝才有整個部隊向滿清投降的事。更有人帶了西洋大砲過去，滿清開始自行鑄砲。遼東將士都說：「袁督師這樣忠勇，還不能免，我們在這裏又幹甚麼？」❽降清的將士寫信給明將，總是指責明朝昏君奸臣陷害忠良。❾

袁崇煥不是高瞻百世的哲人，不是精明能幹的政治家，甚至以嚴格的軍事觀點來看，他也不是韓信、岳飛、徐達那樣善於用兵的大軍事家。他行事操切，性格中有重大缺點，然而他憑著永不衰竭的熱誠，一往無前的豪情，激勵了所有的將士，將他的英雄氣概帶到了每一個部屬身上。他是一團熊熊烈火，把部屬身上的血都燒熱了，將一羣委靡不振的殘兵敗將，燒煉成了一支死戰不屈的精銳之師。他的知己程本直稱他是「痴心人」，是「潑膽漢」，全國惟一肯擔當責任的好漢。❿袁崇煥卻自稱是大明國裏的一個亡命徒。⓫亡命徒是沒有家庭幸福的，日日夜夜不得平安。官居一品，過的卻是亡命徒生涯，只因這十年之中，他生命之火在不斷的猛烈燃燒。

司馬遷在〈留侯世家〉中說，本來以為張良的相貌一定魁梧奇偉，但見到他的圖形，容貌卻如美女一般。我們看到袁崇煥的遺像時，恐怕也會有這樣的感覺。圖像中的袁崇煥雖不怎樣俊美，但洵洵儒雅，很難想像這樣的一個人竟會如此剛強俠烈。

❶錢家修白冤疏：「嗟嗟！錦衣何地？奸細何人？竟袖手而七人竟走耶？抑七人俱有翼而能上飛耶？總欲殺一崇煥，故不惜互為陷阱。」其中又說：「方天啓年間，諸陽失衛，山海孤寒。當此時誰能生死忘心，身家不顧？獨崇煥以八閩小吏，報效而東，履歷風霜，備嘗險阻，上無父母，下乏妻孥，夜靜胡笳，征人淚落。煥獨何心，亦堪此哉？毋亦君父之難，有不得不然者耳。」崇禎批答：「批覽卿奏，具見忠愛。袁崇煥

鞫問明白，即著前去邊塞立功，另議擢用。」

❷袁崇煥下獄後，毛文龍的朋友乘機要求爲毛翻案，請求賜謚撫卹。崇禎不准，說毛之死是「罪有應得」，不准以袁崇煥爲藉口而翻案。見程本直：〈漩聲〉。

❸程本直〈白冤疏〉中說：「總之，崇煥恃恩太過，任事太煩，而抱心太熱，平日任勞任怨，既所不辭，今日來謗來疑，宜其自取。獨念崇煥就執，將士驚惶，徹夜號啼，莫知所處，而城頭砲石，亂打多兵，罵詈之言，駭人聽聞，遂以萬餘精銳，一潰而散。」最後說：「臣於崇煥，門生也。生平意氣豪傑相許。崇煥冤死，義不獨生。伏乞皇上駢收臣於獄，俾與崇煥駢斬於市。崇煥爲封疆社稷臣，不失忠。臣爲義氣綱常士，不失義。臣與崇煥雖蒙冤地下，含笑有餘榮矣。」

❹朝廷抄袁崇煥的家，家裏窮得很，沒有絲毫多餘的財產。他在遼西的家屬充軍到浙江，後來改充軍到貴州，在廣東東莞的充軍到福建。《明史》說袁崇煥沒有子孫。近人葉恭綽則說：「袁後裔不知以何緣入黑龍江漢軍旗籍。」按民國《東莞縣志》卷九七：「袁督師無子，相傳下獄定罪後，其妾生一子，匿都城民間，大兵入關，爲滿洲某所得，隸籍於旗。」袁崇煥的冤獄，到清朝乾隆年間方才得以眞相大白。《明史》完成於乾隆四年七月，其中〈袁崇煥傳〉中，根據清方的檔案紀錄，直言皇太極如何用反間計的經過。乾隆皇帝隔了幾十年，才讀到《明史》中關於袁崇煥的記載，對袁的遭遇很是同情，下旨查察袁崇煥有無子孫，結果查到只有旁系的遠房子孫，乾隆便封了他們一些小官，那已是乾隆四十八年的事了。到底有無袁承志其人，史無明文。

或有其人而史籍隱之。《碧血劍》中故事，皆小説家言也。袁驥永家藏《袁氏家譜》：「……長伯崇煥，字元素，號自如……終於崇禎三年被奸臣朦斃，生三子……子思（私）走廣東東莞縣……」袁驥紹家藏《袁氏家譜》：「三世伯崇煥……榮拔於萬曆甲戌科，賜進士出身。後官至三邊總督，遼東等督師，太子太保……終於崇禎三年被奸臣斃命，生三子，被奸臣奏准，將袁氏抄家，三子思（私）走廣東東莞。」這家譜是崇煥二弟崇燦一系子孫所傳下來的。

❺見《明季北略》。

❻清人所修的《明史．袁崇煥傳》説：「遂磔崇煥於市……天下冤之。」朝鮮《仁祖實錄》八年二月丁丑載：朝鮮的使者朴蘭英到瀋陽，滿清的王公當著他面互相「耳語」，說袁經略果然和我們同心，只可惜事情敗露而被逮捕。這樣的國家機密，怎會當著外國使臣的面而互相耳語，故意讓他聽到？朴蘭英明白他們的用意，只不過想藉他而傳言到明朝去，以便儘快殺了袁崇煥，所以他在給朝鮮國王的奏章中說：「此必行間之言也。」直到一百年之後，朝鮮的君臣們在討論明朝覆亡的原因時，還説主要原因是殺袁崇煥（見朝鮮《英宗實錄》六年十一月辛未，即雍正八年，公元一七三〇年。）

❼民國五年，東莞人張伯楨的兒子死了，張佩服袁崇煥，將兒子葬在袁墓的旁邊。當時看守袁墓的仍是佘氏子孫，叫做佘淇。張伯楨為袁崇煥的義僕也立了碑。

❽楊士聰《五堂薈記》卷二：「袁既被執，遼東兵潰數多，皆言：『以督師之忠，尚不能自免，我輩在此何為？』……封疆之事，自此不可問矣。」《明史．袁崇煥傳》：

「自崇煥死，邊事益無人，明亡徵決矣。」

❾《明清史料》丙編，遼將自稱「在此立功何用」，故「北去胡」而投降滿清，其中有人致書旅順明將：「南朝主昏臣奸，陷害忠良。」

❿程本直〈漩聲〉：「掀翻兩直隸，踏徧一十三省，求其渾身擔荷、徹裏承當如袁公者，正恐不可再得也。此所以袁公值得程本直一死也。」

⓫程本直〈漩聲〉中引袁崇煥的話說：「予何人哉？十年以來，父母不得以爲子，妻孥不得以爲夫，手足不得以爲兄弟，交遊不得以爲朋友，予何人哉？直謂之曰：『大明國裏一亡命之徒也』可也。」

十四

袁崇煥死後，他的冤枉漸漸爲世人所知，趙翼《廿二史札記》認爲，當時傳布通敵謠言的，主要是崇禎身邊有權有勢的太監。直至清朝修《明史》，根據《太宗實錄》中的記載，才在〈袁崇煥傳〉中照實記載皇太極設計使間。此後悼念和憑弔袁督師的詩文甚多，尤其是廣東人，如康有爲、梁啓超等等。一九五二年，葉恭綽（廣東番禺人）和柳亞子、李濟深、章士釗等四人聯名致書毛澤東主席，要求保全並修葺北京城內的袁崇煥墓。毛氏於一九五二年五月二十五日覆書葉恭綽，其中說：「……近日又接先生等四人來信，說明末愛國領袖人物袁崇煥先生祠廟事，已告彭眞市長，如無大礙，應予保存。此事嗣後請與彭眞市長接洽爲荷。」（《毛澤東書信選集》第四三三—四三四頁）可見新時代的中國當局對他仍有正面評價。參加重修袁墓袁祠的，除上述四人外，還有蔣光鼐、蔡廷鍇等廣東籍的著名軍人。

袁崇煥的內心世界，只能從他的詩作中約略可以見到。他妻子姓黃，袁的遺詩中有〈寄內〉一首，是寫來寄給妻子的：「離多會少爲功名，患難思量悔恨生。室有萊妻呼負負，家無擔石累卿卿。當時自矢風雲志，今日方深兒女情。作婦更加供子職，死難塞責莫輕生。」他自己在外抗敵作戰，奉養老母的責任只好請妻子負起了。何壽謙《鄉先正袁崇煥督師事略》記，袁被磔死後，「妻黃氏投江死，屍流至赤水峽，鄉人哀而葬之。《鐔津考古錄》爲立烈婦傳。」兄弟妻子充軍三千里，恰好充軍到袁崇煥做過知縣的福建省邵武縣，袁爲官清廉，邑人紀念他的功績，善待他的遺屬，袁鈺有一首詩說這件事：「家徒四壁久蕭然，骨肉流離舊治遷。身後尚收廉吏報，邑中共說大夫賢。曾爲上將惟知死，本是文官不愛錢。白髮高堂年八十，留居破屋割三椽。」袁崇煥曾有〈憶母〉詩一首：「夢繞高堂最可哀，牽衣曾囑早歸來。母年已老家何有，國法難容子不才。負米當時原可樂，讀書今日反爲災。思親想及黃泉見，淚血紛紛洒不開。」

袁崇煥中進士的主考官韓爌，是東林黨的有名人物，袁崇煥在天啓年間被魏忠賢逼迫而落職，韓爌很傷心，因而流淚。袁崇煥大爲感動，賦詩一首，〈聞韓夫子因煥落職泣賦〉：「整頓朝端志未灰，門牆累及寸心摧。科名到手同危事，師弟傳衣作禍胎。得附青雲能不朽，翻令白眼漫想猜。此身早晚知爲醢，莫覆中庭哭過哀。」「醢」是斬爲肉醬，漢高祖殺大功臣，往往將其醢爲肉醬，賜給其他功臣以威嚇。袁崇煥自料個性鯁直，遲早會給皇帝醢了，勸老師韓爌將來不要把我的肉醬倒在中庭而傷心。不料此詩竟然成讖。他也常常想到「功成身死」的問題，認爲只要存心清白，不必學張良那樣明哲保身，功成身退，從赤松子遊。袁崇煥認爲韓信不聽蒯通的勸告，不起兵造反是對的，雖給呂雉（高祖后呂后）用計殺了，但一死成名，是正確的下場。遺詩〈韓淮陰侯廟〉：「一飯君知報，高風振俗耳。如何解報恩，禍爲受恩始。丈夫亦何爲？功成身可死。陵谷有變易，遑向赤松子。所貴清白心，背面早熟揣。若聽蒯通言，身名已爲累。一死成君名，不必怨呂雉。」

古時，一位了不起的大人物逝世，往往有神話傳說附在他的身上。《東莞縣志》記載了一則傳說：東莞水南修三界廟，袁崇煥曾爲撰碑文，縣志中說：「相傳袁崇煥爲三界神托生，兒時患背瘡久不愈，會修廟，神像背爲漏痕滴破，葺補之，瘡遂痊。及死柴市時，其夜司祝聞神言，謂：『辛苦數十年，乃今得休息矣！』怪之，後得崇煥死信，衆咸驚異，當時祀於三界廟後。」

袁崇煥枉死，天下冤之，千百首悼詩，我以爲都不及那位三界神所說「辛苦數十年，乃今得休息矣！」一語感人之深。想像袁崇煥數十年中邊關拚命，拋妻別母，生死以之，自期「功成身可死」，直到眞的給皇帝殺了，才得休息，眞不禁熱淚盈眶矣。

十五

崇禎所以殺袁崇煥，並不只是中了皇太極的反間計那麼簡單。如果是出於一時誤信，可說他只是愚蠢。《三國演義》寫曹操誤中周瑜反間計，聽信蔣幹的密報，立刻就殺了水軍都督蔡瑁、張允，等到兩人的首級獻到帳下，曹操登時就省悟了，自言自語：「我中計了！」那只是片刻之間的事。然而崇禎於十二月初一將袁崇煥下獄，到明年八月十六才處死，中間有八個半月時間深思熟慮。他曾幾次想放了袁崇煥，要他再去守遼，因此有「守遼非蠻子不可」的話，從宮中傳到外朝來。❶既然有這樣的話，當然已充分明白皇太極的反間計。他稱袁崇煥為「蠻子」，那是既討厭他的倔強，卻又不禁佩服他的幹勁和才能。

然而為甚麼終於殺了他？顯然，崇禎不肯認錯，不肯承認當時誤中反間計的愚蠢。殺袁崇煥，並不是心中眞的懷疑他叛逆，只不過要隱瞞自己的愚蠢。以永遠的卑鄙來掩飾一時的愚蠢！

爲甚麼隔了這麼久才殺他？因爲清兵一直佔領著冀東永平等要地，威脅北京，直到六月間才全部退出長城，在此以前，崇禎不敢得罪關遼部隊。要等到京師的安全絕對沒有了問題才動手。在此以前，他不是不忍殺，而是不敢殺。他對袁崇煥又佩服、又害怕，內心有極強的自卑感。殺袁崇煥，是自卑感作祟。

當滿清大軍兵臨北京城下，辮子兵燒殺擄掠的消息不斷傳入耳中，崇禎心中充滿了驚恐，就像嚇壞了的困鼠撕殺同類一樣，只聽到一個毫不足信的謠言，便下令將袁崇煥投入獄中。他怕這個人的英悍之氣，怕他的蠻勁和戰鬥精神，怕他在手握兵權之際搶了自己的皇位，南宋時高宗趙構殺岳飛，這種心理也有作用；他的祖宗朱元璋殺大將李文忠、馮勝、傅友德、朱亮祖、藍玉，是怕自己死後這些大將搶兒孫的皇位。只不過比之朱元璋與趙構，崇禎更加年輕，更加缺乏才能、智慧、經驗、知識，更加暴躁多疑。他如果放了袁崇煥出獄，命他帶兵抗清守城，只證明自己的愚蠢和懦怯。越是愚蠢懦怯的人，越是不肯承認。認錯改過，需要智慧，需要勇氣，他所沒有的，正是這些品德。

崇禎在位十七年，換了五十個大學士（相當於宰相或副宰相），十四個兵部尚書（那是指正式的兵部尚書，像袁崇煥這樣加兵部尚書銜的不算）。他殺死或逼得自殺的督師或總督，除袁崇煥外還有十人，殺死巡撫十一人、逼死一人。十四個兵部尚書中，王洽下獄死，張鳳翼、梁廷棟服毒死，楊嗣昌自縊死，陳新甲斬首，傅宗龍、張國維革職下獄，王在晉、熊明遇革職查辦。可見處死大臣，在他原不當是一件大事。這些兵部尚書中，有些昏憒胡塗，有些卻也忠耿幹練，例如傅宗龍，只因爲向崇禎奏稟天下民窮財盡的慘狀，崇禎就大為生氣，責備他道：「你是兵部尚書，只須管軍事好了，這些陳腔濫調，說它幹甚麼？」後來便將他關入獄中，關了兩年。

崇禎傳下來的筆跡，我只見到一個用在敕書上的花押，以及「九思」兩個大字。「九思」出於《論語》。孔子說：君子有九種考慮：看的時候，考慮看明白了沒有；聽的時候，考慮看清楚了沒有；考慮自己的表情溫和麼？態度莊重麼？說話誠懇老實麼？工作嚴肅認眞麼？遇到疑難，考慮怎樣去向人家請教；要發怒了，考慮有沒有後患；在可以得到利益的時候，考慮是不是該得。這就是所謂「九思」。❷此人大書「九思」，但自己顯然一思也不思。倒是在死後，得了個「思宗」的諡法，總算有了一思。

崇禎既大書「九思」，《論語》、《孟子》這種儒家典籍當然是熟悉的。袁崇煥考中進士，四書五經非熟讀不可。當袁崇煥從錦寧前線率師回援北京之時，我眞希望他的幕僚或朋友能抄一段孟子的話給他看。《孟子．離婁》：「孟子告齊宣王曰：君之視臣如手足，則臣視君如腹心；君之視臣如犬馬，則臣視君如國人；君之視臣如土芥，則臣視君如寇讎。」袁崇煥援軍抵達北京城下，崇禎不體恤兵將遠來勞苦，反而對之疑忌，不准進城休息，早已「視臣如土芥」了，袁部即使不視他為寇讎，也大可不必再為保衛他而拚命血戰。

我九歲那一年的舊曆五月二十，在故鄉海寧看龍王戲。看到一個戲子悲愴淒涼的演出，他披頭散髮的上吊而死，臨死時把靴子甩脫了，直甩到了戲台竹棚的頂上。我從木牌子上寫的戲名中，知道這齣戲叫作「明末遺恨」。哥哥對我說，他是明朝的末代皇帝崇禎。當時我只覺得這皇帝有些可憐。

一九五〇年春天，我到北京，香港《大公報》的前輩同事李純青先生曾帶我去崇禎吊死的煤山觀光懷舊，望到皇宮金黃色的琉璃瓦，在北京春日的艷陽下映出璀璨光彩，想到崇禎在吊死之前的一剎那曾站在這個地方，一定也向皇宮的屋頂凝視過了，儘管這人卑鄙狠毒，卻也不免對他有一些悲憫之情。

他孤獨得很，身邊沒有一個人可以商量，因為他任何人都不相信。崇禎十七年三月十七日，北京在李自成猛攻下眼見守不住了，他召集文武百官商議，君臣相對而泣，束手無策。他用手指在案上寫了「文臣個個可殺」六個字，給身邊的近侍太監看了，當即抹去。他在自殺之前，用血寫了一道詔書，留在宮中，對李自成說，這一切都是羣臣誤我的，你可以碎裂我的屍體，可以將我的文武百官盡數殺死。❸可見他始終以為一切過失都是在文武百官，痛恨所有為他辦事的人。

他哥哥天啓從做木工中得到極大樂趣，依戀乳娘，相信魏忠賢一切都是對的，精神上倒很平安。崇禎卻只是煩躁、憂慮、疑惑、徬徨，做十七年皇帝，過了十七年痛苦的日子。拚命想辦好國家大事，卻完全不知道怎麼辦才是。

皇帝是不能辭職的！

他沒有一個真正親信的人，他連魏忠賢都沒有。他沒有精神上的信仰，一度聽了徐光啓的勸告而信奉天主教，但他的愛子悼靈王生病，天主沒有救活孩子的性命，他便對天主失卻了信心。他沒有真正的愛好。他不好女色，連陳圓圓這樣的美女送進宮去，他都不感興趣而遣出宮來。

在中國幾千年歷史中，君主被敵人俘虜或殺死的很多，在政變中被殺的更多，但臨危自殺的卻只有崇禎一人。由於他的自殺，後人對他的評價便比他實際應得的好得多。只因他不好酒色，勤於政事，後人就以爲他本身是個好皇帝。甚至李自成的檄文中也說他並不眞的十分胡塗，只不過受到欺蒙，一切壞事都是羣臣幹的。❹只因他遺詔中要求李自成不要殺死一個百姓，後人便以爲他眞的愛百姓（難道他十七年中所殺的百姓還少了？）。只因他說過「朕非亡國之君，諸臣皆亡國之臣」，後人便以爲明朝所以亡，責任是在羣臣身上。其實他說這樣的話，就表明他是合理的亡國之君。他擁有絕對的權力，卻將中興之臣、治國平天下之臣殺的殺、罷的罷，將一批亡國之臣走馬燈般換來換去，那便構成了亡國之君的條件。

明朝是中國歷史上最專制、最腐敗、統治者最殘暴的朝代，到明末更成爲中國數千年中最黑暗的時期之一。明朝當然應該亡，對於中國人民，清朝比明朝好得多。

然而袁崇煥抗拒滿清入侵，卻不能說是錯了。當時滿清對中國而言是異族，是外國，清兵將漢人數十萬、數十萬的俘虜去，都是作爲奴隸或農奴。清兵佔領了中國的土地城市，總是燒殺劫掠，極殘酷的虐待漢人。不能由於後代滿清統治勝過了明朝，現在滿族又成爲中華民族中一個不可分離的部份，就抹煞了袁崇煥當時抗禦外族入侵的重大意義。正如將來世界大同之後，也不能否定目前各國保持獨立和領土主權完整的主張。清朝比明朝好，只不過中國人運氣好，碰到了幾個中國歷史上最好的皇帝。然而袁崇煥當時是不會知道的。

只要專制獨裁的制度存在一天，大家就只好碰運氣。袁崇煥和億萬中國人民運氣不好，遇上了崇禎。崇禎運氣不好，做上了皇帝。他倉皇出宮那一晚，提起劍來向女兒長平公主斬落時，淒然說道：「你爲甚麼生在我家？」正是說出了自己的心意。他的性格、才能、年齡，都不配做掌握全國軍政大權的皇帝。歸根結底，是專制獨裁制度害了他，也害了千千萬萬中國人民。

在合理的政治制度與社會制度下，萬曆可以成爲一個精明的商人，最後被送入戒毒所。天啓是一個精巧的木匠。崇禎做甚麼好呢？他殘忍嗜殺，暴躁多疑，智力不夠，自卑感極強，性格中有強烈的犯罪傾向，在現代社會中極可能成爲一個犯罪的不良青年，但如加以適當的教育與訓練，可以在屠宰場中做屠夫（我當然並不是說屠夫有犯罪傾向），那也是對社會有貢獻的。他不能做獵人，因爲完全缺乏耐心。

後世的評論者大都認爲，袁崇煥如果不死，滿清不能征服中國。❺我以爲這種說法是不對的。只要崇禎是皇帝，袁崇煥便有天大的本事也改變不了基本局面，除非他趕走崇禎而自己來做皇帝，這當然不符合他的性格。在君主專制獨裁的制度之下，權力是在皇帝手裏。

袁崇煥死後二百三十六年，那時清朝也已腐爛得不可收拾了，在離開袁崇煥家鄉不遠的地方，誕生了孫中山先生。他向中國人指明：必須由見識高明、才能卓越、品格高尚的人來管理國家大事。一旦有才幹的人因身居高位而受了權力的腐化，變成專橫獨斷、欺壓人民時，人民立刻就須撤換他。

袁崇煥和崇禎的悲劇，明末中國億萬人民的悲劇，不會發生於一個具有眞正民主制度的國家中。把決定千千萬萬人民生死禍福的大權交在一個人手裏，是中國數千年歷史中一切災難的基本根源。過去我們不知道如何避免這種災難，只盼望上天生下一位聖主賢君，這願望經常落空。那是歷史條件的限制，是中國人的不幸。孫中山先生不但說明了這個道理，更畢生爲了剷除這個災禍根源而努力。

在袁崇煥的時代，高貴勇敢的人去抗敵入侵，保衛人民；在孫中山先生的時代，高貴勇敢的人去反抗專制，爲人民爭取民主自由。在每一個時代中，我們總見到一些高貴的勇敢的人，爲了人羣而獻出自己的一生，他們的功業有大有小，孫中山先生的功業極大，袁崇煥當然小得多，然而他們都是奮不顧身，盡力而爲。時代不斷在變遷，道德觀念、歷史觀點、功過的評價也不斷改變，然而從高貴的人性中閃耀出來的瑰麗光采，那些大大小小的火花，即使在最黑暗的時期之中，也照亮了人類歷史的道路。

魯迅先生曾寫道：「我們自古以來，就有埋頭苦幹的人，有拚命硬幹的人，有爲民請命的人，有捨身求法的人……雖是等於爲帝王將相作家譜的所謂『正史』，也往往掩不住他們的光耀，這就是中國的脊梁。」（《中國人失掉自信力了嗎？》）袁崇煥，正是魯迅先生所稱的「中國的脊梁」，使我們不會失掉自信力。

歷史上有許多人爲人羣立了大功業，令我們感謝；有許多人建立了大帝國和長久的皇朝，令我們驚嘆。然而袁崇煥「亡命徒」式的努力和苦心，他極度悲慘的遭遇，這個生死以之的「痴心人」，這個無法無天的「潑膽漢」，卻更加強烈的激盪了我們的心。

崇禎和袁崇煥兩人的性格，使得這悲劇不可能有別的結局。兩人第一次平台相見，袁崇煥提出「五年平遼」的諾言，殺機就已經伏下了。以後他請內帑、主和議、殺毛文龍，悲劇一步步的展開，殺機一層層的加深，到清軍兵臨北京城下而到達高潮。在這悲劇的高潮中，崇禎不許袁部入城是第一個波浪；袁部苦戰得勝，崇禎催逼他去追擊十倍兵力的清軍，是第二個波浪；北京城裏毀謗袁崇煥的謠諑紛傳是第三個波浪；終於，皇太極使反間計而崇禎中計。至於後來的凌遲，已是戲劇結構上的盪漾餘波❻了。

即使沒有皇太極的反間計，崇禎終於還是會因別的事件、用別的藉口來殺了他的。

我們想像崇禎二年臘月中國北方的情形：

在永平、灤州、遷安、遵化一帶的城內和郊外，清兵的長刀正在砍向每一個漢人身上，滿城都是鮮血，滿地都是屍首❼……

在通向長城關口的大道上，數十萬漢人男女哭哭啼啼的行走，騎在馬上的清兵揮舞鞭子在驅趕。清兵不斷的歡呼大叫，這些漢人是他們俘虜來的奴隸，男的押去遼東為他們做苦工，女的分給兵將淫樂❽……

在陝西，災荒正在大流行。樹皮草根都吃完了，饑餓的父母養不活兒女，只好將他們拋在城角的空場上，這些孩子有的在哭號，呼叫：「爸爸，媽媽！」有的拾起了糞便在吃。到第二天，這些孩子都死了。但又有父母抱了孩子來拋棄。做母親的看著滿地死兒，捨得把手裏的孩子拋下來嗎？但如帶回家去，難道眼看他活活的餓死❾……

流離在道路上的饑民不知道怪誰才好，只有怪天。他們向來對老天爺又敬又怕，這時反正要死了，就算在地獄中上刀山、下油鍋也不管了，他們破口大罵老天爺，有氣無力的咒罵，終於倒在地下，再也不起來了❿……

在北京城的深宮裏，十八歲的少年皇帝在拍著桌子發脾氣。他又是焦急，又是害怕，不斷的問太監：「袁蠻子寫了信沒有？怎麼還不寫好？這傢伙跟我過不去，非將他千刀萬剮不可。你們再去催，叫他快寫信給祖大壽！」他憔悴蒼白的臉上泛起了潮紅，眼中佈滿了紅絲，不斷的說：「殺了他！殺了他！」……

在陰森寒冷的御牢裏，袁崇煥提筆在寫信給祖大壽，硯台裏會結冰吧？他的手會凍得僵硬嗎？會因憤怒而顫抖嗎？他的信裏寫的是些甚麼句子？淚水一定滴上了信箋罷？

皇帝的信使快馬馳出山海關外，將這封信交在祖大壽的手裏。祖大壽讀信之後，伏地大哭。訊息傳了開去：「督師有信來！」

遼河大平原上白茫茫的一片冰雪。數萬名間關百戰、滿身累累槍傷箭疤的關東大漢，伏在地下向著北京號啕痛哭，因為他們的督師快要被皇帝殺死了。戰馬悲嘶，朔風呼嘯，綿延數里的雪地裏盡是伏著憤怒傷心的豪士，白雪不斷的落在他們的鐵盔上、鐵甲上……

❶見余大成《剖肝錄》。

❷《論語·季氏》：「孔子曰：『君子有九思：視思明，聽思聰，色思溫，貌思恭，言思忠，事思敬，疑思問，忿思難，見得思義。』」

崇禎死後，因爲沒有確定的接班人，也就沒有確定的謚法，有毅宗、莊烈帝、懷帝、愍帝、思宗等謚。思宗的「思」字，不是美謚，《逸周書》的謚法解中說：「道德純一曰思，大省（即「眚」，意爲災害）兆民曰思（意思是「對億萬百姓造成重大災禍」），追悔前過曰思，外內思索曰思。」漢朝的王逸作過一篇楚辭，叫作〈九思〉，是哀悼屈原的，共有九章：逢尤、怨上、疾世、憫上、遭厄、悼亂、傷時、哀歲、守志。所說的悼亂傷時，疾世哀歲，逢尤遭厄，和袁崇煥的心境和遭遇倒也差不多。但崇禎寫這「九思」二字時，所想到的當然不會是王逸的「九思」。

❸崇禎遺詔：「朕自登極十七年，上邀天罪，致虜陷地三次，逆賊直逼京師，皆諸臣誤朕也。任爾分裂朕屍，可將文武盡皆殺死，勿壞陵寢，勿傷我百姓一人。」這道遺詔，和相傳留在他身上的遺書文字稍有不同。

❹「君非甚闇，孤立而煬蔽恆多；臣盡行私，比黨而公忠絕少。」

❺梁啓超在《袁崇煥傳》的題目上，加了「明季第一重要人物」的形容詞，傳中說：廣東崎嶇嶺表，數千年來與中原的關係很淺薄，歷史上影響到全中國的人物極少，只有唐朝六祖慧能光大了禪宗，明朝陳白沙在哲學上昌明唯心論，成爲王陽明的先驅，而「以一身之言動、進退、生死，關係國家之安危、民族之隆替者」，只有袁崇煥一人。（其實，他即使不提到康有爲與孫中山先生，也應當提洪秀全。）又說：「故袁督師一日不

去，則滿洲萬不能得志於中國。」康有爲在《袁督師遺集．序》中說：「若吾粵袁督師之喪于讒間也，天下震動，鬼神號泣，明社遂屋，餘禍烈烈，波蕩至今。嗚呼，天下才臣名將多矣，讒死亦至夥，而惻惻於人心，震惕於敵國，非止以一身之生死繫一姓之存亡，實以一身之生命關中國之全局，則豈惟杜郵、鐘室、涼風、金牌之悽感也。……假若間不行而能盡其才，明或不亡。」他認爲白起、韓信、斛律光、岳飛四人被讒而死，雖令人感嘆，但不及袁崇煥事件影響深遠。

李濟深〈重修明督師袁崇煥祠墓碑〉：「論明清間事者，僉以爲督師不死，滿清不能入主中原。」葉恭綽謁袁崇煥墓詩：「史筆祇今重論定，好申正氣息羣紛。」注云：「近日史學家鉤稽事實，證明袁如不死，滿洲不能坐大，即未必克入主中原，故袁死所關之重，有同岳飛於宋。文天祥輩尚非其比也。」

❻戲劇結構上高潮過後的餘波（anti-climax），通常譯作「反高潮」，似不甚貼切。

❼《清史列傳》卷三：「岳託（滿清大將，代善之子，皇太極的侄兒）曰：遼東以久不降，故誅之。殺永平人，乃貝勒阿敏所爲……六年正月，（岳託）奏言：前克遼東、廣寧，漢人拒命者誅之，復屠永平、灤州漢人。」

❽滿清每次出兵，都俘虜大量漢人去做生產工具。這次進攻北京之役俘虜的實數無記錄，但知阿巴泰攻掠山東之役（《碧血劍》中提到的那一次）「俘獲人民三十六萬九千名口。」相信崇禎二年一役中俘虜漢人也必達數十萬，《太宗實錄》卷六：「上因問達海（奉命監守明宮太監而使反間計的五將之一）等：『是役俘獲視前二次如何？』對曰：

『此行俘獲人口，較前甚多！』上曰：『金銀幣帛，雖多得不足喜，惟多得人口爲可喜耳！』」

❾《陝西通志》，崇禎二年馬懋才〈備陳災變疏〉：「殆年終而樹皮盡矣，則又掘山中石塊而食……安塞城西，有糞場一處，每晨必棄二三嬰兒於其中，有涕泣者，有叫號者，有呼其父母者，有食其糞者。」

❿蕭一山《清代通史》卷上：「崇禎間有民謠曰：『老天爺，你年紀大，耳又聾來眼又花。爲非作歹的享盡榮華，持齋行善的活活餓煞。老天爺，你年紀大。你不會作天，你塌了罷！』此種時日曷喪之心理，非人民痛若至極者，寧忍出此？」

後記

《碧血劍》是我的第二部小說，作於一九五六年。書末所附的〈袁崇煥評傳〉，寫作時間稍遲。

《碧血劍》以前曾作過兩次頗大修改，增加了四分之一左右的篇幅，這一次修訂，改動及增刪的地方仍很多。修訂的心力，在這部書上付出最多。初版與目前的三版，簡直是面目全非。

小說中寫李自成於大勝後殺曹操羅汝才、李岩，排擠張獻忠、「左革五營」、及其他同伴，正史中有載，亦有參考野史、雜書者。王春瑜先生關於李自成的作風，有文多作指教，我的看法雖頗不同，對他的評論仍表感謝。對復旦章培恆教授及北大嚴家炎教授兩位的指教與鼓勵，特別心有銘感。

第三次改寫，除了設法改動原來小說中若干過分不自然的處所（如五毒教、玉眞子的部分）外，還加重了袁承志對阿九的矛盾心理，這是人生中一個永恆的常見主題：「愛情可能因其中一方變心而受到損害。」中國的傳統小說一般多寫愛情的堅貞，除唐人傳奇（如崔鶯鶯、霍小玉）、明人小說（如杜十娘、珍珠衫）外，少寫「愛情中的變心」。這次試寫了「倫理道德」與「無可奈何的變心」之間的矛盾這個人生題目，企圖在《碧血劍》全書強烈的政治氣氛中加入一些平常人的生命與感情。

內地有一篇評論《碧血劍》的文章十分強調的說，《碧血劍》受了英國女小說家杜．瑪麗安（Du Maurier）小說《蝴蝶夢》（*Rebecca*）的重大影響。文學作品受到過去中外文學名著的影響，那是不可避免的。但《蝴蝶夢》這部小說並沒有太大價值，我並不覺得很好，只因希治閣據此拍過一部好看的奇情電影，因電影在中國流行而爲許多中國觀眾所知（單以杜．瑪麗安的小說而論，我更喜歡她的另一部小說 *My Cousin Rachel*，但此書未拍電影，無中文譯本，故較少人知）。文學評論如不以改編後的流行電影爲依據（正如根據電影「羅生門」而評《雪山飛狐》一樣），而根據原作，則格調較高。杜．瑪麗安作爲一位作家，《蝴蝶夢》作爲一部小說，在英國文學中都沒有甚麼極重要地位。如想談論英國女小說家在作品中以次要人物述說一個露面極少的人物作爲報仇主角而展開驚心動魄的故事，不如引述愛米萊．勃朗黛（Emily Bronte）的《咆哮山莊》（*Wuthering Heights*），這才是英國女小說家中的第一流人物，小說也是第一流的優秀作品，只有談論這部小說，研究英國文學者方人人皆知，不去引述只流行一時的驚險電影。（雖然，《咆哮山莊》也拍成了一部很好的電影，但在中國較少爲人知。）

〈袁崇煥評傳〉是我一個新的嘗試，目標是在正文中不直接引述別人的話而寫歷史，文字風格比較統一，希望較易閱讀，同時自己並不完全站在冷眼旁觀的地位。這篇〈評傳〉的主要創見，是認爲崇禎所以殺袁崇煥，根本原因並不是由於中了反間計，而是在於這兩個人性格的衝突，以及崇禎的不正常心理。這一點前人從未指出過（對人物的性格和心理，是小說作者通常的重視點，歷史家則更重視時代背景、物質因素、制度、文化等等）。另一原因，是專制獨裁制度的禍害。

這篇文字並無多大學術上的價值，所參考的書籍都是我手頭所有的，客居香港，數量十分有限。出自《太宗實錄》、《崇禎長編》等書的若干資料都是間接引述，未能核對原來的出處，或許會有謬誤。這篇文字如果有甚麼意義，或許是在於它的「可讀性」。我以相當重大的努力，避免了一般歷史文字中的艱深晦澀。現在的面目，比之在《明報》上所發表的初稿〈廣東英雄袁蠻子〉，文字上要順暢了些。此文可說是我正式修習歷史的起點與習作。

〈袁崇煥評傳〉一文發表後，得史家指教甚多，甚感，大史家向達先生曾來函賜以教言，頗引以爲榮，已據以改正。現第三版再作修訂，以往錯誤處多加校正，其中參考楊寶霖先生〈袁崇煥雜考〉一文及《袁崇煥資料集錄》（閻崇年、俞三東兩先生編，廣西民族出版社出版）一書甚多，頗得教益，謹誌以表謝意。作者歷史素養不足，文中謬誤仍恐難免，盼大雅正之。

二〇〇二·七

【金庸簡介】

本名查良鏞，浙江海寧人，一九二四年生。曾任報社記者、編譯、編輯，電影公司編劇、導演等；一九五九年在香港創辦明報機構，出版報紙、雜誌及書籍，一九九三年退休。先後撰寫武俠小說十五部，廣受當代讀者歡迎，至今已蔚爲全球華人的共同語言，並興起海內外金學研究風氣。曾獲頒衆多榮銜，包括英國政府O.B.E.勳銜，香港大學名譽博士、加拿大UBC大學名譽文學博士、法國「榮譽軍團騎士」勳銜、北京大學名譽教授、日本創價大學名譽教授、英國牛津大學、劍橋大學等校榮譽院士、台北清華大學、南開大學、蘇州大學、華東師大等校名譽教授。現任英國牛津大學中國學術研究所高級研究員、加拿大UBC大學文學院兼任教授、浙江大學人文學院院長、教授。其《金庸作品集》分由香港、廣州、臺灣、新加坡/馬來西亞四地出版，有英、日、韓、泰、越、印尼等多種譯文。

爲使全世界金庸迷能夠彼此分享閱讀心得，遠流特別架設「金庸茶館」網站，以整合、提供、聯結、傳播一切與金庸作品相關的資訊，站址是：http://jinyong.ylib.com

歸昌世「負雅志於高雲」。

歸昌世，江蘇崑山人，歸有光之孫，明末名士。本章邊款稱作於「天啟乙丑立秋後二日」，天啟乙丑即天啟五年，是年殺楊漣、熊廷弼。袁崇煥於是年堅守寧遠、前屯衛二城，抗經略高第之命而不撤。

全世界華人的共同語言　金庸新校新序・全十五部

金庸作品集

從台北到紐約，從香港到倫敦，從東京到上海，中國人在不同的地方，
可能說不同的方言，可能吃不同的菜式，也可能有不同的政治立場，但他們都讀——金庸作品集。

【新修版共三十六冊，每冊定價二八〇元】另有典藏版・平裝版・文庫版・大字版

1. 書劍恩仇錄（全二冊）
2. 碧血劍（全二冊）
3. 射鵰英雄傳（全四冊）
4. 神鵰俠侶（全四冊）
5. 雪山飛狐（含「白馬嘯西風」及「鴛鴦刀」，全一冊）
6. 飛狐外傳（全二冊）
7. 倚天屠龍記（全四冊）
8. 連城訣（全一冊）
9. 天龍八部（全五冊）
10. 俠客行（含「越女劍」，全二冊）
11. 笑傲江湖（全四冊）
12. 鹿鼎記（全五冊）

碧血劍／金庸作.-- 四版. -- 臺北市：
遠流, 2003 [民92]
冊；　公分. --（金庸作品集；3-4）
ISBN 957-32-5083-7（全套：精裝）
857.9　　　　　　92017303

金庸作品集❹

碧血劍（二）〔公元2003年金庸新修版〕

The Blue Blood Sword, Vol. 2

作者 金庸

封面原圖 元黃公望富春山居圖，國立故宮博物院（臺灣）藏品。
封面設計 霍榮齡 內頁插畫 姜雲行 內頁圖片構成 霍榮齡設計工作室
執行主編 李佳穎 執行副主編 鄭祥琳 特約編輯 黃麗群

發行人 王榮文
出版・發行 遠流出版事業股份有限公司
臺北市南昌路二段81號6樓
電話 23926899
傳真 23926658
郵撥 01894561

1987年　2月1日　初版一刷
2003年 12月1日　四版一刷
新修版 每冊 280元（本作品全二冊，共560元）
〔另有典藏版共36冊（不分售），平裝版共36冊，文庫版共72冊，大字版共72冊（陸續出版中）〕
行政院新聞局局版臺業字第1295號

ISBN 957-32-5083-7（套：精裝）
ISBN 957-32-5069-1（第二冊：精裝）
Printed in Taiwan

金庸茶館網站
http://jinyong.ylib.com E-mail:jinyong@ylib.com
YLib 遠流博識網
http://www.ylib.com E-mail:ylib@ylib.com